Sobre héroes y tumbas

COLECCIÓN DIAMANTE

Edición especial 60 aniversario

ERNESTO SABATO

Sobre héroes y tumbas

EDITORIAL SUDAMERICANA
BUENOS AIRES

Diseño de tapa: María L. de Chimondeguy / Isabel Rodrigué

PRIMERA EDICIÓN
Abril de 1965

EDICIÓN ESPECIAL
Octubre de 1999

Agradecemos a Editorial Planeta los derechos cedidos a nuestra
Editorial para esta única edición especial

IMPRESO EN ESPAÑA

Queda hecho el depósito
que previene la ley 11.723
© *1999, Editorial Sudamericana S.A.*
Humberto Iº 531, Buenos Aires

ISBN 950-07-1605-4

© 1996, Ernesto Sabato
Compañía Editora Espasa-Calpe Argentina S.A.

Existe cierto tipo de ficciones mediante las cuales el autor intenta liberarse de una obsesión que no resulta clara ni para él mismo. Para bien y para mal, son las únicas que puedo escribir. Más, todavía, son las incomprensibles historias que me vi forjado a escribir desde que era un adolescente. Por ventura fui parco en su publicación, y recién en 1948 me decidí a publicar una de ellas: El Túnel. En los trece años que transcurrieron luego, seguí explorando ese oscuro laberinto que conduce al secreto central de nuestra vida. Una y otra vez, traté de expresar el resultado de mis búsquedas, hasta que desalentado por los pobres resultados terminaba por destruir los manuscritos. Ahora, algunos amigos que los leyeron me han inducido a su publicación. A todos ellos quiero expresarles aquí mi reconocimiento por esa fe y esa confianza que, por desdicha, yo nunca he tenido.

Dedico esta novela a la mujer que tenazmente me alentó en los momentos de descreimiento, que son los más. Sin ella, nunca habría tenido fuerzas para llevarla a cabo. Y aunque habría merecido algo mejor, aun así con todas sus imperfecciones, a ella le pertenece.

I

El dragón y la princesa

NOTICIA PRELIMINAR

Las primeras investigaciones revelaron que el antiguo Mirador que servía de dormitorio a Alejandra fue cerrado con llave desde dentro por la propia Alejandra. Luego (aunque, lógicamente, no se puede precisar el lapso transcurrido) mató a su padre de cuatro balazos con una pistola calibre 32. Finalmente, echó nafta y prendió fuego.

Esta tragedia, que sacudió a Buenos Aires por el relieve de esa vieja familia argentina, pudo parecer al comienzo la consecuencia de un repentino ataque de locura. Pero ahora un nuevo elemento de juicio ha alterado ese primitivo esquema. Un extraño "Informe sobre ciegos", que Fernando Vidal terminó de escribir la noche misma de su muerte, fue descubierto en el departamento que, con nombre supuesto, ocupaba en Villa Devoto. Es, de acuerdo con nuestras referencias, el manuscrito de un paranoico. Pero no obstante se dice que de él es posible inferir ciertas interpretaciones que echan luz sobre el crimen y hacen ceder la hipótesis del acto de locura ante una hipótesis más tenebrosa. Si esa inferencia es correcta, también se explicaría por qué Alejandra no se suicidó con una de las dos balas que restaban en la pistola, optando por quemarse viva.

[Fragmento de una crónica policial publicada el 28 de junio de 1955 por La Razón de Buenos Aires.*]*

11

I

Un sábado de mayo de 1953, dos años antes de los acontecimientos de Barracas, un muchacho alto y encorvado caminaba por uno de los senderos del parque Lezama.

Se sentó en un banco, cerca de la estatua de Ceres, y permaneció sin hacer nada, abandonado a sus pensamientos. "Como un bote a la deriva en un gran lago aparentemente tranquilo pero agitado por corrientes profundas", pensó Bruno, cuando, después de la muerte de Alejandra, Martín le contó, confusa y fragmentariamente, algunos de los episodios vinculados a aquella relación. Y no sólo lo pensaba sino que lo comprendía ¡y de qué manera!, ya que aquel Martín de diecisiete años le recordaba a su propio antepasado, al remoto Bruno que a veces vislumbraba a través de un territorio neblinoso de treinta años; territorio enriquecido y devastado por el amor, la desilusión y la muerte. Melancólicamente lo imaginaba en aquel viejo parque, con la luz crepuscular demorándose sobre las modestas estatuas, sobre los pensativos leones de bronce, sobre los senderos cubiertos de hojas blandamente muertas. A esa hora en que comienzan a oírse los pequeños murmullos, en que los grandes ruidos se van retirando, como se apagan las conversaciones demasiado fuertes en la habitación de un moribundo; y entonces, el rumor de la fuente, los pasos de un hombre que se aleja, el gorjeo de los pájaros que no terminan de acomodarse en sus nidos, el lejano grito de un niño, comienzan a notarse con extraña gravedad. Un misterioso acontecimiento se produce en esos momentos: anochece. Y todo es diferente: los árboles, los bancos, los jubilados que encienden alguna fogata con hojas secas, la sirena de un barco en la Dársena Sur, el distante eco de la ciudad. Esa hora en que todo entra en una existencia más profunda y enigmática. Y también más temible, para los seres solitarios que a esa hora permanecen callados y pensativos en los bancos de las plazas y parques de Buenos Aires.

Martín levantó un trozo de diario abandonado, un trozo en forma de país: un país inexistente, pero posible. Mecánicamente leyó las palabras que se referían a Suez, a comerciantes que iban a la cárcel de Villa Devoto, a algo que dijo Gheorghiu al llegar. Del otro lado, medio manchada por el barro, se veía una foto: PERÓN VISITA EL TEATRO DISCÉPOLO. Más abajo, un ex combatiente mataba a su mujer y a otras cuatro personas a hachazos.

Arrojó el diario: "Casi nunca suceden cosas" le diría Bruno, años después, "aunque la peste diezme una región de la India". Volvía a ver la cara pintarrajeada de su madre diciendo "existís porque me descuidé". Valor, sí señor, valor era lo que le había faltado. Que si no, habría terminado en las cloacas.

Madrecloaca.

Cuando de pronto —dijo Martín— tuve la sensación de que alguien estaba a mis espaldas, mirándome.

Durante unos instantes permaneció rígido, con esa rigidez expectante y tensa, cuando, en la oscuridad del dormitorio, se cree oír un sospechoso crujido. Porque muchas veces había sentido esa sensación sobre la nuca, pero era simplemente molesta o desagradable; ya que (explicó) siempre se había considerado feo y risible, y lo molestaba la sola presunción de que alguien estuviera estudiándolo o por lo menos observándolo a sus espaldas; razón por la cual se sentaba en los asientos últimos de los tranvías y ómnibus, o entraba al cine cuando las luces estaban apagadas. En tanto que en aquel momento sintió algo distinto. Algo —vaciló como buscando la palabra más adecuada—, algo *inquietante*, algo similar a ese crujido sospechoso que oímos, o creemos oír, en la profundidad de la noche.

Hizo un esfuerzo para mantener los ojos sobre la estatua, pero en realidad no la veía más: sus ojos estaban vueltos hacia dentro, como cuando se piensa en cosas pasadas y se trata de reconstruir oscuros recuerdos que exigen toda la concentración de nuestro espíritu.

"Alguien está tratando de comunicarse conmigo", dijo que pensó agitadamente.

La sensación de sentirse observado agravó, como siempre, sus vergüenzas: se veía feo, desproporcionado, torpe. Hasta sus diecisiete años se le ocurrían grotescos.

"Pero si no es así", le diría dos años después la muchacha que en ese momento estaba a sus espaldas; un tiempo enorme —pensaba Bruno—, porque no se medía por meses y ni siquiera por años, sino, como es propio de esa clase de seres, por catástrofes espirituales y por días de absoluta soledad y de inenarrable tristeza; días que se alargan y se deforman como tenebrosos fantasmas sobre las paredes del tiempo. "Si no es así de ningún modo", y lo escrutaba como un pintor observa a su modelo, chupando nerviosamente su eterno cigarrillo.

"Esperá", decía.

"Sos algo más que un buen mozo", decía.

"Sos un muchacho interesante y profundo, aparte de que tenés un tipo muy raro."

—Sí, por supuesto —admitía Martín, sonriendo con amargura, mientras pensaba "ya ves que tengo razón"—, porque todo eso se dice cuando uno no es un buen mozo y todo lo demás no tiene importancia.

"Pero te digo que esperés", contestaba con irritación. "Sos largo y angosto, como un personaje del Greco."

Martín gruñó.

"Pero callate", prosiguió con indignación, como un sabio que es interrumpido o distraído con trivialidades en el momento en que está a punto de hallar la ansiada fórmula final. Y volviendo a chupar ávidamente el cigarrillo, como era habitual en ella cuando se concentraba, y frunciendo fuertemente el ceño, agregó:

"Pero, sabés: como rompiendo de pronto con ese proyecto de asceta español te revientan unos labios sensuales. Y además tenés esos ojos húmedos. Callate, ya sé que no te gusta nada todo esto que te digo pero dejáme terminar. Creo que las mujeres te deben encontrar atractivo, a pesar de lo que vos te suponés. Sí, también tu expresión. Una mezcla de pureza, de melancolía y de sensualidad reprimida. Pero además... un momento... Una ansiedad en tus ojos, debajo de esa frente que parece un balcón saledizo. Pero no sé si es todo eso lo que me gusta en vos. Creo que es otra cosa...

Que tu espíritu domina sobre tu carne, como si estuvieras siempre en posición de firme. Bueno, gustar acaso no sea la palabra, quizá me sorprende, o me admira o me irrita, no sé... Tu espíritu reinando sobre tu cuerpo como un dictador austero.

"Como si Pío XII tuviera que vigilar un prostíbulo. Vamos, no te enojés, si ya sé que sos un ser angelical. Además, como te digo, no sé si eso me gusta en vos o es lo que más odio."

Hizo un gran esfuerzo por mantener la mirada sobre la estatua. Dijo que en aquel momento sintió miedo y fascinación; miedo de darse vuelta y un fascinante deseo de hacerlo. Recordó que una vez, en la quebrada de Humahuaca, al borde de la Garganta del Diablo, mientras contemplaba a sus pies el abismo negro, una fuerza irresistible lo empujó de pronto a saltar hacia el otro lado. Y en ese momento le pasaba algo parecido: como si se sintiese impulsado a saltar a través de un oscuro abismo "hacia el otro lado de su existencia". Y entonces, aquella fuerza inconsciente pero irresistible le obligó a volver su cabeza.

Apenas la divisó, apartó con rapidez su mirada, volviendo a colocarla sobre la estatua. Tenía pavor por los seres humanos: le parecían imprevisibles, pero sobre todo perversos y sucios. Las estatuas, en cambio, le proporcionaban una tranquila felicidad, pertenecían a un mundo ordenado, bello y limpio.

Pero le era imposible ver la estatua: seguía manteniendo la imagen fugaz de la desconocida, la mancha azul de su pollera, el negro de su pelo lacio y largo, la palidez de su cara, su rostro clavado sobre él. Apenas eran manchas, como en un rápido boceto de pintor, sin ningún detalle que indicase una edad precisa ni un tipo determinado. Pero *sabía* —recalcó la palabra— que algo muy importante acababa de suceder en su vida: no tanto por lo que había visto, sino por el poderoso mensaje que recibió en silencio.

—Usted, Bruno, me lo ha dicho muchas veces. Que no siempre suceden cosas, que casi nunca suceden cosas. Un hombre cruza el estrecho de los Dardanelos, un señor asume la presidencia en Austria, la peste diezma una región de la India, y nada tiene importancia para uno. Usted mismo

16

me ha dicho que es horrible, pero es así. En cambio, en aquel momento, tuve la sensación nítida de que acababa de suceder algo. Algo que cambiaría el curso de mi vida.

No podía precisar cuánto tiempo transcurrió, pero recordaba que después de un lapso que le pareció larguísimo sintió que la muchacha se levantaba y se iba. Entonces, mientras se alejaba, la observó: era alta, llevaba un libro en la mano izquierda y caminaba con cierta nerviosa energía. Sin advertirlo, Martín se levantó y empezó a caminar en la misma dirección. Pero de pronto, al tener conciencia de lo que estaba sucediendo y al imaginar que ella podía volver la cabeza y verlo detrás, siguiéndola, se detuvo con miedo. Entonces la vio alejarse en dirección al alto, por la calle Brasil hacia Balcarce.

Pronto desapareció de su vista.

Volvió lentamente a su banco y se sentó.

—Pero —le dijo— ya no era la misma persona que antes. Y nunca lo volvería a ser.

II

Pasaron muchos días de agitación. Porque *sabía* que volvería a verla, tenía la seguridad de que ella volvería al mismo lugar.

Durante ese tiempo no hizo otra cosa que pensar en la muchacha desconocida y cada tarde se sentaba en aquel banco, con la misma mezcla de temor y de esperanza.

Hasta que un día, pensando que todo había sido un disparate, decidió ir a la Boca, en lugar de acudir una vez más, ridículamente, al banco del parque Lezama. Y estaba ya en la calle Almirante Brown cuando empezó a caminar de vuelta hacia el lugar habitual; primero con lentitud y como vacilando, con timidez; luego, con creciente apuro, hasta terminar corriendo, como si pudiese llegar tarde a una cita convenida de antemano.

Sí, allá estaba. Desde lejos la vio caminando hacia él.

Martín se detuvo, mientras sentía cómo golpeaba su corazón.

La muchacha avanzó hacia él y cuando estuvo a su lado le dijo:

—Te estaba esperando.

Martín sintió que sus piernas se aflojaban.

—¿A mí? —preguntó enrojeciendo.

No se atrevía a mirarla, pero pudo advertir que estaba vestida con un sweater negro de cuello alto y una falda también negra, o tal vez azul muy oscuro (eso no lo podía precisar, y en realidad no tenía ninguna importancia). Le pareció que sus ojos eran negros.

—¿Los ojos negros? —comentó Bruno.

No, claro está: le había parecido. Y cuando la vio por segunda vez advirtió con sorpresa que sus ojos eran de un verde oscuro. Acaso aquella primera impresión se debió a la poca luz, o a la timidez que le impedía mirarla de frente, o, más probablemente, a las dos causas juntas. También pudo observar, en ese segundo encuentro, que aquel pelo largo y lacio que creyó tan renegrido tenía, en realidad, reflejos rojizos. Más adelante fue completando su retrato: sus labios eran gruesos y su boca grande, quizá muy grande, con unos pliegues hacia abajo en las comisuras, que daban sensación de amargura y de desdén.

"Explicarme a mí cómo es Alejandra, se dijo Bruno, cómo es su cara, cómo son los pliegues de su boca." Y pensó que eran precisamente aquellos pliegues desdeñosos y cierto tenebroso brillo de sus ojos lo que sobre todo distinguía el rostro de Alejandra del rostro de Georgina, a quien de verdad él había amado. Porque ahora lo comprendía, había sido a ella a quien verdaderamente quiso, pues cuando creyó enamorarse de Alejandra era a la madre de Alejandra a quien buscaba, como esos monjes medievales que intentaban descifrar el texto primitivo debajo de las restauraciones, debajo de las palabras borradas y sustituidas. Y esa insensatez había sido la causa de tristes desencuentros con Alejandra, experimentando a veces la misma sensación que podría sentirse al llegar, después de muchísimos años de ausencia, a la casa de la infancia y, al intentar abrir una puerta en la noche, encontrarse con una pared. Claro que su cara era casi la misma que la de Georgina: su mismo pelo negro con reflejos rojizos, sus ojos grisverdosos, su misma boca grande, sus mismos pómulos mongólicos, su misma piel mate y pálida. Pero aquel "casi" era atroz, y tanto más cuanto más sutil e imperceptible porque de ese modo el engaño era más profundo y doloroso. Ya que no bastan —pensaba— los huesos y la carne para construir un rostro, y es por eso que es infinitamente menos físico que el cuerpo: está calificado por la mirada, por el rictus de la boca, por las arrugas, por todo ese conjunto de sutiles atributos con que el alma se revela a través de la carne. Razón por la cual, en el instante mismo en que alguien muere, su cuerpo se transforma bruscamente en algo distinto, tan distinto como para que podamos decir "no parece la misma persona", no obstante tener los mismos huesos y la misma materia que un segundo antes, un segundo antes de ese misterioso momento en que el alma se retira del cuerpo y en que éste queda tan muerto como queda una casa cuando se retiran para siempre los seres que la

19

habitan y, sobre todo, que sufrieron y se amaron en ella. Pues no son las paredes, ni el techo, ni el piso lo que individualiza la casa sino esos seres que la viven con sus conversaciones, sus risas, con sus amores y odios; seres que impregnan la casa de algo inmaterial pero profundo, de algo tan poco material como es la sonrisa en un rostro, aunque sea mediante objetos físicos como alfombras, libros o colores. Pues los cuadros que vemos sobre las paredes, los colores con que han sido pintadas las puertas y ventanas, el diseño de las alfombras, las flores que encontramos en los cuartos, los discos y libros, aunque objetos materiales (como también pertenecen a la carne los labios y las cejas), son, sin embargo, manifestaciones del alma; ya que el alma no puede manifestarse a nuestros ojos materiales sino por medio de la materia, y eso es una precariedad del alma pero también una curiosa sutileza.

—¿Cómo, cómo? —preguntó Bruno.

"Vine para verte", dijo Martín que dijo Alejandra.

Ella se sentó en el césped. Y Martín ha de haber manifestado mucho asombro en su expresión porque la muchacha agregó:

—¿No creés acaso, en la telepatía? Sería sorprendente, porque tenés todo el tipo. Cuando los otros días te vi en el banco, sabía que terminarías por darte vuelta. ¿No fue así? Bueno, también ahora estaba segura de que te acordarías de mí.

Martín no dijo nada. ¡Cuántas veces se iban a repetir escenas semejantes: ella adivinando su pensamiento y él escuchándola en silencio! Tenía la exacta sensación de conocerla, esa sensación que a veces tenemos de haber visto a alguien en una vida anterior, sensación que se parece a la realidad como un sueño a los hechos de la vigilia. Y debía pasar mucho tiempo hasta que comprendiese por qué Alejandra le resultaba vagamente conocida y *entonces Bruno volvió a sonreír para sí mismo*.

Martín la observó con deslumbramiento: su pelo renegrido contra su piel mate y pálida, su cuerpo alto y anguloso; había algo en ella que recordaba a las modelos que aparecen en las revistas de modas, pero revelaba a la vez una aspereza y una profundidad que no se encuentran en esa clase de mujeres. Pocas veces, casi nunca, la vería tener un rasgo de dulzura, uno de esos rasgos que se consideran característicos de la mujer y sobre todo de la madre. Su sonrisa era dura y sarcástica, su risa era violenta, como sus movimientos y su carácter en general: "Me costó mucho aprender a reír —le dijo un día—, pero nunca me río desde dentro".

—Pero —agregó Martín mirando a Bruno, con esa voluptuosidad que encuentran los enamorados en hacer que los demás reconozcan los atributos del ser que aman—, pero ¿no es cierto que los hombres y aun las mujeres daban vuelta la cabeza para mirarla?

Y mientras Bruno asentía, sonriendo para sus adentros ante aquella candorosa expresión de orgullo, pensó que así era en efecto, y que siempre y donde fuese Alejandra despertaba la atención de los hombres y también de las mujeres. Aunque por motivos diferentes, porque a las mujeres no las podía ver, las detestaba, sostenía que formaban una raza despreciable y sostenía que únicamente podía mantenerse amistad con algunos hombres; y las mujeres, por su parte, la detestaban a ella con la misma intensidad y por motivos inversos, fenómeno que a Alejandra apenas le suscitaba la más desdeñosa indiferencia. Aunque seguramente la detestaban sin dejar de admirar en secreto aquella figura que Martín llamaba *exótica* pero que en realidad era una paradojal manera de ser argentina, ya que ese tipo de rostros es frecuente en los países sudamericanos, cuando el color y los rasgos de un blanco se combinan con los pómulos y los ojos mongólicos del indio. Y aquellos ojos hondos y ansiosos, aquella gran boca desdeñosa, aquella mezcla de sentimientos y pasiones contradictorias que se sospechaban en sus rasgos (de ansiedad y de fastidio, de violencia y de una suerte de distraimiento, de sensualidad casi feroz y de una especie de asco por algo muy general y profundo), todo confería a su expresión un carácter que no se podía olvidar.

Martín también dijo que aunque no hubiese pasado nada entre ellos, aunque sólo hubiera estado o hablado con ella en una única ocasión, a propósito de cualquier nimiedad, no habría podido ya olvidar su cara en el resto de su vida. Y Bruno pensaba que era cierto, pues era algo más que hermosa. O, mejor dicho no se podía estar seguro de que fuera hermosa. Era distinto. Y resultaba poderosamente atractiva para los hombres, como se advertía caminando a su lado. Tenía cierto aire distraído y concentrado a la vez, como si estuviera cavilando en algo angustioso o mirando hacia adentro, y era seguro que cualquiera que tropezase con ella debía preguntarse, ¿quién es esta mujer, qué busca, qué está pensando?

Aquel primer encuentro fue decisivo para Martín. Hasta ese momento, las mujeres eran o esas vírgenes puras y heroicas de las leyendas, o seres superficiales y frívolos, chismosos y sucios, ególatras y charlatanes, pérfidos y materialistas ("como la propia madre de Martín", pensó Bruno que Martín pensaba). Y de pronto se encontraba con una mujer que no encajaba en ninguno de esos dos moldes, moldes que hasta ese encuentro él había creído que eran los únicos. Durante mucho tiempo le angustió esa novedad, ese inesperado género de mujer que, por un lado, parecía poseer algunas de las virtudes de aquel modelo heroico que tanto le había apasionado en sus lecturas adolescentes, y, por otro lado, revelaba esa sensualidad que él creía propia de la clase que execraba. Y aún entonces, ya muerta Alejandra, y después de haber mantenido con ella una relación tan intensa, no alcanzaba a ver con claridad en aquel gran enigma; y se solía preguntar qué habría hecho en aquel segundo encuentro si hubiera adivinado que ella era lo que luego los acontecimientos revelaron. ¿Habría huido?

Bruno lo miró en silencio: "Sí, ¿qué habría hecho?"

Martín lo miró a su vez con concentrada atención y después de unos segundos, dijo:

—Sufrí con ella tanto que muchas veces estuve al borde del suicidio.

"Y, no obstante, aun así, aun sabiendo de antemano todo lo que luego me sucedió, habría corrido a su lado."

"Por supuesto", pensó Bruno. "¿Y qué otro hombre, muchacho o adulto, tonto o sabio, no habría hecho lo mismo?"

—Me fascinaba —agregó Martín— como un abismo tenebroso y si me desesperaba era precisamente porque la quería y la necesitaba. ¿Cómo ha de desesperarnos algo que nos resulta indiferente?

Quedó largo rato pensativo y luego volvió a su obsesión: se empecinaba en recordar (en tratar de recordar) los momentos con ella, como los enamorados releen la vieja carta de amor que guardan en el bolsillo, cuando ya está alejado para siempre el ser que la escribió; y, también como en la carta, los recuerdos se iban agrietando y envejeciendo, se perdían frases enteras en los dobleces del alma, la tinta iba desvaneciéndose y, con ella, hermosas y mágicas palabras que creaban el sortilegio. Y entonces era necesario esforzar la memoria como quien esfuerza la vista y la acerca al resquebrajado y amarillento papel. Sí, sí: ella le había preguntado por dónde vivía, mientras arrancaba un yuyito y empezaba a masticar el tallo (hecho que recordaba con nitidez). Y después le habría preguntado con quién vivía. Con su padre, le respondió. Y después de un momento de vacilación, agregó que también vivía con su madre. "¿Y qué hace tu padre?" le preguntó entonces Alejandra, a lo que él no respondió en seguida, hasta que por fin dijo que era pintor. Pero al decir la palabra "pintor" su voz fue levemente distinta, como si fuese frágil, y temió que el tono de su voz hubiese llamado la atención de ella como debe llamar la atención de la gente la forma de caminar de alguien que atraviesa un techo de vidrio. Y que algo raro notó Alejandra en aquella palabra lo probaba el hecho de que se inclinó hacia él y lo observó.

—Te estás poniendo colorado —comentó.

—¿Yo? —preguntó Martín.

Y, como sucede siempre en esas circunstancias, enrojeció aun más.

—Pero, ¿qué te pasa? —insistió ella, con el tallito en suspenso.

—Nada, qué me va a pasar.

Se produjo un momento de silencio, luego Alejandra volvió a recostarse de espaldas sobre el césped, recomenzando su tarea con el tallito. Y mientras Martín miraba una batalla de cruceros de algodón, reflexionaba que él no tenía por qué avergonzarse del fracaso de su padre.

Una sirena de barco se oyó desde la Dársena y Martín pensó *Coral Sea, Islas Marquesas*. Pero dijo:

—Alejandra es un nombre raro.

—¿Y tu madre? —preguntó.

Martín se sentó y empezó a arrancar unas matitas de hierba. Encontró una piedrita y pareció estudiar su naturaleza, como un geólogo.

—¿No me oís?

—Sí.

—Te pregunté por tu madre.

—Mi madre —respondió Martín en voz baja— es una cloaca.

Alejandra se incorporó a medias, apoyándose sobre un codo y mirándolo con atención. Martín, sin dejar de examinar la piedrita, se mantenía en silencio, con las mandíbulas muy apretadas, pensando *cloaca, madrecloaca*. Y después agregó:

—Siempre fui un estorbo. Desde que nací.

Sentía como si gases venenosos y fétidos hubiesen sido inyectados en su alma, a miles de libras de presión. Su alma, hinchándose cada año más peligrosamente, no cabía ya en su cuerpo y amenazaba en cualquier momento lanzar la inmundicia a chorros por las grietas.

—Siempre grita: ¡Por qué me habré descuidado!

Como si toda la basura de su madre la hubiese ido acumulando en su alma, a presión, pensaba, mientras Alejandra lo miraba, acodada sobre un costado. Y palabras como *feto, baño, cremas, vientre, aborto,* flotaban en su mente, en la mente de Martín, como residuos pegajosos y nauseabundos sobre aguas estancadas y podridas. Y entonces, como si hablara consigo mismo, agregó que durante mucho tiempo había creído que no lo había amamantado por falta de leche, hasta que un día su madre le gritó que no lo había hecho para no deformarse y también le explicó que había hecho todo lo posible para abortar, menos el raspaje, porque odiaba el sufrimiento tanto como adoraba comer caramelos y bombones, leer revistas de radio y escuchar música melódica. Aunque también decía que le gustaba la música seria, los valses vieneses y el príncipe Kalender. Que desgraciadamente ya no estaba más. Así que podía imaginar con qué alegría

24

lo recibió, después de luchar durante meses saltando a la cuerda como los boxeadores y dándose golpes en el vientre, razón por la cual (le explicaba su madre a gritos) él había salido medio tarado, ya que era un milagro que no hubiese ido a parar a las cloacas.

Se calló, examinó la piedrita una vez más y luego la arrojó lejos.

—Será por eso —agregó— que cuando pienso en ella siempre se me asocia la palabra cloaca.

Volvió a reírse con aquella risa.

Alejandra lo miró asombrada porque Martín todavía tuviese ánimo para reírse. Pero al verle las lágrimas seguramente comprendió que aquello que había estado oyendo no era risa sino (como sostenía Bruno) ese raro sonido que en ciertos seres humanos se produce en ocasiones muy insólitas y que, acaso por precariedad de la lengua, uno se empeña en clasificar como risa o como llanto; porque es el resultado de una combinación monstruosa de hechos suficientemente dolorosos como para producir el llanto (y aun el desconsolado llanto) y de acontecimientos lo bastante grotescos como para querer transformarlo en risa. Resultando así una especie de manifestación híbrida y terrible, acaso la más terrible que un ser humano pueda dar; y quizá la más difícil de consolar, por la intrincada mezcla que la provoca. Sintiendo muchas veces uno ante ella el mismo y contradictorio sentimiento que experimentamos ante ciertos jorobados o rengos. Los dolores en Martín se habían ido acumulando uno a uno sobre sus espaldas de niño, como una carga creciente y desproporcionada (y también grotesca), de modo que él sentía que debía moverse con cuidado, caminando siempre como un equilibrista que tuviera que atravesar un abismo sobre un alambre, pero con una carga grosera y maloliente, como si llevara enormes fardos de basura y excrementos, y monos chillones, pequeños payasos vociferantes y movedizos, que mientras él concentraba toda su atención en atravesar el abismo sin caerse, el abismo negro de su existencia, le gritaban cosas hirientes, se mofaban de él y armaban allá arriba, sobre los fardos de basura y excrementos, una infernal algarabía de insultos y sarcasmos. Espectáculo que (a su juicio) debía despertar en los espectadores una mezcla de pena y de enorme y monstruoso regocijo, tan tragicómico era; motivo por el cual no se consideraba con derechos a abandonarse al simple llanto, ni aun ante un ser como Alejandra, un ser que parecía haber estado esperando durante un siglo, y pensaba que tenía el deber, el deber casi profesional de un payaso a quien le ha ocurrido la mayor desgracia, de convertir aquel llanto en una mueca de risa. Pero, sin embargo, a medida que había ido confesando aquellas pocas palabras claves a Alejandra, sentía como una liberación y por un instante pensó que su mueca risible podía por fin convertirse en un enorme, convulsivo y tierno llanto; derrumbándose sobre ella como si por fin hubiese logrado atravesar el abismo. Y así lo hubiera hecho, así lo hubiera querido hacer. Dios mío, pero no lo hizo: sino que apenas inclinó su cabeza sobre el pecho, dándose vuelta para ocultar sus lágrimas.

III

Pero cuando años después Martín hablaba con Bruno de aquel encuentro apenas quedaban frases sueltas, el recuerdo de una expresión, de una caricia, la sirena melancólica de aquel barco desconocido: como fragmentos de columnas, y si permanecía en su memoria, acaso por el asombro que le produjo, era una que ella le había dicho en aquel encuentro, mirándolo con cuidado:

—Vos y yo tenemos algo en común, algo muy importante.

Palabras que Martín escuchó con sorpresa, pues ¿qué podía tener él en común con aquel ser portentoso?

Alejandra le dijo, finalmente, que debía irse, pero que en otra ocasión le contaría muchas cosas y que —lo que a Martín le pareció más singular— tenía *necesidad* de contarle.

Cuando se separaron, lo miró una vez más, como si fuera médico y él estuviera enfermo, y agregó unas palabras que Martín recordó siempre:

—Aunque por otro lado pienso que no debería verte nunca. Pero te veré porque te necesito.

La sola idea, la sola posibilidad de que aquella muchacha no lo viese más lo desesperó. ¿Qué le importaban a él los motivos que podía tener Alejandra para no querer verlo? Lo que anhelaba era verla.

—Siempre, siempre —dijo con fervor.

Ella se sonrió y le respondió:

—Sí, porque sos así es que necesito verte.

Y Bruno pensó que Martín necesitaría todavía muchos años para alcanzar el significado probable de aquellas oscuras palabras. Y también pensó que si en aquel entonces hubiera tenido más edad y más experiencia, le habrían asombrado palabras como aquellas, dichas por una muchacha de dieciocho años. Pero también muy pronto le habrían parecido naturales, porque ella había nacido madura, o había madurado en su infancia, al menos en cierto sentido; ya que en otros sentidos daba la impresión de que nunca maduraría: como si una chica que todavía juega con las muñecas fuera al propio tiempo capaz de espantosas sabidurías de viejo; como si horrendos acontecimientos la hubiesen precipitado hacia la madurez y luego hacia la muerte sin tener tiempo de abandonar del todo atributos de la niñez y la adolescencia.

En el momento en que se separaban, después de haber caminado unos pasos, recordó o advirtió que no habían combinado nada para encontrarse. Y volviéndose, corrió hacia Alejandra para decírselo.

—No te preocupés —le respondió—. Ya sabré siempre cómo encontrarte.

Sin reflexionar en aquellas palabras increíbles y sin atreverse a insistir, Martín volvió sobre sus pasos.

IV

Desde aquel encuentro, esperó día a día verla nuevamente en el parque. Después semana tras semana. Y, por fin, ya desesperado, durante largos meses. ¿Qué le pasaría? ¿Por qué no iba? ¿Se habría enfermado? Ni siquiera sabía su apellido. Parecía habérsela tragado la tierra. Mil veces se reprochó la necedad de no haberle preguntado ni siquiera su nombre completo. Nada sabía de ella. Era incomprensible tanta torpeza. Hasta llegó a sospechar que todo había sido una alucinación o un sueño. ¿No se había quedado dormido más de una vez en el banco del parque Lezama? Podía haber soñado aquello con tanta fuerza que luego le hubiese parecido auténticamente vivido. Luego descartó esta idea porque pensó que había habido dos encuentros. Luego reflexionó que eso tampoco era un inconveniente para un sueño, ya que en el mismo sueño podía haber soñado con el doble encuentro. No guardaba ningún objeto de ella que le permitiera salir de dudas, pero al cabo se convenció de que todo había sucedido de verdad y que lo que pasaba era, sencillamente, que él era el imbécil que siempre imaginó ser.

Al principio sufrió mucho, pensando día y noche en ella. Trató de dibujar su cara, pero le resultaba algo impreciso, pues en aquellos dos encuentros no se había atrevido a mirarla bien sino en contados instantes; de modo que sus dibujos resultaban indecisos y sin vida, pareciéndose a muchos dibujos anteriores en que retrataba a aquellas vírgenes ideales y legendarias de las que había vivido enamorado. Pero aunque sus bocetos eran insípidos y poco definidos, el recuerdo del encuentro era vigoroso y tenía la sensación de haber estado con alguien muy fuerte, de rasgos muy marcados, desgraciado y solitario como él. No obstante, el rostro se perdía en una tenue esfumadura. Y resultaba algo así como una sesión de espiritismo, en que una materialización difusa y fantasmal de pronto da algunos nítidos golpes sobre la mesa.

Y cuando su esperanza estaba a punto de agotarse, recordaba las dos o tres frases clave del encuentro: "Pienso que no debería verte nunca. Pero te veré porque te necesito". Y aquella otra: "No te preocupés. Ya sabré siempre cómo encontrarte".

Frases —pensaba Bruno— que Martín apreciaba desde su lado favorable y como fuente de una inenarrable felicidad, sin advertir, al menos en aquel tiempo, todo lo que tenían de egoísmo.

Y claro —dijo Martín que entonces pensaba—, ella era una muchacha rara ¿y por qué un ser de esa condición había de verlo al otro día, o a la semana siguiente? ¿Por qué no podían pasar semanas y hasta meses sin necesidad de encontrarlo? Estas reflexiones lo animaban. Pero más tarde, en momentos de depresión, se decía: "No la veré más, ha muerto, quizá se ha matado, parecía desesperada y ansiosa". Recordaba entonces sus propias ideas de suicidio. ¿Por qué Alejandra no podía haber pasado por algo semejante? ¿No le había dicho, precisamente, que se parecían, que tenían algo profundo que los asemejaba? ¿No sería esa obsesión del suicidio lo que habría querido significar cuando habló del parecido? Pero luego reflexionaba que aun en el caso de haberse querido matar lo habría venido a buscar antes, y se le ocurría que no haberlo hecho era una especie de estafa que le resultaba inconcebible en ella.

¡Cuántos días desolados transcurrieron en aquel banco del parque! Pasó todo el otoño y llegó el invierno. Terminó el invierno, comenzó la primavera (aparecía por momentos, friolenta y fugitiva, como quien se asoma a ver cómo andan las cosas, y luego, poco a poco, con mayor decisión y cada vez por mayor tiempo) y paulatinamente empezó a correr con mayor calidez y energía la savia en los árboles y las hojas empezaron a brotar; hasta que en pocas semanas, los últimos restos del invierno se retiraron del parque Lezama hacia otras remotas regiones del mundo.

Llegaron después los primeros calores de diciembre. Los jacarandaes se pusieron violetas y las tipas se cubrieron de flores anaranjadas.

30

Y luego aquellas flores fueron secándose y cayendo, las hojas empezaron a dorarse y a ser arrastradas por los primeros vientos del otoño. Y entonces —dijo Martín— perdió definitivamente la esperanza de volver a verla.

V

La "esperanza" de volver a verla (reflexionó Bruno con melancólica ironía). Y también se dijo: ¿no serán todas las esperanzas de los hombres tan grotescas como éstas? Ya que, dada la índole del mundo, tenemos esperanzas en acontecimientos que, de producirse sólo nos proporcionarían frustración y amargura; motivo por el cual los pesimistas se reclutan entre los ex esperanzados, puesto que para tener una visión negra del mundo hay que haber creído antes en él y en sus posibilidades. Y todavía resulta más curioso y paradojal que los pesimistas, una vez que resultaron desilusionados, no son constantes y sistemáticamente desesperanzados, sino que, en cierto modo, parecen dispuestos a renovar su esperanza a cada instante aunque lo disimulen debajo de su negra envoltura de amargados universales, en virtud de una suerte de pudor metafísico; como si el pesimismo, para mantenerse fuerte y siempre vigoroso, necesitase de vez en cuando un nuevo impulso producido por una nueva y brutal desilusión.

Y el mismo Martín (pensaba mirándolo, ahí, delante de él), el mismo Martín, pesimista en cierne como corresponde a todo ser purísimo y preparado a esperar Grandes Cosas de los hombres en particular y de la Humanidad en general, ¿no había intentado ya suicidarse a causa de esa especie de albañal que era su madre? ¿No revelaba ya eso que había esperado algo distinto y seguramente maravilloso de aquella mujer? Pero (y eso todavía era más asombroso) ¿no había vuelto, después de semejante desastre, a tener fe en las mujeres al encontrarse con Alejandra?

Ahí estaba ahora aquel pequeño desamparado, uno de los tantos en aquella ciudad de desamparados. Porque Buenos Aires era una ciudad en que pululaban, como por otra parte sucedía en todas las gigantescas y espantosas babilonias.

Lo que pasa (pensó) es que a primera vista no se los advierte, o porque por lo menos resulta que buena parte de ellos no lo parecen a primera vista, o porque en muchos casos no lo quieren parecer. Y porque, al revés, grandes cantidades de seres que pretenden serlo contribuyen a confundir aun más el problema y hacer que uno crea al final que no hay desamparados verdaderos.

Porque, claro, si a un hombre le faltan las piernas o los dos brazos, todos sabemos, o creemos saber, que ese hombre es un desvalido. Y en ese mismo instante ese hombre empieza a serlo menos, pues lo hemos advertido y sufrimos por él, le compramos peines inútiles o fotos de colores de Carlitos Gardel. Y entonces, ese mutilado al que le faltan las piernas o los dos brazos deja de ser parcial o totalmente la clase de desamparado total en que estamos pensando, hasta el punto de que lleguemos a sentir luego un oscuro sentimiento de rencor, quizá por los infinitos desamparados absolutos que en ese mismo instante (por no tener la audacia o la seguridad y hasta el espíritu de agresión de los vendedores de peines y de retratos en colores) sufren en silencio y con dignidad suprema su suerte de auténticos desdichados.

Como esos hombres silenciosos y solitarios que a nadie piden nada y con nadie hablan, sentados y pensativos en los bancos de las grandes plazas y parques de la ciudad: algunos, viejos (los más obviamente desvalidos, hasta el punto de que ya nos deben preocupar menos y por las mismas razones que los vendedores de peines), esos viejos con bastones de jubilados que ven pasar el mundo como un recuerdo, esos viejos que meditan y a su manera acaso replantean los grandes problemas que los pensadores poderosos plantearon sobre el sentido general de la existencia, sobre el porqué y el para qué de todo: casamientos, hijos, barcos de guerra, luchas políticas, dinero, reyes y carreras de caballos o de autos; esos viejos que indefinidamente miran o parecen mirar a las palomas que comen granitos de avena o de maíz, o a los activísimos gorriones, o, en general, a los diferentes tipos de pájaros que descienden sobre la plaza o viven en los árboles de los grandes parques. En virtud de ese notable atributo que tiene el universo de independencia y superposición: de modo que mientras un banquero se propone realizar la más formidable operación con divisas fuertes que se haya hecho en el Río de la Plata (hundiendo de paso al Consorcio X o la temible Sociedad Anónima Y) un pajarito, a cien pasos de distancia de la Poderosa Oficina, anda a saltitos sobre el césped del Parque Colón, buscando aquí alguna pajita para su nido, algún grano perdido de trigo o de avena, algún gusanito de interés alimenticio para él o para sus pichones; mientras en otro estrato aún más insignificante y en cierto modo más ajeno a todo (no ya al Grandioso Banquero sino al exiguo bastón de jubilado), seres más minúsculos, más anónimos y secretos, viven una existencia independiente y en ocasiones hasta activísima: gusanos, hormigas (no sólo las grandes y negras, sino las rojizas chiquitas y aun otras más pequeñas que son casi invisibles) y cantidades de otros bichitos más insignificantes, de colores variados y de costumbres muy diversas. Todos esos seres viven en mundos distintos, ajenos los unos a los otros, excepto cuando se producen las Grandes Catástrofes, cuando los Hombres, armados de Fumigadores y Palas, emprenden la Lucha contra las Hormigas (lucha, dicho sea de paso, absolutamente inútil, ya que siempre termina con el triunfo de las hormigas), o cuando los Banqueros desencadenan sus Guerras por el Petróleo; de modo que los infinitos bichitos que hasta ese momento vivían sobre las vastas praderas verdes o en los apacibles submundos de los parques, son aniquilados por bombas y gases; mientras que otros más afortunados, de las razas invariablemente vencedoras de los Gusanos, hacen su agosto y prosperan con enorme rapidez, al mismo tiempo que medran, allá arriba, los Proveedores y Fabricantes de Armamentos.

Pero, excepto en esos tiempos de intercambio y de confusión, resulta milagroso que tantas especies de seres puedan nacer, desenvolverse y morir sin conocerse, sin odiarse ni estimarse, en las mismas regiones del universo; como esos múltiples mensajes telefónicos que, según dicen, pueden enviarse por un solo cable sin mezclarse ni entorpecerse, gracias a ingeniosos mecanismos.

De modo (pensaba Bruno) que tenemos en primer término a los hombres sentados y pensativos de las plazas y parques. Algunos miran el suelo y se distraen por minutos y hasta por horas con las numerosas y anónimas actividades de los animalitos ya mencionados: examinando las hormigas, considerando sus diversas especies, calculando qué cargas son capaces de transportar, de qué manera colaboran entre dos o tres de ellas para trabajos de mayor dificultad, etc. A veces, con un palito, con una ramita seca de esas que fácilmente se encuentran en el suelo en los parques, esos hombres se entretienen en apartar a las hormigas de sus afanosas trayectorias, logran que alguna más atolondrada suba al palito y luego corra hasta la punta, donde, después de pequeñas acrobacias cautelosas, vuelve para atrás y corre hasta el extremo opuesto; siguiendo así, en inútiles idas y venidas, hasta que el hombre solitario se cansa del juego y, por piedad, o más generalmente por aburrimiento, deja el palito en el suelo, ocasión en que la hormiga se apresura a buscar a sus compañeras, mantiene una breve y agitada conversación con las primeras que encuentra para explicar su retardo o para enterarse de la Marcha General del Trabajo en su ausencia, y en seguida reanuda su tarea, reincorporándose a la larga y enérgica fila egipcia. Mientras el hombre solitario y pensativo retorna a su meditación general y un poco errabunda que no fija demasiado su atención en nada: mirando ya un árbol, ya un chico que juega por ahí y rememorando, gracias a ese niño, remotos y ahora increíbles días de la Selva Negra o de una callejuela de Pontevedra que baja hacia el sur; mientras sus ojos se nublan un poco más, acentuando ese brillo lacrimoso que tienen los ojos de los ancianos y que nunca se sabrá si se debe a causas puramente fisiológicas o si, de alguna manera, es consecuencia del recuerdo, la nostalgia, el sentimiento de frustración o la idea de la muerte, o de esa vaga pero irresistible melancolía que siempre nos suscita a los hombres la palabra FIN colocada al término de una historia que nos ha apasionado por su misterio y su tristeza. Lo que es lo mismo que decir la historia de cualquier hombre, pues ¿qué ser humano existe cuya historia no sea en definitiva triste o misteriosa?

Pero no siempre los hombres sentados y pensativos son viejos o jubilados.

A veces son hombres relativamente jóvenes, individuos de treinta o cuarenta años. Y, cosa curiosa y digna de ser meditada (pensaba Bruno), resultan más patéticos y desvalidos cuando más jóvenes son. Porque ¿qué puede haber de más pavoroso que un muchacho sentado y pensativo en un banco de plaza, agobiado por sus pensamientos, callado y ajeno al mundo que lo rodea? En ocasiones, el hombre o muchacho es un marinero; en otras es acaso un emigrado que querría volver a su patria y no puede; muchas veces son seres que han sido abandonados por la mujer que querían; otras, seres sin capacidad para la vida, o que han dejado su casa para siempre o meditan sobre su soledad y su futuro. O puede ser un muchachito como el propio Martín, que empieza a ver con horror que el absoluto no existe.

O también puede ser un hombre que ha perdido a su hijo y que, de vuelta del cementerio, se encuentra solo y siente que ahora su existencia carece de sentido, reflexionando que mientras tanto hay hombres que ríen o son felices por ahí (aunque sea momentáneamente felices), niños que juegan en el parque, allí mismo (los está viendo), en tanto que su propio hijo está ya bajo tierra, en un ataúd pequeño adecuado a la pequeñez de su cuerpo que quizá, por fin, había dejado de luchar contra un enemigo atroz y desproporcionado. Y ese hombre sentado y pensativo medita nuevamente, o por primera vez, en el sentido general del mundo, pues no alcanza a comprender por qué su niño ha tenido que morir de semejante manera, por qué ha de pagar alguna remota culpa de otros con sufrimientos inmensos, angustiado su pequeño corazón por la asfixia o la parálisis, luchando desesperadamente, sin saber por qué, contra las sombras negras que comienzan a abatirse sobre él.

Y ese hombre sí que es un desamparado. Y, cosa singular, puede no ser pobre, hasta es posible que sea rico, y hasta podría ser el Gran Banquero que planeaba la formidable Operación con divisas fuertes, a la que se habrá referido antes con desdén e ironía. Desdén e ironía (ahora le era fácil entender) que, como siempre, resultaban excesivos y en definitiva injustos. Pues no hay hombre que en última instancia merezca el desdén y la ironía; ya que, tarde o temprano, con divisas fuertes o no, lo alcanzan las desgracias, las muertes de sus hijos, o hermanos, su propia vejez y su propia soledad ante la muerte. Resultando finalmente más inválido que nadie; por la misma razón que es más indefenso el hombre de armas que es sorprendido sin su cota de malla que el insignificante hombre de paz que, por no haberla tenido nunca, tampoco siente nunca su carencia.

VI

Es cierto que desde los once años no entraba en ninguna dependencia de la casa y mucho menos en aquella salita que era algo así como el santuario de su madre: el lugar donde, al salir del baño, permanecía las horas radiotelefónicas y donde completaba los preparativos para sus salidas. Pero, ¿y su padre? Ignoraba sus costumbres en los últimos años y lo sabía encerrado en su taller; para ir al baño no era imprescindible pasar por la salita, pero tampoco era imposible. ¿Jugaba acaso con la posibilidad de que su marido la viese así? ¿Formaba parte de su encarnizado odio la idea de humillarlo hasta ese punto?

Todo era posible.

Por su parte, al no oír la radio encendida, supuso que no estaba, pues era absolutamente inconcebible que permaneciera en la salita en silencio.

En la penumbra, sobre el diván, el doble monstruo se agitaba con ansiedad y furia.

Anduvo caminando por el barrio, como sonámbulo, durante poco más de una hora. Luego volvió a su cuarto y se tiró sobre la cama. Quedó mirando el techo y luego sus ojos recorrieron las paredes hasta detenerse en la ilustración de *Billiken* que tenía pegada con chinches desde su infancia: Belgrano haciendo jurar la bandera azul y blanca a sus soldados, en el cruce del río Salado.

La bandera inmaculada pensó.

Y también volvieron a su mente palabras clave de su existencia: *frío, limpieza, nieve, soledad, Patagonia.*

Pensó en barcos, en trenes, pero ¿de dónde sacaría el dinero? Entonces recordó aquel gran camión que paraba en el garaje cercano a la estación Sola y que, mágicamente, lo había detenido un día con su inscripción: TRANSPORTE PATAGÓNICO. ¿Y si necesitaran un peón, un ayudante, cualquier cosa?

—Claro que sí, pibe —dijo Bucich con el cigarro apagado en su boca.

—Tengo ochenta y tres pesos —dijo Martín.

—Dejate de macana —dijo Bucich, quitándose el overall sucio de grasa.

Parecía un gigante de circo, pero algo encorvado, con pelo canoso. Un gigante con expresión candorosa de niño. Martín miraba el camión: al costado, en grandes caracteres, decía TRANSPORTE PATAGÓNICO; y detrás, con letras doradas, se leía: SI LO VIERAS, VIEJA.

—Vamo —dijo Bucich siempre con su colilla apagada.

Sobre el pavimento mojado y resbaladizo brillaba por un momento un rojo lechoso y delicuescente. En seguida venía el relámpago violáceo, para ser nuevamente reemplazado por el rojo lechoso: CINZANO-AMERICANO GANCIA. CINZANO-AMERICANO GANCIA.

—Se vino el frío —comentó Bucich.

¿Lloviznaba? Era más bien una neblina de finísimas gotitas impalpables y flotantes. El camionero caminaba a grandes trancos a su lado. Era candoroso y fuerte: acaso el símbolo de lo que Martín buscaba en aquel éxodo hacia el sur. Se sintió protegido y se abandonó a sus pensamientos. Aquí es, dijo Bucich. CHICHÍN *pizza fainá despacho de bebidas.* Salú, dijo Bucich. Salú, dijo Chichín, poniendo la botella de ginebra LLAVE. Do copita; este pibe e un amigo. Mucho gusto, el gusto e mío, dijo Chichín, que tenía gorra y tiradores colorados sobre camisa tornasol. ¿La vieja?, preguntó Bucich. Regular, dijo Chichín. ¿L'hicieron l'análisis? Sí. ¿Y? Chichín se encogió de hombros. Vo sabé cómo son esa cosa. *Irse lejos, el sur frío y nítido* pensaba Martín mirando el retrato de Gardel en frac, sonriendo con la sonrisa medio de costado de muchacho pierna pero capaz de gauchadas, y la escarapela azul y blanca sobre la Masseratti de Fangio, muchachas desnudas rodeadas por Leguisamo y Américo Tesorieri, de gorra, apoyado contra el arco, al amigo Chichín con aprecio y muchas fotos de Boca con la palabra ¡CAMPEONES! y también el Torito de Mataderos con malla de entrenamiento en su clásica guardia. *Salto a la cuerda, todo menos raspajes, como los boxeadores, hasta me golpeaba el vientre, por eso saliste medio tarado seguro, riéndose* con rencor y desprecio, hice todo, no me iba a deformar el cuerpo por vos le dijo, y él tendría once años. ¿Y Tito? preguntó Bucich. Ahora viene, dijo Chichín, y decidió irse a vivir al altillo. ¿Y el domingo? preguntó Bucich. Ma qué sé yo, respondió Chichín con rabia, te juro que yo no me hago ma mala sangre *mientras ella seguía oyendo boleros, depilándose, comiendo caramelos, dejando papeles pegajosos por todas partes,* mala sangre por nada, decía Chichín, lo que se dice propio nada de nada *un mundo sucio y pegajoso* mientras repasaba con rabia callada un vaso cualquiera y repetía, haceme el favor *huir hacia un mundo limpio, frío, cristalino* hasta que dejando el vaso y encarándose con Bucich exclamó: perder con semejante bagayo, mientras el camionero parpadeaba, considerando el problema con la debida atención y comentando la pucha, verdaderamente *mientras Martín seguía oyendo aquellos boleros, sintiendo aquella atmósfera pesada de baño y cremas desodorantes, aire caliente y turbio, baño caliente, cuerpo caliente, cama caliente, madre caliente, madre-cama, canastacama, piernas lechosas hacia arriba como en un horrendo circo casi en la misma forma en que él había salido de la cloaca y hacia la cloaca o casi* mientras entraba el hombre flaquito y nervioso que decía, Salú y Chichín decía; Humberto J. D'Arcángelo se lo saluda, salú Puchito, el muchacho e un amigo, mucho gusto el gusto e mío dijo *escrutándolo con esos ojitos de pájaro, con aquella expresión de ansiedad que siempre Martín le vería a Tito, como si se le hubiese perdido algo muy valioso y lo buscara por todas partes, observando todo con rapidez e inquietud.*

—La gran puta con lo diablo rojo.

—Decí vo, decí. Contale a éste.

—Te soy franco: vo, con el camión, te salvá de cada una.

—Pero yo —repetía Chichín— no me hago ma mala sangre. Lo que se dice nada de nada. Te lo juro por la memoria de mi madre. Con eso lisiado. Haceme el favor. Ma contale a éste, contale.

Humberto J. D'Arcángelo, conocido vulgarmente por Tito, dictaminó:

—Propio la basura.

Y entonces se sentó a una mesa cerca de la ventana,

sacó *Crítica,* que siempre llevaba doblada en la página de deportes, la colocó con indignación sobre la mesita y escarbándose los dientes picados con el escarbadientes que siempre llevaba en la boca, dirigió una mirada sombría hacia la calle Pinzón. Chiquito y estrecho de hombros, con el traje raído, parecía meditar en la suerte general del mundo.

Después de un rato, volvió su mirada hacia el mostrador y dijo:

—Este domingo ha sido trágico. Perdimo como cretino, ganó San Lorenzo, ganaron lo millonario y hasta Tigre ganó ¿me queré decir a dónde vamo a parar?

Mantuvo la mirada en sus amigos como poniéndolos de testigos, luego volvió nuevamente su mirada hacia la calle y escarbándose los dientes, dijo:

—Este paí ya no tiene arreglo.

VII

*N*o *puede ser,* pensó, con la mano detenida sobre la bolsa marinera, *no puede ser.* Pero sí la tos, la tos y esos crujidos.

Y años después, también pensó, recordando aquel momento: *como habitantes solitarios de dos islas cercanas separadas por insondables abismos.* Años después, cuando su padre estaba pudriéndose en la tumba, comprendiendo que aquel pobre diablo había sufrido por lo menos tanto como él y que, acaso, desde aquella cercana pero inalcanzable isla en que habitaba (en que sobrevivía) le habría hecho alguna vez un gesto silencioso pero patético requiriendo su ayuda, o por lo menos su comprensión y su cariño. Pero eso lo entendió después de sus duras experiencias, cuando ya era tarde, como casi siempre sucede. Así que ahora, en ese presente prematuro (como si el tiempo se divirtiese en presentarse antes de lo debido, para que la gente haga representaciones tan grotescas y primarias como las que hacen ciertos cuadros de aficionados a los que les falta experiencia: Otelos que todavía no han amado), en ese presente que debería ser futuro, entraba falsamente su padre, subía aquellas escaleras que durante tantos años no había transitado. Y de espaldas a la puerta, Martín sintió que se asomaba como un intruso: oía su jadeo de tuberculoso, su vacilante espera. Y con deliberada crueldad, hizo como que no lo advirtiese. *Claro, ha leído mi mensaje, quiere retenerme.* ¿Retenerlo para qué? Durante años y años apenas cruzaban alguna palabra. Pugnaba entre el resentimiento y la lástima. Su resentimiento lo impulsaba a no mirarlo, a ignorar su entrada en la pieza, a lo que era todavía peor, a hacerle comprender que quería ignorarla. Pero volvió su cabeza. Sí, la volvió, y lo vio tal como lo había imaginado: con las dos manos sobre la baranda, descansando del esfuerzo, su mechón de pelo canoso caído sobre la frente, sus ojos afiebrados y un poco salidos, sonriendo débilmente con aquella expresión de culpa que tanto le fastidiaba a Martín, diciéndole "hace veinte años yo tenía el taller aquí" echando luego una mirada circular sobre el altillo y quizá sintiendo la misma sensación que un viajero, envejecido y desilusionado, siente al volver al pueblo de su juventud, después de haber recorrido países y personas que en aquel tiempo habían despertado a su imaginación y sus anhelos. Y acercándose a la cama se sentó en el borde, como si no se sintiese autorizado a ocupar demasiado espacio o a estar excesivamente cómodo. Para luego permanecer un buen tiempo en silencio, respirando trabajosamente, pero inmóvil como una desanimada estatua. Con voz apagada, dijo:

—Hubo un tiempo en que éramos amigos.

Sus ojos, pensativos, se iluminaron, mirando a lo lejos.

—Recuerdo una vez, en el Parque Retiro... Vos tendrías... a ver... cuatro, tal vez cinco años... eso es... cinco años... querías andar solo en los autitos eléctricos, pero yo no te dejé, tenía miedo de que te asustaras con los choques.

Rió suavemente, con nostalgia.

—Después, cuando volvíamos a casa, subiste a una calesita que estaba en un baldío de la calle Garay. No sé por qué siempre te recuerdo de espaldas, en el momento en que, a cada vuelta, acababas de pasar frente a mí. El viento agitaba tu camisita, una camisita a rayas azules. Era ya tarde, apenas había luz.

Se quedó pensativo y después confirmó, como si fuera un hecho importante:

—Una camisita a rayas azules, sí. La recuerdo muy bien.

Martín permanecía callado.

—En aquel tiempo pensaba que con los años llegaríamos a ser compañeros, que llegaríamos a tener... una especie de amistad...

Volvió a sonreír con aquella pequeña sonrisa culpable, como si aquella esperanza hubiera sido ridícula, una esperanza sobre algo que él no tenía ningún derecho. Como si hubiese cometido un pequeño robo, aprovechando la indefensidad de Martín.

43

Su hijo lo miró: los codos sobre las rodillas, encorvado, con su mirada puesta en un punto lejano.

—Sí... ahora todo es distinto...

Tomó entre sus manos un lápiz que estaba sobre la cama y lo examinó con expresión meditativa.

—No creas que no te comprendo... ¿Cómo podríamos ser amigos? Debes perdonarme, Martincito...

—Yo no tengo nada que perdonarte.

Pero el tono duro de sus palabras contradecía su afirmación.

—¿Ves? Me odias. Y no creas que no te entiendo.

Martín hubiera querido agregar: "no es cierto, no te odio", pero lo monstruosamente cierto era que lo odiaba. Ese odio lo hacía sentirse más desdichado y aumentaba su soledad. Cuando veía a su madre pintarrajearse y salir a la calle canturreando algún bolero, el aborrecimiento hacia ella se extendía hasta su padre y se detenía al fin en él, como si fuera el verdadero destinatario.

—Por supuesto, Martín, comprendo que no puedas estar orgulloso de un pintor fracasado.

Los ojos de Martín se llenaron de lágrimas.

Pero quedaban suspendidas en su gran rencor, como gotas de aceite en vinagre, sin mezclarse. Gritó:

—¡No digás eso, papá!

Su padre lo miró conmovido, extrañado de su reacción.

Casi sin saber lo que decía, Martín gritó con encono:

—¡Éste es un país asqueroso! ¡Aquí los únicos que triunfan son los sinvergüenzas!

Su padre lo miró callado, con fijeza. Después, negando con la cabeza, comentó:

—No, Martín, no creas.

Contempló el lápiz que tenía entre sus manos y después de un instante, terminó:

—Hay que ser justos. Yo soy un pobre diablo y un fracasado en toda regla y con toda justicia: no tengo ni talento, ni fuerza. Ésa es la verdad.

Martín empezó a retraerse de nuevo hacia su isla. Estaba avergonzado del patetismo de aquella escena y la resignación de su padre empezaba a endurecerlo nuevamente.

El silencio se volvió tan intenso y molesto que su padre se incorporó para irse. Probablemente había comprendido que la decisión era irrevocable y, además, que aquel abismo entre ellos era demasiado grande y definitivamente insalvable. Se acercó hasta Martín y con su mano derecha le apretó un brazo: habría querido abrazarlo, pero, ¿cómo podía hacerlo?

—Y bien... —murmuró.

¿Habría dicho algo cariñoso Martín de saber que aquéllas eran realmente las últimas palabras que oiría de su padre?

¿Sería uno tan duro con los seres humanos —decía Bruno— si se supiese de verdad que algún día se han de morir y que nada de lo que se les dijo se podrá ya rectificar?

Vio cómo su padre se daba vuelta y se alejaba hacia la escalera. Y también vio cómo, antes de desaparecer, volvió su cara, con una mirada que años después de su muerte, Martín recordaría desesperadamente.

Y cuando oyó su tos, mientras bajaba las escaleras, Martín se tiró sobre la cama y lloró. Sólo horas más tarde tuvo fuerzas para terminar de arreglar su bolsa marinera. Cuando salió eran las dos de la mañana, y en el taller de su padre vio luz.

—"Ahí está —pensó—. A pesar de todo vive, todavía vive."

Caminó hacia el garaje y pensó que debía sentir una gran liberación, pero no era así; una sorda opresión se lo impedía. Caminaba cada vez más lentamente. Por fin se detuvo y vaciló. ¿Qué es lo que quería?

VIII

—Hasta que volví a verla pasaron muchas cosas... en mi casa... No quise vivir más allá, pensé irme a la Patagonia, hablé con un camionero que se llama Bucich ¿no le hablé nunca de Bucich? pero esa madrugada... En fin, no fui al sur. No volví más a mi casa, sin embargo.

Se calló, rememorando.

—La volví a ver en el mismo lugar del parque, pero recién en febrero de 1955. Yo no dejé de ir en cada ocasión en que me era posible. Y sin embargo no me pareció que la encontrase gracias a esa espera en el mismo lugar.

—¿Sino?

Martín miró a Bruno y dijo:

—Porque ella quiso encontrarme.

Bruno no pareció entender.

—Bueno, si fue a aquel lugar es porque quiso encontrarlo.

—No, no es eso lo que quiero decir. Lo mismo me habría encontrado en cualquier otra parte. ¿Entiende? Ella sabía dónde y cómo encontrarme, si quería. Eso es lo que quiero decir. Esperarla allá, en aquel banco, durante tantos meses, fue una de las tantas ingenuidades mías.

Se quedó cavilando y luego agregó, mirándolo a Bruno como si le requiriera una explicación.

—Por eso, porque creo que ella me buscó, con toda su voluntad, con deliberación, por eso mismo me resulta más inexplicable que luego... de semejante manera...

Mantuvo su mirada sobre Bruno y éste permaneció con sus ojos fijos en aquella cara demacrada y sufriente.

—¿Usted lo entiende?

—Los seres humanos no son lógicos —repuso Bruno—. Además, es casi seguro que la misma razón que la llevó a buscarlo también la impulsó a...

Iba a decir "abandonarlo" cuando se detuvo y corrigió: "a alejarse".

46

Martín lo miró todavía un momento y luego volvió a sumirse en sus pensamientos, permaneciendo durante un buen tiempo callado. Luego explicó cómo había reaparecido.

Era ya casi de noche y la luz no le alcanzaba ya para revisar las pruebas, de modo que se había quedado mirando los árboles, recostado sobre el respaldo del banco. Y de pronto se durmió.

Soñaba que iba en una barca abandonada, con su velamen destruido, por un gran río en apariencia apacible, pero poderoso y preñado de misterio. Navegaba en el crepúsculo. El paisaje era solitario y silencioso, pero se adivinaba que en la selva que se levantaba como una muralla en las márgenes del gran río se desarrollaba una vida secreta y colmada de peligros. Cuando una voz que parecía provenir de la espesura lo estremeció. No alcanzaba a entender lo que decía, pero sabía que se dirigía a él, a Martín. Quiso incorporarse, pero algo lo impedía. Luchó, sin embargo, por levantarse porque se oía cada vez con mayor intensidad la enigmática y remota voz que lo llamaba y (ahora lo advertía) que lo llamaba con ansiedad, como si estuviera en un pavoroso peligro y él, solamente él, fuese capaz de salvarla. Despertó estremecido por la angustia y casi saltando del asiento.

Era ella.

Lo había estado sacudiendo y ahora le decía, con su risa áspera:

—Levantáte, haragán.

Asustado, asustado y desconcertado por el contraste entre la voz aterrorizada y anhelante del sueño y aquella Alejandra despreocupada que ahora tenía ante sí, no atinó a decir ninguna palabra.

Vio cómo ella recogía algunas de las pruebas que se habían caído del banco durante su sueño.

—Seguro que el patrón de esta empresa no es Molinari —comentó riéndose.

—¿Qué empresa?

—La que te da este trabajo, zonzo.

—Es la Imprenta López.

—La que sea, pero seguro que no es Molinari.

No entendió nada. Y, como muchas veces le volvería a

suceder con ella, Alejandra no se tomó el trabajo de explicarle. Se sentía —comentó Martín— como un mal alumno delante de un profesor irónico.

Acomodó las pruebas y esa tarea mecánica le dio tiempo para sobreponerse un poco de la emoción de aquel reencuentro tan ansiosamente esperado. Y también, como en muchas otras ocasiones posteriores, su silencio y su incapacidad para el diálogo eran compensados por Alejandra, que siempre, o casi siempre, adivinaba sus pensamientos.

Le revolvió el pelo con una mano, como las personas grandes suelen hacer con los chicos.

—Te expliqué que te volvería a ver, ¿recordás?, pero no te dije cuándo.

Martín la miró.

—¿Te dije, acaso, que te volvería a ver pronto?

—No.

Y así (explicó Martín) empezó la terrible historia. Todo había sido inexplicable. Con ella nunca se sabía, se encontraban en lugares tan absurdos como el hall del Banco de la Provincia o el puente Avellaneda. Y a cualquier hora: a las dos de la mañana. Todo era imprevisto, nada se podía pronosticar ni explicar: ni sus momentos de broma, ni sus furias, ni esos días en que se encontraba con él y no abría la boca, hasta que terminaba por irse. Ni sus largas desapariciones. "Y sin embargo —agregaba— ha sido el período más maravilloso de mi vida." Pero él sabía que no podía durar porque todo era frenético y era, ¿se lo había dicho ya?, como una sucesión de estallidos de nafta en una noche tormentosa. Aunque a veces, muy pocas veces, es cierto, parecía pasar momentos de descanso a su lado como si estuviera enferma y él fuera un sanatorio o un lugar con sol en las sierras donde ella se tirase al fin en silencio. O también aparecía atormentada y parecía como si él pudiese ofrecerle agua o algún remedio, algo que le era imprescindible, para volver una vez más a aquel territorio oscuro y salvaje en que parecía vivir.

—Y en el que yo nunca pude entrar —concluyó, poniendo su mirada sobre los ojos de Bruno.

IX

—**A**quí es —dijo.

Se sentía el intenso perfume a jazmín del país. La verja era muy vieja y estaba a medias cubierta con una glicina. La puerta, herrumbrada, se movía dificultosamente, con chirridos.

En medio de la oscuridad, brillaban los charcos de la reciente lluvia. Se veía una habitación iluminada, pero el silencio correspondía más bien a una casa sin habitaciones. Bordearon un jardín abandonado, cubierto de yuyos, por una veredita que había al costado de una galería lateral, sostenida por columnas de hierro. La casa era viejísima, sus ventanas daban a la galería y aún conservaban sus rejas coloniales; las grandes baldosas eran seguramente de aquel tiempo, pues se sentían hundidas, gastadas y rotas.

Se oyó un clarinete una frase sin estructura musical, lánguida, desarticulada y obsesiva.

—¿Y eso? —preguntó Martín.

—El tío Bebe —explicó Alejandra—, el loco.

Atravesaron un estrecho pasillo entre árboles muy viejos (Martín sentía ahora un intenso perfume de magnolia) y siguieron por un sendero de ladrillos que terminaba en una escalera de caracol.

—Ahora, ojo. Seguime despacito.

Martín tropezó con algo: un tacho o un cajón.

—¡No te dije que andés con ojo! Esperá.

Se detuvo y encendió un fósforo, que protegió con una mano y que acercó a Martín.

—Pero Alejandra, ¿no hay lámpara por ahí? Digo... algo... en el patio...

Oyó la risa seca y maligna.

—¡Lámparas! Vení, colocá tus manos en mis caderas y seguime.

—Esto es muy bueno para ciegos.

Sintió que Alejandra se detenía como paralizada por una descarga eléctrica.

—¿Qué te pasa, Alejandra? —preguntó Martín, alarmado.

—Nada —respondió con sequedad—, pero haceme el favor de no hablarme nunca de ciegos.

Martín volvió a poner sus manos sobre las caderas y la siguió en medio de la oscuridad. Mientras subían lentamente, con muchas precauciones, la escalera metálica, rota en muchas partes y vacilante en otras por la herrumbre, sentía bajo sus manos, por primera vez, el cuerpo de Alejandra, tan cercano y a la vez remoto y misterioso. Algo, un estremecimiento, una vacilación, expresaron aquella sensación sutil, y entonces ella preguntó qué pasaba y él respondió, con tristeza, "nada". Y cuando llegaron a lo alto, mientras Alejandra intentaba abrir una dificultosa cerradura, dijo "esto es el antiguo Mirador".

—¿Mirador?

—Sí, por aquí no había más que quintas a comienzos del siglo pasado. Aquí venían a pasar los fines de semana los Olmos, los Acevedo...

Se rió.

—En la época en que los Olmos no eran unos muertos de hambre... y unos locos...

—¿Los Acevedo? —preguntó Martín—. ¿Qué Acevedos? ¿El que fue vicepresidente?

—Sí, ésos.

Por fin, con grandes esfuerzos, logró abrir la vieja puerta. Levantó su mano y encendió la luz.

—Bueno —dijo Martín—, por lo menos acá hay una lámpara. Creí que en esta casa sólo se alumbraban con velas.

—Oh, no te vayas a creer. Abuelo Pancho no usa más que quinqués. Dice que la electricidad es mala para la vista.

Martín recorrió con su mirada la pieza como si recorriera parte del alma desconocida de Alejandra. El techo no tenía cielo raso y se veían los grandes tirantes de madera. Había una cama turca recubierta con un poncho y un conjunto de muebles que parecían sacados de un remate: de diferentes épocas y estilos, pero todos rotosos y a punto de derrumbarse.

50

—Vení, mejor sentáte sobre la cama. Acá las sillas son peligrosas.

Sobre una pared había un espejo, casi opaco, del tiempo veneciano, con una pintura en la parte superior. Había también restos de una cómoda y un bargueño. Había también un grabado o litografía mantenido con cuatro chinches en sus puntas.

Alejandra prendió un calentador de alcohol y se puso a hacer café. Mientras se calentaba el agua puso un disco.

—Escuchá —dijo, abstrayéndose y mirando al techo mientras chupaba su cigarrillo.

Se oyó una música patética y tumultuosa.

Luego, bruscamente, quitó el disco.

—Bah —dijo—, ahora no la puedo oír.

Siguió preparando el café.

—Cuando lo estrenaron, Brahms mismo tocaba el piano. ¿Sabés lo que pasó?

—No.

—Lo silbaron. ¿Te das cuenta lo que es la humanidad?

—Bueno, quizá...

—¡Cómo, quizá! —gritó Alejandra—, ¿acaso creés que la humanidad no es una pura chanchada?

—Pero este músico también es la humanidad...

—Mirá, Martín —comentó mientras echaba el café en la taza—, ésos son los que sufren por el resto. Y el resto son nada más que hinchapelotas, hijos de puta o cretinos, ¿sabés?

Trajo el café.

Se sentó en el borde de la cama y se quedó pensativa. Luego volvió a poner el disco un minuto:

—Oí, oí lo que es esto.

Nuevamente se oyeron los compases del primer movimiento.

—¿Te das cuenta, Martín, la cantidad de sufrimiento que ha tenido que producirse en el mundo para que haya hecho música así?

Mientras quitaba el disco, comentó:

—Bárbaro.

Se quedó pensativa, terminando su café. Luego puso el pocillo en el suelo.

En el silencio, de pronto, a través de la ventana abierta, se oyó el clarinete, como si un chico trazase garabatos sobre un papel.

—¿Dijiste que está loco?

—¿No te das cuenta? Ésta es una familia de locos. ¿Vos sabés quién vivió en ese altillo, durante ochenta años? La niña Escolástica. Vos sabés que antes se estilaba tener algún loco encerrado en alguna pieza del fondo. El Bebe es más bien un loco manso, una especie de opa, y de todos modos nadie puede hacer mal con el clarinete. Escolástica también era una loca mansa. ¿Sabés lo que le pasó? Vení.

—Se levantó y fue hasta la litografía que estaba en la pared con cuatro chinches.— Mirá: son los restos de la legión de Lavalle, en la quebrada de Humahuaca. En ese tordillo va el cuerpo del general. Ése es el coronel Pedernera. El de al lado es Pedro Echagüe. Y ese otro barbudo, a la derecha, es el coronel Acevedo. Bonifacio Acevedo, el tío abuelo del abuelo Pancho. A Pancho le decimos abuelo, pero en realidad es bisabuelo.

Siguió mirando.

—Ese otro es el alférez Celedonio Olmos, el padre de abuelo Pancho, es decir mi tatarabuelo. Bonifacio se tuvo que escapar a Montevideo. Allá se casó con una uruguaya, una oriental, como dice el abuelo, una muchacha que se llamaba Encarnación Flores, y allá nació Escolástica. Mirá qué nombre. Antes de nacer, Bonifacio se unió a la legión y nunca vio a la chica, porque la campaña duró dos años y de ahí, de Humahuaca, pasaron a Bolivia, donde estuvo varios años; también en Chile estuvo un tiempo. En el 52, a comienzos del 52, después de trece años de no ver a su mujer, que vivía aquí en esta quinta, el comandante Bonifacio Acevedo, que estaba en Chile, con otros exiliados, no dio más de tristeza y se vino a Buenos Aires, disfrazado de arriero: se decía que Rosas iba a caer de un momento a otro, que Urquiza entraría a sangre y fuego en Buenos Aires. Pero él no quiso esperar y se largó. Lo denunció alguien, seguro, si no no se explica. Llegó a Buenos Aires y lo pescó la Mazorca. Lo degollaron y pasaron frente a casa, golpearon en la ventana y cuando abrieron tiraron la cabeza a la sala. Encarnación se murió de la impresión y Escolástica se volvió loca. ¡A los pocos días Urquiza entraba en Buenos Aires! Tenés que tener en cuenta que Escolástica se había criado sintiendo hablar de su padre y mirando su retrato.

De un cajón de la cómoda sacó una miniatura, en colores.

—Cuando era teniente de coraceros, en la campaña del Brasil.

Su brillante uniforme, su juventud, su gracia, contrastaban con la figura barbuda y destrozada de la vieja litografía.

—La Mazorca estaba enardecida por el pronunciamiento de Urquiza. ¿Sabés lo que hizo Escolástica? La madre se desmayó, pero ella se apoderó de la cabeza de su padre y corrió hasta aquí. Aquí se encerró con la cabeza del padre desde aquel año hasta su muerte, en 1932.

—¡En 1932!

—Sí, en 1932. Vivió ochenta años, aquí, encerrada con su cabeza. Aquí había que traerle la comida y sacarle los desperdicios. Nunca salió ni quiso salir. Otra cosa: con esa astucia que tienen los locos, había escondido la cabeza de su padre, de modo que nadie nunca la pudo sacar. Claro, la habrían podido encontrar de haberse hecho una búsqueda, pero ella se ponía frenética y no había forma de engañarla. "Tengo que sacar algo de la cómoda", le decían. Pero no había nada que hacer. Y nadie nunca pudo sacar nada de la cómoda, ni del bargueño, ni de la petaca esa. Y hasta que murió, en 1932, todo quedó como había estado en 1852. ¿Lo creés?

—Parece imposible.

—Es rigurosamente histórico. Yo también pregunté muchas veces, ¿cómo comía? ¿Cómo limpiaban la pieza? Le llevaban la comida y lograban mantener un mínimo de limpieza. Escolástica era una loca mansa e incluso hablaba normalmente sobre casi todo, excepto sobre su padre y sobre la cabeza. Durante los ochenta años que estuvo encerrada nunca, por ejemplo, habló de su padre como si hubiese muerto. Hablaba en presente, quiero decir, como si estuviera en 1852 y como si tuviera doce años y como si su padre estuviese en Chile y fuese a venir de un momento a otro. Era una vieja tranquila. Pero su vida y hasta su lenguaje se habían detenido en 1852 y como si Rosas estuviera todavía en el poder. "Cuando ese hombre caiga", decía señalando con su cabeza hacia afuera, hacia donde había tranvías eléctricos y gobernaba Yrigoyen. Parece que su realidad tenía grandes regiones huecas o quizá como encerradas también con llave, y daba rodeos astutos como los de un chico para evitar hablar de esas cosas, como si no hablando de ellas no existiesen y por lo tanto tampoco existiese la muerte de su padre. Había abolido todo lo que estaba unido al degüello de Bonifacio Acevedo.

—¿Y qué pasó con la cabeza?

—En 1932 murió Escolástica y por fin pudieron revisar la cómoda y la petaca del comandante. Estaba envuelta en trapos (parece que la vieja la sacaba todas las noches y la colocaba sobre el bargueño y se pasaba las horas mirándola o quizá dormía con la cabeza allí, como un florero). Estaba momificada y achicada, claro. Y así ha permanecido.

—¿Cómo?

—Y por supuesto, ¿qué querés que se hiciera con la cabeza? ¿Qué se hace con una cabeza en semejante situación?

—Bueno, no sé. Toda esta historia es tan absurda, no sé.

—Y sobre todo tené presente lo que es mi familia, quiero decir los Olmos, no los Acevedo.

—¿Qué es tu familia?

—¿Todavía necesitás preguntarlo? ¿No lo oís al tío Bebe tocando el clarinete? ¿No ves dónde vivimos? Decíme, ¿sabés de alguien que tenga apellido en este país y que viva en Barracas, entre conventillos y fábricas? Comprenderás que con la cabeza no podía pasar nada normal, aparte de que nada de lo que pase con una cabeza sin el cuerpo correspondiente puede ser normal.

—¿Y entonces?

—Pues muy simple: la cabeza quedó en casa.

Martín se sobresaltó.

—¿Qué, te impresiona? ¿Qué otra cosa se podía hacer? ¿Hacer un cajoncito y un entierro chiquito para la cabeza?

Martín se rió nerviosamente, pero Alejandra permanecía seria.

—¿Y dónde la tienen?

—La tiene el abuelo Pancho, abajo, en una caja de sombreros. ¿Querés verla?

—¡Por amor de Dios! —exclamó Martín.

54

—¿Qué tiene? Es una hermosa cabeza y te diré que me hace bien verla de vez en cuando, en medio de tanta basura. Aquellos al menos eran hombres de verdad y se jugaban la vida por lo que creían. Te doy el dato que casi toda mi familia ha sido unitaria o lomos negros, pero que ni Fernando ni yo lo somos.

—¿Fernando? ¿Quién es Fernando?

Alejandra se quedó repentinamente callada, como si hubiese dicho algo de más.

Martín quedó sorprendido. Tuvo la sensación de que Alejandra había dicho algo involuntario. Se había levantado, había ido hasta la mesita donde tenía el calentador y había puesto agua a calentar, mientras encendía un cigarrillo. Luego se asomó a la ventana.

—Vení —dijo, saliendo.

Martín la siguió. La noche era intensa y luminosa. Alejandra caminó por la terraza hacia la parte de adelante y luego se apoyó en la balaustrada.

—Antes —dijo— se veía desde aquí la llegada de los barcos al Riachuelo.

—Y ahora, ¿quién vive aquí?

—¿Aquí? Bueno, de la quinta no queda casi nada. Antes era una manzana. Después empezaron a vender. Ahí están esa fábrica y esos galpones, todo eso pertenecía a la quinta. De aquí, de este otro lado hay conventillos. Toda la parte de atrás de la casa también se vendió. Y esto que queda está todo hipotecado y en cualquier momento lo rematan.

—¿Y no te da pena?

Alejandra se encogió de hombros.

—No sé, tal vez lo siento por abuelo. Vive en el pasado y se va a morir sin entender lo que ha sucedido en este país. ¿Sabés lo que pasa con el viejo? Pasa que no sabe lo que es la porquería, ¿entendés? Y ahora no tiene ni tiempo ni talento para llegar a saberlo. No sé si es mejor o es peor. La otra vez nos iban a poner bandera de remate y tuve que ir a verlo a Molinari para que arreglase el asunto.

—¿Molinari?

Martín volvía a oír ese nombre por segunda vez.

—Sí, una especie de animal mitológico. Como si un chancho dirigiese una sociedad anónima.

Martín la miró y Alejandra añadió, sonriendo:

—Tenemos cierto género de vinculación. Te imaginás que si ponen la bandera de remate el viejo se muere.

—¿Tu padre?

—Pero no, hombre: el abuelo.

—¿Y tu padre no se preocupa del problema?

Alejandra lo miró con una expresión que podía ser la mueca de un explorador a quien se le pregunta si en el Amazonas está muy desarrollada la industria automovilística.

—Tu padre —insistió Martín, de puro tímido que era, porque precisamente sentía que había dicho un disparate (aunque no sabía por qué) y que era mejor no insistir.

—Mi padre nunca está aquí —se limitó a aclarar Alejandra, con una voz que era distinta.

Martín, como los que aprenden a andar en bicicleta y tienen que seguir adelante para no caerse y que, gran misterio, terminan siempre por irse contra un árbol o cualquier otro obstáculo, preguntó:

—¿Vive en otra parte?

—¡Te acabo de decir que no vive acá!

Martín enrojeció.

Alejandra fue hacia el otro extremo de la terraza y permaneció allá un buen tiempo. Luego volvió y se acodó sobre la balaustrada, cerca de Martín.

—Mi madre murió cuando yo tenía cinco años. Y cuando tuve once lo encontré a mi padre aquí con una mujer. Pero ahora pienso que vivía con ella mucho antes de que mi madre muriese.

Con una risa que se parecía a una risa normal como un criminal jorobado puede parecerse a un hombre sano agregó:

—En la misma cama donde yo duermo ahora.

Encendió un cigarrillo y a la luz del encendedor Martín pudo ver que en su cara quedaban restos de la risa anterior, el cadáver maloliente del jorobado.

Luego, en la oscuridad, veía cómo el cigarrillo de Alejandra se encendía con las profundas aspiraciones que ella hacía: fumaba, chupaba el cigarrillo con una avidez ansiosa y concentrada.

—Entonces me escapé de mi casa —dijo.

X

Esa chica pecosa es ella: tiene once años y su pelo es rojizo. Es una chica flaca y pensativa, pero violenta y duramente pensativa; como si sus pensamientos no fueran abstractos, sino serpientes enloquecidas y calientes. En alguna oscura región de su yo aquella chica ha permanecido intacta y ahora ella, la Alejandra de dieciocho años, silenciosa y atenta, tratando de no ahuyentar la aparición se retira a un lado y la observa con cautela y curiosidad. Es un juego al que se entrega muchas veces cuando reflexiona sobre su destino. Pero es un juego difícil, sembrado de dificultades, tan delicado y propenso a la frustración como dicen los espiritistas que son las materializaciones: hay que saber esperar, hay que tener paciencia y saber concentrarse con fuerza, ajeno a pensamientos laterales o frívolos. La sombra va emergiendo poco a poco y hay que favorecer su aparición manteniendo un silencio total y una gran delicadeza: cualquier cosita y ella se replegará, desapareciendo en la región de la que empezaba a salir. Ahora está allí: ya ha salido y puede verla con sus trenzas coloradas y sus pecas, observando todo a su alrededor con aquellos ojos recelosos y concentrados, lista para la palea y el insulto. Alejandra la mira con esa mezcla de ternura y de resentimiento que se tiene para los hermanos menores, en quienes descargamos la rabia que guardamos para nuestros propios defectos, gritándole: "¡No te mordás las uñas, bestia!"

—En la calle Isabel la Católica hay una casa en ruinas. Mejor dicho, había, porque hace poco la demolieron para construir una fábrica de heladeras. Estaba desocupada desde muchísimos años atrás, por un pleito o una sucesión. Creo que era de los Miguens, una quinta que en un tiempo debe de haber sido muy linda, como ésta. Recuerdo que tenía unas paredes verde claro, verdemar, todas descascaradas, como si tuvieran lepra. Yo estaba muy excitada y la idea de fugarme y de esconderme en una casa abandonada me producía una sensación de poderío, quizá como la que deben de sentir los soldados al lanzarse al ataque, a pesar del miedo o por una especie de manifestación inversa del miedo. Leí algo sobre eso en alguna parte, ¿vos no? Te digo esto porque yo sufría grandes terrores de noche, de modo que ya te podés figurar lo que me podía esperar en una casa abandonada. Me enloquecía, veía bandidos que entraban a mi pieza con faroles, o gentes de la Mazorca con cabezas sangrantes en la mano (Justina nos contaba siempre cuentos de la Mazorca). Caía en pozos de sangre. Ni siquiera sé si todo aquello lo veía dormida o despierta; pienso que eran alucinaciones, que los veía despierta, porque los recuerdo como si ahora mismo los estuviera viviendo. Entonces daba alaridos, hasta que corría abuela Elena y me calmaba poco a poco, porque durante bastante tiempo seguía sacudiendo la cama con mis estremecimientos; eran ataques, verdaderos ataques.

De modo que planear lo que planeaba, esconderme de noche en una casa solitaria y derruida era un acto de locura. Y ahora pienso que lo planeé para que mi venganza fuera más atroz. Sentía que era una hermosa venganza y que resultaba más hermosa y más violenta cuanto más terribles eran los peligros que debía enfrentar, ¿comprendés? Como si pensara, y quizá lo haya pensado, "¡vean lo que sufro por culpa de mi padre!" Es curioso, pero desde aquella noche mi pavor nocturno se transformó, de un solo golpe, en una valentía de loco. ¿No te parece curioso? ¿Cómo se explicará ese fenómeno? Era una especie de arrogancia loca, como te digo, frente a cualquier peligro, real o imaginario. Es cierto que siempre había sido audaz y en las vacaciones que pasaba en el campo de las Carrasco, unas solteronas amigas de abuela Elena, me había acostumbrado a experiencias muy duras: corría a campo traviesa y a galope sobre una yegüita que me habían dado y que yo misma la había bautizado con un nombre que me gustaba: *Desprecio*. Y no tenía miedo de las vizcacheras, aunque varias veces rodé por culpa de las cuevas. Tenía un rifle calibre 22, para cazar, y un matagatos.

Sabía nadar muy bien y a pesar de todas las recomendaciones y juramentos salía a nadar mar afuera y tuve que luchar contra la marejada más de una vez (me olvidaba decirte que el campo de las viejuchas Carrasco daba a la costa, cerca de Miramar). Y sin embargo, a pesar de todo eso, de noche temblaba de miedo ante monstruos imaginarios. Bueno, te decía, decidí escaparme y esconderme en la casa de la calle Isabel la Católica. Esperé la noche para poder treparme por la verja sin ser advertida (la puerta estaba cerrada con candado). Pero probablemente alguien me vio, y aunque al comienzo no le haya dado importancia, pues, como te imaginarás, más de un muchacho por curiosear habría hecho antes lo que yo estaba haciendo en ese momento, luego, cuando se corrió la voz por el barrio y cuando la policía intervino, el hombre habrá recordado y habrá dado el dato. Pero si las cosas fueron así, debe haber sido muchas horas después de mi escapada, porque la policía recién apareció en el caserón a las once. Así que tuve todo el tiempo para enfrentar el terror. Apenas me descolgué de la verja entré hacia el fondo bordeando la casa, por la antigua entrada cochera en medio de yuyos y tachos viejos, de basura y gatos o perros muertos y hediondos. Me olvidaba decirte que también había llevado mi linterna, mi cuchillito de campo, y el matagatos que el abuelo Pancho me regaló cuando cumplí diez años. Como te decía, bordeé la casa por la entrada cochera y así llegué a los fondos. Había una galería parecida a la que tenemos acá. Las ventanas que daban a esa galería o corredor estaban cubiertas por persianas, pero las persianas estaban podridas y algunas casi caídas o con boquetes. No era difícil que la casa hubiese sido utilizada por vagos o linyeras para pasar la noche y hasta alguna temporada. ¿Y quién me aseguraba que esa misma noche no viniesen algunos a dormir? Con mi linterna fui recorriendo las ventanas y puertas que daban a la parte trasera, hasta que vi una puerta a cuya persiana le faltaba una hoja. Empujé la puerta y se abrió, aunque con dificultad, chirriando, como si hiciese muchísimo tiempo que no fuese abierta. Con terror, pensé en el mismo instante que entonces ni los vagos se habían atrevido a refugiarse en aquella casa de mala fama. En algún momento vacilé y pensé que lo mejor sería no entrar en la casa y pasar la noche en el corredor. Pero hacía mucho frío. Tenía que entrar e incluso hacer fuego, como había observado en tantas vistas. Pensé que la cocina sería el lugar más adecuado, porque, de ese modo, sobre el suelo de baldosas podría prender una buena fogata. Tenía también la esperanza de que el fuego ahuyentase a las ratas, animales que siempre me asquearon. La cocina estaba, como todo el resto de la casa, en la última ruina. No me sentí capaz de acostarme en el suelo, aun amontonando paja, porque imaginé que allí era más fácil que se acercara alguna rata. Me pareció mejor acostarme sobre el fogón. Era una cocina de tipo antiguo, semejante a la que tenemos nosotros y a ésas que todavía se ven en algunas chacras, con fogones para carbón y cocina económica. En cuanto al resto de la casa, la exploraría al día siguiente: no tenía en ese momento, de noche, valor para recorrerla y además, por otra parte, no tenía objeto. Mi primera tarea fue juntar leña en el jardín; es decir: pedazos de cajones, maderas sueltas, paja, papeles, ramas caídas y ramas de un árbol seco que encontré. Con todo eso preparé una fogata cerca de la puerta de la cocina, cosa que no se me llenara de humo el interior. Después de algunas tentativas todo anduvo bien, y apenas vi las llamas, en medio de la oscuridad, sentí una sensación de calor, físico y espiritual. En seguida saqué de mi bolsa cosas para comer. Me senté sobre un cajón, cerca de la hoguera, y comí con ganas salamín con pan y manteca, y después dulce de batata. Mi reloj marcaba ¡recién! las ocho. No quería pensar lo que me esperaba en las largas horas de la noche.

La policía llegó a las once. No sé si, como te dije, alguien habría visto que un chico trepaba la verja. También es probable que algún vecino haya visto fuego o el humo de la hoguera que encendí, o mis movimientos por allí dentro con la linterna. Lo cierto es que la policía llegó y debo confesarte que la vi llegar con alegría. Quizá si hubiese tenido que pasar toda la noche cuando todos los ruidos externos van desapareciendo y cuando tenés de verdad la sensación de que la ciudad duerme, creo que me hubiera enloquecido con la corrida de las ratas y los gatos, con el silbido del viento y con los ruidos que mi imaginación podía atribuir también a fantasmas. Así que cuando llegó la policía yo estaba despierta, arrinconada arriba del fogón y temblando de miedo.

No te puedo decir la escena en mi casa, cuando me llevaron. Abuelo Pancho, el pobre, tenía los ojos llenos de lágrimas y no terminaba de preguntarme por qué había hecho semejante locura. Abuela Elena me retaba y al mismo tiempo me acariciaba, histéricamente. En cuanto a tía Teresa, tía abuela en realidad, que se la pasaba siempre en los velorios y en la sacristía, gritaba que debían meterme cuanto antes de pupila, en la escuela de la avenida Montes de Oca. Los conciliábulos deben de haber seguido durante buena parte de esa noche, porque yo los oía discutir allá en la sala. Al otro día supe que la abuela Elena había terminado por aceptar el punto de vista de tía Teresa, más que todo, lo creo ahora, porque pensaba que yo podía repetir aquella barbaridad en cualquier momento; y porque sabía, además, que yo quería mucho a la hermana Teodolina. A todo esto, por supuesto, yo me negué a decir nada y estuve todo el tiempo encerrada en mi pieza. Pero, en el fondo, no me disgustó la idea de irme de esta casa: suponía que de ese modo mi padre sentiría más mi venganza.

No sé si fue mi entrada en el colegio, mi amistad con la hermana Teodolina o la crisis, o todo junto. Pero me precipité en la religión con la misma pasión con que nadaba o corría a caballo: como si jugara la vida. Desde ese momento hasta que tuve quince. Fue una especie de locura *con la misma furia con que nadaba de noche en el mar, en noches tormentosas, como si nadase furiosamente en una gran noche religiosa, en medio de tinieblas, fascinada por la gran tormenta interior.*

Ahí está el padre Antonio: habla de la Pasión y describe con fervor los sufrimientos, la humillación y el sangriento sacrificio de la Cruz. El padre Antonio es alto y, cosa extraña, se parece a su padre. Alejandra llora, primero en silencio, y luego su llanto se vuelve violento y finalmente convulsivo. Huye. Las monjas corren asustadas. Ve ante si a la hermana Teodolina, consolándola, y luego se acerca el padre Antonio, que también intenta consolarla. El suelo empieza a moverse, como si ella estuviera en un bote. El suelo ondula como un mar, la pieza se agranda más y más, y luego todo empieza a

dar vueltas: primero con lentitud y en seguida vertiginosa-
mente. Suda. El padre Antonio se acerca, su mano es ahora
gigantesca, su mano se acerca a su mejilla como un murcié-
lago caliente y asqueroso. Entonces cae fulminada por una
gran descarga eléctrica.

—¿Qué pasa, Alejandra? —gritó Martín, precipitándose
sobre ella.

Se había derrumbado y permanecía rígida, en el suelo,
sin respirar, su rostro fue poniéndose violáceo, y de pronto
tuvo convulsiones.

—¡Alejandra! ¡Alejandra!

Pero ella no lo oía, ni sentía sus brazos: gemía y mordía
sus labios.

Hasta que, como una tempestad en el mar que se calma poco a poco, sus gemidos fueron espaciándose y haciéndose más tiernos y lastimeros, su cuerpo fue
aquietándose y por fin quedó blando y como muerto. Martín la levantó entonces en sus brazos y la llevó a su pieza,
poniéndola sobre la cama. Después de una hora o más
Alejandra abrió sus ojos, miró en torno, como borracha.
Luego se sentó, pasó sus manos por la cara, como si quisiera despejarse, y quedó largo rato en silencio. Mostraba
tener un cansancio enorme.

Después se levantó, buscó píldoras y las tomó.

Martín la observaba asustado.

—No pongás esa cara. Si vas a ser amigo mío tendrás
que acostumbrarte a todo esto. No pasa nada importante.

Buscó un cigarrillo en la mesita y se puso a fumar.
Durante largo tiempo descansó en silencio. Al cabo preguntó:

—¿De qué te estaba hablando?

Martín se lo recordó.

—Pierdo la memoria, sabés.

Se quedó pensativa, fumando, y luego agregó:

—Salgamos afuera, quiero tomar aire.

Se acodaron sobre la balaustrada de la terraza.

—Así que te estaba hablando de aquella fuga.

Fumó en silencio.

—Conmigo no ganaban ni para sustos, decía la hermana
Teodolina. Me torturaba días enteros analizando mis senti-

62

mientos, mis reacciones. Desde aquello que me pasó con el padre Antonio inicié una serie de mortificaciones: me arrodillaba horas sobre vidrios rotos, me dejaba caer la cera ardiendo de los cirios sobre las manos, hasta me corté en el brazo con una hoja de afeitar. Y cuando la hermana Teodolina, llorando, me quiso obligar a que le dijera por qué me había cortado, no le quise decir nada, y en realidad yo misma no lo sabía, y creo que todavía no lo sé. Pero la hermana Teodolina me decía que no debía hacer esas cosas, que a Dios no le gustaban esos excesos y que también en esas actitudes había un enorme orgullo satánico. ¡Vaya la novedad! Pero aquello era más fuerte, más invencible que cualquier argumentación. Ya verás cómo terminaría toda aquella locura.

Se quedó pensativa.

—Qué curioso —dijo al cabo de un rato—, trato de recordar el paso de aquel año y no puedo recordar más que escenas sueltas, una al lado de otra. ¿A vos te pasa lo mismo? Yo ahora siento el paso del tiempo, como si corriera por mis venas, con la sangre y el pulso. Pero cuando trato de recordar el pasado no siento lo mismo: veo escenas sueltas paralizadas como en fotografías.

Su memoria está compuesta de fragmentos de existencia, estáticos y eternos: el tiempo no pasa, en efecto, entre ellos, y cosas que sucedieron en épocas muy remotas entre sí están unas junto a otras vinculadas o reunidas por extrañas antipatías y simpatías. O acaso salgan a la superficie de la conciencia unidas por vínculas absurdos pero poderosos, como una canción, una broma o un odio común. Como ahora, para ella, el hilo que las une y que las va haciendo salir una después de otra es cierta ferocidad en la búsqueda de algo absoluto, cierta perplejidad, la que une palabras como padre, Dios, playa, pecado, pureza, mar, muerte.

—Me veo un día de verano y oigo a la abuela Elena que dice: "Alejandra tiene que ir al campo, es necesario que salga de acá, que tome aire". Curioso: recuerdo que en ese momento abuela tenía un dedal de plata en la mano.

Se rió.

—¿Por qué te reís? —preguntó Martín, intrigado.

—Nada, nada de importancia. Me mandaron, pues, al campo de las viejuchas Carrasco, parientes lejanas de abuela Elena. No sé si te dije que ella no era de la familia Olmos, sino que se llamaba Lafitte. Era una mujer buenísima y se casó con mi abuelo Patricio, hijo de don Pancho. Algún día te contaré algo de abuelo Patricio, que murió. Bueno, como te decía, las Carrasco eran primas segundas de abuela Elena. Eran solteronas, eternas, hasta los nombres que tenían eran absurdos: Ermelinda y Rosalinda. Eran unas santas y en realidad para mí eran tan indiferentes como una losa de mármol o un costurero; ni las oía cuando hablaban. Eran tan candorosas que si hubiesen podido leer un solo segundo en mi cabeza se hubieran muerto de susto. Así que me gustaba ir al campo de ellas: tenía toda la libertad que quería y podía correr con mi yegüita hasta la playa, porque el campo de las viejas daba al océano, un poco al sur de Miramar. Además, ardía en deseos de estar sola, de nadar, de correr con la tordilla, de sentirme sola frente a la inmensidad de la naturaleza, bien lejos de la playa donde se amontonaba toda la gente inmunda que yo odiaba. Hacía un año que no veía a Marcos Molina y también esa perspectiva me interesaba. ¡Había sido un año tan importante! Quería contarle mis nuevas ideas, comunicarle un proyecto grandioso, inyectarle mi ardiente fe. Todo mi cuerpo estallaba con fuerza, y si siempre fui medio salvaje, en aquel verano la fuerza parecía haberse multiplicado, aunque tomando otra dirección. Durante aquel verano Marcos sufrió bastante. Tenía quince años, uno más que yo. Era bueno, muy atlético. En realidad, ahora que pienso llegará a ser un excelente padre de familia y seguro que dirigirá alguna sección de la Acción Católica. No te creas que fuese tímido, pero era del género buen muchacho, del género católico pelotudo: de buena fe y bastante sencillo y tranquilo. Ahora pensá lo siguiente: apenas llegué al campo me lo agarré por mi cuenta y empecé a tratar de convencerlo para que nos fuésemos a la China o al Amazonas apenas tuviésemos dieciocho años. Como misioneros, ¿entendés? Nos íbamos a caballo, bien lejos, por la playa, hacia el sur. Otras veces íbamos en bicicleta o caminábamos durante horas. Y con largos discursos, llenos de entusiasmo, intentaba hacerle com-

prender la grandeza de una actitud como la que yo le proponía. Le hablaba del padre Damián y de sus trabajos con los
leprosos de la Polinesia, le contaba historias de misioneros
en China y en África, y la historia de las monjas que sacrifi-
caron los indios en el Matto Grosso. Para mí, el goce más
grande que podía sentir era el de morir en esa forma,
martirizada. Me imaginaba cómo los salvajes nos agarraban,
cómo me desnudaban y me ataban a un árbol con sogas y
cómo luego, en medio de alaridos y danzas, se acercaban con
un cuchillo de piedra afilada, me abrían el pecho y me arran-
caban el corazón sangrante.

Alejandra se quedó callada, volvió a encender el cigarrillo que se le había apagado, y luego prosiguió:

—Marcos era católico, pero me escuchaba mudo. Hasta
que un día me terminó por confesar que esos sacrificios de
misioneros que morían y sufrían el martirio por la fe eran
admirables, pero que él no se sentía capaz de hacerlo. Y que
de todos modos pensaba que se podía servir a Dios en otra
forma más modesta, siendo una buena persona y no haciendo el mal a nadie. Esas palabras me irritaron.

—¡Sos un cobarde! —le grité con rabia.

Estas escenas, con ligeras variantes, se repitieron dos o
tres veces.

Él se quedaba mortificado, humillado. Yo me iba en ese
momento de su lado y dando un rebencazo a mi tordilla me
volvía a galope tendido, furiosa y llena de desdén por aquel
pobre diablo. Pero al otro día volvía a la carga, más o menos
sobre lo mismo. Hasta hoy no comprendo el porqué de mi
empecinamiento, ya que Marcos no me despertaba ningún
género de admiración. Pero lo cierto es que yo estaba obse-
sionada y no le daba descanso.

—Alejandra —me decía con bonhomía, poniéndome una
de sus manazas sobre el hombro—, ahora dejáte de predicar
y vamos a bañarnos.

—¡No! ¡Momento! —exclamaba yo, como si él estuviera
queriendo rehuir un compromiso previo. Y nuevamente a lo
mismo.

A veces le hablaba del matrimonio.

—Yo no me casaré nunca —le explicaba—. Es decir, no
tendré nunca hijos, si me caso.

Él me miró extrañado, la primera vez que se lo dije.

—¿Sabés cómo se tienen los hijos? —le pregunté.

—Más o menos —respondió, poniéndose colorado.

—Bueno, si lo sabés, comprenderás que es una porquería.

Le dije esas palabras con firmeza, casi con rabia, y como si fuesen un argumento más en favor de mi teoría sobre las misiones y el sacrificio.

—Me iré, pero tengo que irme con alguien, ¿comprendés? Tengo que casarme con alguien porque si no me harán buscar con la policía y no podré salir del país. Por eso he pensado que podría casarme contigo. Mirá: ahora tengo catorce años y vos tenés quince. Cuando yo tenga dieciocho termino el colegio y nos casamos, con autorización del juez de menores. Nadie puede prohibirnos ese casamiento. Y en último caso nos fugamos y entonces tendrán que aceptarlo. Entonces nos vamos a China o al Amazonas. ¿Qué te parece? Pero nos casamos nada más que para poder irnos tranquilos, ¿comprendés?, no para tener hijos, ya te expliqué. No tendremos hijos nunca. Viviremos siempre juntos, recorreremos países salvajes pero ni nos tocaremos siquiera. ¿No es hermosísimo?

Me miró asombrado.

—No debemos rehuir el peligro —proseguí—. Debemos enfrentarlo y vencerlo. No te vayas a creer, tengo tentaciones, pero soy fuerte y capaz de dominarlas. ¿Te imaginás qué lindo vivir juntos durante años, acostarnos en la misma cama, a lo mejor vernos desnudos y vencer la tentación de tocarnos y de besarnos?

Marcos me miraba asustado.

—Me parece una locura todo lo que estás diciendo —comentó—. Además, ¿no manda Dios tener hijos en el matrimonio?

—¡Te digo que yo nunca tendré hijos! —le grité—. ¡Y te advierto que jamás me tocarás y que nadie, nadie, me tocará!

Tuve un estallido de odio y empecé a desnudarme.

—¡Ahora vas a ver! —grité, como desafiándolo.

Había leído que los chinos impiden el crecimiento de los pies de sus mujeres metiéndolos en hormas de hierro y que los sirios, creo, deforman la cabeza de sus chicos, fajándoselas. En cuanto me empezaron a salir los pechos empecé a usar una larga tira que corté de una sábana y que tenía como tres metros de largo: me daba varias vueltas, ajustándome bárbaramente. Pero los pechos crecieron lo mismo, como esas plantas que nacen en las grietas de las piedras y terminan rajándolas. Así que una vez que me hube quitado la blusa, la pollera y la bombacha, me empecé a sacar la faja. Marcos, horrorizado, no podía dejar de mirar mi cuerpo. Parecía un pájaro fascinado por una serpiente.

Cuando estuve desnuda, me acosté sobre la arena y lo desafié: —¡Vamos, desnudáte vos ahora! ¡Probá que sos un hombre!

—¡Alejandra! —balbuceó Marcos—. ¡Todo lo que estás haciendo es una locura y un pecado!

Repitió como un tartamudo lo del pecado, varias veces, sin dejar de mirarme, y yo, por mi parte, le seguía gritando maricón, con desprecio cada vez mayor. Hasta que, apretando las mandíbulas y con rabia, empezó a desnudarse. Cuando estuvo desvestido, sin embargo, parecía habérsele terminado la energía, porque se quedó paralizado, mirándome con miedo.

—Acostáte acá —le ordené.

—Alejandra, es una locura y un pecado.

—¡Vamos, acostáte acá! —le volví a ordenar.

Terminó por obedecerme.

Quedamos los dos mirando al cielo, tendidos de espaldas sobre la arena caliente, uno al lado del otro. Se produjo un silencio abrumador, se podía oír el chasquido de las olas contra las toscas. Arriba, las gaviotas chillaban y evolucionaban sobre nosotros. Yo sentí la respiración de Marcos, que parecía haber corrido una larga carrera.

—¿Ves qué sencillo? —comenté—. Así podremos estar siempre.

—¡Nunca, nunca! —gritó Marcos, mientras se levantaba con violencia, como si huyera de un gran peligro.

Se vistió con rapidez, repitiendo "¡nunca, nunca! ¡Estás loca, estás completamente loca!"

Yo no dije nada pero me sonreía con satisfacción. Me sentía poderosísima.

Y como quien no dice nada, me limité a decir:

—Si me tocabas, te mataba con mi cuchillo.

Marcos quedó paralizado por el horror. Luego, de pronto, salió corriendo para el lado de Miramar.

Recostada sobre un lado vi cómo se alejaba. Luego me levanté y corrí hacia el agua. Nadé durante mucho tiempo, sintiendo cómo el agua salada envolvía mi cuerpo desnudo. Cada partícula de mi carne parecía vibrar con el espíritu del mundo.

Durante varios días Marcos desapareció de Piedras Negras. Pensé que estaba asustado o, acaso, que se había enfermado. Pero una semana después reapareció, tímidamente. Yo hice como si no hubiera pasado nada y salimos a caminar, como otras veces. Hasta que de pronto le dije:

—¿Y Marcos? ¿Pensaste en lo del casamiento?

Marcos se detuvo, me miró seriamente y me dijo, con firmeza:

—Me casaré contigo, Alejandra. Pero no en la forma que decís.

—¿Cómo? —exclamé—. ¿Qué estás diciendo?

—Que me casaré para tener hijos, como hacen todos. —Sentí que mis ojos se ponían rojos, o vi todo rojo. Sin darme del todo cuenta me encontré lanzándome contra Marcos. Caímos al suelo, luchando. Aun cuando Marcos era fuerte y tenía un año más que yo, al principio luchamos en forma pareja, creo que porque mi furor multiplicaba mi fuerza. Recuerdo que de pronto hasta logré ponerlo debajo y con mis rodillas le di golpes sobre el vientre. Mi nariz sangraba, gruñíamos como dos enemigos mortales. Marcos hizo por fin un gran esfuerzo y se dio vuelta. Pronto estuvo sobre mí. Sentí que sus manos me apretaban y que retorcía mis brazos como tenazas. Me fue dominando y sentí su cara cada vez más cerca de la mía. Hasta que me besó.

Le mordí los labios y se separó gritando de dolor. Me soltó y salió corriendo.

Yo me incorporé, pero, cosa extraña, no lo perseguí: me quedé petrificada, viendo cómo se alejaba. Me pasé la mano por la boca y me refregué los labios, como queriéndolos limpiar de suciedad. Y poco a poco sentí que la furia volvía a subir en mí como el agua hirviendo en una olla. Entonces me quité la ropa y corrí hacia el agua. Nadé durante mucho tiempo, quizá horas, alejándome de la playa, mar adentro.

Experimentaba una extraña voluptuosidad cuando las olas me levantaban. Me sentía a la vez poderosa y solitaria, desgraciada y poseída por los demonios. Nadé. Nadé hasta que sentí que las fuerzas se me acababan. Entonces empecé a bracear hacia la playa.

Me quedé mucho tiempo descansando en la arena, de espaldas sobre la arena caliente, observando las gaviotas que planeaban. Muy arriba, nubes tranquilas e inmóviles daban una sensación de absoluta calma al anochecer, mientras mi espíritu era un torbellino y vientos furiosos lo agitaban y desgarraban: mirándome hacia adentro, parecía ver a mi conciencia como un barquito sacudido por una tempestad.

Volví a casa cuando ya era de noche, llena de rencor indefinido, contra todo y contra mí misma. Me sentí llena de ideas criminales. Odiaba una cosa: haber sentido placer en aquella lucha y en aquel beso. Todavía en mi cama, de espaldas mirando el techo, seguía dominada por una sensación imprecisa que me estremecía la piel como si tuviera fiebre. Lo curioso es que casi no recordaba a Marcos como Marcos (en realidad, ya te dije que me parecía bastante zonzo y que nunca le tuve admiración): era más bien una confusa sensación en la piel y en la sangre, el recuerdo de brazos que me estrujaban, el recuerdo de un peso sobre mis pechos y mis muslos. No sé cómo explicarte, pero era como si lucharan dentro de mí dos fuerzas opuestas, y esa lucha, que no alcanzaba a entender, me angustiaba y me llenaba de odio. Y ese odio parecía alimentado por la misma fiebre que estremecía mi piel y que se concentraba en la punta de mis pechos.

No podía dormir. Miré la hora: era cerca de las doce. Casi sin pensarlo, me vestí y me descolgué, como otras veces, por la ventana de mi cuarto hacia el jardincito. No sé si te dije ya que las Carrasco tenían, además, una casita en el mismo Miramar, donde pasaban a veces semanas o fines de semana. Estábamos entonces allí.

Casi corriendo fui hasta la casa de Marcos (aunque había jurado no verlo nunca más).

El cuarto de él daba a la calle, en el piso de arriba. Silbé, como otras veces, y esperé.

No respondía. Busqué una piedrita en la calle y la arrojé contra su ventana, que estaba abierta, y volví a silbar. Por fin se asomó y me preguntó, asombrado, qué pasaba.

—Bajá —le dije—. Quiero hablarte.

Creo que todavía hasta ese momento no había comprendido que quería matarlo, aunque tuve la precaución de llevar mi cuchillito de campo.

—No puedo, Alejandra —me respondió—. Mi padre está muy enojado y si me oye va a ser peor.

—Si no bajás —le respondí con rencorosa calma— va a ser mucho peor, porque voy a subir yo.

Vaciló un instante, midió quizás las consecuencias que le podía atraer mi propósito de subir y entonces me dijo que esperara.

Al poco rato apareció por la puerta trasera.

Me puse a caminar delante de él.

—¿Adónde vas? —me preguntó alarmado—, ¿qué te proponés?

No contesté y seguí hasta llegar a un baldío que había a media cuadra de su casa. Él venía siempre atrás, como arrastrado.

Entonces me volví bruscamente hacia él y le dije:

—¿Por qué me besaste, hoy?

Mi voz, mi actitud, qué sé yo, lo que sea, debe de haberlo impresionado, porque casi no podía hablar.

—Respondé —le dije con energía.

—Perdonáme —balbuceó—, lo hice sin querer...

Tal vez alcanzó a vislumbrar el brillo de la hoja, quizá fue solamente el instinto de conservación, pero se lanzó casi al mismo tiempo sobre mí y con sus dos manos me sujetó mi brazo derecho, forcejeando para hacerme caer el cuchillito. Logró por fin arrancármelo y lo arrojó lejos, entre los yuyos. Yo corrí y llorando de rabia empecé a buscarlo, pero era absurdo intentar encontrarlo entre aquella maraña, y de noche. Entonces salí corriendo hacia abajo, hacia el mar: me había acometido la idea de salir mar afuera y dejarme ahogar. Marcos corrió detrás, acaso sospechando mi propósito, y de pronto sentí que me daba un golpe detrás de la oreja. Me desmayé. Según supe después, me levantó y me llevó hasta la casa de las Carrasco, dejándome en la puerta y

70

tocando el timbre, hasta que vio que se encendían las luces y que venían a abrir, huyendo en ese momento. A primera vista puede pensarse que esto era una barbaridad, por el escándalo que se provocaría. Pero ¿qué otra cosa podía hacer Marcos? Si se hubiera quedado, conmigo desmayada a su lado, a las doce de la noche, cuando las viejas creían que yo estaba en mi cama durmiendo, ¿te imaginás la que se hubiera armado? Dentro de todo, hizo lo más apropiado. De cualquier modo, ya te podrás imaginar el escándalo. Cuando volví en mí, estaban las dos Carrasco, la mucama y la cocinera, todas encima, con colonia, con abanicos, qué sé yo. Lloraban y se lamentaban como si estuvieran delante de una tragedia abominable. Me interrogaban, daban chillidos, se persignaban, decían Dios mío, daban órdenes, etc.

Fue una catástrofe.

Te imaginarás que me negué a dar explicaciones.

Se vino abuela Elena, consternada y que, en vano, trató de sacarme lo que había detrás de todo. Tuve una fiebre que me duró casi todo el verano.

Hacia fines de febrero empecé a levantarme.

Me había vuelto casi muda y no hablaba con nadie. Me negué a ir a la Iglesia, pues me horrorizaba la sola idea de confesar mis pensamientos del último tiempo.

Cuando volvimos a Buenos Aires, tía Teresa (no sé si te hablé ya de esa vieja histérica, que se pasaba la vida entre velorios y misas, siempre hablando de enfermedades y tratamientos), tía Teresa dijo, en cuanto me tuvo enfrente:

—Sos el retrato de tu padre. Vas a ser una perdida. Me alegro que no seas hija mía.

Salí hecha una furia contra la vieja loca. Pero, cosa extraña, mi furia mayor no era contra ella sino contra mi padre, como si la frase de mi tía abuela me hubiese golpeado a mí, como si un bumerang hubiese ido hasta mi padre y finalmente, de nuevo, a mí.

Le dije a abuela Elena que quería irme al colegio, que no dormiría ni un día en esta casa. Me prometió hablar con la hermana Teodolina para que me recibieran de algún modo antes del período de las clases. No sé lo que habrán hablado las dos, pero la verdad es que buscaron la forma de recibirme. Esa misma noche me arrodillé delante de mi cama y

71

pedí a Dios que hiciera morir a mi tía Teresa. Lo pedí con una unción feroz y lo repetí durante varios meses, cada noche, al acostarme y también en mis largas horas de oración en la capilla. Mientras tanto, y a pesar de todas las instancias de la hermana Teodolina, me negué a confesarme: mi idea, bastante astuta, era primero lograr la muerte de tía, y después confesarme; porque (pensaba) si me confesaba antes tendría que decir lo que planeaba y me vería obligada a desistir.

Pero tía Teresa no murió. Por el contrario, cuando volví a casa en las vacaciones la vieja parecía estar más sana que nunca. Porque te advierto que aunque se pasaba quejando y tomando píldoras de todos los colores, tenía una salud de hierro. Se pasaba hablando de enfermos y muertos. Entraba en el comedor o en la sala diciendo con entusiasmo:

—Adivinen quién murió.

O, comentando con una mezcla de arrogancia e ironía:

—Inflamación al hígado... ¡Cuando yo les decía que eso era cáncer! Un tumor de tres kilos, nada menos.

Y corría al teléfono para dar la noticia con ese fervor que tenía para anunciar catástrofes. Marcaba el número y sin perder tiempo, telegráficamente, para dar la noticia a la mayor cantidad de gente en el menor tiempo posible (no fuera que otro se le adelantase), decía "¿Josefina? Pipo cáncer", y así a María Rosa, a Beba, a Naní, a María Magdalena, a María Santísima. Bueno, como te digo, al verla con tanta salud, todo el odio rebotó contra Dios. Sentía como si me hubiese estafado, y al sentirlo de alguna manera del lado de tía Teresa, de esa vieja histérica y de mala entraña, asumía ante mí cualidades semejantes a las de ella. Toda la pasión religiosa pareció de pronto invertirse, y con la misma fuerza. Tía Teresa había dicho que yo iba a ser una perdida y por lo tanto Dios también pensaba así, y no sólo lo pensaba sino que seguramente lo quería. Empecé a planear mi venganza, y como si Marcos Molina fuera el representante de Dios sobre la tierra, imaginé lo que haría con él apenas llegase a Miramar. Entretanto llevé a cabo algunas tareas menores: rompí la cruz que había sobre mi cama, eché al inodoro las estampas y me limpié con el traje de comunión como si fuera papel higiénico, tirándolo después a la basura.

Supe que los Molina ya se habían ido a Miramar y entonces la convencí a abuela Elena para que telefoneara a las viejuchas Carrasco. Salí al otro día, llegué a Miramar cerca de la hora de comer y tuve que seguir hasta la estancia en el auto que me esperaba, sin poder ver ese día a Marcos.

Esa noche no pude dormir.

El calor es insoportable pesado. La luna, casi llena, está rodeada de un halo amarillento como de pus. El aire está cargado de electricidad y no se mueve ni una hoja: todo anuncia la tormenta. Alejandra da vueltas y vueltas en la cama, desnuda y sofocada, tensa por el calor, la electricidad y el odio. La luz de la luna es tan intensa que en el cuarto todo es visible. Alejandra se acerca a la ventana y mira la hora en su relojito: las dos y media. Entonces mira hacia afuera: el campo aparece iluminado como en una escenografía nocturna de teatro; el monte inmóvil y silencioso parece encerrar grandes secretos; el aire está impregnado de un perfume casi insoportable de jazmines y magnolias. Los perros están inquietos, ladran intermitentemente sus respuestas se alejan y vuelven a acercarse, en flujos y reflujos. Hay algo malsano en aquella luz amarillenta y pesada, algo como radiactivo y perverso. Alejandra tiene dificultad en respirar y siente que el cuarto la agobia. Entonces, en un impulso irresistible, se echa descolgándose por la ventana. Camina por el césped del parque y el Milord la siente y le mueve la cola. Siente en la planta de sus pies el contacto húmedo y áspero-suave del césped. Se aleja hacia el lado del monte, y cuando está lejos de la casa, se echa sobre la hierba, abriendo todo lo que puede sus brazos y sus piernas. La luna le da de pleno sobre su cuerpo desnudo y siente su piel estremecida por la hierba. Así permanece largo tiempo: está como borracha y no tiene ninguna idea precisa en la mente. Siente arder su cuerpo y pasa sus manos a lo largo de sus flancos, sus muslos, su vientre. Al rozarse apenas con las yemas sus pechos siente que toda su piel se eriza y se estremece como la piel de los gatos.

Al otro día, temprano, ensillé la petisa y corrí a Miramar. No sé si te dije ya que mis encuentros con Marcos eran siempre clandestinos, porque ni su familia me podía ver a mí, ni yo los tragaba a ellos. Sus hermanas, sobre todo, eran dos taraditas cuya máxima aspiración consistía en casarse con jugadores de polo y aparecer el mayor número de veces en *Atlántida* o *El Hogar*. Tanto Mónica como Patricia me detestaban y corrían con el chisme en cuanto me veían con el hermanito. Así que mi sistema de comunicación con él era silbar bajo su ventana, cuando imaginaba que podía estar allí, o dejarle un mensaje a Lomónaco, el bañero. Ese día, cuando llegué a la casa, se había ido, porque no respondió a mis silbidos. Así que fui hasta la playa y le pregunté a Lomónaco si lo había visto: me dijo que se había ido al Dormy House y que recién volvería a la tarde. Pensé por un momento en ir a buscarlo, pero desistí porque me comunicó que se había ido con las hermanas y otras amigas. No quedaba otro recurso que esperarlo. Entonces le dije que yo lo esperaría en Piedras Negras a las seis de la tarde.

Bastante malhumorada, volví a la estancia.

Después de la siesta me encaminé con la petisa hacia Piedras Negras. Y allá lo esperé.

La tormenta que se anunciaba desde el día anterior se ha ido cargando durante la jornada: el aire se ha ido convirtiendo en un fluido pesado y pegajoso, nubes enormes han ido surgiendo durante la mañana hacia la región del oeste y, durante la siesta, como de un gigantesco y silencioso hervidero han ido cubriendo todo el cielo. Tirada a la sombra de unos pinos, sudorosa e inquieta, Alejandra siente cómo la atmósfera se está cargando minuto a minuto con la electricidad que precede a las grandes tempestades.

Mi descontento y mi irritación aumentaban a medida que transcurría la tarde, impaciente por la demora de Marcos. Hasta que por fin apareció cuando la noche se venía encima, precipitada por los nubarrones que avanzaban desde el oeste.

Llegó casi corriendo y yo pensé: tiene miedo de la tormenta. Todavía hoy me pregunto por qué descargaba todo mi odio a Dios sobre aquel pobre infeliz, que más bien parecía adecuado para el menosprecio. No sé si porque era un tipo

74

de católico que siempre me pareció muy representativo, o porque era tan bueno y por lo tanto la injusticia de tratarlo mal tenía más sabor. También puede que haya sido porque tenía algo puramente animal que me atraía algo estrictamente físico, es cierto, pero que calentaba la sangre.

—Alejandra —dijo—, se viene la tormenta y me parece mejor que volvamos a Miramar.

Me puse de costado y lo miré con desprecio.

—Apenas llegás —le dije—, recién me ves, ni siquiera tratás de saber por qué te he buscado y ya estás pensando en volver a casita.

Me senté, para quitarme la ropa.

—Tengo mucho que hablar contigo, pero antes vamos a nadar.

—Estuve todo el día en el agua, Alejandra. Y además —añadió, señalando con un dedo hacia el cielo— mirá lo que se viene.

—No importa. Vamos a nadar lo mismo.

—No traje la malla.

—¿La malla? —pregunté con sorna—. Yo tampoco tengo malla.

Empecé a quitarme el blue-jean.

Marcos, con una firmeza que me llamó la atención, dijo:

—No, Alejandra, yo me iré. No tengo malla y no nadaré desnudo, contigo.

Yo me había quitado el blue-jean. Me detuve y con aparente inocencia, como si no comprendiera sus razones, le dije:

—¿Por qué? ¿Tenés miedo? ¿Qué clase de católico sos que necesitás estar vestido para no pecar? ¿Así que desnudo sos otra persona?

Empezaba a quitarme las bombachas, agregué:

—Siempre pensé que eras un cobarde, el típico católico cobarde.

Sabía que eso iba a ser decisivo. Marcos, que había apartado la mirada de mí desde el momento en que yo me dispuse a quitarme las bombachas, me miró, rojo de vergüenza y de rabia, y apretando sus mandíbulas empezó a desnudarse.

Había crecido mucho durante ese año, su cuerpo de

deportista se había ensanchado, su voz era ahora de hombre y había perdido los ridículos restos de niño que tenía el año anterior: tenía dieciséis años, pero era muy fuerte y desarrollado para su edad. Yo, por mi parte, había abandonado la absurda faja y mis pechos habían crecido libremente; también se habían ensanchado mis caderas y sentía en todo mi cuerpo una fuerza poderosa que me impulsaba a realizar actos portentosos.

Con el deseo de mortificarlo, lo miré minuciosamente cuando estuvo desnudo.

—Ya no sos el mocoso del año pasado, ¿eh?

Marcos, avergonzado, había dado vuelta su cuerpo y estaba colocado casi de espaldas a mí.

—Hasta te afeitás.

—No veo nada de malo en afeitarme —comentó con rencor.

—Nadie te ha dicho que sea malo. Observo sencillamente que te afeitás.

Sin responderme, y quizá para no verse obligado a mirarme desnuda y a mostrar él su desnudez, corrió hacia el agua, en momentos en que un relámpago iluminó todo el cielo, como una explosión. Entonces, como si ese estallido hubiese sido la señal, los relámpagos y truenos empezaron a sucederse. El gris plomizo del océano se había ido oscureciendo, al mismo tiempo que el agua se embravecía. El cielo, cubierto por los sombríos nubarrones, era iluminado a cada instante como por fogonazos de una inmensa máquina fotográfica.

Sobre mi cuerpo tenso y vibrante empezaron a caer las primeras gotas de agua; corrí hacia el mar. Las olas golpeaban con furia contra la costa.

Nadamos mar afuera. Las olas me levantaban como una pluma en un vendaval y yo experimentaba una prodigiosa sensación de fuerza y a la vez de fragilidad. Marcos no se alejaba de mí y dudé si sería por temor hacia él mismo o hacia mí.

Entonces él me gritó:

—¡Volvamos, Alejandra! ¡Pronto no sabremos ni hacia dónde está la playa!

—¡Siempre cauteloso! —le grité.

—¡Entonces me vuelvo solo!

No respondí nada y además era ya imposible entenderse. Empecé a nadar hacia la costa. Las nubes ahora eran negras y desgarradas por los relámpagos y los truenos continuos, parecían venir rodando desde lejos para estallar sobre nuestras cabezas.

Llegamos a la playa. Y corrimos al lugar donde teníamos la ropa cuando la tempestad se desencadenó finalmente en toda su furia: un pampero salvaje y helado barría la playa mientras la lluvia comenzaba a precipitarse en torrentes casi horizontales.

Era imponente: solos, en medio de una playa solitaria, desnudos, sintiendo sobre nuestros cuerpos el agua aquella barrida por el vendaval enloquecido, en aquel paisaje rugiente iluminado por estallidos.

Marcos, asustado, intentaba vestirse. Caí sobre él y le arrebaté el pantalón.

Y apretándome contra él, de pie, sintiendo su cuerpo musculoso y palpitante contra mis pechos y mi vientre, empecé a besarlo, a morderle los labios, las orejas, a clavarle las uñas en las espaldas.

Forcejeó y luchamos a muerte. Cada vez que lograba apartar su boca de la mía, borboteaba palabras ininteligibles, pero seguramente desesperadas. Hasta que pude oír que gritaba:

—¡Dejáme, Alejandra, dejáme por amor de Dios! ¡Iremos los dos al infierno!

—¡Imbécil! —le respondí—. ¡El infierno no existe! ¡Es un cuento de los curas para embaucar infelices como vos! ¡Dios no existe!

Luchó con desesperada energía y logró por fin arrancarme de su cuerpo.

A la luz de un relámpago vi en su cara la expresión de un horror sagrado. Con sus ojos muy abiertos, como si estuviera viviendo una pesadilla, gritó:

—¡Estás loca, Alejandra! ¡Estás completamente loca, estás endemoniada!

—¡Me río del infierno, imbécil! ¡Me río del castigo eterno!

Me poseía una energía atroz y sentía a la vez una mezcla de fuerza cósmica, de odio y de indecible tristeza. Riéndome y llorando, abriendo los brazos, con esa teatralidad que tenemos cuando adolescentes, grité repetidas veces hacia arriba, desafiando a Dios que me aniquilase con sus rayos, si existía.

Alejandra mira su cuerpo desnudo, huyendo a toda carrera, iluminado fragmentariamente por los relámpagos; grotesco y conmovedor, piensa que nunca más lo volverá a ver.

El rugido del mar y de la tempestad parecen pronunciar sobre ella oscuras y temibles amenazas de la Divinidad.

XI

Volvieron al cuarto. Alejandra fue hasta su mesita de luz y sacó dos píldoras rojas de un tubo. Luego se sentó al borde de la cama y golpeando con la palma de su mano izquierda a su lado le dijo a Martín:

—Sentáte.

Mientras él se sentaba, ella, sin agua, tragaba las dos píldoras. Luego se recostó en la cama, con las piernas encogidas cerca del muchacho.

—Tengo que descansar un momento —explicó, cerrando los ojos.

—Bueno, entonces me voy —dijo Martín.

—No, no te vayas todavía —murmuró ella, como si estuviera a punto de dormirse—; después seguiremos hablando..., es un momento...

Y empezó a respirar hondamente, ya dormida.

Había dejado caer sus zapatos al suelo y sus pies desnudos estaban cerca de Martín, que estaba perplejo y todavía emborrachado por el relato de Alejandra en la terraza: todo era absurdo, todo sucedía según una trama disparatada y cualquier cosa que él hiciera o dejara de hacer parecía inadecuada.

¿Qué hacía él allí? Se sentía estúpido y torpe. Pero, por alguna razón que no alcanzaba a comprender, ella parecía necesitarlo: ¿no lo había ido a buscar? ¿No le había contado sus experiencias con Marcos Molina? A nadie, pensó con orgullo y perplejidad, a nadie se las había contado antes, estaba seguro. Y no había querido que se fuese y se había dormido a su lado, se había dejado dormir a su lado, había hecho ese supremo gesto de confianza que es dormirse al lado de otro: como un guerrero que deja su armadura. Ahí estaba, indefensa pero misteriosa e inaccesible. Tan cerca, pero separada por la muralla ingrávida pero infranqueable y tenebrosa del sueño.

79

Martín la miró: estaba de espaldas, respirando ansiosamente por su boca entreabierta, su gran boca desdeñosa y sensual. Su pelo largo y lacio, renegrido (con aquellos reflejos rojizos que indicaban que esa Alejandra era la misma chiquitina pelirroja de la infancia y algo a la vez tan distinto ¡tan distinto!), desparramado sobre la almohada, destacaba su rostro anguloso, esos rasgos que tenían la misma nitidez, la misma dureza que su espíritu. Temblaba y estaba lleno de ideas confusas, nunca antes sentidas. La luz del velador iluminaba su cuerpo abandonado, sus pechos que se marcaban debajo de su blusa blanca, y aquellas largas y hermosas piernas encogidas que lo tocaban. Acercó una de sus manos a su cuerpo, pero antes de llegar a colocarla sobre él, la retiró asustado. Luego, después de grandes vacilaciones, su mano volvió a acercarse a ella y finalmente se posó sobre uno de sus muslos. Así permaneció, con el corazón sobresaltado, durante un largo rato, como si estuviera cometiendo un robo vergonzoso, como si estuviera aprovechando el sueño de un guerrero para robarle un pequeño recuerdo. Pero entonces ella se dio vuelta y él retiró su mano. Ella encogió sus piernas, levantando las rodillas y curvó su cuerpo como si volviera a la posición fetal.

El silencio era profundo y se oía la agitada respiración de Alejandra y algún silbato lejano de los muelles.

Nunca la conoceré del todo, pensó, como en una repentina y dolorosa revelación.

Estaba ahí, al alcance de su mano y de su boca. En cierto modo estaba sin defensa ¡pero qué lejana, qué inaccesible que estaba! Intuía que grandes abismos la separaban (no solamente el abismo del sueño sino otros) y que para llegar hasta el centro de ella habría que marchar durante jornadas temibles, entre grietas tenebrosas, por desfiladeros peligrosísimos, al borde de volcanes en erupción, entre llamaradas y tinieblas. *Nunca,* pensó, *nunca.*

Pero me necesita, me ha elegido, pensó también. De alguna manera lo había buscado y elegido a él, para algo que no alcanzaba a comprender. Y le había contado cosas que estaba seguro jamás había contado a nadie, y presentía que le contaría muchas otras, todavía más terribles y hermosas que las que ya le había confesado. Pero también intuía que habría otras que nunca, pero nunca le sería dado conocer. Y esas sombras misteriosas e inquietantes ¿no serían las más verdaderas de su alma, las únicas de verdadera importancia? Había tenido un estremecimiento cuando él mencionó a los ciegos, ¿por qué? Se había arrepentido apenas pronunciado el nombre Fernando, ¿por qué?

Ciegos, pensó, casi con miedo. *Ciegos, ciegos.*

La noche, la infancia, las tinieblas, las tinieblas, el terror y la sangre, sangre, carne y sangre, los sueños, abismos, abismos insondables, soledad soledad soledad, tocamos pero estamos a distancias inconmensurables, tocamos pero estamos solos. Era un chico bajo una cúpula inmensa, en medio de la cúpula, en medio de un silencio aterrador, solo en aquel inmenso universo gigantesco.

Y de pronto oyó que Alejandra se agitaba, se volvía hacia arriba y parecía rechazar algo con las manos. De sus labios salían murmullos ininteligibles, pero violentos y anhelantes, hasta que, como teniendo que hacer un esfuerzo sobrehumano para articular, gritó ¡no, no! incorporándose abruptamente.

—¡Alejandra! —la llamó Martín sacudiéndola de los hombros, queriendo arrancarla de aquella pesadilla.

Pero ella, con los ojos bien abiertos, seguía gimiendo, rechazando con violencia al enemigo.

—¡Alejandra, Alejandra! —seguía llamando Martín, sacudiéndola por los hombros.

Hasta que ella pareció despertarse como si surgiese de un pozo profundísimo, un pozo oscuro y lleno de telarañas y murciélagos.

—Ah —dijo con voz gastada.

Permaneció largo tiempo sentada en la cama, con la cabeza apoyada sobre sus rodillas y las manos cruzadas sobre sus piernas encogidas.

Después se bajó de la cama, encendió la luz grande, un cigarrillo y empezó a preparar café.

—Te desperté porque me di cuenta de que estabas en una pesadilla —dijo Martín, mirándola con ansiedad.

—Siempre estoy en una pesadilla, cuando duermo —respondió ella, sin darse vuelta, mientras ponía la cafetera sobre el calentador.

Cuando el café estuvo listo le alcanzó una tacita y ella, sentándose en el borde de la cama, tomó el suyo, abstraída.

Martín pensó: *Fernando, ciegos*.

"Menos Fernando y yo", había dicho. Y aunque conocía ya lo bastante a Alejandra para saber que no se le debía preguntar nada sobre aquel nombre que ella había rehuido en seguida, una insensata presión lo llevaba una y otra vez a aquella región prohibida, a bordearla peligrosamente.

—¿Y tu abuelo —preguntó— también es unitario?

—¿Cómo? —dijo ella, abstraída.

—Digo si tu abuelo también es unitario.

Alejandra volvió su mirada hacia él, un poco extrañada.

—¿Mi abuelo? Mi abuelo murió.

—¿Cómo? Creí que me habías dicho que vivía.

—No, hombre: mi abuelo Patricio murió. El que vive es mi bisabuelo, Pancho, ¿no te lo expliqué ya?

—Bueno, sí, quería decir tu abuelo Pancho ¿es también unitario? Me parece gracioso que todavía pueda haber en el país unitarios y federales.

—No te das cuenta que aquí se ha vivido eso. Más aún: pensé que abuelo Pancho lo sigue viviendo, que nació poco después de la caída de Rosas. ¿No te dije que tiene noventa y cinco años?

—¿Noventa y cinco años?

—Nació en 1858. Nosotros podemos hablar de unitarios y federales, pero él ha vivido todo eso, ¿comprendés? Cuando él era chico todavía vivía Rosas.

—¿Y recuerda cosas de aquel tiempo?

—Tiene una memoria de elefante. Y además no hace otra cosa que hablar de aquello, todo el día, en cuanto te ponés a tiro. Es natural: es su única realidad. Todo lo demás no existe.

—Me gustaría algún día oírlo.

—Ahora mismo te lo muestro.

—¡Cómo, qué estás diciendo! ¡Son las tres de la mañana!

—No seas ingenuo. No comprendés que para el abuelo no hay tres de la mañana. Casi no duerme nunca. O acaso dormite a cualquier hora, qué sé yo... Pero de noche sobre todo, se desvela y se pasa todo el tiempo con la lámpara encendida, pensando.

—¿Pensando?

—Bueno, quién lo sabe... ¿Qué podés saber de lo que pasa en la cabeza de un viejo desvelado, que tiene casi cien años? Quizá sólo recuerde, qué sé yo... Dicen que a esa edad sólo se recuerda...

Y luego agregó, riéndose con su risa seca.

—Me cuidaré mucho de llegar hasta esa edad.

Y saliendo con naturalidad, como si se tratase de hacer una visita normal a personas normales y en horas sensatas, dijo:

—Vení, te lo muestro ahora. Quién te dice que mañana se ha muerto.

Se detuvo.

—Acostumbráte un poco a la oscuridad y podrás bajar mejor.

Se quedaron un rato apoyados en la balaustrada mirando hacia la ciudad dormida.

—Mirá esa luz en la ventana, en aquella casita —comentó Alejandra, señalando con su mano—. Siempre me subyugan esas luces en la noche: ¿será una mujer que está por tener un hijo? ¿Alguien que muere? O a lo mejor es un estudiante pobre que lee a Marx. Qué misterioso es el mundo. Solamente la gente superficial no lo ve. Conversás con el vigilante de la esquina, le hacés tomar confianza y al rato descubrís que él también es un misterio.

Después de un momento, dijo:

—Bueno, vamos.

XII

Bajaron y bordearon la casa por el corredor lateral
hasta llegar a una puerta trasera, debajo de un emparrado.
Alejandra palpó con su mano y encendió una luz. Martín vio
una vieja cocina, pero con cosas amontonadas, como en una
mudanza. Luego esa sensación fue aumentando al atravesar
un pasillo. Pensó que en los sucesivos retaceos del caserón,
no se habrían decidido o no habrían sabido desprenderse de
objetos y muebles: muebles y sillas derrengadas, sillones
dorados sin asientos, un gran espejo apoyado contra una
pared, un reloj de pie detenido y con una sola aguja,
consolas. Al entrar en la habitación del viejo, recordó una de
esas casas de subastas de la calle Maipú. Una de las viejas
salas se había juntado con el dormitorio del viejo, como si
las piezas se hubiesen barajado. En medio de trastos, a la
luz macilenta de un quinqué, entrevió un viejo dormitando
en una silla de ruedas. La silla estaba colocada frente a una
ventana que daba a la calle como para que el abuelo contem-
plase el mundo.

—Está durmiendo —murmuró Martín con alivio—. Mejor que lo dejés.

—Ya te dije que nunca se sabe si duerme.

Se colocó delante del viejo e inclinándose sobre él lo
sacudió un poco.

—¿Cómo, cómo? —tartamudeó el abuelo, entreabiertos
sus ojitos.

Eran unos ojitos verdosos, cruzados por estrías rojas y
negras, como si estuvieran agrietados, hundidos en el fondo
de sus cuencas, rodeados por los pliegues apergaminados de
un rostro momificado e inmortal.

—¿Dormía, abuelo? —preguntó Alejandra a su oído,
casi a gritos.

—¿Cómo, cómo? No, m'hija, qué iba a dormir. Descan-
saba, nomás.

—Éste es un amigo mío.

El viejo asintió con la cabeza pero con un movimiento repetido y decreciente, como un tentempié que es apartado de su posición de equilibrio. Le extendió una mano huesuda, en la que venas enormes parecían querer salirse de una piel reseca y transparente como el tímpano de un viejo tambor.

—Abuelo —le gritó—, cuéntale algo del teniente Patrick.

El tentempié se movió nuevamente.

—Ajá —murmuraba—. Patrick, eso es, Patrick.

—No te preocupés, es lo mismo —le dijo Alejandra a Martín—, es lo mismo. Cualquier cosa. Siempre va a terminar hablando de la Legión, hasta que se olvide y se duerma.

—Ajá, el teniente Patrick, eso es.

Sus ojuelos lagrimeaban.

—Elmtrees, mocito, Elmtrees. Teniente Patrick Elmtrees, del famoso 71. Quién le iba a decir que moriría en la Legión.

Martín miró a Alejandra.

—Explíquele, abuelo, explíquele —gritó.

El viejo ponía su mano sarmentosa y enorme junto al oído, con la cabeza inclinada hacia Alejandra. Dentro de la máscara de pergamino agrietado y ya adelantada hacia la muerte, parecía vivir dificultosamente un resto de ser humano, pensativo y bondadoso. La mandíbula inferior colgaba un poco, como si no tuviera fuerza para mantenerse apretada, y podían verse sus encías sin dientes.

—Eso es, Patrick.

—Explíquele, abuelo.

Pensaba, miraba hacia tiempos remotos.

—Olmos es la traducción de Elmtrees. Porque abuelo estaba harto de que lo llamaran Elemetri, Elemetrio, Lemetrio y hasta capitán Demetrio.

Pareció reírse con un temblor, llevando su mano a la boca.

—Eso es, hasta capitán Demetrio. Harto estaba. Y porque se había acriollado tanto que lo fastidiaba cuando le decían el inglés. Y se puso Olmos, nomás. Como los Island se habían puesto Isla y los Queenfaith, Reinafé. Lo jorobaba mucho —especie de risita—. Porque era muy retobón. De modo que fue muy juicioso, muy juicioso. Y además porque ésta era su verdadera patria. Aquí se había casado y aquí nacieron sus hijos. Y nadie, viéndolo sobre el gateado, con el apero de plata, habría podido maliciar que era gringo. Y aunque lo hubiera maliciado —risita— no habría dicho esta boca es mía, porque ahí nomás don Patricio lo habría bajado de un rebencazo —risita—... El tenientito Patrick Elmtrees, sí señor. Quién le iba a decir. No, si el destino es más embrollao que negocio e'turco. Quién le iba a decir que su destino era morir a las órdenes del general.

Repentinamente pareció dormitar, con un leve estertor.

—¿General? ¿Qué general? —preguntó Martín a Alejandra.

—Lavalle.

No entendía nada: ¿un teniente inglés a las órdenes de Lavalle? ¿Cuándo?

—La guerra civil, tonto.

Ciento setenta y cinco hombres, rotosos y desesperados, perseguidos por las lanzas de Oribe, huyendo hacia el norte por la quebrada, siempre hacia el norte. El alférez Celedonio Olmos cabalgaba pensando en su hermano Panchito muerto en Quebracho Herrado, y en su padre, el capitán Patricio Olmos, muerto en Quebracho Herrado. Y también, barbudo y miserable, rotoso y desesperado, cabalga hacia el norte el coronel Bonifacio Acevedo. Y otros ciento setenta y dos hombres indescifrables. Y una mujer. Noche y día huyendo hacia el norte, hacia la frontera.

La mandíbula inferior cuelga y temblequea: "Tío Panchito y abuelo lanceados en Quebracho Herrado", murmura, como asintiendo.

—No entiendo nada —dice Martín.

—El 27 de junio de 1806 —le dijo Alejandra—, los ingleses avanzaban por las calles de Buenos Aires. Cuando yo era así —puso una mano cerca del suelo— el abuelo me contó la historia ciento setenta y cinco veces. La novena compañía cerraba la marcha del famoso 71 (¿por qué famoso?). No sé, pero así decían. Creo que nunca lo habían vencido, en ninguna parte del mundo ¿comprendés? La novena compañía avanzaba por la calle de la Universidad (¿de la Universidad?). Pero sí, zonzo, la calle Bolívar. Te cuento como el viejo, me lo sé de memoria. Al llegar a la esquina de nuestra Señora del Rosario, Venezuela para los atrasados, pasó la cosa (¿qué cosa?). Esperá. Tiraban de todo. Desde las azoteas, quiero decir: aceite hirviendo, platos, botellas, fuentes, hasta muebles. También baleaban. Todos tiraban: las mujeres, los negros, los chicos. Y ahí lo hirieron (¿a quién?). Al teniente Patrick, hombre, en esa esquina estaba la casa de Bonifacio Acevedo, abuelo del viejo, el hermano del que después fue general Cosme Acevedo (¿el de la calle?), sí, el de la calle: es lo único que nos va quedando, nombres de calles. Este Bonifacio Acevedo se casó con Trinidad Arias, de Salta —se acercó a una pared y trajo una miniatura y a la luz del quinqué, mientras el viejo parecía asentir a algo remoto con la mandíbula colgando y los ojos cerrados, Martín vio el rostro de una mujer hermosa cuyos rasgos mongólicos parecían el murmullo secreto de los rasgos de Alejandra, murmullo entre conversaciones de ingleses y españoles—. Y esta muchacha tuvo una pila de hijos, entre ellos María de los Dolores, y Bonifacio, que después sería el coronel Bonifacio Acevedo, el hombre de la cabeza.

Pero Martín pensó (y así lo dijo) que cada vez entendía menos. Porque ¿qué tenía que ver con todo ese barullo el teniente Patrick, y cómo había muerto a las órdenes de Lavalle?

—Esperá, zonzo, ahora viene la combinación. ¿No oíste al viejo que la vida es más embrollada que negocio de turco? El destino esta vez era un negro grandote y feroz, un esclavo de mi tataratatarabuelo, un negro Benito. Porque el Destino no se manifiesta en abstracto sino que a veces es un cuchillo de un esclavo y otras veces es la sonrisa de una mujer soltera. El Destino elige sus instrumentos, en seguida se encarna y luego viene la joda. En este caso se encarnó en el negro Benito, que le encajó una cuchillada al tenientito con la suficiente mala suerte (según el punto de vista del negro) que Elmtrees pudo convertirse en Olmos y yo pude existir. Yo estuve pendiente, como se dice, de un hilo de seda y de circunstancias muy frágiles, porque si el

negro no oye los gritos que desde la azotea daba María de
los Dolores, ordenando que no lo ultimara, el negro lo liquida en forma perfecta y definitiva, como eran sus deseos,
pero no los del Destino, que aunque se había encarnado en
Benito no opinaba exactamente como él, tenía sus pequeñas diferencias. Cosa que sucede muy a menudo, porque
claro, el Destino no puede andar eligiendo en forma tan
ajustada a la gente que le va a servir de instrumento. Del
mismo modo que si vos estás apurado para llegar a un
lugar, cosa de vida o muerte, no te vas a andar fijando
mucho si el auto está tapizado de verde o el caballo tiene
una cola que te disgusta. Se agarra lo que se tiene más a
mano. Por eso el Destino es algo confuso y un poco equívoco: él sabe bien lo que quiere, en realidad, pero la gente
que lo ejecuta, no tanto. Como esos subalternos medio
zonzos que nunca ejecutan con perfección lo que se les
ordena. Así que el Destino se ve obligado a proceder como
Sarmiento: hacer las cosas, aunque sea mal, pero hacerlas.
Y muchas veces tiene que emborracharlos o aturdirlos. Por
eso se dice que el tipo estaba como fuera de sí, que no
sabía lo que hacía, que perdió el control. Por supuesto. De
otro modo, en lugar de matar a Desdémona o a César, vaya
a saber la payasada que hacían. Así que, como te explicaba,
en el momento en que Benito se disponía a decretar mi
inexistencia, María de los Dolores le gritó desde arriba con
tanta fuerza que el negro se detuvo. María de los Dolores.
Tenía catorce años. Estaba tirando aceite hirviendo pero
gritó a tiempo.

—Tampoco entiendo; ¿no se trataba de impedir que los
ingleses ganaran?

—Atrasado mental, ¿no has oído hablar del *coup de
foudre*? En medio del caos se produjo. Ya ves cómo funciona
el Destino. El negro Benito obedeció de mala gana a la
amita, pero arrastró al oficialito adentro, como se lo ordena-
ba la abuela de mi bisabuelo Pancho. Allí las mujeres le
hicieron la primera cura, mientras llegaba el doctor
Argerich. Le quitaron la chaqueta. ¡Pero si es un niño!, decía
horrorizada misia Trinidad. ¡Pero si no ha de tener ni diecisiete años! decían. ¡Pero qué temeridá! se lamentaban.
Mientras lo lavaban con agua limpia y con caña, y lo venda-

ban con tiras de sábanas. Después lo acostaron. Durante la noche deliraba y pronunciaba palabras en inglés, mientras María de los Dolores, rezando y llorando, le cambiaba paños de vinagre. Porque, como me contaba el abuelo, la niña se había enamorado del gringuito y había decidido que se casaría con él. Y has de saber, me decía, que cuando a una mujer se le pone esa idea entre ceja y ceja, no hay poder del cielo o de la tierra que lo impida. De modo que mientras el pobre teniente deliraba y seguramente soñaba con su patria ya la chica había decidido que aquella patria había dejado de existir, y que los descendientes de Patrick nacerían en la Argentina. Después, cuando empezó a recobrar el conocimiento, resultó que era nada menos que el sobrino del propio general Beresford. Ya te podés imaginar lo que habrá sido la llegada de Beresford a la casa y el momento en que besó la mano de misia Trinidad.

—Ciento setenta y cinco hombres —farfulló el viejo, asintiendo.

—¿Y eso?

—La Legión. Siempre piensa en lo mismo: en la infancia o sea en la Legión. Te sigo contando. Beresford les agradeció lo que habían hecho con el muchacho y decidieron que seguiría en casa hasta que se curara del todo. Y así, mientras las fuerzas inglesas ocupaban Buenos Aires, Patrick se hacía amigo de la familia, lo que no era muy fácil si se tiene en cuenta que todos, y también mi familia, odiaban la ocupación. Pero lo peor empezó con la reconquista: grandes escenas de llanto, etcétera. Por supuesto, Patrick volvió a incorporarse a su ejército y hubo de combatir contra nosotros. Y cuando los ingleses tuvieron que rendirse, Patrick sintió a la vez una gran alegría y una gran tristeza. Muchos de los vencidos pidieron quedarse aquí y fueron internados. Patrick, por supuesto, quiso quedarse y lo internaron en la estancia La Horqueta, uno de los campos de mi familia, que estaba cerca de Pergamino. Eso fue en 1807. Un año después se casaron, fueron felices y comieron perdices. Don Bonifacio le regaló parte del campo y Patricio empezó su tarea de convertirse en Elemetri, Elemetrio, don Demetrio, teniente Demetrio y de repente Olmos. Y al que dijera inglés o Demetrio, leña.

—Hubiera sido mejor que lo mataran en Quebracho Herrado —murmuró el viejo.

Martín volvió a mirar a Alejandra.

—Al coronel Acevedo, quiere decir ¿comprendés? Si lo hubieran matado en Quebracho Herrado no lo hubieran degollado aquí, en el momento en que esperaba ver a su mujer y a su hija.

"Mejor habría sido que me mataran en Quebracho Herrado" piensa el coronel Bonifacio Acevedo mientras huye hacia el norte, pero por otra razón, por razones que cree horribles (esa marcha desesperada, esa desesperanza, esa miseria, esa derrota total) pero que son infinitamente menos horribles que las que podrá tener doce años después, en el momento de sentir el cuchillo sobre la garganta, frente a su casa.

Vio que Alejandra se dirigía a la vitrina y gritó, pero ella, diciendo "dejáte de mariconadas" sacaba la caja, quitaba la tapa y le mostraba la cabeza del coronel, mientras Martín se tapaba los ojos y ella se reía ásperamente, volviendo a guardar aquello.

—En Quebracho Herrado —murmuraba el viejo, asintiendo.

—De modo —explicó Alejandra— que nuevamente yo había nacido de milagro.

Porque si a su tatarabuelo el alférez Celedonio Olmos lo matan en Quebracho Herrado, como a su hermano y a su padre, o lo degüellan frente a la casa, como al coronel Acevedo, ella no habría nacido y en ese momento no estaría allí en aquella habitación, rememorando aquel pasado. Y gritándole al oído al abuelo "cuéntele lo de la cabeza" y diciéndole a Martín que ella tenía que irse y desapareciendo antes que él atinara a correr con ella (acaso porque estaba como atontado), lo dejó con el viejo, que repetía "la cabeza, eso es, la cabeza", asintiendo como un tentempié que ha sido apartado de su posición de equilibrio. Luego su mandíbula inferior se agitó, colgó temblorosamente por unos instantes, sus labios musitaron algo ininteligible (quizás un resumen mental como los chicos que deben dar la lección) y finalmente dijo: "La Mazorca, eso es, tiraron la cabeza ahí mismo, por la ventana de la sala. Se bajaron de los caballos con grandes risotadas y gritos de alegría, se acercaron a la ventana y gritaron ¡sandias, patrona! ¡sandias fresquitas! Y cuando abrieron la ventana tiraron la cabeza ensangrentada del tío Bonifacio. Mejor habría sido que lo mataran también en Quebracho Herrado, como a tío Panchito y al abuelo Patricio. Ya lo creo". *Cosa que también pensaba el coronel Acevedo mientras huía hacia el norte por la quebrada de Humahuaca, con ciento setenta y cuatro camaradas (y una mujer), perseguido y rotoso, derrotado y tristísimo, pero ignorante de que aún viviría doce años, en tierras lejanas, esperando el momento de volver a ver a su mujer y a su hija.*

—Gritaban sandias fresquitas y era la cabeza, mocito. Y la pobre Encarnación cayó como muerta cuando la vio, y en realidad murió pocas horas después, sin volver en sí. Y la pobre Escolástica, que era una chicuela de once años, perdió la razón. Eso es.

Y cabeceando, empezó a dormitar, mientras Martín estaba paralizado por un silencioso y extraño pavor, en medio de aquella pieza casi oscura, con aquel viejo centenario, con la cabeza del coronel Acevedo en la caja, con el loco que podía andar rondando por ahí. Pensaba: lo mejor es que salga. Pero el temor de encontrarse con el loco lo paralizaba. Y entonces se decía que era preferible esperar la vuelta de Alejandra, que no tardaría, que no podía tardar, ya que sabía que él nada podía hacer con aquel viejo. Sentía como si poco a poco hubiese ido ingresando en una suave pesadilla en que todo era irreal y absurdo. Desde las paredes parecían observarlo aquel señor pintado por Prilidiano Pueyrredón y aquella dama de gran peineta. El alma de guerreros, de conquistadores, de locos, de cabildantes y de sacerdotes parecía llenar invisiblemente la habitación y murmurar quedamente entre ellos: historias de conquista, de batallas, de lanceamientos y degüellos.

—Ciento setenta y cinco hombres.

Miró al viejo: su mandíbula inferior asentía, colgando, tembloqueando.

—Ciento setenta y cinco hombres sí señor.

Y una mujer. Pero el viejo no lo sabe, o no lo quiere saber. He ahí todo lo que queda de la orgullosa Legión, después de ochocientas leguas de retirada y de derrota, de dos años de desilusión y de muerte. Una columna de ciento setenta y cinco hombres miserables y taciturnos (y una mujer) que galopan hacia el norte, siempre hacia el norte. ¿No llegarán nunca? ¿Existe la tierra de Bolivia, más allá de la interminable quebrada? El sol de octubre cae a plomo y pudre el cuerpo del general. El frío de la noche congela el pus y detiene el ejército de gusanos. Y nuevamente el día, y los tiros de retaguardia, la amenaza de los lanceros de Oribe.

El olor, el espantoso olor del general podrido.

La voz que canta en el silencio de la noche:

> *Palomita blanca,*
> *vidalitá*
> *que cruzas el valle,*
> *ve a decir a todos,*
> *vidalitá,*
> *que ha muerto Lavalle.*

—Hornos los abandonó, caramba. Dijo "me uniré al ejército de Paz". Y los dejó, con el comandante Ocampo, también. Caramba. Y Lavalle los vio alejarse con sus hombres, hacia el este, en medio del polvo. Y mi padre dice que el general parecía lagrimear, mientras miraba los dos escuadrones que se alejaban. Ciento setenta y cinco hombres le quedaban.

El viejo asintió y quedó pensativo, moviendo siempre su cabeza.

—Los negros lo querían a Hornos, mucho lo querían. Y tatita terminó por recibirlo a Hornos. Venía aquí, a la quinta, y mateaban, recordaban sucedidos de la campaña.

Volvió a murmurar algo que no se entendía.

—Emprincipiaron a ralear desde la presidencia de Roca. Los gringos que fueron llegando los desplazaron. Labores humildes, pues. Yo ya no salgo, pero hasta hace unos años, cuando todavía sabía darme una vueltita por ahí, sobre todo para la fiesta de Santa Lucía, bajaban algunos negros que andaban de ordenanza en el congreso o en alguna otra repartición nacional. Algunos, viejos, como el pardo Elizalde, a gatas si podía caminar, el pobre, pero ahí se aparecía para la fiesta de la patrona. ¡Qué se habrá hecho de tanto negro que hubo por esta barriada cuando yo era chicuelo! Tomasito, Lucía, Benito, el tío Joaquín... Lucía era la cebadora de mate de madre, Tomasito, el cochero, también estaba la vieja Encarnación, que supo ser nodriza de mi padre y de mis tíos, y la Toribia, famosa por sus empanadas y pasteles de fuente, que la recuerdo tullida allá en el patio de atrás, tomando mates y contando cuentos.

Asintió con la cabeza, su mandíbula cayó y murmuró algo sobre el comandante Hornos y sobre el coronel Pedernera. Luego se calló. ¿Dormía, pensaba? Acaso dentro de él transcurría esa vida latente y silenciosa que transcurre en los lagartos durante los largos meses de invierno, cercana a la eternidad.

Piensa Pedernera: veinticinco años de campañas, de combates, de victorias y derrotas. Pero en aquel tiempo sí sabíamos por lo que luchábamos. Luchábamos por la libertad del continente, por la Patria Grande. Pero ahora... Ha corrido tanta sangre por el suelo de América, hemos visto tantos atardeceres desesperados, hemos oído tantos alaridos de lucha entre hermanos... Ahí mismo viene Oribe, dispuesto a degollarnos, a lancearnos, a exterminarnos ¿no luchó conmigo en el Ejército de los Andes? El bravo, el duro general Oribe. ¿Dónde está la verdad? ¡Qué hermosos eran aquellos tiempos! ¡Qué arrogante iba Lavalle con su uniforme de mayor de granaderos, cuando entramos en Lima! Todo era más claro, entonces, todo era lindo como el uniforme que llevábamos...

—Ya lo creo, mocito: muchas peleas supo haber en nuestra familia por causa de Rosas, y de ese tiempo viene la separación de las dos ramas, sobre todo en la familia de Juan Bautista Acevedo. Y de estos Acevedo hubo muchos federales netos, como Evaristo, que fue miembro de la Sala de Representantes, y otros como Marianito, Vicente y Rudecindo, que si no fueron federales netos por lo menos estaban con Rosas cuando el bloqueo y nunca nos perdonaron...

Tosió, pareció que iba a dormirse, pero de pronto volvió a hablar:

—Porque de Lavalle, hijo, se puede decir cualquier cosa, pero nadie que sea bien nacido podrá negarle su buena fe, su hombría de bien, su caballerosidad, su desinterés. Sí señor.

He peleado en ciento cinco combates por la libertad de este continente. He peleado en los campos de Chile al mando del general San Martín, y en Perú a las órdenes del general Bolívar. Luché luego contra las fuerzas imperiales en territorio brasilero. Y después, en estos dos años de infortunio, a lo largo y a lo ancho de nuestra pobre patria. Acaso he cometido grandes errores, y el más grande de todos el fusilamiento de Dorrego. Pero ¿quién es dueño de la verdad? Nada sé ya, fuera de que esta tierra cruel es mi tierra y que aquí tenía que combatir y morir. Mi cuerpo se está pudriendo sobre mi tordillo de pelea pero eso es todo lo que sé.

—Sí señor —dijo el viejo, tosiendo y carraspeando, como pensativo, con los ojos lacrimosos, repitiendo "sí señor" varias veces, moviendo la cabeza como si asintiera a un interlocutor invisible.

Pensativo y lacrimoso. Mirando hacia la realidad, hacia la única realidad.

Realidad que se organizaba según leyes extrañísimas.

—Fue por el 32, según contaba mi padre, eso es. Porque te advierto que eso de la mejora del ganado tuvo sus pros y sus contras. Fue el inglés Miller que emprincipió, con el famoso Tarquino, por el 30. Eso es, el famoso Tarquino en la estancia La Caledonia. El gringo Miller, excelente sujeto. Trabajador y ahorrativo como todos los escoceses, eso sí. Amarrete, para decirlo con más claridad (risita y toses repetidas). No como nosotros los criollos, que somos demasiado mano abierta y por eso estamos donde estamos (toses). Así que lo sabían criticar, sobre todo don Santiago Calzadilla, que era muy reparón y amigo del comadreo. La Caledonia, eso es. En el pago de Cañuelas. Don Juan Miller se había casado con una Balbastro, Misia Dolores Balbastro. Supo ser dama de gran energía, como que muchas veces dirigió la defensa contra la indiada y hasta disparaba la carabina como un hombre. Como abuela, que también era baqueana para las armas largas. Eran mujeres de ley, amiguito, y claro, un poco se volvían así por la vida dura. ¿De qué estaba hablando?

—Del inglés Miller.

—Del inglés Miller, eso es. Todo el mundo habla de él y del famoso Tarquino, y cuando venía a casa don Santiago Calzadilla contaba muchos chistes del bicho aquel, del Tarquino. Que para criticones se nos ha concedido gran habilidá, hijo. Así que el inglés Miller tuvo que aguantarse el chichoneo general durante muchos años. Pero él se sonreía, decía mi padre, y seguía adelante. Porque estos escoceses son duros como el ñandubay y muy tercos y temosos. Y el hombre temaba con la mejora del ganado y nadie lo iba a sacar de la huella.

Volvió a reírse y a toser. Pasó torpemente un pañuelo por sus ojos que lagrimeaban.

—¿De qué te estaba hablando?

—De los toros de raza, señor.

—Eso es, los toros.

Tosió y cabeceó un momento. Luego dijo:

—Nunca la familia de Evaristo nos perdonó. Nunca. Ni cuando degollaron a mi tío. Lo cierto es que nuestra familia quedó dividida por causa del tirano. No te vayas a creer que mi padre no reconocía sus méritos. Pero decía que en sus últimos años aquello era una abominación, por más que haya defendido el pabellón nacional. Le reprochaba su crueldá fría y refinada, su espíritu taimado ¿no lo hizo asesinar a Quiroga? Él era un cobarde, como que huyó en Caseros. Era miedoso, es un hecho. Te podría contar mil sucedidos de aquella época, sobre todo el año 40, como cuando lo degollaron a un mozo Iranzuaga, novio de una Isabelita Ortiz, medio parienta nuestra. Nadie dormía tranquilo. Y ya podés imaginar las angustias en casa de mis padres, con mi madre sola desde que tatita se había incorporado a la Legión. Y también se había ido mi abuelo don Patricio, ¿te conté la historia de don Patricio?, y mi tío abuelo Bonifacio y tío Panchito. Así que en la estancia no quedaba más que tío Saturnino, que era el menor, un chiquilín. Y después todas mujeres. Todas mujeres.

Se volvió a pasar el pañuelo por los ojos, que lagrimeaban, tosió, cabeceó y pareció dormirse. Pero de pronto dijo:

—Sesenta leguas. Y con la gente de Oribe pisándole los talones. Y contaba mi padre que el sol de octubre era muy fuerte. El general se pudría rápidamente y nadie soportaba el olor a los dos días de galope. ¡Y todavía faltaban cuarenta para la frontera! Cinco días y otras cuarenta leguas. Nada más que para salvar los huesos y la cabeza de Lavalle. Nada más que para eso, hijo. Porque estaban perdidos y ya ninguna otra cosa era posible hacer: ni guerra contra Rosas, ni nada. Le cortarían la cabeza al cadáver y se la mandarían a Rosas y la clavarían en la punta de una lanza, para deshonrarlo. Con un letrero que dijera: "ésta es la cabeza del salvaje, del inmundo, del asqueroso perro unitario Lavalle". Así que había que salvar el cuerpo del general a toda costa, llegando hasta Bolivia, defendiéndose a tiros a lo largo de siete días de huida. Sesenta leguas de retirada furiosa. Casi sin descanso.

Soy el comandante Alejandro Danel, hijo del mayor Danel, del ejército napoleónico. Todavía lo recuerdo cuando volvía con el Gran Ejército en el jardín de las Tullerías o en los Campos Elíseos, a caballo. Lo veo todavía a Napoleón seguido por su escolta de veteranos, con los legendarios sables corvos. Y después cuando al fin, cuando Francia ya no era más la tierra de la Libertad y yo soñaba con combatir por los pueblos oprimidos, me embarqué hacia estas tierras, junto con Brauix, Viel, Bardel, Brandsen y Rauch, que habían combatido al lado de Napoleón. ¡Dios mío, cuánto tiempo ha pasado, cuántos combates, cuántas victorias y derrotas, cuánta muerte y cuánta sangre! Aquella tarde de 1825 en que lo conocí y me pareció un águila imperial, al frente de su regimiento de coraceros. Y entonces marché con él a la guerra del Brasil, y cuando cayó en Yerbal lo recogí y con mis hombres lo llevé a través de ochenta leguas de ríos y montes, perseguido por el enemigo, como ahora... Y nunca más me separé de él... Y ahora, después de ochocientas leguas de tristeza, ahora marcho al lado de su cuerpo podrido, hacia la nada...

96

Pareció despertar y dijo:

—Algunas cosas las he visto yo mismo, otras las he oído de tatita, pero sobre todo de madre, porque tatita era callado y raramente hablaba. Así que cuando venía a matear el general Hornos o el coronel Ocampo, mientras recordaban cosas del tiempo viejo y de la Legión, tatita se limitaba a escuchar y a decir, de vez en cuando, qué cosa ¿no? o así es compadre.

Volvió a cabecear y a dormirse por un instante, pero despertó muy pronto y dijo:

—Eso es, Elisita, eso es. Pobre niña que bajó al río, enloquecida, cuando tuvo noticias de la muerte de su novio. De la quinta sí que me acuerdo, porque al almirante yo no lo alcancé a ver. Ya lo creo que se querían con mi abuelo Patricio y abuela Dolores, a pesar de que él era federal. Ya te contaré algún día la historia curiosa de mi abuelo, que no se llamaba Olmos sino Elmtrees, y que llegó aquí como teniente del ejército inglés, cuando las invasiones. Curiosa historia, ya lo creo (se rió y tosió).

Cabeceó y repentinamente empezó a roncar.

Martín volvió a mirar hacia la puerta, pero ningún ruido se oía. ¿Dónde estaba Alejandra? ¿Qué hacía en su pieza? También pensó que si no se había ido era por no dejar solo al viejo, que ni siquiera lo oía y tal vez ni siquiera lo veía: el viejo seguía su existencia subterránea y misteriosa, sin preocuparse de él ni de nadie que viviera en este tiempo, aislado por los años, por la sordera y por la presbicia, pero sobre todo por la memoria del pasado, que se interponía como una oscura muralla de sueño, viviendo en el fondo de un pozo, recordando negros, cabalgatas, degüellos y episodios de la Legión. No se había quedado por consideración al viejo, sino porque estaba como inmovilizado por una especie de temor a atravesar aquellas regiones de la realidad en que parecía habitar el abuelo, el loco y hasta la propia Alejandra. Territorio misterioso e insano, disparatado y tenue como los sueños, tan sobrecogedor como los sueños. Sin embargo, se levantó de la silla donde parecía haber quedado clavado y sigilosamente empezó a alejarse del viejo, entre los trastos de remate, observando, vigilado por los antepasados de las paredes, mirando la caja en la vitrina. Llegó así hasta la puerta y quedó frente a ella, sin atreverse a abrirla. Se acercó y puso su oído contra la hendidura: tenía la impresión de que el loco estaba del otro lado, esperando su salida con el clarinete en la mano. Hasta creyó oír su respiración. Entonces, asustado, volvió lentamente hacia su silla y se sentó.

—Nada más que treinta y cinco leguas —murmuró de pronto el viejo.

Sí, quedan treinta y cinco leguas. Tres días de marcha a galope tendido por la quebrada, con el cadáver hinchado y hediendo a varias cuadras a la redonda, destilando los horribles líquidos de la podredumbre. Siempre adelante, con unos tiradores a la retaguardia. Desde Jujuy hasta Huacalera, veinticuatro leguas. Nada más que treinta y cinco leguas más, dicen para animarse. Nada más que cuatro, acaso cinco días más de galope, si tienen suerte.

En la noche silenciosa se pueden oír los cascos de la caballada fantasma. Siempre hacia el norte.

—Porque en la quebrada el sol es muy fuerte, hijo, porque son tierras muy altas y el aire es purísimo. Así que a los dos días de marcha el cuerpo estaba hinchado y el olor se sentía a varias cuadras, decía mi padre, y al tercer día hubo que descarnarlo, eso es.

El coronel Pedernera ordena hacer alto y habla con sus compañeros: el cuerpo se está deshaciendo, el olor es espantoso. Se lo descarnará y se conservarán los huesos. Y también el corazón, dice alguien. Pero sobre todo la cabeza: nunca Oribe tendrá la cabeza, nunca podrá deshonrar al general.

¿Quién quiere hacerlo? ¿Quién puede hacerlo?

El coronel Alejandro Danel lo hará.

Entonces descienden el cuerpo del general, que hiede. Lo colocan al lado del arroyo Huacalera, mientras el coronel Danel se arrodilla a su lado y saca el cuchillo de monte. A través de sus lágrimas contempla el cuerpo desnudo y deforme de su jefe. También lo miran duros y pensativos, también a través de sus lágrimas, los rotosos hombres que forman un círculo.

Luego, lentamente, hinca el cuchillo en la carne podrida.

Cabeceó y dijo:

—Durante el gobierno de don Bernardino lo nombraron capitán de milicias en la Guardia de la Horqueta, que así se llama el fortín, que ahora es el pueblo de Capitán Olmos. Después fue alcalde, hasta que subieron los federales. ¿De qué te estaba hablando?

—De cuando dejó el cargo de alcalde, señor (¿quién?).

—Eso es, el cargo de alcalde. Lo dejó cuando subieron los federales eso es. Y a quien quería oírlo, tal vez para que sus palabras llegaran hasta don Juan Manuel, le decía que con las vacas y los indios tenía de sobra y que no tenía tiempo para la política (risita). Pero el Restaurador, que no era manco, ¡qué iba a ser!, nunca creyó en aquellas palabras (risitas). Y fíjate si no andaría descaminado que mi abuelo vino a anoticiarse que don Juan Manuel le mandaba cartas al alcalde de La Horqueta en que le decía que no se le sacase el ojo al inglés Olmos (risitas y toses), porque a él le constaba que andaba conspirando con otros estancieros del Salto y del Pergamino. El ladino no se equivocaba, ¡cuándo, si era un lince! Porque efectivamente el abuelo andaba en conversaciones y así se vio cuando el general Lavalle desembarcó en San Pedro, en agosto del 40. Se presentó allí con su caballada y con sus dos hijos mayores: Celedonio, mi padre, que entonces tenía dieciocho años, y tío Panchito, que tenía un año más. ¡Desdichada campaña, aquella del 40! Abuelo aguantó en Quebracho Herrado hasta la última bala de cañón, cubriendo la retirada de Lavalle. Pudo huir, pero no quiso. Y cuando todo estaba perdido, disparó la última bala que les quedaba a sus cañones y se rindió a las tropas de Oribe. Mientras se enteraba de la muerte de Panchito, el hijo que más quería, sólo dijo: "Al menos se ha salvado el general". Y así terminó su vida en esta tierra mi abuelo don Patricio Olmos.

El viejo cabeceó, mientras murmuraba: "Armistrón, eso es, Armistrón" y de pronto se durmió profundamente.

XIII

Martín esperó, pasó el tiempo y el viejo ya no despertó. Pensó que ahora se había dormido de verdad y entonces,
poco a poco, tratando de no hacer ruido, se levantó y empezó
a caminar hacia la puerta por la que había entrado Alejandra.
Su temor era grande porque ya había madrugado y las luces del
alba ya iluminaban la pieza de don Pancho. Pensó que podía
tropezarse con el tío Bebe, o que la vieja Justina, la mujer de
servicio, podría estar levantada. Y entonces ¿qué les diría?

"Vine con Alejandra, anoche", les diría.

Luego pensó que en esa casa nada podía llamar la atención y que, por lo tanto, no debía temer nada desagradable.
Fuera, quizás, de un tropiezo con el loco, con el tío Bebe.

Sintió, o le pareció sentir un crujido, unos pasos, en el
corredor al que se salía por aquella puerta. Ya con la mano
en el picaporte y con el corazón sobresaltado, esperó en
silencio. Se oyó el silbato lejano de un tren. Puso su oído
contra la puerta y escuchó con ansiedad: no se oía nada, y ya
iba a abrir cuando volvió a oír un pequeño crujido, esta vez
inconfundible: eran pasos, cautelosos y espaciados, como
alguien que hubiese estado acercándose de a poco a la misma puerta, por el otro lado.

"El loco", pensó agitadamente Martín, y por un instante retiró su oído de la puerta, con el temor de que abriesen
bruscamente la puerta del otro lado y se encontrasen con él
en una actitud tan sospechosa.

Permaneció así un largo rato sin saber qué determinación tomar: por una parte temía abrir la puerta y encontrarse
con el loco; por la otra, miraba hacia donde estaba don Pancho temiendo que se despertase y que lo buscase.

Pero pensó que quizá fuese mejor así, que el viejo se
despertase. Porque entonces, si el loco entraba, se vería con
él, él podría explicarle. O tal vez al loco no haya que darle
ninguna clase de explicación.

Recordó que Alejandra le había dicho que era un loco tranquilo, que se limitaba a tocar el clarinete: en fin a repetir una especie de garabato, sempiternamente. Pero ¿andaría suelto por la casa? ¿O estaría encerrado en una de las habitaciones, como había estado encerrada Escolástica, como era habitual en esas antiguas casas de familia?

En estas reflexiones pasó un rato, siempre escuchando.

Como no oyó nada nuevo, volvió, más tranquilo, a poner su oreja sobre la puerta y, afinando su oído, trató de distinguir el menor rumor o crujido sospechoso: no oyó nada, ahora.

Poco a poco fue haciendo girar el picaporte: era una de esas grandes cerraduras que se usaban en las puertas de antes, con llaves de unos diez centímetros de largo. El ruido que hacía el picaporte al girar le pareció formidable. Y pensó que si el loco andaba por ahí no podía dejar de oírlo y ponerse en guardia. Pero ¿qué hacer a esa altura? Así que, ya más decidido ante el hecho casi consumado, abrió con decisión la puerta.

Casi grita.

Ante él, hierático, estaba el loco. Era un hombre de más de cuarenta años, con barba de muchos días y ropa bastante raída, sin corbata, con el pelo revuelto. Llevaba un saco sport que en algún tiempo habría sido azul marino y un pantalón de franela gris. Su camisa estaba desprendida y todo el conjunto era arrugado y sucio. En la mano derecha, que colgaba, llevaba el famoso clarinete. Su cara era esa cara absorta y demacrada con ojos fijos y alucinados que es frecuente en los locos; era una cara flaca y angulosa, con los ojos grisverdosos de los Olmos y con nariz fuerte y aguileña, pero su cabeza era enorme y alargada como un dirigible.

Martín estaba paralizado por el miedo y no atinó a decir una sola palabra.

El loco lo miró un buen rato en silencio y luego, sin decir nada, se dio vuelta haciendo unas suaves contorsiones (semejantes a las que hacen los chicos de una murga, pero apenas perceptibles) y se alejó por el corredor hacia adentro, seguramente hacia su pieza.

Martín casi corrió en dirección contraria, hacia el patio que ya estaba muy iluminado por el día naciente.

101

Una vieja india de muchísima edad lavaba en una pileta. "Justina", pensó Martín, sobresaltándose nuevamente.

—Buenos días —dijo, tratando de aparentar calma y como si todo aquello fuese natural.

La vieja no contestó una palabra. "Tal vez sea sorda, como don Pancho", pensó Martín.

Sin embargo lo siguió con su mirada misteriosa e inescrutable de india por unos segundos que a Martín le parecieron interminables. Luego prosiguió el lavado.

Martín, que se había detenido, en un momento de indecisión, comprendió que debía proceder con naturalidad, y así se dirigió hacia la escalera de caracol para subir hasta el Mirador.

Llegó a la puerta y golpeó.

Después de unos instantes, y como no recibía contestación, volvió a golpear. Tampoco obtuvo respuesta. Entonces, acercando su boca al intersticio de la puerta, llamó a Alejandra con voz fuerte. Pero pasó el tiempo y nadie respondió.

Supuso que estaba durmiendo.

Pensó entonces que lo mejor sería irse. Pero se encontró caminando hacia la ventana del Mirador. Cuando llegó ante ella vio que las cortinas estaban sin correr. Entonces miró hacia dentro y trató de distinguir a Alejandra en medio de la semioscuridad que todavía había dentro; pero cuando su vista se hubo acostumbrado advirtió, con sorpresa, que ella no estaba dentro.

Por un momento no atinó a hacer nada ni a pensar algo coherente. Luego se dirigió hacia la escalera y empezó a bajarla con cuidado, mientras su cabeza trataba de ordenar alguna reflexión.

Atravesó el patio trasero, bordeó la vieja casa por el jardín lateral en ruinas y finalmente se encontró en la calle.

Caminó indeciso por la vereda hacia el lado de Montes de Oca, para tomar allí el ómnibus. Pero a poco de andar se detuvo y miró para atrás, hacia la casa de los Olmos. Estaba sumido en la mayor confusión y no atinaba a hacer algo preciso.

Volvió unos pasos hacia la casa y luego se detuvo nuevamente. Miró hacia la verja mohosa, como si esperara algo.

¿Qué? A la luz del día el caserón era todavía más disparatado que de noche, porque con sus paredes derruidas y desconchadas, con los yuyos creciendo libremente en el jardín, con su reja enmohecida y su puerta casi caída contrastaba con más fuerza que de noche con las fábricas y las chimeneas que se destacaban detrás. Como un fantasma es más absurdo de día.

Los ojos de Martín se detuvieron finalmente en el Mirador: allá arriba, le parecía solitario y misterioso como la propia Alejandra. ¡Dios mío! —se dijo— ¿qué es esto?

La noche que había pasado en aquella casa se le aparecía ahora, a la luz del día, como un sueño: el viejo casi inmortal; la cabeza del comandante Acevedo metida en aquella caja de sombreros; el tío loco con su clarinete y sus ojos alucinados; la vieja india, sorda o indiferente a cualquier cosa, hasta el punto de no molestarse en querer saber quién era y qué hacía un extraño que salía de las habitaciones y que luego subía al Mirador, la historia del capitán Elmtrees; la historia increíble de Escolástica y de su locura; y, sobre todo, la propia Alejandra.

Empezó a reflexionar con lentitud: era imposible ir a Montes de Oca y tomar un ómnibus, parecía demasiado brutal. Decidió irse caminando, pues, por Isabel la Católica hacia el lado de Martín García; la calle antigua le permitió ordenar poco a poco sus pensamientos encontrados.

Lo que más lo intrigaba y preocupaba era la ausencia de Alejandra. ¿Dónde había pasado la noche? ¿Lo había llevado a ver al abuelo para deshacerse de él? No, porque entonces lo hubiese dejado ir, simplemente, como cuando él quiso irse, después de aquel relato de Marcos Molina, todo aquel asunto de la playa y de las misiones en el Amazonas. ¿Por qué no lo dejó ir en aquel momento?

No, quizá todo era imprevisible, quizá para ella misma. Tal vez se le ocurrió irse mientras él estaba con don Pancho. Pero en ese caso ¿por qué no se lo había dicho? En fin, el mecanismo poco importaba. Lo que importaba era que Alejandra no hubiese pasado la noche en su Mirador. Entonces había que suponer que tenía algún lugar donde lo hacía. Y lo hacía habitualmente, ya que no había por qué pensar que en aquella noche había sucedido algo fuera de lo común.

¿O habría salido sencillamente a caminar por las calles?

Sí, sí, pensó con súbito alivio, casi con entusiasmo: había salido a caminar por ahí, a reflexionar, a despojarse. Ella era así: imprevisible y atormentada, rara, capaz de vagar de noche por las calles solitarias del suburbio. ¿Por qué no? ¿No se habían conocido en un parque? ¿No iba ella a menudo a esos bancos de los parques donde se habían encontrado por primera vez?

Sí, todo era posible.

Aliviado, caminó un par de cuadras. Hasta que de pronto recordó dos cosas que le habían llamado la atención en su momento, y que ahora comenzaron a preocuparlo: Fernando, aquel nombre que ella pronunció una sola vez y en seguida pareció arrepentida de haberlo hecho; y la violenta reacción que Alejandra tuvo cuando él hizo aquella referencia a los ciegos. ¿Qué pasaba con los ciegos? Algo importante era, de eso no tenía dudas, porque ella había quedado como paralizada. ¿Sería el misterioso Fernando ese ciego? Y en todo caso ¿quién era ese Fernando que ella parecía no querer nombrar, con esa especie de temor con que ciertos pueblos no nombran a la divinidad?

Con tristeza volvió a pensar que lo separaban de ella abismos oscuros y que probablemente siempre lo separarían.

Pero entonces, volvía a reflexionar con renovada esperanza, ¿por qué se le había acercado en el parque?, ¿y no había dicho que lo necesitaba, que ellos tenían algo muy importante en común?

Caminó con indecisión unos pasos y luego, deteniéndose, mirando el pavimento, como interrogándose a sí mismo, se dijo: pero, ¿para qué puede necesitarme?

Sentía un amor vertiginoso por Alejandra. Con tristeza pensó que ella, en cambio, no lo sentía. Y que si lo necesitaba a él, Martín, no era en todo caso con el mismo sentimiento que él experimentaba hacia ella.

Su cabeza era un caos.

XIV

Durante muchos días no tuvo noticias de ella. Anduvo rondando la casa de Barracas y en varias oportunidades observó desde lejos la herrumbrada puerta de la verja.

Su desaliento culminó al perder el trabajo en la imprenta: por un tiempo no habría trabajo, le dijeron. Pero bien sabía él que la causa era muy otra.

XV

No había ido conscientemente: pero ahí estaba, frente a la vidriera de la calle Pinzón, pensando que en cualquier momento podría desmayarse. Las palabras PIZZA, FAINÁ parecían no golpear sobre su cabeza sino, directamente, sobre su estómago, como en los perros de Pávlov. Si estuviera Bucich, al menos. Pero tampoco se atrevía. Además, estaría en el sur, quién sabe cuándo volvería. Ahí estaba Chichín, con su gorra y sus tiradores colorados, y Humberto J. D'Arcángelo, más conocido por Tito, con sus escarbadientes a manera de cigarrillo y la *Crítica* arrollada en la mano derecha, como quien dice "señas particulares", ya que únicamente un burdo mistificador podría pretender ser Humberto J. D'Arcángelo sin el escarbadientes y la *Crítica* arrollada en la mano derecha. Tenía algo de pájaro, con su nariz ganchuda y filosa y sus ojitos un poco laterales sobre los dos lados de una cara aplastada y huesuda. Nerviosísimo e inquieto como siempre: escarbándose los dientes, arreglándose la rotosa corbata. Con su nuez prominente ascendiendo y descendiendo.

Martín lo miraba fascinado hasta que Tito lo vio y con su infalible memoria lo reconoció. Y haciéndole señas con la *Crítica* arrollada, como un agente de tránsito, le dijo que entrara, lo hizo sentar y le pidió un Cinzano con bitter; mientras desenvolvía el diario, que ya estaba abierto en la página de deportes, golpeaba sobre ella con su mano casi desprovista de carne y acercándose a Martín por encima de la mesita de mármol, con el escarbadientes moviéndose sobre el labio inferior, le dijo, *¿sabe cuánto se pagó por este hombre?*, pregunta a la cual Martín puso una cara de susto, como si no supiese la lección, y aunque sus labios se movieron no logró articular ninguna palabra, mientras D'Arcángelo, con los ojitos brillándole de indignación, con la nuez detenida en medio de la garganta, esperaba la respuesta: con una sonrisa irónica, con una amarga ironía apriorística por la inevitable equivocación, no ya del muchacho sino de *cualquiera que tendría cinco de seso*. Pero felizmente, mientras la nuez permanecía en suspenso, llegó Chichín con las botellas y entonces Tito, dando vuelta su cara afilada hacia él, golpeando con el dorso de su mano huesuda sobre la página de deportes, le dijo: *vo, Chichín, decime, e un decir, cuánto pagaron por ese tullido de Cincotta,* y mientras el otro servía el Cinzano respondió *y qué sé yo, quiniento,* a lo que Tito respondió sonriendo de costado con amargura y cierta felicidad (porque demostraba hasta qué punto él, Humberto J. D'Arcángelo, estaba en lo cierto) *je* y luego de doblar la *Crítica* nuevamente, como un profesor que guarda en la vitrina el aparato después de la demostración, agregó *Ochociento mil* y después de un silencio proporcionado al enorme disparate, agregó: *y ahora vo decime si a este paí estamo todo loco.* Mantuvo su mirada fija en Chichín, como escrutando el menor signo de oposición y todo se mantuvo por unos segundos como paralizado: la nuez de D'Arcángelo, sus ojitos irónicos, la atenta expresión de Martín y Chichín con su gorra y sus tiradores colorados manteniendo la botella de vermouth en el aire.

La extraña instantánea duró acaso un segundo o dos. Tito echó soda al vermouth, tomó unos sorbos y se sumió en un silencio sombrío, mirando, tal como era habitual en momentos parecidos, a la calle Pinzón: mirada abstracta y en cierto modo completamente simbólica, que en ningún caso condescendería a la real visión de hechos externos. Después volvió a su tema preferido: *ahora ya no había fóbal. ¿Qué se podrá esperar de jugadore que se compraban y vendían?* Su mirada se hizo soñadora y empezó a rememorar, una vez más, la Gran Época, cuando él era un pebete así. Y mientras Martín, por pura timidez, tomaba el vermouth que después de dos días de ayuno sabía que le haría muy mal, Humberto J. D'Arcángelo le decía: *Hay que amarrocar, pibe. Haceme caso. Es la única ley de la vida juntar mucha menega, rifar el corazón* mientras se ajustaba la raída corbata y estiraba las mangas de su saco rotoso, corbata y traje que confirmaban que él, Humberto J. D'Arcángelo, era el riguroso negativo de la filosofía que predicaba. Y mientras de puro bondadoso lo instaba al muchacho a que terminara el vermouth, le hablaba de aquellos tiempos, y pronto a Martín le pareció que aquella conversación se desarrollaba en alta mar. *Te estoy hablando del año quince, pibe, cuando yo iba a la cancha con el tío Vicente. Estábamo en plena conflagración,* en tanto que Martín, mareado y triste pensaba en Alejandra y en su desaparición *en el fiel de Seguel y Ministro Brin hasta el 25 en que no trasladamo a Bransen y del Crucero ¡eh, Chichín!, a ver cómo formó el plantel inicial,* a lo que Chichín, mirando al techo, suspendiendo el repasado de su vaso, con los ojos cerrados, después de mover en silencio los labios (como quien revisa la lección) respondió *De lo Santo, Vergara, Cerezo, Priano, Peney, Grande, Farenga, Molledo, José Farenga y Bacigaluppi,* volviendo en seguida a su tarea con el vaso mientras Tito decía *esato. Y aunque Racin otuvo el capionato, lo seneise, que ya perfilábamo el temple salimo cuarto. En el 18 ocupamo el tercer puesto y en el 19 triunfamo. ¡Eh Chichín! Decí cómo formó el equipo que ganó la copa* a lo que el otro respondió, después de permanecer un momento en suspenso, con los ojos cerrados y la cabeza levantada hacia el techo. *Ortega, Busso, Tesorieri, López, Canaveri, Cortella, Elli, Bozzo, Calomino, Miranda y Martín* volviendo en seguida a su tarea, mientras Tito comentaba *esato. ¡Qué equipo, pibe! El gran Tesorieri. Nunca hubo ni volverá a haber eh, un arquero como Américo Tesorieri. Te lo dice Humberto J. D'Arcángelo, que ha visto fóbal del grande* arreglándose la corbata y mirando hacia la calle Pinzón con indignación, mientras Martín, mareado, veía como en una fantasmagoría al viejo don Pancho Olmos hablando sobre la Legión y a Alejandra acodada sobre la balaustrada de la terraza y la cabeza del comandante Acevedo. *Y lo mismo te digo de Pedro Leo Journal, el famoso calomino, el güin má veló que ha pisado la cancha nacionale, el inventor de la célebre bicicleta, que luego tanto y tanto han querido imitar. ¡Qué tiempo, pibe, qué tiempo!* agregó, cambiando el sitio del escarbadientes del ángulo izquierdo al ángulo derecho de la boca y dirigiendo su mirada a la calle Pinzón, mientras Martín miraba a Alejandra dormir, observándola como al borde de un abismo. *Pero,* decía D'Arcángelo, *lo justo, e lo justo, pibe, y hay oro en todo lo equipo* y un fanático y era ciego para todo lo que no fuera Boca *lo justo, e lo justo, pibe, y hay oro en todo lo equipo y hay bagayo también en Boca, pa qué no vamo a engañar. Y ahí tené, sin ir más lejo, al negro Seoane, la célebre Chancha Seoane, que fue el puntal de lo Diablo Rojo por varia temporada. Te voy a ser sincero, pibe: el negro Seoane personificaba la clásica picardía criolla puesta al servicio del noble deporte. Era un cra inteligente y aguerrido, la pesadilla de lo arquero de su tiempo. ¿Sabe cómo lo caracterizó Américo Tesorieri? El rey del área enemiga. Y con eso se ha dicho todo. ¿Y Domingo Tarasconi? El gran Tarasca fue uno de lo grande escore del fóbal amateur. Dueño de un potente sho, ya lo probó desde la punta derecha, y cuando fue corrido al eje, marcó un período glorioso en el historial del deporte argentino. Pero... y siempre hay un pero en el fóbal, como decía el finado Zanetta, por el mismo tiempo de Tarasca brillaba en la acción el gran Seoane, como te decía. Y ahora fijate bien en lo que te voy a explicar: la línea tenía do ala de modalidade opuesta. La derecha era académica y jugadora, la izquierda se caracterizaba por un juego eficá y por un trámite si se quiere poco brillante pero efetista, que se traducía en resultado positivo. Y a la final, pibe, se diga lo que se diga, lo que se persigue en el fóbal es el escore. Y te advierto que yo soy de lo que piensan que un juego espetacular e algo que enllena el corazón y que la hinchada agradece, qué joder. Pero el mundo e así y a la final todo e cuestión de gole. Y para demostrarte lo que eran esa do modalidade de juego te voy a contar una acnédota ilustrativa. Una tarde, al intervalo, la Chancha le decía a Lalín: cruzámela, viejo, que entro y hago gol. Empieza el segundo jastáin, Lalín se la cruza, en efeto, y el negro la agarra, entra y hace gol, tal como se lo había dicho. Volvió Seoane con lo brazo abierto, corriendo hacia Lalín, gritándole: viste, Lalín, viste, y Lalín contestó si pero yo no me divierto. Ahí tené, si se quiere, todo el problema del fóbal criollo.*

Y quedó pensativo, masticando su escarbadientes y mirando hacia la calle Pinzón.

—Qué época —murmuró para sí mismo.

Se ajustó la corbata, estiró las mangas del saco y se

volvió hacia Martín con el rostro amargado, como quien vuelve a la dura realidad, y golpeando sobre el diario dijo *Ochociento mil morlaco por semejante lisiado. Así va el mundo.* Con los ojitos brillando de indignación, ajustándose la deshilachada corbata. Y luego, señalando verticalmente con el índice, como si se refiriera a la mesita, agregó: *Aquí, a este paí hay que avivarse. O te avivá o te jodé pa todo el partido.* Y mirando los muchachos que se habían ido reuniendo, pero dirigiéndose simbólicamente hacia Martín (mientras Martín empezaba a ver, como en un sueño confuso y poético, a Alejandra durmiéndose ante sus ojos) blandiendo el diario nuevamente arrollado, agregó: *Vo leé el diario y te enterá de un negociado. Y capá que seguí pensando a la luna o leyendo eso libro* y como Poroto y El Rengo dijeron *ma qué está diciendo D'Arcángelo* con sorna comentó *y lo del Tucolesco este también e una joda* y los otros respondieron *bah, también lo diario* a lo que Tito replicó volviendo a poner su índice vertical, moviéndolo hacia la mesita y repitiendo su conocido aforismo. *Aquí todo es cuestión de coima. Y te alvierto que yo no estoy hablando de Perón. Porque cuando yo era así de chiquito,* y puso la mano abierta, a la altura de la pantorrilla, *¿quiénes manejaban l'estofao? Lo conserva: coima y robo. Cuando yo era así* y subió la mano de nivel *radicale: coima y robo. Después el Justo ese: coima y robo. ¿Recuerdan el negocio de la Corporación? Después, ese chicato Ortiz: coima y robo. Después la revolución del 45. Siempre eso milico dicen que vienen a limpiar, pero a la final coima y robo.* Y entonces, ajustándose la corbata, miró con ojos coléricos hacia la calle Pinzón y volviéndose después de un breve instante de (rabiosa) meditación filosófica, agregó: *Vo estudiá, hacéte un Edison, inventá el telégrafo o curá cristiano, andáte en el África como ese viejo alemán de bigote grande, sacrificáte por la humanidá; sudá la gota gorda y va a ver cómo te crucifican y cómo lo otro se enllenan de guita. ¿No sabé, acaso, que lo prócere siempre terminan pobre y olvidado? A mí, ni con la piola* y volviendo su mirada furiosa hacia la calle Pinzón, ajustó su corbata raída y estiró las mangas deshilachadas de su saco mientras los muchachones se reían de Tito o decían *bah también vo con esa lata* y Martín, en su sopor, volvía a ver a Alejandra encogida y durmiendo ante sus ojos, respirando ansiosamente por su boca entreabierta, su gran boca desdeñosa y sensual. Y veía su pelo largo y lacio, renegrido, con reflejos rojizos, desparramado sobre la almohada, destacando su rostro anguloso, esos rasgos que tenían la misma aspereza que su espíritu atormentado. Y su cuerpo, su largo cuerpo, abandonado, sus pechos que se marcaban debajo de su blusa blanca, y aquellas hermosas y largas piernas encogidas que lo tocaban. Sí, estaba ahí, al alcance de su mano y de su boca, en cierto modo estaba sin defensas ¡pero qué lejana, qué inaccesible!

"Nunca", se dijo a sí mismo con amargura y casi en alta voz, mientras el Poroto gritaba *hace bien Perón y todo eso oligarca habría que colgarlo todo junto a Plaza Mayo* "nunca" y sin embargo lo había elegido a él, pero ¿para qué, Dios mío, para qué? Porque jamás conocería, estaba bien seguro, sus secretos más profundos, y una vez más acudieron a su mente las palabras *ciego* y *Fernando* en el momento en que uno de los muchachos ponía una moneda en el Wurlitzer y empezaron a cantar Los Plateros. Entonces D'Arcángelo estalló y asiéndolo de un brazo a Martín, le dijo:

—Vamo, pibe. Ya ni aquí se puede estar. Adónde vamo a ir a parar con esto payaso que te ponen fostró.

XVI

El viento fresco despejó a Martín. D'Arcángelo seguía mascullando y tardó un rato en serenarse. Entonces le preguntó dónde trabajaba. Con vergüenza, Martín respondió que estaba sin trabajo. D'Arcángelo lo miró.

—¿Hace mucho?

—Sí, un tiempo.

—¿Tené familia, vo?

—No.

—¿Dónde viví?

Martín demoró la respuesta: se había puesto rojo, pero felizmente (pensó) era de noche. D'Arcángelo volvió a mirarlo con atención.

—En realidad —murmuró.

—¿Cómo?

—Este... tuve que dejar una pieza...

—¿Y dónde dormí, ahora?

Martín, avergonzado, farfulló que dormía en cualquier parte. Y como para atenuar el hecho agregó:

—Total, todavía no hace frío.

Tito se detuvo y lo examinó a la luz de un farol.

—Pero al menos, ¿tené pa comer?

Martín permaneció callado. Entonces D'Arcángelo estalló:

—¡Se puede saber por qué no dijiste nada! Yo hablando de cra y vo picando ingrediente. ¡Hay que joderse!

Lo llevó a una fonda y mientras comían, lo observaba pensativamente.

Cuando terminaron y salieron, ajustándose la corbata le dijo:

—Tranquilo, pibe. Ahora vamo en casa. Despué veremo.

Entraron en una antigua cochera que en otro tiempo habría sido de alguna casa señorial.

—El viejo, sabé, fue cochero hasta hace unos die año.

Ahora, con el reuma, no se puede mover. Además, ¿quién va a tomar un coche, hoy en día? Mi viejo e una de la tanta víctima en ara del progreso de la urbe. En fin, basta la salú.

Era una mezcla de conventillo y caballerizas: se oían gritos, conversaciones y varias radios simultáneas, en medio de un fuerte olor a estiércol. En las antiguas cocheras había algunos carros de reparto y un camioncito.

Se oía el golpeteo de los cascos de caballo.

Caminaron hacia el fondo.

—Aquí, cuando yo era purrete, había tre vitoria que daban gusto: la 39, la 42 y la 90. La 39 la manejaba el viejo. Era una joyita. No e porque fuera del viejo pero te garanto que era una niña mimada: la pintaba, la lustraba, le sacaba brillo a lo farola. Y ahora manyala.

Le señaló al fondo, arrumbado, el cadáver de un coche de plaza: sin faroles, sin gomas, agrietada, la capota podrida y desgarrada.

—Hasta hace uno mese todavía salía, la pobre. La trabajaba Nicola, un amigo del viejo que murió. Mejor, te soy sincero, porque pa trabajar en la forma que trabajaba el infelí, mejor que esté a la tumba. Hacía changuita en Constitución, llevaba bulto.

Acarició la rueda de la vieja victoria.

—La gran puta —dijo con voz quebrada—, cuando venía el carnaval había que ver este coche al corso de Barraca. Y el viejo con la galerita, al pescante. Te garanto que daba golpe, pibe.

Martín le preguntó si allí vivía con toda la familia.

—De qué familia m'está hablando, pibe. Estamo el viejo y yo. Mi vieja murió hace tre año. Mi hermano Américo está a Mendoza, trabaja de pintor, como yo. Otro, Bachicha, está casado a Matadero. Mi hermano Argentino, que le decíamo Tino, era anarquista y lo mataron en Avellaneda, al año 30. Un hermano que se llamaba Chiquín, bah que le decíamos, murió tísico.

Se rió.

—Vo sabé que vario salimo medio falluto de lo pulmone. Yo creo que e cuestión del plomo de la pintura. Mi hermana Mafalda también se casó y vive al Azul. Otro hermano, menor que yo, André, e medio loco y ni siquiera sabemo adónde anda, creo que por Bahía Blanca. Y después esta Norma, que pa qué vamo a hablar. Son de ésa que se pasaban la vida mirando la revista de radio y cine y que quería ser artista. Así que quedamo nada má que el viejo y yo. Así e la vida, pibe: yugá, tené hijo y a la final siempre te quedá solo como el viejo. Meno mal que soy medio loco y que adema ninguna mujer me lleva l'apunte, que si no quién te dice que también me iba y lo dejaba al viejo pa que se muera solo como un perro.

Entraron en la pieza. Había dos camas: una era de ese hermano vago que andaba por Bahía Blanca. Así que, por el momento, ahí podía dormir Martín. Pero antes le mostró sus tesoros: una fotografía de Américo Tesorieri, clavada con chinches en la pared, con una escarapela argentina debajo y dedicada: "Al amigo Humberto J. D'Arcángelo". Tito se quedó mirándola con arrobo. Y luego comentó:

—El gran Américo.

Otras fotos y recortes de *El Gráfico* también figuraban en las paredes, y encima de todo, una gran bandera de Boca, extendida a lo largo.

Sobre un cajón tenía un viejo fonógrafo de bocina, con cuerda.

—¿Funciona? —preguntó Martín.

D'Arcángelo lo miró fijamente, con expresión de sorpresa y casi de reconvención.

—Ya se quisiera má de uno de eso tocadisco de ahora funcionar como éste.

Se acercó y limpió con su pañuelo una basurita que había en la gran bocina.

—Ni con plata encima lo cambiaría por uno de eso. Sabé qué pasa, que eso aparato tienen demasiada complicación. Esto eran más naturale, y la voz era tal cual.

Puso *Alma en pena* y dio cuerda: de la bocina salió la voz de Gardel, emergiendo apenas de entre una maraña de ruidos. Tito con la cabeza colocada al lado de la bocina, meneándola con emoción, murmuraba: *Qué grande, pibe, qué grande*. Permanecieron en silencio. Cuando terminó, Martín vio que en los ojos de D'Arcángelo había lágrimas.

—La gran puta —dijo, riéndose falsamente—. Todo lo demá que vinieron despué son una cagada.

Puso el disco en un sobre viejísimo, emparchado, lo colocó con cuidado sobre una pila, mientras preguntaba:

—A vo te gusta el tango, pibe, ¿eh?

—Sí, claro —respondió Martín con cautela.

—Qué bueno. Porque ahora, te voy a ser sincero, la nueva generación no sabe ya nada de tango. Meta fostró y todo eso merengue de bolero, de rumba, toda esa payasada. El tango e algo serio, algo profundo. Te habla al alma. Te hace pensar.

Se sentó en la cama y se quedó cavilando.

—Pero —dijo— todo eso pasó. A veces me pongo a pensar, pibe, que a este país todo ya pasó, todo lo bueno se fue pa no volver, como dice el tango. Lo mismo el tango que el fóbal, que el carnaval, que el corso, ma qué sé yo. Y cuando alguno de eso payaso te quiere hacer tango nuevo, pa qué vamo a hablar. El tango tiene que ser tango o nada. Y eso terminó, pibe, ponele la firma. E algo que te parte el corazón, pero e una verdá grande como una casa.

Luego agregó, porque siempre trataba de ser justo:

—Y bueno, a lo mejor e música importante, qué sé yo. Capá que Piazzola y eso muchacho de ahora hacen algo importante, música seria, como lo valse de Estrau. No me aparto. Pero tango, lo que se dice tango, eso, pibe, te garanto que no e.

Después le contó que su padre andaba muy mal con el reumatismo, pero, sobre todo, lo había terminado de matar el disgusto con Bachicha.

—Sabé —explicó con amargura—, un día le dijo que vendía la 40 y que con lo peso que se había juntado compraba a media un tasímetro. Te podé imaginar la bronca del viejo. Se enojó, lo insultó, rogó, pero todo fue inútil, porque Bachicha e duro como mármo. Te juro que si yo habría tenido en ese momento un ladrillo se lo tiro por la cabeza. Todo inútil. Se compró el tasi y se lo trajo aquí, pa mejor. El viejo estuvo a la cama como un me. Cuando se levantó ya no era el mismo de ante.

Luego agregó:

—No sólo se salió con la suya, lo pior es que le decía lo coche están terminado, viejo, decía, hay que resinarse a la verdá, decía, cómo queré que nadie pueda vivir con eso cachivache, decía, no manyá, viejo que debemo estar acorde al progreso, decía, no comprende que el mundo marcha adelante y que vo te empeñá en mantener esa ruina porque sí, porque te da la real gana, no te da cuenta que la gente quiere velocidá y eficencia, decía, que el mundo tiene que ir cada vez más rápido, decía. Y cada una de esa palabra era como un cuchillo.

Se acostaron.

XVII

Durante algunos días esperó en vano. Pero por fin Chichín lo recibió con una seña y le dio un sobre. Temblando, lo abrió y desdobló la carta. Con la letra enorme, desigual y nerviosa que tenía, le decía, simplemente, que lo esperaba a las seis.

A las seis menos algo estaba en el banco del parque, agitado pero feliz, pensando que ahora tenía a quién contarle sus desdichas. Y a alguien como Alejandra, tan desproporcionado como para un pordiosero encontrar el tesoro de Morgan.

Corrió hacia ella como un chico, le contó lo de la imprenta.

—Me hablaste de un tal Molinari —dijo Martín—. Creo que dijiste que tenía una gran empresa.

Alejandra levantó su mirada hacia el muchacho, con las cejas en alto, demostrando sorpresa.

—¿Molinari? ¿Yo te hablé de Molinari?

—Sí, aquí mismo, cuando me encontraste dormido, ¿recordás? Me dijiste: seguro que no trabajás para Molinari, ¿recordás?

—Puede ser.

—¿Es amigo tuyo?

Alejandra lo miró con una sonrisa irónica.

—¿Te dije que era amigo mío?

Pero Martín estaba muy esperanzado en aquel momento para darle un significado recóndito a su expresión.

—¿Qué te parece? —insistió—. ¿Crees que pueda darme trabajo?

Ella lo observó como los médicos miran a los reclutas que se presentan para el servicio militar.

—Sé escribir a máquina, puedo redactar cartas, corregir pruebas de imprenta...

—Uno de los triunfadores de mañana ¿eh?

Martín enrojeció.

—Pero ¿tenés idea de lo que es trabajar en una empresa importante? ¿Con reloj marcador y todo eso?

Martín extrajo su cortapluma blanco, abrió su hojita menor y luego la volvió a cerrar, cabizbajo.

—No tengo ninguna pretensión. Si no puedo trabajar en el escritorio puedo trabajar en talleres, o como peón.

Alejandra observaba su traje raído y sus zapatos rotos.

Cuando Martín levantó por fin su mirada hacia ella, vio que tenía una expresión muy seria, con el ceño fruncido.

—¿Qué, es muy difícil?

Ella movió negativamente la cabeza.

Después dijo:

—Bueno, no te preocupes, ya encontraremos una solución.

Se levantó.

—Vení. Vamos por ahí un rato, me duele horriblemente el estómago.

—¿El estómago?

—Sí, me duele muchas veces. Debe ser una úlcera.

Caminaron hasta el bar de Brasil y Balcarce. Alejandra pidió en el mostrador un vaso de agua, sacó de su cartera un frasquito y echó unas gotas.

—¿Qué es eso?

—Láudano.

Atravesaron nuevamente el parque.

—Vamos un rato a la Dársena —dijo Alejandra.

Bajaron por Almirante Brown, doblaron por Arzobispo Espinosa hacia abajo y por Pedro de Mendoza llegaron hasta un barco sueco que estaba cargando.

Alejandra se sentó sobre uno de los grandes cajones que venían de Suecia, mirando hacia el río, y Martín en uno más bajo, como si sintiese el vasallaje hacia aquella princesa. Y ambos miraban el gran río de color de león.

—¿Viste que tenemos muchas cosas en común? —decía ella.

Y Martín pensaba *¿será posible?*, y aunque estaba convencido de que a ambos les gustaba mirar río afuera, también pensaba que aquello era una nimiedad frente a los otros hechos profundos que lo separaban de ella, nimiedad que nadie podía tomar en serio y menos que nadie la propia Alejandra, como —pensó— la forma risueña en que acababa de decir aquella frase: como esos grandes personajes que de pronto se fotografían en la calle, democráticamente, al lado de un obrero o una niñera, sonriendo y condescendientes. Aunque también podía ser que aquella frase fuera una clave de verdad, y que mirar ambos con ansiedad río afuera constituyese una fórmula secreta de alianza para cosas mucho más trascendentales. Porque ¿cómo podía saberse lo que ella realmente cavilaba? Y la miraba allá arriba, inquieto, como quien vigila a un equilibrista querido que se mueve en zonas peligrosísimas y sin que nadie pueda prestarle ayuda. La veía, ambigua e inquietante, mientras la brisa agitaba su pelo renegrido y lacio y marcaba sus pechos puntiagudos y un poco abiertos hacia los costados. La veía fumando, abstraída. Aquel territorio barrido por los vientos parecía apaciguado por la melancolía, como si esos vientos se hubiesen calmado y una bruma intensa lo cubriese.

—Qué lindo sería irse lejos —comentó de pronto—. Irse de esta ciudad inmunda.

Martín oyó penosamente aquella forma impersonal: *Irse*.

—¿Te irías? —preguntó con voz quebrada.

Sin mirarlo, casi totalmente abstraída, respondió:

—Sí, me iría con mucho gusto. A un lugar lejano, a un lugar donde no conociera a nadie. Tal vez a una isla, a una de esas islas que todavía deben de quedar por ahí.

Martín bajó su cabeza y con el cortaplumas empezó a escarbar el cajón mientras leía THIS SIDE UP. Alejandra, volviendo su mirada hacia él, después de observarlo un momento preguntó si le pasaba algo, y Martín, siempre escarbando la madera y leyendo THIS SIDE UP contestó que no le pasaba nada, pero Alejandra se quedó mirando y cavilando. Y ninguno de los dos habló durante bastante tiempo, mientras anochecía y el muelle iba quedándose en silencio: las grúas habían cesado en su trabajo y los estibadores y cargadores empezaban a retirarse hacia sus casas o hacia los bares del Bajo.

—Vamos al Moscova —dijo entonces Alejandra.

119

—¿Al Moscova?

—Sí, en la calle Independencia.

—Pero ¿no es muy caro?

Alejandra se rió.

—Es un boliche, hombre. Además, Vania es amigo mío.

La puerta estaba cerrada.

—No hay nadie —comentó Martín.

—Sharáp —se limitó a decir Alejandra, golpeando.

Al cabo de un rato les abría la puerta un hombre en camisa tenía el pelo lacio y blanco, el rostro bondadoso, refinado y tristemente sonriente. Un tic le sacudía una mejilla, cerca del ojo.

—Ivan Petróvich —dijo Alejandra, entregándole la mano.

El hombre la llevó a sus labios, inclinándose un poco.

Se sentaron junto a una ventana que daba al Paseo Colón. El local estaba apenas iluminado por una sórdida lamparilla cercana a la caja, donde una mujer gorda y baja, de cara eslava, tomaba mate.

—Tengo vodka polaco —dijo Vania—. Me trajeron ayer, llegó barco de Polonia.

Cuando se alejó, Alejandra comentó:

—Es un espléndido tipo, pero la gorda —y señaló hacia la caja—, la gorda es siniestra. Está tratando de que lo encierren a Vania para quedarse con esto.

—¿Vania? ¿No le dijiste Ivan Petróvich?

—Atrasado: Vania es el diminutivo de Ivan. Todo el mundo le dice Vania, pero yo le digo Ivan Petróvich, así se siente como en Rusia. Y además porque me encanta.

—¿Y por qué encerrarlo en un manicomio?

—Es morfinómano y tiene ataques. Entonces la gorda quiere aprovechar la volada.

Trajo el vodka y mientras servía les dijo:

—Ahora aparato anda muy bien. Tengo concierto para violín de Brahms ¿quiere que pongamos? Nada menos que Heifetz.

Cuando se alejó, Alejandra comentó:

—¿Ves? Es todo generosidad. Sabrás que fue violinista del Colón y ahora da lástima verlo tocar. Pero justamente te ofrece un concierto de violín y con Heifetz.

120

Con un gesto le señaló las paredes: unos cosacos entrando al galope en una aldea, unas iglesias bizantinas con cúpulas doradas, unos gitanos. Todo era precario y pobre.

—A veces creo que le gustaría volver. Un día me dijo: ¿No le parece que Stalin es dentro de todo un gran hombre? Y agregó que en cierto modo era un nuevo Pedro el Grande y que, al fin de cuentas, quería la grandeza de Rusia. Pero dijo todo esto en voz baja, mirando a cada rato hacia la gorda. Creo que sabe lo que dice por el movimiento de los labios.

Desde lejos, como no queriendo molestar a los muchachos, Vania hacía significativos gestos, señalando el combinado, como elogiando. Y Alejandra, mientras asentía con una sonrisa, le decía a Martín:

—El mundo es una porquería.

Martín reaccionó.

—¡No, Alejandra! ¡En el mundo hay muchas cosas lindas!

Ella lo miró, quizá pensando en su pobreza, en su madre, en su soledad: ¡todavía era capaz de encontrar maravillas en el mundo! Una sonrisa irónica se superpuso a su primera expresión de ternura, haciéndola contraer, como un ácido sobre una piel muy delicada.

—¿Cuáles?

—¡Muchas, Alejandra! —exclamó Martín apretando una mano de ella sobre su pecho—. Esa música... un hombre como Vania... y sobre todo vos, Alejandra... vos...

—Verdaderamente, tendré que pensar que no has sobrepasado la infancia, pedazo de tarado.

Se quedó un momento abstraída, tomó un poco de vodka y luego agregó:

—Sí, claro, claro que tenés razón. En el mundo hay cosas hermosas... claro que hay...

Y entonces, dándose vuelta hacia él, con acento amargo agregó:

—Pero yo, Martín, yo soy una basura. ¿Me entendés? No te engañés sobre mí.

Martín apretó una de las manos de Alejandra con las dos suyas, la llevó a sus labios y la mantuvo así, besándosela con fervor.

121

—¡No, Alejandra! ¡Por qué decís algo tan cruel! ¡Yo sé
que no es así! ¡Todo lo que has dicho de Vania y muchas
otras cosas que te he oído demuestran que no es así!

Sus ojos se habían llenado de lágrimas.

—Bueno, está bien, no es para tanto —dijo Alejandra.

Martín apoyó la cabeza sobre el pecho de Alejandra y ya
nada le importó del mundo. Por la ventana veía cómo la
noche bajaba sobre Buenos Aires y eso aumentaba su sensación de refugio en aquel escondido rincón de la ciudad implacable. Una pregunta que nunca había hecho a nadie (¿a
quién habría podido hacérsela?) surgió de él, con los contornos nítidos y brillantes de una moneda que no ha sido ma-
noseada, que millones de manos anónimas y sucias todavía
no han atenuado, deteriorado y envilecido:

—¿Me querés?

Ella pareció vacilar un instante, pero luego contestó:

—Sí, te quiero. Te quiero mucho.

Martín se sentía aislado mágicamente de la dura realidad externa, como sucede en el teatro (pensaba años más
tarde) mientras estamos viviendo el mundo del escenario,
mientras fuera esperan las dolorosas aristas del universo
diario, las cosas que inevitablemente golpearán apenas se
apaguen las candilejas y quede abolido el hechizo. Y así
como en el teatro, en algún momento el mundo externo logra
llegar aunque atenuado en forma de lejanos ruidos (un boci-
nazo, el grito de un vendedor de diarios, el silbato de un
agente de tránsito), así también llegaban hasta su conciencia, como inquietantes susurros, pequeños hechos, algunas
frases que enturbiaban y agrietaban la magia: aquellas palabras que había dicho en el puerto y de las que él quedaba
horrorosamente excluido ("me iría con gusto de esta ciudad
inmunda") y la frase que ahora acababa de decir ("soy una
basura, no te engañés sobre mí"), palabras que latían como
un leve y sordo dolor en su espíritu y que, mientras mantenía reclinada la cabeza sobre el pecho de Alejandra, entregado a la portentosa felicidad del instante, hormigueaban en
una zona más profunda e insidiosa de su alma, cuchichean-
do con otras palabras enigmáticas: los ciegos, Fernando,
Molinari. Pero *no importa* —se decía empecinadamente—,
no importa, apretando su cabeza contra los calientes pechos

y acariciando sus manos, como si de ese modo asegurase el mantenimiento del sortilegio.

—¿Pero cuánto me querés? —preguntó infantilmente.

—Mucho, ya te dije.

Y sin embargo la voz de ella le pareció ausente, y levantando la cabeza la observó y pudo ver que estaba como abstraída, que su atención estaba ahora concentrada en algo que no estaba allí, con él, sino en alguna otra parte, lejana y desconocida.

—¿En que estás pensando?

Ella no respondió, parecía no oír.

Entonces Martín reiteró la pregunta, apretándole el brazo, como para volverla a la realidad.

Y ella entonces dijo que no estaba pensando en nada: nada en particular.

Muchas veces Martín sentiría aquel alejamiento: con los ojos abiertos y hasta haciendo cosas, pero ajena, como manejada por alguna fuerza remota.

De pronto Alejandra, mirándolo a Vania, dijo:

—Me gusta la gente fracasada. ¿A vos no te pasa lo mismo?

Él se quedó meditando en aquella singular afirmación.

—El triunfo —prosiguió— tiene siempre algo de vulgar y de horrible.

Se quedó luego un momento en silencio y al cabo agregó:

—¡Lo que sería este país si todo el mundo triunfase! No quiero ni pensarlo. Nos salva un poco el fracaso de tanta gente. ¿No tenés hambre?

—Sí.

Se levantó y fue a hablar con Vania. Cuando volvió, sonrojándose, Martín le dijo que él no tenía plata. Alejandra se echó a reír. Abrió su cartera y sacó doscientos pesos.

—Tomá. Cuando necesités más, decímelo.

Martín intentó rechazarlos, avergonzado, y entonces Alejandra lo miró con asombro.

—¿Estás loco? ¿O sos uno de esos burguesitos que piensan que no se debe aceptar plata de una mujer?

Cuando terminaron de comer fueron caminando hacia Barracas. Después de atravesar en silencio el parque Lezama tomaron por Hernandarias.

—¿Conocés la historia de la Ciudad Encantada de la Patagonia? —preguntó Alejandra.

—Algo, no gran cosa.

—Algún día te mostraré papeles que todavía quedan en aquella petaca del comandante. Papeles sobre éste.

—¿Sobre éste? ¿Quién?

Alejandra señaló el letrero.

—Hernandarias.

—¿En tu casa? ¿Y cómo?

—Papeles, nombres de calles. Es lo único que nos va quedando. Hernandarias es antepasado de los Acevedo. En 1550 hizo la expedición en busca de la Ciudad Encantada.

Caminaron un rato en silencio y luego Alejandra recitó:

Ahí está Buenos Aires. El tiempo que a los hombres
trae el amor o el oro, a mí apenas me deja
esta rosa apagada, esta vana madeja
de calles que repiten los pretéritos nombres
de mi sangre: Laprida, Cabrera, Soler, Suárez...
Nombres en que retumban ya secretas las dianas,
las repúblicas, los caballos y las mañanas,
las felices victorias, las muertes militares...

Volvió a quedarse en silencio durante varias cuadras. Y de pronto preguntó:

—¿Oís campanadas?

Martín aguzó su oído y contestó que no.

—¿Qué pasa con las campanadas? —preguntó intrigado.

—Nada, que a veces oigo campanas que existen y otras veces campanas que no existen.

Se rió y agregó:

—A propósito de las iglesias, anoche tuve un sueño curioso. Estaba en una catedral, casi a oscuras, y tenía que avanzar con cuidado para no llevarme por delante la gente. Tenía la impresión (porque no se veía nada) de que la nave estaba repleta. Con grandes dificultades pude por fin acercarme al cura que hablaba en el púlpito. No me era posible entender lo que decía, aunque estaba muy cerca, y lo peor era que tenía la certeza de que se dirigía a mí. Yo oía como un murmullo confuso, como si hablara por un mal teléfono,

124

y eso me angustiaba cada vez más. Abrí mis ojos exageradamente para poder ver, al menos, su expresión. Con horror vi entonces que no tenía cara, que su cara era lisa, y su cabeza no tenía pelo. En ese momento las campanas empezaron a sonar, primero lentamente y luego poco a poco, con mayor intensidad y por fin con una especie de furia, hasta que me desperté. Lo curioso, además, es que en el mismo sueño, tapándome los oídos, yo decía como si eso fuera motivo de horror: ¡son las campanas de Santa Lucía, la iglesia adonde iba de chica!

Se quedó pensativa.

—Me pregunto qué podrá significar —dijo luego—. ¿Vos no creés en el significado de los sueños?

—¿Vos querés decir lo del psicoanálisis?

—No, no. Bueno, también eso, por qué no. Pero los sueños son misteriosos y hace miles de años que la humanidad viene dándole significados.

Se rió, con la misma risa extraña de un momento antes: no era una risa sana ni tranquila: era inquieta, angustiada.

—Sueño siempre. Con fuego, con pájaros, con pantanos en que me hundo o con panteras que me desgarran, con víboras. Pero sobre todo el fuego. Al final, siempre hay fuego. ¿No creés que el fuego tiene algo enigmático y sagrado?

Llegaban. Desde lejos Martín miró el caserón con su Mirador allá arriba, resto fantasmal de un mundo que ya no existía.

Entraron, atravesando el jardín y bordearon la casa: se oía el disparatado pero tranquilo fraseo del loco con el clarinete.

—¿Toca siempre? —preguntó Martín.

—Casi. Pero al final no lo notás.

—¿Sabés que la otra noche, cuando salía, lo vi? Estaba escuchando detrás de la puerta.

—Sí, tiene esa costumbre.

Subieron por la escalera de caracol y nuevamente volvió Martín a experimentar el hechizo de aquella terraza en la noche de verano. Todo podía suceder en aquella atmósfera que parecía colocada fuera del tiempo y del espacio.

Entraron al Mirador y Alejandra dijo:

—Sentáte en la cama. Ya sabés que acá las sillas son peligrosas.

Mientras Martín se sentaba, ella arrojó su cartera y puso a calentar agua. Luego colocó un disco: los sones dramáticos del bandoneón empezaron a configurar una sombría melodía.

—Oí qué letra.

> *Yo quiero morir contigo,*
> *sin confesión y sin Dios,*
> *crucificado en mi pena,*
> *como abrazado a un rencor.*

Después que tomaron el café salieron a la terraza y se acodaron sobre la balaustrada. De abajo se oía el clarinete. La noche era profunda y cálida.

—Bruno siempre dice que, por desgracia, la vida la hacemos en borrador. Un escritor puede rehacer algo imperfecto o tirarlo a la basura. La vida, no: lo que se ha vivido no hay forma de arreglarlo, ni de limpiarlo, ni de tirarlo. ¿Te das cuenta qué tremendo?

—¿Quién es Bruno?

—Un amigo.

—¿Qué hace?

—Nada, es un contemplativo, aunque él dice que es simplemente un abúlico. En fin, creo que escribe. Pero nunca le ha mostrado a nadie lo que hace ni creo que nunca publicará nada.

—¿Y de qué vive?

—El padre tiene molino harinero, en Capitán Olmos. De ahí lo conocemos, era muy amigo de mi madre. Creo —agregó riéndose— que estaba enamorado de ella.

—¿Cómo era tu madre?

—Dicen que igual a mí, físicamente, quiero decir. Yo apenas la recuerdo: imagináte que tenía cinco años cuando ella murió. Se llamaba Georgina.

—¿Por qué dijiste que se parecía físicamente?

—Porque espiritualmente yo soy muy distinta. Ella, según me cuenta Bruno, era suave, femenina, delicada, silenciosa.

—Y vos ¿a quién te parecés? ¿A tu padre?

Alejandra se quedó callada. Luego, separándose de Martín dijo con una voz que no era ya la misma de antes, con una voz quebrada y áspera.

—¿Yo? No sé... Quizá sea la encarnación de alguno de esos demonios menores que son sirvientes de Satanás.

Se desabrochó los dos botones superiores de la blusa y con las dos manos sacudió las pequeñas solapas como si quisiera tomar aire. Respirando con alguna ansiedad, se fue hasta la ventana y allí aspiró el aire varias veces, hasta que pareció calmarse.

—Es una broma —comentó mientras se sentaba como de costumbre al borde de la cama y le hacía un lugar a Martín, a su lado.

—Apagá la luz. A veces me molesta terriblemente, los ojos me arden.

—¿Querés que me vaya, querés dormir? —preguntó Martín.

—No, no podría dormir. Quedáte, si no te aburrís de estar así, sin conversar. Yo me recuesto un rato y vos te podés quedar ahí.

—Me parece mejor que me vaya, que te deje descansar.

Con voz un poco irritada, Alejandra contestó:

—¿No te das cuenta que quiero que te quedés? Apagá también el velador.

Martín analizó el velador y se volvió a sentar al lado de Alejandra, con su espíritu revuelto, lleno de perplejidad y de timidez: ¿para qué lo necesitaba Alejandra? Él, por el contrario, pensaba que era un ser superfluo y torpe, que no hacía otra cosa que escucharla y admirarla. Ella era la fuerte, la poderosa ¿qué clase de ayuda podía darle él?

—¿Qué estás ahí mascullando? —preguntó Alejandra desde abajo y sacudiéndolo de un brazo, como para llamarlo a la realidad.

—¿Mascullando? Nada.

—Bueno, pensando. Algo estás pensando, idiota.

Martín se resistía a decir lo que pensaba, pero supuso que, como siempre, ella lo adivinaba de todos modos.

—Pensaba... que... ¿para qué podrías necesitarme a mí?

—¿Por qué no?

—Yo soy un muchacho insignificante... Vos, en cambio, sos fuerte, tenés ideas definidas, sos valiente... Vos te podrías defender sola en medio de una tribu de caníbales.

Oyó su risa. Luego Alejandra dijo:

—Yo misma no lo sé. Pero te busqué porque te necesito, porque vos... En fin, ¿para qué rompernos la cabeza?

—Sin embargo —contestó Martín con un acento de amargura— hoy mismo, en el puerto, dijiste que con gusto te irías a una isla lejana ¿no lo dijiste?

—¿Y qué?

—Dijiste que te irías, no que nos iríamos.

Alejandra se volvió a reír.

Martín la tomó de una mano y con ansiedad le preguntó:

—¿Te irías conmigo?

Alejandra pareció reflexionar: Martín no podía distinguir sus rasgos.

—Sí... creo que sí... Pero no veo por qué esa perspectiva puede alegrarte.

—¿Por qué no? —preguntó Martín con dolor.

Con voz seria, ella repuso:

—Porque no soporto a nadie a mi lado y porque te haría mucho, pero muchísimo mal.

—¿Es que no me querés?

—Ay, Martín... no empecemos con esas preguntas...

—Entonces es porque no me querés.

—Pero sí, pavo. Justamente te haría mal porque te quiero ¿no comprendés? Uno no hace mal a la gente que le es indiferente. Pero la palabra querer, Martín, es tan vasta... Se quiere a un amante, a un perro, a un amigo...

—¿Y yo? —preguntó temblando Martín—, ¿qué soy para vos? ¿Un amante, un perro, un amigo?...

—Te he dicho que te necesito, ¿no te basta?

Martín se quedó callado: los fantasmas que se habían mantenido rondando de lejos se acercaron sarcásticamente: la palabra *Fernando,* la frase *recordá siempre que soy una basura,* su ausencia aquella primera noche de su pieza. Y pensó, con melancólica amargura: "Nunca, nunca". Sus ojos se llenaron de lágrimas y su cabeza se inclinó hacia adelante, como si aquellos pensamientos la doblegaran con su peso.

Alejandra levantó su mano hasta su cara y con la punta de sus dedos palpó sus ojos.

—Ya me lo imaginaba. Venga para acá.

Lo mantuvo apretado contra ella con uno de sus brazos.

—Vamos a ver si se porta bien —dijo, como quien habla a un niño—. Ya le he dicho que lo necesito y que lo quiero mucho, ¿que más quiere?

Acercó sus labios a su mejilla y la besó. Martín sintió que todo su cuerpo era sacudido.

Abrazando con fuerza a Alejandra, sintiendo su cuerpo cálido junto al suyo, como si un poder invencible lo dominara, empezó entonces a besar su cara, sus ojos, sus mejillas, su pelo, hasta buscar aquella boca grande y carnosa que sentía a su lado. Por un instante fugacísimo sintió que Alejandra rehuía su beso: todo su cuerpo pareció endurecerse y sus brazos tuvieron un movimiento de rechazo. Luego se ablandó y pareció apoderarse de ella un frenesí. Y entonces se produjo un hecho que aterró a Martín: las manos de ella, como si fueran garras, estrujaron sus brazos y desgarraron su carne, al mismo tiempo que lo separaba de sí y se incorporaba.

—¡No! —gritó, mientras se ponía de pie y corría hacia la ventana.

Asustado, Martín, sin atreverse a acercarse, la veía con el pelo revuelto, aspirando a grandes bocanadas el aire de la noche, como si le faltara, su pecho agitado y sus manos aferradas al alféizar, con los brazos tensos. Con un movimiento violento abrió su blusa con las dos manos, arrancando los botones y cayó al suelo rígida. Su cara fue poniéndose morada, hasta que de pronto su cuerpo empezó a sacudirse.

Aterrado, no sabía qué actitud tomar ni qué hacer. Cuando vio que se caía, corrió hacia ella y la tomó en sus brazos y trató de calmarla. Pero Alejandra no oía ni veía nada: se retorcía y gemía, con los ojos abiertos y alucinados. Martín pensó que no podía hacer otra cosa que llevarla a la cama. Así lo hizo y poco a poco vio con alivio que Alejandra se calmaba y que sus gemidos eran paulatinamente más apagados.

Sentado al borde de la cama, lleno de confusión, de

miedo, Martín veía sus pechos desnudos entre la blusa entreabierta. Por un instante pensó que de algún modo, él, Martín, estaba de verdad siendo necesario a aquel ser atormentado y sufriente. Entonces cerró la blusa de Alejandra y esperó. Poco a poco la respiración de ella empezó a ser más acompasada y regular, sus ojos se habían cerrado y parecía adormecida. Así pasó más de una hora. Hasta que, abriendo los ojos y mirándolo, pidió un poco de agua. Sostuvo con uno de sus brazos a Alejandra y le dio de beber.

—Apagá esa luz —dijo ella.

Martín la apagó y volvió a sentarse a su lado.

—Martín —dijo Alejandra con voz apagada—, estoy muy, muy cansada, quisiera dormir, pero no te vayás. Podés dormir aquí, a mi lado.

Él se quitó los zapatos y se acostó al lado de Alejandra.

—Sos un santo —dijo ella, acurrucándose a su lado.

Martín sintió cómo de pronto ella se dormía, mientras él trataba de ordenar el caos de su espíritu. Pero era un vértigo tan incoherente, los razonamientos resultaban siempre tan contradictorios que, poco a poco, fue invadido por un sopor invencible y por la sensación dulcísima (a pesar de todo) de estar al lado de la mujer que amaba.

Pero algo le impidió dormir, y poco a poco fue angustiándose.

Como si el príncipe —pensaba—, después de recorrer vastas y solitarias regiones, se encontrase por fin frente a la gruta donde ella duerme vigilada por el dragón. Y como si, para colmo, advirtiese que el dragón no vigila a su lado amenazante como lo imaginamos en los mitos infantiles sino, lo que era más angustioso, dentro de ella misma: como si fuera una princesa-dragón, un indiscernible monstruo, casto y llameante a la vez, candoroso y repelente al mismo tiempo: como si una purísima niña vestida de comunión tuviese pesadillas de reptil o de murciélago.

Y los vientos misteriosos que parecían soplar desde la oscura gruta del dragón-princesa agitaban su alma y la desgarraban, todas sus ideas eran rotas y mezcladas, y su cuerpo era estremecido por complejas sensaciones. Su madre (pensaba), su madre carne y suciedad, baño caliente

130

y húmedo, oscura masa de pelo y olores, repugnante estiércol de piel y labios calientes. Pero él (trataba de ordenar su caos), pero él había dividido el amor en carne sucia y en purísimo sentimiento; en purísimo sentimiento y en repugnante, sórdido sexo que debía rechazar, aunque (o porque) tantas veces sus instintos se rebelaban, horrorizándose por esa misma rebelión con el mismo horror con que descubría, de pronto, rasgos de su madrecama en su propia cara. Como si su madrecama, pérfida y reptante, lograra salvar los grandes fosos que él desesperadamente cavaba cada día para defender su torre, y ella como víbora implacable, volviese cada noche a aparecer en la torre como fétido fantasma, donde él se defendía con su espada filosa y limpia. ¿Y qué pasaba, Dios mío, con Alejandra? ¿Qué ambiguo sentimiento confundía ahora todas sus defensas? La carne se le aparecía de pronto como espíritu, y su amor por ella, se convertía en carne, en caliente deseo de su piel y de su húmeda y oscura gruta de dragón-princesa. Pero, Dios, Dios, ¿y por qué ella parecía defender esa gruta con llameantes vientos y gritos furiosos de dragón herido? "No debo pensar", se dijo, apretándose las sienes, y trató de permanecer como si retuviera la respiración de su cabeza. Trató de que el tumulto se detuviera. Quedó tenso y vacío por un fugitivo segundo. Y luego, ya limpio por un instante siquiera, pensó con dolorosa lucidez PERO CON MARCOS MOLINA, ALLÁ EN LA PLAYA, NO FUE ASÍ, PUES ELLA LO QUISO O LO DESEÓ Y LO BESÓ FURIOSAMENTE, de modo que era a él, a Martín, a quien rechazaba. Cedió en su tensión y nuevamente aquellos vientos volvieron a barrer su espíritu, como en una furiosa tormenta, mientras sentía que ella, a su lado, se agitaba, gemía, murmuraba palabras ininteligibles. "Siempre tengo pesadillas cuando me duermo", había dicho.

Martín se sentó en el borde de la cama y la contempló: a la luz de la luna podía escrutar su rostro agitado por la otra tempestad, la de ella, la que él nunca (pero nunca) conocería. Como si en medio de excrementos y barro, entre tinieblas, hubiese una rosa blanca y delicada. Y lo más extraño de todo era que él quería a ese monstruo equívoco: dragón-princesa, rosafango, niñamurciélago. A ese mismo casto, caliente y acaso corrupto ser que se estremecía cerca de él, cerca de su piel, agitado quién sabe por qué horrendas pesadillas. Y lo más angustioso de todo era que habiéndola aceptado así, era ella la que parecía no querer aceptarlo: como si la niña de blanco (en medio del barro, rodeada por bandas de nocturnos murciélagos, de viscosos e inmundos murciélagos) gimiera por su ayuda y al mismo tiempo rechazara con violentos gestos su presencia, apartándolo de aquel tenebroso sitio. Sí: la princesa se agitaba y gemía. Desde desoladas regiones en tinieblas lo llamaba a él, a Martín. Pero él, un pobre muchacho desconcertado, era incapaz de llegar hasta donde ella estaba, separado por insalvables abismos.

Así que no podía hacer otra cosa que mirarla angustiosamente desde acá y esperar.

—¡No, no! —exclamaba Alejandra poniendo las manos delante de sí, como para rechazar algo. Hasta que se despertó y nuevamente se repitió la escena que ya Martín había visto en aquella primera noche: él, calmándola, llamándola por su nombre; y ella, ausente y surgiendo poco a poco de un profundo abismo de murciélagos y telarañas.

Sentada en la cama, encorvada sobre sus piernas, su cabeza apoyada sobre sus rodillas, Alejandra poco a poco volvía a la conciencia. Al cabo de un tiempo miró, por fin, a Martín y le dijo:

—Espero que ya te hayás acostumbrado.

Martín, por respuesta, intentó acariciarla con su mano en la cara.

—¡No me toqués! —exclamó ella, retrocediendo.

Se levantó y dijo:

—Voy a bañarme y vuelvo.

—¿Por qué tardaste tanto? —preguntó cuando por fin la vio reaparecer.

—Tenía mucha suciedad.

Se acostó a su lado, después de encender un cigarrillo.

Martín la miró: nunca sabía cuándo ella bromeaba.

—No bromeo, tonto, lo digo en serio.

Martín permaneció callado: sus dudas, la confusión de sus ideas y sentimientos lo mantenían como paralizado. Su ceño fruncido, miraba al techo y trataba de ordenar su mente.

—¿Qué pensás?

Tardó un momento en responder.

—Mucho y nada, Alejandra... La verdad es que...

—¿No sabés qué?

—No sé nada... Desde que te conozco vivo en una confusión total de ideas, de sentimientos... ya no sé cómo proceder en ningún momento... Ahora mismo cuando te despertaste, cuando te quise acariciar... Y antes de dormirte... Cuando...

Se calló y Alejandra nada dijo. Permanecieron los dos en silencio durante largo rato.

Sólo se oían las profundas y ansiosas chupadas que Alejandra daba a su cigarrillo.

—No decís nada —comentó Martín, con amargura.

—Ya te respondí que te quiero, que te quiero mucho.

—¿Qué soñaste recién? —preguntó Martín, sombríamente.

—¿Para qué querés saberlo? No vale la pena.

—¿Ves? Tenés un mundo desconocido para mí, ¿cómo podés decir que me querés?

—Te quiero, Martín.

—Bah..., me querés como a un chico.

Ella no dijo nada.

—¿Ves? —comentó Martín, amargamente—, ¿ves?

—No, tonto, no... Estoy pensando..., yo misma no tengo las cosas claras... Pero te quiero, te necesito, de eso estoy segura...

—No dejaste que te besara. No me dejaste ni siquiera tocarte, hace un momento.

—¡Dios mío! ¿No ves que soy enferma, que sufro cosas atroces? No tienes idea de la pesadilla que acabo de tener...

—¿Por eso te bañaste? —preguntó Martín irónicamente.

—Sí, me bañé por la pesadilla.

—¿Se limpian con agua las pesadillas?

—Sí, Martín, con agua y un poco de detergente.

—No me parece que lo que yo estoy diciendo sea motivo de risa.

—No me río, chiquilín. Me río quizá de mí misma, de mi absurda idea de limpiarme el alma con agua y jabón. ¡Si vieras qué furiosa me refriego!

—Es una idea descabellada.

—Claro que sí.

Alejandra se incorporó, apagó la colilla del cigarrillo contra el cenicero que tenía en la mesita de luz y volvió a acostarse.

—Yo soy un muchacho sin experiencia, Alejandra. Hasta es probable que vos me tengás por un poco tarado. Pero así y todo me pregunto: ¿Por qué, si te disgusta que te toque y que te bese en la boca, me has pedido que me acueste aquí, contigo? Me parece una crueldad. ¿O es otro experimento como con Marcos Molina?

—No, Martín, no es ningún experimento. A Marcos Molina yo no lo quería, ahora lo veo claro. Con vos es distinto. Y, cosa curiosa, que yo misma no me lo explico: necesito tenerte de pronto cerca, junto a mí, sentir el calor de tu cuerpo a mi lado, el contacto de tu mano.

—Pero sin besarte de verdad.

Alejandra tardó un momento en proseguir.

—Mirá, Martín, hay muchas cosas en mí, en... Mirá, no sé... Tal vez porque te tengo mucho cariño. ¿Me entendés?

—No.

—Sí, claro..., yo misma no me lo explico muy bien.

—¿Nunca te podré besar, nunca podré tocar tu cuerpo? —preguntó Martín casi con cómica e infantil amargura.

Vio que ella se ponía las manos sobre la cara y se la apretaba como si le dolieran las sienes. Después encendió un cigarrillo y sin hablar fue hacia la ventana, donde permaneció hasta concluirlo. Finalmente, volvió hacia la cama, se sentó, lo miró larga y seriamente a Martín y empezó a desnudarse.

Martín, casi aterrorizado, como quien asiste a un acto largamente ansiado pero que en el momento de producirse comprende que también es oscuramente temible, vio cómo su cuerpo iba poco a poco emergiendo de la oscuridad; ya de pie, a la luz de la luna, contemplaba su cintura estrecha, que podía ser abarcada por un solo brazo; sus anchas caderas; sus pechos altos y triangulares, abiertos hacia afuera, trémulos por los movimientos de Alejandra; su largo pelo lacio cayendo ahora sobre sus hombros. Su rostro era serio, casi trágico, y parecía alimentado por una seca desesperación, por una tensa y casi eléctrica desesperación.

Cosa singular: los ojos de Martín se habían llenado de lágrimas y su piel se estremecía como con fiebre. La veía como un ánfora antigua, alta, bella y temblorosa ánfora de carne; una carne que sutilmente estaba entremezclada, para Martín, a un ansia de comunión, porque, como decía Bruno, una de las trágicas precariedades del espíritu, pero también una de sus sutilezas más profundas, era su imposibilidad de ser sino mediante la carne.

El mundo exterior había dejado de existir para Martín y ahora el círculo mágico lo aislaba vertiginosamente de aquella ciudad terrible de sus miserias y fealdades, de los millones de hombres y mujeres y chicos que hablaban, sufrían, disputaban, odiaban, comían. Por los fantásticos poderes del amor, todo aquello quedaba abolido, menos aquel cuerpo de Alejandra que esperaba a su lado, un cuerpo que alguna vez moriría y se corrompería, pero que ahora era inmortal e incorruptible, como si el espíritu que lo habitaba transmitiese a su carne los atributos de su eternidad. Los latidos de su corazón le demostraban a él, a Martín, que estaba ascendiendo a una altura antes nunca alcanzada, una cima donde el aire era purísimo pero tenso, una alta montaña quizá rodeada de atmósfera electrizada, a alturas inconmensurables sobre los pantanos oscuros y pestilentes en que antes había oído chapotear a bestias deformes y sucias.

Y Bruno (no Martín, claro), Bruno pensó que en ese momento Alejandra pronunciaba un ruego silencioso pero dramático, acaso trágico.

Y también él, Bruno, pensaría luego que la oración no fue escuchada.

Cuando Martín se despertó, entraba ya la naciente luminosidad del amanecer.

Alejandra no estaba a su lado. Se incorporó con inquietud y entonces advirtió que estaba apoyada en el alféizar de la ventana, mirando pensativamente hacia afuera.

—Alejandra —dijo con amor.

Ella se dio vuelta, con una expresión que parecía revelar una melancólica preocupación.

Se acercó a la cama y se sentó.

—¿Hace mucho que estás levantada?

—Un rato. Pero yo me levanto muchas veces.

—¿Te levantaste esta noche también? —preguntó Martín, con asombro.

—Por supuesto.

—¿Y cómo no te oí?

Alejandra inclinó la cabeza, apartó la mirada de él, y frunciendo el ceño, como si acentuara su preocupación, iba a decir algo, pero finalmente no dijo nada.

Martín la observó con tristeza, y aunque no comprendía con exactitud la causa de aquella melancolía creía percibir su remoto rumor, su impreciso y oscuro rumor.

—Alejandra... —dijo, mirándola con fervor— vos...

Ella volvió hacia Martín una cara ambigua.

—¿Yo qué?

Y sin esperar la inútil respuesta, se acercó a la mesita de luz, buscó sus cigarrillos y volvió hacia la ventana.

Martín la seguía con ansiedad, temiendo que, como en los cuentos infantiles, el palacio que se había levantado mágicamente en la noche desapareciese como la luz del alba, en silencio. Algo impreciso le advirtió que estaba a punto de resurgir aquel ser áspero que él tanto temía. Y cuando al cabo de un momento Alejandra se dio vuelta hacia él, supo que el palacio encantado había vuelto a la región de la nada.

—Te he dicho, Martín, que soy una basura. No te olvidés que te lo he advertido.

Luego volvió a mirar hacia afuera y prosiguió fumando en silencio.

Martín se sentía ridículo. Se había cubierto con la sábana al advertir su expresión endurecida y ahora pensó que debía vestirse antes que volviera a mirarlo. Tratando de no hacer ruido, se sentó al borde de la cama y empezó a ponerse la ropa, sin apartar sus ojos de la ventana y temiendo el momento en que Alejandra se volviese. Y cuando estuvo vestido, esperó.

—¿Terminaste? —preguntó ella, como si todo el tiempo hubiese sabido lo que Martín estaba haciendo.

—Sí.

—Bueno, entonces dejáme sola.

Aquella noche Martín tuvo el siguiente sueño: En medio de una multitud se acercaba un mendigo cuyo rostro le era imposible ver, descargaba su hatillo, lo ponía en el suelo, desataba los nudos y, abriéndolo, exponía su contenido ante los ojos de Martín. Entonces levantaba su mirada y murmuraba palabras que resultaban ininteligibles.

El sueño, en sí mismo, no tenía nada de terrible: el mendigo era un simple mendigo y sus gestos eran comunes. Y sin embargo Martín despertó angustiado, como si fuera el trágico símbolo de algo que no alcanzaba a comprender; como si le entregasen una carta decisiva y, al abrirla, observase que sus palabras resultaban indescifrables, desfiguradas y borradas por el tiempo, la humedad y los dobleces.

XX

Cuando años después Martín intentaba encontrar la clave de aquella relación, entre las cosas que refirió a Bruno le dijo que, no obstante los contrastes de humor de Alejandra, durante algunas semanas había sido feliz. Y como Bruno levantara las cejas y marcara aquellas arrugas que atravesaban su frente horizontalmente ante una palabra tan inesperada en algo que tuviera que ver con Alejandra; y como Martín comprendiera ese pequeño y tácito comentario, agregó, después de pensarlo un momento:

—Mejor dicho: casi feliz. Pero inmensamente.

Porque la palabra "felicidad", en efecto, no era apropiada para nada que tuviera alguna vinculación con Alejandra; y no obstante había sido algo, un sentimiento o estado de espíritu que se aproximaba más que nada a eso que se llama felicidad, sin alcanzar a serlo en forma cabal (y por eso el "casi"), dada la inquietud y la inseguridad de todo lo que concernía a Alejandra; y alcanzando algo así como elevadísimas cumbres (y de ahí el "inmensamente"), cumbres en que Martín había sentido esa majestad y esa pureza, esa sensación de fervoroso silencio y de éxtasis solitario que experimentan los alpinistas en los grandes picos.

Bruno lo miraba pensativo, con su mentón apoyado en un puño.

—Y ella —preguntó— ¿también era feliz?

Pregunta que tenía, aun involuntariamente, una imperceptible y afectuosa tonalidad de ironía, semejante a la que podría tener la pregunta "¿siempre bien por su casa?" a un familiar de uno de esos especialistas tejanos en incendios petrolíferos. Pregunta cuyo matiz de incredulidad acaso Martín no advirtiera, pero cuya formulación literal lo hizo reflexionar, como si antes no hubiese meditado en esa posibilidad. De manera que, después de una pausa,

139

respondió (pero ya su espíritu perturbado por la duda de Bruno, que rápida aunque sigilosamente se había propagado a su ánimo):

—Bueno... tal vez... en aquel período...

Y se quedó cavilando sobre la dosis de felicidad que ella podría haber sentido, o por lo menos manifestado: en alguna sonrisa, en alguna canción, en algunas palabras. Mientras Bruno se decía: *Y bueno, ¿por qué no?, ¿y qué es la felicidad, al fin de cuentas?, ¿y por qué ella no habría de haberla sentido con aquel muchacho, por lo menos en los momentos de triunfo sobre sí misma, en aquel tiempo en que sometió su cuerpo y su espíritu a un duro combate para librarse de los demonios?* Y seguía mirando a Martín con la cabeza apoyada sobre un puño, tratando de entender un poco más a Alejandra a través de la tristeza, las esperanzas póstumas y el fervor de Martín; con la misma melancólica atención (pensaba) con que de algún modo se revive un país lejano y misterioso que alguna vez se visitó con pasión, a través de los relatos de otros viajeros, aunque lo haya recorrido por otros caminos, en otros tiempos.

Y como sucede casi siempre que se intercambian opiniones, que se llega a cierto término medio donde ni una ni otra tienen la dureza y la definida calidad que mostraban al principio; mientras Bruno terminaba por aceptar que bien podría Alejandra haber sentido algún género o alguna medida de felicidad, Martín, por su parte, reexaminando recuerdos (una expresión, una mueca, una risa sarcástica) concluía que Alejandra no había sido feliz ni siquiera en aquellas pocas semanas. Porque, ¿cómo explicar, si no, el horrible derrumbe que luego se produjo? ¿No significaría eso que dentro de su espíritu atormentado habían seguido pugnando aquellos demonios que él sabía que existían, pero que quería ignorarlos haciéndose como distraído, como si de ese modo candorosamente mágico fuera capaz de aniquilarlos? Y no sólo acudían a su memoria palabras significativas que desde el mismo comienzo llamaron su atención (los ciegos, Fernando), sino gestos e ironías respecto a terceros como Molinari, silencios y reticencias, y, sobre todo, aquella enajenación en que parecía vivir días enteros y durante los cuales Martín tenía la convicción de que su espíritu estaba en otro lado, y en que su cuerpo quedaba tan abandonado como esos cuerpos de los salvajes cuando el alma les ha sido arrancada por el hechizo y vaga por regiones desconocidas. Y también pensaba en sus bruscos cambios de humor, en sus ataques de furia y en los sueños de los que de tanto en tanto él recibía una vaga y alterada noticia. Pero, con todo, seguía creyendo que en aquel lapso Alejandra lo había querido intensamente y había tenido instantes de tranquilidad o de paz, si no de felicidad; pues recordaba tardes de apacible belleza, frases cariñosas y tontas que se dicen en tales ocasiones, pequeños gestos de ternura y bromas amables. Y en cualquier caso había sido como uno de esos combatientes que llegan del frente, heridos y maltrechos, desangrados y casi inermes, y que, poco a poco, vuelven a la vida, en días de dulce serenidad al lado de aquellos que los cuidan y curan.

Algo de todo eso le dijo a Bruno, y Bruno se quedó pensando, no muy seguro que tampoco fuera así; o, por lo menos de que no solamente fuera así. Y como Martín lo miraba, esperando una respuesta, gruñó algo ininteligible, tan poco claro como sus pensamientos.

No, tampoco Martín veía claro, y en verdad nunca pudo explicarse ni la forma ni el desarrollo de aquel progreso, aunque cada vez más se sentía inclinado a suponer que Alejandra nunca salió completamente del caos en que vivía antes de conocerlo, aunque llegara a tener momentos de calma; pero aquellas fuerzas tenebrosas que trabajaban en su interior no la habían abandonado nunca, hasta que estallaron de nuevo y con toda su furia hacia el final. Como si al agotarse su capacidad de lucha y al comprender su fracaso, su desesperación hubiese resurgido con redoblada violencia.

Martín abrió su cortaplumas y dejó que su memoria recorriera aquel tiempo que ahora le parecía remotísimo. Su memoria era como un viejo casi ciego que, con su bastón, va tanteando antiguos senderos ahora cubiertos de malezas. Un paisaje transformado por el tiempo, por las desdichas y las tempestades. ¿Había sido feliz? No, qué tontería. Más bien había habido una sucesión de éxtasis y de catástrofes. Y volvía a recordar aquel amanecer en el

Mirador, al terminar de vestirse, oyendo aquella terrible frase de Alejandra:

"Bueno, entonces dejáme sola". Y luego, caminando como un autómata por la calle Isabel la Católica, perplejo y conmovido. Y los días que siguieron, sin trabajo, solitarios, esperando algún signo propicio de Alejandra, otros momentos de exaltación y nuevamente la desilusión y el dolor. Sí, como una sirvienta que cada noche era llevada al palacio encantado, para despertar cada día en su pocilga.

II

Los rostros invisibles

I

Hecho curioso (curioso desde el punto de vista de los acontecimientos posteriores), pocas veces Martín fue tan feliz como en las horas que precedieron a la entrevista con Bordenave. Alejandra estaba de excelente humor y tenía ganas de ir al cine: ni siquiera se disgustó cuando aquel Bordenave malogró esa intención citando a Martín a las siete. Y en momentos en que Martín se disponía a preguntar por el bar americano, ella lo arrastró de un brazo, como quien conoce el lugar: primer episodio que enturbió la felicidad de aquella tarde.

Un mozo se lo señaló. Estaba con dos señores, discutiendo con papeles sobre la mesa. Era un hombre de unos cuarenta años, alto y elegante, bastante parecido a Anthony Eden. Pero unos ojos ligeramente irónicos y cierta sonrisa lateral le daban un aire muy argentino. "Ah, es usted", le dijo, y excusándose ante aquellos caballeros, lo invitó a sentarse en torno de una mesa cercana; pero como Martín, balbuceando, mirara en dirección de Alejandra, Bordenave, después de mantener unos segundos la mirada sobre ella, dijo "Ah, muy bien, vamos entonces para allá".

Fue notorio para Martín el desagrado que aquel hombre provocó en Alejandra, que durante el tiempo que duró la entrevista se mantuvo dibujando pájaros sobre una servilleta de papel: uno de los signos de desagrado que Martín le conocía muy bien. Atormentado por aquel brusco cambio de humor, Martín debía hacer esfuerzos para seguir la conversación de Bordenave, quien, al parecer, hablaba de cosas ajenas a la misión que Martín tenía. En suma, le pareció un aventurero sin escrúpulos, pero lo importante era que el desalojo quedaba sin efecto.

Cuando salieron, cruzaron la calle, se sentaron en un banco de la plaza y Martín, preocupado, le preguntó a Alejandra qué le había parecido aquel individuo.

—Qué me va a parecer. Un argentino.

A la luz del fósforo que encendió para el cigarrillo, Martín observó que su cara se había endurecido. Luego permaneció callada. Martín, por su parte, se preguntaba qué podía haberla transformado tan repentinamente, pero era obvio que la causa era Bordenave. Aquel hombre había hablado, innecesariamente, de hechos que no le dejaban bien, a propósito de los italianos que estaban con él. ¿Qué podía ser? Lo cierto es que su aparición había enturbiado la paz anterior como la entrada de un reptil en un pozo de agua cristalina del que bebemos.

Alejandra dijo que le dolía la cabeza y que prefería volver a su casa para acostarse. Y cuando se iban a separar, allá en la calle Río Cuarto, abrió por fin la boca para comunicarle que conversaría con Molinari, pero que no se hiciese ninguna ilusión.

—¿Y cómo hago? ¿Me darás una carta?

—Ya veremos. Quizá lo llame por teléfono y te deje un mensaje.

Martín la miró asombrado: ¿Un mensaje? Sí, ya tendría noticias.

—Pero... —balbuceó.

—¿Pero qué?

—Quiero decir... ¿No me lo podés comunicar mañana, cuando nos veamos?

El rostro de Alejandra aparecía envejecido.

—Mirá. No te puedo decir ahora cuándo nos veremos.

Martín, consternado, farfulló algo sobre lo que habían convenido aquella misma tarde para el día siguiente. Entonces ella exclamó:

—¡No me siento bien! ¿No lo ves?

Martín se dio vuelta para irse, mientras ella abría la puerta de la verja. Y había comenzado a alejarse cuando oyó que lo llamaba.

—Esperá.

Con una voz menos dura le dijo:

—Mañana a la mañana le telefonearé a ese hombre, y al mediodía te dejaré un mensaje.

Estaba ya entrando cuando agregó con una risa dura y aviesa:

146

—Fijáte en la secretaria que tiene, esa rubia.

Martín se quedó perplejo, mirándola.

—Es una de sus amantes.

Éstos son los hechos de aquel día. Tendría que pasar un tiempo para que Martín volviera a considerar aquella entrevista con Bordenave, como después de un crimen se examina con atención un lugar o un objeto al que nadie dio antes importancia.

II

Años después, por la época en que Martín volvió del sur, uno de los temas de sus conversaciones con Bruno fue aquella relación entre Alejandra y Molinari. Volvía a hablar de Alejandra —pensaba Bruno— como quien intenta restaurar un alma ya en descomposición, un alma que habría querido inmortal, pero que ahora sentía resquebrajarse y disgregarse poco a poco, como siguiendo a la putrefacción del cuerpo, como si le fuera imposible sobrevivir demasiado tiempo sin su soporte y sólo pudiera perdurar el tiempo que perdura la sutil emanación que se desprendió de aquel cuerpo en el instante de la muerte: especie de ectoplasma o de gas radiactivo que irá luego sufriendo su propia atenuación, eso que algunos consideran el fantasma del muerto, fantasma que mantiene difusamente la forma del ser que desapareció, pero haciéndose más y más inconsistente, hasta disolverse en la nada final; momento en que el alma acaso desaparezca para siempre, si se excluyen esos fragmentos o ecos de fragmentos que perduran ¿pero por cuánto tiempo? en el alma de los demás, de los que conocieron y odiaron o amaron a aquel ser desaparecido.

Y así Martín trataba de rescatar fragmentos, recorría calles y lugares, hablaba con él, insensatamente recogía cositas y palabras; como esos familiares enloquecidos que se empeñan en juntar los mutilados destrozos de un cuerpo en el lugar donde se precipitó el avión; pero no en seguida, sino mucho tiempo después, cuando esos restos no sólo están mutilados sino descompuestos.

No de otro modo podía explicar Bruno que Martín se empecinara en recordar y analizar aquello de Molinari. Y mientras se hacía estas reflexiones sobre el cuerpo y la disgregación del alma, Martín, que un poco hablaba como para sí mismo, le decía que, a su juicio, aquella disparatada entrevista con Molinari era, sin duda, un momento clave en su relación con Alejandra; entrevista que en aquel entonces le pareció sorprendente: tanto por habérsela conseguido Alejandra, sabiendo, como sin duda sabía, que Molinari no le daría trabajo, como por haberle otorgado tanto tiempo a un muchacho insignificante como era él un hombre importante y ocupado como era Molinari.

Si en aquel momento —pensaba Bruno— hubiera tenido esa lucidez que ahora tenía, habría podido advertir o por lo menos sospechar que algo inquietante estaba ya a punto de estallar en el espíritu de Alejandra; y esos indicios podrían haberle anunciado que su amor, o su afecto por Martín, o lo que fuera aquello, estaba por llegar a su fin: catastróficamente.

—Todos debemos trabajar —añadió Alejandra, en aquel entonces—. El trabajo dignifica al hombre. Yo también he decidido trabajar.

Frase que a pesar de su tono irónico alegró a Martín, porque siempre había pensado que cualquier tarea concreta tenía que ser buena para ella. Y la cara de Martín hizo comentar a Alejandra "veo que la noticia te alegra", con una expresión en que básicamente se mantenía el sarcasmo de antes, pero sobre la cual parecían querer manifestarse algunos signos de ternura; como en un campo desolado por las calamidades (pensó más tarde), entre animales muertos, hinchados y malolientes, entre cadáveres abiertos y desgarrados por los chimangos, a pesar de todo algún yuyito pugna por levantarse, chupando insignificantes e invisibles restos de agua que milagrosamente subsisten en capas más profundas del páramo.

—Pero no te deberías alegrar tanto —agregó.

Y como Martín la mirara, explicó:

—Voy a trabajar con Wanda.

Desapareciendo entonces su alegría —le decía a Bruno— como agua cristalina en un resumidero, donde uno sabe que se mezclará con repugnantes desechos. Porque Wanda pertenecía a aquel territorio del que parecía haber venido Alejandra cuando lo encontró (aunque más exacto sería decir "cuando lo buscó"). territorio del que se había mantenido alejada en aquellas semanas de relativa serenidad; aunque también sería más exacto decir que *él creía* que se había mantenido alejada, porque ahora, vertiginosamente, recordaba cómo en los últimos días Alejandra había vuelto a tomar como antes, y cómo sus desapariciones y ausencias eran no sólo cada vez más frecuentes sino más inexplicables. Pero, del mismo modo que es difícil imaginar un crimen en un día luminoso y limpio, tampoco le era fácil imaginarse que ella pudiera haber vuelto a aquella región en medio de una relación tan pura. Así que, estúpidamente (adverbio agregado mucho después) dijo: "¿Vestidos para mujeres? ¿Diseñar vestidos para mujeres? ¿Vos?", a lo que ella respondió si no comprendía el placer que puede encontrarse ganando dinero con algo que uno desprecia. Frase que en aquel momento le pareció una característica salida de Alejandra, pero que después de su muerte iba a tener motivos para recordar con atroces resonancias.

—Además es como un bumerang, ¿entendés? Cuando más desprecio a esos loros pintarrajeados, más me desprecio a mí misma. ¿No ves que es negocio redondo?

Frases cuyo análisis esa noche le impedía dormir. Hasta que el cansancio lo fue empujando suave pero firmemente hacia eso que Bruno llamaba pasajero suburbio de la muerte, premonitorias regiones en que vamos haciendo el aprendizaje del gran sueño, pequeños y torpes balbuceos de la tenebrosa aventura definitiva, confusos borradores del enigmático texto final, con el transitorio infierno de las pesadillas. De modo que al día siguiente somos y no somos los mismos, pues ya pesan sobre nosotros las secretas y abominables experiencias de la noche. Y poseemos, y por eso, un poco de esa calidad de los resucitados y de los fantasmas (decía Bruno). Quién sabe qué perversa metamorfosis del alma de Wanda lo persiguió durante aquella noche, pero a la mañana, durante mucho tiempo sintió que algo pesado pero indefinible se movía en las zonas oscuras de su ser, hasta que comprendió que eso que turbiamente se agitaba era la imagen de Wanda. Y lo comprendió, para peor, en el momento en que ya había entrado en aquella imponente sala de espera, cuando hasta por timidez le era imposible retroceder y cuando llegó al máximo la sensación de desproporción; como en aquel cuento de Chéjov o

Averchenko (pensaba) en que un pobre diablo llega hasta el gerente de un banco para finalmente aclarar que desea abrir una cuenta con veinte rublos. ¿Qué desatino era todo aquello? Y estaba a punto de juntar todas sus fuerzas y retirarse cuando oyó que un ordenanza español decía "señor Castillo". Con ironía, claro (pensó). Porque nadie siente tanto desdén por los pobres diablos como los pobres diablos con uniforme. Hombres correctísimos, con zapatos muy lustrados, con chaleco, con el último botón del chaleco desprendido, con portafolios colmados de Papeles Decisivos, esperando en los grandes sillones de cuero, lo miraban con perplejidad e ironía (pensaba) a medida que avanzaba hacia la gran puerta, mientras en otro estrato de su conciencia se repetía "veinte rublos", con mortificante burla hacia sí mismo, hacia sus zapatos agujereados y su traje manchado; todos honorables, con un reloj de oro en la muñeca que medía un tiempo preciso, también de oro, lleno de Acontecimientos Financieros Importantes; tiempo que contrastaba con los grandes espacios inútiles de su vida, en que no hace otra cosa que pensar en un banco del parque; migajas de tiempo andrajoso que contrastaba con aquel tiempo dorado como su piezucha en la Boca con el formidable edificio de IMPRA. Y en el momento mismo en que penetró en el recinto sagrado pensó "tengo fiebre", como siempre le sucedía en los momentos de grandes angustias. Mientras veía al hombre detrás del gigantesco escritorio, sentado en su gran sillón, corpulento, como si estuviera hecho especialmente para aquel edificio. Y con una energía disparatada se repitió "vengo, señor, a depositar veinte rublos".

—Siéntese, por favor —le dijo, indicándole uno de los sillones, mientras firmaba Documentos que le presentaba una mujer oxigenada de una sensualidad que contribuía a hundirlo un poco más, porque (supuso) sería capaz de desnudarse delante de él como delante de un artefacto, como un objeto sin conciencia ni sentidos; o como se desnudaban las grandes favoritas delante de sus esclavos. "Wanda", pensó entonces: Wanda tomando claritos, coqueteando con hombres, con él mismo, riéndose con frívola sensualidad, mojándose los labios con la lengua, comiendo bombones como su madre; mientras veía un mástil cromado sobre el gran escritorio, con una bandera argentina en miniatura; carpeta de cuero; un enorme retrato de Perón dedicado al señor Molinari; varios Diplomas enmarcados; una fotografía con marco de cuero dirigida hacia el señor Molinari; un termo de material plástico; y el poema "Si" de Rudyard Kipling, en caracteres góticos, enmarcado sobre una de las paredes. Numerosos empleados y funcionarios entraban y salían con papeles, y también la secretaria oxigenada, que había salido, volvió a entrar para mostrarle otros Papeles mientras le hablaba en voz baja, pero sin ninguna familiaridad, sin que nadie, y mucho menos los Empleados de la Casa, pudiese sospechar que se acostaba con el señor Molinari. Y dirigiéndose a Martín dijo:

—Así que usted es amigo de Drucha.

Y ante la cara de asombro interrogativo del muchacho se rió y comentó como si fuera chistoso: "ah, claro, claro", mientras, con asombro y desgarramiento, Martín se decía *Alejandra, Alejandrucha, Drucha,* a pesar de lo cual, o por eso mismo, levantaba un censo de aquel hombre grande y corpulento, vestido con un traje de casimir oscuro a rayas claras, con corbata azul de pintitas rojas, con camisa de seda y gemelos de oro, con un alfiler de perla sobre la corbata y un pañuelo de seda que asomaba sobre el bolsillo superior del saco, con un distintivo del Rotary. Un hombre bastante calvo, pero con el resto de pelo peinado y cepillado con esmero. Un hombre perfumado con agua de Colonia y que parecía afeitado un décimo de segundo antes de entrar Martín en su despacho. Y con terror, oyó que decía, echándose hacia atrás en su sillón, disponiéndose a escuchar la Importante Proposición de Martín.

—Usted dirá.

Un curioso deseo de mortificarse, de humillarse, de confesar de una vez su horrible insignificancia frente al mundo y hasta su estúpido candor (¿no llamaba Drucha a Alejandra?) casi lo impulsó a decir "vengo a depositar veinte rublos". Logró contener el curioso impulso y, con enorme dificultad, como en una pesadilla, explicó que había quedado sin trabajo y que quizá, acaso, había pensado, había imaginado que en IMPRA podía haber alguna tarea para él. Y

152

mientras él hablaba el señor Molinari iba frunciendo el ceño, hasta que de la primitiva sonrisa profesional ya no quedó nada cuando le preguntó dónde trabajaba.

—En la Imprenta López.

—¿De qué?

—Corrector de pruebas.

—¿Horario?

Martín recordó las palabras de Alejandra y, sonrojándose, confesó que no tenía horario, que llevaba las pruebas a su casa. Momento en que el señor Molinari acentuó aún más su ceño, mientras atendía el intercomunicador.

—¿Y por qué perdió ese empleo?

A lo que Martín respondió que en la imprenta hay épocas de más y épocas de menos trabajo, y que en esos casos despiden a los correctores libres.

—De manera que cuando aumente el trabajo podrán volver a tomarlo.

Martín volvió a sonrojarse, mientras pensaba que aquel hombre era demasiado sagaz y que su nueva pregunta estaba destinada a hacerle decir la verdad, verdad que, naturalmente, era mortal.

—No, señor Molinari, no lo creo.

—¿Motivos? —preguntó, tamborileando con sus dedos.

—Creo, señor, que estaba demasiado preocupado y...

Molinari lo observaba en silencio, con escrutadora dureza. Bajando su vista, y sin que se lo propusiera conscientemente, Martín se encontró diciendo "necesito trabajar, señor, estoy pasando momentos difíciles, tengo serias dificultades de dinero", y cuando levantó sus ojos, le pareció notar un brilló irónico en la mirada de Molinari.

—Pues lamento mucho, señor del Castillo, no poderle ser útil. En primer término, porque nuestro trabajo aquí es muy distinto al que usted hacía en la imprenta. Pero además hay una razón de peso; usted es amigo de Alejandra y eso me crea un problema muy delicado en la organización. Preferimos tener con nuestros empleados una relación más impersonal. No sé si usted me entiende.

—Sí, señor, entiendo perfectamente —dijo Martín, levantándose.

Acaso Molinari advirtió en su actitud algo que por alguna razón no le gustaba.

—Sin embargo, cuando usted tenga más edad... ¿cuántos años tiene? ¿Veinte?

—Diecinueve, señor.

—Cuando tenga más edad me va a dar la razón. Y hasta me va agradecer esto. Fíjese: yo no le haría ningún servicio dándole trabajo por simple amistad, sobre todo si al poco tiempo, como es fácil imaginar, vamos a tener dificultades.

Examinó un Documento que le trajeron, murmuró algunas observaciones y prosiguió:

—Eso traería malas consecuencias para usted, para nuestra organización, para la misma Alejandra... Por otro lado, me parece que usted es demasiado orgulloso para aceptar un empleo por simple razón de amistad, ¿no es así? Porque si yo le diera trabajo únicamente en atención a Alejandra usted no aceptaría, ¿no es así?

—Así es, señor.

—Por supuesto. Y todos saldríamos perdiendo al final: usted, la Empresa, la amistad, todos. Mi lema es no mezclar los afectos con los números.

En ese momento entró un hombre con Papeles, pero miró a Martín como no sabiendo qué debía hacer. Martín se levantó, pero Molinari, tomando aquellos Papeles en sus manos y sin levantar su vista, le dijo que se quedara, que no había terminado. Y mientras revisaba aquel memorándum o lo que fuese, Martín, nerviosísimo y humillado, perplejo, trataba de comprender la razón de todo: por qué lo retenía, por qué perdía el tiempo con una persona insignificante como él. Para colmo aquel Mecanismo parecía de pronto volverse loco: llamadas por alguno de los cuatro teléfonos, conversaciones por el intercomunicador, entradas y salidas de la secretaria oxigenada, firma de Papeles. Cuando por el intercomunicador se le dijo que el señor Wilson quería saber en qué quedaba lo del Banco Central, Martín pensó que su estatura debía de estar reducida a una proporción de insecto. Entonces, a una consulta de su secretario, Molinari, con inesperada violencia, casi gritó:

—¡Que espere!

Y en el momento en que iba a trasponer la puerta, agregó:

—¡Y que no me moleste nadie hasta que yo llame! ¿Entendido?

Se produjo un silencio repentino: todos parecían haberse esfumado, los teléfonos dejaron de sonar, y el señor Molinari, nervioso, malhumorado, tamborileando los dedos, se mantuvo un instante pensativo. Hasta que, mirándolo con cuidado, preguntó:

—¿Dónde conoció a Alejandra?

—En la casa de un amigo —mintió Martín, sonrojándose, porque nunca mentía; pero comprendiendo que terminaría por cubrirse de ridículo si decía la verdad.

Parecía escrutarlo.

—¿Es muy amigo de ella?

—No sé... quiero decir...

Molinari levantó la mano derecha, como si no fueran necesarios más detalles. Al cabo de un momento, observándolo con cuidado, agregó:

—Ustedes, los jóvenes de hoy, nos creen unos reaccionarios. Sin embargo, y usted seguramente se asombrará, he sido socialista en mis buenos tiempos.

En ese momento, por la puerta lateral, se asomó un Hombre Importante.

Molinari le dijo:

—Pasa, pasa.

El señor se acercó, puso un brazo sobre las espaldas de Molinari y le habló algo al oído, mientras Molinari asentía con la cabeza.

—Bien, bien —comentó—, está bien, que hagan lo que quieran.

Y luego, con una sonrisa que a Martín le pareció secretamente burlona, agregó, señalándolo con un leve gesto:

—Acá, el joven es amigo de Alejandra.

El señor desconocido, con el brazo siempre colocado en el respaldo del sillón de Molinari, le sonrió ambiguamente, con un ligero gesto de saludo.

—Has llegado muy bien, Héctor —dijo Molinari—. Bien sabes cuánto me preocupa el problema de la juventud argentina.

El señor desconocido miró a Martín.

—Le estaba diciendo que siempre los jóvenes piensan

que la generación anterior no vale nada, que está equivocada, que son un conjunto de reaccionarios, etcétera, etcétera.

El señor desconocido sonrió con benevolencia, mirándolo como representante de la Nueva Generación (pensó Martín). Y pensó también que la Lucha de Generaciones era tan desproporcionada que aumentó un poco más, cuando parecía ya imposible, su sensación de ridículo: ellos, detrás del imponente escritorio, respaldados por la Sociedad Anónima IMPRA, el retrato de Perón autografiado, el Mástil con la Bandera, el Rotary Club Internacional y el edificio de doce pisos; y él con el traje rotoso y con un hambre de dos días. *Más o menos como los zulúes defendiéndose del ejército imperial inglés con flechas y escudos de cuero pintarrajeados,* pensó.

—Como le estaba diciendo, ya también en mis tiempos fui socialista y hasta anarquista —tanto él como el recién llegado sonrieron ampliamente, como si estuvieran recordando algo chistoso— y aquí el amigo Pérez Moretti no me dejará mentir, porque juntos hemos pasado muchas cosas. Por otra parte, tampoco vaya a creer que nos avergonzamos. Soy de los que piensan que no es malo que la juventud tenga en su momento ideales tan puros. Ya hay tiempo de perder luego esas ilusiones. Luego la vida le muestra a uno que el hombre no está hecho para esas sociedades utópicas. No hay ni siquiera *dos* hombres iguales en el mundo: uno es ambicioso, el otro es dejado; uno es activo, el otro es haragán; uno quiere progresar, como el amigo Pérez Moretti o yo, al otro le importa un comino seguir toda su vida como un pobre tinterillo. En fin, para qué seguir; el hombre es por naturaleza desigual y es inútil pretender fundar sociedades donde los hombres sean iguales. Además, observe que sería una gran injusticia: ¿por qué un hombre trabajador ha de recibir lo mismo que un haragán? ¿Y por qué un genio, un Edison, un Henry Ford debe ser tratado lo mismo que un infeliz que ha nacido para limpiar el piso de esta sala? ¿No le parece que sería una enorme injusticia? ¿Y cómo en nombre de la justicia, precisamente en nombre de la justicia, se ha de instaurar un régimen de injusticias? Ésa es una de las tantas paradojas, y siempre he creído que debería escribirse largo y tendido sobre el particular. Yo mismo, le diré, muchas veces he estado con la tentación de escribir alguna cosa en este orden de ideas —dijo mirando a Pérez Moretti, como poniéndolo de testigo, y mientras Martín veía cómo éste asentía con la cabeza se preguntaba *pero por qué este hombre pierde todo este tiempo conmigo* y llegaba a la conclusión de que alguna cosa de vital importancia debía vincularlo a Alejandra, algo que por alguna extraña razón tenía valor para aquel individuo; y la idea de que pudiera haber vínculos importantes entre Molinari y Alejandra, cualesquiera que fuesen, lo atormentaba más y más a medida que la entrevista se prolongaba, pues la longitud de la entrevista era como la medida de aquel vínculo; y entonces volvía a preguntarse sobre los motivos de aquel envío a Molinari, y oscuramente, sin saber por qué, concluía que Alejandra lo había hecho para "probar algo", en momento en que sus relaciones entraban en un período oscuro; y entonces volvía a repasar los episodios, pequeños o grandes, que en su memoria rodeaban a la palabra "Molinari", como un detective busca con lupa cualquier rastro o indicio, por insignificante que parezca a primera vista, que pueda conducir al esclarecimiento final; pero su cerebro se confundía porque sobre esas angustiosas búsquedas se superponía la voz de Molinari que proseguía desarrollando su Concepción General del Mundo—. Los años, la vida que es dura y despiadada, a uno lo van convenciendo de que esos ideales, por nobles que sean, porque sin duda que son nobilísimos ideales, no están hechos para los hombres tal como son. Son ideales imaginados por soñadores, por poetas casi diría yo. Muy lindos, muy apropiados para escribir libros, para pronunciar discursos de barricadas, pero totalmente imposibles de llevar a la práctica. Quisiera yo verlo a un Kropotkin o a un Malatesta dirigiendo una empresa como ésta y luchando día a día con las normas del Banco Central (aquí se rió, siendo acompañado de buena gana por el señor Pérez Moretti) y teniendo que hacer mil y una maniobras para evitar que el sindicato o Perón, o los dos juntos, le hagan a uno una zancadilla. Y en otro orden de ideas, está muy bien que un muchacho o una chica tengan esos ideales de desprendimiento, de justicia social y de sociedades teóricas. Pero luego usted se casa, quiere regularizar su situación ante la

sociedad, debe constituir su hogar, aspiración natural de
todo hombre bien nacido, y eso trae el abandono paulatino
de esas quimeras, no sé si me entiende lo que quiero decir.
Muy fácil es sostener la doctrina anarquista cuando se es
muchacho y se es mantenido por los padres. Otra cosa, muy
distinta, es tener que enfrentarse con la vida, verse obligado
a mantener el hogar que se ha constituido, sobre todo cuando vienen los hijos y las otras obligaciones inherentes a la
familia: que la ropa, que la escuela, que los textos, que las
enfermedades. Son muy lindas las teorías sociales, pero
cuando hay que parar la olla, como vulgarmente se dice,
entonces, amiguito, hay que agachar el lomo y hay que comprender que el mundo no está hecho para esos soñadores,
para esos Malatestas o Kropotkines. Y fíjese bien que le
estoy hablando de estos teóricos anarquistas, porque al
menos ésos no predican la dictadura del proletariado, como
los comunistas. ¿Puede usted imaginarse un horror como el
de un gobierno dictatorial? Ahí tiene el ejemplo de Rusia.
Millones de esclavos que trabajan bajo el látigo. La libertad,
amigo, es sagrada, es uno de los grandes valores que debemos salvar, cueste lo que cueste. Libertad para todos: libertad para el obrero, que puede buscar trabajo donde más
le convenga, y libertad para el patrono, que pueda dar trabajo a quien le parezca mejor. La ley de la oferta y la demanda
y el juego libre de la sociedad. Vea el caso suyo: usted viene
acá, libremente, y me ofrece su fuerza de trabajo; a mí, por
razones equis, no me conviene y no lo tomo. Pero usted es
un hombre libre y puede salir de aquí y ofrecer sus servicios
en la empresa de enfrente. Fíjese qué cosa invaluable es
todo esto: usted, un muchacho humilde, y yo, presidente de
una gran empresa, sin embargo actuamos en igualdad de
condiciones en esa ley de la oferta y la demanda: podrán
decir lo que quieran los dirigistas pero ésa es la ley suprema
de una sociedad bien organizada, y aquí, cada vez que este
hombre (señaló la fotografía dedicada de Perón), cada vez
que este señor se mete en el engranaje de la libre empresa
no es más que para perjudicarnos, y en definitiva para per-
judicar al país. Por eso, mi lema es, y el amigo Pérez Moretti
lo sabe muy bien: ni dictaduras ni utopías sociales. No le
digo nada de los otros problemas, los que podríamos deno-

minar problemas de índole moral, ya que no sólo de pan vive el hombre. Me refiero a la necesidad que tiene la sociedad en que vivimos de un orden, de una jerarquía moral, sin la cual, créame, todo se viene abajo. ¿Le gustaría a usted, por ejemplo, que alguien pusiese en duda la honestidad de su madre? Por favor, es un caso hipotético que me permito poner a título de ejemplo. Usted mismo acaba de fruncir el ceño, y ese mismo gesto, que lo honra, ya está revelando todo lo que de sagrado tiene para usted, como para mí, el concepto de madre. Y bien, ¿cómo compaginar ese concepto con una sociedad en que exista el amor libre, en que nadie es responsable de los hijos que se tienen por ahí, en que el matrimonio haya sido echado por la borda como una simple institución burguesa? No sé si entiende lo que quiero decir. Si se minan las bases del hogar... pero ¿le pasa a usted algo?

Martín, muy pálido, a punto de desmayarse, pasaba la mano por su frente, cubierta de un sudor helado.

—No, no —respondió.

—Pues, como le decía, si se minan las bases del hogar, que son el fundamento de la sociedad en que vivimos, si usted destruye el concepto sacrosanto del matrimonio, ¿qué queda?, pregunto yo. El caos. ¿Qué ideales, qué ejemplos puede tener delante la juventud que se va formando? No se puede jugar con todo eso, joven. Le voy a decir más, le voy a decir algo que raramente le digo a nadie pero que me siento en el deber de decírselo a usted. Me refiero al problema de la prostitución.

Pero en ese instante sonó el intercomunicador, y mientras Molinari preguntaba con mal humor *¿Qué? ¿qué?*, Martín seguía con su lupa, tambaleante, cada vez más perdido en aquella niebla repugnante y se decía *Wanda, Wanda,* repitiéndose aquellas palabras cínicas de Alejandra sobre la necesidad de trabajar, y aquella frase sobre el desprecio hacia los loros pintarrajeados y el consecuente desprecio hacia sí misma; de manera, se decía, como resumiendo sus investigaciones, que Wanda era uno de los elementos de aquel enigma, y Molinari era otro de los elementos ¿y qué otros podía haber?; y entonces volvía a repasar los episodios precedentes y no encontraba nada de relieve, pues sólo estaba aquella entrevista con el individuo llamado Bordenave, individuo desconocido para Alejandra y por lo demás desagradable, hasta el punto que había cambiado de humor, poniéndose hosca y sombría. Mientras veía cómo el rostro endurecido que Molinari había mantenido frente al intercomunicador comenzaba ahora a transformarse en aquel rostro que había decidido ofrecerle a él, a Martín. Y el señor Molinari, en tanto que lo miraba parecía buscar el hilo conductor con lo que venía diciendo, hasta que prosiguió:

—Eso es, la prostitución. Vea usted qué paradoja. Si yo le digo que la prostitución es necesaria, sé perfectamente que usted, en este momento, va a experimentar un rechazo, ¿no es así? Aunque tengo la convicción de que una vez que haya analizado a fondo el problema tendrá que concordar conmigo. Imagínese, en efecto, lo que sería el mundo sin esa válvula de escape. Ahora mismo, y sin ir más lejos, aquí, en nuestro país, un concepto mal entendido de la moral, le advierto que soy católico, ha llevado al clero argentino a hacer prohibir la prostitución. Pues bien, se prohibió la prostitución en el año...

Dudó un instante y miró al señor Pérez Moretti, que lo escuchaba atentamente.

—Me parece que fue en el 35 —dijo el señor Pérez Moretti.

—Pues bien, ¿con qué resultado? Con el resultado de que apareciera la prostitución clandestina. Era lógico. Pero lo grave es que la prostitución clandestina es más peligrosa porque no hay control sanitario. Pero hay todavía algo más: es cara, no está al alcance del bolsillo de un obrero o de un empleado. Porque no es sólo lo que hay que pagarle a la mujer, es lo que hay que gastar en el amueblado. Resultado: Buenos Aires está soportando un proceso de desmoralización cuyas consecuencias no podemos prever.

Levantando su cabeza hacia un costado, y dirigiéndose al señor Perez Moretti, comentó:

—Precisamente, en la última reunión del Rotary hablé del problema, que está siendo una de las lacras de esta ciudad y quizá del país entero.

Y dirigiéndose nuevamente a Martín, prosiguió:

—Es como una caldera en que se está levantando la presión con las válvulas cerradas. Que eso es la prostitución organizada y legal: una válvula de escape. O hay mujeres de mala vida controladas por el Estado, o llegamos a esto. O se tiene una buena prostitución controlada o la sociedad se enfrenta, tarde o temprano, con el gravísimo peligro de que sus instituciones básicas se puedan venir abajo. Entiendo que este dilema es de hierro y soy de los que piensan que no es cuestión de hacer como el avestruz frente a los peligros, que esconde la cabeza. Yo me pregunto si una muchacha de familia puede estar hoy tranquila, y sobre todo, si pueden estar tranquilos sus padres. Dejo de lado las groserías y suciedades que la niña debe escuchar por las calles, en boca de muchachones o de hombres que no encuentran una salida natural a sus instintos. Dejo de lado todo eso, por desagradable que sea. Pero ¿y qué me dicen del otro peligro? ¿Del peligro de que en las relaciones entre muchachos, entre los novios o simples simpatías no se llegue a mayores? Caramba, un muchacho tiene sangre, tiene instintos al fin y al cabo. Ustedes me perdonarán que hable con tanta crudeza, pero no hay otra forma de encarar este problema. Ese muchacho para colmo, vive enardecido por la falta de una prostitución al alcance de sus posibilidades económicas; por un cine que Dios nos libre, por publicaciones pornográficas, en fin, ¿qué se puede esperar? La juventud, por otra parte, no tiene los frenos que en otro tiempo le imponía un hogar con sólidos principios. Porque hay que confesar que acá somos católicos de la piel para afuera. Pero católicos de verdad, lo que se dice católicos de verdad, créame que no deben pasar de un cinco por ciento, y creo que me quedo largo. ¿Y el resto? Sin ese freno moral, con padres más preocupados de sus asuntos personales que de vigilar lo que debería ser un verdadero santuario... ¿pero qué le pasa?

El señor Pérez Moretti y el señor Molinari corrieron hacia donde estaba sentado Martín.

—No es nada, señor. No es nada —dijo recuperándose—. Ustedes perdonen, pero mejor me retiro...

Se levantó para irse, pero parecía tambalear. Estaba pálido y sudoroso.

—Pero no, hombre. Espere, que le haré traer café —dijo el señor Molinari.

—No, señor Molinari. Ya estoy bien, muchas gracias.

161

El aire de la calle me hará mejor. Muchas gracias, buenas tardes.

Apenas traspuso la puerta del despacho, hasta donde el señor Molinari y el señor Pérez Moretti lo acompañaron del brazo, apenas estuvo fuera de sus miradas corrió con las fuerzas que le quedaban. Cuando llegó a la calle buscó con la mirada un café, pero no vio ninguno cerca y no podía esperar. Se precipitó entonces hacia el espacio libre entre dos autos y allí vomitó.

III

Mientras esperaba en *The Criterion,* mirando fotografías de la reina Isabel por un lado y grabados de mujeres desnudas por otro, como si el Imperio y la Pornografía (pensaba) pudieran honorablemente coexistir, del mismo modo que coexisten las familias honestas y los prostíbulos (y no a pesar de eso sino, como brillantemente le explicara Molinari, por eso mismo), su pensamiento volvía a Alejandra, preguntándose cómo y con quién habría descubierto aquel bar victoriano.

En el mostrador, bajo la sonrisa pequeñoburguesa de la reina ("nunca hubo una familia real tan insignificante", le dijo luego Alejandra), gerentes y altos empleados ingleses tomaban un gin o su whisky y reían de sus chistes. *La perla de la Corona,* pensó, casi en el momento en que la vio entrar. Pidió un Gilbey y, después de escucharlo a Martín, comentó:

—Molinari es un hombre respetable, un Pilar de la Nación. En otras palabras: un perfecto cerdo, un notable hijo de puta.

Llamó al mozo, mientras decía:

—A propósito, me preguntaste muchas veces por Bruno. Ahora te lo presentaré.

IV

A medida que se acercaban a la esquina de Corrientes y San Martín se oían con mayor violencia los altoparlantes de la Alianza: que se cuidara la oligarquía del Barrio Norte, que los judíos pusieran las barbas en remojo, que los masones dejaran de molestar, que los marxistas terminaran con sus provocaciones.

Entraron en *La Helvética*. Era un local oscuro, con su alto mostrador de madera y su vieja *boiserie*. Espejos manchados y equívocos agrandaban y reiteraban turbiamente el misterio y la melancolía de aquel rincón sobreviviente.

Se levantó un hombre muy rubio, de ojos celestes y anteojos con vidrios increíblemente gruesos. Tenía un aire sensual y meditativo y parecía tener unos cuarenta y cinco años. Advirtió que lo observaba con benevolencia y, sonrojándose, pensó: *Le ha hablado de mí.*

Conversaron unos instantes, pero Alejandra estaba abstraída, hasta que se levantó y se despidió. Martín se encontró entonces solo delante de Bruno, inquieto como si debiera rendir examen y entristecido por la brusca y como siempre inexplicable desaparición de Alejandra. Y de pronto se dio cuenta de que Bruno le estaba haciendo una pregunta cuyo comienzo no había oído. Turbado, iba a pedirle por favor la repitiera cuando, felizmente, llegó un hombre pelirrojo y pecoso, de nariz aguileña, cuyos ojos escrutaban a través de sus anteojos. Tenía una sonrisa rápida y nerviosa. Toda su apariencia era inquietante y por momentos adquiría una tonalidad sarcástica que a Martín, de estar solo con él, le habría impedido abrir la boca aun en caso de incendio. Miraba directamente a los ojos, para colmo, evitando así cualquier escapatoria a los tímidos. Mientras conversaba con Bruno, inclinándose hacia él a través de la mesita, echaba fugaces miradas de soslayo, como quien sufre, o ha sufrido en otro tiempo, persecuciones policiales.

—Veo que usted tiene debilidad por este antro mitrista —comentó Méndez, con su risita feroz, señalando un retrato de Mitre sobre la pared—. ¡Quién le iba a decir al general y al suizo ése que un día aquí, a cincuenta metros del sagrario de *La Nación,* se iban a reunir sus amigos! A nadie se le ha ocurrido hacer el psicoanálisis de este fenómeno. Hay tantos cafés en Buenos Aires.

Puso un libro sobre la mesita.

—Acabo de leer un artículo de Pereira —comentó Bruno, sonriente, aludiendo al libro.

Méndez puso una de sus mejores caras diabólicas. Su pelo rojo parecía echar chispas, como esos plumeros cargados con la máquina electrostática en las clases. Sus ojos fulguraban con ironía.

—¡Je! Empieza atacando desde el título. Imagínese: América Latina, un país.

Justamente. Sostiene que esto era un conjunto de nacionalidades oprimidas por España.

—¡Je! La cabeza de ese individuo está repleta de cuestiones rusas. ¡Conjunto de nacionalidades! Todo el tiempo está pensando en kirguises, en caucasianos, en bielorrusos *el país* (pensaba Martín), *el país, el hogar, buscar la cueva en las tinieblas, el hogar, el fuego caliente, el tierno y luminoso refugio en medio de la oscuridad* y como Bruno levantara los ojos, acaso dudando *esos ojos que habían visto a Alejandra de niña, esos ojos melancólicos y dulcemente irónicos, mientras veía emerger la figura de Wanda junto a la frase "ganar dinero con algo que uno desprecia", ignorando en aquel momento, sin embargo, qué monstruoso alcance iba a tener un día la frase de Alejandra, pero ya con un alcance lo suficientemente sembrío como para angustiarlo para toda* la cipayería de acá, Bassán, Panamá también es una nación, aunque hasta los niños de pecho saben que la inventó la Fruit Co. *mientras veía a Wanda tomando claritos hablando de hombres, riéndose con frívola sensualidad, y aquel Janos, aquel inexplicable marido y Bruno lo oía pensativamente, revolviendo el poso del café y entonces Martín observaba sus largas manos nerviosas y se preguntaba cómo podrá* haber sido el amor de aquel hombre por la madre de Alejandra, ignorando todavía, que aquel amor se había prolongado en alguna forma sobre la propia hija, de modo que la misma Alejandra en la que Martín cavilaba en ese momento había sido el objeto de cavilaciones del hombre que ahora tenía inocentemente ante sus ojos, bien que (como el mismo Bruno muchas veces lo pensaría y hasta lo insinuaría) la Alejandra de sus cavilaciones no era la misma que ahora atormentaba a Martín pues nunca (sostenía) somos la misma persona para diferentes interlocutores, amigos o amantes; del mismo modo que esos resonadores complejos de las clases de física que responden con alguna cuerda para cada sonido que los estimula, mientras las otras permanecen silenciosas y como ensimismadas, ajenas, reservadas para llamados que quizá algún día requieran su respuesta; llamado que a veces no llega nunca, en cuyo caso aquellas apagadas cuerdas terminan sus días como olvidadas por el mundo, extrañas y solitarias, mientras, casi entusiasmado, tanta era su furia irónica, Méndez exclamaba: ¡Él, hablando de internacionalismo abstracto! ¡Bravo, Pereira, bravo! ¡De los ballets de Jachaturian a la zamba de Vargas! Ahora ha descubierto la Argentina. Durante años vivió a la rusa, tomó worsch en lugar de sopa, té en vez de mate, vodka en vez de caña. La Argentina era una isla exótica donde estábamos condenados a vivir ¡pero nuestro corazón estaba en Moscú, camarada! *y volvía a verlo a Janos, con aquella mirada equívoca y ansiosa (¿por qué?), con su excesiva y untuosa cortesía, besándole las manos, diciéndole "oui, ma chère" o "comme tu veux, ma chère", y por qué ahora se le aparecía con tanta insistencia aquel hombre repugnante, siempre como buscando algo, como si mantuviera una guardia permanente, una anhelante guardia, determinado sin duda por la actitud de Wanda, pero entonces vio a alguien que saludaba a Bruno y se sentaba allá, con los que hablaban en voz baja, mientras Méndez observaba el saludo con mordacidad y decía:* Seguro que están en alguno de los complots. ¡Estos nacionalistas clericales, estos archihispanófilos que ahora han descubierto los Estados Unidos! Claro, les ha entrado el miedo con el peronismo, la única defensa contra la barbarie soviética *y nuevamente perdió la pista, pensando en aquel Janos hasta que le pareció que Bruno decía algo sobre la corrupción y entonces Méndez dijo:* Eso es moralismo pequeñoburgués, *mientras Bruno negaba buenamente con la cabeza y decía:* Eso no es lo que yo quiero decir *y Martín se atormentaba porque su pensamiento no pudiera seguir la discusión, pensando "soy un tremendo egoísta", porque su pensamiento volvía otra vez a aquella figura untuosa y horrible y a su actitud, a su permanente guardia, algo sin duda determinado por la presencia o la ausencia de Wanda ¿pero qué? y ella aceptándolo con una mezcla de condescendencia e ironía, como si ambos, como si entre ambos, pero entonces Bruno dijo* porque corrompe todo lo que toca, porque es un cínico que no cree en nada, ni en el pueblo ni en el peronismo siquiera, porque es un cobarde y un hombre sin grandeza, *mientras Méndez sacudía su cabeza con ironía, pensando, seguramente,* un incurable pequeñoburgués *y mientras Martín pensaba qué confuso es todo, qué difícil es vivir y comprender y como si aquel equívoco Janos fuese así como el símbolo de la confusión que lo dominaba, como si lo fundamental de los seres humanos fuese la ambigüedad, con su zalamera y falsa cortesía en relación a su mujer que, sin embargo (y él lo había observado bien, como todo lo que se relacionaba con Alejandra), con aquella mirada anhelante y ansiosa del que teme o espera algo, en ese caso algo de Wanda ¿por celos quizá?, a los que Alejandra se le había echado a reír comentando "¡qué niño sos, todavía!" agregando aquellas palabras que luego, después de la tragedia, él recordaría con aterradora nitidez: "Janos es una especie de pegajoso monstruo" y como en ese momento Bruno se levantó para telefonear, Martín quedó solo frente a Méndez, que lo examinó con curiosidad, mientras él bebía agua por pura timidez.*

—¡Ese monaguillo irritado! —dijo con sorna, señalando con sus ojos hacia la otra mesa—. Identifican el sufragio universal con la estupidez de las masas, el cuartel con el pundonor, el imperialismo con Lutero.

Emitió su risita.

—Pero ahora están con los yanquis. ¡Lo que es el miedo al pueblo!

Felizmente volvió Bruno.

—Hace un calor insoportable —dijo—. Propongo que salgamos.

Los altoparlantes de la Alianza prometían incendios y horcas.

—Es un café muy cerrado, pero me gusta. No va a durar mucho, piense en los millones que vale la esquina. Es fatal: lo echarán abajo y levantarán un rascacielos, y abajo uno de esos bares interplanetarios llenos de colorinches y ruidos que han inventado los norteamericanos.

Se aflojó la corbata.

—Es un individuo notable. Con la gente que lo odia podría levantarse una sociedad de socorros mutuos más o menos del tamaño del Centro Gallego. En cuanto a mis relaciones con él... bueno, me ha de tener por un intelectual vacilante, un pequeñoburgués putrefacto...

Y se sonrió, mientras pensaba para sí: *hombre en perpetua contradicción, Hamlet.*

Llegaron al puente de la calle Belgrano y Bruno se detuvo, apoyándose en el pretil, diciendo "ahora por lo menos se respira", en tanto que Martín se preguntaba si aquella costumbre de vagar por el puente, Alejandra la había tomado de Bruno; pero luego pensó que debería de haber sido a la inversa, porque a Bruno lo veía blando, vacilante al compás de sus reflexiones.

Observaba su piel fina, sus manos delicadas y las comparaba con las manos duras y ávidas de Alejandra, con su rostro apretado y anguloso, mientras Bruno pensaba: Estos paisajes sólo el impresionismo los podía pintar, y eso se terminó, así que el artista que siente esto y nada más que esto, se embromó. Y mirando el cielo cargado de nubes, la atmósfera húmeda y un poco pesada los reflejos de los barcos sobre el agua quieta, pensaba que Buenos Aires tenía un cielo y un aire muy parecido a Venecia, seguramente por la humedad del agua estancada, mientras que su pensamiento del otro estrato proseguía con Méndez:

—Por ejemplo, la literatura. Son brutalmente esquemáticos. Proust es un artista degenerado porque pertenece a una clase en decadencia.

Se rió.

—Si esa teoría fuese correcta no existiría el marxismo, y por lo tanto tampoco Méndez. El marxismo tendría que haber sido inventado por un obrero, sobre todo por uno de la industria pesada.

Caminaron por la vereda y entonces Bruno lo invitó a sentarse sobre el parapeto, mirando hacia el río.

A Martín lo asombró ese rasgo de juventud, rasgo que le confería ante sus ojos un aspecto de afectuosa camaradería hacia él; y el tiempo que le concedía, su afectuosa familiaridad parecían una garantía del afecto de Alejandra hacia él, hacia Martín; pues no le sería concedida por un hombre importante si él, un muchacho desconocido, no estuviese respaldado por la consideración y acaso por el amor de Alejandra. De modo que aquella conversación, aquella caminata, aquel sentarse juntos, eran como una confirmación (aunque indirecta, aunque frágil) de su amor, un cierto certificado (aunque borroso, aunque ambiguo) de que ella no estaba tan alejada como él se suponía.

Y mientras Bruno aspiraba la brisa que pesadamente llegaba del río, Martín recordaba momentos parecidos en aquel mismo parapeto con Alejandra. Acostado sobre el murallón, con la cabeza sobre su regazo, era (había sido) verdaderamente feliz. En el silencio de aquel atardecer oía el tranquilo murmullo del río abajo mientras contemplaba la incesante transformación de las nubes: cabezas de profetas, caravanas en un desierto de nieve, veleros, bahías nevadas. Todo era (había sido) paz y serenidad en aquel momento. Y con tranquila voluptuosidad, como en los somnolientos e indecisos instantes que siguen al despertar, reacomodaba su cabeza sobre el regazo de Alejandra, mientras pensaba qué tierno, qué dulce era sentir su carne debajo de su nuca; esa carne que en opinión de Bruno era algo más que carne, algo más complejo, más sutil, más oscuro que la mera carne hecha de células, tejidos y nervios; pues también era (pongamos el caso de Martín), era ya *recuerdo* y, por lo tanto, algo que se defendería de la muerte y de la corrupción, algo transparente, tenue pero con cierta calidad de lo eterno e inmortal; era Louis Armstrong tocando su trompeta en el Mirador, cielos y nubes de Buenos Aires, las modestas estatuas del Parque Lezama en el atardecer, un desconocido tocando una cítara, una noche en el restaurante *Zur Post,* una noche de lluvia refugiados debajo de una marquesina (riéndose), calles del barrio sur, techos de Buenos Aires vistos desde el bar del piso veinte del Comega. Y todo eso lo sentía a través de su carne, de su suave y palpitante carne que, aunque destinada a disgregarse entre gusanos y grumos de tierra húmeda (típico pensamiento de Bruno), ahora le permitía entrever esa especie de eternidad; porque como también alguna vez le diría Bruno, estamos de tal modo constituidos que sólo nos es dado vislumbrar la eternidad desde la frágil y perecedera carne. Y él había suspirado entonces y ella le había dicho "qué". Y él le había respondido "nada", como respondemos cuando estamos pensando "todo". Momento en que Martín dijo casi sin querer, a Bruno:

—Aquí estuvimos una tarde con Alejandra.

Y como si no pudiera detener su bicicleta, perdido el control, agregó:

—¡Qué feliz fui aquella tarde!

Arrepintiéndose y avergonzándose en seguida de semejante frase, tan íntima y patética. Pero Bruno, no se rió, ni se sonrió (Martín lo miraba casi aterrado), sino que permaneció pensativo y serio, mirando hacia el río. Y cuando, después de un largo rato, Martín imaginaba que no haría ningún comentario, dijo:

—Así se da la felicidad.

¿Qué quería decir? Se quedó escuchándolo, anhelante, como siempre que se trataba de algo vinculado a Alejandra.

—En pedazos, por momentos. Cuando uno es chico espera la gran felicidad, alguna felicidad enorme y absoluta. Y a la espera de ese fenómeno se dejan pasar o no se aprecian las pequeñas felicidades, las únicas que existen. Es como...

Se calló, sin embargo. Al rato continuó:

—Imagínese un mendigo que desdeña limosnas por el camino, porque le han dado el dato de un formidable tesoro. Un tesoro inexistente.

Volvió a sumirse en sus pensamientos.

—Parecen fruslerías: una conversación apacible con un

amigo. A lo mejor esas gaviotas que vuelan en círculos. Este cielo. La cerveza que tomamos hace un rato.

Se movió.

—Se me ha dormido una pierna. Es como si a uno le inyectaran soda.

Se bajó y luego agregó:

—A veces pienso que esas pequeñas felicidades existen precisamente porque son pequeñas. Como esa gente insignificante que pasa inadvertida.

Se calló, y sin ninguna razón aparente dijo:

—Sí, Alejandra es un ser complicado. Y tan distinta a la madre. En realidad es una tontería esperar que los hijos se parezcan a sus padres. Y acaso tengan razón los budistas, y entonces ¿cómo saber quién va a encarnarse en el cuerpo de nuestros hijos?

Como si recitara una broma, dijo:

Tal vez a nuestra muerte el alma emigra:
a una hormiga,
a un árbol,
a un tigre de Bengala;
mientras nuestro cuerpo se disgrega
entre gusanos
y se filtra en la tierra sin memoria,
para ascender luego por los tallos y las hojas,
y convertirse en heliotropo o yuyo,
y después en alimento del ganado,
y así en sangre anónima y zoológica,
en esqueleto,
en excremento.
Tal vez le toque un destino más horrendo
en el cuerpo de un niño
que un día hará poemas o novelas,
y que en sus oscuras angustias
(sin saberlo)
purgará sus antiguos pecados
de guerrero o criminal,
o revivirá pavores,
el temor de una gacela,
la asquerosa fealdad de comadreja,

su turbia condición de feto, cíclope o lagarto,
su fama de prostituta o pitonisa,
sus remotas soledades,
sus olvidadas cobardías y traiciones.

Martín lo oyó perplejo: por una parte parecía que Bruno recitaba en broma, por otra sentía que de algún modo aquel poema expresaba seriamente lo que pensaba de la existencia: sus vacilaciones, sus dudas. Y conociendo ya su extremo pudor, se dijo: *Es de él.*

Se despidió, tenía que verlo a D'Arcángelo.

Bruno lo siguió con ojos afectuosos, diciéndose *lo que todavía tendrá que sufrir.* Y después, estirándose sobre el parapeto, colocando sus manos debajo de la nuca, dejó divagar su pensamiento.

Las gaviotas iban y venían.

Todo era tan frágil, tan transitorio. Escribir al menos para eso, para eternizar algo pasajero. Un amor, acaso. *Alejandra,* pensó. Y también: *Georgina.* Pero ¿qué, de todo aquello? ¿Cómo? Qué arduo era todo, qué vidriosamente desesperado.

Además no sólo era eso, no únicamente se trataba de eternizar, sino de indagar, de escarbar el corazón humano, de examinar los repliegues más ocultos de nuestra condición.

Nada y todo, casi dijo en alta voz, con aquella costumbre que tenía de hablar inesperadamente en voz alta mientras se reacomodaba sobre el murallón. Miraba hacia el cielo tormentoso y oía el rítmico golpeteo del río lateral que no corre en ninguna dirección (como los otros ríos del mundo), el río que se extiende casi inmóvil sobre cien kilómetros de ancho, como un apacible lago, y en los días de tempestuosa sudestada como un embravecido mar. Pero en ese momento, en aquel caluroso día de verano, en aquel húmedo y pesado atardecer, con la transparente bruma de Buenos Aires velando la silueta de los rascacielos contra los grandes nubarrones tormentosos del oeste, apenas rizado por una brisa distraída, su piel se estremecía apenas como por el recuerdo apagado de sus grandes tempestades; esas grandes tempestades que seguramente sueñan los mares cuando dormitan, tempestades apenas fantasmales e incorpóreas, sueños de tempestades, que sólo alcanzan a estremecer la superficie de sus aguas como se estremecen y gruñen casi imperceptiblemente los grandes mastines dormidos que sueñan con cacerías o peleas.

Nada y todo.

Se inclinó hacia la ciudad y volvió a contemplar la silueta de los rascacielos.

Seis millones de hombres, pensó.

De pronto todo le parecía imposible. E inútil.

Nunca, se dijo. *Nunca.*

La verdad, se decía, sonriendo con ironía. LA verdad. *Bueno, digamos* UNA *verdad,* pero ¿no era una verdad la verdad? ¿No se alcanzaba "la" verdad profundizando en un solo corazón? ¿No eran al fin idénticos todos los corazones?

Un solo corazón, se decía.

Un muchacho besaba a una chica. Pasó un vendedor de helados Laponia en bicicleta: lo chistó. Y mientras comía el helado, sentado sobre el paredón, volvía a mirar el monstruo, millones de hombres, de mujeres, de chicos, de obreros, de empleados, de rentistas. ¿Cómo hablar de todos? ¿Cómo representar aquella realidad innumerable en cien páginas, en mil, en un millón de páginas? Pero —pensaba— la obra de arte es un intento, acaso descabellado, de dar la infinita realidad entre los límites de un cuadro o de un libro. Una elección. Pero esa elección resulta así infinitamente difícil y, en general, catastrófica.

Seis millones de argentinos, españoles, italianos, vascos, alemanes, húngaros, rusos, polacos, yugoslavos, checos, sirios, libaneses, lituanos, griegos, ucrasianos.

Oh, Babilonia.

La ciudad gallega más grande del mundo. La ciudad italiana más grande del mundo. Etcétera. Más pizzerías que en Nápoles y Roma juntos. "Lo nacional." ¡Dios mío! ¿Qué era lo nacional?

Oh, Babilonia.

Contemplaba con mirada de pequeño dios impotente el conglomerado turbio y gigantesco, tierno y brutal, aborrecible y querido, que como un temible leviatán se recortaba contra los nubarrones del oeste.

Nada y todo.

Pero también es cierto —reflexionó— que una sola basta. O acaso dos, o tres, o cuatro. Ahondando en sus corazones.

Peones o ricos, peones o banqueros, hermosos o jorobados.

El sol se ponía y a cada segundo cambiaba el colorido de las nubes en el poniente. Grandes desgarrones grisvioláceos se destacaban sobre un fondo de nubes más lejanas: grises, lilas, negruzcas. *Lástima ese rosado,* pensó, como si estuviera en una exposición de pintura. Pero luego el rosado se fue corriendo más y más, abaratando todo. Hasta que empezó a apagarse y, pasando por el cárdeno y el violáceo, llegó al gris y finalmente al negro que anuncia la muerte, que siempre es solemne y acaba siempre por conferir dignidad.

Y el sol desapareció.

Y un día más terminó en Buenos Aires: algo irrecuperable para siempre, algo que inexorablemente lo acercaba un paso más a su propia muerte. ¡Y tan rápido, al fin, tan rápido! Antes los años corrían con mayor lentitud y todo parecía posible, en un tiempo que se extendía ante él como un camino abierto hacia el horizonte. Pero ahora los años corrían con creciente rapidez hacia el ocaso, y a cada instante se sorprendía diciendo: "hace veinte años, cuando lo vi por última vez", o alguna otra cosa tan trivial pero tan trágica como ésa; y pensando en seguida, como ante un abismo, qué poco, qué miserablemente poco resta de aquella marcha hacia la nada. Y entonces ¿para qué?

Y cuando llegaba a ese punto y cuando parecía que ya nada tenía sentido, se tropezaba acaso con uno de esos perritos callejeros, hambriento y ansioso de cariño, con su pequeño destino (tan pequeño como su cuerpo y su pequeño corazón que valientemente resistirá hasta el final, defendiendo aquella vida chiquita y humilde como desde una fortaleza diminuta), y entonces, recogiéndolo, llevándolo hasta una cucha improvisada donde al menos no pasase frío, dándole algo de comer, convirtiéndose en sentido de la existencia de aquel pobre bicho, algo más enigmático pero más poderoso que la filosofía parecía volverle a dar sentido

a su propia existencia. Como dos desamparados en medio
de la soledad que se acuestan juntos para darse mutuamente calor.

V

"Tal vez a nuestra muerte el alma emigre", se repetía Martín mientras caminaba. ¿De dónde venía el alma de Alejandra? Parecía sin edad, parecía venir desde el fondo del tiempo. "Su turbia condición de feto, su fama de prostituta o pitonisa, sus remotas soledades."

El viejo estaba sentado a la puerta del conventillo, sobre su sillita de paja. Mantenía su bastón de palo nudoso, y la galerita verdosa y raída contrastaba con su camiseta de frisa.

—Salud, viejo —dijo Tito.

Entraron, en medio de chicos, gatos, perros y gallinas. De la pieza, Tito sacó otras dos sillitas.

—Tomá —le dijo a Martín—, llevála, que en seguida voy con el mate.

El muchacho llevó las sillas, las puso al lado del viejo, se sentó con timidez y esperó.

—Eh, sí... —murmuró el cochero—, así con la cosa... ¿Qué cosa?, se preguntó Martín.

—Eh, sí... —repitió el viejo, meneando la cabeza, como si asintiera a un interlocutor invisible.

Y de pronto, dijo:

—Yo era chiquito como ese que tiene la pelota y mi padre cantaba.

> *Quando la tromba sonaba alarma*
> *co Garibaldi doviamo partí.*

Se rió, asintió varias veces con la cabeza y repitió "eh, sí..."

La pelota vino hacia ellos y casi le pega al viejo. Don Francisco amenazó distraídamente con el bastón nudoso, mientras los chicos llegaban corriendo, recogían la pelota y se retiraban haciéndole morisquetas.

176

Y luego de un instante, dijo:

—Andávamo arriba la mondaña con lo chico de Cafaredda e ne sentabamo mirando al mare. Comíamos castaña asada... ¡Quiddo mare azule!

Tito llegó con el mate y la pava.

—Ya t'está hablando del paese, seguro. ¡Eh, viejo, no lo canse al pibe con todo eso bolazo! —mientras le guiñaba un ojo a Martín, sonriendo con picardía.

El viejo negó, meneando la cabeza, mirando hacia aquella región remota y perdida.

Tito se sonreía con benévola ironía mientras cebaba mate. Luego, como si el padre no existiera (seguramente ni oía), le explicó a Martín:

—Sabé, él se pasa el día pensando al pueblo que nació.

Se volvió hacia el padre, lo sacudió un poco del brazo como para despertarlo, y le preguntó:

—¡Eh, viejo! ¿Le gustaría ver aquello de nuevo? ¿Ante de morir?

El viejo respondió asintiendo con la cabeza varias veces, siempre mirando a lo lejos.

—Si tendría de cuelli poqui soldi ¿se iría en Italia?

El viejo volvió a asentir.

—Si podería ir aunque má no sería que por un minuto, viejo, nada má que por un minuto, aunque despué tendría de morirse, ¿le gustaría, viejo?

El viejo movió la cabeza con desaliento, como diciendo "para qué imaginar tantas cosas maravillosas".

Y como quien ha hecho la prueba de alguna verdad, Tito miró a Martín, y le comentó:

—¿No te decía, pibe?

Y se quedó pensando mientras le alcanzaba el mate a Martín. Al cabo de un momento, agregó:

—Pensar que hay gente podrida en plata. Sin ir má lejo, el viejo vino a l'América con un amigo que se llamaba Palmieri. Lo do con una mano atrá y otra adelante, como quien dice. ¿Sentiste hablar del doctor Palmieri?

—¿El cirujano?

—Sí, el cirujano. Y también el que era diputado radical. Bueno, son hijo de aquel amigo que vino con el viejo. Como te decía, cuando llegaron a Bueno Saire corrían la liebre junto. Trabajaron de todo: de peón de patio, empedraron calle, qué se yo. Al viejo, aquí lo tené. El otro amarrocó guita pa tirar p'arriba. Y si t'e visto no me acuerdo. Una ve, cuando todavía vivía la finada mi madre y cuando al Tino lo metieron preso por anarquista, la vieja tanto embromó que el viejo fue a verlo al diputado. ¿Queré creer que l'hizo esperar tre hora a la amansadora y después le mandó decir que fuera al otro día? Cuando vino en casa yo le dije: viejo, si vuelve de ese canalla yo no soy má su hijo.

Estaba indignado. Se arregló la corbata raída y luego agregó:

—Así e l'América, pibe. Haceme caso: hay que ser duro como yo. No mirar ni atrá ni a lo costado. Y si hay que cafishiar a la vieja, cafishiala. Si no, buena noche.

Amenazó a los chicos y después masculló, con resentimiento:

—¡Diputado! Todo lo político son iguale, creéme, pibe. Todo están cortado por la misma tijera: radicale, orejudo, socialista. Tenía razón el Tino cuando decía la humanidá tiene de ser ácrata. Te soy sincero: yo no votaría nunca si no sería que tengo que votar por lo conservadore.

Martín lo miró son sorpresa.

—¿Te llama la atención? Y sin embargo e la pura verdá. Qué le vamo a hacer.

—¿Pero, por qué?

—Eh, pibe, siempre hay un porqué a toda la cosa, como decía el finado Zanetta. Siempre hay un misterio.

Sorbió el mate.

Durante un buen rato se mantuvo callado, casi melancólico.

—Mi viejo lo llevaba a don Olegario Souto, que era caudillo conserva de Barracas al Norte. Y una de la hija de don Olegario se llamaba María Elena. Era rubia y parecía un sueño.

Sonrió en silencio, con turbación.

—Pero imagináte, pibe... eran gente rica... y yo, además... con este escracho...

—¿Y cuándo fue todo eso? —preguntó Martín, admirado.

—Y, te estoy hablando del año quince, un año antes de la subida del Peludo.

—Y ella, ¿qué pasó después?

—¿Ella? Y... qué va a pasar... se casó... un día se casó... Me acuerdo como si sería hoy. El 23 de mayo de 1924.

Se quedó cavilando.

—¿Y por eso vota siempre por los conservadores?

—Así e, pibe. Ya ve que todo tiene su explicación. Hace má de treinta año que voto por eso malandrine. Qué se va a hacer.

Martín se quedó mirándolo con admiración.

—Eh, sí... —murmuró el viejo—. A Natale lo decábano bacare.

Tito le guiñó un ojo a Martín.

—¿A quién, viejo?

—Lo briganti.

—¿Viste? Siempre la misma cosa. ¿Pa qué lo dejaban bajar, viejo?

—Per andare a la santa misa. Due hore.

Asintió con la cabeza, mirando a lo lejos.

—Eh, sí... La notte de Natale. I fusilli tocábano la zambuna.

—¿Y qué cantaban lo fusilli, viejo?

—Cantábano

> *La notte de Natale*
> *e una festa principale*
> *que nascio nostro Signore*
> *a una povera mangiatura.*

—¿Y había mucha nieve, viejo?

—Eh, sí...

Y se quedó meditando en aquella tierra fabulosa. Y Tito le sonrió a Martín con una mirada en que estaban mezcladas la ironía, la pena, el escepticismo y el pudor.

—¿No te dije? Siempre la misma historia.

VI

Esa noche, mientras Martín deambulaba por la ribera empezó a llover después de largos, ambiguos y contradictorios preparativos. En medio de continuos relámpagos comenzaron a caer algunas gotas, vacilantemente, tanto como para dividir a los porteños —sostenía Bruno— en esos dos bandos que siempre se forman en los días bochornosos de verano: los que, con la expresión escéptica y amarga que ya tienen medio estereotipada por la historia de cincuenta años, afirman que *nada* pasará, que las imponentes nubes terminarán por disolverse y que el calor del día siguiente será aún peor y mucho más húmedo; y los que, esperanzados y candorosos, aquellos a quienes les basta un invierno para olvidar el agobio de esos días atroces, sostienen que "esas nubes darán agua esta misma noche" o, en el peor de los casos, "no pasará de mañana". Bandos tan irreductibles y tan apriorísticos como los que sostienen que "este país está liquidado" y los que dicen que "saldremos adelante porque siempre aquí hay grandes reservas". En resumen: las tormentas de Buenos Aires dividen a sus habitantes como las tormentas de verano en cualquier otra ciudad actual del mundo: en pesimistas y optimistas. División que (como le explicaba Bruno a Martín) existe a priori, haya o no tormentas de verano, haya o no calamidades telúricas o políticas; pero que se hace manifiesta en esas condiciones como la imagen latente en una placa con el revelado. Y (también le decía), aunque eso es válido para cualquier región del mundo donde haya seres humanos, es indudable que en la Argentina, y sobre todo en Buenos Aires, la proporción de pesimistas es mucho mayor, por la misma razón que el tango es más triste que la tarantela o la polca o cualquier otro baile de no importa qué parte del mundo. La verdad es que esa noche llovió intensa y furiosamente, batiendo en retirada al bando de los pesimistas; en retirada momentánea, claro porque nunca este bando se retira del todo y jamás admite una derrota definitiva, pues siempre puede decir (y dice) "veremos si de verdad refresca". Pero el viento del sur fue aumentando su intensidad a medida que llovía, trayendo ese frío cortante y seco que viene desde la Patagonia, y ante el cual los pesimistas, siempre invencibles, por la naturaleza misma del pesimismo, pronuncian fúnebres presagios de gripes y resfríos, cuando no de pulmonías "porque en esta ciudad maldita uno no puede saber cuando sale al centro desde la mañana, si debe llevarse sobretodo (a pesar del calor) o traje liviano (a pesar del frío)". De modo que, sostienen, los pobres diablos que viven en los suburbios, a una hora de tren y de subterráneo de sus oficinas, están siempre amenazados por los peligros del frío repentino o por las incomodidades de un calor húmedo e insoportable. Idea que Bruno resumía diciendo que en Buenos Aires no hay clima sino dos vientos: norte y sur.

Desde el café de Almirante Brown y Pedro de Mendoza, Martín contemplaba cómo la lluvia barría la cubierta de los barcos, fragmentariamente iluminados por los relámpagos.

Y cuando pudo salir, después de medianoche, debió ir corriendo hasta su pieza para no helarse.

VII

Pasaron muchos días sin que Alejandra diera señales de vida, hasta que por fin se decidió a telefonearla. Logró estar con ella algunos minutos en el bar de Esmeralda y Charcas, que lo dejaron en un estado de ánimo peor que el de antes: ella se limitó a contar (¿con qué objeto?) atrocidades de aquellas mujeres de la *boutique*.

Luego volvieron a transcurrir días y días, y nuevamente Martín se arriesgó a llamar por teléfono: Wanda le contestó que no estaba en aquel momento, que le daría su mensaje. Pero no hubo noticias de ella.

Varias veces estuvo a punto de dejarse vencer y de ir a la *boutique*. Pero se detenía a tiempo, porque sabía que hacerlo era pesar un poco más sobre su vida, y (pensaba), por lo tanto, distanciarla todavía más; del mismo modo que el náufrago desesperado por la sed sobre su bote debe resistir la tentación de tomar agua salada, porque sabe que únicamente le acarreará una sed aun más insaciable. No, claro que no la llamaría. Tal vez lo que pasaba era que ya había cortado demasiado su libertad, había pesado excesivamente sobre ella; porque él se había lanzado, se había precipitado sobre Alejandra, impulsado por su soledad. Y acaso si le concedía toda la libertad era posible que volvieran los primeros tiempos.

Pero una convicción más profunda, aunque tácita, lo inclinaba a pensar que el tiempo de los seres humanos no vuelve nunca para atrás, que nada vuelve a ser lo que era antes y que cuando los sentimientos se deterioran o se transforman no hay milagro que los pueda restaurar en su calidad inicial: como una bandera que se va ensuciando y gastando (le había oído decir a Bruno). Pero su esperanza luchaba, pues, como pensaba Bruno, la esperanza no deja de luchar aunque la lucha esté condenada al fracaso, ya que, precisamente, la esperanza sólo surge en medio del

182

infortunio y a causa de él. ¿Acaso alguien después podría darle a ello lo que él le había dado? ¿Su ternura, su comprensión, su limitado amor? Pero en seguida la palabra "después" aumentaba su tristeza, porque le hacía imaginar un futuro en que ella no estaría más a su lado, un futuro en que otro ¡otro! le dirá palabras semejantes a las que él le había dicho y que ella había escuchado con ojos fervorosos en momentos que ya le parecían inverosímiles; ojos y momentos que él había creído que serían eternamente para él, que permanecerían para siempre en su absoluta y conmovedora perfección, como la belleza de una estatua. Y ella y ese Otro cuya cara no podía imaginar andarían juntos por las mismas calles y lugares que había recorrido con Martín; mientras él ya no existiría para Alejandra, o apenas sería un recuerdo decreciente de pena y ternura, o acaso de fastidio o comicidad. Y luego se empeñaba en imaginarla en momentos de pasión, pronunciando las palabras secretas que se dicen en esos momentos, cuando el mundo entero y también y sobre todo él, Martín, quedan horrorosamente excluidos, fuera del cuarto en que están sus cuerpos desnudos y sus gemidos; entonces Martín corría a un teléfono, diciéndose que después de todo bastaba discar seis números para oír su voz. Pero ya antes de terminar el llamado lo interrumpía, porque tenía ya la suficiente experiencia para comprender que se puede estar al lado de otro ser, oírlo y tocarlo, y no obstante estar separado por murallas insalvables; así como una vez muertos, nuestros espíritus pueden estar cerca de aquel que quisimos y sin embargo, separados angustiosamente por la muralla invisible pero insalvable que para siempre impide a los muertos tener comunión con el mundo de los vivos.

Pasaron, pues, largos días.

Hasta que, por fin, terminó por ir a la *boutique*, aun sabiendo que nada lograría con ella sino, más bien, azuzar la fiera que había dentro de Alejandra, aquella fiera que odiaba cualquier intromisión. Y mientras se decía "no, no iré", caminaba precisamente hacia la calle Cerrito; y en el momento mismo en que llegaba a la puerta se repetía con empecinada pero ineficaz energía "es absolutamente necesario que no la vea".

Una mujer cargada de joyas y de colorinches en una cara de ojos saltones y malignos salía en ese instante. Nunca la sentía a Alejandra más lejana que cuando estaba entre mujeres así: entre señoras o amantes de gerentes, de médicos importantes, de empresarios. "¡Y qué conversaciones! —comentaba Alejandra—. Conversaciones que sólo pueden oírse en una de estas casas de modas o en una peluquería para mujeres. Entre tinturas, debajo de aparatos marcianos, con pelos de todos colores que chorreaban basura líquida, de bocas que parecen albañales, de agujeros inmundos en caras cubiertas de crema, salen siempre las mismas palabras y chismes, dando consejos, mostrando la hilacha y el resentimiento, contando lo que se debe hacer y lo que NO se debe hacer con el tipo. Y todo mezclado con enfermedades, dinero, alhajas, trapos, fibromas, cocktails, comidas, abortos, gerencias, ascensos, acciones, potencia e impotencia de los amantes, divorcios, traiciones, secretarias y cuernos." Martín la escuchaba asombrado y entonces ella se reía con una risa tan negra como la escena que acababa de describir. "Pero —preguntaba Martín balbuceando—, pero ¿cómo podés aguantar todo eso? ¿Cómo podés trabajar en un lugar semejante?", preguntas candorosas, a las que ella respondía con alguna de sus muecas irónicas, "porque en el fondo, fíjate bien, en el fondo todas las mujeres, todas tenemos carne y útero, y conviene que uno no lo olvide, mirando esas caricaturas, como en los grabados de la Edad Media las mujeres hermosas miraban una calavera; y porque en cierto modo, mira qué curioso, esos engendros al fin de cuentas son bastante honestos y consecuentes, pues la basura está demasiado a la vista para que puedan engañar a nadie". No, Martín no comprendía y tenía la certeza de que eso no era todo lo que Alejandra pensaba.

Y entonces, abriendo la puerta, entró en la *boutique*. Alejandra lo miró sorprendida, pero luego de saludarlo con un gesto, prosiguió un trabajo que tenía entre manos y le dijo que se sentara por ahí.

Momento en que entró al taller un hombre rarísimo.

—*Mesdames...* —dijo inclinándose con grotesca deliberación.

Besó la mano de Wanda, luego la de Alejandra y agregó:

184

—Como decía la Popesco en *L'habit vert: je me prostitu*
à vos pieds.

En seguida se dirigió a Martín y lo examinó como a un
mueble raro que acaso se tenga el propósito de adquirir.
Alejandra, riéndose, se lo presentó a distancia.

—Usted me mira con asombro y tiene toda la razón del
mundo, joven amigo —dijo con naturalidad—. Le explicaré.
Soy un conjunto de elementos inesperados. Por ejemplo,
cuando me ven callado y no me conocen, piensan que debo
tener la voz de Chaliapin, y luego resulta que emito chillidos. Cuando estoy sentado, suponen que soy petiso, porque
tengo el tronco cortísimo, y luego resulta que soy un gigante. Visto de frente, soy flaco. Pero observado de perfil, resulta que soy corpulentísimo.

Mientras hablaba, demostraba prácticamente cada una
de sus afirmaciones y Martín verificaba, con estupor, que
eran exactas.

—Pertenezco al tipo Gillete, en la famosa clasificación
del Profesor Mongo. Tengo cara filosa, nariz larga y también
filosa, y, sobre todo, estómago grande pero también filoso,
como esos ídolos de la isla de Pascua. Como si me hubieran
criado entre dos tablas laterales, ¿realiza?

Martín advirtió que las dos mujeres se reían, y esa risa
se prolongaría a lo largo de toda la permanencia de Quique
como la música de fondo de una película; a veces imperceptiblemente, para no estorbar sus reflexiones, y otras, en
algunos momentos culminantes, en forma convulsiva, sin
que eso le molestase. Martín miraba con dolor a Alejandra.
Cómo detestaba aquel rostro suyo, el rostro-boutique, el que
parecía ponerse para actuar en aquel mundo frívolo; rostro
que parecía perdurar todavía cuando se encontraba a solas
con él, desdibujándose lentamente, surgiendo de entre sus
trazos abominables, a medida que se borraban, alguno de los
rostros que le pertenecían a él y que él esperaba como a un
pasajero ansiado y querido en medio de una multitud repelente. Pues, como decía Bruno, "persona" quería decir máscara y cada uno tenía muchas máscaras: la del padre, la del
profesor, la del amante. Pero ¿cuál era la verdadera? ¿Y había realmente una que fuese la verdadera? Por momentos
pensaba que aquella Alejandra que ahora estaba viendo allí,

riendo de los chistes de Quique, no era, *no podía* ser la misma que él conocía y, sobre todo, no podía ser la más profunda, la maravillosa y terrible Alejandra que él amaba. Pero otras veces (y a medida que pasaban las semanas más lo iba creyendo) se inclinaba a pensar, como Bruno, que *todas* eran verdaderas y que también aquel rostro-boutique era auténtico y de alguna manera expresaba un género de realidad del alma de Alejandra; realidad que ¡y quién sabía como cuántas otras más! le era ajena, no le pertenecía ni jamás le pertenecería. Y entonces, cuando ella llegaba ante él con los restos menguados de aquellas otras personalidades, como si no hubiera tiempo (¿o deseo?) de metamorfosearse, en algún rictus de sus labios, en alguna forma de mover las manos, en cierto brillo de sus ojos, Martín descubría los residuos de una existencia extraña: como alguien que ha permanecido en un basural y todavía en nuestra presencia mantiene algo de su fetidez. Pensaba, mientras oía que Wanda, sin dejar de comer bombones, decía:

—Contá otra de anoche.

Pregunta a la cual Quique, dejando sobre una mesa un libro que traía, respondió con delicada y tranquila precisión.

—Una caca, *ma chère*.

Las dos mujeres se rieron con ganas, y cuando Wanda pudo hablar, preguntó:

—¿Cuánto ganás en diario?

—Cinco mil setecientos veintitrés pesos con cincuenta y siete centavos, más aguinaldo a fin de año y las propinas que me da el jefe cuando le voy a comprar cigarrillos o le lustro los zapatos.

—Mira, Quique: mejor dejá diario y aquí te pagamos mil pesos más. Nada más que para hacernos reír.

—*Sorry*. La ética profesional me lo impide, imagináte que si me voy las crónicas de teatro las haría Roberto J. Martorell. Una catástrofe nacional, hijita.

—Sé bueno, Quique. Contá de anoche —insistió Wanda.

—Lo dicho: una caca total. Burdísimo.

—Sí, sonso. Pero contá detalles. Sobre todo de Cristina.

—¡Ah, *la femme*! Wanda: sos la perfecta mujer de Weininger. Bombones, prostitución, comadreo. Te adoro.

—¿Weininger? —preguntó Wanda—. ¿Qué es eso?

186

—Justo, justísimo —dijo Quique—. Te adoro.

—Vamos, sé bueno: contá de Cristina.

—Pobre; se retorcía las manos como Francesca Bertini en una de esas vistas que pasan los chicos de los cine-clubs. Pero el que hacía de escritor era directamente un empleado del ministerio de Comercio.

—Qué, ¿lo conocés?

—No, pero estoy seguro. Un empleado cansadísimo, pobresucho. Que se ve que estaba preocupado por algún problema de su trabajo, la jubilación o algo así. Un petiso gordito que acababa de dejar los expedientes *pour jouer l'écrivain*. No les puedo decir cómo me conmovía: chocho.

En ese momento entró una mujer. Martín, que estaba como en un sueño grotesco, sintió que se la presentaban. Cuando comprendió que era la misma Cristina a que Quique se había estado refiriendo, y cuando vio cómo la recibía, se sonrojó. Quique se inclinó ante ella y le dijo:

—Hermosura.

Tocándole la tela del vestido, agregó:

—Qué divinidad. Y el lila te compone muy bien con el peinado.

Cristina sonreía con timidez y temor: nunca sabía si debía creerle o no. No se animaba a preguntarle la opinión sobre la obra, pero Quique se apresuró a dársela:

—¡Estupenda, Cristina! ¡Y qué esfuerzo, pobres! Con esos ruidos que venían de al lado... ¿Qué hay al lado?

—Un salón de baile —respondió Cristina, con cautela.

—Ah, pero claro... ¡Qué horror! En los momentos más difíciles, meta mambo. Y parece que tenían una tuba, para mayor desgracia. Burdísimo.

Martín vio que Alejandra salía casi corriendo para el otro cuarto. Wanda siguió trabajando, de espalda a Quique y Cristina, pero su cuerpo se agitaba con un silencioso temblor. Quique proseguía impasible.

—Deberían prohibir las tubas, ¿no te parece, Cristina? ¡Qué instrumento más guarango! Claro, ustedes, los pobres, tenían que gritar como bárbaros para hacerse oír. Qué difícil, ¿no? Sobre todo el que hacía de escritor famoso. ¿Cómo se llama? ¿Tonazzi?

—Tonelli.

—Eso, Tonelli. Pobresucho. Tan poco *physique du rôle*, ¿no? Y para colmo teniendo que luchar todo el tiempo con la tuba. ¡Qué esfuerzo! Wanda: el público no se da cuenta de lo que eso significa. Y, además, Cristina, me parece muy bien que hayan puesto un hombre así, que no parece escritor, que más bien parece un empleado a punto de jubilarse. La otra vez, por ejemplo, en *Telón* pusieron *La soga*, de O'Neill, y el marinero tenía todo el aspecto de un marinero. Qué gracia: así cualquiera representa a un marinero. Aunque hay que decir que en el momento en que el individuo empezó a hablar, a farfullar (porque no se le entendía nada), resultó tan endemoniadamente malo·que ni aun con el aspecto de marinero que tenía parecía un marinero: podía ser peón de limpieza, un obrero de la construcción, un mozo de café. ¿Pero un marinero? *Never!* ¿Y por qué será, Cristina, que a todos los conjuntos independientes se les da por O'Neill? ¡Qué desgracia, pobre hombre! Fue siempre tan desgraciado: primero con su padre y su complejo de Edipo. Luego, acá en Buenos Aires, teniendo que cargar bolsas en el puerto. Y ahora, con todos los conjuntos independientes y vocacionales del mundo entero. —Abrió los larguísimos brazos, como para abarcar el conglomerado universal y, con cara de sincera tristeza, agregó:

—Millares, qué digo, ¡millones de conjuntos independientes representando a la vez *La soga, Antes del desayuno, El emperador Jones, El deseo bajo los olmos...*! ¡Pobre querido! ¡Como para no entregarse a la bebida y no querer ver a nadie más! Claro, ustedes, Cristina, es distinto. Porque en realidad ya son exacto como un teatro profesional, porque cobran tanto como si fueran profesionales. Mejor: no es posible que esa gente tan humilde tenga que trabajar durante el día como cloaquista o tenedor de libros y luego, de noche, tenga que hacer el Rey Lear... ¡Imagináte! Con lo cansadores que son los crímenes... Claro, siempre quedaría el recurso de dar obras tranquilas, sin crímenes ni incestos. O cuanto más con un crimen o dos. Pero no: resulta que a los vocacionales les interesan obras donde hay muchos crímenes, verdaderas matanzas, como Shakespeare. Y para qué vamos a hablar de los trabajos extras, barrer la sala, hacer de utileros, pintar las paredes, estar en la boletería, servir

188

de acomodador, limpiar los baños. Cosa de levantar la moral general. Una especie de falansterio. Por riguroso turno, todos tienen que limpiar el water. Y así, un día el señor Zanetta dirige el conjunto en *Hamlet* y Norah Roland, *née* Fanny Rabinovich, limpia el doble ve-ce. Otro día, el denominado Zanetta limpia el doble ve-ce y Norah Roland dirige *El deseo bajo los olmos*. Aparte que durante dos años y medio todos trabajaron como locos de albañiles, carpinteros, pintores y electricistas, levantando el local. Nobles actividades en que han sido fotografiados y entrevistados por numerosos periodistas y que permiten el uso de palabras como fervor, entusiasmo, nobles aspiraciones, teatro del pueblo, auténticos valores y vocación. Claro que este falansterio a veces se viene abajo. La dictadura acecha siempre detrás de la demagogia. Y resulta que el señor Mastronicola o Verdichevsky, después de haber limpiado dos o tres veces el doble ve-ce, inventa la doctrina de que la señorita Caca Pastafrola, conocida en el ambiente teatral por su *nom de guerre* Elizabeth Lynch, tiene demasiadas ínfulas, está corrompida por sus tendencias pequeñoburguesascontrarrevolucionarias, putrefactas y decadentes, y que es necesario, para su formación moral y escénica, que limpie el doble ve-ce durante todo el año 55, que para colmo es bisiesto. Todo esto complicado con las *affaires* de Esther Abramovich que entró al teatro independiente para hacer la pata ancha, como quien dice, ya que, según cuenta el director, ha transformado ese noble reducto del arte puro en un quilombo que bueno bueno. Y los celos de Meneca Apicciafuoco, alias Diana Ferrer, que ni piensa largar al denominado Mastronicola. Y la bronca capitalizada del joven actor de carácter Ramsés Cuciaroni, que lo tienen metido en la boletería de puro envidiosos desde que entró a fallar la democracia giratoria. En fin, un hermoso prostíbulo. De modo, Cristina, que lo mejor es profesionalizarse, como han hecho ustedes. Aunque el viejito ése ¿trabaja de día en algún ministerio?

—¿Qué viejito?

—Tonazzi.

—Tonelli... Tonelli no es un viejo. Tiene apenas cuarenta años.

—*Tiens!* Yo habría jurado que lo menos tenía cincuenta y tantos. Lo que es la mala iluminación. Pero de día trabaja en alguna parte, ¿no? Me parece haberlo visto en el café que está frente al ministerio de Comercio.

—No, tiene un negocio de librería y artículos de colegio.

Las espaldas de Wanda se agitaban como si tuviera paludismo.

—¡Ah, pero qué bien! Así me explico que le hayan dado el papel de escritor. Claro. Ahora, que a mí me parece más bien un empleado público, pero sería porque anoche yo estaba muy cansado y con este asunto de la CADE la luz es tan mala que ustedes no tienen la culpa, naturalmente. Bueno, menos mal que tiene un negocito. Así, al menos, al otro día de la función no tendrá que madrugar mucho. Porque debe quedar con la garganta arruinada, el pobre. Con ese maldito mambo, y la tuba. Bueno, tengo que irme, es un horror de tarde. Felicitaciones, Cristina. ¡Adiós, adiós, adiós!

Besó la mejilla de Wanda, mientras le sacaba un bombón de la caja.

—Adiosito, Wanda. Y cuidá la línea. Adiós, Cristina y nuevamente felicitaciones. Ese *ensemble* te queda monísimo.

Le extendió la mano lateralmente a Martín, que estaba petrificado, y luego, por arriba del biombo que separaba el taller de la parte trasera, gritó hacia donde estaba Alejandra:

—*Mes hommages,* queridísima.

VIII

Petrificado en aquel banco alto, Martín esperaba un signo cualquiera de Alejandra. En cuanto se retiró Quique, Alejandra le hizo seña de que la siguiera a la otra habitación, donde dibujaba.

—¿Ves? —le explicó, como aclarando sus ausencias—. Tengo un trabajo enorme.

Martín siguió los trazos de Alejandra sobre un papel blanco, abriendo y cerrando su cortaplumas blanco. Ella dibujaba en silencio y el tiempo parecía pasar a través de bloques de cemento.

—Bueno —dijo Martín, juntando todas sus fuerzas—, me voy...

Alejandra se acercó y apretándole el brazo le dijo que se verían pronto. Martín inclinó su cabeza.

—Te estoy diciendo que nos veremos pronto —insistió ella, irritada.

Martín levantó la cabeza.

—Bien sabés, Alejandra, que no quiero interferir en tu vida, que tu independencia...

No terminó la frase, pero luego agregó:

—No, quiero decir que... al menos... querría verte sin apuro...

—Sí, claro —admitió ella, como si meditara.

Martín se animó.

—Trataremos de estar como antes, ¿recordás?

Alejandra lo miró con ojos que parecían mostrar una incrédula melancolía.

—¿Qué, no te parece posible?

—Sí, Martín, sí —comentó ella, bajando su mirada y poniéndose a hacer unos dibujos con el lápiz—. Sí, pasaremos un lindo día... ya verás...

Animado, Martín agregó:

—Muchos de nuestros desencuentros últimos se debieron a tus trabajos, a tus apuros, a tus citas...

El rostro de Alejandra había empezado a cambiar.

—Estaré muy ocupada hasta fin de mes, ya te lo expliqué.

Martín hacía un gran esfuerzo para no recriminarle nada, porque sabía que cualquier recriminación sería contraproducente. Pero las palabras surgían desde el fondo de su espíritu con silenciosa pero indomable fuerza.

—Me amarga verte con el reloj en la mano.

Ella levantó su mirada y fijó los ojos en él, con el ceño fruncido. Martín pensó, aterrorizado, *ni una palabra más de recriminación,* pero agregó:

—Como el martes, cuando creí que íbamos a pasar la tarde.

Alejandra había endurecido ya su cara y Martín se detuvo al borde de ella como al borde de un precipicio.

—Tenés razón, Martín —admitió, sin embargo.

Martín se atrevió entonces a agregar:

—Por eso prefiero que vos misma digás cuándo podremos vernos.

Alejandra hizo unos cálculos y dijo:

—El viernes. Creo que el viernes habré terminado con lo más urgente.

Volvió a pensar.

—Pero a último momento hay que rehacer algo o falta algo, qué sé yo... No te querría hacer esperar... ¿No te parece mejor que lo dejemos para el lunes?

¡El lunes! Faltaba casi una semana, pero ¿qué podía hacer sino aceptar con resignación?

Trató de aturdirse con el trabajo durante aquella semana interminable, leyendo, caminando, yendo al cine. Lo buscaba a Bruno y, aunque ansiaba hablarle de ella, era incapaz hasta de pronunciar su nombre; y como Bruno presentía lo que pasaba por su espíritu, también rehuía el tema y hablaba de otras cosas o de temas generales. Momento en que Martín se animaba a decir algo que también parecía tener un sentido general, perteneciente a ese mundo abstracto y descarnado de las ideas puras, pero que en realidad era la expresión apenas despersonalizada de sus angustias y esperanzas.

Y así, cuando Bruno le hablaba del absoluto, Martín preguntaba, por ejemplo, si el amor verdadero no era precisamente uno de esos absolutos; pregunta en la cual la palabra "amor", sin embargo, tenía tanto que ver con la empleada por Kant o Hegel como la palabra "catástrofe" con un descarrilamiento o un terremoto, con sus mutilados y muertos, con sus aullidos y su sangre. Bruno respondía que, a su juicio, la calidad del amor que hay entre dos seres que se quieren cambia de un instante a otro, haciéndose de pronto sublime, bajando luego hasta la trivialidad, convirtiéndose más tarde en algo afectuoso y cómodo, para repentinamente convertirse en un odio trágico o destructivo.

—Porque hay veces en que los amantes no se quieren, o en que uno de ellos no quiere al otro, o lo odia, o lo menosprecia.

Mientras pensaba en aquella frase que una vez le había dicho Jeannette: *"L'amour c'est une personne qui souffre et une autre qui s'enmerde".* Y recordaba, observador de desdichados como era, aquella pareja un día en la penumbra de un café, en un rincón solitario, el hombre demacrado, sin afeitar, sufriente, leyendo, releyendo por centésima vez una carta —seguramente de ella—, recriminando, poniendo el absurdo papel de testimonio de vaya a saber qué compromisos o promesas; mientras ella, en los momentos en que él se concentraba encarnizadamente en alguna frase de la carta, miraba el reloj y bostezaba.

Y como Martín le preguntó si entre dos seres que se quieren no debe ser todo nítido, todo transparente y edificado sobre la verdad, Bruno respondió que la verdad no se puede decir casi nunca cuando se trata de seres humanos, puesto que sólo sirve para producir dolor, tristeza y destrucción. Agregando que siempre había alentado el proyecto ("pero yo soy nada más que eso: un hombre de puros proyectos", agregó sonriendo con tímido sarcasmo), había alentado el proyecto de escribir una novela o una obra de teatro sobre eso: la historia de un muchacho que se propone decir siempre la verdad, siempre, cueste lo que cueste. Desde luego, siembra la destrucción, el horror y la muerte a su paso. Hasta terminar con su propia destrucción, con su propia muerte.

—Entonces hay que mentir —adujo Martín con amargura.

—Digo que no siempre se puede decir la verdad. En rigor, casi nunca.

—¿Mentiras por omisión?

—Algo de eso —replicó Bruno, observándolo de costado, temeroso de herirlo.

—Así que no cree la verdad.

—Creo que la verdad está bien en las matemáticas, en la química, en la filosofía. No en la vida. En la vida es más importante la ilusión, la imaginación, el deseo, la esperanza. Además ¿sabemos acaso lo que es la verdad? Si yo le digo que aquel trozo de ventana es azul, digo una verdad. Pero es una verdad parcial, y por lo tanto una especie de mentira. Porque ese trozo de ventana no está solo, está en una casa, en una ciudad, en un paisaje. Está rodeado del gris de ese muro de cemento, del azul claro de este cielo, de aquellas nubes alargadas, de infinitas cosas más. Y si no digo todo, absolutamente todo, estoy mintiendo. Pero decir *todo* es imposible, aun en este caso de la ventana, de un simple trozo de la realidad física, de la simple realidad física. La realidad es infinita y además infinitamente matizada, y si me olvido de un solo matiz ya estoy mintiendo. Ahora, imagínese lo que es la realidad de los seres humanos, con sus complicaciones y recovecos, contradicciones y además cambiantes. Porque cambia a cada instante que pasa, y lo que éramos hace un momento no lo somos más. ¿Somos, acaso, siempre la misma persona? ¿Tenemos, acaso, siempre los mismos sentimientos? Se puede querer a alguien y de pronto desestimarlo y hasta detestarlo. Y si cuando lo desestimamos cometemos el error de decírselo, eso es una verdad, pero una verdad momentánea, que no será más verdad dentro de una hora o al otro día, o en otras circunstancias. Y en cambio el ser a quien se la decimos creerá que ésa *es* la verdad, la verdad para siempre y desde siempre. Y se hundirá en la desesperación.

IX

Y llegó el lunes.

Viéndola caminar hacia el restorán, Martín se dijo que para ella no era adecuada la palabra *linda,* ni siquiera *hermosa;* quizá se le podía decir *bella,* pero sobre todo *soberana.* Aun con su simple blusa blanca, su pollera negra y sus zapatillas chatas. Sencillez sobre la que resaltaban aun más sus rasgos exóticos, del mismo modo que una estatua es más notable en una plaza desprovista de ornamentos. Todo parecía resplandecer aquella tarde. Y hasta la calma del día, la falta de viento, el sol fuerte que parecía postergar la llegada del otoño (más tarde pensó que el otoño había estado esperando agazapado para descargar toda su tristeza en el momento en que él estuviera solo), todo parecía indicar que los astros se mostraban favorables.

Bajaron hacia la costanera.

Una locomotora arrastraba unos vagones, una grúa levantaba una máquina, un hidroavión pasaba bajo.

—El Progreso de la Nación —comentó Alejandra.

Se sentaron en uno de los bancos que miran al río.

Pasaron casi una hora sin hablar, o por lo menos sin decir nada de importancia, pensativos, en ese silencio que tanto inquietaba a Martín. Las frases eran telegráficas y no habrían tenido ningún sentido para un extraño: "ese pájaro", "el amarillo de la chimenea", "Montevideo". Pero no hacían proyectos como antes, y Martín se cuidaba de aludir a cosas que pudieran malograr aquella tarde, aquella tarde que él trataba como a un enfermo querido, ante el cual hay que hablar en voz baja y al que hay que evitar el menor contratiempo.

Pero, ese sentimiento —no podía dejar de pensar Martín— era contradictorio en su misma esencia, ya que si él quería preservar la felicidad de aquella tarde era precisamente para la felicidad; lo que para él era la felicidad: o sea estar con ella y no al lado de ella. Más todavía: estar *en* ella, metido en cada uno de sus intersticios, de sus células, de sus pasos, de sus sentimientos, de sus ideas; dentro de su piel, encima y dentro de su cuerpo, cerca de aquella carne ansiada y admirada, con ella dentro de ella: una comunión y no una simple, silenciosa y melancólica cercanía. De modo que preservar la pureza de aquella tarde no hablando, no intentando entrar en ella, era fácil, pero tan absurdo y tan inútil como no tener ninguna tarde en absoluto, tan fácil y tan insensato como mantener la pureza de un agua cristalina con la condición de que uno, que está muerto de sed, no la ha de beber.

—Vamos a tu pieza, Alejandra —le dijo.

Ella lo miró con gravedad y después de un instante le dijo que preferiría que fuesen al cine.

Martín sacó su cortaplumas.

—No te pongas así, Martín. No ando bien, no me siento nada bien.

—Estás resplandeciente —respondió Martín, mientras abría la hojita de su cortaplumas.

—Te digo que ando mal de nuevo.

—Vos tenés la culpa —adujo el muchacho con cierto rencor—. No te cuidás. Ahora mismo vi que comías cosas que no debías comer. Y además te atiborras de claritos.

Se quedó en silencio, empezó a sacar astillas del banco.

—No te pongas así.

Pero como él mantuviese empecinadamente la cabeza baja, ella se la levantó.

—Nos habíamos prometido pasar una tarde en paz, Martín.

Martín gruñó.

—Claro —continuó ella—, y ahora vos pensás que si no pasamos una tarde feliz no es por culpa tuya, ¿no es así?

Martín no contestó: era inútil.

Alejandra se calló. De pronto Martín oyó que decía:

—Bueno, está bien: vamos a casa.

Pero Martín no dijo nada. Ella se había levantado ya y tomándolo del brazo le preguntó:

—¿Qué te pasa ahora?

196

—Nada. Lo hacés como un sacrificio.

—No seas zonzo. Vamos.

Empezaron a caminar por la calle Belgrano hacia arriba. Martín se había reanimado y de pronto, casi con entusiasmo, exclamó:

—¡Vamos al cine!

—Dejate de tonterías.

—No, no quiero que dejés de ver ese film. Lo has esperado tanto.

—Lo veremos otro día.

—¿De veras que no querés?

En caso de haber accedido, habría caído en la más negra melancolía.

—No, no.

Martín sintió que la alegría volvía a su alma, como un río de montaña cuando el deshielo. Caminó con decisión, llevando a Alejandra del brazo. Al pasar el puente giratorio vieron un taxi que venía ocupado, hacia el río. Por si acaso, le hicieron una seña, indicándole que iban para la ciudad, para que los pasase a buscar de vuelta. El chofer les hizo un gesto afirmativo. Era un día en que los astros mostraban una conjunción favorable.

Se quedaron acodados sobre el pretil del puente. A lo lejos hacia el sur, en medio de la bruma que había empezado a bajar, se recortaban los puentes transbordadores de la Boca.

Volvió el taxi y subieron.

Mientras ella preparaba café, él buscó entre los discos y encontró uno que Alejandra acababa de comprar: *Trying.* Y cuando la voz de Ella Fitzgerald, desgarrada, dijo:

I'm trying to forget you, but try as I may
You're still my every thought every day...

vio cómo Alejandra se detenía, con su pocillo en el aire diciendo:

—¡Qué bárbaro! *knocking, knocking at your door...*

Martín la observó en silencio, entristecido por las sombras que siempre se movían detrás de ciertas frases de Alejandra.

Pero luego aquellos pensamientos fueron arrastrados como hojas por un vendaval. Y abrazados como dos seres que quieren tragarse mutuamente —recordaba—, una vez más se realizó aquel extraño rito, cada vez más salvaje, más profundo y más desesperado. Arrastrado por el cuerpo, en medio del tumulto y de la consternación de la carne, el alma de Martín trataba de hacerse oír por el otro que estaba del otro lado del abismo. Pero ese intento de comunicación, que finalizaría en gritos casi sin esperanza, empezaba ya desde el instante que precedía a la crisis: no sólo por las palabras que se decían sino también por las miradas y los gestos, por las caricias y hasta por los desgarramientos de sus manos y sus bocas. Y Martín trataba de llegar, de sentir, de entender a Alejandra tocando su cara, acariciando su pelo, besando sus orejas, su cuello, sus pechos, su vientre; como un perro que busca un tesoro escondido olfateando la misteriosa superficie, esa superficie llena de indicios, indicios demasiado oscuros e imperceptibles, sin embargo, para los que no están preparados para sentirlos. Y así como el perro, cuando siente de pronto más próximo el misterio buscado, empieza a cavar con febril y casi enloquecido fervor (ajeno ya al mundo exterior, alienado y demente, pensando y sintiendo en aquel único y poderoso misterio ahora tan cercano), así acometía el cuerpo de Alejandra, trataba de penetrar en ella hasta el fondo oscuro del doloroso enigma: cavando, mordiendo, penetrando frenéticamente y tratando de percibir cada vez más cercanos los débiles rumores del alma secreta y escondida de aquel ser tan sangrientamente próximo y tan desconsoladamente lejano. Y mientras Martín cavaba, Alejandra quizá luchaba desde su propia isla, gritando palabras cifradas que para él, para Martín, eran ininteligibles y para ella, Alejandra, probablemente inútiles, y para ambos desesperantes.

Y luego, como en un combate que deja el campo lleno de cadáveres y que no ha servido para nada, ambos quedaron silenciosos.

Martín trató de escrutar su rostro, pero nada pudo adivinar en la casi oscuridad. Salieron.

—Tengo que hacer un llamado —dijo Alejandra.

Entró en un bar y habló.

Martín, desde la puerta, la miraba ansioso. ¿A quién hablaría? ¿Qué hablaría?

Volvió deprimida y le dijo:

—Vamos.

Martín la notaba abstraída y cuando él hacía algún comentario ella decía: *¿Eh? ¿Cómo?* Cada cierto tiempo consultaba el reloj.

—¿Qué tenés que hacer?

Ella lo miró como si no hubiera entendido la pregunta. Martín se la repitió y entonces ella respondió:

—A las ocho tengo que estar en otra parte.

—¿Lejos? —preguntó Martín, temblorosamente.

—No —respondió ella, con vaguedad.

X

La vio alejarse con tristeza.

Era un día de comienzos de abril, pero el otoño empezaba ya a anunciarse con signos premonitorios, como esos nostálgicos ecos de trompa —pensaba— que se oyen en el tema todavía fuerte de una sinfonía, pero que (con cierta indecisa, suave pero creciente insistencia) ya nos están advirtiendo que aquel tema está llegando a su fin y aquellos ecos de remotas trompas se harán cada vez más cercanos, hasta convertirse en el tema dominante. Alguna hoja seca, el cielo ya como preparándose para los largos días nublados de mayo y de junio, anunciaban que la estación más hermosa de Buenos Aires se acercaba en silencio. Como si después de la pesada estridencia del verano, el cielo y los árboles empezaran a asumir ese aire de recogimiento de las cosas que se preparan para un extenso letargo.

Sus pasos lo llevaban mecánicamente al bar, pero su mente seguía con Alejandra. Y con un suspiro de alivio, como al llegar a un puerto conocido después de un viaje ansioso y lleno de peligros, oyó que Tito decía *este paí ya no tiene arreglo,* golpeando sobre la *Crítica,* acaso probando algo que acababan de discutir, mientras Poroto decía *es que lo rodea propio una maffia* y Chichín, repasando un vaso detrás del mostrador, con su gorra como si se dispusiera a salir, decía *hace mal en no darle una patada a todo eso tipo,* mientras Tito (furioso, desalentado, con invencible escepticismo de argentino), arreglándose la corbata raída y señalándose luego el pecho con su índice, confirmaba *te lo dice Humberto J. D'Arcángelo.* Momento en que el nuevo (¿Peruzzi, Peretti?), con su relamido saquito a la italiana, impecable y perfumado, en castellano de recién llegado dijo que él estaba de acuerdo con el señor D'Arcángelo y que llamaba la atención el estado ruinoso, por ejemplo, de los tranvías, y que era inconcebible a esta altura del siglo veinte que en una ciudad como Buenos Aires hubiera todavía esa clase de armatostes. Momento en que Humberto J. D'Arcángelo, que lo miraba con contenida indignación, dijo con estudiada e irónica cortesía (ajustándose la corbata): *Seré curioso, diga: allá, en su patria, ¿no hay má tranvía?,* pregunta a la que el jovenzuelo Peruzzi o Peretti respondió que se habían ido retirando del centro de las ciudades y que, por lo demás, eran tranvías rapidísimos, modernos, limpios, aerodinámicos, como en general todo el sistema de transporte. ¿Sabían ellos que el directísimo Génova-Nápoles había batido todos los récords internacionales de velocidad? Mientras que acá, para ser sincero, acá los trenes daban lástima y hasta risa, como bien había reconocido el señor D'Arcángelo hacía un momento; motivo por el cual debe de haber recibido con considerable asombro la reacción del mismo señor D'Arcángelo que, golpeando con su mano esquelética sobre la primera plana de *Crítica*, en que a ocho columnas se leía el triunfo de Fangio en Reims, casi gritó: *¿Y éste también e italiano?*, pregunta que el joven Peruzzi o Peretti, tan sorprendido, como si alguien que le ha pedido amablemente fuego sacase una pistola para asaltarlo, empezó a responder con balbuceos, balbuceos que Tito, temblando de rabia, con una voz casi inaudible a fuerza de ser tensa y contenida, dijo: *Mire, maestro, Fangio e argentino, aunque sea hijo de italiano como yo o Chichín o el señor Lambruschini, argentino y a mucha honra, hijo de eso italiano de ante que venían a la bodega de lo barco y que despué laburaban cincuenta año sin levantar la cabeza y todavía estaban agradecido a la América y lo hijo miraban con orgullo la bandera azul y blanca, no como eso italiano que vienen ahora y se pasan el día criticando el paí: que si lo bache, que si lo tranvía, que si lo trene, que si la basura, que si ese maldito clima de Bueno Saire, que si la humedá, que si a Milán la cosa son así o asau, que si la mujere de aquí no son elegante, y si má no viene agarran y hasta hablan mal de lo bife. Ahora yo me pregunto y pregunto a la distinguida concurrencia ¿por qué si se sienten tan mal a este paí no chapan la valija y se mandan mudar? ¿Por qué no se vuelven a Italia, si aquello e el paraíso que dicen? ¿Qué me quieren representar, digo yo, toda esta sarta de jefe, de dotore, de ingeniero?* Y levantándose furioso, y acomodándose la corbata dobló la *Crítica*, le gritó a Martín *¡Vamo en casa, pibe!* y salió sin saludar a nadie.

Martín se separó de Tito a la salida del bar y empezó a caminar hacia el parque. Subió por las escaleras de la antigua quinta, sintió una vez más el fuerte olor a orina seca que siempre sentía al pasar por allí y se sentó en el banco frente a la estatua, donde volvía cada vez que aquel amor parecía hacer crisis. Largo rato quedó meditando en su suerte y atormentándose con la idea de que en ese momento Alejandra estaba con otro. Se recostó y se abandonó a sus pensamientos.

XIII

Al otro día Martín llamó a la única persona que podía ver en lugar de Alejandra: el único puente hacia aquel territorio desconocido, puente accesible pero que terminaba en una región brumosa y melancólica. Aparte de que su pudor, y el de Bruno, le impedía hablar de lo único que le interesaba.

Lo citó en *La Helvética*.

—Tengo que verlo al padre Rinaldini, pero iremos juntos.

Le explicó que estaba muy enfermo y que él acababa de hacer una gestión ante monseñor Gentile para ver si le permitían volver a La Rioja. Pero los obispos lo odiaban y era justo decir que Rinaldini hacía todo lo posible para lograrlo.

—Algún día, cuando se muera, se va a hablar mucho de él. Es el mismo caso de Galli Mainini. Porque en este país de resentidos sólo se empieza a ser un gran hombre cuando se deja de serlo.

Caminaban por la calle Perú; apretándole un brazo, Bruno le señaló a un hambre que caminaba delante de ellos, ayudado con un bastón.

—Borges.

Cuando estuvieron cerca, Bruno lo saludó. Martín se encontró con una mano pequeña, casi sin huesos ni energía. Su cara parecía haber sido dibujada y luego borrada a medias con una goma. Tartamudeaba.

—Es amigo de Alejandra Vidal Olmos.

—Caramba, caramba... Alejandra... pero muy bien.

Levantaba las cejas, lo observaba con unos ojos celestes y acuosos, con una cordialidad abstracta y sin destinatario preciso, ausente.

Bruno le preguntó qué estaba escribiendo.

—Bueno, caramba... —tartamudeó, sonriendo con un aire entre culpable y malicioso, con ese aire que suelen to-

mar los paisanos argentinos, irónicamente modesto, mezcla
de secreta arrogancia y de aparente apocamiento, cada vez
que se les pondera un pingo o su habilidad para trenzar
tientos—. Caramba... y bueno..., tratando de escribir alguna
página que sea algo más que un borrador, ¿eh, eh?...

Y tartamudeaba haciendo una serie de tics bromistas
con la cara.

Y mientras caminaban hacia la casa de Rinaldini, Bruno
lo veía a Méndez diciendo sarcásticamente: *¡Conferenciante
para señoras de la oligarquía!* Pero todo era mucho más
complejo de lo que imaginaba Méndez.

—Es curioso la calidad e importancia que en este
país tiene la literatura fantástica —dijo—. ¿A qué podrá
deberse?

Tímidamente Martín le preguntó si no podía ser consecuencia de nuestra desagradable realidad, una evasión.

—No. También es desagradable la realidad norteameri-
cana. Tiene que haber otra explicación. En cuanto a lo que
Méndez piensa de Borges...

Se sonrió.

—Dicen que es poco argentino —comentó Martín.

—¿Qué podría ser sino argentino? Es un típico producto nacional. Hasta su europeísmo es nacional. Un europeo
no es europeísta: es europeo, sencillamente.

—¿Usted cree que es un gran escritor?

Bruno se quedó pensando.

—No sé. De lo que estoy seguro es de que su prosa es
la más notable que hoy se escribe en castellano. Pero es
demasiado preciosista para ser un gran escritor. ¿Lo imagina usted a Tolstoi tratando de deslumbrar con un adverbio
cuando está en juego la vida o la muerte de uno de sus
personajes? Pero no todo es bizantino en él, no vaya a creer.
Hay algo muy argentino en sus mejores cosas: cierta nostalgia, cierta tristeza metafísica...

Caminó un trecho en silencio.

—En realidad se dicen muchas tonterías sobre lo que
debe ser la literatura argentina. Lo importante es que sea
profunda. Todo lo demás se da por añadidura. Y si no es
profunda es inútil que ponga gauchos o compadritos en escena. El escritor más representativo de la Inglaterra isabeli-

na fue Shakespeare. Sin embargo, muchas de sus obras ni siquiera se desarrollan en Inglaterra.

Después agregó:

—... Y lo que más me causa gracia es que Méndez repudie la influencia europea en nuestros escritores ¿basándose en qué? Esto es lo más divertido: en una doctrina filosófica elaborada por el judío Marx, el alemán Engels y el griego Heráclito. Si fuésemos consecuentes con esos críticos, habría que escribir en querandí sobre la caza del avestruz. Todo lo demás sería adventicio y antinacional. Nuestra cultura proviene de allá, ¿cómo podemos evitarlo? ¿Y por qué evitarlo? No recuerdo quién dijo que no leía para no perder su originalidad. ¿Se da cuenta? Si uno ha nacido para hacer o decir cosas originales, no se va a perder leyendo libros. Si no ha nacido para eso, nada perderá leyendo libros... Además, esto es nuevo, estamos en un continente distinto y fuerte, todo se desarrolla en un sentido diferente. También Faulkner leyó a Joyce y a Huxley, a Dostoievsky y a Proust. ¿Qué, quieren una originalidad total y absoluta? No existe. En el arte ni en nada. Todo se construye sobre lo anterior. No hay pureza en nada humano. Los dioses griegos también eran híbridos y estaban infectados (es una manera de decir) de religiones orientales y egipcias. Hay un fragmento de *El molino del Floss* en que una mujer se prueba un sombrero frente a un espejo: es Proust. Quiero decir el germen de Proust. Todo lo demás es desarrollo. Un desarrollo genial, casi canceroso, pero un desarrollo al fin. Lo mismo pasa con un cuento de Melville, creo que se llama *Bertleby* o *Bartleby* o algo por el estilo. Cuando lo leí me impresionó cierta atmósfera kafkiana. Y así en todo. Nosotros, por ejemplo, somos argentinos hasta cuando renegamos del país, como a menudo hace Borges. Sobre todo cuando se reniega con verdadera rabia, como Unamuno hace con España; como esos ateos violentos que ponen bombas en una iglesia, una manera de creer en Dios. Los verdaderos ateos son los indiferentes, los cínicos. Y lo que podríamos llamar el ateísmo de la patria son los cosmopolitas, esos individuos que viven aquí como podrían vivir en París o en Londres. Viven en un país como en un hotel. Pero seamos justos: Borges no es de ésos, pienso que a él le duele el país de alguna manera, aunque, claro está, no tiene la sensibilidad o la generosidad para que le duela el país que puede dolerle a un peón de campo o a un obrero de frigorífico. Y ahí denota su falta de grandeza, esa incapacidad para entender y sentir la totalidad de la patria, hasta en su sucia complejidad. Cuando leemos a Dickens o a Faulkner o a Tolstoi sentimos esa compresión total del alma humana.

—¿Y Güiraldes?

—¿En qué sentido?

—Quiero decir, eso del europeísmo.

—Bueno, sí. En algún sentido y por momentos, *Don Segundo Sombra* parecería haber sido escrito por un francés que hubiese vivido en la pampa. Pero mire, Martín, observe que he dicho "en algún sentido", "por momentos"... Lo que significa que esa novela no podría haber sido hecha por un francés. Creo que es esencialmente argentina, aunque los gauchos de Lynch sean más verdaderos que los de Güiraldes. Don Segundo es un paisano mitológico, pero aun así es nada menos que un mito. Y la prueba de que es un mito auténtico es que ha prendido en el alma de nuestro pueblo. Aparte de que Güiraldes es argentino por su preocupación metafísica. Eso es característico: ya sea Hernández, ya sea Quiroga, ya sea Roberto Arlt.

—¿Roberto Arlt?

—No le quepa ninguna duda. Muchos tontos creen que es importante por su pintoresquismo. No, Martín, casi todo lo que en él es pintoresco es un defecto. Es grande *a pesar* de eso. Es grande por la formidable tensión metafísica y religiosa de los monólogos de Erdosain. *Los siete locos* está plagado de defectos. No digo de defectos estilísticos o gramaticales, que no tendría importancia. Digo que está lleno de literatura entre comillas, de personajes pretenciosos o apócrifos, como el Astrólogo. Es grande a pesar de todo eso.

Se sonrió.

—Pero... el destino de los grandes artistas es bastante triste: cuando lo admiran es generalmente por sus flaquezas y defectos.

Les abrió la puerta el propio Rinaldini.

Era un hombre alto, de pelo blanquísimo, de perfil

aquilino y austero. En su expresión había una intrincada combinación de bondad, ironía, inteligencia, modestia y orgullo.

El departamento era muy pobre, colmado de libros. Cuando llegaron, al lado de los papeles y una máquina de escribir había restos de pan y de queso. Con timidez, con disimulo, Rinaldini trató de quitarlos.

—Sólo les puedo ofrecer un vaso de vino de Cafayate. —Buscó una botella.

—Acabamos de ver a Borges por la calle, padre —comentó Bruno.

Mientras ponía unos vasos, Rinaldini sonrió. Bruno le explicó entonces a Martín que había escrito cosas muy importantes sobre Borges.

—Bueno, pero ya ha pasado mucha agua bajo el puente —comento Rinaldini.

—¿Qué, se rectificaría?

—No —respondió con un gesto ambiguo—, pero ahora diría otras cosas. Cada día soporto menos sus cuentos.

—Pero sus poemas le gustaban mucho, padre.

—Bueno, sí, algunos. Pero hay mucho patatrás.

Bruno dijo que a él lo conmovían esos poemas que recordaban la infancia, el Buenos Aires de otro tiempo, los viejos patios, el paso del tiempo.

—Sí —admitió Rinaldini—. Lo que no tolero son sus divertimientos filosóficos, aunque mejor sería decir seudofilosóficos. Es un escritor ingenioso, seudificador. O, como dicen los ingleses, sofisticado.

—Sin embargo, padre, en un periódico francés se habla de la hondura filosófica de Borges.

Rinaldini convidó con cigarrillos mientras sonreía mefistofélicamente.

—Qué me dice...

Encendió los cigarrillos y dijo:

—Vea, tome cualquiera de esos divertimientos. *La biblioteca de Babel,* por ejemplo. Allí sofistica con el concepto de infinito, que confunde con el de indefinido. Una distinción elemental, está en cualquier tratadito desde hace veinticinco siglos. Y, naturalmente, de un absurdo se puede inferir cualquier cosa. *Ex absurdo sequitur quodlibet.* Y de esa confusión pueril extrae la sugerencia de un universo incomprensible, una especie de parábola impía. Cualquier estudiante sabe y hasta me atrevería a conjeturar (como diría Borges) que la realización de todos los posibles a la vez es imposible. Puedo estar de pie y puedo estar sentado, pero no al mismo tiempo.

—¿Y del cuento sobre Judas?

—Un cura irlandés me dijo un día: Borges es un escritor inglés que se va a blasfemar a los suburbios. Habría que agregar: a los suburbios de Buenos Aires y de la filosofía. El razonamiento teológico que presenta el señor Borges-Sörensen, esa especie de centauro escandinavo-porteño no tiene de razonamiento casi ni la apariencia. Es teología pintada. Yo también, si fuese pintor de la escuela abstracta, podría pintar una gallina mediante un triángulo y unos puntitos, pero de eso no podría sacar caldo de gallina. Ahora bien ¿es intencionado en Borges este juego, o es natural? Quiero decir: ¿es un sofista o un sofisticado? El tema de esa burla no es tolerable en ningún hombre honrado, aunque se diga que es pura literatura.

—En el caso de Borges, es pura literatura. Él mismo lo diría.

—Peor para él.

Ahora estaba enojado.

—Estos fantaseos benévolos con Judas denotan una tendencia a la molicie y a la cobardía. Se recula ante las cosas supremas, ante la bondad y ante la maldad suprema. Así hoy un mentiroso no es un mentiroso: es un político. Se trata elegantemente de salvar al diablo. ¡No es tan negro el diablo como lo pintan, vamos!

Los miró como pidiéndoles cuentas.

—En realidad es al revés: el diablo es más negro de como lo pinta esa gente. No son malos filósofos, lo peor para ellos es que son malos escritores. Porque no perciben ni siquiera esa realidad psicológica capital que ya vio Aristóteles. Eso que Edgar Poe llamó *the imp of perversity*. Los grandes escritores del siglo pasado ya lo vieron con lucidez: desde Blake a Dostoievsky. Pero claro...

Se quedó sin completar la frase. Miró un momento por a ventana y luego concluyó diciendo, con su sonrisa sutil:

—Así que Judas anda suelto en la Argentina... El patrono de los ministros de Hacienda, pues sacó dinero de donde a nadie se le habría ocurrido. Sin embargo, pobre corazón, Judas no soñó con gobernar. Y ahora en nuestro país parece que está por obtener o ya ha obtenido puestos del gobierno. Bueno, con gobierno o sin gobierno, Judas termina siempre por ahorcarse.

Luego Bruno le explicó sus gestiones con Monseñor Gentile. Rinaldini hizo un gesto con la mano mientras sonreía con cierta resignada y bondadosa ironía.

—No se haga mala sangre, Bassán. Los obispos no me dejarán. Y en cuanto a ese Monseñor Gentile, que por desgracia es pariente suyo, sería mejor que en lugar de hacer politiquería eclesiástica leyera de cuando en cuando el Evangelio.

Se fueron.

Ahí se queda, solo, pobre, con su sotana raída, pensó Martín.

XIV

Alejandra permanecía invisible y Martín se refugiaba en su trabajo y en la compañía de Bruno. Fueron tiempos de tristeza meditativa: todavía no habían llegado los días de caótica y tenebrosa tristeza. Parecía el ánimo adecuado a aquel otoño de Buenos Aires, otoño no sólo de hojas secas y de cielos grises y de lloviznas sino también de desconcierto, de neblinoso descontento. Todos estaban recelosos de todos, las gentes hablaban lenguajes diferentes, los corazones no latían al mismo tiempo (como sucede en ciertas guerras nacionales, en ciertas glorias colectivas): había dos naciones en el mismo país, y esas naciones eran mortales enemigas, se observaban torvamente, estaban resentidas entre sí. Y Martín, que se sentía solo, se interrogaba sobre todo: sobre la vida y la muerte, sobre el amor y el absoluto, sobre su país, sobre el destino del hombre en general. Pero ninguna de estas reflexiones era pura, sino que inevitablemente se hacía sobre palabras y recuerdos de Alejandra, alrededor de sus ojos grisverdosos, sobre el fondo de su expresión rencorosa y contradictoria. Y de pronto parecía como si ella fuera la patria, no aquella mujer hermosa pero convencional de los grabados simbólicos. Patria era infancia y madre, era hogar y ternura; y eso no lo había tenido Martín; y aunque Alejandra era mujer, podía haber esperado en ella, en alguna medida, de alguna manera, el calor y la madre; pero ella era un territorio oscuro y tumultuoso, sacudido por terremotos, barrido por huracanes. Todo se mezclaba en su mente ansiosa y como mareada, y todo giraba vertiginosamente en torno de la figura de Alejandra, hasta cuando pensaba en Perón y en Rosas, pues en aquella muchacha descendiente de unitarios y sin embargo partidaria de los federales, en aquella contradictoria y viviente conclusión de la historia argentina, parecía sintetizarse, ante sus ojos, todo lo que había de caótico y de encontrado, de endemoniado y desgarrado, de equívoco y opaco. Y entonces lo volvía a ver al pobre Lavalle, adentrándose en el territorio silencioso y hostil de la provincia, perplejo y rencoroso, acaso pensando en el misterio del pueblo en largas y pensativas noches de frío, envuelto en su poncho celeste, taciturno, mirando las cambiantes llamas del fogón, quizá oyendo el apagado eco de coplas hostiles en anónimos paisanos:

> *Cielito y cielo nublado*
> *por la muerte de Dorrego,*
> *enlútense las provincias,*
> *lloren, cantando este cielo.*

Y también Bruno, al que se aferraba, al que miraba con anhelante interrogación, parecía estar carcomido por las dudas, preguntándose perpetuamente sobre el sentido de la existencia en general y sobre el ser y el no ser de aquella oscura región del mundo en que vivían y sufrían: él, Martín, Alejandra, y los millones de habitantes que parecían ambular por Buenos Aires como en un caos, sin que nadie supiese dónde estaba la verdad, sin que nadie creyese firmemente en nada; los viejos como don Pancho (pensaba Bruno) viviendo en el sueño del pasado, los aventureros haciendo fortuna sin importárseles de nada ni de nadie, los cínicos profesores que se adaptaban al nuevo orden enseñando lo que antes habían repudiado, los estudiantes luchando contra Perón y aliándose de hecho con hipócritas y aprovechadores defensores de la libertad, y los viejos inmigrantes soñando (también ellos) con otra realidad, una realidad fantástica y remota, como el viejo D'Arcángelo, mirando hacia aquel territorio ya inalcanzable y murmurando

> *Addio patre e matre,*
> *addio sorelli e fratelli.*

Palabras que algún inmigrante-poeta habría dicho al lado del viejo, en aquel momento en que el barco se alejaba de las costas del Regio o de Paola, y en que aquellos hombres y mujeres, con la vista puesta sobre las montañas de lo que en un tiempo fue la Magna Grecia, miraban más que con los ojos del cuerpo (débiles, precarios y finalmente incapaces) con los ojos de su alma, esos ojos que siguen viendo aquellas montañas y aquellos castaños a través de los mares y los años: fijos e insensatos, indominables por la miseria y las vicisitudes, por la distancia y la vejez. Ojos con los que el viejo D'Arcángelo (grotescamente ataviado con su galerita raída y verde, como caricaturesco, y cómico símbolo del tiempo y la Frustración, impertérrito, mansa pero locamente) veía a su remota Calabria mientras Tito lo miraba con sus ojitos sarcásticos, tomando mate, pensando "la gran puta si yo tendría dinero". Así que (pensaba Martín, mirando a Tito, que miraba a su padre) ¿qué es la Argentina? Preguntas a las que muchas veces le respondería Bruno diciéndole que la Argentina no sólo era Rosas y Lavalle, el gaucho y la pampa, sino también ¡y de qué trágica manera! el viejo D'Arcángelo con su galerita verde y su mirada abstracta, y su hijo Humberto J. D'Arcángelo, con su mezcla de escepticismo y ternura, resentimiento social e inagotable generosidad, sentimentalismo fácil e inteligencia analítica, crónica desesperanza y ansiosa y permanente espera de ALGO. "Los argentinos somos pesimistas (decía Bruno) porque tenemos grandes reservas de esperanzas y de ilusiones, pues para ser pesimista hay que previamente haber esperado algo. Esto no es un pueblo cínico, aunque está lleno de cínicos y acomodados; es más bien un pueblo de gente atormentada, que es todo lo contrario, ya que el cínico se aviene a todo y nada le importa. Al argentino le importa todo, por todo se hace mala sangre, se amarga, protesta, siente rencor. El argentino está descontento con todo y consigo mismo, es rencoroso, está lleno de resentimientos, es dramático y violento. Sí, la nostalgia del viejo D'Arcángelo —comentaba Bruno, como para sí mismo—... Pero es que aquí todo era nostálgico, porque pocos países debía de haber en el mundo en que ese sentimiento fuese tan reiterado: en los primeros españoles, porque añoraban su patria lejana; luego, en los indios, porque añoraban su libertad perdida, su propio sentido de la existencia; más tarde, en los gauchos desplazados por la civilización gringa, exiliados en su propia tierra, rememorando la edad de oro de su salvaje independencia; en los viejos patriarcas criollos, como don Pancho, porque sentían que aquel hermoso tiempo de la generosidad y de la cortesía se había convertido en el tiempo de la mezquindad y de la mentira; y en los inmigrantes, en fin, porque extrañaban su viejo terruño, sus costumbres milenarias, sus leyendas, sus navidades, junto al fuego. Y ¿cómo no comprender al viejo D'Arcángelo? Pues a medida que nos acercamos a la muerte también nos acercamos a la tierra, y no a la tierra en general, sino a aquel pedazo, a aquel ínfimo (¡pero tan querido, tan añorado!) pedazo de tierra en que transcurrió nuestra infancia, en que tuvimos nuestros juegos y nuestra magia, la irrecuperable magia de la irrecuperable niñez. Y entonces recordamos un árbol, la cara de algún amigo, un perro, un camino polvoriento en la siesta de verano, con su rumor de cigarras, un arroyito. Cosas así. No grandes cosas sino pequeñas y modestísimas cosas, pero que en ese momento que precede a la muerte adquieren increíble magnitud, sobre todo cuando, en este país de emigrados, el hombre que va a morir sólo puede defenderse con el recuerdo, tan angustiosamente incompleto, tan transparente y poco carnal, de aquel árbol o de aquel arroyito de la infancia; que no sólo están separados por los abismos del tiempo sino por vastos océanos. Y así nos es dado ver a muchos viejos como D'Arcángelo, que casi no hablan y todo el tiempo parecen mirar a lo lejos, cuando en realidad miran hacia dentro, hacia lo más profundo de su memoria. Porque la memoria es lo que resiste al tiempo y a sus poderes de destrucción, y es algo así como la forma que la eternidad puede asumir en ese incesante tránsito. Y aunque nosotros (nuestra conciencia, nuestros sentimientos, nuestra dura experiencia) vamos cambiando con los años, y también nuestra piel y nuestras arrugas van convirtiéndose en prueba y testimonio de ese tránsito, hay algo en nosotros, allá muy dentro, allá en regiones muy oscuras, aferrado con uñas y dientes a la infancia y al pasado, a la raza y a la tierra, a la tradición y a los sueños, que parece resistir a ese trágico proceso: la memoria, la misteriosa memoria de nosotros mismos, de lo que somos y de lo que fuimos. Sin la cual (¡y qué terrible ha de ser entonces! se decía Bruno) esos hombres que la han perdido como en una formidable y destructiva explosión de aquellas regiones profundas, son tenues, inciertas y livianísimas hojas arrastradas por el furioso y sin sentido viento del tiempo."

XV

Hasta que una tarde sucedió algo asombroso: en la esquina de Leandro Alem y Cangallo, mientras esperaba el troley, al detenerse el tráfico vio a Alejandra con aquel hombre, en un Cadillac sport.

Ellos también lo vieron y Alejandra palideció.

Bordenave le dijo que subiera y ella se corrió al medio.

—La encontré a su amiga también esperando el ómnibus. Qué coincidencia. ¿A dónde va?

Martín le explicó que iba a la Boca, a su pieza.

—Bueno, entonces lo dejaremos a usted primero.

¿Por qué?, se preguntó como en vértigo Martín. Aquel "primero" sería una palabra que abriría angustiosos interrogantes.

—No —dijo Alejandra—, yo bajaré antes. Aquí nomás en Avenida de Mayo.

Bordenave la miró sorprendido; o al menos así le pareció a Martín cuando más tarde cavilaba sobre aquel encuentro, notando que la sorpresa de Bordenave era, a su vez, sorprendente.

Cuando Alejandra bajó, Martín le preguntó si quería que la acompañase, pero ella le dijo que estaba muy apurada y que mejor se veían en otro momento. Pero en el momento de alejarse vaciló, se dio vuelta y le dijo que lo esperaría en el *Jockey Club* al día siguiente, a las seis de la tarde.

Bordenave se mantuvo silencioso y casi hosco el resto del viaje hasta la Boca, mientras Martín trataba de analizar aquel curioso encuentro. Sí, era posible que aquel hombre hubiera encontrado a Alejandra por casualidad. ¿No lo había encontrado a él mismo por casualidad? Tampoco resultaba raro que al reconocerla por la calle la hubiese invitado a subir, dado su carácter mundano. Nada de eso era en definitiva sorprendente. Lo asombroso es que Alejandra hubiese aceptado. Por otra parte ¿por qué Bordenave se había sorprendido cuando ella dijo que bajaría en la Avenida de Mayo? Esa reacción podía indicar que iban juntos deliberadamente y no por un encuentro fortuito, y ella había decidido bajar antes como para demostrarle a Martín que nada había con aquel individuo fuera de ese encuentro por azar; resolución que tenía que sorprender a Bordenave hasta el punto de no poder evitar aquel gesto revelador. Martín sintió que algo se derrumbaba en su espíritu, pero trató de no abandonarse a la desesperación, y con una empecinada lucidez siguió analizando el suceso. Con cierto alivio, pensó entonces que la sorpresa de Bordenave podía deberse a otro motivo: al subir al auto ella le había dicho que iba a su casa, en Barracas (como efectivamente lo probaba el que fueran por Leandro Alem hacia el sur), pero, ante la idea de que Martín pudiera sospechar algo al permanecer con Bordenave después que él bajara en la Boca, decidió bajar en la Avenida de Mayo; y esa repentina y contradictoria resolución llamó la atención de Bordenave. Estaba bien, pero ¿por qué este hombre había quedado hosco y disgustado? Bueno, porque sin duda se había hecho el propósito de flirtear con Alejandra una vez a solas y aquella resolución malograba su proyecto. Existía, sin embargo, un motivo de dudas: ¿por qué Alejandra se había negado a que Martín la acompañara? ¿No se encontraría con Bordenave más tarde, en el sitio donde seguramente iban? Detalle tranquilizador: ¿cómo podía haberse puesto Alejandra en contacto con Bordenave sino por casualidad? No lo conocía, ignoraba su domicilio, y, en cuanto a Bordenave, ni siquiera sabía el nombre de Alejandra.

Y sin embargo, una turbia sensación lo llevaba reiteradamente a analizar aquella entrevista al parecer trivial pero que ahora, a la luz de este nuevo encuentro, adquiría una singular importancia. Años después de la muerte de Alejandra tuvo la certeza de lo que en aquel momento apenas fue un insidioso chispazo: Bordenave tenía algo que ver con aquel impulso de mandarlo a Molinari que Alejandra tuvo después de la entrevista con Bordenave en el Plaza. Los acontecimientos que llevaron a su suicidio y la última conversación con Bordenave le iban a mostrar un día el papel desempeñado por aquel hombre en el drama. Y cuando años después hablase con Bruno, no podía menos que ironizar tristemente sobre el detalle de haber sido él, Martín, quien lo había colocado en el camino de Alejandra. Y recordaría una vez más, con maniática minuciosidad los detalles de aquella primera entrevista en el Plaza, aquella trivial entrevista que habría desaparecido totalmente en la nada de los episodios sin significación si los acontecimientos finales no hubieran echado una inesperada y horrenda luz sobre esa especie de manuscrito olvidado.

Pero por el momento Martín no podía alcanzar esas últimas implicaciones. Repasaba esa entrevista del Plaza y recordaba que en el momento de presentarle a Alejandra se produjo un fugacísimo brillo en sus ojos, brillo que precedió al endurecimiento en toda su actitud. Aunque también era posible (pensaba Bruno) que ese detalle fuera un falso recuerdo, un detalle advertido en virtud de esa lucidez retrospectiva que confieren las catástrofes, o que creemos que nos confieren, cuando decimos "ahora recuerdo que oí un ruido sospechoso", cuando en realidad aquel ruido es un detalle que la imaginación agrega sobre los verdaderos y simples hechos de la memoria; forma habitual en que el presente influye sobre el pasado modificándolo, enriqueciéndolo y deformándolo con indicios premonitorios.

Martín trató de recordar palabra por palabra lo que en aquel encuentro Bordenave dijo, pero nada era importante, importante al menos para su problema. Pues dijo que esos italianos —por los dos hombres que estaban allí, hombres que señalaba con un gesto un poco cínico de su cara— eran todos iguales: todos eran ingenieros, abogados, comendadores. Pero en verdad eran unos malandrines, que había que andar con escopeta. Y Martín recordaba que, mientras tanto, sin mirarlo, Alejandra hacía intrincados dibujos en una servilleta de papel, repentinamente de mal humor. La primera palabra que pronuncian (seguía Bordenave) es *corruzione,* y entonces uno tiene que recordarles que a aquellos infelices que mandaban contra los ingleses en el África se les desarmaban los tanques en el camino. Esos individuos tenían el asunto paralizado. No daban en la tecla: daban dinero a los que no tenían que dar, no les daban a los que debían, en fin.

Así que cuando lo fueron a ver se echó a reír: ¿cómo, no lo habían tocado a Bevilacqua? Para fastidiarlos les subrayó que tenía apellido italiano y que, a pesar del apellido, tomaba algo más que agua. Agregando "ustedes que son italianos podrán apreciar el chiste", pero maldita la gracia que les había hecho, tal como él esperaba. Pequeñas venganzas que uno se toma, qué diablos. Que vinieran acá a hacerse los puros... Además, como también tuvo que darles a entender, si tenían tanta delicadeza ¿por qué entraban en el juego? Tan sucio era el que recibía una coima como el que la ofrecía. Martín lo miraba con asombro. Cuando después de la muerte de Alejandra volvió a repasar cada una de las escenas en que ella estaba presente, concluyó que en aquel momento Bordenave estaba hablando precisamente para Alejandra, hecho asombroso para Martín, pues no podía comprender cómo pretendía conquistarla contando semejantes cosas. Luego siguió hablando de los políticos: todos estaban corrompidos. No se refería, por supuesto, a estos peronistas: hablaba de todos, hablaba en general, de los concejales del 36, del *affair* del Palomar, del negociado de la Coordinación. En fin, era cosa de no acabar. En cuanto a los industriales, se quejaban (Martín pensó en Molinari) pero nunca habían ganado tanto como en esta época, aunque dijesen pavadas sobre la corrupción, sobre si se puede o no importar una sola aguja de telar sin coima, sobre si los obreros quieren trabajar o no. En fin, toda esa música. Pero ¿cuándo, se preguntaba, cuándo la industria había ganado las colosales fortunas de estos últimos años? Habían metido lavarropas hasta en la sopa. No había cabecita negra que no tuviese su batidora eléctrica. ¿Los militares? De coronel para arriba, y salvo honrosas excepciones, salvo algún loco que todavía creía en la patria, todos estaban comprados con órdenes de autos y permisos de cambio. ¿Los obreros? Lo único que les interesaba era vivir bien, tener su aguinaldo a fin de año, que ganara River o Boca, cobrar sus suculentas indemnizaciones por despido —¡otra industria nacional!—, tener sus vacaciones pagas y su día de San Perón. Riéndose, comentó: "Lo único que les falta para ser burgueses es el capitalito". Luego, revolviendo con el dedo índice el hielo de su whisky, agregó: "Pancismo y nada más que pancismo". Con billetes sobre la mesa, nada se negaba en este país. Si uno tenía fortuna, aunque fuese un bandolero, lo llenaban de atenciones, era un señor, un caballero. En fin: aquí no había que hacerse mala sangre, esto era podredumbre pura y nada tenía arreglo. Al país lo habían prostituido los gringos y ésta ya no era la nación que llevara la libertad a Chile y Perú. Hoy era una nación de acomodados, de cobardes, de quinieleros napolitanos, de compadritos, de aventureros internacionales, como esos que estaban ahí, de estafadores y de hinchas de fútbol. Fue entonces cuando se levantó, le tendió la mano y terminó diciéndole a Martín que no se preocupara, que no los desalojarían. Cuando salieron, cruzaron la calle y se sentaron en un banco, mirando hacia el río. Recordaba cada uno de los gestos de Alejandra cuando le preguntó qué le había parecido aquel hombre: encendió un cigarrillo y pudo ver, a la luz del fósforo, que su cara estaba endurecida y sombría. "¡Qué me va a parecer!, dijo, un argentino". Y luego se quedó callada y todo en ella indicaba que no volvería a decir nada más. En aquel momento Martín no veía sino que la aparición de Bordenave había enturbiado la paz interior, como la entrada de un reptil en un pozo de agua cristalina en que nos disponíamos a beber. Entonces Alejandra agregó que le dolía la cabeza y que prefería ir a su casa, a acostarse. Y cuando se iban a separar, frente a la verja de la calle Río Cuarto, le dijo, con voz desagradable, que hablaría con Molinari, pero que no se hiciese ninguna ilusión.

Cuando examinó aquel viejo documento de su memoria, resaltaron con casi brutal claridad algunas de sus palabras, que entonces, después de la muerte de Alejandra tomaron un significado inesperado. Sí: entre aquella tarde apacible en que caminaban tomados de la mano y la absurda entrevista con Molinari estaba la aparición de Bordenave. Algo atroz había irrumpido.

XVI

Hasta que, sin habérselo propuesto, se encontró frente al café de Chichín, y entrando oyó al Loco Barragán, que tomaba aguardiente sin dejar, como siempre, de predicar, diciendo *Vienen tiempos de sangre y fuego, muchachos,* amenazando, admonitorio y profético, con el dedo índice de la mano derecha a los grandulones que lo farreaban, incapaces de tomar en serio nada que no fuera Perón o el partido del domingo con Ferrocarril Oeste, mientras Martín pensaba que Alejandra había palidecido en el momento en que se encontraron, aunque también era probable que le hubiera parecido a él, ya que no era fácil discernirlo inequívocamente estando como estaba debajo de la capota; dato de enorme importancia, claro, porque indicaría que el encuentro con Bordenave no era casual sino concertado, pero ¿cómo y cuándo, Dios mío, cómo y cuándo? *Tiempos de venganza, muchachos* y haciendo gestos de escribir con la mano derecha en el aire, con enormes letras, agregaba *está escrito,* a lo que los muchachones reían a más no poder y Martín reflexionaba que, sin embargo, tampoco el haber palidecido era un dato inequívoco, ya que podía responder a la vergüenza de ser encontrada por Martín junto a un individuo que ella había demostrado despreciar. Y además ¿cómo podían haberse encontrado deliberadamente si ella ignoraba dónde vivía Bordenave, y no le parecía ni siquiera concebible por la imaginación más febril que ella hubiese buscado su dirección o su número en la guía y lo hubiese llamado? *Tiempos de sangre y fuego, porque el fuego tendrá que purificar esta ciudad maldita, esta nueva Babilonia, porque todos somos pecadores* aunque sí quedaba la posibilidad de que se hubiesen encontrado en el bar del Plaza, bar que evidentemente Alejandra frecuentaba o había frecuentado antes, como lo revelaba la precisión con que lo condujo a él en aquella entrevista, de modo que habría entrado al bar (pero ¿para hacer qué, Dios mío, para hacer qué?) y al encontrarse con Bordenave podía haber surgido una conversación, acaso, lo más probable por iniciativa de él ya que era a las claras un mujeriego y un hombre mundano. *Sí, riasén manga de vagos, pera yo les digo que tenemos que pasar por la sangre y por el fuego* y aunque todos reían, y hasta el propio Barragán por momentos parecía seguirles la chacota, buen tipo como era, sin embargo sus ojos adquirieron fulgor al dirigir sus miradas hacia Martín, un fulgor acaso profético, aunque fuese el de un modesto profeta de barrio, borracho y torpe (pero, como pensaría Bruno, ¿qué se sabe sobre los instrumentos que el destino elige para insinuar oscuramente sus propósitos? Y, acaso, y dada la ambigua perversidad con que suele proceder, ¿no era posible que enviase sus arteros mensajes a través de seres que raramente se toman en serio como son los locos y los chicos?), y como si hablara otra persona, no la que bromeaba con los muchachos del bar, agregó *pero vos, pibe, vos no, porque vos tenés que salvarnos a todos* y todos se quedaron callados y un silencio rodeó a aquellas inesperadas palabras del loco; aunque en seguida los muchachos volvieron a la carga y preguntaban *decí qué número gana mañana, loco,* pero Barragán, meneando la cabeza, tomando su cañita quemada, respondía *sí, riasén, pera ya van a ver lo que les digo, ya lo van a ver con sus propios ojos, porque es necesario que esta ciudad emputecida sea castigada y tiene que venir Alguien porque el mundo no puede seguir así* momento en que Martín, impresionado, mirando con fijeza, vinculó sus palabras con otras de Alejandra sobre los sueños premonitorios y la purificación por el fuego.

—Nos han quitado al Cristo ¿y qué nos han dado, en cambio? Autos, aviones, heladeras eléctricas. Pero vos, Chichín, pongo por caso, ¿sos más feliz ahora que tenés heladera eléctrica que cuando venía el rengo Acuña con las barras de yelo? Supongamos, es un suponer, que mañana vos, Loiácono, podés ir a la Luna —frase que fue celebrada con risotadas—, pero les digo, zonzos, que es un suponer ¿y qué? ¿Vas a ser por eso más feliz que ahora?

—Ma de qué felicidá m'está hablando —comentó con rencor Loiácono— si yo en la puta vida he sido felí.

—Bueno, está bien, te digo que es un suponer. Pero, te pregunto: ¿serías más feliz por ir a la Luna?

—Y yo qué sé —respondió Loiácono con resentimiento.

Pero el loco Barragán proseguía con su predicación, sin oírlo, ya que su pregunta era retórica:

—Por eso yo les digo, muchachos, que la felicidad hay que buscarla dentro del corazón. Pero para eso se necesita que venga el Cristo de nuevo. Lo hemos olvidado, hemos olvidado sus enseñanzas, hemos olvidado que sufrió el martirio por nuestra culpa y por nuestra salvación. Somos una manga de desagradecidos y unos canallas. Y si viene de nuevo, capaz que no lo conocemos y hasta le tomamos el pelo.

—Quién te dice —comentó Díaz—, vo so el Cristo y ahora nosotro te estamo tomando en joda.

Todos rieron celebrando la salida de Díaz, pero Barragán, meneando la cabeza con benévola sonrisa de borracho, proseguía, con lengua cada vez más pastosa:

—Todos estamos tristes —algunos protestaron, dijeron *yo no, avisá,* etcétera—. Todos estamos tristes muchachos. No nos engañemos. ¿Y por qué estamos todos tristes? Porque nuestro corazón está insatisfecho, porque sabemos que somos unos miserables, unos canallas. Porque somos injustos, ladrones, porque tenemos el alma llena de odio. Y todos corren. ¿Para qué, les digo yo? ¿Adónde? Todos luchan por tener unos mangos ¿para qué? ¿Acaso no nos vamos a morir todos? ¿Y para qué queremos la vida si no creemos en Dios?

—Bueno, ufa, terminala —dictaminó Loiácono—. Vo también so bastante bueno, loco. Mucho Dios, mucho Cristo y mucho de esto —se señalaba los labios— pero dejá que tu mujer labure como una burra para mantenerte, mientras vo aquí dale discurso.

El loco Barragán lo consideró con mirada bondadosa. Tomó un traguito de caña y preguntó:

—¿Y quién te ha dicho que yo no sea un turro?

Mostró su vasito de caña quemada y con voz dolorida agregó:

223

—Yo, muchachos, soy un borracho y un loco. Me dicen el loco Barragán. Chupo, me paso el día vagando por ahí y pensando mientras la patrona trabaja de sol a sol. Qué le voy a hacer. Así nací y así voy a morir. Soy un canalla, no me aparto. Pero eso no es lo que les digo, muchachos. ¿No dicen que los chicos y los locos dicen la verdad? Y bueno, yo soy loco, y muchas veces, por esta cruz, ni sé por qué hablo.

Todos se rieron.

—Sí, riasén. Pero yo les digo que el Cristo se me apareció una noche y me dijo: Loco, el mundo tiene que ser purgado con sangre y fuego, algo muy grande tiene que venir, el fuego caerá sobre todos los hombres, y te digo que no va a quedar piedra sobre piedra. Esto me dijo el Cristo.

Los muchachos se retorcían de risa, menos Loiácono.

—Sí, metalén, muchachos, dale que va. Riasén y después me cuentan. Acá hay uno solo que sabe lo que digo.

Las risotadas cesaron y un silencio rodeó estas últimas palabras. Pero en seguida todos volvieron a las bromas y luego empezaron a hacer cálculos sobre el partido del domingo.

Pero Martín miraba al Loco, mientras volvían a su memoria aquellas otras palabras de Alejandra sobre el fuego.

XVII

Alejandra no fue. En cambio, llegó Wanda con un mensaje: no podría verlo durante esa semana.

—Mucho trabajo —agregó, mirando su encendedor con música.

—Mucho trabajo —repitió Martín, en tanto que aviesamente aparecía la figura de Bordenave.

Wanda se limitó a encender y apagar varias veces el encendedor.

—Ella te llamará.

—Bueno.

Un gran peso le impidió incorporarse después que Wanda se hubo ido, pero por fin se levantó para llamar a Bruno. Lo llamaba con timidez, no le decía que deseaba verlo, pero siempre Bruno terminaba insistiéndole para que fuera.

Se sentó en un rincón y Bruno intentó distraerlo con comentarios sobre cualquier cosa.

—¿Lo conoce a Molina Costa?

—No.

—Resulta que al lado de su campo está la estancia de un señor Pearson Spaak. El hijo, Willie, lo criticaba porque andaba con breeches, mientras que él llevaba siempre bombachas criollas y no usa jamás montura inglesa, le dijo: "Viejo, vos necesitás todo eso porque te llamas Pearson Spaak; pero como yo me llamo Molina Costa puedo darme el lujo de andar con breeches".

Bruno se rió con muchas ganas, en una forma que Martín no le había observado antes. Parece que aquella anécdota le causaba una enorme gracia. Cuando se calmó, dijo:

—Es indudable que en ese empeño que tenemos últimamente en rechazar todo lo europeo hay un fuerte sentimiento de inseguridad. ¿No le parece? Acá los grupos nacionalistas están llenos de individuos que se llaman Kelly o Rabufetti.

Se quitó los anteojos y los limpió, con aquella manía de mantenerlos perfectos, o quizá en virtud de un simple tic. Sus ojos se agrandaban repentinamente al ser vistos sin aquellos gruesos cristales, y le conferían al rostro una curiosa sensación de desnudez que a Martín casi lo avergonzaba. Por lo demás, la mirada de Bruno se volvía más abstracta y como desamparada frente a un universo minucioso y rico.

Le habló del libro que estaba leyendo, sobre el tiempo, y le explicó la diferencia que existe entre el tiempo de los astrónomos y el del hombre. Mientras reflexionaba que nada de todo aquello podía serle útil a Martín, sino como mera distracción. Toda consideración abstracta, aunque se refiriese a problemas humanos, no servía para consolar a ningún hombre, para mitigar ninguna de las tristezas y angustias que puede sufrir un ser concreto de carne y hueso, un pobre ser con ojos que miran ansiosamente (¿hacia qué o hacia quién?), una criatura que sólo sobrevive por la esperanza. Porque felizmente (pensaba) el hombre no está sólo hecho de desesperación sino de fe y de esperanza; no sólo de muerte sino también de anhelo de vida; tampoco únicamente de soledad sino de momentos de comunión y de amor. Porque si prevaleciese la desesperación, todos nos dejaríamos morir o nos mataríamos, y eso no es de ninguna manera lo que sucede. Lo que demostraba, a su juicio, la poca importancia de la razón, ya que no es razonable mantener esperanzas en este mundo en que vivimos. Nuestra razón, nuestra inteligencia, constantemente nos están probando que ese mundo es atroz, motivo por el cual la razón es aniquiladora y conduce al escepticismo, al cinismo y finalmente a la aniquilación. Pero, por suerte, el hombre no es casi nunca un ser razonable, y por eso la esperanza renace una y otra vez en medio de las calamidades. Y este mismo renacer de algo tan descabellado, tan sutil y entrañablemente descabellado, tan desprovisto de todo fundamento es la prueba de que el hombre no es un ser racional. Y así, apenas los terremotos arrasan una vasta región de Japón o de Chile; apenas una gigantesca inundación liquida a centenares de miles de chinos en la región del Yang Tse; apenas una guerra cruel y, para la inmensa mayoría de sus víctimas sin sentido, como la Guerra de los Treinta Años, ha mutilado y torturado, asesinado y violado, incendiado y arrasado a mujeres, niños y pueblos, ya los sobrevivientes, los que sin embargo asistieron, espantados e impotentes, a esas calamidades de la naturaleza o de los hombres, esos mismos seres que en aquellos momentos de desesperación pensaron que nunca más querrían vivir y que jamás reconstruirían sus vidas ni podrían reconstruirlas aunque lo quisieran, esos mismos hombres y mujeres (sobre todo mujeres, porque la mujer es la vida misma y la tierra madre, la que jamás pierde un último resto de esperanza), esos precarios seres humanos ya empiezan de nuevo, como hormiguitas tontas pero heroicas, a levantar su pequeño mundo de todos los días: mundo pequeño, es cierto, pero por eso mismo más conmovedor. De modo que no eran las ideas las que salvaban al mundo, no era el intelecto ni la razón, sino todo lo contrario: aquellas insensatas esperanzas de los hombres, su furia persistente para sobrevivir, su anhelo de respirar mientras sea posible, su pequeño, testarudo y grotesco heroísmo de todos los días frente al infortunio. Y si la angustia es la experiencia de la Nada, algo así como la prueba ontológica de la Nada, ¿no sería la esperanza la prueba de un Sentido Oculto de la Existencia, algo por lo cual vale la pena luchar? Y siendo la esperanza más poderosa que la angustia (ya que siempre triunfa sobre ella, porque si no todos nos suicidaríamos) ¿no sería que ese Sentido Oculto es más verdadero, por decirlo así, que la famosa Nada?

Mientras en un plano más superficial le decía a Martín algo aparentemente sin conexión con sus reflexiones profundas, pero en realidad conectadas a ella por vínculos irregulares pero vitales.

—Siempre pensé que me gustaría ser algo así como bombero.

Y como Martín lo mirara sorprendido, comentó: pensando que acaso ese tipo de reflexiones sí podían ser útiles a su desdicha, pero con una sonrisa que atenuaba su pretensión.

—Quizá cabo de bomberos. Porque entonces uno sen-

tiría que está entregado a algo comunitario, a algo en que
uno realiza un esfuerzo por los demás, y además en medio
del peligro, cerca de la muerte. Y, siendo cabo, porque se
sentiría, supongo, la responsabilidad de su pequeño grupo. Ser para ellos la ley y la esperanza. Un pequeño mundo en que el alma de uno esté transfundida en una pequeña alma colectiva. De modo que las penas son las penas
de todos y la alegrías también, y el peligro es el peligro de
todos. Saber, además, que uno puede y debe confiar en
sus camaradas, que en esos momentos límites de la vida,
en esas zonas inciertas y vertiginosas en que la muerte
nos enfrenta repentina y furiosamente, ellos, los camaradas, lucharán contra ella, nos defenderán y sufrirán y es-
perarán por nosotros. Y luego el destino pequeño y modesto de mantener el equipo limpio, los broncas relucientes, el limpiar y afilar las hachas, el vivir con sencillez esos
momentos que sin embargo preceden al peligro y acaso a la
muerte.

Se quitó los anteojos y los limpió.

—Muchas veces lo he imaginado a Saint-Exupéry allá
arriba, con su pequeño avión, luchando contra la tempestad,
en pleno Atlántico, heroico y taciturno, con su telegrafista
atrás, unidos por el silencio y la amistad, por el peligro
común pero también por la común esperanza; escuchando el
rugido del motor, vigilando con ansiedad la reserva de combustible, mirándose entre sí. La camaradería frente a la
muerte.

Se colocó los anteojos y sonrió, mirando a lo lejos.

—Bueno, acaso uno admire más lo que no es capaz de
hacer. No sé si sería capaz de hacer la centésima parte de
cualquiera de los actos de Saint-Exupéry. Claro, esto es lo
grande. Pero quería decir que aun en pequeño... cabo de
bomberos... En cambio, yo... ¿qué soy, yo? Una especie de
contemplativo solitario, un inútil. Ni siquiera sé si alguna
vez lograré escribir una novela o un drama. Y aunque lo
escribiera... no sé si nada de eso puede ser equiparable a
formar parte de un pelotón y guardar el sueño y la vida de
los camaradas con su fusil... No importa que la guerra sea
hecha por sinvergüenzas, por bandoleros de las finanzas o
el petróleo: aquel pelotón, aquel sueño guardado, aquella

fe de nuestros camaradas, ésos serán siempre valores absolutos.

Martín lo miraba con los ojos empañados, estáticamente. Y Bruno pensó para sí: "Bueno, al fin, ¿no estamos todos en una especie de guerra? ¿Y no pertenezco a un pequeño pelotón? ¿Y no es Martín, en cierto modo, alguien cuyo sueño yo velo y cuyas angustias intento suavizar y cuyas esperanzas cuido como una llamita en medio de una furiosa tormenta?"

Y en seguida se avergonzó.

Entonces contó un chiste.

XVIII

El lunes esperó su llamado, pero en vano. El martes, impaciente, la llamó a la *boutique*. Le pareció que la voz de Alejandra era áspera, pero podía ser por el trabajo. Ante la insistencia de Martín, le dijo que lo esperaba a tomar un café en el bar de Charcas y Esmeralda.

Martín corrió al bar y la encontró esperándolo: fumaba mirando hacia la calle. El diálogo fue corto porque ella tenía que volver al taller. Martín le dijo que quería verla tranquila, una tarde entera.

—Me es imposible, Martín.

Al ver los ojos del muchacho empezó a golpear con una boquilla que tenía, mientras parecía pensar y sacar cuentas. Su ceño estaba fruncido y su expresión era de preocupación.

—Ando muy enferma —dijo al cabo.

—¿Qué te pasa?

—Qué no me pasa, sería mejor decir.

Sueños atroces, dolores de cabeza (en la nuca, que luego se extendían a todo el cuerpo), centelleos en los ojos.

—Y como si todo eso fuera poco, esas campanas de iglesia. Una mezcla de hospital e iglesia, como ves.

—Así que por eso no me podés ver —comentó Martín con ligero sarcasmo.

—No, no digo eso. Pero todo se junta, ¿comprendés?

"Todo se junta", se repitió para sí Martín, sabiendo que en ese "todo" estaba lo que más lo atormentaba.

—¿De modo que te es imposible verme?

Alejandra mantuvo por un instante la mirada del muchacho pero luego bajó los ojos y se puso a golpear con la boquilla contra la mesa.

—Bueno —dijo, por fin—, nos veremos mañana a la tarde.

—¿Cuánto tiempo? —preguntó ansioso Martín.

—Toda la tarde, si querés —agregó Alejandra, sin mirar y sin dejar de dar golpecitos con la boquilla.

Luego, levantando la mirada y al ver que los ojos de Martín brillaban, añadió:

—Pero con una condición, Martín.

Los ojos de Martín se apagaron.

XIX

Al otro día el sol brillaba como en aquel lunes, pero el viento era excesivamente fuerte y había demasiada tierra en el aire. Así que todo era parecido pero nada era igual, como si la favorable conjunción de los astros de aquel día se hubiera ya desfigurado —temía Martín.

El pacto establecido confería una melancólica paz al nuevo encuentro: hablaban suavemente, como dos buenos amigos. Pero por eso mismo resultaba tan triste para Martín. Y, acaso sin sentido con plena conciencia (pensaba Bruno), no veía el momento de bajar al río y de sentarse de nuevo en el mismo banco, como se quiere repetir un acontecimiento reiterando las fórmulas mágicas que lo provocaron por primera vez; e ignorando, claro, hasta qué punto aquel lunes, que para él había sido perfecto, para Alejandra había sido sordamente angustioso; de modo que los mismos hechos que repitiéndose constituían para él motivo de felicidad, para ella eran causa de desasosiego; fuera de que siempre es levemente siniestro volver a los lugares que han sido testigos de un instante de perfección.

Hasta que bajaron al río y se sentaron en el mismo banco.

Durante largo rato no hablaron, en medio de una especie de serenidad. Serenidad que sin embargo en Martín, después de su candorosa esperanza en el restorán, se iba tiñendo crecientemente de melancolía, ya que esa paz precisamente existía por la condición que Alejandra había impuesto. Y en lo que a ella se refería (pensaba Bruno) aquella serenidad era simplemente una suerte de paréntesis, tan precario, tan insustancial como el que un enfermo de cáncer logra con una inyección de morfina.

Miraban los barcos, las nubes.

También observaban las hormigas, que trabajaban con esa acelerada y empeñosa seriedad que las caracteriza.

—Miralas cómo producen —comentó Alejandra—. Segundo Plan Quinquenal.

Siguió con su mirada a una que buscaba su camino tambaleando bajo una carga que en proporción era como un automóvil para un hombre.

Siguiendo la marcha del animalito, preguntó:

—¿Sabés lo que le dijo Juancito Duarte a Zubiza, cuando Zubiza llegó al infierno?

Sí, lo sabía.

—¿Y el de Perón en el infierno?

No, ése todavía no lo sabía.

También se contaron los chistes del día sobre Aloé.

Después Alejandra volvió a las hormigas.

—¿Recordás el cuento de Mark Twain sobre las hormigas?

—No.

—Unas hormigas tienen que transportar una pata de langosta hasta la cueva. Prueba que son los bichos más zonzos de la creación. Es bastante divertido: una especie de baño, después de todas esas sensiblerías de Maeterlinck y compañía. ¿A vos no te parece el colmo de la estupidez?

—Nunca lo pensé.

—Pero las gallinas son peores. Una tarde, en la quinta de Juan Carlos, me pasé horas tratando de crearles algún reflejo, con un palo y comida. Digo, eso de Pavlov. Como si nada. Lo habría querido ver a Pavlov con gallinas. Son tan idiotas que al final te da rabia. ¿No te da rabia la idiotez?

—No sé, depende. Si son idiotas y pedantes, quizá.

—No, no —comentó ella con ardor—. Te digo la idiotez pura sin más ni más.

Martín la miró intrigado.

—No creo. Es como si me diera rabia una piedra.

—¡No es lo mismo! La gallina no es una piedra: se mueve, come, tiene intenciones.

—No sé —comentó Martín, con perplejidad—. No entiendo bien por qué me tendría que dar rabia eso.

Volvieron al silencio, pero quizá imaginando cada uno cosas diferentes. Martín con la impresión de que siempre habría en ella sentimientos e ideas que él jamás alcanzaría a comprender; y ella (pensaba Martín) con cierto desdén. O, lo que era peor, con algún sentimiento que ni siquiera podía él suponer.

Alejandra buscó su cartera y sacó una libreta de direcciones. De su interior extrajo una fotografía.

—¿Te gusta? —preguntó.

Era una instantánea en la terraza de Barracas, apoyada sobre la balaustrada. Tenía ese rostro profundo y anhelante, esa espera de algo indefinido que tanto le había subyugado cuando la conoció.

—¿Te gusta? —volvió a preguntarle—. Es de aquellos días.

En efecto, Martín reconocía la blusa y la pollera. ¡Todo parecía tan remoto! ¿Por qué le mostraba ahora esa fotografía?

Pero ella insistió:

—¿Te gusta o no?

—Claro, cómo no me va a gustar. ¿Quién te la sacó?

—Alguien que vos no conocés.

Una nube tenebrosa oscureció aquel cielo melancólico pero sereno.

Luego, mientras la mantenía en sus manos y la miraba con sentimientos encontrados, Martín preguntó, con timidez:

—¿Me la podés dar?

—Te la traje para dártela. Siempre que te gustara.

Martín se emocionó, al mismo tiempo que sentía pena: parecía como si tuviera algún significado de despedida. Algo de eso le dijo, pero ella no contestó nada; se quedó observando las hormigas mientras Martín escrutaba su expresión.

Desanimado, bajó su cabeza y su mirada cayó en la mano de Alejandra, que estaba sobre el banco, al lado del cuerpo de Martín, todavía con la libreta abierta: en ella se veía doblado, un sobre de carta aérea. Las direcciones que ella anotaba en su libreta, las cartas que recibía, todo aquello constituía para Martín un mundo dolorosamente ajeno.

Y aunque siempre se detenía al borde, alguna vez se le escapaba una desdichada pregunta. Aquella vez, también.

—Es una carta de Juan Carlos —dijo Alejandra.

—¿Qué dice ese ganso? —preguntó Martín con amargura.

—Imagináte, las tonterías de siempre.

—¿Qué tonterías?

—¿De qué puede hablar Juan Carlos en una carta, por avión o no? A ver, alumno Del Castillo.

Lo miraba sonriendo, pero Martín, con seriedad que (estaba seguro) a ella le debía parecer necia, respondió:

—¿Flirts?

—Muy bien, niño. Nueve puntos. Y no le pongo diez porque preguntó, en lugar de suponerlo directamente. Cientos, miles de flirts con danesas altísimas y sonsísimas y suavemente rubias. En fin, esa gente que lo subyuga. Todas muy quemadas por el cultivo sistemático de deportes al aire libre. Por viajes de millones de millas en canoas, en fraternal camaradería con muchachos tan rubios, quemados y altos como ellas. Y mucho *practical joke,* como le fascina a Juan Carlos.

—Mostrame la estampilla —pidió Martín.

Conservaba la pasión infantil por las estampillas de tierras lejanas. Al tomar la carta le pareció que Alejandra hacía un pequeño ademán, inconsciente, quizá, de retención. Agitado por aquel detalle, Martín hizo como que examinaba la estampilla.

Al devolverle la carta, la miró con cuidado y le pareció que ella se turbaba.

—No es de Juan Carlos —aventuró.

—Claro que es de Juan Carlos. ¿No ves la letra de nene de cuarto grado?

Martín se quedó en silencio, como siempre que se suscitaba una situación semejante. Incapaz de ir más allá, de internarse en aquella región turbia de su alma.

Tomó un palito y empezó a escarbar en la tierra.

—No seas tonto, Martín. No arruines este día con pavadas.

—Trataste de retener la carta —comentó Martín, sin dejar de escarbar con el palito.

Hubo un silencio.

—¿Ves? No me equivocaba.

—Sí, tenés razón, Martín —admitió ella—. Es que no habla bien de vos.

—¿Y qué? —comentó él con aparente displicencia—. Total, no la iba a leer.

—No, claro que no... Pero me pareció una falta de delicadeza que la tuvieras en la mano, inocentemente... Es decir, ahora que pienso, me doy cuenta de que ése fue el motivo.

Martín levantó la mirada hacia ella.

—¿Y por qué habla mal de mí?

—Bah, no vale la pena. Te apenaría inútilmente.

—¿Y de qué me conoce, ese idiota? Si ni siquiera me ha visto una sola vez.

—Martín, te imaginás que alguna vez le he hablado de vos.

—¿A ese cretino le has hablado de mí, de nosotros?

—Pero si es como hablarle a nadie, Martín. Como hablarle a una pared. A nadie le he dicho nada, ¿comprendés? A él es como hablarle a una pared.

—No, no comprendo, Alejandra. ¿Por qué a él? Me gustaría que me dijeses o que leyeses lo que dice de mí.

—Pero si es una tontería típica de Juan Carlos, ¿para qué?

Le entregó la carta.

—Te he advertido que te traerá tristeza —anunció con rencor.

—No importa —respondió Martín tomando la carta con avidez, nervioso, mientras ella se colocaba a su lado, en la actitud del que va a leer algo con uno.

Martín se imaginó que quería atenuar frase por frase, y así se lo comentó a Bruno. Y Bruno pensó que la actitud de Alejandra era tan insensata como la que nos lleva a vigilar las maniobras de alguien que conduce mal el auto en el que vamos.

Martín iba a sacar la carta del sobre, cuando de pronto comprendió que aquella actitud podría destruir los pocos y frágiles restos que quedaban del amor de Alejandra. Su mano cayó, desalentada, con el sobre y así permaneció un rato, hasta que se la devolvió. Alejandra volvió a guardarla.

236

—A un cretino semejante le hacés confidencias —comentó, pero con cierta vaga conciencia de que estaba cometiendo una injusticia, porque, de eso estaba seguro, a aquel individuo jamás Alejandra podía hacerle "confidencias". Sería algo mejor o peor, pero jamás confidencias.

Sentía una necesidad de herirla y sabía, o intuía, que esa palabra debía herirla.

—¡No digás idioteces! Te acabo de decir que hablarle a él es como esas conversaciones que uno sostiene con el caballo. ¿No comprendés? Sí, de todos modos, es cierto que no debí decirle nada, en eso tenés razón. Pero yo estaba borracha.

Borracha, con él (pensó Martín, con más amargura).

—Es —agregó ella, después de un momento, y ya menos dura—, es como si a un caballo le mostrás una fotografía de un hermoso paisaje.

Martín sintió que una gran felicidad trataba de atravesar los pesados nubarrones, y la expresión "hermoso paisaje", de todos modos, llegaba hasta su alma atormentada como un mensaje luminoso. Pero tenía que forzar el paso entre aquellas nubes pesadas, y, sobre todo, a través de aquel "estaba borracha".

—¿Me estás oyendo?

Martín hizo un gesto afirmativo.

—Mirá, Martín —oyó que ella decía, de pronto—. Yo me separaré de vos, pero nunca creás cosas equivocadas sobre nuestra relación.

Martín la miró consternado.

—Sí. Por muchos motivos esto no puede seguir, Martín. Será mejor para vos, mucho mejor.

Martín no atinaba a decir nada. Sus ojos se llenaron de lágrimas y para que ella no lo advirtiera empezó a mirar hacia delante, a lo lejos: como un cuadro impresionista, miraba sin ver un barco de casco marrón, a lo lejos, y unas gaviotas blancas que giraban sobre él.

—Ahora empezarás a pensar que no te quiero, que nunca te quise —dijo Alejandra.

Martín seguía la trayectoria del barco marrón con una especie de fascinación.

—Y sin embargo —decía Alejandra.

Martín inclinó la cabeza y volvió a observar las hormigas: una de ellas llevaba una hoja grande y triangular que parecía la vela de un minúsculo barquito: el viento la hacía bambolear y ese pequeño vaivén acentuaba la semejanza.

Sintió que la mano de Alejandra le tomaba el mentón.

—Vamos —le dijo con energía—. Levantá esa cara.

Pero Martín, con fuerza y tozudez, lo evitó.

—No, Alejandra, dejáme ahora. Quiero que te vayás y me dejés solo.

—No seas tonto, Martín. Maldito el momento en que viste esa carta estúpida.

—Y yo maldigo el momento en que te encontré. Ha sido el momento más desdichado de mi vida.

Oyó la voz de Alejandra, que preguntaba:

—¿Eso creés?

—Sí.

Alejandra se quedó callada. Después de un rato se levantó del banco y dijo:

—Caminemos un momento juntos, al menos.

Martín se levantó pesadamente y empezó a caminar detrás de ella.

Alejandra lo esperó, lo tomó del brazo y le dijo:

—Martín, te dije más de una vez que te quiero, que te quiero mucho. No te olvidés de eso. Yo jamás digo algo en lo que no creo.

Una lenta y grisácea paz fue descendiendo con esas palabras sobre el alma de Martín. Pero ¡cuánto mejor era la tempestad de los peores momentos de ella que esa calma gris sin esperanzas!

Caminaron cada uno absorto en sus propias ideas.

Cuando llegaron frente a la confitería del balneario, Alejandra dijo que tenía que telefonear.

En el café todo tenía ese aire desolado que para él tenían los lugares festivos en los días de trabajo: las mesas estaban apiladas unas sobre otras, también las sillas; un mozo, en camisa, con los pantalones arremangados, lavaba el piso. Mientras Alejandra telefoneaba, Martín, en el mostrador, pidió un café, pero le dijeron que la máquina estaba fría.

Cuando Alejandra volvió del teléfono y Martín le dijo

que no había café, ella sugirió que fueran hasta el Moscova a tomar una copa.

Pero estaba cerrado. Golpearon y esperaron en vano.

Preguntaron en el kiosco de la esquina.

—¿Cómo, no sabían?

Lo habían encerrado en el manicomio, en Vieytes.

Parecía un símbolo: aquel bar era el primero en que había conocido la felicidad. En los momentos más deprimentes de sus relaciones con Alejandra siempre acudía al espíritu de Martín el recuerdo de aquel atardecer, aquella paz al lado de la ventana, contemplando cómo la noche bajaba sobre los techos de Buenos Aires. Nunca como en aquel momento él se había sentido más lejos de la ciudad, del tumulto y el furor, la incomprensión y la crueldad; nunca se había sentido tan aislado de la suciedad de su madre, de la obsesión del dinero, de aquella atmósfera de acomodos, cinismos y resentimiento de todos contra todos. Allí, en aquel pequeño pero poderoso refugio, bajo la mirada de aquel hombre entregado al alcohol y a las drogas, tan fracasado como generoso, parecía como si toda la burda realidad externa estuviese abolida. Había pensado más tarde si era inevitable que seres tan delicados como Vania tuvieran que terminar entregándose al alcohol o a las drogas. Y le conmovían también aquellas pinturas baratas de las paredes, tan burdamente representativas de la patria lejana. ¡Qué emocionante era todo aquello, precisamente por ser tan barato y candoroso! No era una pintura con pretensiones hecha por algún pintor malo que se cree bueno, sino, con toda seguridad, realizada por un artista tan borracho y tan fracasado como el propio Vania; tan desgraciado y definitivamente exiliado de su propia tierra como él; condenado a vivir aquí, en un país para ellos absurdo y remotísimo: hasta la muerte. Y aquellas imágenes baratas, sin embargo, de alguna manera servían para recordar la patria lejana, del mismo modo que las decoraciones de un escenario, aunque hechas de papel, aunque muchas veces torpes y primarias, de algún modo contribuyen a que sintamos de verdad el drama o la tragedia. El hombre del kiosco meneaba la cabeza.

—Era un buen hombre —dijo.

Y el verbo en pasado daba a las paredes del loquero el siniestro significado que verdaderamente tienen.

Se volvieron hacia el Paseo Colón.

—Al fin —comentó Alejandra— aquella inmundicia salió con la suya.

Alejandra, que se había puesto muy deprimida, sugirió ir hasta la Boca.

Cuando bajaron en Pedro de Mendoza y Almirante Brown entraron en el bar de la esquina.

De un carguero brasileño llamado *Recife* bajó un negro gordo y sudoroso.

—Louis Armstrong —comentó Alejandra, señalando con su sandwich.

Después salieron a caminar por los muelles. Y bastante lejos, en un lugar descubierto, se sentaron al borde de los malecones, mirando hacia los semáforos.

—Hay días astrológicamente malos —comentó Alejandra.

Martín la miró.

—¿Cuál es tu día? —preguntó.

—El martes.

—¿Y tu color?

—El negro.

—El mío es el violeta.

—¿El violeta? —preguntó Alejandra, con cierta sorpresa.

—Lo leí en *Maribel*.

—Veo que elegís buen material de lectura.

—Es una de las revistas preferidas de mi madre —dijo Martín—, una de las fuentes de su cultura. Es su Crítica de la Razón Pura.

Alejandra negó con la cabeza.

—Para astrología, nada como *Damas y Damitas*. Es brutal...

Seguían la entrada y salida de barcos. Uno de casco blanquísimo y línea alargada, como una grave ave marina, se deslizaba sobre el Riachuelo, remolcado hacia la desembocadura. El puente levadizo se levantó con lentitud y el barco pasó, haciendo sonar repetidas veces su sirena. Y resultaba extraño el contraste entre la suavidad y elegancia de sus formas, el silencio de su deslizamiento y la fuerza rugiente de los remolcadores.

—Doña Anita Segunda —advirtió Alejandra, por el remolcador delantero.

Les encantaban esos nombres y jugaban concursos e instituían premios al que encontraba el más lindo: *Garibaldi Terrero, La Nueva Teresina, Doña Anita Segunda* no era malo, pero Martín ya no pensaba en concursos, sino, más bien, cómo todo aquello pertenecía a una época sin retorno.

El remolcador rugía, lanzando una columna de humo negro y retorcido. Los cables estaban tensos como cuerdas de un arco.

—Siempre tengo la sensación de que en una de ésas al remolcador le va a salir una hernia —comentó Alejandra.

Con desconsuelo, pensó que todo eso, todo, desaparecería de su vida. Como aquel barco: silenciosa pero inexorablemente. Hacia puertos remotos y desconocidos.

—¿En qué pensás, Martín?

—Cosas.

—Decí.

—Cosas, cosas indefinidas.

—No seas malo. Decí.

—Cuando hacíamos concursos. Cuando hacíamos planes para irnos de esta ciudad, a cualquier parte.

—Sí —confirmó ella.

De pronto, Martín le hizo saber que había conseguido unas inyecciones que provocaban la muerte por parálisis del corazón.

—No me digas —comentó Alejandra, sin demasiado interés.

Se las mostró. Después dijo, sombríamente.

—¿Recordás cuando hablamos una vez de matarnos juntos?

—Sí.

Martín la observó y luego volvió a guardar las inyecciones.

Era ya de noche y Alejandra dijo que podían ya volver.

—¿Vas al centro? —preguntó Martín, pensando con dolor que todo terminaba ya.

—No, a casa.

—¿Querés que te acompañe?

Aparentó un tono indiferente, pero su pregunta estaba llena de ansiedad.

—Bueno, si querés —respondió ella, después de una vacilación.

Cuando llegaron frente a la casa, Martín sintió que no podía despedirse allí, y le rogó que lo dejara subir.

Nuevamente ella asintió con vacilación.

Y una vez en el Mirador, Martín se derrumbó, como si todo el infortunio del mundo se hubiese desplomado sobre sus espaldas.

Se echó sobre la cama y lloró.

Alejandra se sentó a su lado.

—Es mejor, Martín, es mejor para vos. Yo sé lo que te digo. No debemos vernos más.

Entre sollozos, el muchacho le dijo que entonces él se mataría con las inyecciones que le había mostrado.

Ella se quedó pensativa y perpleja.

Poco a poco Martín se fue calmando y luego pasó lo que no debía pasar y después que todo hubo pasado, oyó que ella dijo:

—Te vi con la promesa de que no llegaríamos a esto. En cierto modo, Martín, has hecho una especie de...

Pero dejó la frase sin terminar.

—¿De qué? —preguntó Martín, temeroso.

—No importa, ya está hecho, ahora.

Se levantó y empezó a vestirse.

Salieron y ella dijo que quería ir a tomar algo. El tono de su voz era sombrío y áspero.

Caminaba como distraída, concentrada en algún pensamiento obsesivo y secreto.

Empezó a tomar en uno de los boliches del Bajo y luego, como cada vez que la empezaba a dominar aquella inquietud indefinida, aquella especie de abstracción que tanto angustiaba a Martín, no permanecía mucho tiempo en cada bar y le era necesario salir y entrar en otro.

Estaba inquieta, como si tuviera que tomar un tren y fuese necesario vigilar la hora, tamborileando con sus dedos sobre la mesa, sin oír lo que se le decía o respondiendo ¿eh, eh? sin entender nada.

Finalmente entró en un cafetín en cuyas vidrieras había fotografías de mujeres semidesnudas y de cancionistas. La luz era rojiza. La dueña hablaba en alemán con un marino que tomaba algo en un vaso muy alto y rojo. En las mesitas se podía entrever a marineros y oficiales con mujeres del Parque Retiro. Sobre el estrado apareció entonces una mujer de unos cincuenta años, pintarrajeada, con pelo platinado. Sus enormes pechos parecían estallar como dos globos a presión debajo de un vestido de raso. En las muñecas, en los dedos y en el cuello estaba cargada de fantasías que refulgían a la luz rojiza del entarimado. Su voz era aguardentosa y canallesca.

Alejandra observaba con fascinación.

—Qué —preguntó Martín, ansioso.

Pero ella no respondió; sus ojos siempre clavados en la gorda.

—Alejandra —insistió, tocándole un brazo—. Alejandra.

Ella lo miró, por fin.

—Qué —volvió a decir.

—Es tan derrotada. No sirve para cantar y tampoco ha de servir ya gran cosa en la cama, salvo para hacer fantasías; ¿quién cargaría con semejante monstruo?

Volvió nuevamente sus ojos a la cantante y murmuró, como si hablara consigo misma:

—¡Cuánto daría por ser como ella!

Martín la miró asombrado.

Luego, al asombro sucedió el sentimiento ya habitual de anhelante tristeza ante el enigma de Alejandra, condenado a permanecer siempre afuera. Y la experiencia ya le había mostrado que cuando ella llegaba a ese punto se desataba el inexplicable rencor contra él, aquel resentimiento llameante y sarcástico que nunca se pudo explicar y que en aquel último período de sus relaciones estallaba brutalmente.

Así que cuando ella volvió sus ojos hacia él, aquellos ojos vidriosos de alcohol, sabía ya que de sus labios tensos y despreciativos le saldrían palabras duras y vengativas.

Lo miró por unos instantes, que a Martín le parecieron eternos, desde lo alto de su infernal pedestal: parecía uno de esos antiguos y sádicos dioses aztecas que exigen el corazón caliente de sus víctimas. Y entonces le dijo con una voz violenta y baja.

—¡No te quiero ver acá! ¡Ahora mismo te vas y me dejás sola!

Martín intentó calmarla, pero ella se enfureció aun más y levantándose le gritó que se fuera.

Como un autómata, Martín se levantó y comenzó a salir, entre las miradas de los marineros y prostitutas.

Una vez fuera, el aire fresco empezó a volverlo a su conciencia. Caminó hacia Retiro y terminó sentándose en uno de los bancos de la Plaza Británica: el reloj de la torre marcaba las once y media de la noche.

Su cabeza era un caos.

Por un momento trató de mantenerla en alto, pero de pronto su resistencia terminó.

XX

Pasaron varios días, hasta que Martín, desesperado, marcó el número de la *boutique;* pero cuando oyó la voz de Wanda no tuvo valor para contestar y colgó. Esperó tres días y volvió a llamar. Era ella.

—¿Por qué te extrañás? —respondió Alejandra—. Habíamos quedado, me parece, en no vernos más.

Hubo una confusa conversación, frases un poco incomprensibles de Martín, hasta que Alejandra le prometió ir al día siguiente al bar de Charcas y Esmeralda. Pero no fue.

Después de más de una hora de espera Martín decidió ir hasta el taller.

La puerta de la *boutique* estaba entreabierta y, desde la oscuridad, a la luz de una lámpara baja, vio sentado y solitario a Quique, de perfil. No había nadie en la sala y Quique estaba encorvado, mirando hacia el suelo, como concentrado en alguna meditación. Martín permaneció sin saber qué actitud tomar. Era evidente que ni Wanda ni Alejandra estaban en la otra sala, porque se oirían conversaciones y todo estaba en silencio. Pero también era evidente que estaban en la salita de pruebas que Wanda tenía en la parte trasera del departamento, arriba, a la que se llegaba por una escalerita; porque si no era inexplicable la presencia de Quique y la puerta abierta.

Pero no se decidía a entrar: algo se lo impedía en aquella actitud ensimismada y solitaria de Quique. Tal vez por la misma actitud agobiada, creyó notarlo como envejecido, con una profundidad de expresión que no le había notado antes. Sin saber bien por qué, de pronto sintió pena por aquel individuo solitario. Durante muchos años lo iba a recordar así, y trataría de comprender si aquella piedad, aquel ambiguo sentimiento de pena lo había sentido en aquel mismo momento o años después. Y recordó algo que le había dicho Bruno: que siempre es terrible ver a un hombre que se cree absoluta y seguramente solo, pues hay en él algo trágico, quizás hasta de sagrado, y a la vez de horrendo y vergonzoso. Siempre —decía— llevamos una máscara, una máscara que nunca es la misma sino que cambia para cada uno de los papeles que tenemos asignados en la vida: la del profesor, la del amante, la del intelectual, la del marido engañado, la del héroe, la del hermano cariñoso. Pero ¿qué máscara nos ponemos o qué máscara nos queda cuando estamos en soledad, cuando creemos que nadie, nadie, nos observa, nos controla, nos escucha, nos exige, nos suplica, nos intima, nos ataca? Acaso el carácter sagrado de ese instante se deba a que el hombre está entonces frente a la Divinidad, o por lo menos ante su propia e implacable conciencia. Y tal vez nadie perdone el ser sorprendido en esa última y esencial desnudez de su rostro, la más terrible y la más esencial de las desnudeces, porque muestra el alma sin defensa. Y tanto más terrible y vergonzosa en un comediante como Quique, de modo que (pensaba Martín) era lógico que despertara más compasión que un inocente, o un simple. Motivo por el cual, cuando por fin Martín se decidió a entrar, se retiró sigilosamente y volvió a avanzar golpeando sus tacos en el pasillo que llevaba hasta la *boutique*. Y entonces, con la rapidez de los comediantes, Quique adoptó ante Martín la máscara de la perversidad, del falso candor y de la curiosidad (¿qué podría tener aquel muchacho con Alejandra?). Y su sonrisa cínica barrió con el proyecto de piedad que se había insinuado en Martín.

Martín, que se sentía torpe delante de extraños, en presencia de Quique no sabía ni cómo sentarse, porque tenía la convicción de que él observaba todo y lo guardaba luego en su perversa memoria: quién sabe dónde y cómo se reirían más tarde con su aspecto y con sus sufrimientos. Los gestos teatrales de Quique, sus deliberadas cursilerías, su doblez, sus frases brillantes, todo contribuiría a que se sintiese como un bicho debajo de la lupa de un sabio irónicamente sádico.

—¿Sabés que me recordás a una de esas figuras del Greco? —le dijo en cuanto lo vio.

Frase que, como era natural tratándose de Quique, podía ser interpretada como un elogio o como una grotesca instantánea. Era famoso por los presuntos elogios que escribía en sus crónicas, que en rigor eran retorcidas y envenenadas críticas: "jamás condesciende a emplear metáforas profundas", "en ningún momento cae en la tentación de ser distinguido", "no teme enfrentarse con el aburrimiento del espectador".

Arrinconado, callado, Martín, como en la anterior visita, se había sentado sobre el alto banco de dibujo y se encogía instintivamente, como en la guerra, para ofrecer el mínimo de superficie visible. Felizmente, Quique empezó a hablar de Alejandra.

—Están en la piecita de prueba, con Wanda y con la condesa Téleki, *née* Iturrería, vulgo Marita.

Y mirándolo con cuidadosa intensidad, le dijo:

—¿Hace mucho que conocés a Alejandra?

—Unos meses —respondió Martín, poniéndose rojo.

Quique se acercó con su silla y hablando en voz baja, dijo:

—Te diré que yo ADORO a los Olmos. Empezando por el solo hecho de vivir en Barracas ya hay motivo suficiente para que *la haute* se muera de risa y para que mi prima Lala sufra del hígado y tenga ataques de histeria, cada vez que alguien descubre que entre nosotros y los Olmos hay un remoto parentesco. Porque, como me decía la vez pasada, furiosa: ¿me querés decir quién, pero QUIÉN, vive en Barracas? Y yo, claro, la tranquilicé contestándole que allí no vive NADIE, fuera de unos cuatrocientos mil grasitas y otros tantos perros, gatos, canarios y gallinas. Y agregué que esa gente (los Olmos) nunca nos darían un disgusto demasiado visible, pues el viejo don Pancho vive en una silla de ruedas, no ve ni oye nada fuera de la Legión de Lavalle, y es muy difícil imaginar que un buen día salga a hacer visitas en el Barrio Norte o declaraciones en los diarios sobre Pocho; la vieja Escolástica, aunque loca, ya se murió; el tío Bebe, aunque loco, vive recluido, como se dice, en sus habitaciones y muy interesado en sus estudios de clarinete, la tía Teresa, aunque loca, también y felizmente ha muerto, y al fin de todo, pobre querida, siempre se la pasó en la iglesia y en los entierros, de modo que nunca tuvo tiempo para fastidiar a nadie en la parte honorable de la ciudad, ya que era devota de Santa Lucía y prácticamente no pasó nunca la *colour line*, ni siquiera para visitar a un párroco, para averiguar la marcha de la enfermedad de algún presbítero o la real situación del cáncer de un arzobispo. Quedaban (le dije a Lala) Fernando y Alejandra. ¡Otros dos locos!, gritó mi prima. Y Manucho, que estaba presente, meneando la cabeza y levantando los ojos al cielo, exclamó "como dicen en *Phèdre. O, déplorable race!*" La verdad es que Lala, salvo cuando se trata de los Olmos, es bastante tranquila. Porque para ella el mundo resulta de la lucha entre Opio y Monada. Monada sin acento: no confundir con la otra palabra filosófica.

Ejemplos:

—¡Qué opio de novela!

—¡Mirá, perdoname, pero lo que tengo que contarte es un opio!

—La pintura de Clorindo es un opio.

—Qué opio que ahora hay chusma hasta en la calle Santa Fe (a propósito de peronistas).

Ejemplos de Monada:

—Qué monada el último cuento de Monique en *La Nación*.

—Qué monada esa vista de Michèle Morgan.

—El mundo se divide en Opio y Monada. La Lucha Eterna y nunca definida entre esas dos potencias da todas las alternativas de la realidad. Cuando predomina Opio, es cosa de morirse: modas horrendas o cursis, novelas complicadas y teológicas, conferencias de Capdevila o Larreta en Amigos del Libro a las que Uno se ve obligado a concurrir porque si no Albertito se ofende, gente que se muere de hambre y quiere Estatutos (cuando no se les da por gobernar), visitas que llegan a horas absurdas, parientes ricos que no mueren ("¡Qué opio Marcelo, que es eterno y con las hectáreas que tiene!"). Cuando predomina Monada, las cosas se ponen divertidas (otra palabra del vocabulario básico de Lala) o por lo menos soportables, che: un muchacho que se le ha dado por escribir, pero al menos no ha dejado de jugar al polo ni se ha hecho amigo de gente con apellidos raros como Ferro o Cerretani; una novela de Graham Greene que trata de espías o ruletas; un coronel que no se propone conquistar a las masas; un presidente de la república que es bien y va al hipódromo. Pero no siempre las cosas son tan nítidas, porque, como te digo, hay una lucha permanente entre las dos fuerzas, así que a veces la realidad es más rica y resulta que de pronto Larreta dijo un chiste (bajo la misteriosa presión de Monada) o, al revés, como Wanda, que es una monada de modista, pero cuando se le da por seguir las payasadas americanas, che, es un opio. Y, en fin, antes el mundo estaba bastante divertido pero en los últimos tiempos, con los peronistas, hay que reconocer que se ha vuelto casi totalmente Opio. Ésa es la filosofía de mi prima Lala. Como ves, una especie de cruza de Anaximandro con Schiaperelli y Porfirio Rubirosa. Burdísimo.

En ese momento se oyeron las voces de Wanda y la cliente que se acercaban. Aparecieron en la sala y detrás de ellas, un poco retardada, también entró Alejandra. Su cara pareció demostrar sorpresa por la presencia de Martín, pero esa misma impasibilidad le revelaba a Martín, que tan bien la conocía, una gran irritación contenida. En aquel absurdo ambiente, contestando a su saludo con la misma cordialidad superficial con que podría saludar a un conocido cualquiera, sin tomarse el trabajo de apartarse un segundo para explicarle su inasistencia a la cita, con el aire de frivolidad que asumía delante de Wanda y de Quique, Alejandra parecía pertenecer a una raza que no hablaba el mismo lenguaje que Martín y que ni siquiera sería capaz de comprender a la otra Alejandra.

La cliente venía parloteando sin interrupción con Wanda sobre la necesidad *impostergable* de matar a Perón.

—Habría que matar a toda la negrada —decía—. Ya las personas decentes no podemos ni andar por las calles.

Una serie de sentimientos confusos y contradictorios entristecieron a Martín aun más.

—Yo les digo —prosiguió la mujer, después de besarse con Quique en la mejilla— que se viene el comunismo. Pero yo lo tengo ya pensado: si se viene el comunismo, me voy a la estancia y se acabó.

Y mientras aceptaba distraídamente la presentación de Martín, Quique, por encima de su hombro la mirada con cara

249

de regocijo a Alejandra, porque, como dijo después, "¿cómo nadie puede inventar una frase como ésa?"

Martín observaba a Alejandra luchando por hacerlo con una cara indiferente; pero su rostro, como independiente ya de su voluntad, iba adquiriendo los inevitables y siempre desagradables indicios del reproche, el sufrimiento y la interrogación.

—¿Sabés, Marita —le dijo Quique a la clienta—, que se ha comprobado que el tipo no se llama Perón sino Perone?

—¡Qué me decís! —comentó la mujer con enorme interés.

—Ni más ni menos: el individuo se llama Perone.

Apenas se fue Marita, Quique desarrolló su teoría:

—Si en este país vos te llamas Vignaux, aunque tu abuelo haya sido carnicero en Bayona o en Biarritz, sos bien. Pero si sobrellevás la desgracia de llamarte De Ruggiero, aunque tu viejo haya sido un profesor de filosofía en Nápoles, estás refundido, viejito: nunca dejarás de ser una especie de verdulero. Este asunto de los apellidos hay que estudiarlo con mucho cuidado —prosiguió, mientras Wanda y Alejandra comenzaban a reírse—. Porque con la cosa de las cruzas y la emigración el país está expuesto a Grandes Peligros. Ahí tenés el caso de Muzzio Echandía. Un día María Luisa se vio obligada a decirle:

—¡Callate, vos, que ni con dos apellidos hacés uno solo!

—Y tiene razón, qué diablos. Si al menos el segundo apellido hubiese sido Ibarguren o Álzaga. En fin, cualquier vasco de pro. Pero ahora el barro está hecho y como yo le dije un día a Juan Carlitos:

—Te equivocaste de vasco, viejito. Acá, queridas, hay que andar con pies de plomo, porque donde menos se piensa salta la liebre. Y si no, miren lo que le pasó a Jeannette, que se peleó con el Negro y el Negro le mandó una carta. Y Jeannette, que ya tenía unas copas, se me vino encima en la Biela Fundida y me dijo:

—¡El hijo de puta! Porque vos sabrás (miró a los costados) que a mí me falta el cuarto apellido.

—*Sans blague* —comenté.

Entonces me mostró el sobre, con el inicuo chiste del Negro, destinado, qué duda cabe, a los mucamos. La carta dirigida, en efecto a Jeannette Álzaga Basavilbaso Álzaga ¡y caete de espaldas!... ¡Murature! ¿Te imaginás, Alejandra? Un gringo marinero que lo nombraron comandante de la Flota de Buenos Aires en la guerra contra la Confederación. Algo así como Mariscal del Ejército de San Marino. ¿Realizás? *L'Amiraglio, cara mia!* Comprendé ahora el drama de Jeannette. Es cierto que tiene un par de Álzaga. Pero si al menos fuera "Álzaga y". Pero no: un Basavilbaso y un Murature. Y si por lo menos uno de los dos fuera una avenida. Pero no: una calle de treinta centímetros de largo. ¡Burdísimo! Mi teoría es que si tenés un apellido grasa tenés que defenderte como gato panza arriba, che. Imagináte que soportás la desgracia de llamarte Pedro Mastronicola. Bueno, no, eso es demasiado, eso no tiene defensa, mismo en la clase media. Digamos que te llamas Pedro Marolda. ¿Qué podés hacer? Tenés que luchar a muerte y, sin embargo, ésa es otra de las bromas del asunto: con suma cautela. *De la mésure avant toute chose!* Porque no es cosa que por llamarte Marolda te precipites como un hambriento sobre un Uriburu. ¿Cómo podrías llamarte Pedro Marolda Uriburu? Todo un mundo te tomaría por un farsante, por un estafador internacional, por un *déguisé*. Tampoco podrías reemplazar el Uriburu con dos apellidos menores, como podrían ser Moyano y Navarro. Comprenderás que Pedro Marolda Moyano Navarro es una payasada, un especie de cordobés de corso. En esos casos es preferible elegir un solo apellido y no demasiado estruendoso: Pedro Marolda Moyano. Me dirán ustedes que no resulta tan importante. De acuerdo, pero al menos *that works*. Les diré que en caso de apuro, nada mejor que recurrir a las calles. En un tiempo, con el Grillo lo enloquecíamos a Sayús, que es un snob, diciéndole que le íbamos a presentar a Martita Olleros, a la Beba Posadas, a Titina Azcuénaga. Los subtes, les doy el dato, son un verdadero filón. Tomen, por ejemplo, la línea a Palermo, que no es de las mejores. Sin embargo funciona casi desde la salida: Chuchi Pellegrini (medio sospechoso, pero así y todo da cierto golpe, porque al fin el gringo fue presidente), Mecha Pueyrredón, Tota Agüero, Enriqueta Bulnes. ¿Realizan?

XXI

Martín esperaba algún signo, algún llamado. Entonces, jugándose el todo por el todo, se acercó a ella y le preguntó si podían salir un momento. "Bueno", contestó. Y dirigiéndose a Wanda le dijo:

—Dentro de unos minutos vuelvo.

"Unos minutos", pensó Martín.

Fueron por Charcas hasta el bar que hay en la esquina de Esmeralda.

Le dijo:

—Te estuve esperando una hora y media.

—Se me atravesó un trabajo urgente y no tenía forma de avisarte.

Martín presentía la catástrofe e intentaba cambiar por lo menos el tono de su voz, tomar las cosas con más calma, con indiferencia. Pero le fue imposible.

—Delante de esas personas parecés otra. Yo no concibo que... —Se calló y después agregó:— Creo que realmente sos otra persona.

Alejandra no respondió.

—¿No es así?

—Tal vez.

—Alejandra —dijo Martín—. ¿Cuándo sos la persona verdadera, cuándo?

—Trato de ser siempre verdadera, Martín.

—¿Pero cómo podés olvidar momentos como los que hemos pasado?

Ella se volvió con indignación:

—¡Y quién te ha dicho que yo los haya olvidado!

Y después de un instante de silencio, agregó:

—Por eso, porque no quiero enloquecerte, prefiero no verte más.

Estaba sombría, silenciosa y evasiva. Y de pronto, dijo:

—No quiero que pasemos más esos momentos.

Y con brutal ironía, agregó:

—Esos famosos momentos perfectos.

Martín la miraba desesperado; no sólo por lo que decía sino por el tono devastador.

—Te preguntarás ahora por qué te hago estas ironías, por qué te hago sufrir de este modo, ¿no es así?

Martín empezó a mirar una manchita marrón que había sobre un mantel rosado y sucio.

—Y bueno —agregó—, no lo sé. Tampoco sé por qué no quiero tener más uno de esos famosos momentos contigo. Comprendé, Martín: esto tiene que terminar de una buena vez. Algo no funciona. Y lo más honesto es que no nos veamos en absoluto.

A Martín se le habían llenado los ojos de lágrimas.

—Si me dejás, me mataré —dijo.

Alejandra lo miró con expresión grave. Y luego, con una singular mezcla de dureza y melancolía en el acento, dijo:

—Yo no puedo hacer nada, Martín.

—¿No te importa que me mate?

—Claro, cómo no me va a importar.

—Pero no harías nada por impedirlo.

—¿Cómo podría impedirlo?

—Así que te sería lo mismo que me mate o que siga viviendo.

—Yo no he dicho eso. No, no me sería lo mismo. Me parecería horrible que te matases.

—¿Te importaría muchísimo?

—Muchísimo.

—¿Y entonces?

La miró con cuidado y ansiedad, como si se mira a alguien en inminente peligro, buscando el menor indicio de salvación. "No puede ser", pensaba. "Una persona que ha pasado conmigo las cosas que ha pasado, hace apenas pocas semanas, no puede creer de verdad todo esto."

—¿Y entonces? —insistió.

—¿Entonces, qué?

—Te digo que acaso me mate ahora mismo, tirándome debajo del tren en Retiro, o en el subterráneo. ¿Te será igual?

—Ya te he dicho que no me será igual, que sufriré horrores.

—Pero seguirás viviendo.

Ella no respondió, revolvió el resto del café y miró al fondo de la tacita.

—¡De modo que todo lo que hemos pasado juntos en estos meses, todo eso es una basura que hay que tirarla a la calle!

—¡Nadie te ha dicho eso! —casi gritó.

Martín se calló, perplejo y dolorido. Después dijo:

—No te comprendo Alejandra. Nunca te comprendí, en realidad. Estas cosas que decís, estas cosas que me hacés, transforman también aquello.

Hizo un esfuerzo para pensar.

Alejandra, sombría, tal vez ni escuchaba. Miraba hacia un punto en la calle.

—¿Entonces? —insistió Martín.

—Nada —respondió secamente—. No nos veremos más. Es lo más honesto.

—Alejandra: no puedo soportar la idea de no verte más. Quiero verte, de cualquier modo que sea, en la forma en que vos quieras...

Alejandra no respondió nada, de sus ojos empezaron a caer lágrimas, pero sin que su cara abandonara su expresión rígida y como ausente.

—¿Eh, Alejandra?

—No, Martín. Detesto las cosas intermedias. O sucederán otras escenas como ésta, que te hacen tanto mal, o volveremos a tener un encuentro como el del lunes. Y no quiero, ¿entendés?, no quiero acostarme más contigo. Por nada del mundo.

—Pero ¿por qué? —exclamó Martín tomándola de la mano, sintiendo tumultuosamente que algo, que algo muy importante quedaba entre ellos dos, a pesar de todo.

—¡Porque no! —gritó ella, con una mirada de odio, arrancándole la mano de las suyas.

—No te entiendo... —balbuceó Martín—. Nunca te he entendido...

—No te preocupés. Yo tampoco me entiendo. Ni sé por qué te hago todo esto. No sé por qué te hago sufrir así.

Y exclamó cubriéndose la cara:

—¡Qué horror!

Y mientras se cubría la cara con las dos manos empezaba a llorar histéricamente, repitiendo, entre sollozos "¡qué horror, qué horror!"

Muy pocas veces Martín la había visto llorar en todo el tiempo que duró su relación, y siempre fue para él impresionante. Casi aterrador. Era como si un dragón, herido de muerte, derramase lágrimas. Pero esas lágrimas (como suponía que serían las del dragón) eran temibles, no significaban debilidad ni necesidad de ternura: parecían amargas gotas de rencor líquido, hirvientes y devoradoras.

No obstante lo cual Martín se atrevió a tomar sus manos, intentando descubrirle el rostro, con ternura pero con firmeza.

—Alejandra, ¡cómo sufres!

—¡Y todavía me compadecés a mí! —masculló ella debajo de sus manos, con una modulación que no podía saberse si era de rabia, de desprecio, de ironía o de pena, o de todos esos sentimientos a la vez.

—Sí, Alejandra, claro que te compadezco. ¿No veo, acaso, que estás sufriendo espantosamente? Y no quiero que sufras. Te juro que nunca volverá a suceder esto.

Ella se fue calmando. Finalmente se secó las lágrimas con un pañuelo.

—No, Martín —dijo—. Es mejor que no nos veamos más. Porque tarde o temprano tendríamos que separarnos en forma todavía peor. Yo no puedo dominar cosas horribles que tengo dentro.

Se volvió a cubrir con las manos y Martín volvió a querer separárselas.

—No, Alejandra, no nos haremos mal. Ya verás. La culpa fue mía, por insistir en verte. Por ir a buscarte.

Tratando de reírse, agregó:

—Como si uno fuera a buscar al doctor Jekyll y se encontrara con Mr. Hyde. De noche. Embozado. Con las uñas de Frederic March. ¿Eh, Alejandra? Nos veremos únicamente cuando vos lo quieras, cuando vos me llamés. Cuando te sientas bien.

Alejandra no respondió.

Pasaron largos minutos y Martín se desesperaba por

ese tiempo que transcurría inútilmente, porque sabía que ya estaba en retardo, que debería irse, que se iría de un momento a otro, y que lo dejaría en ese estado de derrumbe total. Y luego vendrían los días negros, lejos de ella, ajenos a su vida.

Y sucedió lo que tenía que suceder: miró su reloj pulsera y dijo:

—Tengo que irme.

—No nos separemos así, Alejandra. Es espantoso. Decidamos antes qué vamos a hacer.

—No sé, Martín, no sé.

—Por lo menos decidamos vernos otro día, con menos urgencia. No resolvamos nada en este estado de ánimo.

Mientras iban saliendo Martín pensaba qué poco, qué espantosamente poco tiempo le quedaba en aquellas dos cuadras. Caminaron despacio, pero así y todo pronto faltaron cincuenta pasos, veinte pasos, diez pasos, nada. Entonces, con desesperación, Martín la tomó de un brazo y apretándoselo le volvió a suplicar que al menos se vieran una vez más.

Alejandra lo miró. Su mirada parecía venir desde muy lejos, desde una región tristemente ajena.

—¡Prometémelo, Alejandra! —rogó con lágrimas en los ojos.

Alejandra lo miró larga y duramente.

—Bueno, está bien. Mañana a las seis de la tarde, en el *Adam*.

XXII

Las horas fueron dolorosamente largas: era como subir una montaña, cuyos últimos tramos son casi invencibles. Sus sentimientos eran complejos, pues por un lado sentía la nerviosa alegría de verla una vez más, y, por otro, intuía que aquella entrevista iba a ser justamente eso: una entrevista más, quizá la última.

Mucho antes de las seis estaba ya en el *Adam,* mirando hacia la puerta.

Alejandra llegó a las seis y media pasadas.

No era la Alejandra agresiva del día anterior, pero mostraba en cambio aquella expresión abstraída que tanto desesperaba a Martín.

¿Por qué había venido, entonces?

El mozo tuvo que repetirle dos o tres veces la pregunta. Pidió gin y en seguida observó su maldito reloj.

—Qué —comentó Martín con irónica tristeza—, ¿ya tenés que irte?

Alejandra lo miró vagamente y sin advertir la ironía dijo que no, que todavía tenía un momento. Martín bajó la cabeza y movió su vaso.

—¿Para qué viniste, entonces? —no pudo menos que decir.

Alejandra lo miraba como tratando de concentrar su atención.

—Te prometí que vendría, ¿no fue así?

Apenas le trajeron el gin se lo bebió de un trago. Luego dijo:

—Salgamos. Quiero tomar un poco de aire.

Cuando salieron, Alejandra caminó hacia la plaza, y subiendo por el césped se sentó en uno de los bancos que dan al río.

Permanecieron un buen rato en silencio, que fue roto por ella para decir:

—¡Qué descanso odiarse!

Martín contemplaba la Torre de los Ingleses, que marcaba el avance del tiempo. Más atrás se destacaba la mole de la CADE, con sus grandes y rechonchas chimeneas, y el Puerto Nuevo con sus elevadores y grúas: abstractos animales antediluvianos, con sus picos de acero y sus cabezas de gigantescos pájaros inclinados hacia abajo, como para picotear los barcos.

Silencioso y deprimido, miraba cómo la noche iba cayendo sobre la ciudad, cómo empezaban a brillar sobre el cielo azul-negro las luces rojas en lo alto de las chimeneas y torres, los avisos luminosos del Parque Retiro, los faroles de la plaza. Mientras millares de hombres y mujeres salían corriendo de las bocas de los subterráneos y entraban con la misma desesperación cotidiana en las bocas de los ferrocarriles suburbanos. Contempló el Kavanagh, donde empezaban a iluminar ventanas. También allá arriba, en el piso treinta o treinta y cinco, acaso en una pequeña piecita de un hombre solitario, también se encendía una luz. ¡Cuántos desencuentros como el de ellos, cuántas soledades habría en aquel solo rascacielos!

Y entonces oyó lo que temía oír de un momento a otro:

—Tengo que irme.

—¿Ya?

—Sí.

Bajaron juntos la barranca por el césped y una vez abajo ella se despidió y comenzó a caminar hacia la Recova. Martín siguió unos pasos detrás de ella.

—¡Alejandra! —gritó casi otra persona.

Ella se detuvo y esperó. La luz de la vidriera de una armería le daba en pleno: su rostro estaba duro, su expresión era impenetrable. Pero lo que más le dolía era aquel rencor. ¿Qué le había hecho? Sin proponérselo, impulsado por su sufrimiento, se lo preguntó. Ella apretó aun más sus mandíbulas y volvió su mirada hacia la vidriera.

—No he tenido más que ternura y comprensión.

Por toda respuesta, Alejandra dijo que no podía quedarse ni un minuto más: a las ocho tenía que estar en otra parte.

La vio alejarse.

Y de pronto, decidió seguirla. ¿Qué cosa peor podría pasarle si lo advertía?

Alejandra caminó tres cuadras por la Recova, tomó por Reconquista y finalmente entró en un pequeño bar y restorán llamado Ukrania. Martín, con grandes precauciones, se acercó y espió desde la oscuridad. Su corazón se encogió y endureció como si se lo sacasen y lo dejasen, solitario, sobre un témpano de hielo: Alejandra estaba sentada frente a un hombre que le pareció tan siniestro como el mismo bar. Su piel era oscura, pero tenía ojos claros, acaso grises. Su pelo era lacio y canoso, peinado hacia atrás. Sus rasgos eran duros y la cara parecía tallada con hacha. Aquel hombre no sólo era fuerte sino que estaba dotado de una tenebrosa belleza. Su dolor fue tan grande, se sintió tan poca cosa al lado de aquel desconocido, que ya nada le importaba. Como si se dijera: *¿Qué puede pasarme ya de más horrible?* Fascinado y triste, podía seguir la expresión de él, sus silencios, el movimiento de sus manos. En realidad hablaba poco, y cuando lo hacía sus frases eran breves y cortantes. Sus manos descarnadas y nerviosas parecían tener cierto parentesco con las garras de un halcón o de un águila. Sí, eso es: todo lo de aquel individuo tenía algo de un ave de rapiña: su nariz era fina pero poderosa y aguileña; sus manos eran huesudas, ávidas y despiadadas. Aquel hombre era cruel y capaz de cualquier cosa.

Martín lo encontraba parecido a alguien, pero no acertaba con la clave. En un momento pensó que quizá lo había visto en alguna ocasión, porque era un rostro que no era posible olvidar, y si en una sola ocasión lo había visto ahora por fuerza tenía que resultarle conocido. De pronto le recordó un poco a un muchacho Cornejo, de Salta. Pero no, no era por ahí que aquella cara le resultaba vagamente familiar.

Alejandra hablaba agitadamente. Cosa extraña: los dos eran duros y parecían odiarse, y sin embargo esa idea no lo tranquilizaba. Por el contrario, cuando lo advirtió su desesperación se hizo mayor. ¿Por qué? Hasta que le pareció entender la verdad: aquellos dos seres estaban unidos por una vehemente pasión. Como si dos águilas se amasen, pensó. Como dos águilas que no obstante pudiesen o quisiesen destrozarse y desgarrarse con sus picos y sus garras hasta matarse. Y cuando vio que Alejandra tomaba con una de sus manos una de las manos, una de las garras, de aquel individuo, Martín sintió que desde ese momento todo era igual y el mundo carecía totalmente de sentido.

XXIII

Caminaba en la madrugada cuando tuvo de pronto la revelación: ¡aquel hombre se parecía a Alejandra! Instantáneamente recordó la escena del Mirador, cuando se retrajo de inmediato apenas pronunciado el nombre de Fernando, como si hubiese pronunciado un nombre que debe ser mantenido en secreto.

"¡Ése era Fernando!", pensó.

¡Los ojos grisverdosos, los pómulos un poco mongólicos, el color oscuro y el rostro de Trinidad Arias! Claro: ahora se explicaba la sensación de conocido: tenía mucho de Alejandra y mucho de Trinidad Arias, la del retrato que le había mostrado Alejandra. Sólo ella y Fernando, había dicho Alejandra, como quien está aislada del mundo con un hombre, con un hombre que, ahora comprendía, ella admiraba.

Pero ¿quién era Fernando? Un hermano mayor: un hermano que ella no quería mencionar. La idea de que aquel hombre fuera el hermano lo tranquilizó a medias, sin embargo, cuando debía haberlo tranquilizado del todo. ¿Por qué (se preguntó) no me alegro? En aquel momento no encontró respuesta a aquella interrogación. Sólo advirtió que teniendo que tranquilizarse no lo lograba.

No podía dormir tranquilo: como si en la pieza donde dormía sospechase que hubiera entrado un vampiro. Durante todo ese lapso dio vueltas y vueltas a la escena que había presenciado, tratando de descubrir la causa de su desasosiego. Hasta que creyó encontrarla: ¡la mano! Con repentina angustia recordó la forma en que ella había acariciado la mano de él. ¡Aquélla no era la forma en que un hermana acaricia a su hermano! Y vivía pensando en él: *él* que era el hipnotizador. Huía de él, pero, tarde o temprano, tenía que volver hacia él, como enloquecida. Ahora creía explicarse muchos de sus movimientos inexplicables y contradictorios.

Y apenas creyó haber encontrado la clave, nuevamente cayó en la mayor perplejidad: el parecido. Era indudable: aquel hombre era de su familia. Pensó que podía ser primo hermano. Sí: era un primo hermano y se llamaba Fernando.

No podía ser de otra manera, pues esa posibilidad explicaba todo: el parecido notable y la súbita reticencia aquella noche cuando a ella se le escapó el nombre de Fernando. Aquel nombre (pensó) era un nombre clave, un nombre secreto. "Todos menos Fernando y yo", había dicho ella sin querer y luego se había detenido bruscamente y no había respondido a su pregunta. Ahora lo comprendía todo: ella y él vivían aislados, en un mundo aparte, orgullosamente. Y ella lo amaba a él, a Fernando, y por eso se había arrepentido de pronunciar ante él, ante Martín, aquella palabra reveladora.

Su agitación creció a medida que pasaban los días y finalmente, no aguantando más, llamó por teléfono a Alejandra y le dijo que tenía algo urgentísimo que hablar con ella: una sola cosa aunque fuera la última. Cuando se encontraron, casi no podía hablar.

XXIV

—¿Qué te sucede? —preguntó ella con violencia, porque intuía que Martín se sentía agraviado por alguna cosa que había pasado. Y eso la enardecía porque, como varias veces se lo repitió, él no tenía ningún derecho sobre ella, nada le había prometido y en nada por lo tanto le debía explicaciones. Sobre todo ahora, en que habían decidido terminar. Martín negó con la cabeza, pero sus ojos estaban llenos de lágrimas.

—Decime qué te pasa —le dijo ella, sacudiéndolo de los brazos. Esperó unos instantes sin dejar de mirarlo a los ojos.

—Sólo quiero saber una cosa, Alejandra: quiero saber quién es Fernando.

Se puso pálida, sus ojos relampaguearon.

—¿Fernando? —preguntó—. ¿De dónde sacás ese nombre?

—Lo dijiste aquella noche, en tu pieza, cuando me contaste la historia de tu familia.

—¿Y qué puede importar esa pavada?

—Me importa más de lo que te podés imaginar.

—¿Por qué?

—Porque me pareció que vos te arrepentías de haber dicho esa palabra, ese nombre, ¿no fue así?

—Supongamos que haya sido así; ¿qué derecho tenés a hacerme preguntas?

—Ningún derecho, ya lo sé. Pero por lo que más quieras, decime quién es Fernando: ¿es un hermano tuyo?

—Yo no tengo hermanos ni hermanas.

—Es un primo tuyo, entonces.

—¿Por qué tendría que ser primo?

—Dijiste que de toda la familia sólo vos y Fernando no eran unitarios. Así que pienso que si no es tu hermano puede ser un primo, ¿no es así? ¿No es primo tuyo?

Alejandra dejó por fin los brazos de Martín, que había mantenido apretados con sus manos, y se quedó callada y deprimida.

Encendió un cigarrillo y después de un rato dijo:

—Martín: si querés que mantenga un recuerdo amistoso, no me hagás preguntas.

—Es una sola pregunta que te hago.

—¿Pero por qué?

—Porque para mí es muy importante.

—¿Por qué es importante?

—Porque he llegado a la conclusión de que vos querés a esa persona.

Alejandra volvió a ponerse dura y sus ojos volvieron a tener el brillo relampagueante de sus peores momentos.

—¿Y en qué te basás?

—Es una intuición.

—Pues te equivocás de medio a medio. No lo quiero a Fernando.

—Bueno, quizá no me expresé bien. Quise decir que lo amás, que estás enamorada de él. Puede que no lo quieras, pero estás enamorada de él.

Dijo estas últimas palabras con voz quebrada.

Alejandra lo tomó de los brazos con sus manos duras y fuertes (¡como las de él, pensó con espantoso dolor Martín, como las de él!) y sacudiéndolo le dijo con voz rencorosa y violenta:

—¡Vos me has seguido!

—¡Sí —gritó—, te seguí hasta aquel bar de la calle Reconquista y te vi con un hombre que se parece a vos y del que vos estás enamorada!

—¡Y cómo sabés que ese hombre es Fernando!

—Porque se parece a vos... y porque Fernando dijiste que era de tu familia y porque me pareció que entre vos y Fernando había algo secreto, porque era como si vos y él formaran algo aparte, separado de todos los demás, y porque te arrepentiste de haber dicho su nombre y por la forma de tomarle la mano.

Alejandra lo sacudió, como golpeándolo, él se dejaba hacer, como un cuerpo fláccido e inerte. Y luego ella lo soltó y puso sus dos manos ávidas sobre el rostro, como querién-

dose arañar, también pareció como que sollozaba, a su manera, secamente. Y entre sus manos entreabiertas, él oyó que
gritaba:

—¡Imbécil, imbécil! ¡Ese hombre es mi padre!

Y luego se fue corriendo.

Martín se quedó petrificado, sin atinar a hacer ni a
decir nada.

XXV

Como si un gran golpe de timbal hubiera inaugurado las tinieblas, desde aquellas terribles palabras de Alejandra, Martín se sintió como en un inmenso sueño negro, pesado como si durmiera en el fondo de un océano de plomo líquido. Durante muchos días ambuló por las calles de Buenos Aires, a la deriva, pensando que aquel ser portentoso había llegado desde lo desconocido y ahora había vuelto a lo desconocido. *El hogar,* se decía de pronto, *el hogar.* Palabras sueltas y al parecer sin sentido, pero que acaso se referían al hombre que en medio de la tormenta, cuando los relámpagos y truenos arrecian en las tinieblas, se refugia en su cálida, en su familiar, en su tierna cueva. Hogar, fuego, luminoso y tierno refugio. Razón por la cual (decía Bruno) la soledad era mayor en el extranjero, porque la patria era también como el hogar, como el fuego y la infancia, como el refugio materno; y estar en el extranjero era tan triste como habitar en un hotel anónimo e indiferente; sin recuerdos, sin árboles familiares, sin infancia, sin fantasmas; porque la patria era la infancia y por eso quizá era mejor llamarla matria, algo que ampara y calienta en los momentos de soledad y de frío. Pero él, Martín, ¿cuándo había tenido madre? Y además esta patria parecía tan inhóspita, tan áspera y sin amparo. Porque (como también decía Bruno, pero ahora él no lo recordaba sino que más bien lo sentía físicamente, como si estuviera a la intemperie en medio de un furioso temporal) nuestra desgracia era que no habíamos terminado de levantar una nación cuando el mundo que le había dado origen comenzó a crujir y luego a derrumbarse, de manera que acá no teníamos ni siquiera ese simulacro de la eternidad que en Europa son las piedras milenarias o en Méjico, o en Cuzco. Porque acá (decía) no somos ni Europa ni América, sino una región fracturada, un inestable, trágico, turbio lugar de fractura y desgarramiento. De modo que aquí todo resultaba más transitorio y frágil, no había nada sólido a qué aferrarse, el hombre parecía más mortal y su condición más efímera. Y él (Martín), que quería algo fuerte y absoluto a que agarrarse en medio de la catástrofe y una cueva cálida donde refugiarse, no tenía ni casa ni patria. O, lo que era peor, tenía un hogar construido sobre estiércol y frustración, y una patria temblequeante y enigmática. Así que se sentía *solo, solo, solo:* únicas palabras que claramente sintió y pensó, pero que, sin duda, expresaban todo aquello. Y como un náufrago en la noche se había precipitado sobre Alejandra. Pero había sido como buscar refugio en una caverna de cuyo fondo de pronto habían irrumpido fieras devoradoras.

XXVI

Y de pronto, uno de aquellos días sin sentido, se sintió arrastrado por gentes que corrían, mientras arriba rugían aviones a reacción y la gente gritaba *Plaza Mayo,* entre camiones cargados con obreros que locamente corrían hacia allí, entre gritos confusos y la imagen vertiginosa de los aviones rasantes sobre los rascacielos. Y después el estruendo de la bombas, el tableteo de las ametralladoras y de los cañones antiaéreos. Y siempre la gente corriendo, entrando a empellones en los edificios, pero volviendo a salir, no bien los aviones habían pasado, con curiosidad, con nerviosa conversación, hasta que volvían los aviones y nuevamente corrían hacia dentro. Mientras otras personas, resguardadas apenas contra las paredes (como si se tratara de una simple lluvia) miraban hacia arriba, o señalaban con sus brazos extendidos en direcciones indeterminadas, perplejos o curiosos.

Y luego llegó la noche. Y la llovizna comenzó a caer silenciosamente sobre una ciudad sobrecogida y minada por rumores.

XXVII

La soledad era lúgubre y en la noche los incendios echaban un resplandor siniestro sobre el cielo plomizo.

Se oía el bombo como en un carnaval de locos.

Ahora estaba frente a la Iglesia, arrastrado por gente enloquecida y confusa. Algunos llevaban revólveres y pistolas. "Son de la Alianza", dijo alguien. Pronto ardió la nafta que habían echado sobre las puertas. Entraron en tumulto, gritando. Arrastraron bancos contra las puertas y la hoguera creció. Otros llevaban reclinatorios, imágenes y bancos a la calle. La llovizna caía indiferente y frígida. Echaron nafta y la madera ardió furiosamente, en medio de las heladas ráfagas. Gritaron, sonaron tiros por ahí, algunos corrían, otros se refugiaban en los zaguanes de enfrente, contra las paredes, fascinados por el fuego y el pánico. Alguien alzó en sus brazos una imagen de la Virgen e iba a arrojarla entre las llamas. Otro, que estaba al lado de Martín, un muchacho obrero aindiado, gritó: "¡dámela! ¡no la quemés!"

—¿Qué? —dijo el otro con la imagen en alto, mirándolo con furia.

—No la quemés, me hago unos pesos —dice el muchacho.

El otro bajó la imagen y meneando la cabeza se la dio. Luego arrojó bancos y cuadros.

El muchacho tenía ahora la Virgen en el suelo, a sus pies. Buscó ayuda. Vio a un agente de policía que miraba el espectáculo, le pidió que lo ayudase a sacar la imagen de la iglesia.

—No te metas en líos, pibe —le recomendó el policía.

Martín se acercó.

—Yo te ayudo —le dijo.

—Bueno, agarrá de los pies —dijo el muchacho obrero.

Salieron. Afuera seguía lloviendo, pero el incendio crecía en la calle y todo crepitaba por la nafta y el agua. Una mujer rubia y alta, con el pelo suelto y desgreñado, con un hachón de bronce que manejaba a manera de bastón, arrastraba una bolsa que llenaba con imágenes y objetos del culto.

—¡Canallas! —decía.

—Callate, loca —gritaban.

—¡Canallas! —decía—, irán todos al infierno.

Avanzaba con su gran bolsa y el hachón, con el que se defendía. Un muchacho le tocó obscenamente el cuerpo, otro le gritaba porquerías, pero ella avanzaba defendiéndose con el hachón y repitiendo "canallas".

—¡Andá, chupacirios! —le gritaron.

Pero ella avanzaba y repetía "canallas", con voz ronca y seca, casi ensimismada, pétrea y fanática.

—Es una loca, dejelán —gritaban.

Una mujer aindiada, con un gran palo vigilaba y atizaba el fuego, como en un gigantesco asado.

—Es una loca, dejelán que se vaya —decían.

La mujer rubia avanzaba con la bolsa, abriéndose paso entre la muchachada que le gritaba porquerías, le tiraba tizones encendidos y se reía, tratando de manosearla.

Ahora se levantaban grandes llamaradas de la curia: ardían los papeles, los registros. Un hombre de chambergo, morocho, reía histéricamente y tiraba piedras, cascotes, pedazos de pavimento.

La rubia desapareció de la parte iluminada.

Una alegre música de carnaval volvió a escucharse: los muchachos de la murga habían dado vuelta a la manzana:

> La murga de Chanta Cuatro
> lo viene a visitar...

A la luz de las llamaradas las contorsiones parecían más fantásticas. Los copones servían de platillos: disfrutados con casullas, enarbolaron cálices y cruces, marcaban el compás con hachones dorados. Alguien tocaba un bombo. Luego cantaron:

> A nuestro director
> le gusta el disimulo...

270

Y luego el bombo, rítmicamente, y las contorsiones en medio de las llamaradas, siempre marcando el compás con los hachones dorados.

Se volvieron a oír tiros y hubo corridas. No se sabía de dónde venían, quiénes eran. Hubo pánico. Se oyó decir: "Es la Alianza". Otros tranquilizaban, pasaban palabras de orden. Otros corrían o gritaban "ahora vienen" o "calma, muchachos".

En el centro de la calle crecía la hoguera. Un grupo de muchachos y mujeres arrojaban un confesonario. Traían todavía imágenes y cuadros.

Un hombre arrastraba un Cristo y una mujer que acababa de aparecer, feroz y decidida, gritó:

—Démelo.

—¿Qué? —dice el hombre mirándola con desprecio.

Alguien dijo: "es de la Fundación".

—¿Quién, quién? —preguntaban.

La murga cantaba:

> A la chica de Gonzale
> le gustan la banana...

La mujer siguió al hombre y tomó al Cristo de los pies para que no se arrastrara.

—Dejeló —gritó el hombre.

—Démelo —gritó la mujer.

Y por un instante el Cristo permaneció en el aire, entre los dos que forcejeaban.

—Venga, señora —dijo el muchacho que sacó a la Virgen de la Iglesia.

—¿Qué? —dijo la mujer, sin largar los pies del Cristo.

—Que venga, que deje eso.

—¿Qué? —dijo la mujer, enloquecida.

—Tome esta imagen —le dijo.

La mujer pareció vacilar, sin dejar el Cristo, que se bamboleaba.

—Pero venga, señora —dijo el muchacho.

Ella parecía vacilar, pero el hombre le dio un gran tirón al Cristo y se lo arrancó de las manos. La mujer, como idiotizada, lo miró alejarse y volvió luego su mirada a la Virgen que estaba en el suelo al lado del muchacho.

—Venga, señora —dijo el muchacho.

La mujer se acercó.

—Es la Virgen de los Desamparados —dijo el muchacho.

La mujer lo miró sin entender, parecía no entender: era un cabecita negra. Tal vez pensaba que querían hacerle algo.

—Sí, señora —dijo Martín—, la sacamos de la Iglesia, este muchacho la salvó del fuego.

Ella miró al cabecita negra. La murga ahora se iba:

> La murga del Chanta Cuatro
> se vamo a retirar...

La mujer se acercó.

—Bueno —dijo—, la vamos a llevar a casa.

El muchacho y Martín se inclinaron para levantar la Virgen.

—No, esperen —dijo ella.

Se desabrochó el tapado, se lo quitó y cubrió la imagen. Luego quiso ayudar.

—Deje —dijo el muchacho—, nosotros bastamos. Diga adónde vamos.

Caminaron. La mujer adelante, un hombre los seguía. La lluvia aumentaba ahora y el muchacho sentía que la corona estrellada se le estaba clavando en la cara. Ya no sabía nada: todo era confuso.

—Un herido —dijeron—; dejen paso.

Les abrieron paso.

Caminaron por Santa Fe hacia Callao. El resplandor rojizo iba siendo cada vez menor y poco a poco predominaba la noche hosca, solitaria y helada. La lluvia caía silenciosamente y a lo lejos se oían gritos aislados, algún disparo, silbatos.

Llegaron, subieron por un ascensor hasta el séptimo piso, entraron en un departamento lujoso y Martín vio que el muchacho obrero estaba confuso: miraba con timidez y vergüenza a la mucama, no sabía cómo moverse entre los muebles y los objetos de arte.

Pusieron de pie la imagen en un rincón y sin advertirlo, quizá, el muchacho puso su cabeza cansada y confusa sobre

272

la Virgen, como si descansara en silencio. De pronto advirtió que le estaban hablando.

—Vamos —le dijo la mujer—, hay que volver.

—Sí —dijo el muchacho, mecánicamente.

Miró en derredor, como buscando algo.

—¿Qué? —dijo la mujer.

—Querría —dijo el muchacho.

—¿Qué, qué es lo que querés, muchacho? —dijo la mujer.

—Un vaso de agua, eso es lo que quería.

Le trajeron agua y el muchacho bebió como si estuviera calcinado.

—Bueno, ahora vamos —dijo la mujer.

La lluvia había disminuido, la murga debía estar en otros incendios, pero el fuego allí proseguía, ahora en silencio: los hombres y las mujeres se habían convertido en silenciosos y fascinados espectadores, desde la vereda de enfrente.

Uno tenía unas casullas bajo el brazo.

—¿Quiere darme esas casullas? —dijo la mujer.

—¿Qué? —dijo el hombre.

—Las casullas. Si me las quiere dar —dijo la mujer.

El hombre no respondió: miró el incendio.

—Las casullas —repitió la mujer con calma, una calma de sonámbulo—. Quiero guardarlas, para la iglesia, cuando la reconstruyan.

El hombre siguió mirando el incendio, silencioso.

—¿No es usted católico? —dijo la mujer con odio.

El hombre siguió mirando el incendio.

—¿No está bautizado? —dijo la mujer.

El hombre siguió mirando el incendio, pero sus ojos (Martín lo advirtió) se habían ido endureciendo.

—¿No tiene hijos? ¿No tiene madre?

El hombre estalló:

—¿Por qué no se irá a la puta madre que la parió?

—Yo soy católica —dijo la mujer, impasible y sonámbula—. Quiero las casullas para cuando se reconstruya.

El hombre la miró e inesperadamente habló en tono normal:

—Las tengo para taparme de la lluvia —dijo.

273

—Por favor, deme las casullas —repitió la mujer con calma.

—Vivo muy lejos, en General Rodríguez —dijo el hombre.

Alguien, detrás de la mujer empecinada, dijo:

—Entonces usted ha venido de General Rodríguez, usted es de los que estaban quemando la iglesia.

La mujer empecinada volvió la cabeza: era un viejo de pelo blanco.

Alguien con chambergo desabrochó un impermeable y sacó una pistola. Fríamente, con desprecio, se encaró con el viejo:

—¿Y usted quién es para interrogar a nadie? —dijo.

El de las casullas también sacó una pistola. Una mujer, con un gran cuchillo de cocina en la mano, se acercó a la mujer impasible y le dijo:

—¿Querés que te metamos las casullas en el culo?

La mujer impasible y demencial le propuso un cambio al hombre de las casullas:

—Este paraguas tiene mango de oro —dijo.

—¿Qué?

—Que se lo cambio por las casullas. El mango es de oro. Vea.

El hombre miró la empuñadura.

La mujer del cuchillo, poniéndole la punta sobre el costado a la mujer de la propuesta, volvió a repetirle su frase anterior.

—Bueno —dijo el hombre—. Déme el paraguas.

La mujer del cuchillo, furiosa, le gritó:

—¡Atorrante! ¡Vendido!

—Ma qué vendido —dijo el de las casullas con gesto de fastidio—. ¿Para qué quiero casullas, yo?

—¡Sos un atorrante vendido! —gritó la mujer del cuchillo.

El de las casullas se volvió repentinamente frenético:

—Mirá, va a ser mejor que te callés, si no querés que te meta plomo.

La mujer del cuchillo lo insultó y le puso el cuchillo delante de la cara, pero el otro tomó el paraguas y no respondió.

La mujer se alejó con las casullas, en medio de gritos e insultos. El hombre del chambergo dijo entonces:

—Bueno, muchachos, aquí no hay nada que hacer. Vamos.

La mujer de las casullas llegó hasta donde estaban Martín y el cabecita negra. Lejos, temerosos. La acompañaron de nuevo hasta la casa de la calle Esmeralda. Y nuevamente a Martín le pareció que el muchacho estaba triste, mientras desde la puerta miraba lentamente aquellos sillones, aquellos cuadros y porcelanas.

—Entrá —insistió la mujer.

—No señora —dijo el muchacho—, ya me voy. Ya no me necesita.

—Esperá —dijo la mujer.

El muchacho esperó, con respetuosa dignidad.

Ella lo miró.

—Vos sos obrero —le dijo.

—Sí, señora. Soy textil —respondió el muchacho.

—¿Y qué edad tenés?

—Veinte años.

—¿Y sos peronista?

El muchacho se quedó callado y bajó la cabeza.

La mujer lo miró duramente.

—¿Cómo podés ser peronista? ¿No ves las atrocidades que hacen?

—Los que quemaron las iglesias son unos pistoleros, señora —dijo.

—¿Qué? ¿Qué? Son peronistas.

—No, señora. No son verdaderos peronistas. No son peronistas de verdad.

—¿Qué? —dijo con furia la mujer—. ¿Qué estás diciendo?

—¿Me puedo ir, señora? —dijo el muchacho, levantando la cabeza.

—No, esperá —dijo ella, como pensando—, esperá... ¿Y por qué salvaste a la Virgen de los Desamparados?

—Y yo qué sé, señora. A mí no me gusta quemar iglesias. ¿Y qué culpa tiene la Virgen de todo esto?

—¿De todo qué?

—De todo el bombardeo de Plaza Mayo, qué sé yo.

—¿Así que a vos te parece mal el bombardeo de Plaza Mayo?

El muchacho la miró con sorpresa.

—¿No sabés que hay que terminar alguna vez con Perón? ¿Con esa vergüenza, con ese degenerado?

El muchacho la miraba.

—¿Eh? ¿No te parece? —insistía la mujer.

El muchacho bajó la cabeza.

—Yo estaba en Plaza Mayo —dijo—. Yo y miles de compañeros más. Delante mío a una compañera una bomba le arrancó una pierna. A un amigo le sacó la cabeza, a otro le abrió el vientre. Ha habido miles de muertos.

La mujer dijo:

—¿Pero no comprendés que estás defendiendo a un canalla?

El muchacho se calló. Luego dijo:

—Nosotros somos pobres, señora. Yo me crié en una pieza donde vivía con mis padres y siete hermanos más.

—¡Esperá, esperá! —gritó la señora.

Martín también fue a salir.

—¿Y vos? —le dijo la mujer—. ¿Vos también sos peronista?

Martín no respondió.

Salió a la noche.

El cielo tenebroso y frígido parecía un símbolo de su alma. Una llovizna impalpable caía arrastrada por ese viento del sudeste que (se decía Bruno) ahonda la tristeza porteño, que a través de la ventana empañada de un café, mirando a la calle, murmura, *qué tiempo del carajo,* mientras alguien más profundo en su interior piensa, *qué tristeza infinita.* Y sintiendo la llovizna helada sobre su cara, caminando hacia ninguna parte, con el ceño apretado, mirando obsesionado hacia adelante, como concentrado en un vasto e intrincado enigma, Martín se repetía tres palabras: Alejandra, Fernando, ciegos.

XXVIII

Caminó al azar durante horas. Y de pronto se encontró en la plaza de la Inmaculada Concepción, en Belgrano. Se sentó en uno de los bancos. Frente a él, la iglesia circular parecía todavía vivir el pavor de la jornada. Un siniestro silencio y la luz mortecina, la llovizna, daban a aquel rincón de Buenos Aires un sentido ominoso: parecía como si en aquella vieja edificación tangente a la iglesia se escondiera algún poderoso y temible enigma, y una suerte de fascinación inexplicable mantenía la mirada de Martín clavada en aquel rincón que veía por primera vez en su vida.

Cuando de pronto casi grita: Alejandra cruzaba la plaza en dirección a aquel viejo edificio.

En la oscuridad, bajo los árboles, Martín estaba a cubierto de su mirada. Por lo demás, ella avanzaba con marcha de sonámbulo, con aquel automatismo que él le había notado muchas veces, pero que ahora se le ocurría más poderoso y abstracto. Alejandra avanzaba en línea recta, por sobre los canteros, como quien camina en sueños hacia un destino trazado por fuerzas superiores Era evidente que no veía ni oía nada. Avanzaba con la decisión pero también con la ajenidad de un hipnepta.

Pronto llegó a la recova y dirigiéndose sin vacilar a una de aquellas puertas cerradas y silenciosas, la abrió y entró.

Por un momento Martín pensó que acaso él estaba soñando o sufriendo una visión: nunca había estado antes en aquella plazoleta de Buenos Aires, nada consciente lo había hecho caminar hacia ella en aquella noche aciaga, nada podía hacerle prever un encuentro tan portentoso. Eran demasiadas casualidades y era natural que por un momento pensara en una alucinación o en un sueño.

Pero las largas horas de espera ante aquella puerta no le dejaron lugar a dudas: era Alejandra quien había entrado y quien perrnanecía allí dentro, sin motivo que a él se le alcanzase.

Llegó la mañana y Martín no se atrevió a esperar más, pues temía ser visto por Alejandra a la luz del día. Por lo demás, ¿qué lograría con verla salir?

Con una tristeza que se manifestaba en dolor físico marchó hacia el Cabildo.

Un día nublado y gris, cansado y melancólico, despertaba del seno de aquella alucinante noche.

III

Informe sobre ciegos

¡Oh, dioses de la noche!
¡Oh, dioses de las tinieblas, del incesto y del crimen,
de la melancolía y del suicidio!
¡Oh, dioses de las ratas y de las cavernas
de los murciélagos, de las curarachas!
¡Oh, violentos, inescrutables dioses
del sueño y de la muerte!

I

¿Cuándo empezó esto que ahora va a terminar con mi asesinato? Esta feroz lucidez que ahora tengo es como un faro y puedo aprovechar un intensísimo haz hacia vastas regiones de mi memoria: veo caras, ratas en un granero, calles de Buenos Aires o Argel, prostitutas y marineros; muevo el haz y veo cosas más lejanas: una fuente en la estancia, una bochornosa siesta, pájaros y ojos que pincho con un clavo. Tal vez ahí, pero quién sabe: puede ser mucho más atrás, en épocas que ahora no recuerdo, en períodos remotísimos de mi primera infancia. No sé. ¿Qué importa, además?

Recuerdo perfectamente, en cambio, los comienzos de mi investigación sistemática (la otra, la inconsciente, acaso la más profunda, ¿cómo puedo saberlo?). Fue un día de verano del año 1947, al pasar frente a la Plaza Mayo, por la calle San Martín, en la vereda de la Municipalidad. Yo venía abstraído, cuando de pronto oí una campanilla, una campanilla como de alguien que quisiera despertarme de un sueño milenario. Yo caminaba, mientras oía la campanilla que intentaba penetrar en los estratos más profundos de mi conciencia: la oía pero no la escuchaba. Hasta que de pronto aquel sonido tenue pero penetrante y obsesivo pareció tocar alguna zona sensible de mi yo, algunos de esos lugares en que la piel del yo es finísima y de sensibilidad anormal: y desperté sobresaltado, como ante un peligro repentino y perverso, como si en la oscuridad hubiese tocado con mis manos la piel helada de un reptil. Delante de mí, enigmática y dura, observándome con toda su cara, vi a la ciega que allí vende baratijas. Había cesado de tocar su campanilla; como si sólo la hubiese movido para mí, para despertarme de mi insensato sueño, para advertir que mi existencia anterior había terminado como una estúpida etapa preparatoria, y que ahora debía enfrentarme con la realidad. Inmóvil, con su

281

rostro abstracto dirigido hacia mí, y yo paralizado como por una aparición infernal pero frígida, quedamos así durante esos instantes que no forman parte del tiempo sino que dan acceso a la eternidad. Y luego, cuando mi conciencia volvió a entrar en el torrente del tiempo, salí huyendo.

De ese modo empezó la etapa final de mi existencia.

Comprendí a partir de aquel día que no era posible dejar transcurrir un solo instante más y que debía iniciar ya mismo la exploración de aquel universo tenebroso.

Pasaron varios meses, hasta que en un día de aquel otoño se produjo el segundo encuentro decisivo. Yo estaba en plena investigación, pero mi trabajo estaba retrasado por una inexplicable abulia, que ahora pienso era seguramente una forma falaz del pavor a lo desconocido.

Vigilaba y estudiaba los ciegos, sin embargo.

Me había preocupado siempre y en varias ocasiones tuve discusiones sobre su origen, jerarquía, manera de vivir y condición zoológica. Apenas comenzaba por aquel entonces a esbozar mi hipótesis de la piel fría y ya había sido insultado por carta y de viva voz por miembros de las sociedades vinculadas con el mundo de los ciegos. Y con esa eficacia, rapidez y misteriosa información que siempre tienen las logias y sectas secretas; esas logias y sectas que están invisiblemente difundidas entre los hombres y que, sin que uno lo sepa y ni siquiera llegue a sospecharlo, nos vigilan permanentemente, nos persiguen, deciden nuestro destino, nuestro fracaso y hasta nuestra muerte. Cosa que en grado sumo pasa con la secta de los ciegos, que, para mayor desgracia de los inadvertidos tienen a su servicio hombres y mujeres normales: en parte engañados por la Organización; en parte, como consecuencia de una propaganda sensiblera y demagógica; y, en fin, en buena medida, por temor a los castigos físicos y metafísicos que se murmura reciben los que se atreven a indagar en sus secretos. Castigos que, dicho sea de paso, tuve por aquel entonces la impresión de haber recibido ya parcialmente y la convicción de que los seguiría recibiendo, en forma cada vez más espantosa y sutil; lo que, sin duda a causa de mi orgullo, no tuvo otro resultado que acentuar mi indignación y mi propósito de llevar mis investigaciones hasta las últimas instancias.

Si fuera un poco más necio podría acaso jactarme de haber confirmado con esas investigaciones la hipótesis que desde muchacho imaginé sobre el mundo de los ciegos, ya que fueron las pesadillas y alucinaciones de mi infancia las que me trajeron la primera revelación. Luego, a medida que fui creciendo, fue acentuándose mi prevención contra esos usurpadores, especie de chantajistas morales que, cosa natural, abundan en los subterráneos, por esa condición que los emparentó con los animales de sangre fría y piel resbaladiza que habitan en cuevas, cavernas, sótanos, viejos pasadizos, caños de desagües, alcantarillas, pozos ciegos, grietas profundas, minas abandonadas con silenciosas filtraciones de agua; y algunos, los más poderosos, en enormes cuevas subterráneas, a veces a centenares de metros de profundidad, como se puede deducir de informes equívocos y reticentes de espeleólogos y buscadores de tesoros, lo suficiente claros, sin embargo, para quienes conocen las amenazas que pesan sobre los que intentan violar el gran secreto.

Antes, cuando era más joven y menos desconfiado, aunque estaba convencido de mi teoría, me resistía a verificarla y hasta a enunciarla, porque esos prejuicios sentimentales que son la demagogia de las emociones me impedían atravesar las defensas levantadas por la secta, tanto más impenetrables como más sutiles e invisibles, hechas de consignas aprendidas en las escuelas y los periódicos, respetadas por el gobierno y la policía, propagadas por las instituciones de beneficencia, las señoras y los maestros. Defensas que impiden llegar hasta esos tenebrosos suburbios donde los lugares comunes empiezan a ralear más y más, y en los que empieza a sospecharse la verdad.

Muchos años tuvieron que transcurrir para que pudiera sobrepasar las defensas exteriores. Y así, paulatinamente, con una fuerza tan grande y paradojal como la que en las pesadillas nos hacen marchar hacia el horror, fui penetrando en las regiones prohibidas donde empieza a reinar la oscuridad metafísica, vislumbrando aquí y allá, al comienzo indistintamente, como fugitivos y equívocos fantasmas, luego con mayor y aterradora precisión, todo un mundo de seres abominables.

Ya contaré cómo alcancé ese pavoroso privilegio y cómo después de años de búsqueda y de amenazas pude entrar en el recinto donde se agita una multitud de seres, de los cuales los ciegos comunes son apenas su manifestación menos impresionante.

II

Recuerdo muy bien aquel 14 de junio: día frígido y lluvioso. Vigilaba el comportamiento de un ciego que trabaja en el subterráneo a Palermo: un hombre más bien bajo y sólido, morocho, sumamente vigoroso y muy mal educado; un hombre que recorre los coches con una violencia apenas contenida, ofreciendo ballenitas, entre una compacta masa de gente aplastada. En medio de esa multitud, el ciego avanza violenta y rencorosamente, con una mano extendida donde recibe los tributos que, con sagrado recelo, le ofrecen los infelices oficinistas, mientras en la otra mano guarda las ballenitas simbólicas: pues es imposible que nadie pueda vivir de la venta real de esas varillas, ya que alguien puede necesitar un par de ballenitas por año y hasta por mes: pero nadie, ni loco ni millonario, puede comprar una decena por día. De modo que, como es lógico, y todo el mundo así lo comprende, las ballenitas son meramente simbólicas, algo así como la enseña del ciego, una suerte de patente de corso que los distingue del resto de los mortales, además de su célebre bastón blanco.

Vigilaba, pues, la marcha de los acontecimientos dispuesto a seguir a ese individuo hasta el fin para confirmar de una vez por todas mi teoría. Hice innumerables viajes entre Plaza Mayo y Palermo, tratando de disimular mi presencia en las terminales, porque temía despertar sospechas de la secta y ser denunciado como ladrón o cualquier otra idiotez semejante en momentos en que mis días eran de un valor incalculable. Con ciertas precauciones, pues, me mantuve en estrecho contacto con el ciego y cuando por fin realizamos el último viaje de la una y media, precisamente aquel 14 de junio, me dispuse a seguir al hombre hasta su guarida.

En la terminal de Plaza Mayo, antes de que el tren

hiciera su último viaje hasta Palermo, el ciego descendió y se encaminó hacia la salida que da a la calle San Martín.

Empezamos a caminar por esa calle hacia Cangallo.

En esa esquina dobló hacia el Bajo.

Tuve que extremar mis precauciones, pues en la noche invernal y solitaria no había más transeúntes que el ciego y yo, o casi. De modo que lo seguí a prudente distancia, teniendo en cuenta el oído que tienen y el instinto que les advierte cualquier peligro que aceche sus secretos.

El silencio y la soledad tenían esa impresionante vigencia que tienen siempre de noche en el barrio de los Bancos. Barrio mucho más silencioso y solitario, de noche, que cualquier otro; probablemente por contraste, por el violento ajetreo de esas calles durante el día; por el ruido, la inenarrable confusión, el apuro, la inmensa multitud que allí se agita durante las horas de Oficina. Pero también, casi con certeza, por la soledad sagrada que reina en esos lugares cuando el Dinero descansa. Una vez que los últimos empleados y gerentes se han retirado, cuando se ha terminado con esa tarea agotadora y descabellada en que un pobre diablo que gana cinco mil pesos por mes maneja cinco millones, y en que verdaderas multitudes depositan con infinitas precauciones pedazos de papel con propiedades mágicas que otras multitudes retiran de otras ventanillas con precauciones inversas. Proceso todo fantasmal y mágico pues, aunque ellos, los creyentes, se creen personas realistas y prácticas, aceptan ese papelucho sucio donde, con mucha atención, se puede descifrar una especie de promesa absurda, en virtud de la cual un señor que ni siquiera firma con su propia mano se compromete, en nombre del Estado, a dar no sé qué cosa al creyente a cambio del papelucho. Y lo curioso es que a este individuo le basta con la promesa, pues nadie, que yo sepa, jamás ha reclamado que se cumpla el compromiso; y todavía más sorprendente, en lugar de esos papeles sucios se entrega generalmente otro papel más limpio pero todavía más alocado, donde otro señor promete que a cambio de ese papel se le entregará al creyente una cantidad de los mencionados papeluchos sucios: algo así como una locura al cuadrado. Y todo en representación de Algo que nadie ha visto jamás y que dicen yace depositado en Alguna Parte, sobre todo en los Estados Unidos, en grutas de Acero. Y que toda esta historia es cosa de religión lo indican en primer término palabras como *créditos* y *fiduciario*.

Decía, pues, que esos barrios, al quedar despojados de la frenética muchedumbre de creyentes, en horas de la noche quedan más desiertos de gente que ningún otro, pues allí nadie vive de noche, ni podría vivir, en virtud del silencio que domina y de la tremenda soledad de los gigantescos halls de los templos y de los grandes sótanos donde se guardan los increíbles tesoros. Mientras duermen ansiosamente, con píldoras y drogas, perseguidos por pesadillas de desastres financieros, los poderosos hombres que controlan esa magia. Y también por la obvia razón de que en esos barrios no hay alimentos, no hay nada que permita la vida permanente de seres humanos, o siquiera de ratas o cucarachas; por la extremada limpieza que existe en esos reductos de la nada, donde todo es simbólico y a lo más papeloso; y aun esos papeles, aunque podrían representar cierto alimento para polillas y otros bichos pequeños, son guardados en formidables recintos de acero, invulnerables a cualquier raza de seres vivientes.

En medio, pues, del silencio total que impera en el barrio de los Bancos, seguí al ciego por Cangallo hacia el Bajo. Sus pasos resonaban apagadamente e iban tomando a cada instante una personalidad más secreta y perversa.

Así descendimos hasta Leandro Alem y, después de atravesar la avenida, nos encaminamos hacia la zona del puerto.

Extremé mi cautela: por momentos pensé que el ciego podía oír mis pasos y hasta mi agitada respiración.

Ahora el hombre caminaba con una seguridad que me pareció aterradora, pues descartaba la trivial idea de que no fuera verdaderamente ciego.

Pero lo que me asombró y acentuó mi temor es que de pronto tomase nuevamente hacia la izquierda, hacia el Luna Park. Y digo que me atemorizó porque no era lógico, ya que, si ése hubiese sido su plan desde el comienzo, no había ningún motivo para que, después de cruzar la avenida, hubiese tomado hacia la derecha. Y como la suposición de que el hombre se hubiera equivocado de camino era radicalmente inadmisible, dada la seguridad y rapidez con que se movía, restaba la hipótesis (temible) de que hubiese advertido mi persecución y que estuviera intentando despistarme. O, lo que era infinitamente peor, tratando de prepararme una celada.

No obstante, la misma tendencia que nos induce a asomarnos a un abismo, me conducía en pos del ciego y cada vez con mayor determinación. Así, ya casi corriendo (lo que hubiera resultado grotesco de no ser tenebroso), se podía ver a un individuo de bastón blanco y con el bolsillo lleno de ballenitas, perseguido silenciosa pero frenéticamente por otro individuo: primero por Bouchard hacia el norte y luego, al terminar el edificio del Luna Park, hacia la derecha, como quien piensa bajar hacia la zona portuaria.

Lo perdí entonces de vista porque, como es natural, yo lo seguía a cosa de media cuadra.

Apresuré con desesperación mi marcha, temiendo perderlo cuando casi tenía (así lo pensé entonces) buena parte del secreto en mis manos.

Casi a la carrera llegué a la esquina y doblé bruscamente hacia la derecha, tal como lo había hecho el otro.

¡Qué espanto! El ciego estaba contra la pared, agitado, evidentemente a la espera. No pude evitar el llevármelo por delante. Entonces me agarró del brazo con una fuerza sobrehumana y sentí su respiración contra mi cara. La luz era muy escasa y apenas podía distinguir su expresión; pero toda su actitud, su jadeo, el brazo que me apretaba como una tenaza, su voz, todo manifestaba rencor y una despiadada indignación.

—¡Me ha estado siguiendo! —exclamó en voz baja, pero como si gritara.

Asqueado (sentía su aliento sobre mi rostro, olía su piel húmeda), asustado, murmuré monosílabos, negué loca y desesperadamente, le dije "señor, usted está equivocado", casi caí desmayado de asco y de prevención.

¿Cómo podía haberlo advertido? ¿En qué momento? ¿De qué manera? Era imposible admitir que mediante los recursos normales de un simple ser humano hubiese podido notar mi persecución. ¿Qué? ¿Acaso los cómplices? ¿Los invisibles colaboradores que la secta tiene distribuidos astutamente por todas partes y en las posiciones y oficios más insospechados: niñeras, profesoras de enseñanza secundaria, señoras respetables, bibliotecarios, guardas de tranvías? Vaya a saber. Pero de ese modo confirmé, aquella madrugada, una de mis intuiciones sobre la secta.

Todo eso lo pensé vertiginosamente mientras luchaba por desasirme de sus garras.

Salí huyendo en cuanto pude y por mucho tiempo no me animé a proseguir mi pesquisa. No sólo por temor, temor que sentía en grado intolerable, sino también por cálculo, pues imaginaba que aquel episodio nocturno podía haber desatado sobre mí la más estrecha y peligrosa vigilancia. Tendría que esperar meses y quizás años, tendría que despistar, debería hacer creer que aquello había sido una simple persecución con objetivo de robo.

Otro acontecimiento me condujo, más de tres años después, sobre la gran pista y pude, por fin, entrar en el reducto de los ciegos. De esos hombres que la sociedad denomina No Videntes: en parte por sensiblería popular; pero también, con casi seguridad, por ese temor que induce a muchas sectas religiosas a no nombrar nunca la Divinidad en forma directa.

III

Hay una fundamental diferencia entre los hombres que han perdido la vista por enfermedad o accidente y los ciegos de nacimiento. A esta diferencia debo el haber penetrado finalmente en sus reductos, bien que no haya entrado en los antros más secretos, donde gobiernan la Secta, y por lo tanto el Mundo, los grandes y desconocidos jerarcas. Apenas si desde esa especie de suburbio alcancé a tener noticias, siempre reticentes y equívocas, sobre aquellos monstruos y sobre los medios de que se valen para dominar el universo entero. Supe así que esa hegemonía se logra y se mantiene (aparte el trivial aprovechamiento de la sensiblería corriente) mediante los anónimos, las intrigas, el contagio de pestes, el control de los sueños y pesadillas, el sonambulismo y la difusión de drogas. Baste recordar la operación a base de marihuana y de cocaína que se descubrió con los colegios secundarios de los Estados Unidos, donde se corrompía a chicos y chicas desde los once a doce años de edad para tenerlos al servicio incondicional y absoluto. La investigación, claro, terminó donde debía empezar de verdad: en el umbral inviolable. En cuanto al dominio mediante los sueños, las pesadillas y la magia negra, no vale ni siquiera la pena demostrar que la Secta tiene para ello a su servicio a todo el ejército de videntes y de brujas de barrio, de curanderos, de manos santas, de tiradores de cartas y de espiritistas: muchos de ellos, la mayoría, son meros farsantes; pero otros tienen auténticos poderes y, lo que es curioso, suelen disimular esos poderes bajo la apariencia de cierto charlatanismo, para mejor dominar el mundo que los rodea.

Si, como dicen, Dios tiene el poder sobre el cielo, la Secta tiene el dominio sobre la tierra y sobre la carne. Ignoro si, en última instancia, esta organización tiene que rendir cuentas, tarde o temprano, a lo que podría denominarse Potencia Luminosa; pero, mientras tanto, lo obvio es que el universo está bajo su poder absoluto, poder de vida y muerte, que se ejerce mediante la peste o la revolución, la enfermedad o la tortura, el engaño o la falsa compasión, la mistificación o el anónimo, las maestritas o los inquisidores.

No soy teólogo y no estoy en condiciones de creer que estos poderes infernales puedan tener explicación en alguna retorcida Teodicea. En todo caso, eso sería teoría o esperanza. Lo otro, lo que he visto y sufrido, eso son *hechos*.

Pero volvamos a las diferencias.

Aunque no: hay mucho todavía que decir sobre esto de los poderes infernales, porque acaso algún ingenuo piensa que se trata de una simple metáfora, no de una cruda realidad. Siempre me preocupó el problema del mal, cuando desde chico me ponía al lado de un hormiguero armado de un martillo y empezaba a matar bichos sin ton ni son. El pánico se apoderaba de las sobrevivientes, que corrían en cualquier sentido. Luego echaba agua con la manguera; inundación. Ya me imaginaba las escenas dentro, las obras de emergencia, las corridas, las órdenes y contraórdenes para salvar depósitos de alimentos, huevos, seguridad de reinas, etcétera. Finalmente, con una pala removía todo, abría grandes boquetes, buscaba las cuevas y destruía frenéticamente: catástrofe general. Después me ponía a cavilar sobre el sentido general de la existencia, y a pensar sobre nuestras propias inundaciones y terremotos. Así fui elaborando una serie de teorías, pues la idea de que estuviéramos gobernados por un Dios omnipotente, omnisciente y bondadoso me parecía tan contradictoria que ni siquiera creía que se pudiese tomar en serio. Al llegar a la época de la banda de asaltantes había elaborado ya las siguientes posibilidades:

1.º Dios no existe.

2.º Dios existe y es un canalla.

3.º Dios existe, pero a veces duerme: sus pesadillas son nuestra existencia.

4.º Dios existe, pero tiene accesos de locura: esos accesos son nuestra existencia.

5.º Dios no es omnipresente, no puede estar en todas

partes. A veces está ausente ¿en otros mundos? ¿En otras cosas?

6.° Dios es un pobre diablo, con un problema demasiado complicado para sus fuerzas. Lucha con la materia como un artista con su obra. Algunas veces, en algún momento logra ser Goya, pero generalmente es un desastre.

7.° Dios fue derrotado antes de la Historia por el Príncipe de las Tinieblas. Y derrotado, convertido en presunto diablo, es doblemente desprestigiado, puesto que se le atribuye este universo calamitoso.

Yo no he inventado todas estas posibilidades, aunque por aquel entonces así lo creía; más tarde, verifiqué que algunas habían constituido tenaces convicciones de los hombres, sobre todo la hipótesis del Demonio triunfante. Durante más de mil años hombres intrépidos y lúcidos tuvieron que enfrentar la muerte y la tortura por haber develado el secreto. Fueron aniquilados y dispersados, ya que, es de suponer, las fuerzas que dominan el mundo no van a detenerse en pequeñeces cuando son capaces de hacer lo que hacen en general. Y así, pobres diablos o genios, fueron por igual atormentados, quemados por la Inquisición, colgados, desollados vivos; pueblos enteros fueron diezmados y dispersados. Desde la China hasta España las religiones de estado (cristianos o mazdeístas) limpiaron el mundo de cualquier intento de revelación. Y puede decirse que en cierto modo lograron su objetivo. Pues aun cuando algunas de las sectas no pudieron ser aniquiladas, se convirtieron a su turno en nueva fuente de mentira, tal como sucedió con los mahometanos. Veamos el mecanismo: según los gnósticos, el mundo sensible fue creado por un demonio llamado Jehová. Por largo tiempo la Suprema Deidad deja que obre libremente en el mundo, pero al fin envía a su hijo a que temporariamente habite en el cuerpo de Jesús, para de ese modo liberar al mundo de las falaces enseñanzas de Moisés. Ahora bien: Mahoma pensaba, como algunos de estos gnósticos, que Jesús era un simple ser humano, que el Hijo de Dios había descendido a él en el bautismo y lo abandonó en la Pasión, ya que si no, sería inexplicable el famoso grito: "Dios mío, Dios mío, ¿por qué me has abandonado?" Y cuando los romanos y los judíos escarnecen a

Jesús, están escarneciendo una especie de fantasma. Pero lo grave es que de este modo (y en forma más o menos similar, pasa con otras sectas rebeldes) no se ha revelado la mistificación sino que se ha fortalecido. Porque para las sectas cristianas que sostenían que Jehová era el Demonio y que con Jesús se inicia la nueva era, como para los mahometanos, si el Príncipe de las Tinieblas reinó hasta Jesús (o hasta Mahoma), ahora en cambio, derrotado, ha vuelto a sus infiernos. Como se comprende, ésta es una doble mistificación: cuando se debilita la gran mentira, estos pobres diablos la consolidaban.

Mi conclusión es obvia: sigue gobernando el Príncipe de las Tinieblas. Y ese gobierno se hace mediante la Secta Sagrada de los Ciegos. Es tan claro todo que casi me pondría a reír si no me poseyera el pavor.

IV

Pero volvamos de una vez a las diferencias.

Sobre todo, existe una esencial disparidad entre los ciegos de nacimiento y los que han perdido la vista por enfermedad o accidente. Por supuesto, los advenedizos adquieren con el tiempo muchos de los atributos de la raza, en parte por el mismo mecanismo que mimetiza a los judíos en medio de una raza que los odia o desprecia. Porque, y éste es un hecho singular, el odio que los ciegos tienen por los videntes es superado por el que tienen a los advenedizos.

¿A qué puede deberse este fenómeno? Al comienzo pensé que podría estar motivado por causas semejantes a las que provoca el rencor entre países vecinos, o entre los propios connacionales: ya se sabe que las guerras más despiadadas son las civiles y bastaría recordar las luchas civiles en la Argentina del siglo pasado o la guerra española. Una maestrita, Norma Gladys Pugliese, a la que utilicé durante algunos meses para estudiar ciertas reacciones de intelectuales de suburbio, pensaba, naturalmente, que el odio y las guerras entre los hombres eran debidos al mutuo desconocimiento y a la ignorancia general; tuve que explicarle que la única forma de mantener la paz entre los seres humanos era mediante la ignorancia recíproca y el desconocimiento, únicas condiciones en que estos bichos son relativamente bondadosos y justicieros, ya que todos somos bastante ecuánimes con relación a las cosas que no nos interesan. Con algunos libros de historia y con la sección policial de los diarios de la tarde en la mano, me veía obligado a explicarle el ABC de la condición humana a esta pobre diabla que se había educado bajo la dirección de distinguidas educadoras y que creía, más o menos, que el alfabetismo resolvería el problema general de la humanidad: momento en que yo le recordaba que el pueblo más alfabetizado del mundo era el que había instaurado los campos de concentración para la tortura en masa y la cremación de judíos y católicos. Con el resultado, casi siempre, de levantarse de la cama, indignada contra mí, en lugar de indignarse con los alemanes: ya que los mitos son más fuertes que los hechos que intentan destruirlos, y el mito de la enseñanza primaria en la Argentina, por disparatado y cómico que parezca, ha resistido y resistirá el ataque de cualquier cantidad de sátiras y demostraciones.

Pero volviendo al problema que nos interesa, reflexioné más tarde, cuando conocí y estudié mejor la Secta, que lo decisivo en ese rencor contra los advenedizos es el orgullo de casta y, como consecuencia, el resentimiento contra los que intentan, y en cierto modo logran, acceder a ella. Esto, claro, no es privativo de los ciegos, ya que sucede también en las clases altas de la sociedad, donde sólo a la larga y a regañadientes se admite a aquellos que, por su gran fortuna y por el casamiento de sus hijos, terminan por entrar en el estrato superior: hay un sutil desprecio, pero este mero desprecio va mezclándose luego, poco a poco, con un creciente resentimiento; acaso porque intuyen que de este modo, por esa lenta pero segura invasión, no están seguros y acorazados como imaginaban y porque, en definitiva, comienzan así a experimentar una paradojal sensación de inferioridad.

Finalmente, también influye el hecho de ser sorprendidos en sus secretos por seres que hasta el día anterior habían sido sus víctimas ignorantes y el objetivo de sus actos más despiadados. Molestos testigos que aunque no tienen la menor probabilidad de volver a su mundo originario, de todos modos descubren, asombrados, las ideas y los sentimientos de estos seres que habían imaginado el colmo del desamparo.

Sin embargo todo esto es análisis, y, lo que es peor, análisis con palabras y conceptos que valen para nosotros. En rigor, tenemos tanta posibilidad de entender el universo de los ciegos como el de los gatos o serpientes. Decimos: los gatos son independientes, son aristocráticos y traicioneros, son inseguros; pero en realidad todos estos conceptos tienen un valor relativo, pues estamos aplicando conceptos y valoraciones humanas a entes inconmensurables con nosotros: del mismo modo que es imposible a los hombres imaginar dioses que no tengan ciertos caracteres humanos, hasta el punto grotesco o que los dioses griegos se metían los cuernos.

V

Voy a contar ahora cómo entró en juego el tipógrafo Celestino Iglesias y cómo me encontré en la gran pista. Pero antes quiero decir quién soy yo, de qué me ocupo, etcétera.

Me llamo Fernando Vidal Olmos, nací el 24 de junio de 1911 en Capitán Olmos, pueblo de la provincia de Buenos Aires que lleva el nombre de mi tatarabuelo. Mido un metro setenta y ocho, peso alrededor de 70 kilos, ojos grisverdosos, pelo lacio y canoso. Señas particulares: ninguna.

Se me podrá preguntar para qué diablos hago esta descripción de registro civil. Nada hay casual en el mundo de los hombres.

Hay un sueño que se me repetía mucho en mi infancia: veía un chico (y ese chico, hecho curioso, era yo mismo, y me veía y observaba como si fuera otro) que jugaba en silencio a un juego que yo no alcanzaba a entender. Lo observaba con cuidado, tratando de penetrar el sentido de sus gestos, de sus miradas, de palabras que murmuraba. Y de pronto, mirándome gravemente, me decía: observo la sombra de esta pared en el suelo, y si esa sombra llega a moverse no sé lo que puede pasar. Había en sus palabras una sobria pero horrenda expectativa. Y entonces yo también empezaba a controlar la sombra con pavor. No se trataba, inútil decirlo, del trivial desplazamiento que la sombra pudiese tener por el simple movimiento del sol: era OTRA COSA. Y así, yo también empezaba a observar con ansiedad. Hasta que advertía que la sombra empezaba a moverse lenta pero perceptiblemente. Me despertaba sudando, gritando. ¿Qué era aquello, qué advertencia, qué símbolo? Cada noche me acostaba con el temor del sueño. Y cada mañana, al despertarme, mi pecho se ensanchaba de alivio al comprobar que, una vez más, había escapado de aquel peligro. Otras noches, en cambio, llegaba el momento terrible: nuevamente veía al chico, la pared y la sombra; nuevamente el chico me miraba con gravedad, nuevamente pronunciaba sus singulares palabras y nuevamente, en fin, después de observar yo con ansiosa expectativa la sombra de la pared, veía que empezaba a moverse y a deformarse. Entonces despertaba sudando y gritando.

El sueño me atormentó durante años, porque comprendía que, como casi todos los sueños, debía tener un sentido oculto y que, en este caso, era el anuncio indudable de algo que alguna vez tenía que sucederme. Ahora bien: no sé si aquel sueño fue el anuncio de lo que más tarde me sucedió o si fue su comienzo simbólico. La primera vez fue hace muchos años, cuando yo tenía menos de veinte años y dirigía una banda de asaltantes (luego veré si cuento algo de aquella experiencia). Tuve de pronto la revelación de que la realidad podía empezar a deformarse si no concentraba toda mi voluntad para mantenerla estable. Temía que el mundo que me rodeaba pudiera empezar en cualquier momento a moverse, a deformarse, primero lenta y luego bruscamente, a disgregarse, a transformarse, a perder todo sentido. Como el chico del sueño concentré toda mi fuerza mirando esa especie de sombra que es la realidad que nos rodea, sombra de alguna estructura o pared que no nos es dado contemplar. Y de pronto (estaba en mi cuarto de Avellaneda, felizmente solo, tirado en la cama), vi, con horror, que la sombra empezaba a moverse y que el viejo sueño empezaba a cumplirse en la realidad. Sentí una especie de vértigo, perdí el sentido y me hundí en un caos, pero al fin logré salir a flote con enorme esfuerzo y empecé a atar los trozos de la realidad que parecían querer irse a la deriva. Una especie de ancla. Eso es: como si me viese obligado a anclar la realidad, pero como si el barco estuviese compuesto de muchos pedazos separables y fuese necesario primero atarlos a todos y luego largar una formidable ancla para que el todo no fuese a la deriva. Por desgracia, el episodio volvió a repetírseme, y a veces con fuerza mayor. De pronto *sentía* que empezaba el deslizamiento y luego la disgregación, pero como ya conocía los síntomas no me dejaba estar, tal como me había sucedido la primera vez, y de inmediato comenzaba a trabajar con toda mi energía. La gente no comprendía lo que me pasaba, me veía concentrarme, con mi mirada fija y ajena, y creía que me estaba volviendo loco, sin comprender que era al revés, precisamente al revés, puesto que merced a aquel esfuerzo lograba mantener la realidad en su sitio y en su forma. Pero a veces, por más intensos que fueran mis esfuerzos, la realidad empezaba a disgregarse poco a poco, a deformarse, como si fuera de caucho y enormes tensiones la solicitaran desde los extremos (desde Sirio, desde el centro de la Tierra, desde todas partes): una cara empezaba a hincharse, de un lado se inflaba un globo, los ojos se juntaban poco a poco, la boca se agrandaba hasta que reventaba, mientras una mueca horrible iba desfigurando el rostro.

Sea como fuera, aquellos momentos me asustaban; y me atormentaba esa necesidad de mantener mi mente despierta, atenta, vigilante y enérgica. De pronto deseaba que me encerraran en un manicomio para descansar, puesto que allí nadie tiene la obligación de mantener la realidad como se pretende que es. Como si allí uno pudiera decir (y seguramente dice): ahora, que se arreglen.

Pero lo peor no sucede a mi alrededor sino en mi interior, porque mi propio yo empezaba de pronto a deformarse, a estirarse, a metamorfosearse. Yo me llamo Fernando Vidal Olmos, y esas tres palabras son como un sello, como una garantía de que soy "algo", algo bien definido: no sólo por el color de mis ojos, por mi estatura, por mi edad, por mi día de nacimiento y mis padres (es decir, por esos datos que aparecen en la cédula de identidad), sino por algo más profundo de índole espiritual: por un conjunto de recuerdos, de sentimientos, de ideas que dentro de uno mantienen la estructura de ese "algo", que es Fernando Vidal y no el cartero o el carnicero. Pero ¿qué impide que en ese cuerpo tabulado en mi libreta de enrolamiento no pueda de pronto, en virtud de algún cataclismo, habitar el alma del portero o el espíritu de Sade? ¿Hay alguna inviolable relación, acaso, entre mi cuerpo y mi alma? Siempre me pareció portentoso que alguien pueda crecer, tener ilusiones, sufrir desastres, ir a la guerra, deteriorarse espiritualmente, cambiar sus ideas, transformar sus sentimientos y sin embargo seguir recibiendo el mismo nombre: Fernando Vidal. ¿Tiene algún sentido? ¿O es verdad que, a pesar de todo, existe algún hilo, infinitamente estirable pero milagrosamente unitario, que a través de esos cambios y catástrofes mantenga la identidad del yo?

No sé lo que pasará en los otros. Sólo puedo decir que en mí esa identidad de pronto se pierde y que esa deformación del yo de pronto alcanza proporciones inmensas: grandes regiones de mi espíritu empiezan a hincharse (a veces hasta siento la presión física de mi cuerpo, en mi cabeza sobre todo), avanzan como silenciosos pseudopodios, ciegos y sigilosos, hacia otras regiones de la raza y finalmente hasta oscuras y antiguas regiones zoológicas; un recuerdo empieza a hincharse, poco a poco va dejando de ser aquel rumor de *La danza de las libélulas* que alguna noche oí en un piano de mi infancia, va siendo luego una música cada vez más extraña y desorbitada, luego se convierte en gritos y gemidos, finalmente en aullidos atroces, luego en campanadas que me aturden los oídos y, cosa aun más singular, empiezan a transformarse en gustos ácidos o repugnantes en mi boca, como si del oído pasasen a mi garganta, y el estómago se me contrae en convulsiones de vómito, mientras otros ruidos, otros recuerdos, otros sentimientos, van sufriendo metamorfosis análogas. Y pensando a veces que tal vez sea verdad la reencarnación y que en los rincones más ocultos de nuestro yo duermen recuerdos de aquellos seres que nos precedieron, así como conservamos restos de pez o reptil; dominados por el nuevo yo y por el nuevo cuerpo, pero prontos a despertar y salir cuando las faenas, las tensiones, los alambres y tornillos que mantienen el yo actual, por alguna causa que desconocemos, se aflojan y ceden, y las fieras y animales prehistóricos que nos habitan salen en libertad. Y eso que sucede cada noche mientras dormimos, de pronto es incontrolable y empieza a dominarnos también en pesadillas que se desenvuelven a la luz del día.

Pero mientras mi voluntad me responde todavía yo siento cierta seguridad, porque sé que gracias a ella puedo salir del caos y reorganizar mi mundo: mi voluntad es poderosa, cuando funciona. Lo peor es cuando siento que mi yo se disgrega también en lo que se refiere a la voluntad. O como si la voluntad todavía me perteneciese, pero partes del cuerpo o del sistema que la transmite, no. O como si el cuerpo fuera mío, pero "algo" entre mi cuerpo y mi voluntad se interpone. Ejemplo: quiero mover el brazo, pero el brazo no me obedece. Concentro toda mi atención en el brazo, lo miro, realizo un esfuerzo pero observo que no me obedece. Como si las líneas de comunicación entre mi cerebro y mi brazo estuvieran rotas. Muchas veces me ha sucedido eso, como si yo fuera un territorio devastado por un terremoto, con grandes grietas, y con los hilos telefónicos cortados. Y en esos casos, todo puede suceder: no hay policía, no hay ejército. Cualquier calamidad puede producirse, cualquier saqueo o depredación. Como si mi cuerpo perteneciera a otro hombre y yo, impotente y mudo, observara cómo comienzan a producirse en aquel territorio ajeno movimientos sospechosos, estremecimientos que anuncian una nueva convulsión, hasta que poco a poco, crecientemente la catástrofe vuelve a enseñorearse de mi cuerpo y finalmente de mi espíritu.

Cuento todo esto para que me comprendan.

Y porque muchos de los episodios que relataré, de otro modo serían incomprensibles e increíbles. Pero pasaron en buena medida gracias a esa ruptura catastrófica de mi personalidad; no a pesar de ella, sino precisamente gracias a ella.

Este informe está destinado, después de mi muerte, que se aproxima, a un instituto que crea de interés proseguir las investigaciones sobre este mundo que hasta hoy ha permanecido inexplorado. Como tal, se limita a los HECHOS como me han sucedido. El mérito que tiene, a mi juicio, es el de su absoluta objetividad: quiero hablar de mi experiencia como un explorador puede hablar de su expedición al Amazonas o al África Central. Y aunque, como es natural, la pasión y el rencor muchas veces pueden confundirme, al menos mi voluntad es de permanecer preciso y de no dejarme arrastrar por esa clase de sentimientos. He tenido experiencias espantosas, pero precisamente por eso mismo deseo atenerme a los hechos, aunque estos hechos proyecten una luz desagradable sobre mi propia vida. Después de lo que llevo dicho, nadie en su sano juicio podría sostener que el objetivo de estos papeles sea el de despertar simpatía hacia mi persona.

He aquí, por ejemplo, uno de los hechos desagradables que como muestra de mi sinceridad voy a confesar: no tengo ni nunca he tenido amigos. He sentido pasiones, naturalmente; pero jamás he sentido afecto por nadie, ni creo que nadie lo haya sentido por mí.

He mantenido relaciones, sin embargo, con mucha gente. He tenido "conocidos", como se acostumbra decir con esa palabra tan equívoca.

Y uno de esos conocidos, uno de importancia para lo que sigue, fue un español enjuto y taciturno llamado Celestino Iglesias.

Lo vi por primera vez en 1929, en un centro anarquista de Avellaneda llamado Amanecer; el mismo centro donde conocí, por la misma época, a Severino Di Giovanni, un año antes de su fusilamiento. Yo frecuentaba los locales ácratas porque ya tenía el vago propósito de organizar, como efectivamente organicé más tarde, una banda de asaltantes; y aunque no todos los anarquistas eran pistoleros, se encontraba entre ellos a todo género de aventureros, nihilistas y, en fin, ese tipo de enemigo de la sociedad que siempre me atrajo. Uno de esos individuos se llamaba Osvaldo R. Podestá que participó en el asalto al Banco de San Martín y que durante la guerra española fue ametrallado por los mismos rojos, cerca del puerto de Tarragona, cuando se disponía a huir de España con un lanchón cargado de dinero y de joyas.

Conocí a Iglesias por intermedio de Podestá: como si un lobo me presentase un cordero. Pues Iglesias era uno de esos anarquistas bondadosos, incapaz de matar una mosca: era pacifista, era vegetariano (por su repugnancia a vivir de la muerte de un ser viviente) y tenía ese género de fantástica esperanza de que el mundo iba a ser alguna vez una cariñosa comunidad de libres y fraternales cooperadores. Ese Nuevo Mundo iba a hablar una sola lengua y esa lengua iba a ser el esperanto. Razón por la cual aprendió dificultosamente esa especie de aparato ortopédico, que no solamente es horrible (lo que para una lengua universal no sería lo peor) sino que no la habla prácticamente nadie (lo que para una lengua universal es ruinoso). Y de ese modo, en cartas que laboriosamente escribía sacando la lengua, se comunicaba con alguno de los quinientos sujetos que en el resto del universo pensaban como él.

Hecho curioso que es frecuente entre los anarquistas: un ser angelical como Iglesias podía, sin embargo, dedicarse a la falsificación de dinero. Lo vi por segunda vez, precisamente, en un sótano de la calle Boedo, donde Osvaldo R. Podestá tenía todos los elementos para ese tipo de operaciones y donde Iglesias realizaba tareas de confianza.

En aquel tiempo tenía unos treinta y cinco años, era enjuto y muy moreno, bajito, seco, como muchos españoles que parecen haber vivido sobre una tierra calcinada, casi sin alimentarse, resecados por el sol implacable del verano y por el frío despiadado del invierno. Era generosísimo, jamás tenía un centavo encima (todo lo que ganaba y el dinero falsificado eran para el sindicato o para las turbias actividades

303

de Podestá), siempre albergaba en su piecita a uno de esos vividores que suelen encontrarse en el ambiente anarquista, y aunque era incapaz de matar a una mosca había pasado la mayor parte de su existencia en las cárceles de España y de la Argentina. Iglesias, un poco como Norma Pugliese, imaginaba que todos los males de la humanidad iban a resolverse con una mezcla de Ciencia y de Mutuo Conocimiento. Había que luchar contra las Fuerzas Oscuras que se oponían, desde siglos, al triunfo de la Verdad. Pero el Progreso de las Ideas era incesante y tarde o temprano el Amanecer era inevitable. Mientras tanto, había que luchar contra las fuerzas organizadas del Estado, había que denunciar la Impostura Clerical, había que mirar el Ejército y promover la Educación Popular. Se fundaban bibliotecas en que no sólo se encontraban las obras de Bakunin o Kropotkin sino las novelas de Zola y volúmenes de Spencer y Darwin, ya que hasta la teoría de la evolución les parecía subversiva, y un extraño vínculo unía la historia de los Peces y Marsupiales con el Triunfo de las Nuevas Ideas. Tampoco faltaba la *Energética,* de Ostwald, esa especie de biblia termodinámica en que Dios aparecía sustituido por un ente laico, pero también inexplicable, llamado Energía, que, como su predecesor, lo explicaba y podía todo, con la ventaja de estar relacionado con el Progreso y la Locomotora. Hombres y mujeres que se encontraban en estas bibliotecas se unían luego en libre matrimonio y engendraban hijos a los que llamaban Luz, Libertad, Nueva Era o Giordano Bruno. Hijos que la mayor parte de las veces, en virtud de ese mecanismo que lanzan los hijos contra los padres, o, en otras, simplemente, merced a la complicada y generalmente dialéctica Marcha del Tiempo, se convertían en meros burgueses, en rompehuelgas y hasta en feroces persecutores del Movimiento, como en el caso del renombrado comisario Giordano Bruno Trenti.

Dejé de ver a Iglesias cuando empezó la guerra de España, pues, como muchos otros, fue a pelear bajo la bandera de la Federación Anarquista Ibérica. En 1938 se refugió en Francia, donde seguramente tuvo oportunidad de apreciar los fraternales sentimientos de los ciudadanos de ese país y las ventajas de la Vecindad y del Conocimiento sobre la Lejanía y la Ignorancia Mutua. De allá, finalmente, pudo volver a la Argentina. Y aquí lo volví a encontrar un par de años después del episodio del subterráneo que ya he relatado. Yo estaba vinculado a un grupo de falsificadores y como necesitábamos un hombre de confianza que tuviera experiencia pensé en Iglesias. Lo busqué entre las antiguas relaciones, entre los grupos anarquistas de La Plata y Avellaneda, hasta que di con él: estaba trabajando de tipógrafo en la imprenta Kraft.

Lo hallé bastante cambiado, sobre todo a causa de su renguera: le habían cortado la pierna derecha durante la guerra. Estaba más reseco y reservado que nunca.

Vaciló, pero finalmente aceptó, cuando le dije que ese dinero sería empleado para ayudar a un grupo anarquista de Suiza. No era difícil convencerlo de nada que se refiriese a la causa, por utópico que pareciese a primera vista y, sobre todo, si era utópico. Su ingenuidad era a toda prueba: ¿no había trabajado para un sinvergüenza como Podestá? Vacilé un momento con respecto a la nacionalidad de los anarquistas, pero me decidí al fin por Suiza a causa de la enorme magnitud del dislate, ya que para una persona normalmente constituida creer en anarquistas suizos es como aceptar la existencia de ratas en una caja fuerte. La primera vez que pasé por ese país tuve la sensación de que era barrido totalmente cada mañana por las amas de casa (echando, por supuesto, la tierra a Italia). Y fue tan poderosa la impresión que repensé la mitología nacional. Las anécdotas son esencialmente verdaderas porque son inventadas, porque se las inventa pieza por pieza, para ajustarla exactamente a un individuo. Algo semejante sucede con los mitos nacionales, que son fabricados a propósito para describir el alma de un país, y así se me ocurrió en aquella circunstancia que la leyenda de Guillermo Tell describía con fidelidad el alma suiza: cuando el arquero le dio con la flecha en la manzana, seguramente en el medio exacto de la manzana, se perdieron la única oportunidad histórica de tener una gran tragedia nacional. ¿Qué puede esperarse de un país semejante? Una raza de relojeros, en el mejor de los casos.

VII

Podría pensarse en la increíble cantidad de casualidades que me llevaron a entrar, por fin, en el universo de los ciegos: si yo no hubiese estado en contacto con los anarquistas, si entre esos anarquistas no hubiese encontrado un hombre como Iglesias, si Iglesias no hubiese sido falsificador de dinero, si aun siéndolo, no hubiese sufrido aquel accidente a la vista, etc. ¿Para qué seguir? Los acontecimientos son o parecen casuales según el ángulo desde donde se observe la realidad. Desde un ángulo opuesto ¿por qué no suponer que todo lo que nos sucede obedece a causas finales? Los ciegos me obsesionaron desde chico y hasta donde mi memoria alcanza recuerdo que siempre tuve el impreciso pero pertinaz propósito de penetrar algún día en el universo en que habitan. Si no hubiese tenido a Iglesias a mano, ya habría imaginado algún otro medio, porque toda la fuerza de mi espíritu se dirigió a lograr ese objetivo. Y cuando uno se propone enérgica y sistemáticamente un fin que esté dentro de las posibilidades del mundo determinado, cuando se movilizan no sólo las fuerzas conscientes de nuestra personalidad sino las más poderosas de nuestra subsconsciencia, se termina por crear un campo de fuerzas telepáticas en torno de uno que impone a otros seres nuestra voluntad, y hasta se producen episodios que en apariencia son casuales pero que en rigor están determinados por esa invisible potencia de nuestro espíritu. En varias ocasiones, después de mi fracaso con el ciego del subterráneo, pensé qué útil me resultaría una especie de individuo intermediario entre los dos reinos, alguien que, por haber perdido la vista en un accidente, participare todavía, aunque fuera durante un tiempo, de nuestro universo de videntes y simultáneamente tuviera ya un pie en el otro territorio. Y quién sabe si esa idea, cada día más obsesionante, no fue apoderándose de mi subsconsciencia hasta actuar por fin, como dije, en forma de invisible pero poderoso campo magnético, determinando en alguno de los seres que entran en él lo que yo más deseaba en ese momento de mi vida: el accidente de la ceguera. Examinando las circunstancias en que Iglesias manipulaba aquellos ácidos, recuerdo que la explosión fue precedida por mi entrada en el laboratorio y por la repentina, casi por la violenta idea de que si Iglesias se acercaba al mechero de Bunsen ocurriría una explosión. ¿Hecho premonitorio? No lo sé. Quién sabe si aquel accidente no fue forzado de alguna manera por mi deseo, si aquel acontecimiento que luego pareció un típico fenómeno del indiferente universo material no fue, en cambio, un típico fenómeno del universo en que nacen y crecen nuestras más turbias obsesiones. Yo mismo no veo claro aquel episodio, porque pasaba uno de esos períodos en que vivir me costaba un gran esfuerzo, en que me sentía como el capitán de un barco en medio de una tempestad, barridos los puentes por huracanes, crujiendo el casco por el tifón, tratando de mantenerme en lucidez para que todo se mantuviera en su lugar, toda mi voluntad y mi tensión aplicadas a mantener la ruta en medio de los bandazos y de la tiniebla. Luego caía derrumbado en mi cucheta, sin voluntad y con grandes huecos en mi memoria, como si mi espíritu hubiese sido devastado por el temporal. Necesitaba días para que todo volviese un poco a la normalidad, y los seres y los episodios de mi vida real aparecían o reaparecían paulatinamente, desolados y tristes, desmantelados y grises a medida que las aguas se calmaban.

Después de esos períodos, yo volvía a la vida normal con vagas reminiscencias de mi existencia anterior. Y así, poco a poco, reapareció Iglesias en mi memoria, y me costó reconstruir los episodios que culminaron en la explosión.

VIII

Se desenvolvió un largo proceso hasta que yo pude vislumbrar los primeros resultados. Ya que, como es fácil imaginar, esa región intermedia que separa los dos mundos, está colmada de equívocos, de tanteos, de ambigüedades: dada la índole secreta y atroz del universo de ciegos, es natural que nadie pueda acceder a él sin una serie de sutiles transformaciones.

Vigilé de cerca ese proceso y no me separé de Iglesias sino lo indispensable: era mi oportunidad más segura de filtrarme en el mundo prohibido y no lo iba a malograr por errores groseros. Traté así de permanecer a su lado en la medida de lo posible, pero también de lo insospechable. Lo cuidaba, le leía algún libro de Kropotkin, le conversaba sobre el Apoyo Mutuo, pero sobre todo, observaba y esperaba. En mi pieza coloqué un enorme cartel visible desde la cabecera de mi cama, que decía:

> OBSERVAR
>
> ESPERAR

Me decía: tarde o temprano tienen que aparecer, debe haber un instante en la vida del nuevo ciego en que ELLOS deben venir en su busca. Pero ese instante (me decía también, con inquietud), ese instante podía no estar muy marcado, sino que, por el contrario, era muy probable que pareciese algo baladí y hasta cotidiano. Era necesario estar atento a los detalles más fútiles, vigilar a cualquier persona que se le acercase, por insospechable que a primera vista pareciese y sobre todo en ese caso, era menester interceptar cartas y llamados telefónicos, etc. Como se comprende, el programa era abrumador y casi laberíntico. Basta pensar en un solo detalle para tener una idea de la ansiedad que en aquellos días me consumió: otra persona de la pensión podía ser el intermediario, incluso candoroso, de la secta; y ese individuo podía ver a Iglesias en momentos en que me era imposible controlarlo, hasta esperarlo en el baño. En largas noches de cavilación en mi pieza elaboré planes tan detallados de observación que para realizarlos habría sido preciso una organización de espionaje tan grande como la que un país requiere durante una guerra; con el peligro, siempre existente, del contraespionaje, ya que es harto sabido que todo espía puede ser un espía doble, y contra eso nadie está a cubierto. En fin, al cabo de largos análisis, en que pensé que podía enloquecerme, terminaba por simplificar y reducirme a lo que me era posible ejecutar. Era necesario ser minucioso y paciente, tener coraje y guante de seda: mi frustrada experiencia con el sujeto de las ballenitas me había enseñado que nada lograría por el camino más expeditivo y rápido de un ataque frontal.

He escrito la palabra "coraje" y también podría haber escrito "ansiedad". Pues me atormentaba la duda de que la secta hubiese desencadenado sobre mí la más estricta vigilancia desde el episodio del sujeto aquel. Y consideré que todas las precauciones eran escasas. Daré un ejemplo: mientras aparentaba leer el diario en el café de la calle Paso, bruscamente, con la velocidad del rayo, levantaba la vista y trataba de sorprender una expresión sospechosa en Juanito, un brillo equis en la mirada, un sonrojo. Luego lo llamaba con la mano. "Juanito —le decía, supuesto que no se hubiera sonrojado—, ¿por qué se puso colorado?" El tipo negaba, claro. Pero también era una excelente prueba: si negaba sin ponerse colorado, era bastante probatorio de su inocencia; si se ponía rojo ¡cuidado! Como es lógico, tampoco probaba que nada tuviera que ver con la confabulación el hecho de no enrojecer a esta pregunta mía (por eso he escrito "bastante" probatorio), pues un buen espía tiene que estar por encima de esta clase de defectos.

Todo esto puede estimarse como una muestra de delirio de persecuciones, pero los acontecimientos posteriores DEMOSTRARON que mi desconfianza y mis dudas no eran, por desgracia, tan desatinadas como puede imaginar un individuo desprevenido. ¿Por qué, sin embargo, yo me atrevía a acercarme tan peligrosamente al abismo? Es que contaba con la inevitable imperfección del mundo real, en que ni siquiera el servicio de vigilancia y espionaje de los ciegos puede estar exento de fallas. También contaba con algo que era lógico presumir: los odios y antipatías que debía haber entre los ciegos, como en cualquier otro grupo de mortales. En suma, reflexioné que la clase de dificultades que un vidente podía esperar en la exploración de ese universo, no serían muy distintas de la que un espía inglés podía encontrar durante la guerra en el sistemático pero lleno de grietas y rencores régimen hitlerista.

No obstante, el problema era doblemente complicado porque, como era de esperarse, empezó a cambiar la mentalidad de Iglesias; aunque más que mentalidad (y menos) habría que decir su "raza" o "condición zoológica". Como si en virtud de un experimento con genes, un ser humano comenzase a convertirse, lenta pero inexorablemente, en murciélago o lagarto; y lo que es más atroz, sin que casi nada de su aspecto exterior revelase un cambio tan profundo. Estar solo en una habitación cerrada y a oscuras, de noche, sabiendo que en ella hay también un murciélago es siempre impresionante, sobre todo cuando se siente volar a esa especie de rata alada y, en forma ya intolerable, cuando sentimos que una de sus alas ha rozado nuestra cara en su inmundo vuelo silencioso. ¡Pero cuánto más horrenda puede ser esa sensación si el animal tiene forma humana! Iglesias fue sufriendo esos cambios sutiles que acaso para otro habrían podido pasar inadvertidos, pero que para mí, que vigilaba astuta y sistemáticamente, eran sensibles.

Se volvió cada día más desconfiado. Claro: ni era todavía un auténtico ciego, dotado de ese poder de moverse en las tinieblas y de ese sentido del oído y del tacto; ni era ya un hombre capaz de ver con sus ojos corrientes. Tuve la impresión de que se sentía perdido: no lograba una exacta sensación de las distancias, cometía errores cinestésicos, tropezaba, se llevaba torpemente un vaso por delante con sus manos que tanteaban. Se irritaba, aunque trataba de disimularlo por orgullo.

—No es nada, Iglesias —le decía yo, en lugar de quedarme callado y de simular distraimiento.

Lo que aumentaba su irritación y acentuaba sus reacciones, que era precisamente lo que me proponía.

De pronto me quedaba callado y dejaba, por decirlo así, que un silencio total lo rodeara. Ahora bien: para un ciego, un silencio total a su alrededor es como para nosotros un abismo tenebroso que nos separa del resto del universo. No sabe a qué atenerse, todos sus vínculos con el mundo exterior han sido abolidos en esas tinieblas de los ciegos que es el silencio absoluto. Tienen que estar atentos al más mínimo rumor, el peligro los acecha por todos los costados.

En esos momentos son solitarios e impotentes. El simple tictac de un reloj puede ser como una lucecita en lontananza, esas lucecitas que en los cuentos infantiles divisa el héroe aterrorizado cuando se creía perdido en medio de la selva.

Entonces yo daba un pequeño golpe con un dedo, como al descuido, sobre la mesa o sobre la silla y notaba cómo instantáneamente, con neurótica ansiedad, Iglesias dirigía toda su vida en esa dirección. En medio de su soledad, tal vez se preguntaba: ¿Qué se propone Vidal? ¿Dónde está? ¿Por qué ha permanecido en silencio?

Tenía, en efecto, una gran desconfianza hacia mí. Esa desconfianza fue creciendo a medida que pasaban los días y se hizo insalvable al cabo de tres semanas, cuando su metamorfosis acababa. Existía un indicio que debía marcar, si mis teorías no eran equivocadas, el definitivo ingreso de Iglesias en el nuevo reino, su transformación absoluta; y era el asco que en mí despiertan los auténticos ciegos. Tampoco ese asco o aprensión o fobia aparece de golpe: mi experiencia me mostró que también eso se produce poco a poco, hasta que un día nos encontramos ante el hecho consumado y espeluznante: ya estamos delante del murciélago o del reptil. Recuerdo aquel día: ya al acercarme a la pieza de la pensión en que estaba viviendo Iglesias desde su accidente, sentí una ambigua sensación de malestar, una incierta aprensión que fue aumentando a medida que me acercaba a su cuarto. Tanto que vacilé un instante antes de llamar. Hasta que, casi temblando, dije: "Iglesias" y ALGO me respondió: "Entre". Abrí la puerta y en medio de la oscuridad (ya que naturalmente, no usaba luz cuando se encontraba solo) sentí la respiración del nuevo monstruo.

IX

Pero, antes de llegar a ese instante capital, sucedieron otras cosas que debo relatar, porque fueron las que me permitieron entrar en el universo de los ciegos, antes de que la metamorfosis de Iglesias llegara a su término: como esos desesperados mensajeros en motocicleta, que durante la guerra logran atravesar un puente que saben debe ser volado de un momento a otro. Porque yo veía acercarse el momento fatal en que la metamorfosis estaría completada y trataba de apresurar mi carrera. Por momentos pensé que no llegaría a tiempo y que el puente sería volado por el enemigo antes de que yo, en mi absurda carrera, lograse atravesar el foso.

Asistía con ansiedad creciente al paso de los días, calculaba que el proceso interior de Iglesias seguía su ineluctable curso y no veía ningún indicio de que ELLOS apareciesen. Excluía por absurda la sola hipótesis de que los ciegos no se enterasen de que alguien ha perdido la vista y que, por lo tanto, debe ser encontrado y conectado a la secta. Sin embargo, el indiferente curso de los días y mi creciente inquietud me hicieron pensar en esa hipótesis y en otras más descabelladas, como si mi emoción me obnubilara la capacidad de raciocinio y me hiciera olvidar, además, todo lo que ya sabía sobre la secta. Es probable, en efecto, que la emoción sea propicia para crear un poema o componer una partitura musical, pero es desastrosa para las tareas de la razón pura.

Me avergüenza recordar las tonterías que se me ocurrieron cuando empecé a temer que no alcanzaría a cruzar el puente. Llegué hasta suponer que un hombre enceguecido podría quedar como un islote en medio de un inmenso océano indiferente. Quiero decir: ¿qué pasaría con un hombre que, como Iglesias, enceguece por accidente y que a causa de su modalidad personal no quiere ni busca el contacto con los otros ciegos?, ¿que dominado por la misantropía, por el desaliento o por la timidez no desea ponerse en comunicación con esas sociedades que son las manifestaciones visibles (y superficiales) del mundo vedado: la Biblioteca para Ciegos, los Coros, etc.? ¿Qué podía impedir, a primera vista, que un hombre como Iglesias se mantuviese aislado y no sólo no buscase sino que rehuyese la cercanía de sus congéneres? Un estremecimiento de vértigo me acometió en el instante en que imaginé esa idiotez (porque también las idioteces pueden conmovernos). Traté en seguida de calmarme. Reflexioné: Iglesias tiene que trabajar, es pobre, no puede permanecer inactivo. ¿Cómo trabaja un ciego? Tiene que salir a la calle y realizar algunas de esas actividades que les están reservadas: vender peines y baratijas, retratos de Gardel y Leguisamo, las famosas ballenitas; algo, en fin, que lo hace fácilmente visible y, tarde o temprano, fiable para los hombres de la secta. Intenté acelerar el proceso, instándolo a instalarse con algunos de esos negocitos. Le hablé con entusiasmo de las ballenitas y de lo que podía sacar en un solo subterráneo. Le pinté un porvenir rosado, pero Iglesias se mantenía silencioso y desconfiado.

—Tengo todavía unos pesos. Ya veremos más adelante.

¡Más adelante! ¡Qué desesperantes eran esas palabras! Le hablé de un puesto de diarios, pero tampoco se entusiasmó.

No me quedaba otro recurso que esperar y seguir observando, hasta que la necesidad lo obligase a salir.

Repito que ahora me da vergüenza haber llegado a esos grados de imbecilidad, bajo el dominio del temor. ¿Cómo, en mi sano juicio, podía suponer que la secta necesitase de algo tan burdo como la instalación del tipógrafo con un puesto de diarios para saber de su existencia? ¿Y la gente que presenció la salida de Iglesias accidentado? ¿Y los enfermeros y médicos en el hospital? Eso, sin contar con los poderes que la secta tiene, y el inmenso y enmarañado sistema de informaciones y de espionaje que como una formidable telaraña invisible envuelve el mundo. Debo decir, sin embargo, que después de algunas noches de ridículo malestar, concluí que aquellas hipótesis eran disparatadas y que no existía la menor posibilidad de que Iglesias quedase abandonado. Lo único temible era que el contacto se produjese demasiado tarde para mí. Pero contra eso nada podía hacer.

Yo no podía estarme todo el tiempo a su lado. Así que busqué la forma de vigilarlo sin estar en su cercanía. Las medidas que tomé fueron las siguientes:

1. Di una importante suma de dinero a la dueña de la pensión, una señora Etchepareborda, que me pareció, felizmente, una especie de retardada mental. Le rogué que cuidase de Iglesias y que me advirtiera sobre cualquier cosa que tuviese que ver con el tipógrafo, con el cuento, claro, de su invalidez.

2. Pedí al tipógrafo que no hiciera nada sin avisarme, pues yo quería serle útil en todo sentido. No deposité mucha confianza en esta variante porque imaginé, con fundamento, que iba a ir separándose cada día más de mí y que la desconfianza hacia mi persona tendría que ir en aumento.

3. Procuré establecer, dentro de lo posible, la más estrecha vigilancia sobre sus movimientos, si es que se le ocurría salir; o sobre los movimientos de las gentes que presumiblemente podrían acercársele. Su pensión estaba en la calle Paso. Por suerte, a poco más de veinte metros había un café donde yo podía, como tantos otros desocupados, permanecer horas y horas, aparentando leer el diario o conversando con los mozos, de los que debí hacerme amigo. Era verano, y sentado al lado de la ventana abierta podía vigilar la entrada de la pensión.

4. Utilicé a Norma Gladys Pugliese, con el doble fin de no despertar las sospechas que despierta un hombre solo que vigila y de alternar un poco el fútbol y la política argentina con el pequeño placer que encontraba en corromper a la maestra.

X

Aquellos cinco días que siguieron me desesperaron. ¿Qué podía hacer sino cavilar y conversar con el mozo y hojear diarios y revistas? Aprovechaba leer dos cosas que siempre me fascinaron: los avisos y la sección policial. Lo único que leo desde los veinte años, lo único que nos ilustra sobre la naturaleza humana y sobre los grandes problemas metafísicos. Uno lee en la sexta edición: SÚBITAMENTE ENLOQUECIDO, MATA A SU MUJER Y A SUS CUATRO HIJITOS CON UN HACHA. Nada sabemos sobre ese hombre, fuera de que se llama Domingo Salerno, que era laborioso y honesto, que tenía un mercadito en Villa Lugano y que adoraba a su mujer y a sus chicos. Y de pronto los mata a hachazos. ¡Profundo misterio! Además, ¡qué sensación de verdad que se siente leyendo la sección policial, después de leer las declaraciones de los políticos! Todos éstos parecen disfrazados y falsificadores internacionales, gente que vende tónico para el pelo y hombres de la víbora. ¿Cómo puede compararse a uno de estos mistificadores con un ser purísimo del género de los Salerno? También me excitan los anuncios: LOS TRIUNFADORES DEL MAÑANA ESTUDIAN EN LAS ACADEMIAS PITMAN. Dos jóvenes rutilantes, un muchacho y una muchacha tomados del brazo, sonrientes y gloriosos, marchan hacia el Porvenir. En otro aviso aparece un escritorio con dos teléfonos y un intercomunicador; el sillón vacío está listo para ser ocupado y de los teléfonos salen como rayitos luminosos; la leyenda dice: ESTE PUESTO LO ESPERA. Uno que me atrae por lo demagógico es de la óptica Podestá: SUS OJOS MERECEN LO MEJOR. Los de pasta de afeitar asumen la forma de historietas con moraleja; en el primer cuadro, Pedro, visiblemente barbudo, invita a bailar a María Cristina; en el segundo cuadro, en primer plano, se ve el rostro desconcertado de Pedro y la expresión de profundo desagrado en María Cristina, que baila tratando de separar lo más posible su cara; en el tercer cuadro, ella le comenta a una amiga: "¡Qué repulsivo está Pedro con esa barba!", respondiéndola la otra: "¿Por qué no se lo dices de una buena vez?"; en el cuadro siguiente, María Cristina le responde que no se atreve pero que quizá ella, su amiga, podría decírselo a su novio para que a su vez él se lo recomiende a Pedro; en el penúltimo cuadro se observa, en efecto, que el novio de la amiga dice algo en voz baja a Pedro; en el cuadro final, aparecen en primer plano Pedro y María Cristina, bailando felices y sonrientes, él ya perfectamente afeitado con la famosa crema PALMOLIVE; la leyenda dice: POR UN DESCUIDO LAMENTABLE PODÍA HABER PERDIDO A SU NOVIA.

Variantes: en una, el individuo pierde una magnífica oportunidad de empleo; en otra no asciende nunca: al fondo de una gran sala llena de escritorios y empleados, entre los cuales es fácil percibir a Pedro barbudo, un jefe lo está mirando, desde lejos, con expresión de repulsión y fastidio. Cremas desodorantes: noviazgos, posiciones en estupendas empresas, invitaciones a fiestas, perdidas tontamente por no haber usado ODORONO.

Anuncios con señores de rostro deportivo, muy bien peinados y muy sonrientes, pero a la vez enérgicos y positivos, con grandes y cuadradas mandíbulas como el Superman, que golpeando con un puño sobre el pupitre, entre varios teléfonos, y avanzando el torso hacia el invisible y vacilante interlocutor, exclaman: ¡EL ÉXITO ESTÁ AL ALCANCE DE SUS MANOS! Otras veces, el Superman no golpea sobre la mesa sino que, con gesto enérgico y desprovisto de la menor hesitación, apunta con su índice al lector del diario, siempre pusilánime y dejado, permanentemente dilapidando su Tiempo y sus Notables Condiciones en pavadas, y le dice: GANE CINCO MIL PESOS MENSUALES EN SUS RATOS PERDIDOS, instándolo en seguida a poner su nombre y dirección en las líneas punteadas de un pequeño recuadro.

Desprovisto de piel, mostrando sus poderosos músculos fibrosos, Míster Atlas lanza un llamado mundial a los debiluchos: en siete días notará el Progreso y se decidirá a rehacer y reparar su cuerpo, poseyendo pronto una constitución como la del propio Mr. Atlas. Dice: LA GENTE ADMIRA LA AMPLITUD DE SUS HOMBROS. ¡USTED CONSEGUIRÁ LA CHICA MÁS BONITA Y EL MEJOR EMPLEO!

Pero nada como el *Reader's Digest* para promover el Optimismo y los Buenos Sentimientos. Un artículo del señor Frank I. Andrews, titulado *Cuando se reúnen los Hoteleros,* comenzaba así: "Conocer a los distinguidos hoteleros que llegaron a los Estados Unidos en representación de sus colegas de los países hispanoamericanos fue para mí, uno de los momentos más conmovedores de mi vida". Y luego cientos de artículos destinados a levantar el ánimo de los pobres, leprosos, rengos, edípicos, sordos, ciegos, mudos, sordomudos, epilépticos, tuberculosos, enfermos de cáncer, tullidos, macrocefálicos, microcefálicos, neuróticos, hijos o nietos de locos furiosos, pies planos, asmáticos, postergados, tartamudos, individuos con mal aliento, infelices en el matrimonio, reumáticos, pintores que han perdido la vista, escultores que han sufrido la amputación de las dos manos, músicos que se han quedado sordos (¡pensad en Beethoven!), atletas que a causa de la guerra quedaron paralíticos, individuos que sufrieron los gases de la primera guerra, mujeres feísimas, chicos leporinos, hombres gangosos, vendedores tímidos, personas altísimas, personas bajísimas (casi enanos), hombres que pesan más de doscientos kilos, etc. Título: DEL PRIMER EMPLEO ME ECHARON A PUNTAPIÉS, NUESTRO ROMANCE EMPEZÓ EN EL LEPROSARIO, VIVO FELIZ CON MI CÁNCER, PERDÍ LA VISTA PERO GANÉ UNA FORTUNA, SU SORDERA PUEDE SER UNA VENTAJA, etcétera.

Al salir del bar, y después de hacer mi visita nocturna a la pensión, sobre la Plaza del Once, contemplaba aún el gran cartel que anuncia los fideos Santa Catalina, y aunque no recordaba quién había sido Santa Catalina no me parecía difícil que hubiese sufrido el martirio, ya que el martirio fue siempre el fin casi profesional de los santos; y entonces no podía dejar de meditar sobre esa característica de la existencia humana consistente en que un crucificado o un desollado vivo con el tiempo se convierte en una marca de fideos o de conservas en lata.

XI

Creo que por el resentimiento que Norma tenía hacia mí se apareció uno de aquellos días con un ser epiceno llamado Inés González Iturrat. Enorme y fortísima, con visibles bigotes, de pelo canoso, vestía traje sastre y llevaba zapatos de hombre. A no ser por sus pechos eminentes, vista de golpe, podía cometerse el error de llamarla "señor". Enérgica y eficaz, ejercía un dominio completo sobre Norma.

—Yo a usted la conozco —dije.

—¿A mí? —comentó con irritada sorpresa, como si esa posibilidad fuera ofensiva; ya que Norma, como es natural, le había hablado mucho de mí.

En rigor, tenía la idea de haberla visto en alguna parte, pero recién al final de la incómoda entrevista (necesitaba vigilar el número 57 detrás de su corpachón) aclaré aquel pequeño enigma.

Norma revelaba nerviosos deseos de que hubiese algo así como una polémica: sus reiteradas derrotas conmigo la hacían esperar con vengativa satisfacción la idea de una ruinosa discusión con aquel sabio atómico. Pero yo, que tenía la cabeza en otra parte y que no podía ni debía apartar mi atención del número 57, no mostré el menor interés en argüir con aquel producto. Desgraciadamente, como en otra ocasión hubiera hecho, me era imposible levantarme.

El pecho de Norma subía y bajaba como un fuelle.

—Inés fue mi profesora de historia, ya te dije.

—Así es —comenté cortésmente.

—Somos un grupo de chicas muy unidas y ella es nuestro mentor.

—Excelente —dije, en el mismo tono.

—Comentamos libros, vamos a exposiciones y conferencias.

—Muy bueno.

—Hacemos excursiones con fines de estudio.

—Magnífico.

Su irritación iba aumentando. Casi indignada ya, agregó:

—Ahora estamos haciendo visitas comentadas a las galerías con ella y el profesor Romero Brest.

Me miró con ojos que echaban fuego, esperando mi comentario. Con urbanidad, dije:

—Qué buena idea.

Casi gritando agregó:

—Tú crees que las mujeres sólo deben ocuparse de limpiar pisos, de fregar platos y de cuidar el hogar.

Un individuo con una escalera pareció querer entrar en la puerta del número 57, pero al verificar el número siguió hasta la puerta siguiente. Calmados mis nervios, le rogué que, por favor, repitiese la observación última, que no había oído bien. Se enfureció todavía más.

—¡Claro! —exclamó—. Ni siquiera oyes. Hasta ese punto te interesan mis opiniones.

—Me interesan mucho.

—¡Farsante! Mil veces me has dicho que las mujeres son distintas a los hombres.

—Mayor razón para que me interesen sus opiniones. A uno siempre le interesa lo que es distinto o desconocido.

—¡Ah, de modo que admites que para ti una mujer es algo completamente distinto a un hombre!

—No hay que exaltarse por un hecho tan evidente, Norma.

La profesora de historia, que había seguido la escena con gesto duramente irónico, advertida, como seguramente lo estaba, de que yo era un individuo oscurantista, intervino:

—¿Le parece?

—¿Le parece qué? —pregunté con ingenuidad.

—Eso. Que sea *evidente* —subrayó mordazmente la palabra—, la diferencia entre un hombre y una mujer.

—Todo el mundo está de acuerdo que entre un hombre y una mujer hay algunas apreciables diferencias —le expliqué con calma.

—No nos referimos a eso —replicó con helada furia la educadora—. Y usted bien lo sabe.

—¿A eso? ¿Qué es eso?

—Al sexo, a lo que usted bien sabe —agregó cortante. Parecía un cuchillo filosísimo y desinfectado.

—¿Le parece poco? —pregunté.

Me estaba poniendo de buen humor, y por lo demás alivianaban mi espera. Sólo seguía molestándome esa vaga sensación de haber visto alguna vez a la profesora y no poder recordar dónde.

—¡No es lo más importante! Nos estamos refiriendo a lo otro, a los valores espirituales. Y las diferencias que ustedes establecen entre la actividad de un hombre y de una mujer son típicas de una sociedad atrasada.

—Ah, ya comprendo —comenté con mucha serenidad—. Para ustedes la diferencia entre el útero y el falo es un resabio de los Tiempos Oscuros. Va a desaparecer junto con el alumbrado a gas y el analfabetismo.

La educadora se puso roja: aquellas palabras no sólo la indignaban sino que la avergonzaban, pero no la pronunciación de palabras como útero y falo (científicas como eran, no podían turbarla más que "neutrino" o "reacción en cadena"). La avergonzaban en virtud del mismo mecanismo que podría molestar al profesor Einstein preguntarle por el funcionamiento de sus intestinos.

—Eso es una frase —dictaminó—. Lo cierto es que hoy la mujer compite con el hombre en cualquier actividad. Y eso es lo que a ustedes los saca de quicio. Vea la delegación que acaba de llegar de mujeres norteamericanas: hay tres directoras de la industria pesada.

Norma, tan femenina, me miró triunfalmente: lo que puede el resentimiento. De alguna manera aquellos monstruos la vengaban de su servilismo en la cama. El desarrollo de la industria metalúrgica de los Estados Unidos atenuaba en cierta forma los gritos que daba en momentos culminantes, el frenesí de su entrega incondicional. Una postura humillante era balanceada por la petroquímica yanqui.

Era cierto: ahora que me veía obligado a recorrer los diarios, recordaba haber visto la llegada de aquella *troupe*.

—También hay mujeres que boxean —comenté—. Ahora, si a ustedes esa monstruosidad las anima...

—¿Llama usted monstruosidad al hecho de que una mujer llegue a ser miembro del directorio de una gran industria?

Nuevamente me vi obligado a seguir, por encima de los atléticos hombros de la señorita González Iturrat, a un transeúnte sospechoso. Esa actitud, perfectamente explicable, aumentó la furia de la considerable arpía.

—¿Y también le parece monstruoso —agregó, entrecerrando insidiosamente los ojitos— que en la ciencia se destaque un genio como Madame Curie?

Era inevitable.

—Un genio —le expliqué con calma didáctica— es alguien que descubre identidades entre hechos contradictorios. Relaciones entre hechos aparentemente remotos. Alguien que revela la identidad bajo la diversidad, la realidad bajo la apariencia. Alguien que descubre que la piedra que cae y la Luna que no cae son el mismo fenómeno.

La educadora seguía mi razonamiento con ojitos sarcásticos, como una maestra a un chico mitómano.

—¿Y Madame Curie es poco lo que descubrió?

—Madame Curie, señorita, no descubrió la ley de la evolución de las especies. Salió con un rifle a cazar tigres y se encontró con un dinosaurio. Con ese criterio también sería un genio el primer marinero que divisó el Cabo de Hornos.

—Usted dirá lo que quiera, pero el descubrimiento de Madame Curie revolucionó la ciencia.

—Si usted sale a cazar tigres y se encuentra con un centauro, también provocará una revolución en la zoología. Pero no es esa clase de revoluciones la que provocan los genios.

—Según su opinión, a la mujer le está vedada la ciencia.

—No, ¿cuándo he dicho eso? Además, la química se parece a la cocina.

—¿Y la filosofía? Usted prohibiría, seguramente, que las muchachas ingresen en la facultad de filosofía y letras.

—No, ¿por qué? No hacen mal a nadie. Además allí encuentran novio y se casan.

—¿Y la filosofía?

—Que estudien, si quieren. Mal no les va a hacer.

Tampoco bien, eso es cierto. No les hace nada. Además, no hay ningún peligro de que se conviertan en filósofos.

La señorita González Iturrat gritó:

—¡Lo que pasa es que esta sociedad absurda no les da las mismas posibilidades que a los hombres!

—¿Cómo? Si estamos diciendo que nadie les impide ir a la facultad de filosofía. Más aún: me dicen que ese establecimiento está lleno de mujeres. Nadie les prohíbe que hagan filosofía. Nunca se les impidió que piensen, ni en su casa ni fuera de su casa. ¿Cómo se puede impedir que alguien piense? Y la filosofía no requiere más que cabeza y ganas de pensar. Ahora, en la época de los griegos y en el siglo XXX. Eventualmente una sociedad podría impedir que una mujer publicase un libro de filosofía: mediante la ironía, el boicot, en fin, alguna cosa así. Pero, ¿impedir que piense? ¿Cómo ninguna sociedad puede obstaculizar la idea del universo platónico en la cabeza de una mujer?

La señorita González Iturrat estalló:

—¡Con gente como usted el mundo nunca habría ido adelante!

—¿Y de dónde deduce usted que ha ido adelante?

Sonrió con desprecio.

—Claro. Llegar a Nueva York en veinte horas no es un progreso.

—No veo la ventaja de llegar pronto a Nueva York. Cuanto más se tarda, mejor. Además, yo creí que usted se refería al progreso espiritual.

—A todo, señor. Lo del avión no es un azar: es el símbolo del adelanto general. Incluso los valores éticos. No me va usted a decir que la humanidad no tiene una moral superior a la de la sociedad esclavista.

—Ah, usted prefiere los esclavos con sueldo.

—Es fácil ser cínico. Pero cualquier persona de buena fe sabe que el mundo conoce hoy valores morales que eran desconocidos en la antigüedad.

—Sí, comprendo. Landrú viajando en ferrocarril es superior a Diógenes viajando en trirreme.

—Usted elige a propósito ejemplos grotescos. Pero es evidente.

—Un jefe de Buchenwald es superior a un jefe de galeras. Es mejor matar a 109 bichos humanos con bombas Napalm que con arcos y flechas. La bomba de Hiroshima es más benéfica que la batalla de Poitiers. Es más progresista torturar con picana eléctrica que con ratas, a la china.

—Todos ésos son sofismas, porque son hechos aislados. La humanidad superará también esas barbaridades. Y la ignorancia tendrá que ceder en toda la línea, al final, a la ciencia y al conocimiento.

—Actualmente, el espíritu religioso es más fuerte que en el siglo XIX —anoté con tranquila perversidad.

—El oscurantismo de todo género cederá al fin. Pero la marcha del progreso no puede ser sin pequeños retrocesos y zigzags. Usted mencionó hace un momento la teoría de la evolución: un ejemplo de lo que puede la ciencia contra toda clase de mito religioso.

—No veo los efectos devastadores de esa teoría. ¿No acabamos de admitir que el espíritu religioso ha repuntado?

—Por otros motivos. Pero liquidó definitivamente muchas paparruchadas, como eso de la creación en seis días.

—Señorita: si Dios es omnipotente, ¿qué le cuesta crear el mundo en seis días y distribuir algunos esqueletos de megaterios por ahí para poner a prueba la fe o la estupidez de los hombres?

—¡Vamos! No me va a pretender que dice en serio semejante sofisma. Además, hace un momento estaba elogiando al genio que descubrió la teoría de la evolución. Y ahora la toma en broma.

—No la tomo en broma. Digo, simplemente, que no prueba la inexistencia de Dios ni refuta la creación del mundo en seis días.

—Si por usted fuera no habría ni escuelas. Si no me equivoco, usted debe ser partidario del analfabetismo.

—Alemania en 1933 era uno de los pueblos más alfabetizados del mundo. Si la gente no supiera leer, al menos no podría ser idiotizada día a día por los diarios y revistas. Desgraciadamente, aunque fuesen analfabetos, todavía quedarían otras maravillas del progreso: la radio, la televisión. Habría que extirpar los tímpanos a los chicos y sacarles los ojos. Pero éste sería ya un programa más dificultoso.

—A pesar de los sofismas, siempre la luz prevalecerá sobre la oscuridad, y el bien sobre el mal. El mal es ignorancia.

—Hasta ahora, señorita, el mal siempre ha prevalecido sobre el bien.

—Otro sofisma. ¿De dónde saca semejante barbaridad?

—Yo no saco nada, señorita: es la tranquila comprobación de la historia. Abra usted la historia de Oncken por cualquier página y no encontrará más que guerras, degüellos, conspiraciones, torturas, golpes de estado e inquisiciones. Además, si prevalece siempre el bien ¿por qué hay que predicarlo? Si por su naturaleza el hombre no estuviera inclinado a hacer el mal ¿por qué se lo proscribe, se lo estigmatiza, etc.? Fíjese: las religiones más altas *predican* el bien. Más todavía: dictan *mandamientos*, que *exigen* no fornicar, no matar, no robar. Hay que *mandarlo*. Y el poder del mal es tan grande y retorcido que se utiliza hasta para recomendar el bien: si no hacemos tal y tal cosa nos *amenazan* con el infierno.

—Entonces —gritó la señorita González Iturrat— según usted hay que predicar el mal.

—Yo no he dicho eso, señorita. Lo que pasa es que usted se ha excitado mucho y ya no me escucha. El mal no hay que predicarlo: viene solo.

—Pero ¿qué quiere probar?

—No se exalte, señorita. No olvide que usted sostiene la superioridad del bien, y veo que con gusto me cortaría en pedazos. Quería decirle, sencillamente, que no hay tal progreso espiritual. Y hasta habría que examinar el famoso progreso material.

Una mueca deformó los bigotes de la educadora.

—Ah, me va a demostrar ahora que el hombre de hoy vive peor que el romano.

—Depende. No creo, por ejemplo, que un pobre diablo que trabaja ocho horas diarias en una fundición, bajo control electrónico, sea más feliz que un pastor griego. En Estados Unidos, paraíso de la mecanización, los dos tercios de la población son neuróticos.

—Me gustaría saber si usted viajaría en diligencia en lugar de hacerlo en ferrocarril.

—Por supuesto. El viaje en coche era más hermoso y más tranquilo. Y mejor todavía cuando se andaba a caballo: se tomaba aire y sol, se contemplaba apaciblemente el paisaje. Los apóstoles de la máquina nos dijeron que cada día daría al hombre más tiempo para el ocio. La verdad es que el hombre tiene cada día menos tiempo, cada día anda más enloquecido. Hasta la guerra era linda, era divertida y viril, era vistosa: con aquellos uniformes en colores. Hasta sana, era. Vea, por ejemplo, nuestra guerra de la independencia y nuestras luchas civiles: si a uno no lo lanceaban o degollaban podía vivir luego cien años, como mi tatarabuelo Olmos. Claro: la vida al aire libre, el ejercicio, las cabalgatas. Cuando un chico era débil lo mandaban a la guerra, a que se fortificase.

La señorita González Iturrat se levantó furiosa y le dijo a su discípula:

—Yo me voy, Normita. Tú sabrás lo que haces.

Y se retiró.

Norma, con los ojos llameantes, también se levantó. Y mientras se alejaba, dijo:

—¡Eres un guarango y un cínico!

Doblé mi diario y me dispuse a seguir vigilando el número 57, ahora sin el inconveniente del voluminoso cuerpo de la educadora.

Aquella noche mientras estaba sentado en el water-closet, en esa condición que oscila entre la fisiología patológica y la metafísica, haciendo esfuerzo y a la vez meditando en el sentido general del mundo, tal como es frecuente en esa única parte filosófica de la casa, hice conciencia por fin de aquella paramnesia que me había molestado al comienzo de la entrevista: no, yo no había visto antes a la señorita González Iturrat; pero era casi idéntica al desagradable y violento ser humano que en *Ocho sentenciados* arroja panfletos sufragistas desde un globo Montgolfier.

XII

Esa noche, mientras hacía el balance y repaso que todas las noches hacía de los acontecimientos, me alarmé: ¿por qué Norma me había traído a la señorita González Iturrat? Tampoco podía ser una simple coincidencia la discusión que me obligaron a mantener sobre la existencia del mal. Pensándolo bien, encontré que la profesora tenía todas las características de una socia de la Biblioteca para Ciegos. Y la sospecha se extendió en seguida a la propia Norma Pugliese, en quien me había interesado, al fin de cuentas, por ser su padre un socialista que destinaba dos horas diarias a transcribir libros en el sistema Braille.

Frecuentemente doy una idea equivocada de mi forma de ser, y es probable que los lectores de este Informe se sorprendan por esta clase de ligerezas. La verdad es que, a pesar de mi afán sistemático, soy capaz de los actos más inesperados y, por lo tanto, peligrosos, dada la índole de la actividad en que me encuentro. Y los disparates más incalificables los he cometido a causa de mujeres. Trataré de explicar lo que me sucede, porque tampoco es tan alocado como podría aparecer a primera vista, ya que siempre consideré a la mujer como un suburbio del mundo de los ciegos; de modo que mi comercio con ellas no es tan desatinado ni tan gratuito como un observador superficial podría imaginar. No es eso lo que yo me estoy reprochando en este momento, sino la casi inconcebible falta de precauciones en que de pronto incurro, como en este caso de Norma Pugliese; hecho perfectamente lógico desde el punto de vista del destino, ya que el destino ciega a quien quiere perder; pero absurdo e imperdonable desde mi propio punto de vista. Pero es que a períodos de radiante lucidez se suceden en mí períodos en que mis actos parecen ordenados y hechos por otra persona, y de pronto me encuentro con desbarajustes peligrosísimos, como podría pasarle a un navegante solitario que en medio de regiones riesgosas, dominado por el sueño, cabeceara y dormitara por momentos.

No es fácil. Yo quisiera verlo a cualquiera de mis críticos en una situación como la mía, rodeado por un enemigo infinito y astutísimo, en medio de una red invisible de espías y observadores, debiendo vigilar día y noche cada una de las personas y acontecimientos que hay o suceden a su alrededor. Entonces se sentiría menos suficiente y comprendería que errores de esta naturaleza no sólo son posibles, sino prácticamente inevitables.

Todo el tiempo que precedió al encuentro con Celestino Iglesias, por ejemplo, fue de una extremada confusión en mi espíritu; y en esos períodos es como si las tinieblas literalmente me succionaran mediante el alcohol y las mujeres: así se interna uno en los laberintos del Infierno, o sea, en el universo de los Ciegos. De modo que no es que en esos períodos tenebrosos olvidara mi gran objetivo, sino que a la persecución lúcida y científica sucedía una irrupción caótica, a tumbos, en que aparentemente domina eso que las personas desaprensivas denominan azar y que en rigor es la casualidad ciega. Y en medio del desbarajuste, mareado y atontado, borracho y miserable, sin embargo me encontraba balbuceando de pronto: "no importa, éste de todos modos es el universo que debo explorar", y me abandonaba a la insensata voluptuosidad del vértigo, esa voluptuosidad que sienten los héroes en los peores y más peligrosos momentos del combate, cuando ya nada puede aconsejarnos la razón y cuando nuestra voluntad se mueve en el turbio dominio de la sangre y los instintos. Hasta que de pronto despertaba de esos largos períodos oscuros, y así como a la lujuria sucedía el ascetismo, mi manía organizativa seguía al caos; manía que me acomete no a pesar de mi tendencia al caos, sino precisamente por eso. Entonces mi cabeza empieza a trabajar a marchas forzadas y con una rapidez y claridad que asombra. Tomo decisiones precisas y limpias, todo es luminoso y resplandeciente como un teorema; nada hago respondiendo a mis instintos, que en ese momento vigilo y domino a la perfección. Pero, cosa extraña, resoluciones o personas que conozco en ese lapso de inteligencia me conducen pronto y una vez más a un lapso incontrolable. Conozco, por ejemplo, la mujer, digamos, del presidente de la Comisión Cooperadora del Coro de No Videntes; comprendo las valiosas informaciones que puedo obtener por su intermedio, la trabajo y finalmente, con fines estrictamente científicos, me acuesto con ella; pero luego resulta que la mujer me marea, es una lujuriosa o una endemoniada, y todos mis planes se desmoronan o quedan postergados, cuando no en serio peligro.

No fue el caso de Norma Pugliese, por supuesto. Pero aun en este caso cometí errores que no debí haber cometido.

El señor Américo Pugliese es un antiguo miembro del partido Socialista, y educó a su hija en las normas que Juan B. Justo impuso desde el comienzo: la Verdad, la Ciencia, el Cooperativismo, la Lucha contra el Tabaco, el Antialcoholismo. Una persona muy decente que detestaba a Perón y era muy respetado en su oficina por sus adversarios políticos. Como se comprenderá, esa plataforma excitó sobremanera mis deseos de acostarme con su hija.

Estaba de novia con un teniente de navío. Hecho perfectamente compatible con la mentalidad antimilitarista del señor Pugliese, en virtud de ese mecanismo psicológico que a los antimilitaristas les hace admirar a los marinos: no son tan brutos, han viajado, se parecen muchísimo a los civiles. Como si ese defecto pudiera ser motivo de elogio. Ya que, como le expliqué a Norma (que se enfurecía), elogiar a un militar porque no lo parece, o porque no lo es tanto, es como encontrar méritos en un submarino que tiene dificultades para sumergirse.

Con argumentos de este género miné las bases de la Marina de Guerra y al cabo pude irme a la cama con Norma, lo que demuestra que el camino de la cama puede pasar por las instituciones más imprevistas. Y que los únicos razonamientos que para la mujer tienen importancia son los que de alguna manera se vinculan con la posición horizontal. A la inversa de lo que pasa con el hombre. Motivo por el cual es difícil poner a un hombre y a una mujer en la misma posición geométrica en virtud de un razonamiento auténtico: hay que recurrir a paralogismos o al manoseo.

Logrado que hube la horizontalidad, me llevó tiempo educarla, acostumbrarla a una Nueva Concepción del Mundo: del profesor Juan B. Justo al Marqués de Sade. No era nada fácil. Era necesario empezar desde el mismo lenguaje, pues fanática de la ciencia y lectora de obras como *El matrimonio perfecto,* usaba palabras tan inadecuadas para la cama como "ley de refracción cromática" para la descripción de un crepúsculo. Sobre la base de esta genuina verdad (y la verdad era para ella sagrada), fui conduciéndola de escalón en escalón hasta las peores fechorías. Tantos años de labor paciente de diputados, concejales y conferenciantes socialistas aniquilada en pocas semanas; tantas bibliotecas de barrio, tantas cooperativas, tanta sana obra edilicia para que Norma concluyera practicando esa clase de operaciones. Como para que después se tenga fe en el cooperativismo.

Sí, perfecto, riámonos de Norma Pugliese como yo lo hice en muchos momentos de superioridad. Lo cierto es que ahora me acometían una serie de dudas y de pronto tenía la impresión de que era uno de los sutiles espías del enemigo. Hecho, por otra parte, esperable, ya que sólo un enemigo burdo, o tonto recurriría al espionaje de personas sospechables. El ser Norma tan candorosa, tan directa y enemiga de la mentira y de la mistificación ¿no era el argumento más decisivo para tener cuidado con ella?

Empecé a angustiarme, al analizar detalles de nuestras relaciones.

A Norma Pugliese creía tenerla bien clasificada, y dada su formación socialista y sarmientina, no me pareció difícil llegar hasta su fondo. Grave error. Más de una vez me sorprendió con una reacción inesperada. Y su misma corrupción final era casi irreconciliable con aquella formación tan sana y aseada que le había dado el padre. Pero si el hombre tiene tan poco que ver con la lógica ¿qué puede esperarse de la mujer?

Aquella noche, pues, la pasé en vela recordando y analizando cada una de las reacciones que había tenido conmigo. Y tuve muchos motivos para alarmarme, pero al menos un motivo de satisfacción: el de haber advertido a tiempo los peligros de aquella cercanía.

XIII

Se me ocurre que al leer la historia de Norma Pugliese algunos de ustedes pensarán que soy un canalla. Desde ya les digo que aciertan. Me considero un canalla y no tengo el menor respeto por mi persona. Soy un individuo que ha profundizado en su propia conciencia ¿y quién que ahonde en los pliegues de su conciencia puede respetarse?

Al menos me considero honesto, pues no me engaño sobre mí mismo ni intento engañar a los demás. Ustedes acaso me preguntarán, entonces, cómo he engañado sin el menor asomo de escrúpulos a tantos infelices y mujeres que se han cruzado en mi camino. Pero es que hay engaños y engaños, señores. Esos engaños son pequeños, no tienen importancia del mismo modo que no se puede calificar de cobarde a un general que ordena una retirada con vistas a un avance definitivo. Son y eran engaños tácticos, circunstanciales, transitorios, en favor de una verdad de fondo, de una despiadada investigación. Soy un investigador del Mal ¿y cómo podría investigarse el Mal sin hundirse hasta el cuello en la basura? Me dirán ustedes que al parecer yo he encontrado un vivo placer en hacerlo, en lugar de la indignación o del asco que debería sentir un auténtico investigador que se ve forzado a hacerlo por desagradable obligación. También es cierto y lo reconozco paladinamente. ¿Ven qué honrado que soy? Yo no he dicho en ningún momento que sea un buen sujeto: he dicho que soy un investigador del Mal, lo que es muy distinto. Y he reconocido además, que soy un canalla. ¿Qué más pueden pretender de mí? Un canalla insigne, eso sí. Y orgulloso de no pertenecer a esa clase de fariseos que son tan ruines como yo pero que pretenden ser honorables individuos, pilares de la sociedad, correctos caballeros, eminentes ciudadanos a cuyos entierros va una enorme cantidad de gente y cuyas crónicas aparecen luego en los diarios serios. No: si yo salgo alguna vez en esos periódicos, será, sin duda, en la sección policía. Pero ya creo haber explicado lo que pienso de la prensa seria y de la sección policial. De manera que estoy muy lejos de sentirme avergonzado.

Detesto esa universal comedia de los sentimientos honorables. Sistema de convenciones que se manifiesta, cuándo no, en el lenguaje: supremo falsificador de la Verdad con V mayúscula. Convenciones que al sustantivo "viejito" inevitablemente anteponen el objetivo "pobre"; como si todos no supiéramos que un sinvergüenza que envejece no por eso deja de ser sinvergüenza, sino que, por el contrario, agudiza sus malos sentimientos con el egoísmo y el rencor que adquiere o incrementa con las canas. Habría que hacer un monstruoso auto de fe con todas esas palabras apócrifas, elaboradas por la sensiblería popular, consagradas por los hipócritas que manejan la sociedad y defendidas por la escuela y la policía: "venerables ancianos" (la mayor parte sólo merecen que se les escupa), "distinguidas matronas" (casi en su totalidad movidas por la vanidad y el egoísmo más crudo), etcétera. Para no hablar de los "pobres cieguitos" que constituyen el motivo de este Informe. Y debo decir que si estos pobres cieguitos me temen es justamente porque soy un canalla, porque saben que soy uno de ellos, un sujeto despiadado que no se va a dejar correr con pavadas y con lugares comunes. ¿Cómo podrían temer a uno de esos infelices que los ayudan a cruzar la calle en medio de la lacrimosa simpatía a la película de Disney con pajaritos y cintitas de Navidad en colores?

Si se hicieran alinear todos los canallas que hay en el planeta ¡qué formidable ejército se vería, y qué muestrario inesperado! Desde niñitos de blanco delantal ("la pura inocencia de la niñez") hasta correctos funcionarios municipales que, sin embargo, se llevan papel y lápices a la casa. Ministros, gobernadores, médicos y abogados en su casi totalidad, los ya mencionados pobres viejitos (en inmensas cantidades), las también mencionadas matronas que, ahora dirigen sociedades de ayuda al leproso o al cardíaco (después de haber galopado sus buenas carreras en camas ajenas y de haber contribuido precisamente al incremento de las enfermedades del corazón), gerentes de grandes empresas, jovencitas de apariencia frágil y ojos de gacela (pero capaces de desplumar a cualquier tonto que crea en el romanticismo femenino o en la debilidad y desamparo de su sexo), inspectores municipales, funcionarios coloniales, embajadores condecorados, etcétera, etcétera. ¡CANALLAS, MARCH! ¡Qué ejército, mi Dios! ¡Avancen, hijos de puta! ¡Nada de pararse, ni de ponerse a lloriquear, ahora que les espera lo que les tengo preparado!

¡CANALLAS, DRECH!

Hermoso y aleccionador espectáculo.

Cada uno de los soldados al llegar al establo será alimentado con sus propias canalladas, convertidas en excremento real (no metafórico). Sin ninguna clase de consideración ni acomodos. Nada de que al hijito del señor ministro se le permita comer pan duro en lugar de su correspondiente caca. No, señor: o se hacen las cosas como es debido o no vale la pena que se haga nada. Que coma su mierda. Y más, todavía: que coma *toda* su mierda. Bueno fuera que admitiéramos que coma una cantidad simbólica. Nada de símbolos: cada uno ha de comer su exacta y total canallada. Es justo, se comprende: no se puede tratar a un infeliz que simplemente esperó con alegría la muerte de sus progenitores para recibir unos pesuchos en la misma forma que a uno de esos anabaptistas de Mineápolis que aspiran al cielo explotando negros en Guatemala. ¡No, señor! JUSTICIA Y MÁS JUSTICIA: A cada uno la mierda que le corresponda, o nada. No cuenten conmigo, al menos para trapisondas de ese género.

Y que conste que mi posición no sólo es inexpugnable sino desinteresada, ya que, como lo he reconocido, en mi condición de perfecto canalla, integraré las filas del ejército cacófago. Sólo reivindico el mérito de no engañar a nadie.

Y esto me hace pensar en la necesidad de inventar previamente algún sistema que permita detectar la canallería en personajes respetables y medirla con exactitud para descontarle a cada individuo la cantidad que merece que se le descuente. Una especie de canallómetro que indique con una aguja la cantidad de mierda producida por el señor X en su vida hasta este Juicio Final, la cantidad a deducir en concepto de sinceridad o de buena disposición, y la cantidad neta que debe tragar, una vez hechas las cuentas.

Y después de realizada la medición exacta en cada individuo, el inmenso ejército deberá ponerse en marcha hacia sus establos, donde cada uno de los integrantes consumirá su propia y exacta basura. Operación infinita, como se comprende (y ahí estaría la verdadera broma), porque al defecar, en virtud del Principio de Conservación de los Excrementos, expulsarían la misma cantidad ingerida. Cantidad que vuelta a ser colocada delante de sus hocicos, mediante un movimiento de inversión colectiva a una voz de orden militar, debería ser ingerida nuevamente.

Y así, *ad infinitum.*

XIV

Todavía hube de esperar dos días más. En ese lapso recibí una de esas cartas que se envían en cadena y que normalmente se tiran a la calle. En mi caso, aumentó mi zozobra, ya que mi experiencia me había demostrado que nada, pero lo que se dice

NADA

podía ser desdeñado en una trama tan fantástica como la que envolvía. De modo que la leí con cuidado, tratando de encontrar vínculos entre aquellos remotos sucesos con licenciados y generales y mi asunto con los ciegos: Decía: "Esta cadena proviene de Venezuela. Fue escrita por el señor Baldomero Mendoza y tiene que dar la vuelta al mundo. Haga usted 24 copias y repártalas entre sus amigos pero por ningún motivo entre los parientes por lejanos que sean. Aunque no sea supersticioso los hechos le demostrarán su efectividad. Ejemplo: el señor Ezequiel Goiticoa hizo las copias, las envió a sus amigos y a los nueve días recibió 150 mil bolívares. Un señor llamado Barquilla tomó en broma esta cadena y su casa sufrió un incendio que destruyó parte de su familia y por este motivo se volvió loco. En 1904 el General Joaquín Díaz cuando recibió un fuerte golpe del que enfermó gravemente más tarde localizó esta cadena y ordenó a su secretaria que hiciera las copias y las mandara. Su curación fue rápida y ahora su situación es excelente. Un empleado de Garette hizo las copias pero se olvidó de enviarlas, a los nueve días tuvo un disgusto y perdió el empleo; después hizo otras copias y las mandó, recobrando el empleo y hasta recibió indemnización. El Licenciado Alfonso Mejía Reyes, de México, DF., recibió una copia de esta cadena, se descuidó, perdió la copia, a los nueve días se le cayó una cornisa en la cabeza y murió trágicamente. El ingeniero Delgado rompió la cadena y poco después le descubrieron una malversación de fondos. Por ningún motivo rompa esta cadena. Haga las copias y repártalas. Diciembre de 1954".

XV

Hasta que un día vi que un ciego avanzaba lentamente por la calle Paso, desde Rivadavia hacia Bartolomé Mitre. Mi corazón comenzó a golpear.

Mi instinto me dijo que ese hombre alto y rubio tenía algo que ver con el problema Iglesias, pues no avanzaba con esa indiferenciada atención con que alguien camina por una calle cuando su objetivo está lejos.

No se detuvo frente al número 57, pero pasó muy lentamente frente a la entrada, y con su bastón blanco parecía como andar reconociendo un territorio en el que más tarde se han de hacer operaciones decisivas. Supuse que era algo así como una avanzada de reconocimiento y desde ese instante redoblé mi atención.

Ese día, sin embargo, no volvió a pasar nada que llamase mi atención. Unos minutos antes de las nueve de la noche subí al séptimo piso, pero tampoco allá había sucedido nada que yo estimase fuera de lo común: soderos, dependientes de almacén, la gente habitual, en fin.

Esa noche no pude dormir: me volvía y me revolvía en la cama. Me levanté antes del amanecer y corrí a la calle Paso, temiendo que alguien importante pudiera subir al departamento en el momento en que se abriese la puerta de abajo.

Pero nadie entró que me pareciese sospechoso y en todo aquel día no advertí ningún indicio interesante. ¿Habría sido una simple casualidad la aparición de aquel ciego alto y rubio?

Ya dije que creo poco en las casualidades y mucho menos en las que se refieren a los ciegos. De modo que esa misma noche al terminar lo que podría llamarse mi guardia diurna, decidí subir a la pensión y someter a un cerrado interrogatorio a la señora Etchepareborda.

En mi ansiedad había descendido hasta la más repelente demagogia. Detesto las mujeres gordas y la dueña de la pensión era inmensa; metida en un vestido que parecía hecho para una mujer normal, mostrando su papada y su pecho enorme y blanquísimo, semejaba un gigantesco y tembloroso flan: pero un flan con intestinos.

Alabé su cutis y le dije que era increíble que tuviera cuarenta y cinco años. También ponderé la salita en que vivía, donde cada mesa, mesita y en general toda superficie horizontal estaba cubierta con una carpeta de macramé. Una suerte de *horror vacui* le impedía dejar ningún espacio libre sin cubrir o llenar: pierrots de porcelana, elefantes de bronce, cisnes de vidrio, Don Quijotes cromados y un gran Bambi de tamaño casi natural. Sobre un piano que no tocaba, explicó, desde la muerte de su difunto marido, había dos largas carpetas de macramé: una sobre el teclado y otra en la parte superior. En ésta, entre unos gauchos y paisanitas de paño lenci, se veía un retrato del señor Etchepareborda, de tres cuartos, con mirada seria y dirigida hacia un enorme elefante de bronce: parecía presidir la teratológica colección.

Alabé su detestable marco cromado y ella, contemplando con expresión triste y soñadora el retrato, me explicó que había muerto hacía dos años, cuando apenas tenía cuarenta y ocho, en la flor de la edad y cuando estaba a punto de ver cristalizados sus anhelos, me dijo, de una media jubilación.

—Era segundo jefe de envíos al interior en Los Gobelinos.

Yo, que ardía en mi interior de rabia y nerviosidad, pues hasta ese momento me había resultado imposible iniciar mi interrogatorio, comenté:

—Una casa importante, caramba.

—Así es —confirmó ella con satisfacción.

—Un puesto de confianza —agregué.

—Ya lo creo —me dijo—. No es para desmerecer a otros, pero a mi difunto esposo le tenían una confianza total.

—Hacía honra al apellido —comenté.

—Así es, señor Vidal.

Honradez de los Vascos, Flema Británica, Espíritu de Medida de los Franceses, mitos que, como todos los mitos, son invulnerables a los pobres hechos. ¿Qué puede significar, en efecto, coimeros como el ministro Etcheverry, energúmenos como el pirata Morgan o fenómenos como Rabelais? Me resigné a juzgar las fotos que la gorda empezaba a mostrarme en un álbum familiar. En una estaban los dos en Mar del Plata, para las vacaciones de 1948, metidos en el agua.

—Precisamente —comentó, señalando hacia un faro construido con conchillas que se divisaba sobre una carpetita—, ese faro me lo regaló en aquel verano.

Se levantó, lo trajo y me mostró la leyenda: "Recuerdo de Mar del Plata", y más abajo, agregado con tinta, la fecha: 1948.

Luego volvió al álbum, mientras yo era devorado por la ansiedad.

En otra fotografía el señor Etchepareborda aparecía al lado de su señora en los jardines de Palermo. En otra creo que estaba rodeado por sus sobrinos y por su cuñado, un señor Rabufetti o algo por el estilo. En otra, celebrando con el personal de Los Gobelinos una fecha íntima, según las palabras de la señora Etchepareborda, en el restaurante El Pescadito, de la Boca. Etcétera.

Desfilaron chicos desnudos y acostados mirando la cámara, retratos de casamientos, otras vacaciones, cuñados, primos, amiguitas (así designaba la dueña de la pensión a edificios tan considerables como ella).

Vi, feliz, cómo cerraba por fin el álbum y se disponía a guardarlo en el cajón de una cómoda. Encima de este mueble, entre varias estatuillas, estaba colgado un cuadrito provenzal que decía:

DA TU CASA DE CORAZÓN

—¿Así que ninguna novedad con respecto al pobre Iglesias? —pregunté.

—No, señor Vidal. Ahí está, el pobrecito, encerrado en su cuarto, sin querer ver a nadie. Le seré sincera, señor Vidal: me parte el corazón.

—Sí, naturalmente. ¿Nadie ha venido a preguntar por él? ¿Nadie se ha interesado por su situación?

—Nadie, señor Vidal. Al menos hasta este momento.

—Curioso, muy curioso —comenté, como para mí.

Yo le había dicho que me había puesto en contacto con las sociedades respectivas. Con esa mentira lograba dos resultados, de inestimable valor: paraba cualquier iniciativa personal de ella (iniciativa que, como se comprende, ofrecía el peligro de ser incontrolada); y podía averiguar, mientras tanto, cualquier episodio que se produjera. No debe olvidarse que yo me proponía no sólo servirme de Iglesias para penetrar en el círculo secreto, sino previamente investigar y confirmar algunas de mis presunciones sobre la organización: si sin enterar a nadie sobre la situación del tipógrafo éste era localizado, mi teoría se confirmaba en sus peores extremos y yo debía multiplicar mis precauciones. Pero, por otro lado, esa espera me resultaba peligrosa y aumentaba mi ansiedad, por el temor de no llegar a tiempo.

En tanto mantenía la desdichada espera, verificaba la marcha de su transformación en el examen de sus rasgos y maneras. De noche, sobre todo, después que la puerta de abajo era cerrada y, en consecuencia, que no existía peligro de la llegada a la pensión del temido y ansiado mensajero (por nada del mundo la secta debía encontrarme con el tipógrafo), yo entraba en su cuarto y trataba de mantener conversación o, al menos, intentaba hacerle compañía escuchando radio con él. Iglesias, como dije, se fue volviendo cada día más silencioso y resultaba casi visible el aumento de su desconfianza y la aparición de ese rencor helado que caracteriza a los miembros de la casta. También vigilaba los síntomas puramente físicos, y al darle la mano verificaba si ya su piel había comenzado a segregar ese casi imperceptible sudor frío que es uno de los atributos que revelan su parentesco con los sapos y, en general, con los saurios y animales semejantes.

Entraba, pues, luego de golpear en su puerta y de oír su *Entre,* prendiendo la luz con la llave que estaba al lado de la jamba izquierda de la puerta. Iglesias, sentado en un rincón, al lado de la radio, cada día más serio y concentrado, me miraba, tal como hacen los ciegos, con expresión vacía y abstracta, rasgo que, según mi experiencia, es el primero que adquieren en su lenta metamorfosis. Los anteojos negros, que estaban únicamente destinados a ocultar sus cuencas quemadas, hacían más impresionante su expresión. Bien sabía yo que detrás de aquellos cristales negros no había nada, pero precisamente era esa NADA lo que en definitiva más me imponía. Y sentía que otros ojos, ojos colocados detrás de su frente, ojos invisibles pero crecientemente implacables y astutos, quedaban fijos sobre mi persona, escrutándome hasta el fondo.

Nunca pronunció una palabra desagradable: por el contrario, había acentuado esa cortesía que es frecuente en los naturales de ciertas regiones de España, esa cortesía distante que hace parecer señores a simples campesinos de las ásperas mesetas de Castilla. Pero a medida que fueron transcurriendo los días, en aquella repetida y silenciosa escena en que nos contemplábamos como dos estatuas egipcias, sedentes y frígidas, yo sentía cómo el resentimiento de Iglesias iba adueñándose de cada uno de los rincones de su espíritu.

Fumábamos en silencio. Y de pronto, para romper el intolerable silencio, yo decía cualquier cosa que en otro tiempo podía haber tenido interés para el tipógrafo.

—La FORA ha declarado una huelga de estibadores.

Iglesias murmuraba un monosílabo, chupaba severamente su cigarrillo negro y luego pensaba para sí: *Te conozco, canalla.*

Cuando la situación se hacía insostenible me retiraba. De todos modos, y con toda la incomodidad que esos encuentros tenían, yo lograba mi propósito de vigilar su transformación.

Y al salir a la calle realizaba una ronda nocturna: un poco como si estuviera tomando fresco, como si caminara sin ganas, silbando; pero, en realidad, observando cualquier indicio de la presencia del enemigo.

Pero durante los dos días que siguieron a la aparición del ciego rubio y alto no advertí nada que pudiera tener significado.

XVI

Al segundo día, en efecto, al entrar en la pensión para mi visita nocturna, advertí un nuevo e inquietante signo.

Antes de ir al cuarto de Iglesias yo hacía una visita a la señora Etchepareborda, para escarbar un poco. Esa noche, como de costumbre, me invitó a sentarme y a tomar el café que preparaba para mí. Por aquel entonces pensé que la dueña de la pensión imaginaba que en realidad yo iba a su casa por verla a ella, y que la ceguera de Iglesias era un pretexto. Y, como se dice en la jerga correspondiente, yo alentaba sus ilusiones: un día le ponderaba el vestido, otro me extasiaba ante algún nuevo objeto cromado, otro pedía que me hablara del pensamiento vivo del señor Etchepareborda.

Aquella noche, mientras ella preparaba el famoso café, hice mis preguntas habituales. Y ella, como de costumbre, me respondió que nadie se había interesado por la suerte del tipógrafo.

—Parece mentira, señor Vidal. Si es como para perder la fe en la humanidad.

—Nunca hay que perder las esperanzas —respondí, con una de las frases ilustres del señor Etchepareborda "Hay que tener Fe en el País", "Así es la Vida", "Hay que confiar en las Reservas de la Nación". Frases que mostraban la jerarquía del extinto segundo jefe de expedición en Los Gobelinos y que, ahora muerto, conmovían a su esposa.

—Eso es lo que siempre repetía mi difunto marido —comentó mientras me alcanzaba la azucarera.

Luego se refirió al costo de la vida. La culpa de todo la tenía el canalla de Perón. Nunca le había gustado ese hombre, ¿y sabía yo por qué? Por la forma de frotarse las manos y sonreír: parecía un cura. Y a ella nunca le habían gustado los curas, aunque respetaba a todas las religiones, eso sí (con su difunto marido formaban parte de las Escuelas del

Hermano Basilio). Finalmente habló del escándalo que significaba el nuevo aumento de la electricidad.

—Esa gente hace lo que quiere —expresó—. Por ejemplo, hoy ¿no viene un hombre de la CADE y se pone a revisar toda la casa para ver si teníamos bien los aparatos, las planchas, los calefones y todo eso? Yo me pregunto, señor Vidal, si hay derecho a que a uno le revisen la casa.

Del mismo modo que los caballos se detienen bruscamente y se encabritan ante un objeto sospechoso que han advertido en el suelo, levantando la cabeza y poniendo tiesas y vibrantes las orejas, así yo fui sacudido por sus palabras.

—¿Un empleado de la CADE? —pregunté, casi saltando de mi asiento.

—Sí, de la CADE —respondió con sorpresa.

—¿A qué hora?

Hizo memoria y dijo:

—A eso de las tres de la tarde.

—¿Un hombre gordo? ¿Un individuo con traje clarito?

—Sí, gordo sí... —respondió cada vez más perpleja, mirándome como si estuviera enfermo.

—Pero ¿tenía traje clarito o no? —insistí con aspereza.

—Sí... un traje clarito..., sí, sería de poplín, de esos que se llevan ahora, uno de esos trajes livianos.

Me observaba con tanto asombro que debía dar alguna explicación razonable: de otro modo quién sabe si mi actitud no resultaba sospechosa hasta para aquella infeliz. Pero ¿qué explicación darle? Traté de inventar algo creíble: hablé de una deuda que aquel individuo tenía conmigo, farfullé una serie de palabras apresuradas, porque comprendí que no había ninguna posibilidad de decir nada que explicara mi alarma. Y mi alarma provenía de que aquella tarde, a las tres, me había llamado la atención un personaje gordo, vestido de poplín claro, con una valijita en la mano, que rondaba en torno del número 57 de la calle Paso. Que aquel individuo me hubiese parecido sospechoso y que ahora, de acuerdo con las palabras de la dueña de la pensión, confirmase mi intuición al contarme que había revisado la pensión, era suficiente para ponerme frenético.

Más tarde, revisando los episodios vinculados a mi investigación, pensé que mi atolondramiento y mi actitud con respecto al hombre de la CADE y mis palabras de presunta explicación a la mujer de la pensión fueron temerarias.

Habrían bastado para despertar sus sospechas, de haber tenido cierta inteligencia.

Pero no iba a ser por aquella grieta que habría de resquebrajarse el trabajoso edificio. Esa noche mi cabeza era un tumulto: sentía que el momento decisivo se aproximaba. Al otro día, como de costumbre, pero ahora con mayor nerviosidad, me instalé desde temprano en mi observatorio. Tomé mi café con leche y desplegué el diario, pero en realidad no quitaba los ojos del número 57. Tenía ya una notable habilidad para este doble juego. Y mientras Juanito me decía no sé qué cosa sobre la huelga de los metalúrgicos, observé, con casi insoportable emoción, que el hombre de la CADE reaparecía en la calle Paso, con la misma valijita y el mismo traje claro del día anterior; pero esta vez acompañado por un señor menudo y bajito de cara muy semejante a la de Pierre Fresnay. Venían conversando entre sí y cuando el gordo le musitaba algo cerca del oído, para lo que debía inclinarse, el otro asentía con la cabeza. Al llegar al número 57, el chiquito entró en la casa de departamentos y el hombre de la CADE se alejó hacia la calle Mitre y finalmente se quedó, esperando, en la esquina: sacó un atado de cigarrillos y se puso a fumar.

¿Bajaría Iglesias con el otro?

No me pareció probable, porque no era hombre de aceptar así como así una propuesta o una invitación.

Traté de imaginarme la escena allá arriba: ¿qué le diría a Iglesias? ¿Cómo se presentaría? Lo más probable era que el individuo se presentase como miembro de la Biblioteca o del Coro o de cualquiera de esas instituciones: se había enterado de su desgracia, ellos tenían organizada la ayuda, etcétera. Pero, como digo, me pareció difícil que Iglesias accediese a seguirlo en esta primera oportunidad: se había vuelto demasiado desconfiado y, por lo demás, se había acentuado su orgullo; que ya antes de su ceguera era, como en tantos españoles, marcadísimo.

Cuando el emisario bajó solo y fue a reunirse con el hombre de la CADE, sentí con satisfacción que mis suposiciones habían sido correctas, lo que me revelaba que tenía una idea exacta de la marcha de los acontecimientos.

El hombre de la CADE pareció escuchar con mucho interés el informe del peticito y luego, conversando animadamente, se fueron hacia el lado de la avenida Pueyrredón.

Corrí para arriba: era imprescindible averiguar algo cuanto antes, sin despertar, empero, las sospechas de Iglesias.

La viuda me recibió con muestras de entusiasmo:

—¡Por fin vinieron de esa sociedad! —exclamó, tomándome la mano derecha con las dos suyas.

Traté de calmarla.

—Y sobre todo, señora —le dije—, ni una palabra a Iglesias. No se le vaya a escapar que he sido yo quien interesó a esa gente.

Me aseguró que recordaba muy bien mis recomendaciones.

—Perfecto —comenté—. ¿Y qué ha resuelto Iglesias?

—Le han ofrecido trabajo.

—¿Qué clase de trabajo?

—No lo sé. No me ha dicho nada.

—Y él ¿qué ha respondido?

—Que lo iba a pensar.

—¿Hasta cuándo?

—Hasta esta tarde, porque esta tarde va a volver el señor. Lo quiere presentar.

—¿Presentarlo? ¿Dónde?

—No lo sé, señor Vidal.

Me declaré satisfecho con el interrogatorio y me despedí. Ya al salir, pregunté:

—Me olvidaba: ¿A qué hora volverá ese señor?

—A las tres.

—Perfecto.

Las cosas empezaban a andar sobre rieles.

XVII

Como en otras ocasiones, la nerviosidad me produjo un urgente deseo de ir al baño. Entré en la Antigua Perla del Once y me dirigí al excusado. Es curioso que en este país el único lugar donde se habla de Damas y Caballeros sea el lugar donde invariablemente dejan de serlo. A veces pienso que es una de las tantas formas del irónico descreimiento argentino. Mientras me acomodaba en el infecto cuartucho, confirmando mi vieja teoría de que el cuarto de baño es el único sitio filosófico que va quedando en estado puro, empecé a descifrar las enmarañadas inscripciones. Sobre el inevitable y básico VIVA PERÓN alguien había tachado violentamente la palabra VIVA y la había reemplazado por MUERA, palabra que a su turno había sido tachada y reemplazada por un nuevo VIVA, nieto del primigenio, y así alternativamente, en forma de pagoda, o más bien de un temblequeante edificio en construcción. A izquierda y derecha, arriba y abajo, con flechas indicadoras y signos de admiración o dibujos alusivos, aquella expresión original aparecía exornada, enriquecida y comentada (como por una raza de violentos y pornográficos exegetas) con comentarios diversos sobre la madre de Perón, sobre las características sociales y anatómicas de Eva Duarte; sobre lo que haría el comentarista desconocido y defecante si tuviera la dicha de encontrarse con ella en una cama, en un sillón o hasta en el propio baño de la Antigua Perla del Once. Frases y expresiones de deseos que a su vez eran tachados parcial o totalmente, obliterados, tergiversados o enriquecidos por la inclusión de un adverbio perverso o celebratorio incrementados o atenuados por la intervención de un adjetivo; con lápices y tizas de diversos colores; con dibujos ilustrativos que parecían haber sido ejecutados por un profesor Testut borracho y baboso. Y en diferentes lugares libres, abajo o al costado, a veces (como en el caso de los avisos importantes de los diarios) con marcos orlados, con diversos tipos de letra (ansioso o lánguido, esperanzado o cínico, empecinado o frívolo, caligráfico o grotesco), pedidos y ofrecimientos de teléfonos para hombres que tuvieran tales y cuales atributos, que estuvieran dispuestos a realizar tales o cuales combinaciones o hazañas, artificios o fantasías, atrocidades masoquistas o sádicas. Ofrecimientos y pedidos que a su vez eran modificados por comentarios irónicos o insultantes, agresivos o humorísticos de terceras personas que por algún motivo no estaban dispuestas a intervenir en la combinación precisa, pero que, en algún sentido (y sus comentarios así lo probaban) también deseaban participar, y participaban, de aquella magia lasciva y alucinante. Y en medio de aquel caos, con flechas indicadoras, la respuesta anhelante y esperanzada de alguien que indicaba cómo y cuándo esperaría al Príncipe Cacográfico y Anal, a veces con una acotación tierna y al parecer inadecuada para aquel noticioso de excusado: ESTARÉ CON UNA FLOR EN LA MANO.

"El reverso del mundo", pensé.

Como en las páginas policiales, ahí parecía revelarse la verdad última de la raza.

"El amor y los excrementos", pensé.

Y mientras me abrochaba, también pensé: "Damas y Caballeros".

XVIII

A las dos de la tarde estaba yo instalado en el café, por las dudas. Pero hasta las tres no apareció el hombrecito que se parecía a Pierre Fresnay. Caminaba ahora sin ninguna vacilación. Cuando llegó cerca de la casa levantó la mirada para verificar la numeración (porque venía caminando con la cabeza gacha, como si mascullara algo para sus adentros) y entró en el número 57.

Esperé su salida con los nervios tensos: se acercaba la parte más riesgosa de mi aventura, pues aunque por un momento pensé en la posibilidad más trivial de que lo llevaran a alguna de las sociedades mutuales o de beneficencia, mi intuición me dijo en seguida que no sería de ningún modo así: ya harían eso más adelante. El primer paso debía de consistir en algo mucho menos inocente, conduciéndolo ante alguno de los ciegos de cierta importancia, acaso uno de los vínculos con los jerarcas. ¿En qué me basaba para inclinarme por esta suposición? Pensaba que antes de largar un nuevo ciego a la circulación, por decirlo de este modo, los jerarcas querían conocer a fondo sus características, sus condiciones y sus tareas, su grado de perspicacia o su tontería: un buen jefe de espionaje no da una misión a uno de sus agentes sin un previo examen de sus virtudes y defectos. Y es obvio que no exige las mismas condiciones recorrer los subterráneos para recoger tributos que vigilar junto a un lugar tan importante como el Centro Naval (tal como ese ciego alto de sombrero Orión, de unos sesenta años, que permanece eternamente silencioso con sus lápices en la mano y que da toda la impresión de ser un caballero inglés venido a menos por un espantoso azar de la fortuna). Hay, como ya lo he dicho, ciegos y ciegos. Y si bien todos ellos tienen un esencial atributo común, que les confiere ese mínimo de peculiaridades raciales, no debemos simplificar el problema hasta el punto de creer que todos son igualmente sutiles y perspicaces. Hay ciegos que sólo sirven para trabajo de choque; hay entre ellos el equivalente de los estibadores o de los gendarmes; y hay los Kierkegaards y los Prousts. Por lo demás, no se puede saber cómo ha de resultar un humano que entre en la secta sagrada por enfermedad o accidente, pues como en la guerra, se producen increíbles sorpresas; y así como nadie hubiera podido prever que de aquel tímido empleaducho de un banco en Boston iba a salir un héroe de Guadalcanal, tampoco se puede predecir de qué sorprendente manera puede la ceguera elevar la jerarquía de un portero o de un tipógrafo: se dice que uno de los cuatro jerarcas que manejan mundialmente la secta (y que habitan en alguna parte de los Pirineos, en una de las grutas a enorme profundidad que, finalizando en un desastre mortal, un grupo de espeleólogos intentó explorar en 1950) no era ciego de nacimiento y que, y eso es lo más asombroso, en su vida anterior había sido un simple jockey que corría en el hipódromo de Milán, lugar donde perdió la vista en una rodada. Ésta es una información de enésima mano, como es de suponer, y aunque creo muy poco probable que un hombre que no sea ciego de nacimiento pertenezca a la jerarquía, repito la historia sólo para mostrar hasta qué punto puede creerse que una persona es susceptible de agrandarse por la pérdida de la vista. El sistema de promoción es tan esotérico, que creo por demás dudoso que nadie pueda conocer jamás la identidad de los Tetrarcas. Lo que pasa es que en el mundo de los ciegos se murmura y se propalan informaciones que no siempre son verdaderas: en parte, acaso, porque conservan esa propensión a la maledicencia y al chismorreo que es propia de los seres humanos incrementada en su raza en proporciones patológicas; en parte, y ésta es una hipótesis mía, porque los jerarcas utilizan las falsas informaciones como uno de los medios para mantener el misterio y el equívoco, dos armas poderosas en cualquier organización de ese género. Pero, sea como fuere, para que una noticia sea verosímil tiene que ser al menos posible en principio, y esto basta para probar, como en el presunto caso del ex jockey, hasta qué punto la ceguera puede multiplicar la personalidad de un individuo corriente.

Volviendo a nuestro problema, imaginé que Iglesias no sería conducido en aquella primera salida a una de las sociedades exotéricas, esas instituciones donde los ciegos utilizan a pobres diablos videntes o a señoras de buen corazón y cerebro de mosca, echando mano de los peores y más baratos recursos de la demagogia sentimental. Intuí, por lo tanto, que aquella primera salida de Iglesias podía introducirme de un solo golpe en uno de los reductos secretos, con todos los peligros que eso implicaba, es cierto, pero, asimismo, con todas sus formidables posibilidades. De modo que esa tarde, cuando me senté en el café, había tomado ya todas las medidas que me parecieron inteligentes para el caso de un viaje de tal naturaleza. Se me podrá decir que es fácil tomar determinaciones razonables para un viaje a las sierras de Córdoba, pero no se ve cómo, a menos de estar loco, se pueden tomar medidas razonables para la exploración del universo de los ciegos. Bien: la verdad es que esas famosas medidas fueron dos o tres relativamente lógicas: una linterna eléctrica, algún alimento concentrado y dos o tres cosas similares. Decidí que, tal como lo hacen los nadadores de fondo, lo mejor era llevar, como alimento concentrado, chocolate.

Con mi linterna de bolsillo, mi chocolate y un bastón blanco que a último momento se me ocurrió que podía serme útil (como el uniforme del enemigo para una patrulla), esperé, con los nervios en el último grado de tensión, la salida de Iglesias con el hombrecito. Quedaba, es cierto, la posibilidad de que el tipógrafo, en su calidad de español, se negara a acompañar al hombrecillo y decidiera permanecer orgullosamente solitario; en ese caso todo el edificio que había yo erigido se vendría abajo como un castillo de barajas; y mi equipo de chocolate, linterna y bastón blanco quedaría automáticamente convertido en un grotesco equipo para loco.

¡Pero Iglesias bajó!

El señor bajito venía conversándole con entusiasmo, y el tipógrafo lo escuchaba con su dignidad de hidalgo miserable que no se ha rebajado ni se rebajará jamás. Se movía con torpeza, y el bastón blanco que el otro le había traído era todavía manejado con timidez, manteniéndolo de pronto en el aire, durante varios pasos, como quien lleva un termo.

¡Cuánto le faltaba aún para completar su aprendizaje! Esta comprobación me renovó los ánimos y salí detrás de ellos con bastante aplomo.

En ningún momento el señor bajito dio indicios de sospechar mi persecución, y esto también aumentó mi seguridad hasta el punto de despertarme una especie de orgullo porque las cosas estuviesen saliendo tal como las había calculado en tantos años de espera y estudios preliminares. Porque, y no sé si lo dije antes, desde mi frustrada tentativa con el ciego del subterráneo a Palermo, dediqué casi todo el tiempo de mi vida a la observación sistemática y minuciosa de la actividad visible de cuanto ciego encontraba en las calles de Buenos Aires; en ese lapso de tres años compré centenares de revistas inútiles; compré y arrojé ballenitas por docenas de docenas; adquirí miles de lápices y libretitas de todo tamaño; asistí a conciertos de ciegos; aprendí el sistema Braille y permanecí días interminables en la biblioteca. Como se comprende, esta actividad ofrecía peligros inmensos, ya que si se sospechaba de mí, todos mis planes se venían abajo, aparte de que mi propia vida corría peligro; pero era inevitable y, hasta cierto punto, paradójicamente, la única oportunidad de salvación frente a esos mismos peligros: más o menos como el aprendizaje que, con peligro de muerte, hacen los soldados que son entrenados para buscaminas, que en el momento culminante de su entrenamiento deben enfrentarse con los mismos peligros que precisamente están destinados a evitar.

No tan disparatado, sin embargo, como para haber enfrentado esos riesgos sin recaudos elementales: cambiaba mi ropa, usaba bigotes o barbas postizas, me ponía anteojos oscuros, cambiaba mi voz.

Así investigué muchas cosas en estos tres años. Y gracias a esa árida labor preliminar me fue posible penetrar en el dominio secreto.

Y así terminé...

Porque en estos días que preceden a mi muerte no tengo ya dudas de que mi destino estaba decidido, acaso desde los comienzos mismos de mi investigación, desde aquel día aciago en que vigilé al ciego del subterráneo a lo largo de varios viajes entre Plaza Mayo y Palermo. Y a veces pienso que cuando más astuto me creí y cuando más fatuamente celebré lo que yo imaginaba mi suprema habilidad, más era vigilado y más iba en busca de mi propia perdición. Hasta el punto de que he llegado a sospechar de la propia viuda de Etcheparaborda. ¡Qué tenebrosamente cómica se me aparece ahora la idea de que toda aquella *mise-en-scène* con bibelots y bambis gigantescos, con fotos trucadas de matrimonio pequeñoburgués en vacaciones, con apacibles cartelitos provenzales; que todo aquello, en fin, que en mi arrogancia me permitía sonreírme para mis adentros, no haya sido más que eso: más que una burda, una tenebrosamente cómica *mise-en-scène*!

Con todo, éstas no son más que suposiciones, aunque sean prácticamente suposiciones. Y me he propuesto hablar de HECHOS. Volvamos, pues, a los acontecimientos tal como pasaron.

En los días que precedieron a la salida de Iglesias yo había estudiado, como en una partida de ajedrez, todas las variantes que podía asumir esa salida, ya que debía estar preparado para cada una de ellas. Por ejemplo, podía suceder muy bien que esa gente viniese a buscarlo en un taxi o en un coche particular. Como yo no iba a perder la más brillante oportunidad de mi vida por olvido de una combinación tan groseramente previsible, mantuve estacionada en la cercanía una rural que me facilitó R., uno de mis socios en la falsificación de billetes. Pero cuando aquel día vi llegar de a pie al emisario parecido a Pierre Fresnay, comprendí que mi precaución era inútil. Quedaba, claro la variante de tomar luego un taxi con Iglesias, y aunque hoy en día en Buenos Aires es tan difícil conseguir un taxi como un mamut, estuve atento a esa posibilidad cuando lo vi bajar. Pero no permanecieron en la puerta, en la actitud de quien espera el paso de uno; por el contrario, y sin siquiera echar un vistazo a derecha e izquierda, el hombrecito llevó del brazo al tipógrafo hacia el lado de Bartolomé Mitre: era ya evidente que irían adonde fuese con los medios comunes de transportes.

Quedaba, es cierto, la variante de que el otro, el gordo

de la CADE, los estuviese esperando en algún lugar con un coche, pero no me pareció lógico, pues no veía ningún motivo para que no esperase allí mismo en la calle Paso. Por otro lado se me ocurría bastante adecuado el transporte en un ómnibus o colectivo, pues, probablemente, no quieran dar al nuevo ciego la sensación inmediata de que son una secta todopoderosa: la humildad de procedimientos, hasta la pobreza de recursos, son un arma eficaz en medio de una sociedad atroz y egoísta pero propensa al sentimentalismo. Aunque el "pero" debería ser reemplazado por la simple conjunción "y".

Los seguí a una distancia prudencial.

Al llegar a la esquina doblaron hacia la izquierda y siguieron hacia Pueyrredón. Allí se detuvieron frente a uno de los postes indicadores de transporte. Había una cola de unas cuantas personas, hombres y mujeres; pero, a iniciativa de un señor con portafolio y anteojos, de aspecto honorable, pero que intuí era un implacable sinvergüenza, todos dieron preferencia al "cieguito".

Y así se rehízo la fila detrás de nuestros dos hombres.

En el poste había marcados tres números, y eran para mí la clave inicial de un gran enigma: ya no eran los números de ómnibus que iban a Retiro y a la Facultad de Derecho, al Hospital de Clínicas o a Belgrano sino a las puertas de lo Desconocido.

Subieron al ómnibus que va a Belgrano y yo detrás de ellos, después de hacer pasar ante mí a un par de personas que debían servirme de aisladores.

Cuando el ómnibus llegó a Cabildo, me empecé a preguntar en qué parte de Belgrano bajarían. El ómnibus siguió sin que el hombrecito diera señales de preocupación. Hasta que al llegar a Virrey del Pino empezó a pedir paso y se acomodaron al lado de la puerta de bajada. Descendieron en la calle Sucre. Por Sucre siguieron hasta Obligado y por esta calle, derecho hacia el norte, hasta Juramento, por ella hasta Cuba, por Cuba nuevamente hacia el norte, al llegar a Monroe volvieron a Obligado y, por esta calle, volvieron a la placita por la que habían pasado antes, esa placita que está en Echeverría y Obligado.

Era evidente: se trataba de despistar. Pero ¿a quién? ¿A

mí? ¿A cualquier presunto individuo que, como yo, anduviese en la pista? Esa hipótesis no era descartable, pues, como es natural, no he sido yo el primero que ha intentado penetrar en el mundo secreto. Es probable que a lo largo de la historia humana haya habido muchos y, en cualquier caso, sospecho de dos: uno, Strindberg, que pagó con la locura; y el otro, Rimbaud, a quien se empezó a perseguir ya antes del viaje al África, tal como se entrevé en una carta que el poeta mandó a su hermana y que Jacques Rivière interpreta erróneamente.

También cabía la suposición de que se tratara de despistar a Iglesias, teniendo presente el finísimo sentido de orientación que adquiere el hombre desde el momento en que pierde la vista. Pero ¿para qué?

Sea como fuere, después de aquel recorrido iterativo volvieron a la placita donde está la Iglesia de la Inmaculada Concepción. Por un instante creí que entrarían en ella, y vertiginosamente pensé en criptas y en algún secreto pacto entre las dos organizaciones. Pero no: se dirigieron hacia ese curioso rincón de Buenos Aires, formado por una fila de viejas casas de dos pisos, tangentes al círculo de la Iglesia.

Entraron por una de las puertas que da a los pisos altos y comenzaron a subir la sórdida y vieja escalera de madera.

XIX

Ahí empezaba la etapa más ardua y arriesgada de mi investigación.

Me detuve en la plaza a reflexionar sobre los próximos pasos que podría y debería dar.

Era obvio que no podía seguirlos inmediatamente, dadas las peligrosas características de la secta. Quedaban dos posibilidades: o esperar a que ellos salieran y luego, una vez alejados, subir a mi turno para indagar lo que pudiera; o subir después de un lapso prudencial, sin esperar la salida de ellos.

Aunque esta segunda variante era más riesgosa también ofrecía más perspectivas, con la ventaja de que si no sacaba nada en limpio de mi inspección siempre restaba de cualquier modo la segunda posibilidad de esperar luego su salida, sentado en un banco de la plaza. Esperé unos diez minutos y empecé a subir cautelosamente. Aunque era imaginable que la gestión, o presentación, o lo que fuere, de Iglesias no iba a ser cuestión de minutos sino de horas; o yo tenía una idea totalmente errónea de lo que era aquella organización. La escalera era sucia y gastada, pues pertenece a una de esas antiguas casas que en algún tiempo tuvieron pretensiones pero que ahora, descuidadas y sucias, son por lo general casas de inquilinato: ya son grandes para una sola familia pobre y excesivamente infectas para una familia de cierta posición. Y me hacía esta reflexión porque si la casa era de inquilinato, el problema se me complicaba en forma casi laberíntica: ¿a quién irían a ver y en cuál de los departamentos? Por otra parte se me ocurría muy verosímil que el jerarca, o el informante del jerarca, viviese en forma tan humilde y hasta miserable.

Mientras subía la escalera, estos pensamientos me llenaban de incertidumbre y me amargaban, pues era desalentador que después de tantos años de espera pudiese desembocar en la entrada de un laberinto.

Felizmente tengo la propensión a imaginar siempre lo peor. Digo "felizmente" porque de ese modo mis preparativos son más fuertes que los problemas que la realidad luego me depara; y aunque dispuesto para lo peor, esa realidad me resulta menos difícil que lo previsto.

Así, fue, por lo menos, en lo que se refería al problema inmediato de aquella casa. En cuanto a lo otro, por primera vez en mi vida fue peor de lo que esperaba.

Cuando llegué al rellano del primer piso, verifiqué que había una sola puerta y que la escalera moría allí mismo; no había, por lo tanto, ningún altillo ni existía entrada a dos departamentos: con todo, el problema era el más sencillo que podía presentarse.

Permanecí cierto tiempo frente a aquella puerta cerrada, con los oídos atentos al menor rumor de pasos y con mis piernas listas para bajar. Arriesgando todo, coloqué mi oído contra la hendidura y traté de recoger cualquier indicio, pero nada oí.

Se tenía la impresión de que aquel departamento estaba deshabitado.

No quedaba sino esperar en la plaza.

Bajé y, sentándome en un banco, decidí aprovechar el tiempo para estudiar todo lo que concernía a aquel sitio.

Ya dije que la edificación es extraña, pues se extiende a lo largo de una cuadra y sobre una recta tangente al círculo de la Iglesia. La parte central, la que toma contacto con el cuerpo de la Iglesia, pertenece seguramente a ella y supongo que alberga la sacristía y algunas dependencias eclesiásticas. Pero el resto de la edificación, a izquierda y derecha, está habitado por familias, como lo demuestran macetas con flores en los balcones y ropas, canarios, etcétera. Sin embargo, no podía pasar inadvertido a mi examen que las ventanas correspondientes al departamento de los ciegos mostraban algunas diferencias: no había ninguno de esos atributos que revela la presencia de gente y, además, estaban cerradas. Se podría argüir que los ciegos no necesitan luz. Pero ¿y el aire? Por otra parte, estos indicios confirmaban los que había recibido escuchando a través de la puerta, allá arriba. Mientras vigilaba la salida seguí cavilando sobre el singular hecho, y después de darle muchas vueltas llegué a una conclusión que me pareció sorprendente pero irrefutable: *En aquel departamento no vivía nadie.*

Y digo sorprendente porque si en él no habitaba nadie, ¿para qué había entrado Iglesias con el hombrecito parecido a Pierre Fresnay? La inferencia era también irrefutable: *el departamento sólo servía de entrada a otra cosa.* Y me dije "cosa" porque si bien podía ser otro departamento, acaso el departamento vecino al que podía tener acceso por alguna puerta interior, también era posible que fuese "algo" menos imaginable, tratándose, como se trataba, de ciegos. ¿Un pasaje interior y secreto hacia los sótanos? No era improbable.

En fin, razoné que en ese momento era inútil seguir exprimiéndome el cerebro, ya que luego, apenas salieran los dos hombres, tendría ocasión para efectuar un examen más a fondo del problema.

Yo había previsto que la presentación de Iglesias iba a ser algo complicado y por lo tanto moroso; pero debió de ser más complicado de lo que supuse porque recién salieron a las dos de la madrugada. Hacia la medianoche, después de ocho horas de espera atenta, cuando la oscuridad hacía más misterioso aquel extraño rincón de Buenos Aires, mi corazón fue comprimiéndose como si empezara a sospechar alguna abyecta iniciación en recónditos subterráneos, en húmedos hipogeos, a cargo de algún tenebroso y ciego mistagogo; y como si esas tétricas ceremonias me trajesen la premonición de las jornadas que me esperaban.

¡Las dos de la madrugada!

Me pareció que la marcha de Iglesias era más incierta a la entrada y tuve la sensación de que algo enorme agobiaba su espíritu. Pero tal vez todo eso haya sido una pura impresión de mi parte, provocada por el lúgubre conjunto de circunstancias: mis ideas sobre la secta, la mortecina iluminación de la plaza, la inmensa cúpula de aquella iglesia y, sobre todo, la luz equívoca que proyectaba sobre la escalera la sucia lamparita que colgaba en lo alto de la entrada.

Esperé que se fueran, observé cómo se alejaban hacia el lado de Cabildo y, cuando estuve seguro de que ya no volverían, corrí hacia la casa.

En el silencio de la madrugada, el ruido de mis pasos parecía estruendoso y cada chirrido de aquellos escalones descolados me hacía echar una mirada a mis espaldas.

Cuando llegué al rellano me esperaba la más grande sorpresa que había tenido hasta ese momento: ¡la puerta tenía candado! Esto sí que en ningún momento lo había previsto.

El desaliento me aplastó y hube de sentarme en el primer escalón de aquella maldita escalera. Así permanecí un buen tiempo, anonadado. Pero pronto empezó a funcionar mi cabeza y mi imaginación me fue ofreciendo una serie de hipótesis:

Ellos acababan de salir y después nadie más lo había hecho, de modo que el candado fue quitado al entrar y puesto al salir por el hombre que se parecía a Pierre Fresnay. Por lo tanto, si en aquella casa había algún género de habitantes o si daba, mediante un pasaje secreto, a "algo" habitado, en cualquier forma esos seres no salían ni entraban por la puerta que ahora tenía ante mis ojos. Ese "algo", pues, ese departamento o casa o cueva o lo que fuere, tenía otra salida o varias salidas más, acaso a otras zonas del barrio o de la ciudad. ¿La puerta con candado estaba entonces reservada para el mensajero o intermediario bajito? Bueno, sí: para él o para otros individuos que desempeñasen tareas semejantes, a cada uno de los cuales había que suponer provisto de una llave idéntica.

Esta primera serie de razonamientos me confirmó en la presunción que tuve al observar la casa desde la placita: allí no vivía nadie. Desde ya podía dar por segura, pues, una conclusión de importancia para mis etapas siguientes: aquel departamento era meramente un pasaje HACIA OTRA PARTE.

¿Qué podía ser aquella "otra parte"? Eso no lo podía imaginar, y lo único que cabía era la audaz tentativa de violar aquel candado, entrar en la casa misteriosa y ver una vez en ella, adónde podía conducir. Para eso me era necesario una ganzúa o, simplemente, romper aquello con tenaza o cualquier medio violento parecido.

Mi impaciencia ahora era tanta que no podía esperar otro día. Descarté la idea de romper el candado por el ruido que produciría la operación, y pensé que lo mejor era recurrir a la ayuda de uno de mis conocidos. Bajé, fui hasta Cabildo y esperé el paso de un taxi, que a esas horas de la madrugada no faltaban. La suerte parecía estar de mi lado: a los pocos minutos pude tomar uno y le ordené me llevara hasta la calle Paso. Allí subí a la rural y con ella me dirigí a la casa de Floresta donde vive F. Le expliqué a gritos (es famoso por su sueño pesado) que necesitaba abrir un candado esa misma noche. Cuando se despejó y cuando se enteró de qué clase de cerradura se trataba, casi se echa de nuevo en la cama, tan indignado estaba; despertarlo a él para abrir un candado era como consultarlo a Stavisky para una estafa de mil francos. Lo sacudí, lo amenacé y finalmente lo arrastré a mi camioneta; corriendo como si la organización fuera a derrumbarse aquella misma noche, llegué en poco más de media hora hasta la placita de Belgrano. Detuve el auto en la calle Echeverría y, después de verificar que ninguna persona se encontraba en los alrededores, descendimos con F. y caminamos hacia nuestra casa.

La operación de abrir el candado le llevó cosa de medio minuto, después de lo cual le dije que tendría que volverse solo a Floresta, porque yo tardaría mucho en aquella casa. Eso lo puso más furioso aún, pero lo convencí de que se trataba de algo de gran importancia para mí y que, en todo caso, en Cabildo era fácil encontrar taxis. Rechazó con dignidad el dinero que intenté darle para el taxi y se retiró sin saludarme.

Debo decir que mientras iba en mi coche hacia la calle Paso me asaltó una pregunta: ¿Por qué cuando yo subí por primera vez no había candado? Bueno, era lógico que no lo hubiera ya que los dos hombres habían entrado y no podían volver a colocar un candado por la parte de afuera. Pero si aquella entrada era tan importante, como todo lo hacía suponer, ¿cómo se explicaba que la dejasen abierta a cualquier intruso? Pensé que todo eso se explicaba si al entrar el hombrecito corría un cerrojo o ponía una tranca desde el interior.

Tal como era de esperar, en el interior reinaba la más completa oscuridad y un silencio de muerte. La puerta se abrió con una serie de ruidos que me parecieron estruendosos. Con mi linterna iluminé la parte posterior de la puerta y vi, con satisfacción, que tenía un pasador y que ese pasador, de bronce, no estaba oxidado, lo que revelaba su uso.

Mi presunción sobre el cierre interior se confirmaba y con ella la hipótesis (temible) de que aquella puerta no podía quedar abierta en ningún momento.

Mucho tiempo después, reflexionando sobre estos hechos, me pregunté por qué si era tan importante estaba cerrada con un candado que F. podía violar en poco más de medio minuto. El hecho bastante llamativo, tenía una sola explicación: hacerla aparecer una casa cualquiera, una casa que por un motivo o por otro está desocupada.

Si bien yo venía con la convicción de que allí no había ninguna clase de habitantes, entré con cuidado y empecé a iluminar las paredes de la primera pieza. No soy cobarde, pero cualquiera en mi situación habría sentido el mismo temor que yo en aquellos momentos al recorrer, lenta y cuidadosamente, aquel desmantelado y vacío departamento sumido en las tinieblas. Y, hecho significativo, ¡golpeando las paredes con mi bastón blanco, como un auténtico ciego! No había reflexionado hasta ahora en ese inquietante signo, aunque siempre pensé que no se puede luchar durante años contra un poderoso enemigo sin terminar por parecerse a él; ya que si el enemigo inventa la ametralladora, tarde, o temprano, si no queremos desaparecer, también hay que inventarla y utilizarla y lo que vale para un hecho burdo y físico como un arma de guerra, vale, y con más profundos y sutiles motivos, para las armas psicológicas y espirituales: las muecas, las sonrisas, las maneras de moverse y de traicionar, los giros de conversación y la forma de sentir y vivir; razón por la cual es tan frecuente que marido y mujer terminen por parecerse.

Sí: poco a poco yo había ido adquiriendo mucho de los defectos y virtudes de la raza maldita. Y, como casi siempre sucede, la exploración de su universo había sido, también lo empiezo a vislumbrar ahora, la exploración de mi propio y tenebroso mundo.

La luz de mi linterna me reveló pronto que en aquella primera pieza no había nada: ni un mueble, siquiera un trasto olvidado; todo era polvo, pisos agujereados y paredes desconchadas, con restos podridos y colgantes de antiguos y prestigiosos empapelados. Este examen me tranquilizó bastante porque me hacía suponer lo que ya había previsto desde la placita: que la casa estaba deshabitada. Recorrí entonces con mayor firmeza y rapidez el resto de las dependencias y fui poco a poco completando y confirmando esa primera impresión. Y entonces comprendí por qué era innecesario tomar con la puerta de entrada medidas de excesiva precaución; ya que si por azar algún ladrón violaba el candado habría de salir muy pronto desilusionado.

Para mí era distinto, porque *sabía* que esa casa fantasmal no era un fin sino un medio.

De otro modo había que suponer que el hombrecito insignificante que había ido en busca de Iglesias era una especie de chiflado que había traído al español hasta semejante antro, donde, en una oscuridad absoluta y sin tener ni siquiera donde sentarse, le había hablado durante diez horas de algo que, por terrible que fuese, le habría podido contar en la propia pieza del tipógrafo.

Se imponía buscar la salida a otra parte. Lo primero y más sencillo era pensar en una puerta, visible o secreta, que diese a la casa de al lado; lo segundo y menos sencillo (pero no por eso menos probable, ya que ¿por qué ha de ser sencillo algo referente a seres tan monstruosos?), lo segundo era suponer que esa puerta visible o secreta daba a un pasadizo que llevase a sótanos o a lugares más distantes y peligrosos. En cualquier caso mi tarea consistía ahora en buscar la puerta secreta.

Verifiqué en primer lugar todas las puertas visibles: sin excepción eran de comunicación entre las diferentes habitaciones y dependencias. La puerta era, como por otra parte se debía presumir, invisible, o, por lo menos, invisible a primera vista.

Recordé situaciones que había visto en películas o leído en libros de aventuras: cualquier recuadro o marco de un retrato podía ser la puerta disimulada. Como no había ningún retrato en la casa abandonada no era necesario perder tiempo en eso.

Recorrí, pieza por pieza, las paredes desconchadas para

ver si en algún rincón o cornisa o zócalo disimulaban botones eléctricos o cualquier otra clase de mecanismo semejante.

Nada.

Con mayor atención examiné las dos dependencias que, por su naturaleza, ofrecen más particularidades: el baño y la cocina. Aunque destartalados presentaban, en efecto, ricas posibilidades que no podían encontrarse en los otros cuartos. El inodoro, sin tapa, no ofrecía mayores perspectivas, no obstante lo cual traté de hacer girar los viejos goznes de la tapa inexistente; luego tiré la cadena, destapé el tanque, apreté o traté de hacer rotar toda clase de canillas, intenté levantar la vieja bañadera, etcétera. Un análisis parecido hice en la cocina, sin resultado.

El examen fue tan reiterado y cuidadoso que si no hubiese sabido que aquellos dos hombres habían estado esa misma tarde allí habría abandonado la empresa.

Me senté, desalentado, sobre la vieja cocina de gas. Por experiencias anteriores sabía que llegado a un punto no vale la pena repetir los mismos razonamientos porque se forma una huella mental que impide salidas laterales.

Me encontré de pronto comiendo chocolatines, lo que hubiera sido comiquísimo para cualquier espectador escondido por ahí e invisible para mí. Y estaba casi riéndome para mis adentros de esa escena imaginaria cuando casi me muero de la impresión: ¿quién me garantizaba que, en efecto, alguien no estaba observándome desde un lugar invisible?

Había techos agujereados, había paredes desconchadas que podían ocultar orificios por los que se podía vigilar desde la casa vecina. Nuevamente me poseyó el terror y por unos minutos apagué la linterna, como si esa precaución tardía pudiese serme de alguna utilidad. En medio de las tinieblas, tratando de adivinar el sentido del más mínimo crujido, tuve sin embargo la suficiente lucidez para comprender que mi precaución era no sólo idiota por lo inútil sino casi contraproducente, ya que sin luz era más indefenso que con ella. Encendí, pues, nuevamente mi previsora linterna y, aunque más nervioso que antes, traté de pensar en el secreto que debía esclarecer.

Obsesionado con la idea de los agujeros de vigilancia, empecé a examinar con el haz de luz los techos de la casa abandonada: eran esos cielos rasos de yeso, construidos sobre una trama de madera, y, en efecto, presentaban grandes pedazos caídos, molduras rotas. Por supuesto, era posible, a través de semejantes boquetes, la vigilancia de una o varias personas, pero en todo caso tampoco en los techos se advertía algo que se pareciese a una entrada o acceso. Además en tal caso se necesitaría una escalera y no la había en ninguna parte del departamento. A menos que la escalera fuese retirada desde arriba una vez cumplida su misión: una de esas escalerillas de cuerda.

Y estaba mirando los techos y pensando en esta variante cuando se me ocurrió por fin la solución: ¡los pisos! Era lo más simple y, como muchas veces sucede, lo último que se nos ocurre.

XX

Con tensión nerviosa creciente empecé a iluminar cada pedazo de piso hasta que hallé lo que era inevitable: una imperceptible ranura en forma de cuadro marcaba, sin lugar a dudas, una tapa de las que dan acceso a los sótanos. Claro, ¿a quién podía ocurrírsele que en un departamento de un primer piso pudiera haber una entrada de sótano? En cierto modo venía a confirmarse mi idea primitiva de que la casa se comunicaba con una casa vecina por medio de una puerta invisible; pero ¿quién iba a imaginar que la casa sería la de abajo? En aquel momento, tanta era mi agitación, no reflexioné en algo que acaso me habría hecho huir despavorido: el ruido de mis pisadas. ¿Cómo podían haber pasado inadvertidas para ciegos, nada menos que para ciegos, que habitasen en el piso inferior? Esta irreflexión mía, este error, me permitió seguir adelante con la búsqueda; pues no siempre es la verdad la que nos lleva a realizar un gran descubrimiento. Y esto lo digo, además, para que se vea un ejemplo típico de las tantas equivocaciones y fallas que cometí en la investigación, a pesar de tener mi cabeza en constante y afiebrado funcionamiento. Ahora creo que en este tipo de búsquedas hay algo más poderoso que nos guía una oscura pero infalible intuición tan inexplicable, pero tan segura, como esa vista que tienen los sonámbulos y que les permite marchar directamente a sus objetivos. A sus *inexplicables* objetivos.

El cierre era tan hermético que no había ni que pensar en extraer aquella tapa sin la ayuda de un instrumento filoso y fuerte; era evidente que se abría desde abajo y que deberían abrirla a una hora convenida con el emisario. Me desesperé pensando que la operación debía hacerla esa misma noche, pues al otro día alguien advertiría la violación del candado y todo sería más difícil, si no imposible. ¿Qué hacer? No tenía nada que pudiese ayudarme. Recorrí mentalmente lo que tenía a mano: sólo en la cocina y en el baño podía haber algo que sirviese a mis fines. Volé a la cocina y no hallé nada útil. Fui en seguida al baño y, finalmente, concluí que el brazo del flotador era un instrumento más o menos eficaz. Quité el flotador, forcé el brazo hasta desoldarlo y corrí a la pieza donde había descubierto la abertura. Trabajando durante más de una hora logré carcomer lo bastante uno de los bordes, aprovechando los irregulares filos que había dejado el resto de la soldadura. Por allí metí finalmente el brazo de hierro y, con cuidado, hice palanca. Después de algunos intentos fallidos, que aumentaron mi desesperación, pude finalmente levantar la tapa lo suficiente para meter los dedos y completar la operación con mis manos. Quité con el mayor sigilo la tapa, la puse a un lado y con mi linterna proyecté un haz de luz sobre el interior: la abertura no daba, como había pensado, al departamento de abajo sino a una larga escalera descendente y tubular por la que comencé a bajar.

Así llegué a un antiguo sótano, colocado por debajo del departamento inferior; sótano que acaso había pertenecido, como era lógico, al departamento de la planta baja y que, por algún arreglo de los dueños primitivos de uno y otro departamento pasó a formar parte del superior, mediante aquella anormal e imprevisible escalera.

El sótano era un típico sótano de tantas casas de Buenos Aires, pero completamente vacío y tan abandonado como la misma casa a que pertenecía. ¿Me habría equivocado? ¿Habría encontrado, con gran trabajo, una salida que no conducía a ninguna parte? No obstante, era preciso que lo revisara con cuidado, con tanto cuidado como había revisado toda la casa.

No había mucho que revisar, sin embargo: sus paredes de cemento eran lisas y no ofrecían muchas perspectivas interesantes. Había una rejilla que daba, como es frecuente en esta clase de edificación, a la calle: por ella se distinguía la luminosidad de la placita. Luego el sótano hacía una esquina (tenía una planta en forma de L) y, al recorrer con mi linterna aquel rincón invisible a primera vista, vi otra rejilla, pero ésta más grande, que daba ¿a dónde podía dar? ¿Al sótano de la casa vecina? Como no había otra salida ni otra combinación posible, pensé que acaso esa rejilla era removible y que fuese, por fin, la famosa salida. Tomé con mis dos manos dos barrotes de los extremos y vi que, en efecto, cedía con facilidad: mi corazón empezó a latir nuevamente con violencia.

Dejé la falsa rejilla a un lado e iluminé con mi linterna: no había tal sótano de casa vecina sino un pasaje que, hasta donde alcanzaba mi linterna, no tenía fin. Pero, naturalmente, atribuí ese hecho al alcance limitado de su luz.

El pasadizo torcía hacia la derecha después de un trayecto que calculé sería de unos doscientos metros y en ese codo empezaba a subirse por una escalera que tenía doce escalones (los conté con la intención de calcular cuánto subía), y estaba absorbido en esa operación cuando, con sorpresa, vi que el rellano en que terminaba la escalera daba a una puerta, más bien a una portezuela, por la que habría que entrar agachado.

No sólo experimenté sorpresa sino contrariedad al suponer que aquella puerta me clausuraba por esa noche la entrada al reducto clave, y decir por esa noche era decir quizá para siempre, ya que, después de todo lo que había hecho en el departamento falso, los ciegos tomarían al otro día medidas de seguridad que harían imposible mi retorno. Maldije mi eterna impaciencia y el haber despachado antes de tiempo a F., porque si bien era cierto que yo no podía hacerlo partícipe de mi plan (que seguramente él habría considerado obra de un loco), podía haberle pedido que me acompañara hasta donde las circunstancias mostrasen que no me era ya imprescindible. Ahora, por ejemplo, ¿cómo diablos iba yo a abrir aquella puerta?

Me quedé en el rellano, meditando en silencio: ¿sería la entrada a la casa o departamento que había previsto en la placita? Doce escalones, a razón de unos veinte centímetros, hacían un total aproximado de tres metros. De modo que el departamento estaba situado al mismo nivel de la calle, y casi con seguridad tendría una entrada normal por alguna de las calles cercanas; era posible que fuese un local de comercio cualquiera. No sé por qué se me ocurrió que podía ser la casa de una costurera o modista.

¿Quién sospecharía en efecto, que el taller de una

modista pudiera ser la entrada al gran laberinto? Que el hombrecito parecido a Pierre Fresnay no hubiese sin embargo entrado por la entrada normal era lógico: ¿qué podían hacer dos hombres, de los cuales uno era ciego, en la casa de una modista? Quizá una vez la visita podía hacerse sin llamar la atención. Pero, al repetirse, la gente empezaría a imaginar algo más significativo, y no creo que la logia desdeñase la posibilidad de que entre "la gente" se encontrase un individuo como yo. Por lo tanto, el mantenimiento de una casa desocupada que sirviera de entrada era un hecho razonable.

Todo esto cavilé mientras esperaba frente a la portezuela misteriosa. No se oía ruido alguno, pues, dada la hora, la modista estaba entregada al sueño: eran las cuatro y media de la madrugada.

Todo terminaba en la nada. Y así como cuando un golpe de estado fracasa los revolucionarios son calificados de bandoleros y cubiertos de ridículo, yo mismo me veía ahora a la luz más irrisoria: miré mi bastón blanco y pensé, para mí mismo: "¡Qué inmenso y pintoresco idiota soy!" Un hombre grande, una persona que ha leído a Hegel y ha participado en el asalto a un banco, ahora estaba en un sótano de Buenos Aires, a las cuatro y media de la madrugada, frente a una puertita donde suponía que habitaba una seudomodista al servicio de una logia secreta. ¿No era disparatado? Y el bastón blanco, que volvía a contemplar dirigiendo la luz de mi linterna sobre él, con esa especie de torturoso placer que nos proporciona apretarnos ciertas regiones doloridas, daba un cariz más extravagante a mi situación.

"Bueno —me dije—, esto terminó."

E iba a recorrer el incómodo camino de vuelta cuando se me ocurrió pensar que tal vez la puerta no estuviese cerrada con llave; idea que me despertó una nueva y esperanzada agitación, pues no imaginé en ese momento la conclusión que podía extraerse de esa circunstancia aparentemente favorable: la conclusión, atroz, de que me *esperaban*.

Volví hacia la puertita e iluminándola me quedé un instante en dudas. "No, no es posible —me dije—. Esta puerta sólo debe ser abierta cuando se espera a uno de los ciegos con el emisario."

Sin embargo, un tembloroso presentimiento condujo mi mano hasta el picaporte. Lo hice girar y empujé.

¡La puerta estaba sin llave!

XXI

Me encorvé lo suficiente para atravesar aquella portezuela y penetré en la pieza. Luego, incorporándome, levanté la linterna para ver dónde me encontraba.

Una helada corriente eléctrica sacudió mi cuerpo: el haz de luz iluminó ante mí una cara.

Una ciega me observaba. Era como una aparición infernal, pero proveniente de un infierno helado y negro.

Era evidente que no había acudido ante aquella pequeña puerta secreta alarmada por los pequeños ruidos que mi entrada podía haber producido. No: estaba vestida y era obvio que me había estado ESPERANDO.

Ignoro el tiempo que, antes de desmayarme, permanecí petrificado por la mirada pavorosa y gélida de aquella medusa.

Nunca antes había sufrido un desmayo, y más tarde me pregunté si aquél fue provocado por el pavor o por los poderes mágicos de la ciega, ya que, como ahora me parece evidente, aquella hierofántida tenía la facultad de desatar o convocar fuerzas demoníacas.

En rigor, no fue desmayo total, en que yo perdiera el conocimiento, sino que, al caer al suelo (aunque más apropiado sería decir "al derrumbarme") comenzó a apoderarse de mí un sopor, un cansancio que dominó rápidamente mis músculos en la misma forma y con las mismas características que en el curso de un ataque violento de gripe.

Recuerdo el latido crecientemente intenso de mis sienes, hasta que en un momento tuve la sensación de que mi cabeza podía estallar como una caldera cargada a miles de atmósferas. Una especie de fiebre iba subiendo en mi cuerpo como un líquido hirviente en una vasija, al mismo tiempo que un resplandor fosforescente iba haciendo a la Ciega cada vez más visible en medio de las tinieblas.

Hasta que un estallido pareció romper mis tímpanos y caí o, como ya dije, me derrumbé sin sentido en el suelo de aquella habitación.

XXII

No vi más, pero parecí despertar a una realidad que me pareció, o ahora me parece, más intensa que la otra, una realidad que tenía esa fuerza un poco ansiosa de las alucinaciones que se producen durante la fiebre.

Estaba yo sobre una barca y la barca se deslizaba sobre un inmenso lago de aguas quietas, negras e insondables. El silencio era abrumador y al mismo tiempo inquietante, porque sospechaba que en aquella penumbra (no había luz solar sino la equívoca y fantasmal luminosidad que provenía del sol nocturno) y no estaba solo sino que era vigilado y contemplado por seres que no podía divisar, pero que seguramente habitaban más allá del alcance de mi ambigua visión. ¿Qué esperaban de mí y, sobre todo, qué me esperaba en aquella desolada extensión de aguas estancadas y lúgubres?

Mas no podía pensar, aunque mantenía una especie de vaga conciencia y de pesada memoria de mi infancia. Pájaros a quienes yo había arrancado los ojos en aquellos años sangrientos parecían volar en las alturas, planeando sobre mí como si vigilaran mi viaje; porque, sin pensarlo, ya que estaba como desprovisto de pensamiento, yo remaba en una dirección que parecía ser la dirección en que aquel sol nocturno se pondría horas o siglos después. Me parecía oír el batir pesado de sus grandes alas, como si aquellos pájaros de mi niñez se hubiesen convertido ahora en enormes pterodáctilos o en murciélagos gigantescos. Arriba y a mis espaldas, es decir, a lo que sería el Este de aquel inmenso piélago negro, presentía un anciano, que lleno de resentimiento, también vigilaba mi marcha: tenía un solo y enorme ojo en la frente, como un cíclope, y sus dimensiones eran tales que su cabeza estaba más o menos en el cenit mientras su cuerpo descendía hasta el horizonte. Su presencia, que *yo sentía* en forma casi intolerable, hasta el punto de que podría describir la expresión horrible de su rostro, me impedía volverme hacia atrás y mantenía no sólo mi cuerpo sino hasta mi cara en la dirección opuesta.

"Todo será que pueda alcanzar la orilla antes de la puesta del sol", me encontré pensando o diciendo. Hacia allá remé, pero mi avance era tan lento como en las pesadillas. Los remos se hundían en aquellas aguas negras y fangosas y yo sentía su pesado chapoteo.

Grandes hojas flotantes y flores semejantes a las victorias regias, pero lúgubres y podridas, se apartaban a cada golpe de remo. Yo trataba de concentrarme en mi dura tarea, no queriendo ni imaginar la forma y el horror de los monstruos que, estaba seguro, poblaban aquellas aguas abismales e infectas: con la mirada puesta en el poniente, o en lo que yo suponía el poniente, me limitaba con miedo y empecinamiento a remar en aquella dirección, tratando de llegar antes de que aquel sol se pusiese.

La navegación era angustiosamente difícil y lenta. El sol descendía con la misma lentitud hacia el Oeste y el furor con que movía yo los remos pesados y lentísimos estaba dirigido por un solo y anhelante pensamiento: llegar antes del ocaso.

Ya aquel astro estaba cercano al horizonte cuando sentí que mi barca tocaba fondo. Abandoné los remos y me precipité hacia la proa. Me lancé fuera de la barca y, con el agua fangosa llegándome hasta las rodillas, marché hacia la costa, que ya divisaba en medio de aquella semioscuridad. Pronto sentí que estaba sobre lo que podría llamarse tierra firme, pero que en realidad era un pantano, en el que la marcha era tan difícil como la navegación en la barca: había que hacer un inmenso esfuerzo para sacar cada pie y poder avanzar. Pero con todo, tal era mi desesperación, fui avanzando lenta pero progresivamente. Y así como antes mi idea era que debía llegar hasta tierra firme, ahora me animaba la idea de que debía llegar a una montaña que apenas se vislumbraba, siempre hacia el Oeste. "Allí está la gruta", recuerdo que pensé. ¿Qué gruta? ¿Y por qué yo había de llegar hasta ella? Ninguna de esas preguntas me hice en aquel momento y a ninguna de ellas podría ahora responder. Sólo sabía que debía llegar y que, costase lo que costare, debía penetrar en ella. Debo decir que se mantenía la presencia colosal del desconocido a mis espaldas. Con su único ojo, abierto sin descanso, fulgurante de odio, parecía vigilar y hasta dirigir, como un pérfido oficial de ruta, mi marcha hacia el Oeste. Sus brazos, abiertos, abarcaban todo el cielo a mis espaldas y parecían apoyarse con sus manos hacia el Norte y hacia el Sur, ocupando de ese modo toda la mitad posterior de aquella bóveda. Mi situación era tal que no tenía otra solución que marchar hacia el poniente, y dentro de aquella realidad demencial yo veía eso como una lógica y razonable conclusión. La idea era: huir de su mirada, meterme en la gruta donde yo sabía que su mirada tendría por fin que ser impotente. Así caminé durante un tiempo que me pareció de un año. El astro seguía bajando y, si bien la montaña estaba más cerca, todavía la distancia era aterradora. El último trayecto lo hice luchando contra el cansancio, el miedo y la desesperanza. A mis espaldas sentía la sonrisa siniestra del Hombre. Sobre mí sentía el vuelo pesado de los pterodáctilos, que planeaban y a veces hasta me rozaban con sus alas. Mi temor provenía no sólo de su contacto gelatinoso y frío sino de la posibilidad de que con sus picos dentados finalmente se precipitasen sobre mí y me arrancasen los ojos. Sospechaba que me dejaban agotar en un esfuerzo inútil, durante años de estúpida y agotadora marcha, para, cuando yo creyera que el fin estaba ante mis manos, arrancarme con los ojos la desatinada esperanza.

Esa sensación empecé a tenerla en el tramo final de mi marcha, como si todo hubiese sido planeado para hacerme el mayor mal posible. "Porque —pensaba yo con razonable lucidez— si me hubiesen arrancado los ojos al comienzo mismo yo no hubiera tenido ninguna esperanza y no hubiera intentado esta penosísima marcha a través de mares ignotos e inmundos pantanos."

Sentí que el rostro del Anciano irradiaba una especie de feroz alegría al hacerme yo estas reflexiones. Comprendí que todo era verdad y que ahora me esperaba la peor de las calamidades de aquella marcha. No quise sin embargo mirar hacia arriba, pero tampoco era necesario: mis oídos me revelaban que los pájaros, con picos enormes y filosos, empezaban a planear cada vez más cerca de mi cabeza; percibía el aleteo pesado de sus alas, alas que debían de tener un par de metros, y sentía una y otra vez su leve pero asqueante contacto fugacísimo sobre mis mejillas y sobre mi pelo.

Faltaba poco, muy poco, para llegar a la gruta que ya entreveía en una penumbra fosforescente. Mi cuerpo estaba cubierto de aquel cieno pegajoso y me arrastraba sobre mis cuatro extremidades. Mis manos tocaban y apartaban con repugnancia culebras que en grandes cantidades se agitaban en el dilatado pantano, pero era tanto mi pavor por lo que sabía ahora que me esperaba, que aquello casi era desdeñable.

Mi cansancio pudo por fin más que mi desesperación y caí.

Traté de mantener mi cabeza fuera del barro, levantando mi frente hacia la gruta, mientras el resto de mi cuerpo se hundía en aquellas aguas nauseabundas.

"Debo respirar", pensé.

Pero también pensé: "Así mantengo mis ojos a su alcance".

Y lo pensé como si estuviera maldito y condenado a la horrible operación, como si me prestara yo mismo a aquel rito atroz y al parecer ineluctable.

Hundido en el barro, con el corazón latiendo agitadamente en medio de aquella inmundicia que me envolvía, con mis ojos hacia adelante y arriba, vi cómo los grandes pájaros planeaban lentamente sobre mi cabeza. Advertí a uno de ellos que bajaba desde atrás, lo vi recortarse, gigantesco y cercano, sobre el ocaso, volviendo luego hacia mí, y posarse con un hueco chasquido sobre el barro, frente mismo a mi cabeza. El pico era filoso como un estilete, su expresión tenía esa mirada abstracta que tienen los ciegos, porque no tenía ojos: podía yo distinguir sus cuencas vacías. Parecía una antigua divinidad en el momento que precede al sacrificio.

Sentí que aquel pico entraba en mi ojo izquierdo, y por un instante percibí la resistencia elástica de mi pupila, y luego cómo el pico entraba áspera y dolorosamente, mientras sentía cómo empezaba a bajar el líquido por mi mejilla. En virtud de un mecanismo que no alcanzo todavía a comprender por su falta de lógica, yo mantenía mi cabeza siempre en la misma posición, como si quisiera facilitar la perversa tarea, como, aunque sufrimos, mantenemos la boca y la cabeza ante el dentista.

Y mientras sentía que el agua de mi ojo y la sangre bajaban por mi mejilla izquierda, pensaba: "Ahora tendré que soportar en el otro ojo" Con calma, creo que sin odio, lo que recuerdo me asombró, el gran pájaro terminó su trabajo con el ojo izquierdo y luego, retrocediendo un poco, su pico repitió la misma operación con el ojo derecho. Y volví a percibir aquella leve y fugacísima resistencia elástica de mi ojo y luego la penetración áspera y dolorosa y, una vez más, el deslizarse hacia mi mejilla del líquido cristalino y de la sangre: líquidos que perfectamente diferenciaba por ser el cristalino tenue y helado y el otro, la sangre, caliente y viscoso.

Luego el gran pájaro levantó vuelo y sus compañeros se fueron tras él, pues oí cómo sus pesados aleteos se iniciaban y luego se alejaban de mí. "Lo peor ha pasado", pensé.

Nada veía ahora, pero, con el inmenso dolor y la curiosa repugnancia que sentía ahora por mí mismo, no cejé en mi propósito de arrastrarme hacia la gruta.

Así lo hice penosamente.

Poco a poco mi esfuerzo fue premiado: el pantano había ido desapareciendo bajo mis pies y manos y pronto esa especie de singular silencio, esa sensación de cerrazón y también de seguridad, me reveló que por fin había entrado en la gran gruta. Y me derrumbé hacia el sueño.

XXIII

Cuando volví a mi conciencia, un formidable cansancio dominaba a mi cuerpo, como si en sueños hubiese llevado a cabo trabajos colosales.

Yacía en el piso y no atinaba a comprender dónde me encontraba. Con la cabeza pesada, miraba el suelo a mi alrededor, tratando de hacer memoria: supuse que, como en alguna otra ocasión, habría llegado borracho a mi cuarto y había caído inconsciente. Una débil luminosidad de amanecer entraba en la pieza por alguna parte. Tenté de levantar mi cabeza y recorrí entonces, lenta y pesadamente, el espacio que me rodeaba.

Casi salto a pesar de mi cansancio: ¡la Ciega!

Vertiginosamente hice conciencia de los episodios: Iglesias, el individuo parecido a Pierre Fresnay, la placita de Belgrano, el pasadizo secreto. Semiincorporado, haciendo esfuerzos sobrehumanos para levantarme del todo, recorría a una fantástica velocidad mi situación y la forma de salir de ella. Logré ponerme de pie.

La Ciega permanecía en la misma actitud hierática en que la había visto por primera vez, al levantar la luz de mi linterna en la oscuridad. ¿Habría sufrido una pura e instantánea ilusión? ¿Mi pesadilla había empezado al derrumbarme desmayado?

En la luminosidad del amanecer traté de levantar un rápido croquis de lo que me rodeaba: era una habitación normal con una cama, una mesa (¿de trabajo?), alguna silla, un sofá, un combinado musical. Advertí que no había cuadros ni fotografías, lo que me confirmaba la ceguera de sus habitantes. La puerta por la que entraba la luz de la madrugada daba seguramente a una habitación de calle, que podía ser lo que en mis cavilaciones previas yo supuse un taller de costuras. Había otra puerta lateral, que acaso diera a un baño. Miré hacia atrás: sí, ahí estaba

376

la puertita. Casi hubiera deseado que no existiese, hasta tal punto aquella entrada absurda y enana me producía pavor.

Todo este censo habrá durado unos segundos.

La Ciega permanecía en silencio, delante de mí.

Dos hechos contribuyeron a acentuar mi ansiedad: el hecho, que ahora recordaba con aterradora lucidez, de que ella me hubiese estado *esperando* frente a la puertita cerrada por donde yo entré; y este otro e inconcebible de su inmovilidad, enigmática y amenazante.

Me pregunté qué podía hacer y qué palabras podía pronunciar, las menos disparatadas, las más creíbles.

—Perdóneme —farfullé—, entré para robar, me desmayé al verla...

Mientras hablaba comprendía hasta qué punto eran absurdas aquellas palabras. Tal vez habrían podido convencer al habitante normal de una casa normal, pero ¿cómo con semejante disparate podía persuadir a la Ciega? ¿A una ciega que evidentemente había estado ESPERÁNDOME?

Me pareció advertir en su rostro una expresión de ironía.

Luego se fue, desapareciendo por la puerta que estaba abierta. La cerró tras de sí y oí el ruido de la llave.

Quedé a oscuras. A tientas; desesperado, corrí hasta la puerta e hice girar inútilmente el picaporte. Luego, tanteando las paredes, me llegué hasta la otra puerta, que estaba a la derecha, también inútilmente, pues, como era fácil presumir, también estaba cerrada con llave.

Quedé apoyado contra la pared, abatido y dominado por el miedo y la incertidumbre. Un caos de ideas agitaba mi mente:

Había caído en una trampa de la que no podría escapar.

La Ciega había ido en busca de los Otros: ahora decidirían mi destino.

La Ciega me había estado esperando; por lo tanto sabían de mi llegada, ¿desde cuándo?

Lo sabían desde el día anterior: un control eléctrico les permitía vigilar a distancia el movimiento de la puerta con candado.

Lo sabían desde el momento en que Iglesias adquirió los poderes sobrenaturales de la logia y, en consecuencia, desde el momento en que pudo penetrar en mis designios secretos.

Lo sabían desde antes: recién advertía una enorme grieta en mis construcciones anteriores, pues por un inexplicable olvido (¿olvido?) no tuve presente que, en el momento de ser dado de baja en el hospital, Iglesias fue llevado a una pensión que indicó un enfermero español, donde, según dijo, lo cuidarían muy bien.

Fue en ese momento de lucidez cuando tuve la certeza a la vez atroz y grotesca de que cuando más fatuamente celebraba yo mi astucia más de cerca estaba vigilado por la secta ¡y nada menos que por la cómica señora de Etchepareborda! ¡Qué burlesca se me apareció entonces la idea de que aquellos bibelots baratos, aquellos cartelitos provenzales y las fotografías trucadas del matrimonio Etchepareborda no habían sido más que una portentosa puesta en escena! Con vergüenza, pensé que ni siquiera habrían considerado engañarme con algo más sutil; o quizá, además de engañarme quisieron de paso herir mi orgullo, engañándome con algo que más tarde suscitara mi propia ironía.

XXIV

No sé cuántas horas permanecí en aquella prisión, a oscuras, en medio de la incertidumbre. Para colmo empezó a parecerme que me faltaba aire, como por otra parte era natural, ya que aquella pieza maldita no tenía más ventilación que la que le podían proporcionar las rendijas: podía verificarse que alguna debilísima corriente de aire entraba, al menos en la puerta que daba a la primera habitación. ¿Bastaría para renovar el oxígeno de la pieza? No lo parecía, pues la sensación que yo tenía era de creciente ahogo. Aunque bien podía deberse, pensé, a causas psicológicas.

Pero ¿y si la idea de la secta era la de enterrarme vivo en aquella pieza encerrada?

Recordé de pronto una de las historias que había descubierto en mi larga investigación. En la casa de Echagüe en la calle Guido, cuando todavía vivía el viejo, una mucama era explotada por un ciego que en los días francos la hacía trabajar en el Parque Retiro. En el año 1935 entró de portero un español joven y violento, que se enamoró de la muchacha y logró, finalmente, que se alejara del macró. La muchacha vivió durante meses en medio del terror, hasta que poco a poco, y tal como el portero trataba de hacérselo entender, vio que los castigos que podía inferirle el explotador eran puramente teóricos. Pasaron dos años. El primero de enero de 1937, la familia Echagüe levantaba la casa para irse a la estancia donde pasarían los meses de verano. Ya todos habían salido de la casa menos el portero y la mucama, que vivían arriba; pero el viejo mucamo Juan, que hacía las veces de mayordomo, creyendo que ya habían salido, cortó la corriente eléctrica y luego salió, cerrando con llave la gran puerta de entrada. Ahora bien; en el momento en que Juan cortaba la corriente eléctrica, el portero y su mujer venían bajando en el ascensor. Cuando tres meses después volvió la familia Echagüe, encontraron en el ascensor los esqueletos

del portero y la mucama que se había convenido permanecerían en Buenos Aires durante las vacaciones.

En el momento en que Echagüe me contó la historia, yo
todavía estaba lejos de imaginar que un día iba a empezar
esta investigación sobre ciegos. Años después, haciendo un
examen retrospectivo de todas las informaciones que de una
manera u otra tuvieran que ver con esta secta, recordé al
macró ciego y tuve la convicción de que aquel episodio, aparentemente debido a un azar, era obra concienzuda y planea-
da de la secta. ¿Cómo podía jamás averiguarse, sin embargo? Hablé con Echagüe y lo hice partícipe de mis sospechas.
Me miró con asombro y, creí advertirlo, con cierta ironía en
sus ojitos mongólicos. No obstante, en apariencia admitió la
posibilidad y me dijo:

—¿Y cómo te parece que podríamos averiguar algo?

—¿Sabes dónde vive Juan?

—Se puede saber por González. Creo que se mantiene
en contacto con él.

—Bueno, y recordá lo que te he dicho: ese hombre tiene
mucho que ver.

Él sabía que los otros dos estaban arriba. Y más: vigiló
el momento en que ponían en marcha el ascensor, y cuando
calculó que estaban entre dos pisos (todo había sido previsto, reloj en mano, en experiencias anteriores) cortó la corriente, o dio orden con un grito o un ademán al otro que
seguramente estaba ya con la mano en la llave.

—¿Al otro? ¿Qué otro?

—¿Cómo querés que lo sepa? A otro, a cualquier otro
miembro de la banda, no necesariamente a un mucamo de tu
casa. Aunque pudiera ser ese González.

—¿Así que vos pensás que Juan formaba parte de una
banda, de una banda vinculada o manejada por ciegos?

—No tengo la menor duda. Averiguá algo sobre él y
verás.

Volvió a mirarme con recóndita ironía, pero no dijo nada
más; excepto que iba a hacer las indagaciones.

Un tiempo después lo llamé por teléfono y le pregunté
si tenía alguna novedad. Me dijo que quería verme y nos
encontramos en un bar. Cuando llegó, su expresión no era la
de antes: me miraba con estupor.

—¿Y el famoso Juan? —pregunté.

—González seguía en contacto con él. Le expliqué que quería encontrarlo a Juan. En forma que me pareció un poco sospechosa, dijo que hacía mucho tiempo que no lo veía, pero que trataría de encontrarlo en un domicilio que, no estaba seguro, le parecía que iba a dejar. Me preguntó si era algo importante o urgente. Tuve la impresión de que me lo preguntaba con alguna inquietud. Eso no lo advertí en ese momento, sino después, al repasar un poco la escena. Fui bastante desprevenido, porque dije que siempre había tenido ganas de dejar bien establecidas las condiciones en que había sucedido aquello del ascensor y pensaba que acaso Juan podría completar un poco la información. González me escuchó con cara impenetrable, cómo te diría... un poco cara de póker. Es decir, me pareció que su cara era excesivamente impasible. Eso también lo pensé después. Desgraciadamente. Porque si lo pienso en ese momento, me lo llevo a un lugar tranquilo, me lo agarro de las solapas y con dos o tres trompadas le saco todo. Bueno, es inútil que te cuente el final.

—¿Cuál es el final?

Echagüe revolvió el resto del café, y agregó:

—Nada, que jamás lo volví a ver a González. Desapareció de la confitería donde trabajaba. Claro que, si tenés interés, podemos iniciar una investigación con la policía, localizarlo y tratar de encontrar a los dos.

—Ni se te ocurra. Eso es todo lo que quería saber. El resto me lo imagino.

Ahora volvía a recordar aquello. Y, por esa tendencia que tengo a imaginar cosas horribles, pensaba en los detalles del episodio. Primero, una pequeña sorpresa del portero al ver que el ascensor se detenía. Aprieta el botón una y varias veces, abre y cierra la puerta de fuelle. Luego grita para abajo, para que Juan cierre la puerta inferior, si es que la ha abierto. Nadie le responde. Grita más fuerte (sabe que Juan está abajo, esperando que salgan todos) y nadie le responde. Grita varias veces más, con mayor energía y finalmente con miedo. Pasa un rato, se miran mientras tanto con la mujer, como preguntándole qué pasa. Luego vuelve a gritar, y también ella, y los dos juntos. Esperan un tiempo, después de consultarse: "Ha ido al baño, está afuera charlando con Dombrowski (el portero polaco de la casa de al lado), ha ido a revisar la casa, por si queda algo, etc." Pasan quince minutos y vuelven a gritar: nada. Gritan durante cinco o diez minutos: nada. Esperan, ahora con mayor inquietud, durante otro lapso, mientras se miran con ansiedad y miedo crecientes. Ninguno de ellos quiere decir algo desesperante, pero ya comienzan a pensar que tal vez se hayan ido todos y hayan cortado la corriente. Entonces empiezan a gritar uno, otro y los dos juntos: primero con enorme fuerza, luego dando alaridos de terror, después emitiendo aullidos de animales enloquecidos y acorralados por las fieras. Esos aullidos se prolongan durante horas, hasta que poco a poco empiezan a debilitarse: están roncos, están agotados por el esfuerzo físico y por el horror: Ahora emiten gemidos cada vez más débiles, lloran y golpean con debilidad creciente el bloque macizo del entrepiso. Se pueden imaginar varias escenas posteriores: puede haber sucedido un lapso de estupor, en que ambos, en la oscuridad, hayan quedado callados y atontados. Luego pueden hablar ellos, cambiarse ideas y hasta pequeñas esperanzas: Juan volverá, ha ido a la esquina a tomar una copa; Juan se ha olvidado de algo en la casa y vuelve a entrar: al llamar el ascensor para subir se encuentra con ellos, que lo reciben llorando y le dicen: "Si supieras, Juan, qué susto pasamos". Y luego los tres, comentando la pesadilla, salen y ríen por cualquier zoncera que sucede en la calle, tanta es su felicidad. Pero Juan no vuelve, ni ha ido al boliche de la esquina, ni se ha demorado con el portero polaco de al lado: lo cierto es que pasan las horas y nada sucede en aquella silenciosa mansión abandonada. Mientras tanto han recuperado cierta energía y empiezan los gritos, luego nuevamente los alaridos, seguidos por los aullidos, para terminar, como es de presumir, en gemidos cada vez más insignificantes. Es probable que para entonces estén caídos en el piso del ascensor y que mediten en la imposibilidad de que semejante horror pueda suceder: eso es muy típico de los seres humanos, cuando pasa algo espantoso. Se dicen: "¡Esto no puede ser, no puede ser!" Pero está siendo y el horror empieza de nuevo a devorarlos. Es probable que entonces comience una nueva tanda de gritos y aullidos. Pero ¿para qué pueden servir? Juan ahora está en viaje a la estancia, pues él va con los patrones, el tren sale a las diez de la noche. Para nada sirven los gritos, pero así y todo hay en los hombres cierta confianza desatinada en los gritos y aullidos, está probado en muchas catástrofes; así que, dentro de las escasas energías que restan, vuelven a gritar y gruñir, para terminar en gemidos, como siempre. Esto, claro, no puede seguir: llega un momento en que ya se abandona toda esperanza y entonces, y aunque esto parezca grotesco, se piensa en comer. ¿Comer para qué? ¿Para prolongar el suplicio? En aquel cuchitril, en las tinieblas, tirados en el suelo (se sienten, se tocan) ambos piensan en la misma y horrible cosa: ¿qué comerán cuando el hambre sea insufrible? El tiempo pasa y también piensan en la muerte, que en pocos días tendrá que llegarles. ¿Cómo será? ¿Cómo es la muerte por hambre? Piensan en cosas pasadas, vienen a la memoria recuerdos de tiempos felices. A ella ahora le parece hermoso aquel tiempo en que hacía el yiro en Parque Retiro: había sol, los muchachos marineros o conscriptos a veces eran buenos y tiernos; en fin, esas cosas de la vida, que siempre parecen tan maravillosas en el momento de morir, aunque hayan sido sórdidas. Él debe recordar cosas de su infancia, en alguna ría de Galicia, recordará canciones, bailes de su aldea. ¡Qué lejos está todo! Nuevamente él o ella o los dos juntos, vuelven a pensar: "¡Pero si no es posible!" Esas cosas, en efecto, no suceden. ¿Cómo podría suceder? Es probable que así se inicie una nueva serie de gritos, pero que son menos enérgicos y duran menos que las series anteriores. Luego vuelven a sus pensamientos y recuerdos, a Galicia y a la feliz época de la prostitución. Bueno, en fin, ¿para qué seguir con la descripción minuciosa? Cualquiera puede reconstruirla, a poco que tenga alguna imaginación: hambre creciente, sospechas mutuas, peleas, recriminaciones por cosas pasadas. Acaso él quiere comerse a la mucama y para tener la conciencia tranquila empiece a recriminarle la época de la prostitución: ¿no le daba vergüenza? ¿No se le ocurría que todo eso era inmundo?, etcétera.

Mientras piensa (eso después de un día o dos de hambre) en que, por lo menos, podría comerse, aun sin matarla del todo, una parte de su cuerpo: podría arrancarle aunque sea un par de dedos, o comerle una oreja. No debe olvidar el que quiera reconstruir este episodio que, además, esos dos seres humanos deben hacer allí sus necesidades, de modo que la escena se hace cada vez más sucia, más sórdida y abominable. Pero, así y todo, hay sed y hambre crecientes. La sed puede apagarse con orines, que se recogerán en la mano para luego tomarlos, como también está comprobado. Pero ¿y el hambre? También está comprobado que nadie come sus propios miembros, si está cerca de otro ser humano. ¿Recuerdan el encierro del Conde Ugolino con sus propios hijos? En fin, es probable qué digo: es seguro, que al cabo de cuatro días, quizá menos, de encierro hediondo y salvaje, con rencores mutuos y crecientes, el más fuerte come al más débil. En este caso, el portero come a la mucama, quizá primero en forma parcial, empezando por sus dedos, después de darle algún golpe en la cabeza o de golpeársela contra las paredes del ascensor, hasta que la come íntegra.

Dos detalles confirman mi reconstrucción: la ropa de ella, arrancada a jirones, aparecía por el suelo, entre la inmundicia; muchos de sus huesos, también, como si hubieran sido arrojados uno después de otro por el mucamo caníbal. Mientras que el cuerpo podrido y parcialmente esquelético de él estaba a un costado, pero íntegro.

Ya en la pendiente de mi desesperación, fui más lejos e imaginé que tal vez mi suerte estaba decidida desde la aventura con el ciego de las ballenitas; y que durante más de tres años yo había creído estar siguiendo a los ciegos, cuando en realidad habían sido ellos los que me habían perseguido. Imaginé que la búsqueda que yo había llevado a término no había sido deliberada, producto de mi famosa libertad, sino fatal, y que yo estaba *destinado* a ir en pos de los hombres de la secta para de ese modo ir en pos de mi muerte, o de algo peor que mi muerte. ¿Qué sabía, en efecto, sobre lo que me esperaba? ¿No sería la pesadilla que acababa de sufrir una premonición? ¿No me arrancarían los ojos? ¿No serían los grandes pájaros símbolos de la feroz y efectiva operación que me aguardaba?

384

Y, finalmente, ¿no había recordado en la pesadilla aquellas extracciones de ojos que en mi infancia yo había perpetrado sobre gatos y pájaros? ¿No estaría yo condenado desde mi infancia?

XXV

Estas imaginaciones ocuparon, junto a otros recuerdos referentes a mis pesquisas sobre los ciegos, aquella jornada. Cada cierto tiempo volvía a pensar en la Ciega, en su desaparición y en el encierro consiguiente. Cavilando en el drama del ascensor, en algún momento llegué a pensar que mi castigo podría consistir en la muerte por hambre en aquel cuarto desconocido; pero en seguida comprendí que ese castigo sería llamativamente benévolo al lado del castigo impuesto a aquellos dos infelices. ¿Morirse de hambre en la oscuridad? ¡Vamos! Casi me reí de mi esperanza.

En un momento de meditación, en medio del silencio, me pareció oír voces apagadas a través de una de las puertas. Me levanté con sigilo y, caminando sin zapatos, me acerqué a la puerta aquella, puerta que presumiblemente daba a la habitación anterior. Con delicadeza puse mi oído sobre la hendidura: nada. Luego, tanteando sobre las paredes, llegué hasta la otra puerta y repetí la operación: me pareció que, en efecto, los que estaban hablando se detenían en el momento mismo en que yo coloqué mi oído. Sin duda habían percibido mis movimientos a pesar de mi cuidado. No obstante, permanecí largo rato con el oído atento sobre la ranura. Pero me fue imposible sentir el más leve rumor de voces o movimientos. Supuse que del otro lado, el Consejo de Ciegos estaba reunido y paralizado, esperando que yo desistiera de mi necio propósito. Comprendiendo que nada ganaría con mi espionaje, fuera de irritar todavía más a aquella gente, volví sobre mis pasos, esta vez con menor cuidado, ya que de todos modos presumí que me habían reconocido. Me eché sobre la cama y decidí fumar. ¿Qué otra cosa podía hacer? De cualquier manera, estaba seguro de que aquel conciliábulo anunciaba alguna próxima decisión sobre mí.

Hasta ese momento había resistido mi deseo, para no consumir los recursos de oxígeno, que según mis cálculos, me proporcionaba la débil corriente de aire a través de las rendijas. Pero, pensé, ¿qué otra cosa mejor podía sucederme, a esa altura de los acontecimientos que morir asfixiado con humo de cigarrillo? Desde ese instante, empecé a fumar como una chimenea, con el resultado de que el ambiente se fue enrareciendo más y más.

Pensaba, recordaba. Sobre todo venganzas de la Secta. Y volví entonces a analizar el caso Castel, caso que no sólo fue muy notorio por la gente implicada sino por la crónica que desde el manicomio hizo llegar el asesino a una editorial. Me interesó poderosamente por dos motivos: había conocido a María Iribarne y sabía que su marido era ciego. Es fácil imaginar el interés que tuve en conocer a Castel, pero también es fácil presumir el temor que me impidió hacerlo, pues equivalía a meterse en la boca del lobo. ¿Qué otro recurso me quedaba que el de leer, el de estudiar minuciosamente su crónica? "Siempre tuve prevención por los ciegos", confiesa. Cuando por primera vez leí aquel documento, literalmente me asusté, pues hablaba de la piel fría, de las manos acuosas y de otras características de la raza que yo también había observado y que me obsesionaban, como la tendencia a vivir en cuevas o lugares oscuros. Hasta el título de la crónica me estremeció, por lo significativo: "El Túnel".

Mi primer impulso fue el de correr al manicomio y ver al pintor para averiguar hasta dónde había llegado en sus investigaciones. Pero en seguida comprendí que mi idea era tan peligrosa como la de investigar un polvorín a oscuras encendiendo un fósforo.

Sin ninguna clase de dudas, el crimen de Castel era el resultado inexorable de una venganza de la Secta. Pero ¿cuál fue exactamente el mecanismo empleado? Durante años intenté desmontarlo y analizarlo, pero nunca pude superar esa ambigüedad que típicamente domina en cualquier acto planeado por los ciegos. Expongo aquí mis conclusiones, conclusiones que de pronto se ramifican como los corredores de un laberinto:

Castel era un hombre muy conocido en el ambiente intelectual de Buenos Aires, y por lo tanto sus opiniones sobre cualquier cosa también debían de ser notorias. Es casi imposible que una obsesión tan profunda como la que tenía con respecto a los ciegos no la hubiese manifestado. La Secta, mediante Allende, marido de María Iribarne, decide castigarlo.

Allende ordena a su propia mujer ir a la galería donde Castel expone sus últimos cuadros, demuestra gran interés por uno de ellos, permanece delante, en actitud estática, el tiempo suficiente para que Castel la advierta y la estudie, y luego desaparece. Desaparece... Es una manera de decir. Como siempre sucede con la Secta, el persecutor se hace en realidad perseguir, pero procediendo de tal manera que tarde o temprano la víctima cae en sus manos. Castel reencuentra por fin a María, se enamora perdidamente de ella, como loco (y como tonto) la "persigue" a sol y sombra y hasta va a su casa, donde el propio marido le entrega una carta amorosa de María. Este hecho es clave ¿cómo explicar semejante actitud en el marido sino por el fin siniestro que la Secta se proponía? Recuerden que Castel se atormenta con ese hecho inexplicable. Lo que sigue no vale la pena repetirlo aquí: baste recordar que Castel es enloquecido de celos, mata finalmente a María y es encerrado en un manicomio, el lugar más adecuado para que el plan de la Secta quede clausurado en forma impecable y para siempre fuera de todo peligro de adoración. ¿Quién va a creer en los argumentos de un loco?

Todo esto es clarísimo. La ambigüedad y el laberinto empiezan ahora, pues se abren las siguientes combinaciones posibles:

1.° La muerte de María estaba decidida, como forma de condenar al encierro a Castel, pero era un plan ignorado por Allende, que realmente quería y necesitaba a su mujer. De ahí la palabra "insensato" y la desesperación de ese hombre en la escena final.

2.° La muerte de María estaba decidida y Allende conocía esa decisión. Aquí se abren dos subposibilidades:

A. Era aceptada con resignación, porque quería a su mujer pero debía pagar alguna culpa anterior a su ceguera, culpa que ignoramos y que parcialmente ya había pagado al ser enceguecido por la Secta.

B. Era recibida con satisfacción por Allende, que no sólo no quería a su mujer sino que la odiaba y esperaba así vengarse de sus numerosos engaños. ¿Cómo conciliar esta variante con la desesperación final de Allende? Muy sencillo: teatro para la galería, e incluso teatro impuesto por la Secta para borrar los rastros de la retorcida venganza.

Hay todavía algunas variantes de las variantes, que no vale la pena que yo describa pues cada uno de ustedes puede fácilmente ensayar como ejercicio; ejercicio por otra parte útil pues nunca se sabe cuándo y cómo puede caerse en alguno de los ambiguos mecanismos de la Secta.

En lo que a mí se refiere, aquel episodio, que sucedió al poco tiempo de mi aventura con el hombre de las ballenitas, terminó por asustarme. Quedé aterrado y decidí despistar poniendo no sólo tiempo sino espacio de por medio: me fui del país. Medida que para muchos de los que lean estas memorias podrá parecer exagerada. Siempre me ha hecho reír la falta de imaginación de esos señores que creen que para acertar con una verdad hay que darle a los hechos "las debidas proporciones". Esos enanos imaginan (también ellos tienen imaginación, claro, pero una imaginación enana) que la realidad no sobrepasa su estatura, ni tiene más complejidad que su cerebro de mosca. Esos individuos que a sí mismo se califican de "realistas", porque no son capaces de ver más allá de sus narices, confundiendo la Realidad con un Círculo-de-Dos-Metros-de-Diámetro con centro en su modesta cabeza. Provincianos que se ríen de lo que no pueden comprender y descreen de lo que está fuera de su famoso círculo. Con la típica astucia de los campesinos, rechazan invariablemente a los locos que les vienen con planes para descubrir América, pero compran un buzón en cuanto bajan a la ciudad. Y tienden a considerar lógico (¡otra palabrita que les gusta!) lo que simplemente es psicológico. Lo familiar se convierte así en lo razonable, mecanismo mediante el cual al lapón le parece razonable ofrecer su mujer al caminante, mientras que al europeo le parece más bien una locura. Esa clase de pícaros sucesivamente rechazó la existencia de los antípodas, la ametralladora, los microbios, las ondas hertzianas. Realistas que se peculiarizan por rechazar (generalmente con risas, con energía, hasta con cárcel y manicomio) futuras realidades.

Para no decir nada del otro aforismo supremo: "las debidas proporciones". Como si hubiera habido algo importante en la historia de la humanidad que no haya sido exagerado, desde el Imperio Romano hasta Dostoievsky.

En fin, dejémonos de zonceras y volvamos al *único tema que debería interesar a la humanidad.*

Decidí irme del país, y aunque primero pensé hacerlo por el Delta, en alguna de las lanchas de contrabandistas relacionadas con F., después reflexioné que de ese modo me sería imposible alejarme más allá del Uruguay. No había otro recurso, pues, que conseguir un pasaporte falso. Lo localicé al llamado Turquito Nassif y obtuve un pasaporte a nombre de Federico Ferrari Hardoy, pasaporte que, entre otros muchos robados por la banda del Turquito, esperaba destino definitivo. Elegí ése porque en un tiempo tuve un inconveniente con Ferrari Hardoy y se me presentaba la oportunidad de cometer algunas fechorías en su nombre.

No obstante tener el documento, creí preferible ir primero a Montevideo por el Delta, en alguna lancha de contrabandista. Fui hasta el Carmelo y de ahí, en ómnibus, hasta Colonia. En otro ómnibus, finalmente, llegué a Montevideo.

Hice visar mi pasaporte en el consulado argentino y conseguí un pasaje por la Air France para dos días después. ¿Qué hacer en esos dos días de espera? Estaba nervioso, inquieto. Caminé por 18 de Julio, entré en una librería, tomé varios cafés y varios coñacs para combatir el intenso frío. Pero el día transcurría con una lentitud desesperante: no veía el momento de poner un océano por medio con el hombre de las ballenitas.

No quería ver a ningún conocido, lógico. Pero, por desgracia (no por azar, sino por desgracia, por descuido, ya que debía haber pasado aquellos dos días en alguna parte de Montevideo en que no hubiera la menor posibilidad de ver gente conocida), en el café Tupi-Nambá advirtieron mi presencia Bayce y una muchacha rubia, pintora, que también había conocido en Montevideo en otro tiempo. Los acompañaba una tercera persona, con blue-jeans y unos zapatones muy extraños: era un hombre joven y flaco, de tipo muy intelectual, que yo creía conocer de alguna parte.

Era inevitable: Bayce se acercó y me llevó a su mesa, donde saludé a Lily y entablé conversación con el hombre de los zapatones. Le dije que creía conocerlo. ¿No había estado nunca en Valparaíso? ¿No era arquitecto? Sí, era arquitecto, pero no había estado jamás en Valparaíso.

Me quedé intrigado. Como se comprende, era un hecho sospechoso, parecía demasiada casualidad: no sólo me parecía conocido sino que le había acertado su profesión. ¿Negaría lo de Valparaíso para evitar conclusiones peligrosas de mi parte?

Era tanta mi preocupación e inquietud (piénsese que lo de las ballenitas había sucedido apenas unos días antes) que me fue imposible seguir con coherencia la conversación de aquella gente. Hablaron de Perón (cuándo no), de arquitectura, de no sé qué teoría y de arte moderno. El arquitecto llevaba consigo un ejemplar de *Domus*. Elogiaron una especie de gallo de cerámica que, en medio de mi zozobra, me vi obligado a ver: era de un italiano llamado Durelli o Fratelli (¿qué importancia tiene?), que a su vez seguramente lo había plagiado de un alemán llamado Standt, que a su vez lo había plagiado de Picasso, que a su vez lo había plagiado de algún negrito africano, que era el único que no había ganado dólares con el gallo.

Yo seguía atormentado con el arquitecto: lo miraba y más confirmaba mi idea de haberlo conocido. Se llamaba Capurro. Pero ¿sería su verdadero apellido? Bueno, sí, qué disparate: era de Montevideo, Bayce y Lily eran sus amigos; ¿cómo podía haberme dado un apellido falso? Bueno, eso no tenía importancia: su apellido podía, y seguramente debía, ser correcto, pero ¿era mentira que nunca hubiera estado en Valparaíso? ¿Qué ocultaba, en tal caso? Traté de recordar vertiginosamente si en aquel grupo de Valparaíso había alguien que de manera directa o indirecta hubiese mencionado algo referente a ciegos. Era significativo, por ejemplo, que ese hombre se fijase particularmente en gallos, ya que lo inevitable de los gallos de riña es la ceguera. No, no recordaba nada. Y de pronto se me ocurrió que quizá no era en Valparaíso donde yo había visto a aquel hombre sino en Tucumán.

—¿No estuvo usted nunca en Tucumán? —pregunté a boca de jarro.

—¿En Tucumán? No, tampoco. He estado muchas veces en Buenos Aires, claro, pero nunca en Tucumán. ¿Por qué?

—Nada, por nada. Es que me resulta conocido y estoy pensando de dónde lo conozco.

—¡Hombre, lo más probable es que lo hayas visto aquí en Montevideo, en otro momento! —dijo Bayce, riéndose por mi empeño.

Hice un gesto negativo y volví a sumirme en mis cavilaciones mientras ellos seguían hablando del gallo.

Me separé con un pretexto y me fui a otro café mientras seguía dando vueltas en mi cabeza al problema del arquitecto.

Traté de reconstruir mi contacto con la gente de Tucumán, gente que, como siempre, utilizaba para despistar mis verdaderas actividades. Es natural: no iba a frecuentar falsificadores autóctonos o hacerme ver en compañía de asaltantes de la provincia. Llamé por teléfono a una muchacha de arquitectura con la que en otro tiempo me había acostado.

Fui a verla. Había progresado, enseñando en la facultad y colaboraba con un grupo de arquitectos jóvenes que estaban haciendo en Tucumán algo que después me mostró: una fábrica o escuela, o sanatorio. No sé, todo es igual, ya se sabe: en esos edificios tanto se puede instalar mañana un torno como una maternidad. Es lo que ellos llaman funcionalismo.

Como digo, mi amiga había prosperado. Ya no vivía, como en Buenos Aires, en un cuartucho de estudiante. Ahora vivía en un departamento moderno y adecuado a su personalidad. En el momento en que la mucama me abrió la puerta casi me voy, pues pensaba que allí no vivía nadie. Recién al bajar la vista tropecé con el mobiliario: todo a ras del suelo, como para cocodrilos. De cincuenta centímetros para arriba el departamento estaba totalmente inhabitado. Sin embargo, cuando entré, vi que en una gigantesca pared había un cuadro, un solo cuadro de algún amigo de Gabriela: sobre un fondo liso y gris acero había, trazado con tiralíneas, una recta azul vertical, y a unos cincuenta centímetros hacia su derecha, un pequeño circulito ocre.

Nos tiramos en el suelo, incomodísimos; Gabriela se arrastró hasta una mesita de veinte centímetros de alto para servir un café en unas tacitas de cerámica sin asas. Mientras me quemaba los dedos pensé que sin media docena de whiskies me sería imposible alcanzar en aquella frigidaire la temperatura adecuada para volver a acostarme con Gabriela. Ya me había resignado a mi suerte cuando aparecieron sus amigos. Al acercarse advertí que uno de ellos era mujer, aunque también vestía blue-jeans. Los otros dos restantes eran arquitectos: uno, el marido de la mujer de pantalones y el otro, al parecer, amigo o amante de Gabriela. Todos vestidos con aquel equipo de blue-jeans y de unos raros zapatones tipo Patria, de esos que antes llevaban nuestros conscriptos pero que ahora deben de ser hechos seguramente a medida para abastecer a la Facultad de Arquitectura.

Conversaron un buen rato en su jerga, jerga que por momentos hibridaba con la psicoanalítica, de modo que parecían por igual extasiarse ante una espiral logarítmica de Max Bill como ante el sadismo anobucal de un amigo que en ese momento se analizaba. También se habló de un proyecto de Clorindo Testa para realizar comisarías modelos en el territorio de Misiones. ¿Con picanas electrónicas?

Y entonces, en aquella reconstrucción, se me hizo la luz. No, seguramente mi obsesión me había llevado a pensar que había visto a Capurro antes, en Valparaíso o Tucumán. Lo que pasaba es que toda aquella gente se parecía, y era muy difícil ver las diferencias, sobre todo si uno los ve de lejos, o en la penumbra o, como me pasaba a mí, en momentos de emoción violenta.

Tranquilizado en lo referente a Capurro, permanecí con más agrado durante el tiempo que me restaba: entré a un cine, luego a un bar de suburbio y finalmente me encerré en el hotel. Y al otro día, cuando el avión de la Air France despegó de Carrasco empecé a respirar en paz.

Llegué a Orly con un calor depresivo (estábamos en agosto). Sudaba, resoplaba. Uno de los funcionarios que revisaba mi pasaporte, uno de esos franceses que gesticulan con esa exuberancia que ellos atribuyen a los latinoamericanos, me dijo, con una mezcla de ironía y condescendencia:

—Pero ustedes allá deben de estar acostumbrados a cosas peores, ¿no?

Ya se sabe: los franceses son muy lógicos y el mecanismo mental de aquel Descartes del Servicio Aduanero era imbatible; Marsella está al sur y hace calor; Buenos Aires está mucho más al sur y por lo tanto, debe hacer un calor infernal. Lo que demuestra la clase de demencia que favorece la lógica: un buen razonamiento puede abolir el Polo Sur.

Lo tranquilicé (lo halagué) confirmándole su sabiduría. Le dije que en Buenos Aires andamos permanentemente con taparrabos y al vestirnos sufrimos cualquier exceso de temperatura. Con lo cual el sujeto me puso de buena gana el sello y me lo entregó con una sonrisa: *Allez-y!* ¡A civilizarse un poco!

No tenía planes precisos para París, pero me pareció prudente tomar dos determinaciones: primero, ponerme en contacto con los amigos de F., por si escaseaba mi dinero; segundo, despistar, como siempre, frecuentando a mis amigos (?) de Montparnasse y del Barrio: a ese conjunto de catalanes, italianos, judíos polacos y judíos rumanos que constituyen la Escuela de París.

Fui a vivir a una Maison Meublée de la calle Du Sommerard donde había estado antes de la guerra. Pero Madame Pinard no era más la dueña. Alguna otra gorda se encargaría en su lugar de vigilar, desde la Conciergerie, la entrada y salida de estudiantes, artistas fracasados y macrós que constituyen no sólo la población de aquella casa sino la materia inextinguible de la Murmuración y la Filosofía de la Existencia de la portera.

Alquilé una piecita en el tercer piso. Luego salí a buscar a mis conocidos.

Me dirigí al *Dôme*. No vi a nadie. Me dijeron que la gente había emigrado hacia otros cafés. Me dio datos sobre Domínguez. Lo fui a buscar a su taller, que ahora estaba en la Grande Chaumière.

Pero está visto que yo no puedo hacer nada que a la larga no me lleve al Dominio Prohibido; más, todavía: parece que un olfato infalible me conduce ineluctablemente hacia él. "Esto", me dijo Domínguez, mostrándome una tela, "es el retrato de una modelo ciega". Se rió. A él le gustaban ciertas perversidades.

Me tuve que sentar.

—¿Qué te pasa? —me dijo—. Te has puesto pálido.

Me trajo coñac.

—Ando mal del estómago —expliqué.

Salí dispuesto a no volver por el taller. Pero al otro día comprendí que era lo peor que podía hacer, tal como lo demuestra la siguiente cadena:

1. Domínguez se sorprendería de mi desaparición.

2. Buscaría en su memoria algún hecho que pudiera explicarla. El único: mi casi desmayo al mostrarme la tela de la ciega.

3. Era tan llamativo que terminaría por comentarlo, incluso y sobre todo, con la ciega. Paso bien posible. Espantosamente posible, pues de él se derivarían los siguientes:

4. Pregunta de la ciega sobre mi persona.

5. Averiguación de mi nombre, apellido, origen, etcétera.

6. Inmediata comunicación a la Secta.

Lo demás es obvio: mi vida volvería a peligrar y tendría que fugarme de París, quizá hacia el África o Groenlandia.

Mi decisión fue la que ustedes ya habrán imaginado, la que puede suponer cualquier persona inteligente: no existía otra forma de disimulo que volver al taller de Domínguez como si nada hubiese pasado y arriesgar la posibilidad de enfrentarme con la ciega.

Después de un largo y costoso viaje, volvía a encontrarme con mi Destino.

XXVI

Asombrosa lucidez la que tengo en estos momentos que preceden a mi muerte.

Anoto rápidamente puntos que quería analizar, si me dan tiempo:

Ciegos leprosos.

Asunto Clichy, espionaje en la librería.

Túnel entre la cripta de Saint-Julien Le Pauvre y el cementerio de Père Lachaise, Jean-Pierre, ojo.

XXVII

¡**D**elirio de persecución! Siempre los realistas, los famosos sujeto de las "debidas proporciones". Cuando por fin me quemen, recién entonces se convencerán; como si hubiera que medir con un metro el diámetro del sol, para creer lo que afirman los astrofísicos.

Estos papeles servirán de testimonio.

¿Vanidad *post mortem*? Tal vez: la vanidad es tan fantástica, tan poco "realista" que hasta nos induce a preocuparnos de lo que pensarán de nosotros una vez muertos y enterrados.

¿Una especie de prueba de la inmortalidad del alma?

XXVIII

Verdaderamente ¡qué manga de canallas! Que para creer necesiten que a uno lo quemen.

XXIX

Volví, pues, al taller. Ahora que lo había decidido, me empujaba una especie de desaforada ansiedad. Apenas llegué, le pedí que me hablara de la ciega. Pero Domínguez estaba borracho y empezó a insultarme, como era peculiar en él cuando perdía el control. Encorvado, torvo, enorme, con el alcohol se convertía en un terrible monstruo.

Al otro día pintaba apaciblemente, con aquel aire bovino.

Le pregunté sobre la ciega, le dije que tenía curiosidad por observarla, pero sin que ella se enterase. Volvía, pues, a la investigación, pero mucho antes de lo previsto, ya que, de todos modos, una distancia de quince mil kilómetros equivale a un par de años. Esto es lo que tontamente pensé en aquellos momentos. Inútil aclarar que nada dije a Domínguez de estas reflexiones secretas. Aduje simple curiosidad, curiosidad morbosa.

Me dijo que podía instalarme arriba y escuchar y mirar todo lo que se me antojase. Supongo que conocerán la estructura de los talleres de pintor: una especie de galpón, bastante alto, en cuya parte inferior el artista tiene el caballete, los armarios de pintura, algún camastro para la modelo, mesas y sillas para estar o comer, etcétera; y a un costado, a unos dos metros de altura, un entarimado con la cama para dormir. Aquél sería mi observatorio: ni construido a propósito podía ser más adecuado para mi tarea.

Entusiasmado con la perspectiva, conversé con Domínguez de viejos amigos, a la espera de la ciega. Recordamos a Malta, que estaba en Nueva York, a Esteban Francés, a Bretón, a Tristan Tzara, a Péret. ¿Qué hacía Marcelle Ferry?* Hasta que los golpes en la puerta anunciaron la

* Recuerdo perfectamente que no le pregunté entonces por Víctor Brauner: ¡el Destino nos ciega!

llegada de la modelo. Corrí al entarimado, donde Domínguez tenía su cama, revuelta y sucia como siempre. Desde mi puesto, en silencio, me dispuse a presenciar cosas singulares, pues ya Domínguez me había previsto que a veces "no tenía más remedio" que hacerle el amor, tan libidinosa era la ciega.

Un estremecimiento helado erizó mi piel apenas vi la mujer en el vano de la puerta. ¡Dios mío, nunca pude habituarme a ver sin estremecimiento la aparición de un ciego!

Era de mediana estatura, más bien menuda, pero en sus movimientos se revelaba una especie de gata en celo. Se dirigió sin ayuda hasta el camastro aquél y se desnudó. Su cuerpo era atrayente, mórbido, pero sobre todo eran sus movimientos felinos lo que atraía.

Domínguez pintaba y ella hablaba pestes de su marido, lo que no me pareció de particular interés hasta el momento en que comprendí que su marido era también ciego: ¡una de las grietas que siempre buscaba! Una nación enemiga ofrece vista de lejos un aspecto duro y sin fisuras, un bloque compacto donde nos parece que jamás podemos penetrar. Pero allá dentro hay odios, hay resentimientos, hay deseos de venganza; de otro modo el espionaje sería casi imposible y el colaboracionismo en los países ocupados casi impracticable.

Naturalmente, no me precipité con alegría sobre aquella grieta. Antes era necesario averiguar:

a) Si realmente aquella mujer ignoraba mi existencia y mi presencia;

b) Si realmente odiaba a su marido (podía ser una treta para pescar espías);

c) Si realmente su marido era también ciego.

El tumulto que en mi cabeza se produjo con la revelación de aquel odio se mezcló al que en mis sentidos se desencadenó con la escena que se produjo más tarde. Perverso y sádico como era, Domínguez le hacía mil porquerías a aquella mujer, aprovechando su ceguera; de modo que ella lo buscaba, tanteando. Hasta me hizo gestos Domínguez para que colaborara, pero como yo necesitaba cuidar aquella oportunidad como un tesoro, no iba a desperdiciarla por una mera satisfacción sexual. Siguió la comedia que luego fue degenerando en sombría y casi aterradora lucha sexual entre dos endemoniados que gritaban, mordían y arañaban.

No, no me cabía duda de que ella era auténtica. Hecho importante para la investigación ulterior. Y aunque sé que una mujer es capaz de mentir fríamente hasta en los momentos más apasionados, me sentía inclinado a pensar que también era auténtica en sus referencias al ciego. Pero había que asegurarse.

Cuando aquella gente se fue calmando, en medio del caos del taller (porque no sólo gritaban y aullaban: también Domínguez se hacía perseguir, a tumbos, por la ciega, incitándola con insultos, con referencias descomunales), quedaron un largo tiempo sin hablar. Luego ella se vistió y dijo "Hasta mañana", como una oficinista que se retira. Domínguez ni siquiera contestó, permaneciendo desnudo y amodorrado en el camastro. Yo, un poco grotescamente, seguía en mi observatorio. Por fin me decidí a bajar.

Le pregunté si era cierto que el marido fuese ciego, si él lo había visto alguna vez. Y si también era cierto que ella lo odiase de la manera que parecía odiarlo.

Domínguez, como toda respuesta, me explicó que una de las torturas que aquella mujer había ideado era llevarle sus amantes a la pieza donde vivía con el individuo y acostarse delante de él. Como yo no entendiera la posibilidad, me explicó que la combinación era posible porque el tipo no sólo era ciego sino paralítico. Desde una silla de ruedas asistía a la tortura organizada por ella.

—¿Pero, cómo? —interrogué—. ¿No se mueve al menos con la silla? ¿No los persigue por la pieza?

Domínguez, bostezando con su boca de rinoceronte hizo un gesto negativo. No: el ciego era totalmente paralítico, y todas sus posibilidades se reducían a mover un poco un par de dedos de la mano derecha y a farfullar quejidos. Cuando la escena llegaba a sus momentos culminantes, el ciego, enloquecido, lograba mover algunas falanges y revolver una lengua pastosa para emitir algunos grititos.

¿Por qué lo odiaba tanto? Domínguez no lo sabía.

XXX

Pero volvamos a la modelo. Todavía ahora me estremece recordar aquella fugaz relación con la ciega, pues nunca estuve más cerca del abismo que en ese momento. ¡Cuánta reserva de imprevisión y de estupidez había aún en mi espíritu! Pensar que yo me consideraba como un lince, que creía no dar un paso sin examinar previamente el terreno, que me consideraba un razonador potente y casi infalible. Pobre de mí.

No me fue difícil entrar en relaciones con la ciega. (Como quien dijera, pedazo de idiota, "no me fue difícil lograr que me estafaran".) La encontré en el taller de Domínguez, salimos juntos, conversamos del tiempo, de la Argentina, de Domínguez. Ella ignoraba, claro, que yo los había presenciado desde el observatorio, el día anterior. Me dijo:

—Es un gran tipo. Lo quiero como a un hermano.

Lo que me probó dos cosas: primera, que ignoraba mi presencia en el observatorio; y segunda, que era una mentirosa. Conclusión ésta que me alertaba sobre sus futuras confesiones: todo debía ser examinado y expurgado. Había de pasar un tiempo, corto en dimensión pero considerable en cuanto a calidad, para comprender a sospechar que la primera conclusión era dudosa. ¿Por intuición de ella, por ese sexto sentido que les permite adivinar la presencia de alguien? ¿Por complicidad con Domínguez? Ya lo diré. Déjenme seguir ahora con la historia de los hechos.

Soy tan despiadado conmigo mismo como con el resto de la humanidad. Todavía hoy me pregunto si únicamente mi obsesión por la Secta me llevó a aquella aventura con Louise. Me pregunto por ejemplo, si hubiera llegado a acostarme con una ciega horrible. ¡Eso habría sido auténtico espíritu científico! Como el de esos astrónomos que, tiritando de frío bajo las cúpulas, pasan largas noches de invierno tomando nota de las posiciones estelares, acostados sobre camillas de madera. Ya que se dormirían si fuesen confortables, y el objeto que ellos persiguen no es el sueño sino la verdad. Mientras que yo, imperfecto y lúbrico, me dejé arrastrar a situaciones donde el peligro me acechaba a cada instante, desatendiendo los grandes y trascendentes objetivos que durante años tenía señalados.

Me es imposible, sin embargo, discernir lo que entonces hubo de genuino espíritu de investigación y de complacencia morbosa. Porque también me digo que aquella complacencia era igualmente útil para ahondar en el misterio de la Secta. Ya que si ella domina el mundo mediante las fuerzas de las tinieblas, ¿qué mejor que hundirse en las atrocidades de la carne y del espíritu para estudiar los límites, los contornos, los alcances de esas fuerzas? No estoy diciendo algo de lo que en este momento esté absolutamente seguro, estoy reflexionando conmigo mismo y tratando de saber, sin complacencia para mis debilidades, hasta qué punto en aquellos días cedí a esas debilidades, y hasta qué punto tuve la intrepidez y el coraje de acercarme y hasta hundirme en la fosa de la verdad.

No vale la pena que dé detalles del asqueroso comercio que tuve con la ciega, ya que no agregarán nada importante al Informe que quiero dejar a los futuros investigadores. Informe que deseo tenga con ese género de descripciones la misma relación que una geografía sociológica del África Central con la descripción de un acto de canibalismo. Sólo diré que en el caso de vivir cinco mil años, me sería imposible olvidar hasta mi muerte aquellas siestas de verano; con aquella hembra anónima, múltiple como un pulpo, lenta y minuciosa como una babosa, flexible y perversa como una gran víbora, eléctrica y delirante como una gata nocturna. Mientras el otro en su silla de paralítico, impotente y patético, agitaba aquellos dos dedos de la mano derecha y con su lengua de trapo farfullaba vaya a saber qué blasfemias, qué turbias (e inútiles) amenazas. Hasta que aquel vampiro, después de chupar toda mi sangre, me abandonaba convertido en un molusco asqueroso y amorfo.

Dejemos, pues, ese aspecto de la cuestión y examinemos los hechos que interesan para el Informe, los atisbos que pude echar al universo prohibido.

Mi primera tarea era, evidentemente, averiguar la naturaleza y la profundidad del aborrecimiento de la ciega por su marido, ya que esa grieta, como dije, era una de las posibilidades que yo siempre había buscado. De más está aclarar que esa indagación no la realicé preguntándole directamente a Louise, ya que semejante interrogatorio habría suscitado la atención y la sospecha; fue el producto de largas conversaciones sobre la vida en general, y el análisis posterior, en el silencio de mi cuarto, de sus respuestas, de sus comentarios y de sus silencios o reticencias. De ese modo inferí, con bases que juzgué sólidas, que el individuo aquel era realmente su marido y que el encono era tan profundo como verdaderamente lo manifestaba aquella perversa idea de cohabitar en su presencia.

Y he dicho "como verdaderamente lo manifestaba" porque, por supuesto, la primera sospecha que me asaltó fue la de una comedia para atraparme, según el esquema:

    a) odio al marido
    b) odio a los ciegos en general
    c) ¡apertura de mi corazón!

Mi experiencia me prevenía contra una trampa tan ingeniosa, y la única forma de asegurarse era investigando la autenticidad de aquel resentimiento. El elemento que consideré más convincente fue su tipo de ceguera: el hombre había perdido la vista de grande, mientras que Louise era ciega de nacimiento; y ya expliqué que hay una implacable execración de los ciegos por los recién venidos.

La historia había sido así: se conocieron en la Biblioteca para Ciegos, se enamoraron, se fueron a vivir juntos; luego empezó una serie de discusiones por los celos de él que culminaron en insultos y peleas.

Según Louise, esos celos eran infundados, pues ella estaba enamorada de Gastón: hombre muy buen mozo y capaz. Pero los celos de él llegaron a ser tan descabellados que un día decidió vengarse atando a la ciega a la cama, trayendo una mujer y haciendo el amor en su presencia. Louise, en medio del tormento, juró vengarse y unos días después, en el momento en que salían juntos de la pieza (vivían en un cuarto piso, y ya se sabe que en esos hoteluchos de París el ascensor sólo se usa para subir), al enfrentar la escalera, ella lo empujó. Gastón cayó a tumbos hasta el piso inferior, y como consecuencia de aquella caída quedó paralítico. Cuando se recuperó, lo único que conservaba intacto era su extraordinario sentido del oído.

Incomunicado hacia fuera, no pudiendo hablar ni escribir, nadie jamás pudo enterarse de la verdad y todos creyeron a Louise la versión de la caída, tan posible en un ciego. Devorado por la impotencia de transmitir la verdad y por la tortura de aquellas escenas que Louise ejecutaba como venganza, Gastón parecía emparedado dentro de un caparazón rígido, mientras un ejército de hormigas carniceras devoraban sus carnes vivas cada vez que la ciega aullaba en la cama con sus amantes.

Confirmada la autenticidad del odio, quise averiguar algo más sobre Gastón, pues una noche, mientras meditaba sobre los hechos del día, me asaltó de pronto una sospecha; ¿y si aquel hombre, antes de enceguecer, había sido uno de los individuos que desde hace miles de años, anónimos y audaces, lúcidos e implacables, intentan penetrar en el mundo prohibido? ¿No era posible que enceguecido por la Secta, como primer paso del castigo, fuese entregado luego a la atroz y perpetua venganza de aquella ciega, luego de haberlo hecho enamorar?

Me imaginé, por un instante, emparedado vivo en aquel caparazón, mi inteligencia intacta, mis deseos acaso exacerbados, mis oídos refinadísimos, oyendo a la mujer que en un tiempo me enloqueció, gemir y aullar con sus sucesivos amantes. Sólo esa gente podía inventar una tortura semejante.

Me levanté, agitado. Esa noche ya no pude dormir, y durante horas di vueltas en mi habitación, fumando y pensando. Era preciso indagar de algún modo esa posibilidad. Pero esa investigación era la más peligrosa que hubiera emprendido con respecto a la Secta. ¡Se trataba de ver hasta qué punto aquel mártir era mi propia figuración!

Cuando amaneció, mi cabeza daba vueltas. Me bañé para dar un poco más de nitidez a mis imaginaciones. Me dije, más tranquilo: si aquel individuo estaba siendo castiga-

405

do por la Secta, ¿con qué motivo la ciega me había dado aquella información que podía despertar en mí, precisamente, ese género de sospechas? ¿Por qué me había explicado que ella lo *castigaba*? Podía y debía haber ocultado ese hecho, de querer hacerme caer en una trampa. Yo, por mi lado, nunca podría averiguarlo sin su ayuda, pues sólo gracias a su información yo sabía que aquel individuo oía y sufría. Más, todavía: si el propósito de la Secta era cazarme en la trampa de la ciega, ¿qué necesidad había de mostrarme al ciego en aquella situación equívoca y en todo caso sospechosa para mí? Por lo demás, pensé, también Domínguez se acostaba con aquella mujer en las mismas condiciones, y eso lo revelaba como algo ajeno a mi propia investigación. Me tranquilicé, pero decidí extremar mi cautela.

Ese mismo día puse en practica un recurso que ya tenía pensado pero que hasta ese momento no lo había utilizado: escuchar a través de la puerta. Si aquel aborrecimiento era auténtico, era probable que en momentos de soledad ella le gritase también insultos.

Subí hasta el quinto piso con el ascensor y luego bajé con cuidado hasta el cuarto, dejando pasar cinco minutos en cada escalón. Así logré acercarme a la pieza y poner mi oído contra la puerta. Oí las voces de la conversación entre Louise y un hombre. Me llamó la atención porque, aunque una hora más tarde, ella me esperaba. ¿Sería capaz de tener otro hombre hasta casi el momento mismo de mi llegada? Quedaba el recurso de esperar.

Caminé suavemente por el pasillo y en un rincón esperé, pensando: si alguien viene o pasa por aquí, caminaré más hacia abajo y no podrá sospecharse nada. Por suerte, a aquella hora el movimiento era nulo y pude así esperar hasta la hora convenida con Louise sin que aquel individuo saliese de la pieza. Pensé entonces que cualquier otro amigo o conocido había estado conversando con la ciega a la espera de mi llegada. Sea como fuere, era la hora convenida. Así que me acerqué y golpeé. Me abrió y entré en la habitación.

¡Casi me desmayo!

En la habitación no había nadie. Fuera, claro está, de la ciega y del paralítico en su silla.

Vertiginosamente me imaginé la siniestra comedia: un

ciego presuntamente paralítico y mudo, colocado por la Secta como marido de la otra canalla, para que yo cayese en la trampa del famoso odio, de la famosa grieta y de la inevitable confesión.

Salí corriendo, pues mi mente, lúcida y exacta como pocas veces, me recordaba que, astutamente, no había dado mi dirección a nadie, ni el propio Domínguez la conocía; y que, paralítico o no, la ceguera de aquel bufón tenebroso le impediría perseguirme escaleras abajo.

Atravesé como una exhalación el boulevard y entré al Jardín de Luxemburgo, y siempre corriendo salí por el otro extremo. Allí tomé un taxi y sin pérdida de tiempo pensé en ir hasta mi hotel a buscar mi valija para fugarme de París. Pero mientras pensaba a empellones, en el viaje, se me ocurrió que si bien yo no había confiado mi domicilio a nadie era muy probable (qué digo: seguro) que la Secta me hubiese seguido hasta allá, previendo precisamente cualquier fuga precipitada. ¿Qué diablos importaba mi valija? Mi pasaporte y mi dinero los llevaba siempre conmigo. Más aún: sin saber lo que podía sucederme exactamente, mi larga experiencia en aquella investigación me había hecho tomar una medida que ahora juzgaba genial: tener el pasaporte visado por dos o tres países. Porque, piénsese que apenas producido el episodio de la calle Gay Lussac, la Secta destacaría en el acto una guardia en el consulado argentino para seguir mi pista. Una vez más me poseyó, en medio de mi agitación, una notable sensación de fuerza proveniente de mi previsión y de mi talento.

Fui a los Grand Boulevards y le indiqué al chofer que me llevara a una agencia cualquiera de viajes. Saqué pasaje para el primer avión. También pensé en la vigilancia hacia el aeródromo; pero me pareció que la Secta se iba a despistar esperándome primero en el consulado.

Así salí para Roma.

XXXI

¡Cuántas estupideces cometemos con aire de riguroso razonamiento! Claro, razonamos bien, razonamos magníficamente sobre las premisas A, B y C. Sólo que no habíamos tenido en cuenta la premisa D. Y la E, y la F. Y todo el abecedario latino más el ruso. Mecanismo en virtud del cual esos astutos inquisidores del psicoanálisis se quedan muy tranquilos después de haber sacado conclusiones correctísimas de bases esqueléticas.

¡Cuántas amargas reflexiones me hice en aquel viaje a Roma! Traté de ordenar mis ideas, mis teorías, los hechos que había vivido. Ya que sólo es posible acertar con el porvenir si tratamos de descubrir las leyes del pasado.

¡Cuántas fallas en ese pasado! ¡Cuántas inadvertencias! ¡Cuántas ingenuidades, todavía! En aquel momento advertí el papel equívoco de Domínguez, recordando lo de Víctor Brauner. Ahora, años después, confirmo mi hipótesis: Domínguez empujado al manicomio y al suicidio.

Sí, en el viaje recordé el extraño suceso de Víctor Brauner y también recordé que al encontrarme con Domínguez le pregunté por todos: por Bretón, por Péret, por Esteban Francés, por Malta, por Marcelle Ferry. Menos por Víctor Brauner. ¡Significativo "olvido"!

Relato, por si no lo conocen, el episodio. Este pintor tenía la obsesión de la ceguera y en varios cuadros pintó retratos de hombres con un ojo pinchado o saltado. E incluso un autorretrato en que uno de sus ojos aparecía vaciado. Ahora bien: un poco antes de la guerra, en una orgía en el taller de uno de los pintores del grupo surrealista, Domínguez, borracho, arroja un vaso contra alguien; éste se aparta y el vaso arranca un ojo de Víctor Brauner.

Vean ustedes ahora si se puede hablar de casualidad, si la casualidad tiene el menor sentido entre los seres humanos. Los hombres, por el contrario, se mueven como sonámbulos hacia fines que muchas veces intuyen oscuramente, pero a los que son atraídos como la mariposa hacia la llama. Así Brauner fue hacia el vaso de Domínguez y su ceguera; y así yo fui hacia Domínguez en 1953, sin saber que nuevamente iba en demanda de mi destino. De todas las personas que yo hubiera podido ver en aquel verano de 1953, sólo se me ocurrió acudir al hombre que en cierto modo estaba al servicio de la Secta. Lo demás es obvio: el cuadro que llamó mi atención y mi miedo, la ciega modelo (modelo para esa única ocasión), la farsa de aquella cohabitación con Domínguez, mi estúpida vigilancia desde el observatorio, mi contacto con la ciega, la comedia del paralítico, etcétera.

Aviso a los ingenuos:

> ¡NO HAY CASUALIDADES!

Y, sobre todo, aviso para los que después de mí y leyendo este Informe decidan emprender la búsqueda y llegar un poco más lejos que yo. Tan desdichado precursor como Maupassant (que lo pagó con la locura), como Rimbaud (que no obstante su fuga al África, terminó también con el delirio y la gangrena) y como tantos otros anónimos héroes que no conocemos y que han de haber concluido sus días, sin que nadie lo sepa, entre las paredes del manicomio, en la tortura de las policías políticas, asfixiados en pozos ciegos, tragados por ciénagas, comidos por las hormigas carniceras en el África, devorados por los tiburones, castrados y vendidos a sultanes de Oriente, o, como yo mismo, destinados a la muerte por el fuego.

De Roma huí al Egipto, desde allí viajé en barco hasta la India. Como si el Destino me precediera y esperara, en Bombay me encontré de pronto en un prostíbulo de ciegas. Aterrado, huí hacia la China y desde allí pasé a San Francisco.

Permanecí quieto varios meses en la pensión de una italiana llamada Giovanna. Hasta que decidí volver a la Argentina, cuando me pareció que no sucedía nada sospechoso.

Una vez aquí, ya aleccionado, me mantuve a la expectativa, esperando adherirme a un allegado o conocido que encegueciera por algún accidente.

Ya saben lo que sucedió después: el tipógrafo Celestino Iglesias, la espera, el accidente, nuevamente la espera, el departamento de Belgrano y finalmente la pieza hermética donde creí que encontraría mi destino definitivo.

XXXII

No sé si como consecuencia del cansancio, la tensión de la espera durante tantas horas o el aire impuro, lo cierto es que empezó a dominarme una modorra creciente y por fin caí, o ahora me parece haber caído, en un entresueño turbio y agitado: pesadillas que no terminan nunca de configurarse, mezcladas o alimentadas de recuerdos semejantes a la historia del ascensor, o la de Louise.

Recuerdo que en cierto momento creí que me asfixiaba y, desesperado, me levanté, corrí hacia las puertas y me puse a golpearlas con furia. Luego me quité el saco y más tarde la camisa, porque todo me pesaba y me ahogaba.

Hasta ahí recuerdo todo con nitidez.

No sé, en cambio, si fue a raíz de mis golpes y de mis gritos que abrieron la puerta y apareció la Ciega.

La veo aún, recortada sobre el vano de la puerta, en medio de una luminosidad que me pareció algo fosforescente: hierática. Había en ella majestad, y emanaba de su actitud y sobre todo de su rostro una invencible fascinación. Como si en el vano de la puerta hubiera, enhiesta y silenciosa, una serpiente con sus ojos clavados en mí.

Hice un esfuerzo para romper el hechizo que me paralizaba: tenía el propósito (seguramente desatinado, pero casi lógico si se tiene en cuenta mi falta de esperanza en cualquier otra cosa) de lanzarme contra ella, derribarla si era preciso y correr buscando una salida hacia la calle. Pero la verdad es que apenas podía mantenerme en pie: un sopor, un gran cansancio se fue apoderando de mis músculos, un cansancio enfermizo como el que se siente en los grandes accesos de fiebre. Y, en efecto, mis sienes me latían con creciente intensidad, hasta que en un momento dado pareció que mi cabeza iba a estallar como un gasómetro.

Un resto de conciencia me decía, no obstante, que si no

aprovechaba esa oportunidad para salvarme, nunca más podría hacerlo.

Junté con tensa voluntad todas las fuerzas de que disponía y me precipité sobre la Ciega. La aparté con violencia y me lancé a la otra habitación.

XXXIII

Tropezando en aquella penumbra busqué una salida cualquiera. Abrí una puerta y me encontré en otra habitación más oscura que la anterior, donde nuevamente me llevé por delante, en mi desesperación, mesas y sillas. Tanteando en las paredes, busqué otra puerta, la abrí y una nueva oscuridad, pero más intensa que la anterior, me recibió.

Recuerdo que en medio de mi caos pensé: "estoy perdido". Y como si hubiese gastado el resto de mis energías me dejé caer, sin esperanzas: seguramente estaba atrapado en una laberíntica construcción de donde jamás saldría. Así habré permanecido algunos minutos, jadeando y sudando. "No debo perder mi lucidez", pensé. Traté de aclarar mis ideas y recién entonces recordé que llevaba un encendedor. Lo encendí y verifiqué que aquel cuarto estaba vacío y que tenía otra puerta, fui hasta ella y la abrí: daba a un pasillo cuyo fin no se alcanzaba a distinguir. Pero ¿qué podía hacer sino lanzarme por aquella única posibilidad que me quedaba? Además, un poco de reflexión me bastó para comprender que mi idea anterior de estar perdido en un laberinto tenía que ser errónea, ya que la Secta en cualquier caso no me condenaría a una muerte tan confortable.

Fui avanzando, pues, por el pasadizo. Con ansiedad, pero con lentitud, pues la luz de mi encendedor era precaria y por lo demás sólo la usaba de tanto en tanto, para no agotar el combustible prematuramente.

Al cabo de unos treinta pasos, el pasadizo desembocaba en una escalera descendente, parecida a la que me había conducido del departamento inicial al sótano, es decir, entubada. Seguramente pasaba a través de los departamentos o casas hacia los sótanos y subterráneos de Buenos Aires. Después de unos diez metros, la escalera dejaba de estar entubada y pasaba por grandes espacios abiertos pero completamente a oscuras, que podían ser sótanos o depósitos, aunque a la débil luz de mi encendedor me era imposible ver muy lejos.

A medida que iba descendiendo sentía el peculiar rumor del agua que corre y eso me indujo a creer que me acercaba a alguno de los canales subterráneos que en Buenos Aires forman una inmensa y laberíntica red cloacal, de miles y miles de kilómetros. En efecto, pronto desemboqué en uno de aquellos fétidos túneles, al fondo del cual corría un arroyo impetuoso de aguas malolientes. Una lejana luminosidad indicaba que hacia el lado donde corrían las aguas habría una de las llamadas "bocas de tormenta", o un tragaluz que daría a una calle o acaso la desembocadura a uno de los canales maestros. Decidí encaminarme hacia allá. Había que marchar con cuidado sobre el estrecho sendero que hay al borde de estos túneles, pues resbalar ahí puede ser no sólo fatal sino indeciblemente asqueroso.

Todo era hediondo y pegajoso. Las paredes o muros de aquel túnel eran asimismo húmedas y por ellas corrían hilillos de agua, seguramente filtraciones de las capas superiores del terreno.

Más de una vez en mi vida había meditado en la existencia de aquella red subterránea, sin duda por mi tendencia a cavilar sobre sótanos, pozos, túneles, cuevas, cavernas y todo lo que de una manera o de otra está vinculado a esa realidad subterránea y enigmática: lagartos, serpientes, ratas, cucarachas, comadrejas y ciegos.

¡Abominables cloacas de Buenos Aires! ¡Mundo inferior y horrendo, patria de la inmundicia! Imaginaba arriba, en salones brillantes, a mujeres hermosas y delicadísimas, a gerentes de banco correctos y ponderados, a maestros de escuela diciendo que no se deben escribir malas palabras sobre las paredes; imaginaba guardapolvos blancos y almidonados, vestidos de noche con tules o gasas vaporosas, frases poéticas a la amada, discursos conmovedores sobre las virtudes patricias. Mientras por ahí abajo, en obsceno y pestilente tumulto, corrían mezclados las menstruaciones de aquellas amadas románticas, los excrementos de las vaporosas jóvenes vestidas de gasa, los preservativos usados por correctos gerentes, los destrozados fetos de miles de abortos, los restos de comidas de millones de casas y restaurantes, la inmensa, la innumerable Basura de Buenos Aires.

Y todo marchaba hacia la Nada de océano mediante conductos subterráneos y secretos, como si Aquellos de Arriba se quisiesen olvidar, como si intentaran hacerse los desentendidos sobre esta parte de su verdad. Y como si héroes al revés, como yo, estuvieran destinados al trabajo infernal y maldito de dar cuenta de esa realidad.

¡Exploradores de la Inmundicia, testimonios de la Basura y de los Malos Pensamientos!

Sí, de pronto me sentí una especie de héroe, de héroe al revés, héroe negro y repugnante, pero héroe. Una especie de Sigfrido de las tinieblas, avanzando en la oscuridad y la fetidez con mi negro pabellón restallante, agitado por los huracanes infernales. ¿Pero avanzando hacia qué? Eso es lo que no alcanzaba a discernir y que aun ahora, en estos momentos que preceden a mi muerte, tampoco llego a comprender.

Llegué por fin a lo que había imaginado sería una boca de tormenta, pues desde allí venía aquella débil luminosidad que me había ayudado a marchar por el canal. Era, en efecto, la desembocadura de mi canal en otro más grande y casi rugiente. Allá, muy arriba, había una pequeña abertura lateral, que calculé tendría casi un metro de largo por unos veinte centímetros de alto. Era imposible pensar siquiera en salir por ahí, dada su estrechez y, sobre todo su inaccesibilidad. Desalentado, tomé, pues, a mi derecha, para seguir el curso del nuevo y más vasto canal, imaginando que de esa modo, tarde o temprano, tendría que dar en la desembocadura general si es que antes la atmósfera pesada y mefítica no me desmayaba y me precipitaba en la inmunda correntada.

Pero no había marchado cien pasos cuando, con inmensa alegría, vi que desde mi estrecho sendero salía hacia arriba una escalerilla de piedra o cemento. Era, sin lugar a dudas, una de las salidas o entradas que utilizaban los obre-

416

ros que de cuando en cuando se ven obligados a penetrar en esos antros.

Animado por la perspectiva, subí por la escalerilla. Después de unos seis o siete escalones doblaba hacia la derecha. Seguí mi ascenso durante un tramo más o menos igual al primero y así llegué a un rellano desde donde se entraba en un nuevo pasadizo. Empecé a caminar por él, llegando por fin a otra escalerilla semejante a las anteriores, pero, mi gran sorpresa, descendente.

Vacilé unos momentos, perplejo. ¿Qué debería hacer? ¿Volver para atrás, al canal grande y seguir mi marcha hasta encontrar una escalera ascendente? Me extrañaba que hubiese nuevamente que bajar cuando lo lógico era subir. Imaginé, sin embargo, que la escalerilla anterior, el pasadizo que acababa de recorrer y esta nueva escalerilla descendente, constituían algo así como un puente sobre un canal transversal; tal como sucede en las estaciones de subterráneos donde hay combinación para otra línea. Pensé que siguiendo en la misma dirección de todos modos, no podía sino salir finalmente a la superficie de una manera o de otra. Así que reinicié la marcha: descendí por la nueva escalera y luego proseguí por otro pasaje que se abría a su término.

XXXV

A medida que fui internándome, aquel pasadizo se iba convirtiendo en una galería semejante a la de una mina carbonífera.

Empecé a sentir un frío húmedo y entonces advertí que hacía rato estaba caminando sobre un suelo mojado, a causa, seguramente, de los hilillos de agua que silenciosamente descendían por los muros cada vez más irregulares y agrietados; pues ya no eran las paredes de cemento de un pasadizo construido por ingenieros sino, al parecer, los muros de una galería excavada en la tierra misma, por debajo de la ciudad de Buenos Aires.

El aire se volvía más y más enrarecido, o acaso era una impresión subjetiva debida a la oscuridad y al encierro de aquel túnel, que parecía ser interminable.

Noté, asimismo, que el piso no era ya horizontal sino que iba paulatinamente descendiendo, aunque sin ninguna regularidad, como si la galería hubiese sido excavada siguiendo las facilidades del terreno. En otras palabras, ya no era algo planeado y construido por ingenieros con la ayuda de máquinas adecuadas; más bien se tenía la impresión de estar en una sórdida galería subterránea cavada por hombres o animales prehistóricos, aprovechando o quizá ensanchando grietas naturales y cauces de arroyos subterráneos. Y así lo confirmaba el agua cada vez más abundante y molesta. Por momentos se chapoteaba en el barro, hasta que se salía a partes más duras y rocosas. Por los muros el agua se filtraba con mayor intensidad. La galería se agrandaba, hasta que de pronto observé que desembocaba en una cavidad que debía ser inmensa, porque mis pasos resonaban como si yo estuviera bajo una bóveda gigantesca. Lamentablemente, no me era posible vislumbrar siquiera sus límites a la escasísima luz que me daba mi encendedor. También noté una bruma formada no por vapor de agua sino tal vez, como me lo parecía revelar un intenso olor, producido por la combustión espontánea y lenta de alguna leña o madera podrida.

Yo me había detenido, creo que intimidado por la indistinta y monstruosa gruta o bóveda. Bajo mis pies sentía el piso cubierto de agua, pero esa agua no estaba estancada sino que corría en una dirección que yo imaginé conduciría a alguno de esos lagos subterráneos que exploran los espeleólogos.

La soledad absoluta, la imposibilidad de distinguir los límites de la caverna en que me hallaba y la extensión de aquellas aguas que se me ocurría inmensa, el vapor o humo que me mareaba, todo aquello aumentaba mi ansiedad hasta un límite intolerable. Me creí solo en el mundo y atravesó mi espíritu, como un relámpago, la idea de que había descendido hasta sus orígenes. Me sentí grandioso e insignificante.

Temí que aquellos vapores terminaran por emborracharme y hacerme caer en el agua, muriendo ahogado en momentos en que estaba a punto de descubrir el misterio central de la existencia.

A partir de ese instante ya no sé discernir entre lo que sucedió y lo que soñé o me hicieron soñar, hasta el punto que de nada estoy ya seguro; ni siquiera de lo que creo que pasó en los años y hasta en los días precedentes. Y hasta dudaría hoy del episodio Iglesias si no me constase que perdió la vista en un accidente al que yo asistí. Pero todo lo demás, desde ese accidente, lo recuerdo con lucidez febril, como si se tratara de una larga y horrenda pesadilla la pensión de la calle Paso, la señora Etchepareborda, el hombre de la CADE, el emisario parecido a Pierre Fresnay, la entrada en la casa de Belgrano, la Ciega, el encierro a la espera del veredicto.

Mi cabeza comenzaba a enturbiarse y ante la certeza de que tarde o temprano caería sin conocimiento tuve sin embargo el tino de retroceder hacia un lugar en que el nivel del agua era menos alto, y allí, ya sin fuerzas, me derrumbé.

Sentí entonces, supongo que en sueños, el rumor del arroyo Las Mojarras al golpear sobre las toscas, en la desembocadura del río Arrecifes, en la estancia de Capitán Olmos. Yo estaba de espaldas sobre el pasto, en un atardecer de verano, mientras oía a lo lejos, como si estuviera a una distancia remotísima, la voz de mi madre que, como ésa era su costumbre, canturreaba algo mientras se bañaba en el arroyo. Ese canto que ahora oía parecía ser alegre, al comienzo, pero luego se fue haciendo para mí cada vez más angustioso: deseaba entenderlo y a pesar de mis esfuerzos no lo lograba, y así mi angustia se hacía más insufrible por la idea de que las palabras eran decisivas: cosa de vida o muerte. Me desperté gritando: "¡No puedo entender! ¡No puedo entender!"

Como suele sucedernos al despertar de una pesadilla, intenté hacer conciencia del lugar en que estaba y de mi real situación. Muchas veces, ya de grande, me sucedió que creía despertar en el cuarto de mi infancia, allá en Capitán Olmos, y tardaba largos y espantosos minutos en ir reconstruyendo la realidad, el verdadero cuarto en que estaba, la verdadera época: a manotones de alguien que se ahoga, de alguien que teme ser arrastrado de nuevo por el río violento y tenebroso del que a duras penas ha comenzado a salvarse agarrándose a los bordes de la realidad.

Y en aquel instante, cuando la zozobra de aquel canto o gemido había llegado a su punto más angustioso, volvía a sentir esa extraña sensación e intenté asirme desesperadamente a los bordes de la verdadera circunstancia en que despertaba. Sólo que ahora la realidad era todavía peor, como si estuviera despertando a una pesadilla al revés. Y mis gritos, devueltos en apagados ecos en la gigantesca bóveda de la gruta, me llamaron a la verdad. En medio del silencio hueco y tenebroso (mi encendedor había desaparecido en el agua, al caerme) se repetían hasta apagarse en la lejanía y en la oscuridad las palabras de mi despertar.

Cuando el último eco de mis gritos murió en el silencio, quedé anonadado por largo tiempo: recién entonces parecía tener plena conciencia de mi soledad y de las poderosas tinieblas que me rodeaban. Hasta ese momento, o, mejor dicho, hasta el momento que precedió al sueño de la infancia, yo había estado viviendo en el vértigo de mi investigación y sentía como si hubiera sido arrastrado en medio de una loca inconsciencia; y los temores y hasta el espanto sentidos hasta ese instante no habían sido capaces de dominarme; todo mi ser parecía lanzado en una demencial carrera hacia el abismo, que nada podía detener.

Sólo en ese momento, sentado sobre el barro, en el centro de una cavidad subterránea cuyos límites ni siquiera podría sospechar, sumergido en la tiniebla, empecé a tener clara conciencia de mi absoluta y cruel soledad.

Como si aquello perteneciera a una ilusión, recordaba ahora el tumulto de arriba, del otro mundo, el Buenos Aires caótico de frenéticos muñecos con cuerda: todo se me ocurría una infantil fantasmagoría, sin peso ni realidad. La realidad era esta otra. Y solo, en aquel vértice del universo, como ya expliqué, me sentía grandioso e insignificante. Ignoro el tiempo que transcurrió en aquella especie de estupor.

Pero el silencio no era un silencio liso y abstracto, sino que poco a poco fue adquiriendo esa complejidad que adquiere cuando se lo vive un tiempo largo y anhelante. Y entonces se advierte que está poblado de pequeñas irregularidades, de sonidos al principio imperceptibles, de apagados rumores, de misteriosos crujidos. Y así como mirando pacientemente las manchas de una pared húmeda empiezan a vislumbrarse los contornos de rostros, de animales, de monstruos mitológicos; así, en el gran silencio de aquella caverna, el oído atento iba descubriendo estructuras y dibujando figuras que adquirían poco a poco un sentido: el característico rumor de una cascada lejana; las apagadas voces de hombres cautelosos, el cuchicheo de seres acaso muy próximos; enigmáticos y entrecortados rezos; chillidos de aves nocturnas. Infinidad de rumores e indicios, en fin, que engendraban nuevos pavores o desatinadas esperanzas. Porque, así como en las manchas de humedad Leonardo no inventaba rostros y seres monstruosos sino que los *descubría* en esos laberínticos reductos, así tampoco debe creerse que mi imaginación ansiosa y mi pavor me hacían oír rumores significativos de apagadas voces, de ruegos, de aleteo o chillido de grandes pájaros. No, mi ansiedad, mi imaginación, largo y pavoroso aprendizaje sobre la Secta, el afinamiento de mis sentidos y mi inteligencia durante largos años de búsqueda, me permitían descubrir voces y estructuras malignas que para un hombre corriente habrían pasado in-

advertidas. Ya en mi primera infancia tuve las primeras pre-
figuraciones de aquel mundo perverso en mis pesadillas y
alucinaciones. Todo lo que luego hice o vi en mi vida estuvo
de una manera o de otra vinculado a aquella trama secreta,
y hechos que para la gente común no significaban nada,
saltaban a mi vista con sus contornos exactos, del mismo
modo que en esos dibujos infantiles donde debe encontrarse
un dragón disimulado entre árboles y arroyuelos. Y así,
mientras los otros muchachos pasaban de largo, aburridos,
obligados por los profesores, por las páginas de Homero, yo,
que había pinchado ojos de pájaros, sentí mi primer estremecimiento cuando aquel hombre describe, con aterradora
fuerza y precisión casi mecánica, con perversidad de cono-
cedor y vengativo sadismo, el momento en que Ulises y sus
compañeros hienden y hacen hervir el gran ojo del Cíclope
con un palo ardiente. ¿No era Homero ciego? Y otro día,
abriendo al azar el gran volumen de mitología de mi madre
leí: "Y yo, Tiresias, como castigo por haber visto y deseado
a Atenas mientras se bañaba, fui enceguecido; pero apiadada
la Diosa me concedió el don de comprender el lenguaje de
los pájaros proféticos; y por eso te digo que tú, Edipo, aunque no lo sabes, eres el hombre que mató a su padre y
desposó a la madre, y por eso has de ser castigado". Y como
nunca creí en la casualidad, ni aun de niño, aquel juego,
aquello que creí hacer por juego, me pareció un presagio. Y
ya nunca pude apartar de mi mente el fin de Edipo, pinchán-
dose los ojos con un alfiler después de oír aquellas palabras
de Tiresias y de asistir al ahorcamiento de su madre. Como
tampoco ya pude apartar de mi espíritu la convicción, cada
vez más fuerte y fundada, de que los ciegos manejaban el
mundo: mediante las pesadillas y las alucinaciones, las pestes y las brujas, los adivinos y los pájaros, las serpientes y,
en general, todos los monstruos de las tinieblas y de las
cavernas. Así fui advirtiendo detrás de las apariencias el
mundo abominable. Y así fui preparando mis sentidos, exa-
cerbándolos por la pasión y la ansiedad, por la espera y el
temor, para ver finalmente las grandes fuerzas de las tinieblas como los místicos alcanzan a ver al dios de la luz y de
la bondad. Y yo, místico de la Basura y del Infierno, puedo
y debo decir: ¡CREED EN MÍ!

Así, pues, en aquella vasta caverna, entreveía por fin los suburbios del mundo prohibido, mundo al que, fuera de los ciegos, pocos mortales deben de haber tenido acceso, y cuyo descubrimiento se paga con terribles castigos y cuyo testimonio nunca hasta hoy ha llegado inequívocamente a manos de los hombres que allá arriba siguen viviendo su candoroso sueño; desdeñándolo o encogiéndose de hombros ante los signos que deberían despertarlos: algún sueño, alguna fugaz visión, el relato de algún niño o un loco. Y leyendo como simple pasatiempo los relatos truncados de algunos de los que acaso llegaron a penetrar en el mundo prohibido, escritores que terminaron también como locos o como suicidas (como Artaud, como Lautréamont, como Rimbaud) y que, por lo tanto, sólo merecieron la condescendiente mezcla de admiración y desdén que las personas grandes sienten por los niños.

Sentía, pues, a seres invisibles que se movían en las tinieblas, manadas de grandes reptiles, serpientes amontonadas en el barro como gusanos en el cuerpo podrido de un gigantesco animal muerto; enormes murciélagos, especie de pterodáctilos, cuyas grandes alas ahora oía batir sordamente y que, en ocasiones, me rozaban con asquerosa levedad el cuerpo y hasta la cara; y hombres que habían dejado de ser propiamente humanos, ya sea por el contacto perpetuo con aquellos monstruos subterráneos, ya por la misma necesidad de moverse sobre terrenos pantanosos; de manera que más bien se arrastran en medio del barro y de la basura que en aquellos antros se acumulan. Detalles que aunque no pueda decir que los haya verificado con mis ojos (dada la oscuridad que domina) los he presentido por mil indicios que nunca nos dejan equivocar: un jadeo, una manera de gruñir, una forma de chapotear.

Durante mucho tiempo permanecí quieto, presintiendo aquella existencia asquerosa y apagada.

Cuando me incorporé, sentí como si las circunvoluciones de mi cerebro estuvieran rellenas de tierra y enredadas en telarañas.

Durante un largo tiempo permanecí de pie, tambaleante, sin saber qué decisión tomar. Hasta que por fin comprendí que debía marchar hacia la región en que parecía advertir cierta tenue luminosidad. Entonces comprendí hasta qué punto las palabras *luz* y *esperanza* deben de estar vinculadas en la lengua del hombre primitivo.

El suelo por el que realicé aquella marcha era irregular: por momentos el agua me llegaba hasta las rodillas y en otros apenas empapaba el suelo, que me parecía idéntico al fondo de las lagunas pampeanas de mi infancia: limoso y elástico. Cuando el nivel del agua aumentaba, torcía mi marcha hacia el lado en que disminuía para volver a seguir la dirección que me conducía hacia aquella remota luminiscencia.

XXXVI

A medida que fui avanzando aquella claridad aumentaba, hasta que comprendí que la caverna en que creí haber estado era en verdad un formidable anfiteatro que se abría sobre una grandiosa planicie iluminada mortecinamente por una luz entre rojiza y violácea.

Cuando salí del anfiteatro lo suficiente como para abarcar con mi mirada aquel cielo desconocido, vi que la luminiscencia provenía de un astro acaso cien veces más grande que nuestro sol, pero cuyo desfalleciente brillo indicaba que era uno de esos astros ya cercanos a la muerte y que, con los últimos restos de su energía, bañan los frígidos y abandonados planetas de su universo con una luminosidad semejante a la que, en la oscuridad de una gran habitación silenciosa, produce una chimenea cuyos leños se han consumido y apenas perduran las brasas finales, rodeadas y casi apagadas por las cenizas; misterioso resplandor rojizo que, en el silencio de la noche, nos sume siempre en pensamientos nostálgicos y enigmáticos: vueltos hacia lo más profundo de nuestro ser, cavilamos sobre el pasado, sobre leyendas y países remotos, sobre el sentido de la vida y de la muerte hasta que, ya casi totalmente adormecidos, parecemos flotar sobre un lago de imprecisas ensoñaciones, en una balsa que a la deriva nos lleva sobre un profundo y crepuscular océano de aguas apenas vivientes.

¡Comarca de melancolía!

Abrumado por la desolación y el silencio, quedé largo tiempo inmóvil, contemplando aquel vasto territorio.

Hacia la región que parecía ser el poniente sobre el violáceo crepúsculo de un cielo tormentoso pero paralizado, como si una grandiosa tempestad hubiese sido cristalizada por un signo, contra un cielo de nubes que parecían desgarrados y deshilachados algodones empapados en sangre, se recortaban extrañas torres de colosal altura; derruidas por los milenios y acaso, también por la misma catástrofe que había desolado aquel fúnebre territorio. Esqueletos de altas hayas, cuyas espectrales siluetas cenicientas contrastaban sobre el rojo sangre de aquellas nubes, parecían indicar que un incendio planetario había sido el comienzo o el fin de aquella catástrofe.

Entre las torres se levantaba una estatua tan alta como ellas. Y en su centro umbilical brillaba un faro fosforescente, que habría jurado yo que parpadeaba, si la muerte que reinaba en aquella comarca no indicara que ese parpadeo no era más que una ilusión de mis sentidos.

Tuve la certeza de que allí tendría acabamiento mi largo peregrinaje y que, tal vez, en aquel reducto poderoso encontraría por fin el sentido de mi existencia.

Hacia el septentrión, el melancólico páramo terminaba en una cordillera lunar, que seguramente llegaba a elevarse hasta veinte o treinta mil metros de altura. La cordillera parecía la espina dorsal de un monstruoso dragón petrificado.

Hacia el borde meridional de la planicie, en cambio, sobresalían cráteres que también recordaban los circos lunares. Apagados y al parecer frígidos, se perdían sobre la pampa mineral hacia los ignotos territorios del sur. ¿Eran aquellos volcanes apagados los que en otro tiempo habían arrasado y calcinado la comarca en sus torrentes de lava?

Desde donde yo estaba, alucinado y estático, no era dable advertir si aquellas colosales torres se levantaban aisladas en la planicie (torres acaso sagradas de ritos desconocidos) o si, por el contrario, se erigían en medio de chatas ciudades muertas que, desde allí parecían inexistentes.

El Ojo Fosforescente parecía llamarme y pensé que me era fatal marchar hacia la gran estatua en cuyo vientre estaba.

Pero mi corazón parecía haber entrado en una existencia latente, como la de los reptiles en los largos meses de invierno: apenas latía. Y yo sentía la penosa y sorda sensación de que se hubiese encogido y endurecido ante la vista de aquel aciago paisaje. Ningún sonido, ninguna voz, ningún rumor ni crujido se oía en aquel imperio fúnebre, y una indecible melancolía se levantaba como una bruma de aquel territorio de misterio y desolación.

¿Serían realmente solitarias aquellas altísimas torres? Por un instante imaginé que en tiempos pasados podían haber sido el reducto de gigantes feroces y misántropos.

Pero el Ojo Fosforescente seguía atrayéndome y poco a poco aquella atracción fue venciendo mi anonadamiento, hasta que comencé a marchar hacia la región de las torres.

Durante un tiempo que me es imposible calcular, porque el astro declinante permanecía fijo en el tormentoso firmamento, marché por la gran planicie plateada.

Y a medida que avanzaba, veía que nada era viviente, que todo había sido calcinado por la lava o petrificado por las ardientes cenizas que aquel cataclismo cósmico había lanzado en edades pretéritas.

Y cuanto más cerca estaba de las torres, mayor era su majestad y su misterio. Eran veintiuna, dispuestas sobre un polígono que debía tener un perímetro tan grande como el de Buenos Aires. La piedra de que estaban construidas era negra, quizá de basalto, y de ese modo se destacaban con solemnidad sobre aquella planicie ceniscienta y contra aquel violáceo desgarrado por las deshilachadas nubes de color púrpura. Y aun derruidas por los milenios y la catástrofe, su altura era imponente.

En el centro distinguía ahora con nitidez la estatua de una deidad desnuda en cuyo vientre brillaba el Ojo Fosforescente.

Las veintiuna torres parecían formar guardia en torno de ella.

La deidad estaba hecha de piedra ocre. Su cuerpo era de mujer, pero tenía alas y cabeza de vampiro, en negro brillante basalto. Sus manos y sus pies terminaban en poderosas garras. La deidad no tenía rostro, pero en el lugar del ombligo refulgía el gigantesco ojo que me había guiado y atraído: ese ojo podía ser una enorme piedra preciosa, tal vez un rubí, pero más bien se me ocurría el reflejo cambiante de un fuego interior y perpetuo, porque su brillo parecía tener vida; lo que en medio de aquella lúgubre desolación producía un escalofrío de pavor y fascinación.

Era una deidad terrible y nocturna, un espectral demonio que debía de tener el poder supremo sobre la vida y la muerte.

La planicie mineral se iba poblando de mortales restos a medida que me acercaba al gran recinto de la diosa: un calcinado y estático museo del horror. Vi hidras que en un tiempo habían sido vivientes y que ahora estaban petrificadas, ídolos de ojos amarillos en silenciosas mansiones abandonadas, diosas de piel veteada como las cebras, imágenes de una taciturna idolatría con indescifrables inscripciones.

Era una comarca donde parecía celebrarse una sola y petrificada Ceremonia de la Muerte. Me sentí de pronto tan horrendamente solo que grité. Y mi grito, en aquel silencio mineral y fuera de la historia, resonó y pareció atravesar centurias y generaciones desaparecidas.

Luego volvió a imperar el silencio.

Entonces comprendí que debía llegar hasta el final: el ojo de la deidad refulgía y me llamaba inequívocamente, con siniestra majestad.

Las veintiuna torres eran los vértices de una muralla poligonal, hacia la que me acerqué en jornadas crecientemente agotadoras. Y a medida que la distancia disminuía su altura era más pasmosa. Cuando estuve a sus pies y dirigí la mirada hacia lo alto, calculé que aquella muralla, al parecer impenetrable, tenía la altura de una catedral gótica. Pero las torres eran probablemente cien veces más altas.

YO SABÍA que en el gigantesco perímetro debía existir una entrada para que yo pudiese entrar en el recinto. Y QUIZÁ SOLAMENTE PARA ESO. Ahora mi espíritu estaba como alucinado por la absoluta certeza de que todo aquello (las torres, la desolada comarca, el recinto de la deidad, el astro declinante) había estado esperando mi llegada y que sólo por esa espera no se había derrumbado hacia la nada. De modo que una vez que yo lograra penetrar en el Ojo todo se desvanecería como un simulacro milenario.

Esta convicción me daba fuerzas para consumar el largo peregrinaje en busca de la puerta.

Y así, después de marchar durante agotadoras jornadas por aquel perímetro colosal, di finalmente con ella.

En la puerta se iniciaba una escalinata de piedra que conducía hacia el Ojo Fosforescente. Miles de escalones debería subir. Temí que el vértigo y la fatiga pudieran vencerme. Pero el fanatismo y la desesperación me poseían salvajemente y empecé el ascenso.

Durante un tiempo que tampoco pude precisar (porque el astro permanecía siempre en el mismo lugar, iluminando aquel territorio sin tiempo), subí la innumerable escalinata, y mis pies destrozados y mi corazón oprimido midieron, en cambio, aquel esfuerzo inhumano, en medio del silencio de la planicie calcinada del paisaje de ídolos y árboles petrificados, teniendo a mis espaldas la gran Cordillera del Norte.

Nadie, pero nadie, me ayudaba con sus plegarias. Ni siquiera con su odio.

Era una lucha titánica que YO SOLO debía librar, en medio de la indiferencia pétrea de la nada.

El Ojo Fosforescente aumentaba su tamaño a medida que yo escalaba la inmortal escalera. Y cuando por fin llegué ante Él, el cansancio y el pavor me hicieron caer de rodillas.

Así permanecí un tiempo.

Entonces, una Voz que parecía salir de aquel Ojo, cavernoso e imperial, dijo:

—AHORA ENTRA. ÉSTE ES TU COMIENZO Y TU FIN.

Me incorporé y, ya enceguecido por el rojo resplandor, entré.

Un fulgor intenso pero equívoco, como es característico de la luz fosforescente, que diluye y hace vibrar los contornos, bañaba un largo y estrechísimo túnel ascendente, en que me fue preciso trepar reptando sobre mi vientre. Y aquel fulgor provenía de la boca terminal como de una misteriosa gruta submarina. Fulgor acaso producido por algas, luminosidad fantasmal pero poderosa, semejante a la que en las noches de los trópicos, navegando sobre el mar de los Sargazos, había entrevisto yo mirando con ahínco hacia las profundidades oceánicas. Combustión fluorescente de algas que en el silencio de las fosas submarinas alumbran regiones pobladas de monstruos; monstruos que no salen a la superficie sino a insólitas y temibles ocasiones, propagando la consternación entre los tripulantes de los barcos que tienen la fatalidad de pasar en sus cercanías; sucediendo que esas tripulaciones enloquecen y se arrojan al agua, de modo que las naves, abandonadas a su suerte, como mudos testigos de la calamidad, navegan luego durante años o décadas a la deriva, fantasmales y ambiguas, llevadas y traídas al azar por las corrientes marinas y por los vientos; hasta que las lluvias, los tifones de los mares orientales, el poderoso sol de los trópicos, los monzones del Mar Índico y el tiempo (simplemente el Tiempo), pudre y desgarra sus cascos y sus mástiles, hasta que todo concluye carcomido por la sal y por el yodo, por los hongos y por los peces; y sus restos finales desaparecen en las profundidades oceánicas, muchas veces cerca del mismo monstruo que inició la catástrofe y que, atenta y perversamente, inexorable, vigiló durante años y años la desvaída y absurda peregrinación de aquella nave condenada.

¿Qué podía haber en aquella gruta que me recordaba los desgarrados años de búsqueda en aquel oscuro barco de carga, navegando bajo las estrellas del Caribe?

Algo me sucedió a medida que ascendía por aquel resbaladizo, crecientemente cálido y sofocante túnel: mi cuerpo se iba convirtiendo en el cuerpo de un pez. Mis extremidades se transformaban repugnantemente en aletas y *sentí* que mi piel se cubría de duras escamas.

El resplandor que había al cabo del pasadizo se hacía más intenso: me atraía y a la vez me aterraba. Y en el silencio sobrecogedor, me parecía percibir nuevamente aquel lejano quejido o llamado, algo que me recordaba, pero como en un sueño, hechos remotísimos que no podía precisar.

Mi cuerpo-pez apenas podía ya deslizarse por aquel agujero y ya no subía por mi propio esfuerzo, pues me era imposible siquiera mover mis aletas: poderosas contracciones de aquel angustioso túnel que ahora era como de caucho me apretaban pero también me llevaban, con incontenible fuerza de succión, hacia el extremo alucinante. Hasta que, de pronto, perdí el conocimiento-pez. Vastas regiones planetarias e inmensas cantidades de tiempo fueron con furia absorbidas. Pero en los pocos segundos que duró el ascenso hacia aquel Centro, pasaron ante mi conciencia una vertiginosa muchedumbre de rostros, catástrofes y países. Vi seres que parecían contemplarse aterrorizados, nítidamente vi escenas de mi infancia montañas de Asia y África de mi errabunda existencia, pájaros y animales vengativos e irónicos, atardeceres en el trópico, ratas en un granero de

Capitán Olmos, sombríos prostíbulos, locos que gritaban palabras decisivas pero desdichadamente incomprensibles, mujeres que mostraban lúbricamente su sexo abierto, caranchos merodeando sobre hinchados cadáveres en la pampa, molinos de viento en la estancia de mis padres, borrachos que hurgaban en un tacho de basura y grandes pájaros negros que se lanzaban con sus picos filosos sobre mis ojos aterrados.

Todo aquello, supongo yo, pasó en segundos. Luego perdí el conocimiento y sentí que me asfixiaba. Pero entonces mi conciencia pareció ser reemplazada por una poderosa aunque oscura sensación: la sensación de haber entrado por fin en la gran caverna y de haberme hundido en sus aguas cálidas, gelatinosas y fosforescentes.

XXXVII

Ignoro el tiempo que permanecí sin sentido. Sólo sé que, cuando lo recobré, tuve la impresión de haber atravesado eras zoológicas y haber descendido hasta los abismos de algún océano profundísimo, arcaico y desconocido.

Al comienzo no comprendí dónde me hallaba, ni tampoco recordaba el largo peregrinaje hacia la Deidad, ni los episodios que lo habían precedido. De espaldas en una cama, mi cabeza pesaba como si estuviera rellena de hierro y mis ojos turbios apenas podían ver: sólo alcanzaba a advertir una rara fosforescencia que, poco a poco, fui comprendiendo era la misma que había en el cuarto de la Ciega antes de mi fuga. Pero una invencible pesadez en todos mis músculos me impedía moverme y hasta mover mi cabeza hacia los costados para reconocer el lugar en que me hallaba. Paulatinamente mi memoria parecía reorganizarse, como una central de comunicaciones después de un terremoto, y empezaron a reaparecer fragmentos de mi peripecia: Celestino Iglesias, la entrada en el departamento de Belgrano, los pasadizos, la aparición de la Ciega, el encierro en el cuarto, la fuga y, finalmente, el descenso hacia la Deidad. Recién entonces advertí que la fosforescencia que me parecía bañar aquella habitación en que ahora estaba era la misma de la gruta o vientre de la gran estatua y la misma que parecía haberse producido en el cuarto de la Ciega cuando su reaparición.

Entonces ese recuerdo, como lo que poco a poco mis ojos iban vislumbrando en aquel techo y en aquellas paredes, me hicieron sospechar que volvía a encontrarme en el mismo cuarto de la Ciega del que había o creía haber escapado. Mis sentidos parecieron volver a recobrar su intensidad y, aunque no me atrevía a volver mi cabeza hacia la puerta, ahora tenía la sensación de que en el vano de aquella puerta estaba nuevamente la Ciega. Sin atreverme a dar vuelta mi cabeza, intenté verificar de reojo aquella sensación y aunque sin poder verificar detalles, entreví la figura hierática de una mujer.

Estaba nuevamente en el cuarto de la Ciega. Y todo mi peregrinaje por los subterráneos y cloacas, mi marcha por la gran caverna y mi ascenso final hacia la Deidad habían sido, entonces, una fantasmagoría producida por las artes mágicas de la Ciega o de la Secta entera. Y, sin embargo, yo me resistía a admitirlo, pues aunque la gran planicie devastada y aquellas torres milenarias y aquella formidable estatua parecían más bien una pesadilla, en cambio mi descenso a las cloacas de Buenos Aires y mi marcha por los fangosos subterráneos habitados por monstruos tenían la fuerza y la precisión carnal de algo que yo sin duda había vivido: razón que me hacía pensar que también lo otro, el viaje hacia la Deidad, no había sido un sueño sino un hecho realmente vivido. En aquel momento no estaba ni con la lucidez suficiente ni con la necesaria calma para analizar el hecho, pero ahora pienso que de verdad yo viví todo aquello y que aun en el caso de que nunca saliera del cuarto de la Ciega, sus poderes me lo hicieron realizar sin moverme, tal como es habitual en todas las magias de las culturas primitivas: el cuerpo duerme o parece dormir, mientras el alma viaja por territorios remotos. ¿No era concebida el alma como un pájaro que puede volar hacia tierras lejanas? Escapada de su cárcel hecha de carne y tiempo, puede entonces salir al cielo intemporal, donde no hay ni antes ni después y donde los hechos que luego sucederán, o parecerán suceder a su propio cuerpo, están ahí, eternizados como estatuas de la Calamidad o el Infortunio. De manera que si todo sueño es un vagar del alma por esos territorios de la eternidad, todo sueño, para quien sepa interpretarlo, es un vaticinio o un informe de lo que vendrá. Y así en aquel viaje supe, como Edipo lo supo de labios de Tiresias, cuál era el fatal fin que me estaba reservado.

Sentí que aquella mujer se acercaba a mi cama. Más que sus pasos, que apenas se oían en aquel silencio, como si estuviera descalza, eran mis sentidos exacerbados que me lo anunciaban. Inmóvil, casi petrificado, mirando hacia el techo, percibía no obstante su perversa aproximación. Y cerrando los ojos, como si quisiera así evitar el acto que había de producirse, me decía: "ya está a tres pasos de mi cama", "ya está a dos", "ya está a mi lado". Sentí entonces la presencia de aquel ser a los pies de mi cama. No quería abrir mis ojos, pero *sabía* que estaba allí, observándome, en una espera que se hizo intolerable.

Hecho curioso: tenía la sensación de que aquella mujer había llegado hasta mí en virtud de un oscuro pero tenaz llamamiento de mi propio ser. Todavía ahora no sé cómo explicarlo: era cierto que yo parecía prisionero de la Secta y que aquella mujer que ahora estaba a mi lado y con la que yo tendría la más tenebrosa de las cópulas parecía ser parte y el comienzo del Castigo que la Secta me tenía destinado; pero también era cierto que era el final de una larga persecución que yo, *por mi propia voluntad,* había larga, paciente y deliberadamente llevado a cabo a lo largo de muchos años.

Se me antojaba como un doble y curioso acto de magnetismo: yo había sido llevado como un sonámbulo a aquellos dominios secretos de la Secta, pero también parecía como si durante años y años hubiese proyectado mis fuerzas más oscuras y profundas para convocar, finalmente, en aquel cuarto de Belgrano, a la mujer que en cierto modo más había deseado en mi vida.

Una compleja sensación, pues, me paralizaba y embriagaba a la vez: una mezcla de miedo y ansiedad, de náusea y de sensualidad. Y cuando por fin pude abrir mis ojos vi que estaba desnuda ante mí, y de su cuerpo parecía irradiar un fluido eléctrico que llegaba hasta mi cuerpo y despertaba mi lujuria.

¿Y cómo y mediante qué medios aquella mujer podía ser el Castigo que, desde épocas inmemoriales, la Secta Sagrada había imaginado, sádicamente preparado, y ahora lanzaba contra mí? Con pavor, y a la vez con esperanza que debería llamar negra (la esperanza que ha de existir en el Infierno), vi cómo aquella serpiente se disponía a acostarse conmigo. En la oscuridad de las noches tropicales había visto desprenderse de la punta de los mástiles la espectral electricidad de los fuegos de San Telmo; así veía ahora cómo aquella fluorescencia magnética que irradiaba la habitación se desprendía de la punta de sus dedos, de sus cabellos, de sus pestañas, de las vibrantes puntas de sus pechos: anhelosos como brújulas de cálida carne ante la cercanía del poderoso imán que los había atraído a través de territorios oscuros y delirantes.

¡Serpiente Negra poseída por los demonios y sin embargo dotada de alguna sagrada sabiduría!

Inmóvil, quieto como un pájaro bajo la mirada paralizadora, veía cómo se acercaba lenta y voluptuosamente. Y cuando por fin sus dedos tocaron mi piel, fue como la descarga eléctrica de la Gran Raya Negra que habita en los fondos submarinos.

Un poderoso relámpago me deslumbró y por un instante tuve la vertiginosa y ahora inequívoca revelación: ¡ERA ELLA! En aquel instante fugaz mi mente era un torbellino, pero ahora, mientras espero la muerte medito sobre el misterio de aquella encarnación, quizá semejante al que convocado por un deseo imperioso se apodera del cuerpo de una médium; con la diferencia de que no sólo el espíritu sino el propio cuerpo adquiría los caracteres invocados. Y también pienso si era mi oscura e indeliberada voluntad la que pacientemente había suscitado aquella encarnación que la Ciega perversamente me facilitaba o si la Ciega y todo aquel Universo de Ciegos, al que ella pertenecía era, al revés, una formidable organización a mi servicio, para mi voluptuosidad, mi pasión y finalmente mi castigo.

Pero aquel instante de lucidez fue apenas un relámpago que iluminó los abismos. Luego perdí el sentido de lo cotidiano, el recuerdo preciso de mi existencia real y la conciencia que establece las grandes y decisivas divisiones en que el hombre debe vivir: el cielo y el infierno, el bien y el mal, la carne y el espíritu. Y también el tiempo y la eternidad: porque lo ignoro, y nunca lo sabré, cuánto duró aquel diabólico ayuntamiento, pues en aquel antro no había noche ni día y todo fue una única e infernal jornada.

No dudo ahora de que aquel ser tenía la facultad de manejar los poderes inferiores; que, si es que no crean la realidad, son en cualquier caso capaces de levantar terribles simulacros fuera del tiempo y del espacio, o, dentro de ellos, transformándolos, invirtiéndolos o deformándolos. Asistí a catástrofes y a torturas, vi mi pasado y mi futuro (mi muerte), sentí que mi tiempo se detenía confiriéndome la visión de la eternidad, tuve edades geológicas y recorrí las especies: fui hombre y pez, fui batracio, fui un gran pájaro prehistórico. Pero ahora todo es confuso y me es imposible rememorar exactamente mis metamorfosis. Tampoco es necesario: siempre volvía, obsesiva, monstruosa, fascinadora y lúbrica, la misma y reiterada unión.

Creo recordar un turbulento y caliente paisaje de esos que imaginamos en períodos arcaicos de nuestro planeta, entre gigantescos helechos: una luna turbia y radiactiva iluminaba un mar de sangre que lamía playas amarillentas. Y más allá de la playa, se extendían inmensos pantanos en los que flotaban aquellas mismas victorias regias que había visto en mi otro sueño. Como un centauro en celo corrí por aquellas arenas ardientes, hacia una mujer de piel negra y ojos violetas que me esperaba aullando hacia la luna. Sobre su cuerpo renegrido y sudoroso veo todavía su boca y su sexo, abiertos y sangrientamente rojos. Entré furiosamente en aquel ídolo y entonces tuve la sensación de que era un volcán de carne, cuyas fauces me devoraban y cuyas entrañas llameantes llegaban al centro de la tierra.

Todavía sus fauces chorreaban mi sangre cuando esperaba un nuevo ataque. Como un unicornio lúbrico corrí por los arenales ardientes hacia la mujer negra, que me esperaba aullando a la luna. Atravesé lagunas y pantanos fétidos, cuervos negros se levantaron chillando a mi paso y entré finalmente en la deidad. Nuevamente sentí que era un volcán de carne que me devoraba, y todavía estaban sus fauces chorreando sangre cuando esperaban, aullando, el nuevo ataque.

Entonces fui una serpiente que atravesaba las arenas sibilantes y eléctricas. De nuevo espanté a fieras y pájaros, y entré con salvaje furia en su cavidad. Una vez más sentí el volcán de carne, que se hundía hasta el centro de la tierra. Luego fui pez-espada.

Después, pulpo, con ocho tentáculos que entraron sucesivamente en lo deidad, y sucesivamente fueron devorados por el volcán carne.

436

La deidad volvía a aullar y volvía a esperar mis ataques.

Fui entonces vampiro. Ansioso de venganza y sangre, me lancé con furia sobre la mujer de piel negra y ojos violetas. Siento el volcán de carne que abre sus fauces para devorarme y siento que sus entrañas llegan al centro de la tierra. Y todavía sus fauces estaban chorreando sangre cuando ya me precipitaba nuevamente sobre ella.

Fui entonces sátiro gigante, luego una tarántula enloquecida, después una lujuriosa salamandra. Y siempre fui tragado por el furioso volcán de carne hirviente. Hasta que se desencadenó una espantosa tormenta. Entre relámpagos, en medio de una lluvia de sangre, la deidad de piel negra y ojos violetas fue prostituta sagrada, caverna y pozo, pitonisa y virgen propiciatoria. El aire electrizado y barrido por el huracán se llenó de alaridos. Sobre los arenales calientes, en medio de una tempestad de sangre, debí satisfacer su lujuria como mago, como perro hambriento, como minotauro. Y siempre para ser devorado. Luego fui también pájaro de fuego hombre-serpiente, rata fálica. Y aún más, debí convertirme en nave con mástiles de carne, en campanario lúbrico. Y siempre para ser devorado. La tempestad entonces se hizo inmensa y confusa: bestias y dioses cohabitaban con la deidad, junto conmigo. El volcán de carne fue entonces desgarrado a cornadas por minotauros, cavado ávidamente por ratas gigantescas, sangrientamente devorado por dragones.

Sacudido por los rayos, temblaba todo aquel territorio arcaico, encendido por los relámpagos, barrido por el huracán de sangre. Hasta que la funesta luna radiactiva estalló como un fuego de artificio: pedazos, como chispas cósmicas, se precipitaron a través del espacio negro, incendiando los bosques; un gran incendio se desató, y propagándose con furia inició la destrucción total y la muerte. Entre oscuros clamores, sangrantes jirones de carne crepitaban o eran arrojados a las alturas. Territorios enteros se abrieron o se convirtieron en cangrejales, en que se hundieron o eran devorados vivos hombres y bestias. Seres mutilados corrían entre las ruinas. Manos sueltas, ojos que rodaban y saltaban como pelotas, cabezas sin ojos que buscaban a tientas, piernas que corrían separadas de sus troncos, intestinos que se enredaban como lianas de carne e inmundicia, úteros gimientes, fetos abandonados y pisoteados por la muchedumbre de monstruos y bazofia. El Universo entero se derrumbó sobre mí.

XXXVIII

Nada puedo saber ahora sobre el tiempo que duró aquella jornada. En el momento en que desperté (por decirlo de alguna manera) sentí que abismos infranqueables me separaban para siempre de aquel universo nocturno: abismos de espacio y de tiempo. Enceguecido y sordo, como un hombre emerge de las profundidades del mar, fui surgiendo nuevamente a la realidad de todos los días. Realidad que me pregunto si al fin es la verdadera. Porque cuando mi conciencia diurna fue recobrando su fuerza y mis ojos pudieron ir delineando los contornos del mundo que me rodeaba, advirtiendo así que me encontraba en mi cuarto de Villa Devoto, en mi única y conocida pieza de Villa Devoto, pensé, con pavor, que acaso una nueva y más incomprensible pesadilla comenzaba para mí.

Una pesadilla que sé ha de terminar con mi muerte, porque recuerdo el porvenir de sangre y fuego que me fue dado contemplar en aquella furiosa magia. Cosa singular: nadie parece ahora perseguirme. Terminó la pesadilla del departamento de Belgrano. No sé cómo estoy libre, estoy en mi propia habitación, nadie (aparentemente) me vigila. La Secta debe estar a distancias inconmensurables.

¿Cómo llegué nuevamente hasta mi casa? ¿Cómo los ciegos me dejaron salir de aquel cuarto rodeado por un laberinto? No lo sé. Pero sé que todo aquello sucedió, punto por punto. Incluso ¡y sobre todo! la tenebrosa jornada final.

También sé que mi tiempo es limitado y que mi muerte me espera. Y cosa singular y para mí mismo incomprensible, que esa muerte me espera en cierto modo por mi propia voluntad, porque nadie vendrá a buscarme hasta aquí y seré yo mismo quien vaya, quien *deba ir,* hasta el lugar donde tendrá que cumplirse el vaticinio.

La astucia, el deseo de vivir, la desesperación, me han

hecho imaginar mil fugas, mil formas de escapar a la fatalidad. Pero ¿cómo nadie puede escapar a su propia fatalidad?

Aquí termino, pues, mi Informe, que guardo en un lugar
en que la Secta no pueda hallarlo.

Son las doce de la noche. Voy hacia allá.

Sé que ella estará esperándome.

IV

Un Dios desconocido

I

En la noche del 24 de junio de 1955, Martín no podía dormirse. Volvía a ver a Alejandra como la primera vez en el parque, acercándose a él; luego, caóticamente, se le presentaban en la memoria momentos tiernos o terribles; y luego, una vez más, volvía a verla caminando hacia él en aquel primer encuentro, inédita y fabulosa. Hasta que poco a poco fue embargándolo un pesado sopor y su imaginación comenzó a desenvolverse en esa región ambigua. Entonces creyó oír lejanas y melancólicas campanas y un impreciso gemido, tal vez un indescifrable llamado. Paulatinamente se convirtió en una voz desconsolada y apenas perceptible que repetía su nombre, mientras las campanas tañían con más intensidad, hasta que por fin golpearon con verdadero furor. El cielo, aquel cielo del sueño, ahora parecía iluminado con el resplandor sangriento de un incendio. Y entonces vio a Alejandra que avanzaba hacia él en las tinieblas enrojecidas, con la cara desencajada y los brazos tendidos hacia delante, moviendo sus labios como si angustiada y mudamente repitiera aquel llamado. *¡Alejandra!*, gritó Martín, despertándose. Al encender la luz, temblando, se encontró solo en su pieza.

Eran las tres de la mañana.

Durante un tiempo permaneció sin saber qué pensar ni qué hacer. Por fin, empezó a vestirse, y a medida que lo hacía su nerviosidad aumentaba, hasta que se encontró precipitándose a la calle y corriendo a la casa de los Olmos.

Y cuando desde lejos entrevió sobre el cielo nublado el resplandor de un incendio, ya no tuvo ninguna duda. Corriendo con desesperación alcanzó a llegar hasta la casa, desplomándose entre la gente agolpada. Cuando recobró el conocimiento, en la casa de unos vecinos, corrió nuevamente hasta la casa de los Olmos, pero ya la policía había llevado los cadáveres, mientras los bomberos hacían sus últimos esfuerzos por localizar el incendio en el Mirador. De aquella noche Martín recordó hechos aislados y sin conexión: la idea que un idiota puede tener de una catástrofe. Pero los hechos parecen haber sucedido de este modo:

Alrededor de las dos de la madrugada, un hombre que bajaba (según declaró después) por la calle Patricios hacia el Riachuelo vio humo. Luego resultó, como siempre, que habían sido varios los que vieron humo o fuego o sospecharon algo. Una vieja que vive en un conventillo lindero declaró: "Duermo poco, de modo que sentí el olor del humo y le avisé a mi hijo que trabaja en TAMET y que duerme en la misma pieza y que tiene el sueño pesado pero me dijo que lo dejara en paz", agregando con ese orgullo —pensaba Bruno— que la mayor parte de los seres humanos, sobre todo los viejos, ponen en el vaticinio de graves enfermedades o de mortales calamidades "y ya ven que tenía razón".

Mientras se intentaba apagar el fuego en el Mirador, después que fueron retirados los cuerpos de Alejandra y su padre, la policía sacó de la casa al viejo don Pancho, envuelto en una manta, sobre su misma silla de ruedas. ¿Y el loco? ¿Y Justina?, se preguntaba la gente. Pero entonces vieron cómo traían a un hombre de pelo canoso y cabeza alargada en forma de dirigible; llevaba un clarinete en la mano y parecía demostrar cierta alegría. En cuanto a la vieja sirvienta india, mantenía su impasible rostro habitual.

Se pedía a gritos que despejaran la calle. Algunos vecinos colaboraban con los bomberos y la policía, rescatando muebles y ropas. Se observaba mucho movimiento y esa euforia con que la gente sigue las catástrofes que momentáneamente los arranca de una existencia gris y vulgar.

Bruno no pudo averiguar ninguna otra cosa digna de mención de lo que sucedió aquella noche.

II

Al otro día, Esther Milberg lo llamó por teléfono a Bruno para decirle que en *La Razón* acababa de leer la noticia policial (seguramente los diarios de la mañana no habían tenido tiempo de dar la noticia). Bruno ignoraba todo: Martín vagaba como un idiota por las calles de Buenos Aires, y aún no había llegado a casa de Bruno.

En el primer momento, Bruno no atinó a hacer nada. Luego, aunque en realidad era inútil, corrió a Barracas para ver los restos del incendio. Un agente de policía impedía acercarse a la casa. Preguntó por el viejo Olmos, por la sirvienta, por el loco. Con lo que el agente pudo decirle y con las informaciones que obtuvo después, llegó a la conclusión de que los Acevedo habían tomado rápidas decisiones, indignados y asustados por la información de los diarios de la tarde (no tanto por el hecho mismo, porque, supuso, a los Acevedo no podría sorprenderles nada de lo que proviniera de aquella familia de locos y degenerados), información que proyectaba una ola de escándalo y de habladurías sobre toda la familia, aunque más no fuera que por el lejano parentesco. De modo que ellos, la rama rica y sensata, que siempre habían trabajado con eficacia para que aquella desagradable parte de la familia se mantuviese en el anonimato (hasta el punto de que eran muy pocos los que en la sociedad de Buenos Aires conocían su sobrevivencia y, sobre todo, su parentesco), se encontraban de pronto con semejante escándalo en la crónica policial. De modo que (seguía pensando Bruno) se habrían apresurado a llevárselos a Don Pancho, al Bebe y hasta a la propia Justina para que no quedaran rastros y con el fin de que los periodistas no pudieran obtener partido de aquellos seres irresponsables. Porque había que descartar la posibilidad del afecto o la compasión, conociendo como conocía Bruno el odio que los Acevedo profesaban a aquel residuo lastimoso de un pasado brillante.

445

Esa misma noche, cuando volvió a su casa, supo que había estado a buscarlo "aquel muchacho flaco", muchacho que, según la expresión recriminatoria de Pepa (que siempre parecía responsabilizar a Bruno de los defectos de sus amigos), ahora parecía además un extraviado. Y ese "además" lo hizo sonreír en medio del horror, pues indicaba una serie de defectos que su ama de llaves habría sucesivamente encontrado en el pobre Martín hasta llegar a esa última y calamitosa condición de "extraviado", palabra que exactamente correspondía a la real y espantosa situación de su espíritu: como un niño que se ha perdido en un bosque nocturno, tembloroso y asustado. ¿Cómo podía sorprenderle que hubiese venido en su búsqueda? Aunque era tan reservado, hasta el punto de que nunca le había oído una frase completa sobre nada, y mucho menos sobre Alejandra, ¿cómo no iba a recurrir a él, a la única persona sobre la que podía descargar parte de su angustia y acaso encontrar algún género de explicación, de consuelo o de apoyo? Bruno, claro, no ignoraba la índole de la relación entre ellos, no porque Alejandra le hubiera contado (no era del tipo de persona para hacer ese género de confidencias) sino por la índole de silencioso refugio que aquel muchacho había buscado a su lado, por algunas palabras que de vez en cuando balbuceaba sobre Alejandra, pero, sobre todo, por esa insaciable sed que los enamorados tienen de oír todo lo que de alguna manera puede referirse al ser que aman; ignorando que preguntaba o escuchaba a una persona que de algún modo también había sentido amor por Alejandra (aunque fuera la reverberación o la proyección falaz y momentánea del otro, del verdadero amor por Georgina). Pero si bien sabía o intuía que Martín mantenía cierto género de relaciones con Alejandra (y la expresión "cierto género" era inevitable tratándose de ella), ignoraba los detalles de aquella amistad amorosa que Bruno había seguido con asombro; porque, aunque Martín era un muchacho en varios sentidos excepcional, era realmente eso: un muchacho, casi un adolescente, mientras que Alejandra, aunque con sólo un año más de edad física, tenía una espantable y casi milenaria experiencia. Asombro que revelaba (se decía a sí mismo Bruno) una pertinaz y al parecer inextinguible frescura en su propia alma, pues bien sabía (pero sabía con el intelecto, no con el corazón) que nada de lo que se refiriese a seres humanos debería causar jamás asombro y sobre todo porque, como decía Proust, los "aunque" son casi siempre "porqués" desconocidos, y debía haber sido sin duda aquel abismo de edad espiritual y de experiencia del mundo el que precisamente podía explicar el acercamiento de una mujer como Alejandra a un chico como Martín. Esta intuición fue poco a poco confirmada después de la muerte y del incendio, a medida que oyó aquellos confusos pero maniáticos y a veces minuciosos detalles de la relación con Alejandra. Maniáticos y minuciosos no porque Martín fuese un anormal o una especie de loco, sino porque la maraña alucinante en que se había movido siempre el espíritu de Alejandra lo forzaba a ese análisis casi paranoico; ya que el dolor producido por una pasión con obstáculos, y sobre todo con obstáculos oscuros e inexplicables, es siempre causa más que suficiente (pensaba Bruno) para que el hombre más sensato piense, sienta y actúe como un enajenado. Claro que esos relatos no los hizo en aquella primera noche que siguió al incendio, en que Martín se apareció, después de caminar por las calles de Buenos Aires, casi idiotizado por el crimen y el incendio; sino después, en aquellos pocos días y noches que siguieron hasta que tuvo la malhadada idea de pensar en Bordenave; aquellos días y noches en que se instalaba a su lado, a veces sin hablar durante horas, y a veces hablando como un individuo al que se ha aplicado una de esas drogas de la verdad; o quizá, para decirlo más apropiadamente, alguna de esas drogas que hacen brotar tumultuosas y delirantes imágenes de las zonas más profundas y más herméticas del ser humano. Y también años después, cuando vendría a verlo desde aquel remoto sur, en virtud de ese afán (pensaba Bruno) que tienen los hombres de aferrarse a cualquier despojo de alguien que quisieron mucho, esos despojos del cuerpo y del alma que han quedado abandonados por ahí: en esa especie de destrozada e incierta inmortalidad de los retratos, de las frases que alguna vez dijeron a otros, del recuerdo de alguna expresión que alguien recuerda, o dice recordar, y hasta de esos pequeños objetos que de ese modo alcanzan un valor simbólico y desmesurado (una cajita de fósforos, una entrada de cine);

objetos o frases que producen entonces el milagro de hacer presente aquel espíritu aunque fugaz, inasible y desesperadamente presente, del mismo modo que un recuerdo querido con algún transitorio golpe de perfume o un fragmento de música; fragmento que no tiene por qué ser importante ni profundo, y que bien puede ser humilde y hasta trivial melodía que en aquel tiempo mágico nos hizo reír por su vulgaridad, pero que ahora, ennoblecida por la muerte y la separación eterna, nos parece conmovedora y profunda.

—Porque usted —le dijo Martín en aquel retorno, levantando por un instante la cabeza que empecinadamente miraba hacia el suelo, en aquel gesto de su juventud y seguramente de su infancia que no cambiaría y que, como las impresiones digitales, acompañan a uno hasta la muerte—, porque usted también la quiso, ¿no es así?

Conclusión a la que, ¡por fin!, habría llegado allá en el sur, en larguísimas y silenciosas noches de meditación. Y Bruno, encogiéndose de hombros, permaneció callado. Porque, ¿qué podría decirle?, ¿y cómo explicarle lo de Georgina y aquella suerte de espejismo de la infancia? Y, sobre todo, porque ni siquiera estaba seguro de que fuese cierto, al menos cierto en el sentido en que Martín podía imaginarlo. Así que no respondió y se limitó a mirarlo ambiguamente, pensando que después de varios años de silencio y de lejanía, de años de cavilación en aquellas soledades, aquel muchacho estoico todavía necesitaba contar a alguien su historia; y porque acaso todavía, ¡todavía!, esperaba encontrar la clave del trágico y maravilloso desencuentro, respondiendo a esa necesidad ansiosa, pero cándida, que los seres humanos sienten de encontrar esa presunta clave; siendo que, probablemente, esas claves, de existir, han de ser tan confusas y a su vez tan insondables como los acontecimientos mismos que pretenden explicar. Pero en aquella primera noche que siguió al incendio, Martín parecía un náufrago que hubiese perdido la memoria. Había vagado por las calles de Buenos Aires y cuando estuvo frente a él ni siquiera supo qué decirle. Lo veía a Bruno fumando, esperando, mirándolo, comprendiéndolo, ¿pero qué? Alejandra estaba muerta, bien muerta, horriblemente muerta por las llamas y todo era inútil y en cierto modo fantástico. Y cuando se decidió a irse, Bruno le apretó el brazo y le dijo algo que no entendió bien o que en todo caso después le fue imposible recordar. Luego, por la calle, volvió a andar como un sonámbulo y volvió a recorrer aquellos lugares donde parecía como si en cualquier momento ella pudiera surgir.

Pero poco a poco Bruno fue sabiendo cosas, fragmentos, en aquellas otras entrevistas, en aquellos absurdos y por momentos insoportables encuentros. Martín hablaba de pronto como un autómata, decía frases inconexas, parecía buscar algo así como un rastro precioso en arenas de una playa que han sido barridas por un vendaval. Frágiles huellas de fantasmas, además. Buscaba la clave, el sentido oculto. Y Bruno podía saber, *tenía* que saber: ¿no conocía a los Olmos desde su infancia?, ¿no había visto casi nacer a Alejandra?, ¿no había sido amigo o algo así de Fernando? Porque él, Martín, no entendía nada: sus ausencias, esos extraños amigos, Fernando, ¿qué? Y Bruno se limitaba a mirarlo, a comprenderlo y seguramente a compadecerlo. La mayor parte de los hechos decisivos recién los supo Bruno cuando Martín volvió de aquella región remota en que se había enterrado, cuando el tiempo parecía haber asentado aquel dolor en el fondo de su alma, dolor que parecía volver a enturbiar su espíritu con la agitación y el movimiento que le trajo aquel reencuentro con los seres y las cosas que estaban indisolublemente unidos a la tragedia. Y aunque para ese entonces la carne de Alejandra estaba podrida y convertida en tierra, aquel muchacho, que ya era un verdadero hombre, seguía no obstante obsesionado por su amor, y quién sabe por cuántos años (probablemente hasta su propia muerte) seguiría obsesionado; lo que, a juicio de Bruno, constituía algo así como una prueba de la inmortalidad del alma.

Él "tenía" que saber, se decía a sí mismo Bruno, con triste ironía. Claro que "sabía". Pero, ¿en qué medida, con qué calidad de conocimiento? Pues ¿qué conocemos en definitiva del misterio último de los seres humanos, aun de aquellos que han estado más cerca de nosotros? Lo recordaba en aquella primera noche allí; se le ocurría uno de esos chicos que aparecen fotografiados en los diarios, después de terremotos o descarrilamientos nocturnos, sentados sobre algún atado de ropa o sobre algún montón de escombros, con los ojos gastados y envejecidos repentinamente, con ese poder que tienen las catástrofes para realizar sobre el cuerpo y sobre el alma del hombre, en pocas horas, la devastación que lentamente traen los años, las enfermedades las desilusiones y muertes. Después superponía a aquella imagen desolada otras posteriores, donde, como esos inválidos, que se levantan con el tiempo de sus propias ruinas, ayudados de muletas, ya lejos de la guerra en que casi murieron, pero ya sin ser lo que eran antes, pues sobre ellos pesa, y para siempre, la experiencia del horror y de la muerte. Lo veía con los brazos caídos, con la mirada fija en un punto que generalmente quedaba detrás y a la derecha de la cabeza de Bruno. Parece escarbar en su memoria con encarnizamiento callado y doloroso, como un herido de muerte que intenta extraer de su carne desgarrada, con infinito cuidado, la flecha envenenada. "Qué solo está", pensaba entonces Bruno.

—No sé nada. No entiendo nada —decía de pronto—. Aquello con Alejandra era...

Y dejaba la frase sin terminar, mientras levantaba su cabeza, que había estado inclinada hacia el suelo, y miraba por fin a Bruno, pero como si a pesar de todo no lo viese.

—Más bien... —balbuceaba, buscando las palabras con empecinada ansiedad, como si temiera no dar la idea exacta de lo que había sido "aquello con Alejandra"; y que Bruno, con veinticinco años más, podía completar fácilmente diciéndose "aquello que a la vez fue maravilloso y siniestro".

—Usted sabe... —murmuraba, apretándose dolorosamente los dedos—, no tuve una relación clara... nunca entendí...

Sacaba su famoso cortaplumas blanco, lo examinaba, lo abría.

—Muchas veces pensé que era como una serie de fogonazos, de...

Buscaba la comparación.

Como estallidos de nafta, eso es..., como estallidos de nafta en una noche oscura, en una noche tormentosa...

Sus ojos se volvían a fijar sobre Bruno, pero seguramente miraban hacia su propio mundo interior, obsesionados por aquella visión.

450

Fue en aquella ocasión, después de una pausa meditativa, cuando agregó:

—Aunque a veces…, muy pocas veces, es cierto… me pareció que pasaba a mi lado una especie de descanso.

Descanso (pensaba Bruno) como el que pasan en un hoyo o en un refugio improvisado los soldados que avanzan a través de un territorio desconocido y tenebroso, en medio de un infierno de metralla.

—Tampoco podría precisar qué clase de sentimientos…

Levantó nuevamente su mirada, pero esta vez para verlo de verdad, como pidiéndole una clave, pero como Bruno no dijera nada, la volvió a bajar, examinando el cortaplumas blanco.

—Claro —murmuró—, eso no podía durar. Como en tiempos de guerra, cuando se vive al instante… supongo… porque el porvenir es incierto, y siempre terrible.

Después le explicó que en aquel mismo frenesí fueron apareciendo las señales de la catástrofe, como es posible imaginar lo que va a ocurrir en un tren en que el maquinista ha enloquecido. Lo inquietaba, pero al mismo tiempo lo atraía. Volvió a mirarlo a Bruno.

Y entonces Bruno, tanto por decir algo, tanto por llenar aquel vacío, dijo:

—Sí, comprendo.

Pero, ¿qué es lo que comprendía? ¿Qué?

III

La muerte de Fernando (me dijo Bruno) me ha hecho repensar no sólo su vida sino la mía, lo que revela de qué manera y en qué medida mi propia existencia, como la de Georgina, como la de muchos hombres y mujeres, fue convulsionada por la existencia de Fernando.

Me preguntan, me acosan: "usted que lo ha conocido de cerca". Pero las palabras "conocido" y "cerca", tratándose de Vidal, son poco menos que irrisorias. Es cierto que viví en su proximidad en tres o cuatro momentos decisivos y que conocí parte de su personalidad: esa parte que, como la de la luna, estaba vuelta hacia nosotros. También es cierto que tengo algunas hipótesis sobre su muerte, hipótesis que sin embargo no me siento inclinado a manifestar, tan grande es la probabilidad de equivocarse sobre él.

Estuve (materialmente) cerca de Fernando en algunos momentos de su vida, ya lo dije: durante nuestra niñez en Capitán Olmos, hacia 1923; dos años más tarde, en la casa de Barracas, cuando ya había muerto su madre y el abuelo lo había llevado allí; luego, en 1930, cuando muchachos en el movimiento anarquista y, finalmente, en encuentros fugaces en los últimos años. Pero ya en este último tiempo era un individuo ajeno completamente a mi vida, y en algún sentido ajeno a la existencia de todos (aunque no de Alejandra, claro que no). Era ya lo que verdaderamente se llama o se puede llamar un alienado, un ser extraño a lo que consideramos, quizá candorosamente, "el mundo". Y todavía recuerdo aquel día, no hace mucho tiempo, cuando lo vi caminando como un sonámbulo por la calle Reconquista y pareció no verme, o hizo como que no me veía, pues ambas posibilidades son igualmente legítimas tratándose de él, cuando hacía más de veinte años que no nos encontrábamos y cuando para un espíritu corriente había tantos motivos para detenerse y conversar. Y si me vio, como es posible, ¿por qué fingió no verme? A esta pregunta no se le puede dar una respuesta unívoca, tratándose de Vidal. Una de las posibles contestaciones es que atravesase por entonces uno de sus períodos de delirio de persecución, en que podría huir de mi presencia no a pesar de ser un viejo conocido sino precisamente por eso.

Pero vastos espacios de su vida me son absolutamente desconocidos. Sé, claro, que anduvo por muchos países; aunque, refiriéndose a Fernando, más apropiado sería decir que "huyó" por diversos países. Hay rastros de esos viajes, de esas exploraciones. Hay vestigios fragmentarios de su paso a través de personas que lo vieron o sintieron hablar de él: Lea Lublín lo encontró una vez en el *Dôme*; Castagnino lo vio comiendo en una cantina cercana a la Piazza di Spagna, aunque apenas advirtió que lo reconocían se puso detrás de un diario, como si leyera con suma atención y miopía; Bayce confirmó un párrafo de su Informe: lo encontró en el café Tupí Nambá, de Montevideo. Y así todo. Porque nada sabemos a fondo y coherentemente de sus viajes, y mucho menos de aquellas expediciones por las islas del Pacífico o por el Tíbet. Gonzalo Rojas me contó que una vez le hablaron de un argentino "así y así" que anduvo haciendo averiguaciones en Valparaíso para embarcarse en una goleta que hace periódicamente viajes a la isla Juan Fernández; por sus datos y por mis explicaciones, llegamos a la conclusión de que era Fernando Vidal. ¿Qué fue a hacer a aquella isla? Sabemos que estaba vinculado con espiritistas y gente ocupada en magia negra; pero el testimonio de esa clase de individuos hay que considerarlo como problemático. De todos aquellos episodios oscuros, quizá lo único que pueda darse como fehaciente fue su encuentro con Gurdjieff en París, y eso por la pelea que tuvo con él y por las consecuencias policiales. Acaso usted me invoque sus memorias, el famoso Informe. Yo pienso que no se las puede tomar como documentos fotográficos de los hechos originarios, aunque deban considerarse como auténticas en un sentido más profundo. Parecen revelar sus momentos de alucinación y de delirio, momentos que en rigor abarcaron casi toda la última etapa de su existencia, esos momentos en que se encerraba o en que desaparecía. Esas páginas se me ocurren, de pronto, como si hundiéndose Vidal en los abismos del infierno agitara un pañuelo de despedida, como quien pronuncia delirantes e irónicas palabras de despedida; o quizá, desesperados gritos de socorro, oscurecidos y disimulados por su jactancia y por su orgullo.

Todo esto estoy tratando de contarle desde el principio, pero me veo arrastrado una y otra vez a decirle generalidades. Y hasta me es imposible pensar nada importante sobre mi propia vida que no tenga de alguna manera que ver con la vida tumultuosa de Fernando. Su espíritu sigue dominando al mío, aún después de su muerte. No me importa: no tengo el propósito de defenderme de sus ideas, de esas ideas que hicieron y deshicieron mi vida, aunque no la de él: como esos peritos en explosivos que pueden armar y desarmar sin riesgos una bomba. No volveré a plantearme, pues, esa clase de escrúpulos ni a hacer estas inútiles reflexiones laterales. Por otra parte, me considero lo bastante justiciero para admitir que era superior a mí. Mi acatamiento era natural, hasta el punto de sentir descanso y cierta voluptuosidad en su reconocimiento. Y no obstante nunca lo quise, aunque a menudo lo admirara. Detestándolo, nunca me fue indiferente. No era de esa clase de seres que se puede ver pasar a nuestro lado con indiferencia: instantáneamente nos atraía o nos repelía, y por lo general de los dos modos a la vez. Había en él como una fuerza magnética, que podía ser de atracción o de repulsión, y cuando entraban en su zona de influencia personas contemplativas o vacilantes como yo, eran sacudidas, como las pequeñas brújulas que entran en regiones convulsionadas por tormentas magnéticas. Para colmo, era un individuo cambiante, que pasaba de los más grandes entusiasmos a las más profundas depresiones. Ésa era una de sus cien contradicciones. De pronto razonaba con una lógica de hierro, y de pronto se convertía en un delirante que, aun conservando todo el aspecto del rigor, llegaba hasta los disparates más inverosímiles, disparates que sin embargo, le parecían conclusiones normales y verdaderas. De pronto le gustaba conversar brillantemente, y en cierto momento se convertía en un solitario al que nadie se habría atrevido a dirigirle la palabra. Mencioné, creo, la palabra "lujuria", entre las que podrían caracterizar su condición; y sin embargo en algunos momentos de su vida se entregó a un ascetismo repentino y durísimo. Unas veces era contemplativo, otras se entregaba a una frenética actividad. Yo lo he visto en Capitán Olmos, de chico, cometer actos de horrible crueldad con animales indefensos y luego en actitudes de ternura que eran totalmente incompatibles. ¿Simulaba? ¿Era una representación que hacía ante mí, movido por su ironía, su cinismo? No lo sé. Había momentos en que parecía admirarse con un narcisismo que repugnaba, y al instante repetía sobre sí mismo los juicios más despreciativos. Defendía a América y luego se reía de los indigenistas. Cuando, arrastrado por sus epigramas o sarcasmos a propósito de nuestros próceres, alguien agregaba alguna minúscula contribución, era aniquilado en seguida con una ironía de signo opuesto. Era todo lo contrario, en suma, de lo que se estima por una persona equilibrada, o simplemente por lo que se considera una persona si lo que diferencia a una persona de un individuo es cierta dureza, cierta persistencia y coherencia de las ideas y sentimientos, no había ninguna clase de coherencia en él, salvo la de sus obsesiones, que eran rigurosas y permanentes. Era todo lo opuesto a un filósofo, a uno de esos hombres que piensan y desarrollan un sistema como un edificio armonioso; era algo así como un terrorista de las ideas, una suerte de antifilósofo. Tampoco su cara permanecía idéntica a sí misma. La verdad es que siempre pensé que en él habitaban varias personas diferentes. Y aunque sin duda era un canalla, me atrevería a afirmar que sin embargo había en él cierta especie de pureza, aunque fuera una pureza infernal. Era una especie de santo del infierno. Alguna vez le oí decir, justamente, que en el infierno, como en el cielo, hay muchas jerarquías, desde los pobres y mediocres pecadores (los pequeños burgueses del infierno, decía) hasta los grandes perversos y desesperados, los negros monstruos que tenían el derecho a sentarse a la derecha de Satanás; y es posible que sin decirlo explícitamente estuviera confesando en aquel momento un juicio sobre su propia condición.

Los locos, como los genios, se levantan, a menudo catastróficamente, sobre las limitaciones de su patria o de su tiempo, entrando en esa tierra de nadie, disparatada y mágica, delirante y tumultuosa, que los buenos ciudadanos contemplan con sentimientos cambiantes; desde el miedo hasta el odio, desde el aparente menosprecio hasta una especie de pavorosa admiración. Y sin embargo, esos individuos excepcionales, esos hombres fuera de la ley y de la patria conservan, a mi parecer, muchos de los atributos de la tierra en que nacieron y de los hombres que hasta ayer fueron sus semejantes aunque como deformados por un monstruoso sistema de proyección hecho con lentes torcidos y con amplificadores desaforados. ¿Qué clase de loco podía ser el Quijote sino un loco español? Y aunque su talla descomunal y su demencia lo universalizan y de alguna manera lo hacen comprensible y admirable a todos los hombres del mundo, hay en él rasgos que únicamente podían darse en ese país a la vez brutalmente realista y mágicamente descabellado que es España. A pesar de todo había mucho de argentino en Fernando Vidal. Buena parte de sus contradicciones eran, claro, consecuencia de su naturaleza individual, de su herencia enferma, y podían haberse producido en cualquier parte del mundo. Pero otras creo que eran producto de su condición de argentino, de cierto tipo de argentino. Y aunque pertenecía, por el lado de la madre, a una antigua familia, no era, sin embargo, como podría suponerse, la expresión unilateral y simple de la que ahora se llama la oligarquía nacional o por lo menos no tenía esas peculiaridades que la gente de la calle espera en esas personas, de la misma manera, y con la misma superficialidad, que invariablemente imagina flemáticos a los ingleses, desconcertándose cómicamente cuando se le menciona a individuos como Churchill. Cierto es que esas variantes que lo apartaban de la norma podían deberse por un lado a la herencia paterna y por otro al hecho de ser la familia Olmos algo excéntrica y desvaída (aunque también esto es genuinamente nacional en muchas viejas familias). Esta familia en decadencia daba la impresión de estar integrada por fantasmas o por distraídos sonámbulos, en medio de una realidad brutal que ni sentían, ni oían, ni comprendían; lo que curiosa, y hasta cómicamente les daba de pronto la ventaja paradójica de atravesar el durísimo muro de la realidad como si no existiera. Pero Fernando no pertenecía del todo a esa familia, pues poseía,

456

aunque por golpes, por furiosos accesos, una frenética energía, bien que esa energía fuese empleada siempre para la negación o para la destrucción, rasgo éste que sin duda heredó de su padre, espíritu inferior pero dotado de una fuerza violenta y tenebrosa, fuerza que pasó a su hijo, aunque éste lo odiase y se negase a reconocerlo y hasta es posible que lo odiase y se negase a reconocerlo por lo mismo que descubría en sí mismo los atributos del hombre que tanto aborrecía y que, siendo chico, intentó envenenar. Esta inyección de la sangre de Vidal en la vieja familia produjo en la persona de Fernando, y más tarde en la de Alejandra, una violenta reacción, como sucede, creo, en ciertas plantas enfermizas o débiles cuando ciertos maléficos estímulos externos desarrollan cánceres que terminan por abarcar y finalmente por aniquilar todo con su monstruosa vitalidad. Así pasó con aquella estirpe antigua, tan generosa y conmovedoramente risible en su absoluta falta de realismo. Hasta el punto inverosímil de seguir viviendo en la vieja casa, en aquellos restos de Barracas, donde sus antepasados habían tenido su quinta y donde ahora, acorralados en sus últimos y miserables fragmentos, sobrevivían rodeados de fábricas y conventillos, y donde el bisabuelo dormitaba añorando las antiguas virtudes, aniquiladas por los duros días de nuestro tiempo. Del mismo modo que un caótico estruendo aniquila una candorosa y suave balada de otras épocas.

Yo también, a mi manera, estuve enamorado de Alejandra, hasta que comprendí que era a su madre Georgina a quien había querido, y que, al rechazarme, me proyectó sobre su hija. El tiempo me hizo comprender mi error, y volví entonces a mi primera (e inútil) pasión; pasión que supongo durará hasta que Georgina muera, hasta que tenga alguna mínima esperanza de tenerla a mi lado. Porque, aunque usted se asombre, todavía vive y no ha muerto como creía Alejandra... o como aparentaba que creía. Alejandra tenía muchos motivos para odiar a su madre, dado su temperamento y su concepción del mundo, y muchos motivos para darla por muerta.

Pero me apresuro a aclarar que, contra lo que usted podría suponer después de esto, Georgina es una mujer profundamente buena y por otra parte incapaz de hacer mal a

457

nadie y mucho menos a su hija. ¿Por qué, entonces, Alejandra la odiaba de tal modo y mentalmente la había matado desde su niñez? ¿Y por qué Georgina vivía lejos de ella y, en general, apartada de todos los Olmos? No sé si le podré aclarar estos problemas y algunos otros que todavía se presentarán respecto a esa familia que tanto ha pesado en mi vida, y ahora en la de ese chico. Le confieso que me había propuesto no decirle nada sobre mi amor por Georgina, porque..., bueno..., digamos porque no soy propenso a hablar de mis tribulaciones personales. Pero ahora advierto que sería imposible iluminar algunos ángulos de la personalidad de Fernando sin contarle siquiera sea someramente lo de Georgina. ¿Le dije ya que era prima de Fernando? Sí, era hija de Patricio Olmos, hermana del Bebe, el loco del clarinete. Y Ana María, madre de Fernando, era hermana de Patricio Olmos, ¿entiende? De modo que Fernando y Georgina eran primos carnales y, además, y este dato es importantísimo, Georgina se parecía asombrosamente a Ana María: no sólo por sus rasgos físicos, como Alejandra, sino y sobre todo por su espíritu: era algo así como la quintaesencia de la familia Olmos, sin la contaminación de la sangre violenta y maligna de Vidal, refinada y bondadosa, tímida y un poco fantasmal, con una sensualidad delicada y profundamente femenina. En cuanto a sus relaciones con Fernando...

Imaginemos en un escenario una hermosa mujer que nos atrae por su expresión grave, por su seriedad y por su reconcentrada belleza, pero que está sirviendo de médium o de sujeto en un experimento de hipnotismo o de transmisión de pensamiento que realiza un individuo poderoso y funesto. Todos hemos asistido alguna vez a alguno de esos espectáculos, y todos hemos observado cómo ella sigue automáticamente las órdenes y las simples miradas del hipnotizador. Todos hemos notado esa mirada vacua, un poco como de ciego, que tienen las víctimas del experimento. Imaginemos que esa mujer nos atrae irresistiblemente y que, hasta cierto punto, en sus intervalos de vigilia o de plena conciencia se inclina un poco hacia nosotros. ¿Qué podemos hacer cuando está bajo el imperio del hipnotizador? Sólo desesperarnos y entristecernos.

Eso era lo que a mí me sucedía con Georgina. Y apenas

en algunos excepcionales momentos pareció como si aquella fuerza maléfica cediera y entonces (oh maravillosos, frágiles y fugaces momentos) ella reclinó su cabeza sobre mi pecho, llorando. Pero qué precarios eran aquellos instantes de dicha. Pronto volvía a recaer en el hechizo y entonces todo era inútil: yo movía mis manos delante de sus ojos, le hablaba, la tomaba del brazo, pero ella no me veía, ni me oía, ni me sentía en ninguna forma.

En cuanto a Fernando, ¿la quería?, ¿y cómo la quería? No podría darle una impresión segura. En primer término, creo que él no quiso nunca a nadie. Además, la conciencia de su superioridad era tan grande que ni los celos experimentaba; a lo más, cuando veía a alguien en torno de ella, apenas manifestaba algún imperceptible gesto de ironía o menosprecio. Sabía, por otro lado, que bastaba un levísimo movimiento suyo para desbaratar cualquier endeble sentimiento que estuviese desarrollándose, como basta un golpecito con un dedo para derrumbar el castillo de naipes que se levantó trabajosamente y como deteniendo la respiración. Y ella parecía esperar ese gesto de Fernando con ansiedad, como si fuera su más grande expresión de amor.

Era invulnerable. Recuerdo, por ejemplo, cuando Fernando se casó. Ah, pero claro, usted no lo sabe, naturalmente. Y tendrá otro motivo de asombro. No sólo porque se casó sino porque no lo hizo con su prima. En realidad, pensándolo bien, casi sería inconcebible que lo hubiera hecho, y en todo caso eso sí que habría sido asombroso de verdad. No: con Georgina tuvo relaciones clandestinas, pues por aquel tiempo su entrada en la casa de los Olmos estaba prohibida, y no dudo que don Patricio la hubiese matado, con toda la bondad que tenía. Y cuando Georgina tuvo su hija..., bueno, sería muy largo explicar todo y además no tendría objeto, pero acaso baste decir que se fue de la casa; más que todo por timidez y vergüenza, ya que ni don Patricio ni su mujer María Elena eran capaces de proceder vulgar y groseramente con ella; pero se fue, desapareció un poco antes de tener a Alejandra, y casi podría decirle, como se dice corrientemente, que se la tragó la tierra. Por qué, sin embargo, se separó de Alejandra cuando la chica tenía diez años, por qué la chica se fue a vivir con sus abuelos en la casa de Barracas,

459

por qué nunca más Georgina volvió allá, todo eso me llevaría demasiado lejos, pero tal vez usted pueda en parte comprenderlo si recuerda lo que ya le dije sobre el odio, odio mortal y creciente, que Alejandra fue cobrando por su madre a medida que se hacía grande. Vuelvo, pues, a lo que estaba contando: el casamiento de Fernando. Cualquiera podría sorprenderse de que aquel nihilista, aquel terrorista moral que se burlaba de cualquier género de sentimientos e ideas burgueses pudiera casarse. Pero mucho más se sorprendería si supiese cómo se casó. Y con quién... Era una chica de dieciséis años, muy linda y de gran fortuna. A Fernando le gustaban muchísimo las mujeres hermosas y sensuales, tanto como las menospreciaba; pero esa inclinación se acrecentaba cuando eran de corta edad. Ignoro detalles porque en aquel tiempo yo no lo veía; y aunque lo hubiese frecuentado, tampoco habría conocido muchos detalles, porque era un hombre que podía vivir confortablemente en dos o más planos distintos. Pero oí frases por ahí, frases que debían tener una relación con la verdad tan dudosa como todo lo que se relacionaba con los actos e ideas de Fernando. Me dijeron, por supuesto, que le había echado el ojo a la fortuna de la muchacha, que ella era una chiquilina deslumbrada por aquel comediante; agregaban que Fernando había mantenido relaciones (algunos afirmaban que antes, otros que durante y después del casamiento) con la madre, una judía polaca de unos cuarenta años, de pretensiones intelectuales, que vivía dificultosamente con su marido, un señor Szenfeld dueño de fábricas textiles. Se murmuraba que mientras Fernando mantenía esas relaciones con la madre, la hija quedó embarazada y que a raíz de eso "no tuvo más remedio que casarse", frase que me hizo reír mucho cuando me la contaron, tan descabellado era aplicarla a Fernando. Algunos informantes, que se consideran más autorizados que otros porque jugaban a la canasta en la casa de San Isidro, sostenían que se produjeron tormentosas escenas entre los actores de aquella grotesca comedia, violentas escenas de celos y amenazas; y que, y esto me resultaba también particularmente gracioso, Fernando sostuvo entonces que él no podía casarse con la señora Szenfeld, aunque ésta se divorciase, porque pertenecía a una vieja familia católica, y que, en cambio, su deber era casarse con la chica con quien había tenido relaciones.

Como usted puede suponer, para quien conocía a Fernando como yo, esas murmuraciones sólo podían proporcionarme una especie de dolorosa diversión; pero claro que encerraban parte de la verdad, como sucede siempre con las leyendas más fantásticas. Por lo pronto eran hechos ciertos; Fernando se casó con una chica judía de dieciséis años; usufructuó durante un par de años una hermosa casa en Martínez, comprada y regalada por el señor Szenfeld; dilapidó el dinero que seguramente obtuvo para el casamiento y, por fin, la misma casa, abandonando entonces a la chica.

Éstos son hechos.

En cuanto a las interpretaciones y murmuraciones, habría mucho que analizar. Tal vez no esté de más que le diga lo que pienso, ya que esos episodios echan alguna luz sobre la personalidad de Fernando, aunque no sea mucho más que la que pueda echar sobre la esencia del diablo el conocimiento de algunas de sus perrerías tragicómicas. Curioso: la palabra tragicómico es la primera vez que acude a mi mente con respecto a la personalidad de Fernando, pero creo que responde también a la verdad. Fernando fue una persona fundamentalmente trágica, pero hay momentos de su existencia que bordean el humor, bien que se trate de un humor tenebroso. Es seguro, por ejemplo, que en aquellos turbios sucesos de su casamiento debe de haber dado salida a uno de sus accesos de humorismo negro, ejecutando entonces uno de aquellos espectáculos de comicidad infernal que tanto lo deleitaban. Esa frase de las señoras de canasta, por ejemplo, esa frase sobre el catolicismo de su familia y sobre la imposibilidad de casarse con una divorciada. Frase doblemente extravagante, porque además de reírse del catolicismo de su familia y del catolicismo en general, y de todos y de cualquier principio o fundamento de la sociedad, se la decía a la madre de la muchacha con quien también mantenía relaciones íntimas. Esa forma de mezclar lo "respetable" con lo indecente era una de las especialidades de Fernando. Como las palabras que dicen que pronunció para quedarse con la hermosa casa de Martínez: "Ha hecho abandono del

hogar". Cuando en rigor la chica ha de haber huido espanta-
da o, aun más probablemente, echada mediante algún diabólico recurso. Uno de los pasatiempos favoritos de Fernando
era llevar a su casa mujeres que visiblemente eran sus
amantes, convenciendo a la chica (su poder de convicción
era casi ilimitado) de que las recibiese y agasajase; pero, sin
duda, graduando el experimento, para que poco a poco ella
fuera cansándose, hasta huir finalmente de la casa, que es lo
que Fernando esperaba. De qué manera la propiedad quedó
en sus manos, no lo sé; pero supongo que habrá sabido
hacer las cosas con la madre (que seguía queriéndolo y teniendo por consiguiente celos de su hija) y con el señor
Szenfeld. De qué manera este hombre haya podido llegar a
ser amigo de alguien que la murmuración hacía amante de
su mujer, cómo esa amistad o debilidad pudo alcanzar hasta
el punto para que un lince de los negocios regalase una casa
suntuosa a ese individuo que no sólo era amante de su
mujer, sino que además hacía infeliz a su hija, todo eso será
siempre uno de los misterios de la oscura personalidad de
Vidal. Pero estoy persuadido de que a tales fines habrá realizado una sutilísima operación, semejante a esas que llevan
a cabo los gobernantes maquiavélicos con los partidos opo-
sitores que a su vez están enemistados entre sí. Mi idea es
la siguiente: Szenfeld odiaba a su mujer, que no sólo lo
engañó con Fernando sino antes con un socio llamado
Shapiro. Pudo sentir una viva satisfacción al enterarse de
que por fin alguien la humillase y la hiciese sufrir a aquella
pedante que a menudo lo despreciaba; y de esa viva satisfacción a la admiración y hasta el afecto puede haber un paso,
ayudado por el talento de Fernando para seducir a alguien
cuando se lo proponía, talento que era favorecido por su
completa falta de sinceridad y de honestidad; ya que las
personas sinceras y honestas, al mezclar en sus amistades
las inevitables muestras de desagrado por las mil y una
circunstancias que siempre aparecen entre los seres humanos, aun entre los mejores, no logran producir jamás esas
proezas de encantamiento absoluto que pueden alcanzar los
cínicos y mentirosos; y por los mismos mecanismos, en fin,
en virtud de los cuales la mentira es siempre más agradable
a las gentes que la verdad, afeada como está la verdad por

462

las imperfecciones que tienen hasta los seres más cercanos a la perfección y a quienes más querríamos agradar y satisfacer. Por otro lado, la satisfacción del señor Szenfeld aumentaría al comprobar que los sufrimientos de su mujer provenían de la humillación provocada a su orgullo por motivos presumiblemente vinculados a la edad, ya que Fernando la engañaba con una chica joven y hermosa. Y, en fin (ingrediente que acaso también haya intervenido), porque en toda esa operación no resultaba perdidoso él, Szenfeld, ya que de todos modos su condición de marido engañado era anterior, sino el señor Shapiro, que por ser el engañador tendría probablemente un orgullo mucho más agudo, pero también más vulnerable, que el del señor Szenfeld. Y la derrota de Shapiro en ese terreno, que era el único en que tenía superioridad sobre su socio (porque Szenfeld, cualesquiera fueran sus fallas como marido, era un reconocido lince de los negocios), lo rebajaba a Shapiro a una situación tan humillante que por contraste renovó las fuerzas de Szenfeld. Y tanto debe de haber sido así que no sólo las empresas textiles recibieron impulsos de nuevas y audaces operaciones, sino que, a partir del casamiento de Fernando, fue notoria la simpatía casi protectora con que trataba a su socio delante de terceros.

En cuanto a Georgina, le contaré algo característico. El casamiento se produjo en el año 51. Por ese tiempo la encontré por la calle Maipú, cerca de la Avenida; cosa rarísima porque jamás ella venía por el centro. Hacía unos diez años que no la veía. A los cuarenta años, estaba apagada y envejecida, triste, más callada que nunca; y, aunque siempre fue reservada y de muy pocas palabras, en aquel momento su silencio era casi intolerable. Iba con un paquete. Como siempre, sentí una gran conmoción. ¿Dónde había estado encerrada en aquellos años? ¿En qué lugares absurdos vivía ocultamente su drama? ¿Qué había hecho en todo ese tiempo, qué había pensado y sufrido? Todo esto me habría gustado preguntarle, pero sabía que era inútil; y que si era arduo extraer de ella una conversación cualquiera, era totalmente imposible lograr respuesta a preguntas que afectaban su intimidad. Georgina me pareció siempre como esas casas que suele haber en algún barrio apartado, casi permanentemente cerradas y silenciosas, habitadas por personas grandes y enigmáticas; algún par de hermanos solterones, algún hombre solitario que ha sufrido una tragedia, algún artista frustrado o desconocido y misántropo con un canario y un gato; casas de las que no sabemos nada y que sólo se abren a cierta hora para dar entrada, en forma apenas notoria, a los comestibles; no a los vendedores o cadetes sino solamente a las cosas que traen y que, desde una puerta apenas entreabierta, son recogidas por un brazo del habitante solitario. Casas en las que de noche se enciende por lo general una sola luz, que quizá corresponda a una especie de cocina donde el hombre solitario también come y permanece; corriéndose luego la luz a otra pieza, donde presumiblemente duerme o lee o realiza algún trabajo disparatado como el de barcos en una botella. Luz solitaria que invariablemente me ha llevado a preguntarme, como ser curioso y que vive de conjeturas, ¿quién será ese hombre, o esa mujer, o ese par de solteronas? ¿Y de qué vivirá? ¿Tendrá una renta, habrá heredado? ¿Por qué no sale nunca? ¿Y por qué esa luz se mantiene hasta altas horas de la noche? ¿Acaso leerá? ¿O escribirá? ¿O será uno de esos seres solitarios y a la vez temerosos que sólo resisten la soledad con la ayuda de ese gran enemigo de los fantasmas, reales o imaginarios, que es la luz?

Necesité tomarla de un brazo, casi sacudirla, para que me reconociese. Parecía caminar medio dormida. Y era siempre asombroso verla viva en el tránsito caótico de Buenos Aires.

Una sonrisa se insinuó sobre su cara cansada, como la suave iluminación de una vela que se enciende en una sala oscura, silenciosa y triste.

—Vení —le dije, llevándola hasta el *London*.

Nos sentamos y puse mi mano sobre una de ella. ¡Qué gastada la encontraba! No sabía, sin embargo, qué decirle ni qué preguntarle, ya que las cosas que de verdad me interesaban no se las podía preguntar, y las otras, ¿para qué preguntarlas? Me limitaba a contemplarla, como quien recorre en silencio viejos paisajes de otro tiempo, mirando con ternura y melancolía la obra de los años sobre su cara: árboles caídos, casas derruidas, molduras oxidadas, plantas desco-

464

nocidas en el antiguo jardín, malezas y polvo sobre los restos de muebles.

Pero sin poder contenerme, con una abominable combinación de ironía y de pena, comenté:

—Así que Fernando se casó.

Fue de mi parte un acto repudiable, aunque inconsciente, del que me arrepentí en seguida.

De los ojos de Georgina empezaron a bajar dos lentísimas y apenas perceptibles lágrimas, como si de un hombre al borde de la muerte, por el hambre y la tortura, todavía se extrajese una última y pequeñísima confesión, apenas murmurada, mediante un último golpe brutal.

Es singular y habla muy mal de mí que en ese momento, en lugar de atenuar de algún modo mi desgraciado comentario anterior, dijera, con resentimiento:

—¡Y todavía llorás!

Por un segundo hubo en sus ojos un fulgor que se pareció al antiguo fulgor como un recuerdo a una realidad.

—¡Te prohíbo que juzgues a Fernando! —respondió.

Retiré mi mano.

Quedamos callados. Terminamos de tomar el café, en silencio. Luego dijo:

—Tengo que irme.

La antigua pena se apoderó de mí, esa pena que había quedado adormecida en tantos años de renunciamiento. Quién sabe cuándo la volvería a ver.

Nos despedimos en silencio. Pero cuando se había alejado unos pasos, se detuvo por un instante, se dio vuelta a medias, casi con timidez, y en su mirada me pareció advertir pena, ternura y desesperación. Pensé en correr hacia ella y en besar su cara ajada, sus ojos llorosos, su boca amargada; y en pedirle, en rogarle, que nos viéramos, que me permitiese estar cerca. Pero me contuve. Bien sabía que era utópico y que nuestros destinos tendrían que proseguir sin encontrarse, hasta la muerte.

A poco de aquel encuentro casual, ocurrió la separación de Fernando y su mujer. También supe que la casa de Martínez, el famoso regalo del señor Szenfeld, fue rematada y que Fernando se había ido a vivir en una casita de Villa Devoto.

Es probable que en ese intervalo hayan pasado muchas cosas y que esa operación haya sido la consecuencia de tumultuosas vicisitudes en la vida de Fernando; porque por ese tiempo sé que jugaba en la ruleta de Mar del Plata, perdiendo enormes sumas. También me dijeron que participó en un negocio o negociado de tierras, cerca del aeródromo de Ezeiza, aunque bien puede ser que eso sea una noticia apócrifa lanzada por alguno de los amigos de la familia Szenfeld. Pero lo cierto es que al final fue a parar a la modestísima casita de Villa Devoto donde, por otra parte, fue encontrado oculto el *Informe sobre ciegos*.

Ya le dije que Szenfeld lo ayudó. Ahora creo que mejor sería decir que "lo premió", en ocasión de su increíble casamiento. Cayó enredado, como muchos otros, en la red de Fernando, hasta el punto de ayudarlo luego en sus especulaciones y de sacarlo de apuros en el período del juego. Con todo, por motivos que ignoro, la paradojal amistad con el señor Szenfeld terminó o debió de terminar, pues de otro modo no se explica el mísero final.

La última vez que lo encontré por la calle (no me refiero al encuentro por el barrio de Constitución, en que simuló no conocerme, o quizá no me vio, abstraído como iba, ya en el último período de su locura con los ciegos) iba acompañado con un individuo muy alto, rubio y de rostro durísimo y despiadado. Como casi me fui sobre Fernando, no pudo rehuirme y conversó algunas palabras conmigo, mientras el otro sujeto se apartaba y miraba hacia la calle, después que me lo presentó con un nombre alemán, que ahora no recuerdo. Pocos meses más tarde me encontré con su fotografía en la página policial de *La Razón*; su rostro despiadado, de labios filosos y apretados, era imposible de olvidar. Figuraba al lado de otros individuos buscados por la policía, como presuntos asaltantes del Banco de Galicia, sucursal Flores. Asalto perfecto y que según la hipótesis había sido realizado por comandos de la guerra. El sujeto éste era polaco y había actuado como comando en el ejército de Anders. Su apellido no era el que me había pronunciado Fernando.

Esta doblez me afirmó en la idea de que la policía no andaba equivocada. Algo grave preparaba aquel individuo en la época del encuentro fortuito. ¿Estaba Fernando vinculado a esa empresa? Es muy probable. De joven había dirigido aquella banda de asaltantes de Avellaneda, y, por otra parte, en su mala situación económica era más que probable que hubiese vuelto a su vieja pasión: el asalto de un banco. Método que siempre le pareció ideal para lograr de golpe una gran suma de dinero, al mismo tiempo que tenía para él un valor simbólico.

—El Banco —me dijo más de una vez, cuando éramos muchachos— así, con mayúscula, es el templo del espíritu burgués.

Sea como sea, su nombre no figuraba en aquella búsqueda policial.

Luego no lo vi durante los últimos dos años, en que parece haber estado sumido, a juzgar por los extraños papeles, en esa desatinada exploración del mundo subterráneo.

Desde que recuerdo vivió obsesionado por los ciegos y la ceguera.

Un poco antes de la muerte de su madre, cuando todavía vivíamos en Capitán Olmos, recuerdo un hecho característico. Había apresado un gorrión, lo llevó a aquella pieza que tenía arriba, a la que llamaba su fortín, y con una aguja le pinchó los ojos. Luego lo largó, y el pájaro, enloquecido de dolor y de miedo, se lanzaba frenéticamente contra las paredes, sin acertar a salir por la ventana. Yo, que traté de detenerlo en aquella mutilación, me sentí mareado. Creí que mientras bajaba la escalera me desmayaría, y hube de agarrarme durante un buen tiempo de la baranda hasta reponerme; mientras oía que Fernando, allá arriba, se reía de mí.

Y aunque muchas veces me había dicho que les sacaba los ojos a pájaros y otros animales, era la primera vez que lo vi haciéndolo. Y también la última. Nunca podré ya olvidar la espantosa sensación de aquella mañana.

A raíz de ese episodio no volví más a su casa ni a la estancia, privándome de lo que para mí era lo más importante: ver y oír a su madre. Pero, ahora lo pienso, precisamente por eso, porque no resistía saberla madre de un chico como Fernando. Y la mujer de un hombre como Juan Carlos Vidal, personaje que aún hoy recuerdo con repugnancia.

Fernando odiaba a su padre. Por aquel tiempo tenía

doce años, y era moreno y duro como él. Y aunque lo odiaba, manifestaba muchos rasgos semejantes con él, no sólo rasgos físicos sino de temperamento. Su cara tenía algunos de los atributos que eran característicos de los Olmos: sus ojos verdes, sus pómulos pronunciados. Todo lo demás era de su padre. Con los años fue repudiando crecientemente aquella semejanza, y pienso que esa semejanza era una de las principales causas del rencor que de pronto estallaba contra sí mismo. Su misma violencia, su sensualidad cruel, todo aquello provenía del lado paterno.

Yo le tenía miedo. Era callado y de pronto tenía estallidos de cólera ciega. Su risa era dura. Tal vez como reacción contra su padre, que era mujeriego y borracho, durante muchos años de su juventud no probó el alcohol y muchas veces lo vi entregarse a un sorprendente ascetismo, como si quisiera mortificarse. Períodos que rompía entregándose a una lujuria sádica, en los que utilizaba las mujeres para una especie de infernal satisfacción, despreciándolas al mismo tiempo y rechazándolas luego con irónica violencia, acaso como culpables de su imperfección. A pesar de sus simulaciones y payasadas era solitario y estoico, no tenía amigos ni los quería o podía tener. Creo que únicamente quiso a su madre, aunque me resulta arduo imaginar que aquel muchacho pudiera querer a nadie, si por esa palabra intentamos expresar alguna forma del afecto, del cariño o del amor. Quizá sólo sintiera por su madre una pasión enfermiza e histérica. Recuerdo un hecho: yo había pintado una acuarela de un alazán llamado Fritz que Ana María montaba a menudo y quería mucho; ella se entusiasmó con el retrato y me besó con pasión; entonces Fernando se vino contra mí y me agredió; como ella nos separara y retara a su hijo, Fernando desapareció y cuando lo encontré, al lado del arroyo donde solía bañarse, traté de reconciliarme con él; me escuchó en silencio mordiéndose las uñas, como era común en él cuando estaba atormentado, y de pronto saltó sobre mí con un cortaplumas abierto. Luché con desesperación, sin entender aquella furia, y como me fue posible arrancarle el cortaplumas y arrojarlo lejos, él se separó de mí, recogió el arma y, ante mi gran sorpresa, ya que imaginé que volvería a atacarme, se lo clavó en su propia mano.

Deberían pasar años para que yo comprendiera qué orgullo explicaba aquel suceso.

Al poco tiempo después sucedió lo del gorrión, y no lo volví a ver más, ni volví nunca por su casa ni por la estancia. Teníamos doce años, y en invierno, a los pocos meses, murió Ana María: según algunos a disgustos; según otros, con píldoras para el sueño. En mí, los sentimientos de tristeza de aquel día aciago resurgen unidos a la derrota de Firpo con Dempsey (no se hablaba de otra cosa) y la música del shimmy *La danza de las libélulas,* que tocaba con serrucho José Bohr en un disco del fonógrafo de los Iturrioz, al lado de mi casa.

Pasaron tres años hasta volverlo a encontrar. Solo, con mis cómicos quince años, en la pensión de Buenos Aires, durante los largos domingos mi pensamiento volvía insistentemente a Capitán Olmos. Creo haberle dicho que casi no he reconocido a mi madre, que murió cuando yo tenía dos años. ¿Cómo puede extrañar que para mí Capitán Olmos fuese en buena medida el recuerdo de Ana María? La veía en aquellos atardeceres de la estancia, en verano, recitando aquellos versos en francés que yo no comprendía, pero me producían, en la voz grave de Ana María, una sutil voluptuosidad. "Están allí", pensaba, "están allí". Y en aquel verbo en plural, en un candoroso autoengaño con la conjugación, en el fondo de mi alma y de mi voluntad la incluía: como si en aquella vieja casa de Barracas que yo conocía casi como si la hubiese visto (tanto Ana María me había hablado de ella), su alma sobreviviese de alguna manera; como si en su hijo, en su repugnante hijo, en Georgina, en el padre y en las hermanas, prefigurada o desfigurada, pudiese rastrearse la huella de Ana María. Y yo rondaba por el caserón, sin animarme nunca a llamar. Hasta que un día vi a Fernando que venía hacia la casa, y no quise o no pude huir.

—¿Vos? —me preguntó con una sonrisa despectiva.

Volví a experimentar ante él la incomprensible sensación de culpa de siempre.

¿Qué andaba haciendo por ahí? Sus ojos penetrantes y malignos me impedían mentir. Por lo demás, era inútil: bien adivinaba que yo andaba rondando la casa. Y yo me sentí como un delincuente primerizo y torpe, tan incapaz de hablarle de mis sentimientos, de mi nostalgia, como de escribir un poema de amor romántico entre los cadáveres de una sala de disección. Y vergonzantemente callado, admití que Fernando me llevase como por limosna, porque de todos modos vería aquella casa. Y mientras atravesábamos el parque en el atardecer, me llegó el intenso perfume del jazmín del país, que para mí siempre sería "del páis", con acento en la a, y que para siempre significaría: *lejos, madre, ternura, nunca más.* En el Mirador me pareció ver el rostro de una vieja, una especie de fantasma en la penumbra, que sigilosamente se retiró. El cuerpo principal de la casa se une al pequeño bloque en que está el Mirador por una galería cubierta, formando así una especie de península. Ese pequeño bloque está formado por dos piezas, que seguramente en otro tiempo fueron ocupadas por parte de la servidumbre, por la planta baja del Mirador (que, como vi después, en la prueba a que me sometió Fernando, era un depósito de trastos que se comunicaba con la planta superior mediante una escalera de madera) y una escalera metálica de caracol, que subía por la parte externa hasta la terraza que daba al Mirador. Esa terraza cubría las dos grandes piezas a que me refiero y estaba rodeada, como era habitual en muchas construcciones de aquel tiempo, por una balaustrada, en ese momento ya semiderruida. Sin pronunciar palabra, Fernando marchó por aquel corredor y entró en una de las dos piezas. Prendió la luz y comprendí que debía de ser su habitación: tenía una cama, una antigua mesa de comedor que le servía de escritorio, una cómoda y una serie de muebles derrengados y al parecer inútiles, pero que se guardarían allí por no tener donde ponerlos, ya que la casa había sufrido una serie de reducciones. Acabábamos de llegar y por una puerta que comunicaba con la segunda habitación apareció un chico que me produjo un instintivo rechazo. Sin saludar, sin explicaciones, preguntó: "¿Lo trajiste?" y Fernando, secamente, dijo "no". Lo miré con asombro: de unos catorce años, tenía una enorme cabeza alargada como pelota de rugby, una piel como el marfil, unos pelos lacios y finos, una mandíbula prognática, una nariz afilada y unos ojos afiebrados que me produjeron un rechazo instintivo: el rechazo que acaso podríamos sentir por un ser de otro planeta, casi idéntico a nosotros, pero con diferencias oscuramente temibles.

Fernando no contestó, mientras el otro, mirándolo con sus ojos afiebrados dirigía a su boca la embocadura de una flauta o clarinete y empezaba a tocar una especie de proyecto de frase. Fernando revolvía en una pila polvorienta de *Titbits* que había en un rincón del suelo, pareciendo buscar algo especial, tan ajeno a mi presencia como si yo fuera uno de los habitantes normales de la casa. Por fin separó un número que tenía en la tapa al héroe de *Justicia alada*. Cuando vi que se disponía a salir y que al parecer hacía caso omiso de mi persona, me sentí molestísimo: no podía salir con él, como si fuera su amigo, pues él no me había pedido que entrara y tampoco ahora me invitaba a acompañarlo; tampoco me podía quedar en aquella habitación y mucho menos con el extraño muchacho del clarinete. Por un instante me sentí el ser más desdichado y ridículo del mundo. Por otra parte, ahora comprendo que en aquel momento Fernando hacía todo eso con deliberación, por pura perversidad.

De modo que, cuando hizo su aparición la chica pelirroja y me sonrió, experimenté un enorme alivio. Sin saludarme, sonriendo irónicamente, Fernando se fue con su revista y yo me quedé mirando a Georgina: había cambiado bastante; ya no era la chica flaquita que yo había conocido en Capitán Olmos cuando la muerte de Ana María; ahora tenía catorce o quince años y empezaba a acercarse a su retrato definitivo como el burdo y rápido boceto de un pintor a la obra final. Quizá por ver que sus pechos empezaban a marcarse debajo de su tricota, me sonrojé y miré hacia el suelo.

—No lo trajo —dijo el Bebe, con el clarinete en la mano.

—Bueno, ya lo traerá —contestó ella, con el tono de una madre que engaña a su chico.

—¿Cuándo? —insistió el Bebe.

—Pronto.

—Sí, ¿pero cuándo?

—Le digo que pronto, ya va a ver. Ahora se sienta ahí y toca el clarinete, ¿eh?

Lo llevó suavemente de un brazo a la otra pieza, al mismo tiempo que me decía: "Vení, Bruno". Los seguí y entré: era probablemente la habitación en que dormían los dos hermanos, y se diferenciaba completamente del cuarto de Fernando, a pesar de que los muebles eran tan viejos y derrengados como los otros; pero había algo, una tonalidad delicada y femenina.

Lo llevó hasta una silla, lo hizo sentar y le dijo:

—Ahora se queda ahí y toca, ¿eh?

Luego, como una dueña de casa que se dispone a atender sus visitas después de tomar algunas disposiciones hogareñas, me mostró sus cosas: un bastidor donde estaba bordando un pañuelo para su padre, una gran muñeca negra que se llamaba Elvira, a quien de noche acostaba consigo, y una colección de fotografías de actores y actrices de cine, pegadas con chinches en la pared: Valentino vestido de sheik, Pola Negri, Gloria Swanson en *Los diez mandamientos,* William Duncan, Perla White. Discutimos los méritos y los defectos de cada uno y de los filme en que trabajan, mientras el Bebe repetía aquella misma frase con el clarinete. Ella prefería por encima de todos a Rodolfo Valentino; yo me inclinaba más bien por Eddie Polo, aunque admitía que Valentino era grandioso. En cuanto a cintas, me pronuncié con calor por *El rastro del octopus,* pero Georgina dijo, y yo le encontré razón, que era demasiado terrible y que ella, en los momentos peores, tenía que mirar hacia otra parte.

El Bebe dejó de tocar y nos miraba, con sus ojos afiebrados.

—Toque, Bebe —dijo ella mecánicamente, mientras empezaba a bordar en su bastidor.

Pero el Bebe seguía mirándome en silencio.

—Bueno, entonces muéstrele a Bruno su colección de figuritas —admitió.

El Bebe se iluminó y dejando el clarinete, entusiasmado, sacó desde abajo de su cama una caja de zapatos.

—Muéstrele, Bebe —repitió ella, seriamente, sin dejar de mirar su bastidor, en esa forma mecánica que usan las madres para dar indicaciones a sus hijos mientras están absortas en tareas importantes del hogar.

El Bebe se puso a mi lado y me mostró su tesoro.

—¿Lo tenés a Onzari? —le pregunté.

Se daban hasta seis o siete Bidoglio por un Onzari.

—Claro que sí —me dijo, y lo buscó.

Después de mostrármelo, me admiró poniendo en el suelo equipos completos muy difíciles, como el de los escoceses.

De pronto tuvo un acceso de tos. Georgina dejó su bastidor, fue hasta un armario y sacó un frasco de alquitrán Guyot. Congestionado y con los ojos lagrimeando, el Bebe hizo un gesto negativo con la mano, pero con suave firmeza Georgina le hizo tragar una cucharada grande.

—Si no se cura, tonto, no podrá tocar el clarinete —le dijo.

Así fue mi primer encuentro con Georgina en su casa: habría de asombrarme de los dos o tres encuentros posteriores, en que ella, en presencia de Fernando se convertía en un ser indefenso. Lo curioso es que nunca pasé de aquellas dos habitaciones casi suburbanas de la casa (fuera de la experiencia terrorífica del Mirador, que ya le contaré) y del contacto con aquellos tres muchachos, de aquellos tres seres tan disímiles y tan extraños: una exquisita niña llena de delicadeza y feminidad, pero subyugada por un ser infernal, un retardado mental o algo por el estilo y un demonio. De los otros habitantes de la casa tuve noticias inciertas y esporádicas, pero en las pocas veces que estuve allá no me fue posible ver nada de lo que transcurría entre las paredes de la casa principal, y mi timidez de aquel tiempo me impidió inquirir a Georgina (a la única que podía haberle preguntado) cómo eran y cómo vivían sus padres, su tía María Teresa y su abuelo Pancho. Al parecer, aquellos chicos vivían con independencia en las dos piezas del fondo, bajo el dominio de Fernando.

Años más tarde, hacia 1930, conocí al resto de los que habitaban aquella casa y ahora comprendo que con tales personajes cualquier cosa que sucediera o dejara de suceder en la casa de la calle Río Cuarto era perfectamente esperable. Creo haberle dicho que todos los Olmos (con excepción, claro está, de Fernando y su hija, y por los motivos que ya mencioné) padecían una suerte de irrealismo, daban la impresión de no participar de la brutal realidad del mundo que los rodeaba: cada vez más pobres, sin atinar a nada sensato para ganar dinero o por lo menos para mantener los restos de su patrimonio, sin sentido de las proporciones ni de la política, viviendo en un lugar que era ocasión de comentarios irónicos y malévolos de sus parientes lejanos; cada día más alejados de su clase, los Olmos daban la impresión de constituir el final de una antigua familia en medio del furioso caos de una ciudad cosmopolita y mercantilizada, dura e implacable. Y mantenían, y desde luego sin advertirlo, las viejas virtudes criollas que las otras familias habían arrojado como un lastre para no hundirse: eran hospitalarios, generosos, sencillamente patriarcales, modestamente aristocráticos. Y quizá el resentimiento de sus parientes lejanos y ricos se debía en parte a que ellos, en cambio, no habían sabido guardar esas virtudes y habían entrado en el proceso de mercantilización y de materialismo que el país empezó a sufrir desde fines de siglo. Y, del mismo modo que ciertas personas culpables cobran odio a los inocentes, así los pobres Olmos, candorosa y hasta cómicamente aislados en la antigua quinta de Barracas, eran el destinatario del resentimiento de sus parientes: por seguir viviendo en un barrio ahora plebeyo en lugar de haber emigrado al Barrio Norte o a San Isidro; por seguir tomando mate en lugar de té; por ser pobres y no tener dónde caerse muertos; y por alternar con gente modesta y sin tradición. Si agregamos que nada de todo esto era deliberado en los Olmos, y que todas esas virtudes, que a los tres se les ocurrían indignantes defectos, eran practicadas con inocente sencillez, es fácil comprender que aquella familia constituyó para mí, como para otras personas, un conmovedor y melancólico símbolo de algo que se iba del país para no volver nunca más.

Al salir aquella noche de la casa, cuando ya estaba a punto de transponer la puerta de la verja, mis ojos se volvieron, no sé por qué, hacia el Mirador. La ventana estaba débilmente iluminada, y me pareció entrever la figura de una mujer que espiaba.

Vacilé mucho en volver: la presencia de Fernando me detenía, pero la de Georgina me hacía soñar y ansiaba verla de nuevo. Entre las dos fuerzas contrarias, mi espíritu parecía disputado y no me decidía a retornar. Hasta que por fin fue más fuerte mi deseo de ver nuevamente a Georgina. En todo aquel intervalo había reflexionado y volvía dispuesto a averiguar cosas, y si era posible, a conocer a los padres de ella. "Puede ser", me decía para animarme, "que Fernando no esté". Suponía que tendría amigos o conocidos, pues recordaba aquella búsqueda del número de *Tit-bits* y su salida, que no podía atribuirse sino a un encuentro con otros muchachos; y aunque lo conocía lo suficiente ya a Fernando para intuir, aun a mi edad, que no podía tener amigos, no era imposible, en cambio, que mantuviese algún otro género de vinculación con otros muchachos: más tarde confirmaría esa presunción y, aunque con reticencias, Georgina me confesaría que su primo dirigía una banda de muchachos inspirada en algunas películas de episodios como *Los misterios de Nueva York* y *La moneda rota,* banda que tenía sus juramentos secretos, sus puños de hierros y oscuros propósitos. Visto ahora a distancia, aquella organización me parece algo así como el ensayo general de la que tuvo más tarde hacia 1930, cuando organizó la banda de pistoleros.

Me instalé en la esquina de Río Cuarto e Isabel la Católica desde el mediodía. Pensé: después del almuerzo puede o no salir; si sale, aunque sea tarde, yo entraré.

Puede usted imaginarse mi interés por ver nuevamente a Georgina si le digo que esperé en aquella esquina desde la una hasta las siete. A esa hora vi que salía Fernando y entonces corrí por Isabel la Católica hasta casi la otra esquina, a una distancia suficientemente grande como para que pudiera escurrir mi cuerpo en caso de tomar él por la misma calle, o de poder volver hasta la casa si veía que él seguía de largo por Río Cuarto. Así fue: pasó de largo. Entonces me precipité hacia la casa.

Tengo la certeza de que Georgina se alegró de verme. Por otro lado, había insistido para que volviera.

Le pregunté sobre su familia. Me habló de su madre y de su padre. También de su tía María Teresa, que vivía siempre anunciando enfermedades y catástrofes. Y de su abuelo Pancho.

—El que vive allí arriba —dije yo, mintiendo, porque intuía que "allí arriba" se escondía un secreto.

Georgina me miró con un gesto de sorpresa.

—¿Allí arriba?

—Sí, en el Mirador.

—No, el abuelo no vive allí —respondió evasivamente.

—Pero vive alguien —le dije.

Me pareció que le molestaba contestar.

—Me parece haber visto a alguien, la otra noche.

—Vive Escolástica —respondió, por fin, de mala gana.

—¿Escolástica? —pregunté asombrado.

—Sí, antes ponían nombres así.

—Pero no baja nunca.

—No.

—¿Por qué?

Se encogió de hombros. La miré con cuidado.

—Me parece haber oído a Fernando algo.

—¿Algo? ¿Algo de qué? ¿Cuándo?

—De una loca. Allá, en Capitán Olmos.

Enrojeció y bajó la cabeza.

—¿Te dijo eso? ¿Te dijo que Escolástica era loca?

—No, dijo algo de una loca. ¿Es ella?

—No sé si es loca. Yo nunca hablé con ella.

—¿Nunca hablaste con ella? —pregunté con extrañeza.

—No, nunca.

—¿Y por qué?

—¿No te dije que no baja nunca?

—Pero, ¿y vos nunca subiste?

—No. Nunca.

Me quedé mirándola.

—¿Qué edad tiene?

—Ochenta y cuatro años.

—¿Es abuela tuya?

—No.

—¿Bisabuela?

—No.

—¿Qué es, entonces?

—Es tía segunda de mi abuelo. La hija del Comandante
Acevedo.

—¿Y desde cuándo vive arriba?

Georgina me miró: sabía que no lo creería.

—Desde 1853.

—¿Sin bajar nunca?

—Sin bajar.

—¿Por qué?

Volvió a encogerse de hombros.

—Creo que por la cabeza.

—¿La cabeza? ¿Qué cabeza?

—La del padre, la cabeza del Comandante Acevedo. La echaron por la ventana.

—¿Por la ventana? ¿Quiénes?

—La Mazorca. Entonces corrió con la cabeza.

—¿Corrió con la cabeza? ¿Para dónde?

—Para allá, para el Mirador. Y no bajó nunca más.

—¿Y por eso está loca?

—Yo no lo sé. Yo no sé si está loca. Nunca subí.

—¿Y Fernando tampoco subió?

—Fernando, sí.

En ese momento vi, con temor y desaliento, que volvía Fernando. Evidentemente no había salido sino para hacer alguna cosa muy rápida.

—¡Ah, volviste! —se limitó a decirme escrutándome con sus ojos penetrantes, como si tratara de averiguar cuáles podían haber sido los móviles de mi nueva visita.

Desde el momento en que entró su primo, Georgina se transformó. Quizá la vez anterior mi nerviosidad me había impedido advertir la influencia que ejercía sobre su manera de ser la presencia de Fernando. Se volvía muy tímida, no hablaba, sus movimientos se hacían más torpes, y cuando se veía obligada a decir algo que yo le preguntaba respondía mirando de reojo hacia su primo. Fernando, por otra parte, se había instalado en su cama y desde allí, acostado, mordiéndose las uñas con encarnizamiento, nos miraba. La situación se volvió muy incómoda, hasta que de pronto él sugirió que ya que estaba inventásemos algún juego, pues, según dijo, estaba muy aburrido. Pero su mirada no demostraba aburrimiento, sino algo que yo no alcanzaba a discernir.

Georgina lo miró con temor, pero luego bajó la cabeza, como esperando su veredicto.

Fernando se sentó en la cama y parecía cavilar, siempre mirándonos y mordiéndose las uñas.

—¿Dónde está el Bebe? —preguntó, al fin.

—Está con mamá.

—Traélo.

Georgina fue a cumplir la orden. Nos quedamos en silencio hasta que llegaron, el Bebe con su clarinete.

Fernando explicó la cosa: ellos tres se esconderían en diferentes lugares de las dos piezas, de la leñera o del jardín (era ya de noche). Yo debería buscarlos y reconocerlos, sin hablar ni preguntar nada, mediante el tacto de la cara.

—¿Para qué? —pregunté estupefacto.

—Ya te explicaré después. Si acertás tendrás un premio —dijo con una risita seca.

Yo temía que estuviese burlándose de mí, como en otro tiempo en Capitán Olmos. Pero también temía negarme, porque en esos casos él siempre aducía que me negaba por pura cobardía, ya que sabía que sus juegos encerraban invariablemente algo terrible. Pero yo me preguntaba ¿qué podía encerrar de terrible en este caso? Parecía más bien una broma estúpida, algo para hacerme quedar groseramente en ridículo. Miré a Georgina como buscando en su rostro algún indicio, algún consejo. Pero Georgina ya no era la de antes: su rostro lívido y sus ojos muy abiertos demostraban una especie de fascinación o de miedo o de las dos cosas a la vez.

Fernando hizo apagar las luces, se escondieron, y yo, a tropezones, empecé a buscarlos. Pronto, inocentemente sentado en su cama, reconocía al Bebe. Pero ya Fernando había establecido que debía encontrar y reconocer por lo menos a dos.

No había nadie más en aquella habitación. Me quedaban por explorar la otra y la leñera. Con cuidado, tropezando aquí y allá, recorrí el cuarto de Fernando, hasta que me pareció oír, en medio del silencio, la respiración de uno de los dos restantes. Rogué a Dios que no fuera Fernando, pues, no sé por qué, encontrarlo así en la oscuridad me parecía abominable. Con cautela, con oído tenso, seguí avanzando en la dirección en que parecía provenir aquel apagado rumor. Me llevé por delante una silla. Con los brazos tendidos hacia adelante siempre tanteando a izquierda y derecha, llegué a una de las paredes: húmeda, polvorienta, con el papel despegado. Tocando la pared, me desplacé hacia mi derecha, del lado de donde me parecía venir el apagado eco de una respiración. Mis manos tropezaron primero con un armario, luego mis rodillas se llevaron por adelante la cama de Fernando. Me agaché y palpando verifiqué si alguien estaba acostado o sentado, pero no encontré a nadie. Siguiendo ahora el borde de la cama, siempre hacia la derecha encontré primero la mesita de luz y de nuevo la pared desconchada. Ahora estaba seguro: la respiración se hacía más nítida, se convertía en un jadeo levísimo pero nervioso, seguramente como consecuencia de mi acercamiento. Una absurda emoción agitaba mi corazón como si estuviera al borde de un secreto temible. Mi avance se fue haciendo casi insensible, muy lento. Hasta que de pronto mi mano derecha tocó el borde de un cuerpo. La retiré como si hubiera tocado un hierro al rojo, pues comprendí instantáneamente que era el cuerpo de Georgina.

—Fernando —dije en voz baja, mintiendo como por vergüenza.

Pero no me respondió.

Mi mano volvió, temerosa pero anhelosamente hacia ella, pero levantándola a la altura de su cara. Encontré su mejilla y luego su boca, que sentí apretada y temblorosa.

—Fernando —volví a mentir, sintiendo que me enrojecía, como si pudieran verme.

No tuve respuesta y todavía hoy me pregunto por qué. Pero en aquel momento me pareció que era como autorizándome a proseguir la investigación, porque, de proceder de acuerdo con las reglas estipuladas por Fernando, debía haber declarado ya mi equivocación. Era como estar cometiendo un robo, pero un robo autorizado por la víctima, lo que todavía me asombra.

Mi mano, lentamente, con trémula vacilación, se detuvo sobre su mejilla, recorrió sus labios y sus ojos, como en una señal de reconocimiento, como vergonzante caricia (¿le dije ya que en esos dos años Georgina había dado un salto y que aquella adolescente empezaba a recordar a Ana María?). Su respiración se volvió intensísima, como si estuviera realizando un gran esfuerzo, agitada. Por un instante casi grito "¡Georgina!", para luego salir corriendo, desesperado. Pero me contuve y seguí con mi mano sobre su rostro, sin que ella hiciese nada para apartarse, en una actitud que acaso determinó mi descabellada esperanza a lo largo de tantos años, hasta hoy mismo.

—Georgina —dije al fin, roncamente, con voz apenas inteligible.

Y entonces ella, a punto de romper en llanto, exclamó en voz baja:

—¡Basta! ¡Dejáme!

Y huyó hacia la puerta.

Yo salí tras ella con lenta torpeza, sintiendo que algo muy turbio y contradictorio había sucedido, pero sin saber cómo interpretarlo. Mis piernas vacilaban como si hubiese estado en un gran peligro. Cuando entré a la otra pieza, ya iluminada, sólo estaba el Bebe: Georgina había desaparecido. Casi en seguida llegó Fernando, que me escrutó con mirada sombría, como si aquel fuego perverso que ardía en su interior ahora llamease en medio de tinieblas.

—Ganaste —comentó con voz dominante y seca—. Como premio, mañana podrás hacer una prueba más importante.

Comprendí que debía irme y que Georgina no reaparecería. El Bebe, con el clarinete en la mano, con la boca entreabierta, me miraba con sus ojos extraviados y brillantes.

—Bueno —dije, saliendo.

—Mañana a la noche después de comer, a las once —me dijo.

Durante toda aquella noche cavilé sobre lo que me había pasado y sobre lo que podría suceder al día siguiente. Me aterraba la idea de que Fernando fuera más lejos por el mismo camino, aunque no veía claro por qué, aunque comprendía que de por medio estaba la figura de Georgina. ¿Por qué ella no había negado apenas yo dije el nombre de Fernando? ¿Por qué había seguido en silencio, como autorizando el gesto de mi mano? Al otro día, a las once de la noche en punto yo estaba en la pieza de Fernando. Ya estaban esperándome él y Georgina. Advertí en los ojos de Georgina una expresión de pavorosa expectativa, acentuada por la palidez marmórea de su cara. Como jefe que da instrucción a una patrulla, con fría precisión, Fernando me dijo:

—En el Mirador, ahí arriba, vive la vieja Escolástica. A

estas horas ya duerme. Vos vas a entrar con esta linterna, vas a ir hasta una cómoda que hay del lado opuesto de la cama, vas abrir el segundo cajón a partir de arriba, vas a buscar una caja de sombreros que hay allí y la vas a traer.

Con voz fantasmal, mirando hacia el suelo, Georgina dijo:

—¡La cabeza no, Fernando! ¡Cualquier otra cosa, pero la cabeza no!

Fernando insinuó con un gesto de desprecio.

—Qué importancia tendría cualquier otra cosa. La cabeza.

Yo, a punto de desmayarme, recordé la historia que me había contado Georgina. No era posible, esas cosas no pasaban nunca en la realidad. Y además, ¿por qué habría de hacerlo? ¿Quién me obligaba?

—¿Por qué tengo que hacerlo? ¿Quién me obliga? —aduje con voz desfalleciente.

—¿Cómo por qué? ¿Por qué se sube al Aconcagua? No hay ninguna utilidad en subir al Aconcagua, Bruno. ¿O sos un cobarde?

Comprendí que no podía rehuir.

—Muy bien, dame la linterna y decíme cómo se sube.

Fernando me entregó la linterna y se dispuso a indicarme la forma de subir al Mirador.

—Un momento —dije—. ¿Y si la vieja se despierta? Puede despertarse, puede gritar, ¿qué debo hacer?

—La vieja casi no ve y casi no oye, y casi no puede moverse. No te preocupes. Lo peor que puede suceder es que tengas que bajar sin la cabeza, pero espero que tengas el valor suficiente para traerla.

Ya le expliqué que debajo del Mirador había un depósito de trastos desde donde se podía subir por una antigua escalera de madera. Fernando me llevó hasta aquel depósito, que ni siquiera tenía luz eléctrica, y me dijo:

—Al llegar arriba te vas a encontrar con una puerta que no tiene llave. La abrís y entrás en el Mirador. Nosotros te esperamos en mi cuarto.

Se fue y yo quedé con la linterna en medio de aquel sombrío depósito, oyendo los golpes ansiosos de mi corazón. Después de unos momentos en que me pregunté una vez más qué clase de locura era aquélla y quién me obligaba a subir sino mi propio orgullo, puse mi pie en el primer escalón. Subí con temor creciente y con una lentitud que se me ocurrió vergonzosa. Pero subí.

Efectivamente, había al término de la escalera un pequeño rellano y en él una puerta que daba a la habitación de la anciana loca. Yo sabía que era casi una desvalida, pero de todos modos mi miedo era tal que sudaba copiosamente y temía descomponerme del estómago. Advertí, para colmo, que mi cuerpo o mi sudor tenía un insoportable y feísimo olor. Pero ya no podía retroceder y siendo así lo mejor era proceder cuanto antes.

Moví el picaporte con cuidado, tratando de no hacer el menor ruido, ya que, por supuesto, todo aquello resultaría menos horrible si la loca no se despertaba. La puerta se abrió con un chirrido que me pareció tremendo. La oscuridad del cuarto era completa. Por un instante vacilé entre iluminar con mi linterna la cama donde reposaba la vieja, para ver si dormía, y el temor de despertarla justamente con la luz. Pero, ¿cómo podía entrar en aquella pieza desconocida, con una loca encerrada allí, sin verificar, al menos, si la vieja estaba dormida o incorporada, observándome? Con una mezcla de repulsión y de pavor, levanté mi linterna y recorrí circularmente el cuarto, a la búsqueda de la cama.

Casi me desmayo: la anciana no estaba durmiendo sino de pie al lado de su cama, mirándome con los ojos abiertos y despavoridos. Era una viejecita casi momificada, muy pequeña, muy flaca, casi un esqueleto viviente apenas. De sus labios resecos salió algo que me pareció referirse a la Mazorca, pero no puedo asegurarlo, porque apenas vi su figura en las tinieblas huí hacia la salida y descendí corriendo la escalera. Al llegar a la pieza de Fernando me desmayé.

Cuando recobré el conocimiento, Georgina me tenía con sus brazos la cabeza y de sus ojos caían enormes lágrimas. Tardé un buen rato en recordar mi situación anterior y entonces experimenté una infinita vergüenza. Estaba solo, con Georgina. Fernando se habría retirado, diciendo alguna venenosa ironía sobre mi valor: estaba seguro.

—Estaba levantada —balbuceé.

Georgina no decía nada: se limitaba a llorar en silencio.

Aquellos primos empezaron a ser para mí un indescifrable arcano, que a la vez me atraía y me asustaba. Eran como dos oficiantes de un rito desconocido, del que yo no alcanzaba a comprender el significado y del que se podían esperar atrocidades. De pronto me imaginaba que Fernando se burlaba de mí, y de pronto temía que estuviera preparando una trampa siniestra. Aquellos dos primos vivían aislados del resto de la casa, solitarios, como un rey con un único súbdito, aunque más apropiado sería decir, como un sumo sacerdote con un único creyente, y como si a mi llegada yo me hubiese convertido en única víctima de aquel culto tenebroso. Fernando despreciaba el resto del mundo, o lo ignoraba orgullosamente, mientras que a mí me exigía *algo* que yo no podía discernir bien, y que pienso estaba relacionado a sentimientos turbios, a emociones sombrías y a voluptuosidades, a las que debían sentir los sacerdotes aztecas que en lo alto de las pirámides sagradas extraían el palpitante y caliente corazón de sus sacrificados. Y, lo que me resulta aún más inexplicable, yo me sometía también con cierta oscura sensualidad al sacrificio en que Georgina oficiaba como una aterrada hierofántida.

Porque aquellos episodios fueron apenas el comienzo. Muchas extrañas y perversas ritualidades se sucedieron hasta que huí, hasta que comprendí, con doloroso pavor, que aquella pobre criatura ejecutaba ciegamente, como hipnotizada, las órdenes de Fernando.

Ahora, después de treinta años, trato todavía de comprender la relación exacta que había entre ellos dos, y me es imposible. Eran como dos universos opuestos y, sin embargo, de algún modo estaban entrañablemente unidos por un vínculo ininteligible pero poderoso. Fernando la dominaba, pero no podría afirmar que fuese únicamente un pavor sagrado lo que a ella ataba a su primo: a veces me parece que en Georgina existía una especie de compasión. ¿Compasión por un monstruo como Fernando? Sí. Ella huía de pronto de sus actos demoníacos, y la he visto llorar horrorizada en algún oscuro rincón de la casa de Barracas. Pero también la recuerdo defendiéndolo con maternal energía cuando yo lo atacaba. "No imaginas cuánto sufre", me decía. Ahora, considerando serenamente su personalidad y muchos de sus actos, admito que, en efecto, Fernando no tenía esa fría indiferencia que dicen caracteriza a los criminales natos; ya le dije antes que más bien se tenía la sensación de una caótica y desesperada lucha interior. Pero debo confesarle que no tengo la suficiente grandeza de alma para compadecer a seres como Fernando. Esa grandeza la tenía en cambio, Georgina.

¿Qué clase de sufrimientos?, me dirá usted. Muchos y de toda índole: físicos, mentales y hasta espirituales. Los físicos y mentales estaban a la vista. Sufría alucinaciones, tenía sueños enloquecedores, de pronto perdía la conciencia. Lo he visto, aun sin desmayarse, como si se volviera ausente, sin hablar ni oír ni ver a los que tenía delante, "Ya le pasará", me decía entonces Georgina, que lo seguía con angustia. Otras veces (me contaba Georgina) le decía: "Te estoy viendo, sé que estoy aquí, a tu lado, pero también sé que estoy en otra parte, muy lejos, en un cuarto oscuro y cerrado. Me buscan para sacarme los ojos y matarme". Caía de la exaltación más violenta a la pasividad y la melancolía más absolutas: entonces se convertía, según Georgina, en el ser más indefenso y desamparado del mundo, y como un niño pequeñito se acurrucaba sobre la falda de su prima.

Desde luego, nunca lo vi yo en ninguno de esos extremos humillantes, y creo que de haberlo visto Fernando habría sido capaz de asesinarme. Pero me lo dijo Georgina y nunca ella dijo ninguna mentira, y nunca ante ella creo que Fernando haya simulado, maestro, sin embargo, de la simulación, como realmente era.

Lo que yo vi de él siempre fue desagradable. Se consideraba por encima de la sociedad y de la ley. "La ley está hecha para los pobres diablos", afirmaba. Por alguna razón que no alcanzo a comprender, le apasionaba el dinero, pero creo que veía en él algo más que el simple dinero de la gente normal. Veía algo mágico y demoníaco, y le gustaba referirse a él como al "oro". Tal vez a esa extraña inclinación se debiese su pasión por la alquimia y por la magia. Pero su morbosidad era más patente en todo lo que directa o indirectamente tuviera referencia con los ciegos. La primera vez que lo verifiqué personalmente fue todavía en Capitán Olmos, cuando íbamos caminando por la calle Mitre hacia su casa y de pronto vimos avanzar hacia nosotros al ciego que tocaba el tambor en la banda del pueblo. Fernando casi se desvaneció y se vio obligado a tomarse de mi brazo, y entonces sentí que temblaba como un palúdico y que su cara se volvía blanca y rígida como la de un muerto. Tardó mucho tiempo en reponerse, debió sentarse en el borde de la vereda y luego tuvo un acceso de ira contra mí insultándome histéricamente, porque lo había sostenido del brazo para que no se cayera.

Un día de invierno de 1925 terminó aquel período alucinante de mi vida. Cuando entré en la pieza de Georgina, la encontré llorando en la cama. Me precipité a acariciarla, a preguntarle, pero ella sólo atinaba a repetirme "Quiero que te vayas, Bruno, y que no vengas más. ¡Por el amor de Dios!" Yo había conocido dos Georginas: una, dulce y femenina como su madre; y otra poseída por los poderes de Fernando. Ahora veía aquella Georgina deshecha e indefensa, aterrorizada y rota, que me pedía que huyese y que nunca más volviera. ¿Por qué? ¿Cuál era la espantosa verdad que me quería ocultar? Nunca me lo dijo, aunque después, con los años y la experiencia, lo sospeché y lo confirmé. Pero lo desconsolador de todo aquello no era ni el terror de Georgina ni la destrucción de un alma delicada y tierna por el espíritu satánico de Fernando: lo desconsolador era que ella lo amaba.

Insistí estúpidamente, pero terminé comprendiendo que ya nada podía ni debía hacer yo en aquel pequeño rincón del mundo que parecía esconder un ominoso secreto.

No volví a ver a Fernando hasta 1930.

Siempre es fácil profetizar el pasado, decía él, mordazmente. Ahora, después de casi treinta años, pequeños acontecimientos de aquel tiempo, al parecer casuales y sin trascendencia, revelan su sentido; como para el que acaba de leer una larga novela, una vez que los destinos están definitivamente cerrados, como con la muerte en la vida real, cobran un sentido profundo y muchas veces trágico, palabras tan triviales como "Alejo Karámazov era el tercer hijo de un propietario rural de nuestro distrito". Nunca se sabe, hasta el final, si lo que un día cualquiera nos sucede es

485

historia o simple contingencia, si es todo (por trivial que parezca) o es nada (por doloroso que sea). Hechos minúsculos me pusieron nuevamente en el camino de Fernando, después de varios años de alejamiento, como si ineluctablemente estuviera en mi destino y como si los esfuerzos para alejarme de él hubiesen sido vanos.

Pienso en aquel tiempo tan remoto y las palabras que acuden a mi mente son palabras como *ajedrez, Capablanca y Alekhine, Al Jolson, Cantando bajo la lluvia, Sacco y Vanzetti, Sandino y Nicaragua.* ¡Extraña y melancólica mezcla! Pero, ¿qué conjunto de palabras unidas al recuerdo de nuestra juventud no es extraña y melancólica? Todo lo que esas palabras pueden sugerir iba a culminar con aquel duro pero fascinante período en que la vida del país y nuestra propia existencia iban a sufrir un cambio radical. Momento precisamente vinculado a la presencia de Fernando, como si él fuese un símbolo oscuro de aquella época de mi vida y a la vez la causa más poderosa de mis cambios. Porque en aquel año 30 mi existencia entró en uno de sus momentos de crisis, es decir, de enjuiciamiento, y todo empezó a vacilar bajo mis pies: el sentido de mi vida, el sentido de mi país y el sentido de la raza humana en general: ya que cuando enjuiciamos nuestra propia existencia inevitablemente ponemos en juicio a la humanidad entera. Aunque también podría decirse que cuando empezamos a juzgar a la humanidad entera es porque en realidad estamos escrutando el fondo de nuestra propia conciencia.

Fueron años dramáticos y exaltados.

Pienso por ejemplo en Carlos, del que nunca supe su verdadero apellido. Todavía lo estoy viendo, todavía me conmueve, inclinado encarnizadamente sobre aquellas ediciones baratas de treinta o cuarenta centavos, moviendo los labios con enorme trabajo, apretando los puños contra las sienes, como un muchacho desesperado que, sudando, penosamente, busca y finalmente desentierra un cofre en el que le han dicho que está la clave de su existencia desdichada, el significado críptico de sus sufrimientos de muchacho obrero. ¡La Patria! ¿La patria de quién? Habían llegado por millones de las cuevas de España, de las miserables aldeas de Italia, de los Pirineos. Parias de todos los confines del mundo, hacinados en las bodegas pero soñando: allá les espera la libertad, ahora no serían más bestias de carga. ¡América! El país mítico donde el dinero se encontraba tirado en las calles. Y luego el trabajo duro, los salarios miserables, las jornadas de doce y catorce horas. Ésa había sido finalmente la verdadera América para la inmensa mayoría: miseria y lágrimas, humillación y dolor, añoranza y nostalgia. Como niños engañados con cuentos de hadas y llevados a la esclavitud. Y entonces ellos, o sus hijos, dirigían sus miradas a otras utopías, a tierras futuras de las que hablaban libros violentos y a la vez llenos de ternura por ellos, por los miserables; libros que les hablaban de tierra y libertad, y los empujaban a la revuelta. Y entonces mucha sangre corrió en las calles de Buenos Aires, y muchos hombres y mujeres y hasta niños de esos infelices murieron en 1905, en 1908, en 1910. ¡El Centenario de la Patria! ¿De la patria de quién?, se preguntaba Carlos con una mueca irónica y dolorida. No había patria, ¿no lo sabía yo? Había el mundo de los amos y el mundo de los esclavos. ¡Pan y libertad!, gritaban obreros venidos de cualquier parte, mientras los señores, aterrorizados y furiosos, lanzaban la policía y el ejército sobre aquella turbamulta. Y así más sangre y entonces más huelgas y manifestaciones y nuevamente atentados y bombas. Y mientras el hijo del señor estudiaba en algún liceo de Suiza o de Inglaterra o de Francia, el hijo de aquel obrero sin nombre trabajaba en los frigoríficos por cincuenta centavos al día, se volvía tuberculoso en las cámaras frías y finalmente agonizaba en anónimos e inmundos hospitales. Y mientras aquel otro muchacho leía a Keats y Baudelaire, este otro descifraba con dificultad, como Carlos en ese momento, algún texto de Malatesta o Bakunin; y algún niño llamado Roberto Arlt aprendía en las calles el sentido general de la existencia humana. Hasta que estalló la Gran Revolución. ¡La Edad de Oro estaba próxima! ¡De pie los pobres del mundo! El Apocalipsis de los Poderosos. Y nuevas generaciones de muchachos pobres y de estudiantes inquietos o disconformes leyeron a Marx y Lenin, a Gorki y Kropotkin. Y uno de ellos era aquel Carlos, que ahora yo vuelvo a ver, como si lo tuviera delante de mí, como si no hubieran pasado treinta años, deletreando aquellos libros, empecinado y ansioso. Se me aparece ahora como un símbolo de aquel colapso del 30, cuando, con el derrumbe de sus templos de Wall Street, la religión del Progreso Indefinido empezó a llegar a su término. Quebraban cadenas de imponentes bancos, grandes industrias se hundían, decenas de millones se suicidaban. Y la crisis de la metrópoli de aquella arrogante religión laica se extendía en violentos maremotos hasta las regiones más remotas del planeta. Y aquí cayó Yrigoyen, en Puerto Nuevo empezó a levantarse un mundo de ex hombres, largas filas esperaban en las ollas populares, empleaduchos, sin empleo oían extáticamente en el Marzotto amargos y descreídos tangos de Discépolo, Scalabrini escribía un manual del porteño solitario, Barceló dominaba Avellaneda con sus prostíbulos y garitos. La hora del bar automático y de los rufianes.

La miseria y el descreimiento se apoderaban acremente de la ciudad babilónica. Rufianes, asaltantes solitarios, salones con espejos y tiro al blanco, borrachos y vagos, desocupados, mendigos, putas a dos pesos. Y como fulgurantes enviados del Castigo y la Esperanza aquellos hombres y muchachos que se unían en tugurios a preparar la Revolución Social.

Carlos, entonces.

Fue uno de los eslabones que me condujo de nuevo a Fernando, aunque luego se alejó de él como un santo del Demonio. Acaso usted mismo lo haya conocido, porque tenía relaciones con el grupo de anarquistas de La Plata, y hasta ahora creo recordar que en alguna ocasión lo mencionó. Pienso que su amarga experiencia con Fernando fue lo que lo separó del anarquismo y lo llevó al movimiento comunista; aunque, como usted puede figurarse, ese simple hecho no podía transformar su mentalidad, que permaneció siempre la misma; mentalidad que explica su expulsión del movimiento comunista bajo la acusación de terrorismo. No supe más de él hasta 1938, en aquel invierno de 1938, cuando empezaron a llegar a París, ilegalmente, los hombres y mujeres que lograron atravesar los Pirineos después de la derrota en España. Paulina (pobre Paulina) a quien oculté varias veces en mi pieza de la Rue des Écoles, me contó la muerte de Carlos en el mismo tanque en que murió

488

Etchebehere, otro argentino. ¿Qué, se había vuelto trotskista? Paulina lo ignoraba: sólo lo había visto una vez: hosco y solitario como siempre, estoico, impenetrable.

Carlos era un espíritu religioso y puro. ¿Cómo podía aceptar y comprender a comunistas como Crámer? ¿Cómo podía aceptar y comprender a los hombres en general? La encarnación, el mal original, la caída, ¿cómo aquel ser purísimo podía admitir esa contaminada condición del hombre? Pero es sobremanera curioso que seres que en cierto modo no son humanos ejerzan tan grande influencia sobre los meramente humanos. Yo mismo fui arrastrado al comunismo por la sola fuerza de su presencia y de su pureza, y su alejamiento también produjo el mío, acaso porque yo era un adolescente que no terminaba de aceptar la dura realidad. Dudo que ahora juzgase con la misma severidad a los militantes como Crámer, sus luchas por el poder personal, sus mezquindades, sus hipocresías y sordideces. Porque ¿cuántos hombres tendrían derecho a hacerlo? Y porque ¿dónde, Dios mío, sería posible encontrar seres humanos exentos de esa basura sino en los dominios, casi ajenos a la condición humana, de la adolescencia, la santidad o la locura?

Como un mensajero que ignora el contenido de la carta, aquel muchacho desconocido era el que habría de ponerme una vez más en el camino de Fernando.

En los últimos días de enero de 1930, cuando, terminadas mis vacaciones en Capitán Olmos, yo volvía para inscribirme en aquella pensión de la calle Cangallo, casi en forma mecánica, por la fuerza de la costumbre, me dirigí al café *La Academia*. ¿A qué iba? A ver a Castellanos, a Alonso, a seguir las eternas partidas de ajedrez. A ver lo de siempre. Porque todavía no había llegado el momento de comprender que la costumbre es falaz y que nuestros pasos mecánicos no nos conducen siempre a la misma realidad; porque ignoraba todavía que la realidad es sorpresiva y, dada la naturaleza de los hombres, a la larga, trágica.

Con Alonso jugaba un nuevo que se parecía a Emil Ludwig. Se Llamaba Max Steinberg. Puede parecer asombroso que gente desconocida y al parecer encontrada por azar, me llevara hasta alguien que había nacido en mi mismo pueblo, que pertenecía a una familia vinculada a la nuestra tan entrañablemente. Aquí deberíamos admitir uno de los axiomas maniáticos de Fernando: no hay casualidades sino destinos. No se encuentra sino lo que se busca, y se busca lo que en cierto modo está escondido en lo más profundo y oscuro de nuestro corazón. Porque si no, ¿cómo el encuentro con una misma persona no produce en dos seres los mismos resultados? ¿Por qué a uno el encuentro con un revolucionario lo lleva a la revolución y al otro lo deja indiferente? Razón por la cual parece como que uno termina por encontrarse al final con las personas que debe encontrar, quedando así la casualidad reducida a límites muy modestos. De modo que esos encuentros que en la vida de cada uno nos parecen asombrosos, como el reencuentro mío con Fernando, no son otra cosa que la consecuencia de esas fuerzas desconocidas que nos aproximan a través de la multitud indiferente, como las limaduras de hierro se orientan a distancia hasta los polos de un poderoso imán; movimientos que constituirían motivo de asombro para las limaduras si tuviesen alguna conciencia de sus actos sin alcanzar a tener, empero, un conocimiento pleno y total de la realidad. Así, marchamos un poco como sonámbulos, pero con la misma seguridad de los sonámbulos, hacia los seres que de algún modo son desde el comienzo nuestros destinatarios. Y he caído en estos pensamientos porque estaba a punto de decirle, hace un instante, que mi vida, hasta el encuentro con Carlos, había sido la de un estudiante cualquiera: con sus típicos problemas e ilusiones, con sus bromas en las aulas o en la pensión, con sus primeros amores y con sus audacias y timideces. Y ya antes de empezar a escribir esas palabras comprendí que no era del todo cierto, que iba a dar una idea equivocada de mi período anterior al encuentro, y que esa idea equivocada iba a ser sorprendente de lo que en verdad fue mi reencuentro con Fernando. El asombro queda reducido y generalmente aniquilado cuando miramos más a fondo las circunstancias que rodearon al hecho aparentemente insólito. Y así, en definitiva, parece quedar relegado al mero mundo de las apariencias, como hijo de la miopía, la torpeza y la distracción. En aquellos cinco años, en efecto, yo había vivido obsesionado con aquella familia, y no lograba apartar de mi recuerdo ni a Ana María, ni a Georgina ni a Fernando:

latían en lo más hondo de mi ser y se me aparecían con frecuencia en mis sueños. Pienso ahora también que, ya en aquellos encuentros de 1925, yo le había oído a Fernando repetidas veces su plan de formar con el tiempo una banda de asaltantes y terroristas. Y ahora creo que aquella idea suya, que en ese momento me pareció disparatada, quedó grabada sin embargo en mi interior y acaso mi acercamiento inicial a los grupos anarquistas fue determinado, sin saberlo yo mismo, como tantos otros movimientos de mi espíritu, por ideas y obsesiones de Fernando. Ya le expliqué que este hombre ejerció sobre una cantidad de muchachos y muchachas una influencia invencible y a menudo perniciosa, ya que sus ideas y hasta manías se propagaron en una cantidad de seres que resultaban así como la caricatura turbia y barata de aquel demonio. De este modo usted podrá comprender lo que antes le expliqué: que no fue tan sorprendente mi reencuentro con él, ya que de cuantas personas iba conociendo yo apartaba, sin saberlo, las que no me aproximaban a Fernando, y cuando advertí que Max y que Carlos pertenecían a grupos anarquistas, inmediatamente me adherí a ellos; y como esos grupos, aquí como en cualquier parte del mundo, son muy minoritarios y están siempre vinculados entre sí (aunque, como pasó en este caso, por la incompatibilidad o la desaprobación), yo tenía que encontrarme, fatalmente, con Fernando. Me dirá usted por qué, si ése era mi propósito final, no lo busqué a Fernando en su propia casa de Barracas; pero entonces yo deberé responderle que encontrarlo a Fernando no era de ningún modo un propósito consciente sino una obsesión casi inconfesable; por el contrario, jamás mi razón y mi conciencia habían aprobado ni mucho menos recomendado ir en busca de aquel individuo que sólo podía traerme, como me trajo, perturbación y dolor.

Hubo, todavía, otros factores que facilitaron aquel movimiento inconsciente. Creo haberle dicho que perdí tempranamente a mi madre y que, para colmo, me mandaron a estudiar a una gran ciudad tan alejada de mi casa. Estaba solo, era tímido y por desgracia tenía una sensibilidad desdichada. ¿Qué podía parecerme el mundo sino un caos lleno de maldad, de injusticia y de sufrimiento? ¿Cómo no iba a refugiarme en la soledad y en esos mundos lejanos de la fantasía y de la novela? Es casi inútil que le diga que adoraba a Schiller y sus bandidos, a Chateaubriand y sus héroes americanos, al Goetz von Berlichingen. Estaba preparado para leer a los rusos y quizá los hubiera leído ya en aquel momento si en lugar de ser hijo de burgueses que era hubiese sido, como tantos otros muchachos que después conocí, hijo de obreros o de familia pobre; pues, en aquellos muchachos, la Revolución Rusa era el gran acontecimiento de nuestro tiempo, la gran esperanza, y era más fácil encontrar jóvenes que leían a Gorki que a Mansilla o Cané. He ahí una de las grandes contradicciones de nuestra formación y uno de los hechos que durante tanto tiempo cavó abismos entre nosotros y nuestra propia patria; por tomar contacto con una realidad fuimos enajenados de otra. Pero ¿qué es nuestra patria sino una serie de enajenaciones? Sea como fuera, así terminé mi bachillerato en 1929. Me acuerdo todavía algunos días después de terminados los exámenes, cuando el colegio quedó en esa soledad melancólica tan característica y total en que quedan los colegios cuando sus muchachos se han dispersado en las grandes vacaciones. Sentí entonces la necesidad de ver por última vez el lugar en que habían transcurrido cinco años que no volverían más. Fui a los jardines y me senté sobre el borde de uno de los canteros y permanecí pensativo durante un buen tiempo. Luego me levanté y me acerqué a aquel árbol en que varios años antes había grabado mis iniciales, cuando todavía era un niño: *B.B. 1924.* ¡Qué solo me encontraba en aquel entonces! ¡Qué indefenso y triste, un chico de pueblo, en una ciudad ajena y monstruosa!

A los pocos días me iba a Capitán Olmos. Serían las últimas vacaciones en mi pueblo. Mi padre estaba ya envejecido pero seguía siendo duro y áspero. Me sentía lejos de él y de mis hermanos, mi alma estaba agitada por vagos impulsos, pero todos mis deseos eran inciertos e imprecisos. Intuía que algo se avecinaba, pero no acertaba a comprender qué, aunque mis sueños y mis obsesivas vueltas en torno de la casa de los Vidal podían habérmelo advertido. De todos modos pasé aquellas vacaciones mirando mi pueblo sin verlo. Tenían que transcurrir muchos años, sufrir yo muchos golpes, perder grandes ilusiones y conocer multitud de gente para recuperar en cierto modo a mi padre y a mi pueblo natal; ya que siempre el camino hacia lo más íntimo es un largo periplo que pasa por seres y universos. Así lo recuperaría a mi padre. Pero, como casi siempre pasa, cuando era demasiado tarde. Si en aquel entonces hubiera intuido que lo veía sano por última vez, si hubiera adivinado que veinticinco años después lo vería convertido en un sucio montón de huesos y vísceras en podredumbre, mirándome tristemente desde el fondo de unos ojos ya casi ajenos a este mundo, entonces habría tratado de comprender a aquel hombre áspero pero bueno, enérgico pero candoroso, violento pero puro. Pero siempre entendemos demasiado tarde a los seres que más cerca están de nosotros, y cuando empezamos a aprender este difícil oficio de vivir ya tenemos que morirnos, y sobre todo ya han muerto aquellos en quienes más habría importado aplicar nuestra sabiduría.

Cuando volví a Buenos Aires aún no tenía idea de lo que habría de estudiar. Quería todo o quizá no quería nada. Me gustaba pintar, escribía cuentos y poemas. Pero ¿era eso una profesión? ¿Se podía decirle en serio a la gente que uno querría dedicarse a pintar o escribir? ¿No eran más bien pasatiempos de gente desocupada y sin responsabilidad? Todos los demás parecían tan sólidos instalados en las facultades de medicina o de ingeniería, estudiando la forma de curar una escarlatina o de levantar un puente, que yo mismo me tomaba en broma. Por esa especie de pudor, pues, ingresé en la facultad de Derecho, aunque en lo más íntimo de mi espíritu estaba seguro de que jamás sería capaz de trabajar como abogado.

Me estoy apartando de lo que a usted le interesa, pero es que me resulta imposible hablar de las personas que para mí han tenido mayor importancia sin referirme a mis sentimientos de aquel tiempo. Porque ¿cómo esos seres podían tener importancia para mí sino precisamente a causa de mis propias ansiedades y sentimientos?

Vuelvo, pues, a Max.

Mientras terminaban la partida lo observé con curiosidad. Era uno de esos judíos blandos y perezosos, con tendencia a engordar. Su nariz era aguileña y gruesa, pero en conjunto su cara, con su alta frente, tenía una apacible nobleza. Y cierta serenidad contemplativa y reflexiva la hacía más apropiada para un hombre maduro, de vuelta de muchas cosas. Era abandonado en el vestir, le faltaban botones, la corbata estaba mal anudada, todo estaba puesto como al azar, como por la simple obligación de no andar desnudo por las calles. Más tarde advertí que no tenía el menor sentido práctico ni la menor idea de cómo manejar su dinero: a los pocos días de recibir su mensualidad, que gastaba sin ton ni son, debía empeñar libros, ropa y un anillo regalo de su madre que invariablemente iba a parar al montepío. Cuando conocí su familia, comprobé que su padre era tan apacible pero tan insensato como él. Y tanto padre como hijo resultaban así devastadores ejemplos para los que tienen una imagen convencional del judío. Ambos estaban desprovistos de sentido práctico, eran alocados (suave, serenamente alocados), eran pacíficos y buenos amigos, contemplativos y perezosos, desinteresados y radicalmente ineptos para ganar dinero, líricos y absurdos. Después, cuando empecé a verlo en su pensión, pude verificar el desorden en que vivía: dormía a cualquier hora y comía cualquier cosa desde su misma cama, para lo cual guardaba enormes sándwiches de salame o queso en su mesita de luz. Allí también tenía un calentador y un mate, que, sin moverse de la cama, tomaba interminablemente, alternando con cigarrillos. En aquel camastro inmundo, a medio vestir, estudiaba y seguía con su ajedrez de bolsillo partidas célebres, consultando a cada instante con libros y revistas especializadas.

Por aquel muchacho conocí a Carlos: como si atravesando un puente de goma que amenazaba derrumbarse en cualquier momento, llegara a un territorio durísimo y mineral, un continente basáltico con formidables volcanes pronto a estallar. Con los años observé cuántas veces hay seres que sólo sirven de transitorios puentes para dos personas que luego han de mantener una vinculación profunda y decisiva: como esos puentes frágiles que improvisan los ejércitos sobre un abismo, y que son recogidos una vez que las tropas los han pasado.

Lo encontré una noche en la pieza de Max. A mi llegada se callaron. Me lo presentó, pero sólo alcancé a distinguir su nombre. Creo que su apellido era italiano. Era un muchacho muy flaco, de ojos saltones. Había algo duro y áspero en su rostro y en sus manos, y me pareció violentamente contenido y reconcentrado. Parecía haber sufrido mucho, y además de su visible pobreza existían en su espíritu, seguramente, otras causas de angustia y de sufrimiento. Pensando más tarde sobre él, cuando por su contacto con Fernando me despertó intenso interés, me pareció que era puro espíritu, como si su carne hubiese sido calcinada por la fiebre; como si su cuerpo, atormentado y quemado, se hubiera reducido a un mínimo de huesos y de piel, y a unos pocos pero durísimos músculos para moverse y para soportar la tensión de su existencia. No hablaba, y sus ojos ardían de pronto con el fuego de la indignación, mientras sus labios, como cortados a cuchillo en su cara rígida, se apretaban para cerrar grandes y angustiosos secretos.

En aquel tiempo me admiró la relación de Max con Carlos: como cortar un pan de manteca con un filoso cuchillo de acero. Todavía no había llegado la época en que uno sabe que nada de los seres humanos debe asombrarnos. Ahora comprendo que había en Max condiciones adecuadas para aquella amistad tan curiosa en apariencia: la gran bondad, que debía aplacar la tensión espiritual de Carlos como el agua la sed de un hombre que ha atravesado grandes desiertos; y su misma blandura, que le permitía juntar seres tan diferentes y duros como Carlos y Fernando sin que se produjesen golpes demasiado fuertes, como un amortiguador. Y, por lo demás, ¿qué policía del mundo podía imaginar que alguien como Max mantuviese relaciones con anarquistas y pistoleros?

Eso en cuanto a Carlos. Porque en lo que a Fernando se refería, sospeché primero, y luego comprobé, un motivo mucho más sórdido: la madre de Max. No sé si le he dicho que tenía una rara inclinación a dos tipos de mujeres: las muchachas muy jóvenes y las mujeres maduras. Y como su capacidad de simulación era ilimitada, podía seducir por igual a una chiquitina que gusta caminar con las manos entrelazadas, que a una mujer con ese vasto y generalmente amargo conocimiento de los hombres que suelen tener. Si un hombre tiene el rostro más auténtico cuando está en soledad, el más auténtico rostro de Fernando era despiadado y cruel, como tallado a cuchillo; pero del mismo modo que un vendedor de tienda golpeado por cualquier adversidad puede (y debe), sin embargo, poner una expresión agradable al comprador, así Fernando era capaz de organizar en la superficie de su cara la más perfecta imitación de ternura, comprensión, romanticismo o candor, según el cliente. Lo ayudaba su total desprecio por la raza humana y en particular por la mujer, y en esa comedia siniestra creo que no sólo encontraba el mejor sistema para satisfacer su lubricidad sino también una de sus maneras de despreciarse a sí mismo. Se mofaba de las teorías simplistas sobre la mujer que constituyen ciertos lugares comunes tanto de los que creen que la mujer es romántica y debe ser conquistada con claros de luna como de los que imaginan que debe ser maltratada. En su opinión hay mujeres que necesitan un ramo de flores y otras una cachetada, y otras (y a veces las mismas, según las circunstancias) las dos cosas. Pero a la larga las maltrataba a todas, a veces en forma tan cruel como la de bostezar en algún momento culminante del acto sexual.

La madre de Max tendría en aquel entonces unos cuarenta años y, a pesar de ser judía, su tipo era completamente eslavo, aunque morena. No sé si era hermosa, lo que sé es que era subyugante: desde sus ojos intensos, que parecían arder en un fuego de pasión, hasta su historia. Inútil explicarle, pues, que nada tenía Max que recordara a su madre: había heredado, en cambio, los atributos físicos y espirituales de su padre.

Nadia era fascinante, o quizás a mí me fascinó tanto por su historia. Su madre había sido estudiante de medicina en San Petersburgo y junto con Vera Figner uno de los fundadores del movimiento *Tierra y Libertad*. Como tantos otros, abandonó sus estudios para hacer propaganda revolucionaria entre los campesinos y finalmente pudo huir cuando el zarismo, a raíz de la serie de atentados, se dispuso a aniquilar el movimiento. Se unió a los grupos de Zurich, conoció a un joven deportado de nombre Isaiev, y de su matrimonio nació Nadia. La infancia y la adolescencia fueron agitadas, desplazándose de un país a otro de Europa, hasta que volvieron a Suiza, donde Nadia se casó con un estudiante crónico de medicina llamado Steinberg. Vinieron a la Argentina, ella estudió medicina y luchando enérgicamente educó y alimentó a su familia.

Con su cara un poco tártara, con su pelo renegrido y lacio peinado al medio y estirado hacia atrás, donde era recogido en un rodete, Nadia parecía escapada de alguna película rusa.

—Pero ¿qué clase de judía es usted? —me atreví un día a preguntarle.

—Descendemos de pogroms —me repitió sonriendo.

Y sin embargo, años después, cuando mi experiencia con judíos fue más profunda, observé cómo de pronto Nadia se encogía de hombros o movía la mano con un gesto que rectificaba sutil pero vertiginosamente la máscara eslava. Y entonces advertí que esa clase de indicios era frecuente entre judíos como los Steinberg: rostros a menudo eslavos o tártaros, té con viejos samovares de familia, adoración por Pushkin o Gogol o Dostoievsky (que leían en ruso); y de pronto, cuando uno se había acostumbrado a ellos como a la penumbra de un cuarto mal iluminado, debajo de los rasgos obvios y notorios empezaban a advertirse indicios de la raza milenaria; indicios no siempre físicos, a veces imperceptibles minucias de la sonrisa o de la voz, cuando no del pensamiento o de la acción. Y así, en medio de una fuerte cara eslava se insinuaba de pronto una sonrisa de tristeza, como si de un poderoso disfraz viésemos salir al cabo una frágil muchacha que teme ser asaltada. Otras veces era aquel encogerse de hombros de Nadia, que implicaba cierta irónica desconfianza hacia el mundo de los *gohim*, cierta dolorosa desilusión y la tácita reminiscencia de trágicos episodios. Y aquellos rasgos físicos o indicios espirituales, que surgían sutilmente del rostro eslavo como las líneas más finas y delicadas que el dibujante va enriqueciendo sobre el esquema básico, terminaban por manifestarse finalmente en esa forma peculiar que el judío da a sus razonamientos y que, contra lo que la mayor parte de la gente supone, tiene muy poco que ver con un racionalismo riguroso; pues mientras la lógica se basa en la afirmación de que A es A, un judío preferirá en cambio afirmar preguntando *¿por qué A no ha de ser A?*, encogiéndose de hombros y como descartando su responsabilidad en el asunto, ya que nunca se sabe cómo y por qué puede empezar una persecución. Y ese encogimiento de hombros, ese movimiento de manos, ese fruncimiento de frente, tiñen, deforman y retuercen la ley de identidad con sentimientos confusos, con recónditas ironías, con vagos y callados comentarios que alejan al judío del puro racionalismo tanto como un análisis proustiano de los sentimientos de un tratado de psicología.

Sea como sea, por Nadia aprendí a querer y admirar a ese vasto territorio de borrachos y nihilistas, charlatanes y tuberculosos, burócratas y generales que era la Rusia de los zares.

Max entró en relaciones con Fernando la noche de un sábado del año 1928, en un ateneo de Avellaneda llamado *Amanecer*, donde González Pacheco daba una conferencia sobre el tema "Anarquismo y Violencia". Por aquel tiempo se debatía ásperamente el problema, sobre todo como consecuencia de los atentados y asaltos de Di Giovanni. Aquellos debates eran peligrosísimos, pues una buena parte de los asistentes iban armados y porque el anarquismo estaba dividido en fracciones que se odiaban a muerte. Porque es un error imaginar, como a menudo suponen los que ven a un movimiento revolucionario desde lejos o desde afuera, que todos sus integrantes ofrecen un tipo definido de personas; error de perspectiva semejante al que cometemos cuando adjudicamos atributos bien definidos a lo que podría llamarse el Inglés, con mayúscula, poniendo candorosamente en un mismo casillero a personas tan disímiles como el hermoso Brummell y un estibador del puerto de Liverpool; o como cuando afirmamos que todos los japoneses son iguales, ignorando o inadvirtiendo sus diferencias individuales, en virtud de ese mecanismo psicológico que desde fuera nos hace sobre todo percibir los rasgos comunes (ya que es lo que primero y superficialmente salta a la vista), pero que se invierte para hacer percibir las diferencias cuando se está dentro de esa comunidad (ya que lo importante entonces son los rasgos distintivos).

Pero la gama era infinita. Había el tolstoiano que se negaba a comer carne porque era enemigo de toda muerte violenta, y que muy a menudo era esperantista y teósofo; y el partidario de la violencia hasta en sus formas más indiscriminadas, ya porque sostuviera que el Estado sólo puede combatirse mediante la fuerza, ya porque, como en el caso de Podestá, daba así salida a sus instintos sádicos. Había el intelectual o estudiante que llegaba al movimiento a través de Stirner y Nietzsche, como Fernando, generalmente individualistas acérrimos y asociales, que muchas veces terminaron apoyando al fascismo; y obreros casi analfabetos que se acercaban al anarquismo en busca de una esperanza instintiva. Había resentidos que volcaban así su odio contra el patrón o la sociedad, y que a menudo terminaban convirtiéndose en despiadados patrones cuando lograban alguna fortuna o en miembros del cuerpo policial; y seres purísimos llenos de bondad y de grandeza, y que aun siendo bondadosos y puros eran capaces de llegar al atentado y la muerte, como en el caso de Simón Radovitsky, llevados por un cierto tipo de espíritu justiciero, al destruir al hombre que juzgaban culpable de la muerte de mujeres y niños inocentes. Existía el vividor que con el cuento del anarquismo la pasaba muy bien, comiendo y durmiendo gratuitamente en casa de compañeros, a los que en ocasiones terminaba robándoles algo o quitándoles la mujer, y que cuando por sus excesos recibía alguna tímida recriminación del dueño de casa contestaba con desprecio "pero qué clase de anarquista es usted, camarada". Y existía el linyera partidario de la vida libre del pájaro, del contacto con el sol y el campo, que salía con su bulto al hombro a recorrer países y a predicar la buena nueva, trabajando en alguna cosecha, arreglando algún molino o algún arado, y de noche, en el galpón de la peonada, enseñando a leer y a escribir a los analfabetos, o explicándoles en palabras sencillas pero fervientes el advenimiento de la nueva sociedad donde no habrá ni humillación ni dolor ni miseria para los pobres, o leyéndoles páginas de algún libro que llevaba en su hatillo: páginas de Malatesta a los campesinos italianos, o de Bakunin; mientras sus interlocutores silenciosos, tomando mate en cuclillas o sentados sobre algún cajón de kerosén, cansados por la jornada de sol a sol, acaso rememorando alguna remota aldea italiana o polaca, se entregaban a medias a aquel sueño maravilloso, queriéndolo creer pero (instigados por la dura realidad de todos los días) imaginando su imposibilidad, en forma semejante a los que abrumados de desdichas sin embargo a veces sueñan con el paraíso final; y acaso entre aquellos peones, algún criollo, que pensaba que Dios había hecho el campo y el cielo con sus estrellas para todos por igual, esa clase de criollo que añoraba la vieja y altiva vida libre de la pampa sin alambrados, ese paisano individualista y estoico, hacía finalmente suya la buena de aquellos remotos apóstoles de nombres raros y, ya para siempre, abrazaba con ardor la doctrina de la esperanza.

Y cuando aquella noche de 1928 un zapatero tolstoiano sostuvo que nadie tenía derecho a matar a nadie, y mucho menos en nombre del anarquismo; y que hasta la vida de los animales era sagrada, motivo por el cual él se alimentaba con verdura, un joven desconocido, de quizá diecisiete años, alto y moreno, de ojos verdosos y expresión irónica y dura, respondió:

—Es probable que comiendo lechuga usted mejore el funcionamiento de sus intestinos, pero me parece muy difícil que logre echar abajo la sociedad burguesa.

Todos miraron a aquel joven desconocido.

Y otro tolstoiano salió en defensa del zapatero, recordando la leyenda de cuando Buda se dejó devorar por un tigre para aplacar su hambre. Pero un partidario de la violencia justa preguntó qué habría hecho Buda si hubiera visto que el tigre no se precipita sobre él sino sobre un niño indefenso. Después de lo cual la discusión se hizo tormentosa, sarcástica, lírica, agraviante, tonta, candorosa o brutal según los temperamentos, demostrando una vez más que una sociedad sin clases y sin problemas sociales tal vez sea tan violenta e inarmónica como ésta. Salieron una vez más los mismos argumentos y los mismos recuerdos: ¿no se justificaba que Radovitsky hubiese matado al jefe de policía culpable de la masacre del primero de mayo de 1909? ¿No reclamaban venganza los ocho proletarios muertos y los cuarenta heridos? ¿No había mujeres entre los sacrificados? Sí, quizá. El Estado Burgués defendía implacablemente sus privilegios, armado hasta los dientes, no perdonaba vida ni libertad, la justicia y el honor no existían para esos déspotas que sólo perseguían el mantenimiento de sus privilegios. Pero ¿y los inocentes que se mataban a veces con las bombas anarquistas? Y además, ¿podría alcanzarse una sociedad mejor mediante la violencia y la venganza? ¿No eran los anarquistas los verdaderos depositarios de los mejores valores humanos: de la justicia y la libertad, de la hermandad y el respeto al ser viviente? Y luego ¿era admisible que en nombre de esos altos principios se aplastase a meros pagadores de bancos o de casas de comercio, que al fin de cuentas eran inocentes, y se los masacrara para obtener dinero que se utilizaba para colmo con fines dudosos? Momento en que el debate terminó en medio de un gran tumulto de insultos, de gritos y finalmente de armas. Tumulto que apenas logró apaciguar González Pacheco recurriendo a su talento oratorio y recordando a los anarquistas presentes que de ese modo justificaban las peores acusaciones de la burguesía.

En aquellas circunstancias, me contó Max, encontró a Fernando. Le llamó la atención su frase epigramática y su rostro. Salieron con él y con otro llamado Podestá, a quien después conocí. Así se dio el primer paso en la formación de la banda que seguramente quería organizar y encabezar ese Podestá, pero que inevitablemente encabezaría Fernando. Era Osvaldo R. Podestá un sujeto que cuando lo conocí me repelió instantáneamente: había en él algo equívoco y tortuoso. Sus maneras eran suaves, casi afeminadas, y era relativamente culto, pues había alcanzado el cuarto año del bachillerato antes de unirse a la banda de Di Giovanni. Entornaba los ojos y miraba medio de costado en una forma desagradable. Con el tiempo confirmé aquella primera impresión, cuando conocí su trayectoria; cuando con el fusilamiento de Di Giovanni, perseguido el movimiento con toda la fuerza de la ley marcial, después del asalto que con la banda de Fernando hicieron al pagador de la casa Braceras, huyó al Uruguay en una lancha de contrabandistas y luego pasó a España. Allá empezó a actuar en el pistolerismo sindical, trabajando en una lucha a muerte con la patronal (hubo trescientos muertos en esos años que precedieron a la guerra civil), pero, por algún motivo que desconozco, se hizo sospechoso de actuar en conveniencia con la policía. En prueba de la lealtad, se ofreció a matar a la persona que se le designase. Se le indicó al propio jefe de policía de Barcelona, y Podestá lo mató a tiros, con lo que parece que renovó su crédito. Pero cuando se produjo la guerra civil, cometió tales atrocidades con su banda, que la Federación Anarquista Ibérica decretó su muerte. Sabedor de la decisión, Podestá y dos de sus amigos intentaron huir desde el puerto de Tarragona en un bote a motor cargado de objetos y dinero, pero fueron ametrallados a tiempo.

Que alguien como Fernando tuviese a un ser como Podestá en su banda es explicable. Lo singular es que un muchacho como Carlos haya podido actuar con semejante compañía, y sólo su misma pureza puede explicar el fenómeno. No debe usted olvidar, además, que el poder de convicción de Fernando era ilimitado y no debe haberle resultado muy dificultoso probarle que aquél era el único medio de lucha contra la sociedad burguesa. No obstante lo cual terminó apartándose asqueado de ellos, cuando por fin advirtió que el dinero de sus asaltos no iba a engrosar el fondo de ningún sindicato ni a ayudar las familias o huérfanos de camaradas presos o deportados. Pues precisamente su alejamiento se produjo cuando supo que Gatti no había recibido los fondos que Fernando se había comprometido a darle para la fuga del penal de Montevideo, y la fuga, que ya no podía postergarse, fue organizada con dinero urgentemente obtenido por otro lado. Carlos estimaba mucho a Gatti (yo mismo lo verifiqué) y aquel suceso fue para él definitivamente revelador. Quizá usted recuerde la famosa fuga del penal de Montevideo, en que catorce condenados escaparon por un túnel de más de treinta metros excavado bajo la dirección de Gatti, a quien se lo conocía por "el ingeniero", desde una presunta carbonería establecida frente a la cárcel. Gatti trabajaba científicamente, utilizaba brújula, mapas, una pequeña excavadora eléctrica y una vagoneta arrastrada sobre rieles mediante cuerdas que evitaban el ruido; la tierra se acumulaba en bolsas aparentemente de carbón, que luego eran retiradas en camiones. Estas complicadas y largas operaciones demandaban muchísimo dinero, que en su mayor parte salía de los asaltos. Pero, como usted comprenderá, y como Fernando solía decir con sorna, todo resultaba a la postre una especie de autofagia: se asaltaba para sacar de la cárcel a anarquistas presos por asaltos anteriores.

Los anarquistas tenían dos grandes recursos para la

obtención de fondos: el asalto y la falsificación. Y ambos justificados filosóficamente, pues ya que según algunos de sus teóricos la propiedad es un robo, mediante el asalto se restituía a la comunidad algo que un individuo había indebidamente hecho suyo; y con la emisión de papel moneda falsificado no sólo se trataba de obtener dinero para las evasiones y para las huelgas sino que, en alguna forma, sobre todo cuando se intentaba en gran escala, se trataba de arruinar al fisco y desmoronar la nación. Siguiendo el ejemplo histórico de Inglaterra cuando con sus famosos asignados falsos que enviaba en barcos de pescadores intentó sabotear al gobierno de la revolución en Francia, los anarquistas en muchas ocasiones realizaron falsificaciones en gran escala. Era una tarea subterránea que los subyugaba y que por otra parte no les resultaba difícil, dada la inclinación de muchos militantes a las artes gráficas. Di Giovanni organizó un gran taller de grabación donde se imprimieron billetes de diez pesos; y en aquel taller trabajó un tipógrafo español llamado Celestino Iglesias, hombre puro y generoso, que Fernando conoció entonces y que en los últimos años que precedieron a su muerte, volvió a buscar para una falsificación, antes del accidente que le costó la vista.

Pero volvamos a nuestro reencuentro.

Fue en enero de 1930. Habíamos ido con Max a ver *Alta traición,* y, cuando llegamos al bar, todavía discutiendo sobre Emil Jannings y sobre las ventajas y desventajas del cine parlante (Max, como René Clair y como Chaplin, se horrorizaba de las perspectivas del cine sonoro), vimos que Fernando lo estaba esperando sentado cerca de la mesita habitual que ocupaba el tablero de Max. Lo reconocí en seguida, aunque ahora era un hombre; sus rasgos se habían fortalecido, pero no transformado, pues pertenecía a ese tipo de seres humanos que desde muy niños tienen ya rasgos fuertes que los años no modifican sino para acentuarlos. Podría haberlo reconocido en medio de una multitud caótica, tan acusados e inolvidables eran los rasgos de aquella cara.

No sé si él me desconoció realmente o en todo caso hizo como que me desconocía. Le extendí la mano.

—Ah, Bruno —comentó, dándome la mano como distraído.

Se apartaron y Fernando dijo algunas cosas en voz baja a Max. Yo lo miraba sin salir de mi asombro, un asombro que me había dejado casi sin habla. Porque aunque más tarde encontré toda serie de explicaciones a aquel reencuentro, tal como se lo he dicho antes, en aquel momento su aparición me pareció una especie de milagro. De milagro negro.

Cuando se separaron, se volvió ligeramente hacia mí y me hizo un gesto con la mano, a manera de despedida. Le pregunté a Max si le había hablado de mí, si le había dicho de dónde nos conocíamos.

—No, no me dijo nada —comentó Max.

Claro, para él no resultaba tan sorprendente aquel encuentro: hay tanta gente que se conoce en una ciudad.

Así volví a entrar en la órbita de Fernando, y aunque lo vi en contadas ocasiones, sus frases, sus teorías y sus ironías tuvieron enorme importancia en aquel período crítico de mi vida. En realidad, no participé nunca en las actividades secretas de su banda pero seguí ansiosamente, desde lejos, y a través de Max o de Carlos, los indicios de aquella existencia tormentosa. En qué medida y en qué forma un muchacho como Max podría participar de aquella organización, hasta hoy es para mí un insondable secreto. Yo creo probable que desempeñase algún papel lateral o de contacto, porque ni por temperamento ni por sus ideas era adecuado para la acción, y mucho menos para una acción de semejante clase. Y aún hoy me pregunto por qué motivo Max estaba cerca de aquella banda. ¿Por curiosidad? ¿Por cierta herencia o por influencia, aunque fuera remota, de su historia familiar? Todavía a veces me sonrío a solas de aquella incongruente presencia de Max. Era tan contemporizador que habría encontrado razones hasta para ser amigo del propio jefe de policía de Buenos Aires, y sin duda alguna habría jugado con él una buena partida de ajedrez de habérsele ofrecido la ocasión. Y era tan desatinado encontrarlo entre aquella gente como si alguien, en medio de un terremoto, leyese plácidamente el diario en una poltrona. Entre asaltantes y terroristas que hablaban de falsificaciones, de

504

gelinita y de túneles, Max me comentaba *Le Roi David,* que Honegger dirigía en esos momentos en el Colón; o de Tairoff, que estaba en el teatro Odeón; o analizaba largamente la mejor partida de Capablanca con Alekhine. O salía de pronto con sus rasgos de humor, que eran tan inadecuados para todo aquello como una copita de oporto en una reunión de feroces bebedores de gin.

A partir del 2 de setiembre los acontecimientos se precipitaron: manifestaciones de estudiantes, tiroteos, luego la muerte del estudiante Aguilar, huelgas y por fin la revolución del 6 y la caída del presidente Yrigoyen. Y con aquélla (ahora lo sabemos) el fin de toda una época del país. Ya nunca más volveríamos a ser lo que habíamos sido.

Con la junta militar y el estado de sitio todo el movimiento sufrió un golpe terrible: se allanaban locales obreros y estudiantiles, se deportaba a los obreros extranjeros, se torturaba y se diezmaba el movimiento revolucionario.

En medio de aquel caos, yo perdí de vista a Carlos, pero sospeché que debía de andar en algo muy peligroso. Y cuando el 1° de diciembre leí en los diarios el asalto al pagador de Braceras, en la calle Catamarca, instantáneamente recordé una larga y sospechosa recorrida que unos dos meses antes había hecho Carlos en mi compañía, con el pretexto de buscar un local para una imprenta clandestina. No tuve dudas de que aquel asalto había sido obra de la banda de Fernando, y más tarde lo comprobé. Fue precisamente aquel asalto el último en que Carlos participó, pues ya por entonces se convenció, finalmente, de que los objetivos que perseguía Fernando nada tenían de común con los suyos. Y aunque Fernando se había encargado de minar sus simpatías por el comunismo con argumentos cínicos pero demoledores, Carlos ingresó en una célula del partido comunista, en Avellaneda. Yo había oído en algunas ocasiones aquellos argumentos de Fernando, argumentos e ironías que Carlos escuchaba mirando al suelo, con las mandíbulas apretadas. Ya por aquel tiempo Carlos era trabajado por muchachos comunistas y empezaba a encontrar ventajas considerables en el otro movimiento: parecían luchar por algo sólido y preciso, demostraban que el terrorismo individual era inútil cuando no pernicioso, criticaban con fundamentos serios a un movimiento que había permitido el surgimiento de bandas como las de Di Giovanni, y, en fin, demostraban que contra la fuerza organizada del estado burgués sólo era eficaz la fuerza organizada del proletariado. Pero Fernando no le criticaba, como otros anarquistas, la formación de un nuevo estado, más duro quizá que el anterior, la instauración de una dictadura que suprimiese la libertad individual en beneficio de la comunidad futura: no, le reprochaba su mediocridad y su aspiración a resolver los problemas últimos del hombre con siderurgia, hidroelectricidad, zapatos y buena comida.

Lo horrible, a mi juicio, no era que Fernando tratara de destruir la fe naciente de Carlos con argumentos sofísticos: lo grave es que a él no le importaba absolutamente nada todo aquello del comunismo y de anarquismo, y sólo largaba sus armas dialécticas con puros fines de destrucción de un ser tan desamparado como Carlos.

Pero, como digo, eso fue antes del asalto a Braceras. Desde ese momento no vi más a Carlos hasta 1934. Y en cuanto a Fernando lo perdí de vista hasta veinte años después.

En enero de 1931, después de una delación, la policía sorprendió a Di Giovanni en una imprenta clandestina. Perseguido a través de las calles del centro y de las azoteas de varias casas, en medio de descargas, fue finalmente acorralado y apresado. En la madrugada del primero de febrero fue fusilado lo mismo que su compañero Scarfó. Murieron gritando ¡Viva la Anarquía! Pero en realidad aquellos gritos parecieron anunciar su muerte definitiva en esta región del mundo.

Y con ella, el fin de muchas cosas.

El reencuentro con Fernando y la crisis por la que atravesaba y que me hacía sentir más solo que durante los últimos años del bachillerato, aumentó mis ansias de volver "a los Vidal" en un grado casi intolerable.

Yo fui siempre un contemplativo, y de pronto me había encontrado en medio de un torrente, del mismo modo que la creciente de un río de montaña arrastra muchas cosas que hasta unos momentos antes se encontraban plácidamente contemplando el mundo. Por eso mismo, quizá todo aquel tiempo se me aparece, ahora que han pasado los años, tan irreal como un sueño, tan seductor (pero tan ajeno) como el mundo de una novela.

Repentinamente complicado por los hechos policiales y por mi relación con Carlos, mi pensión allanada por la policía, hube de refugiarme en la pensión donde vivía Ortega, un estudiante de ingeniería que en aquel tiempo había estado tratando de llevarme al comunismo. Vivía cerca de Constitución, sobre la calle Brasil, en una pensión de una viuda española que lo adoraba. No fue difícil, pues, que me encontrara una solución por un tiempo. Y sacando los trastos de una piecita que daba a la calle Lima, me puso un colchón.

Aquella noche tuve un sueño agitado. Al despertarme casi me asusté, en la madrugada, no recordé inmediatamente los hechos del día anterior y hasta que tuve plena conciencia miré con sorpresa la confusa realidad que me rodeaba. Pues no nos despertamos de golpe, sino en un complejo y paulatino proceso en que vamos reconociendo el mundo originario como quien viene de un larguísimo viaje por continentes lejanos e imprecisos, y en que después de siglos de existencia oscura hemos perdido la memoria de nuestra existencia anterior, y sólo recordamos de ella fragmentos incoherentes. Y después de un tiempo inconmensurable, la luz del día empieza tenuemente a iluminar las salidas de aquellos laberintos angustiosos y entonces corremos con ansiedad hacia el mundo diurno. Y llegamos al borde del sueño como náufragos exhaustos que logran alcanzar la playa después de una larga lucha con la tempestad. Y allí, semiinconscientes todavía, pero ya tranquilizándonos poco a poco, empezamos a reconocer con gratitud algunos de los atributos del mundo cotidiano, el tranquilo y confortable universo de la civilización. Antoine de Saint-Exupéry cuenta cómo después de una angustiosa lucha con los elementos, perdido en el Atlántico, cuando ya él y su mecánico casi no conservaban esperanzas de llegar a tierra, alcanzaron a divisar una débil lucecita en la costa africana, y con el último litro de combustible alcanzaron finalmente la ansiada costa; y cómo entonces aquel café con leche que tomaron en una cabaña fue el humilde pero trascendental signo de contacto con la vida entera, el pequeño pero maravilloso reencuentro con la existencia. Del mismo modo, cuando retornamos de aquel universo del sueño, una mesita cualquiera, un par de zapatos gastados, una simple lámpara familiar, son conmovedoras luces de la costa que ansiamos alcanzar, la seguridad. Razón por la cual nos angustiamos cuando uno de esos fragmentos de la realidad que empezamos a distinguir no es el que esperábamos: aquella conocida mesita, ese par de zapatos gastados, la lámpara familiar. Tal como nos suele suceder cuando despertamos de pronto en una pieza desconocida, en la fría y despojada habitación de un hotel anónimo, o en el cuarto en que el azar de las circunstancias nos ha arrojado la noche anterior.

Poco a poco fui comprendiendo que aquella pieza no era la mía y con ello fui recordando aquella jornada de allanamientos y policía. Ahora, a la luz de la mañana, se me aparecía como disparatada y totalmente ajena a mi espíritu. Una vez más advertía que los hechos alcanzaban con su violencia irracional hasta a los seres más inapropiados. Por una serie de curiosos encadenamientos, yo, que creo haber nacido para la contemplación y la pasiva reflexión, me he encontrado en el medio de confusos y hasta peligrosísimos sucesos.

Me levanté, abrí la ventana y miré hacia abajo la ciudad indiferente.

Me sentí solo y desconcertado. La vida se me presentaba complicada y agresiva.

Ortega apareció con su optimismo sano de siempre, haciéndome bromas sobre los anarquistas. Y antes de irse a la facultad me dejó una obra de Lenin que me encareció leyera, pues allí hacía una crítica definitiva del terrorismo. Yo que bajo la influencia de Nadia había leído las memorias de Vera Figner, enterrada en vida en las cárceles del zar como consecuencia del atentado, no pude leer con simpatía aquel análisis despiadado e irónico. "Desesperación pequeñoburguesa." ¡Qué grotescos aparecían aquellos románticos a la luz implacable del teórico marxista! Con los años he ido comprendiendo que la realidad estaba más cerca de Lenin que de Vera Figner, pero mi corazón ha permanecido siempre fiel a aquellos héroes candorosos y un poco disparatados.

508

El tiempo pareció de pronto paralizarse, para mí. Ortega me había recomendado que no saliera por unos días de la pensión, hasta ver cómo se desarrollaban los acontecimientos. Pero a los tres días no pude más y empecé a salir, suponiendo que era imposible que la policía reconociese a un muchacho sin antecedentes.

Al mediodía entré en uno de los bares automáticos de Constitución y comí. Me producía extrañeza encontrar en las calles y en los cafés tanta gente despreocupada y libre de problemas. Dentro de la piecita yo leía obras revolucionarias y me parecía que el mundo podía estallar en cualquier momento; luego, al salir, encontraba que todo seguía un curso pacífico: los empleados iban a sus empleos, los comerciantes vendían y hasta se podía ver gente sentada en los bancos de las plazas, sentada perezosamente y viendo desfilar las horas: iguales y monótonas. Una vez más, y no sería la última, me sentía un poco extraño en el mundo, como si hubiese despertado de pronto y desconociese sus leyes y su sentido. Caminaba al azar por las calles de Buenos Aires, miraba a sus gentes, me sentaba en un banco de la plaza Constitución y pensaba. Luego volvía a mi piecita y me sentía más solo que nunca. Y únicamente sumergiéndome en los libros parecía encontrar de nuevo la realidad, como si aquella existencia de las calles fuera, en cambio, una suerte de gran sueño de gente hipnotizada. Faltaban muchos años para que comprendiera que en aquellas calles, en aquellas plazas y hasta en aquellos negocios y oficinas de Buenos Aires había miles de personas que pensaban o sentían más o menos lo que yo sentía en ese momento: gente angustiada y solitaria, gente que pensaba sobre el sentido y el sinsentido de la vida, gente que tenía la sensación de ver un mundo dormido a su alrededor, un mundo de personas hipnotizadas o convertidas en autómatas.

Y en aquel reducto solitario me ponía a escribir cuentos. Ahora advierto que escribía cada vez que era infeliz, que me sentía solo o desajustado con el mundo en que me había tocado nacer. Y pienso si no será siempre así, que el arte de nuestro tiempo, ese arte tenso y desgarrado, nazca invariablemente de nuestro desajuste, de nuestra ansiedad y nuestro descontento. Una especie de intento de reconciliación con el universo de esa raza de frágiles, inquietas y anhelantes criaturas que son los seres humanos. Puesto que los animales no lo necesitan: les basta vivir. Porque su existencia se desliza armoniosamente con las necesidades atávicas. Y al pájaro le basta con algunas semillitas o gusanos, un árbol donde construir su nido, grandes espacios para volar; y su vida transcurre desde su nacimiento hasta su muerte en un venturoso ritmo que no es desgarrado jamás ni por la desesperación metafísica ni por la locura. Mientras que el hombre, al levantarse sobre las dos patas traseras y al convertir en un hacha la primera piedra filosa, instituyó las bases de su grandeza pero también los orígenes de su angustia; porque con sus manos y con los instrumentos hechos con sus manos iba a erigir esa construcción tan potente y extraña que se llama cultura e iba a iniciar así su gran desgarramiento, ya que habrá dejado de ser un simple animal pero no habrá llegado a ser el dios que su espíritu le sugiera. Será ese ser dual y desgraciado que se mueve y vive entre la tierra de los animales y el cielo de sus dioses, que habrá perdido el paraíso terrenal de su inocencia y no habrá ganado el paraíso celeste de su redención. Ese ser dolorido y enfermo del espíritu que se preguntará, por primera vez, sobre el porqué de su existencia. Y así las manos, y luego aquella hacha, aquel fuego, y luego la ciencia y la técnica habrán ido cavando cada día más el abismo que lo separa de su raza originaria y de su felicidad zoológica. Y la ciudad será finalmente la última etapa de su loca carrera, la expresión máxima de su orgullo y la máxima forma de su alienación. Y entonces seres descontentos, un poco ciegos y un poco como enloquecidos, intentan recuperar a tientas aquella armonía perdida con el misterio y la sangre, pintando o escribiendo una realidad distinta a la que desdichadamente los rodea, una realidad a menudo de apariencia fantástica y demencial, pero que, cosa curiosa, resulta ser finalmente más profunda y verdadera que la cotidiana. Y así, soñando un poco por todos, esos seres frágiles logran levantarse sobre su desventura individual y se convierten en intérpretes y hasta en salvadores (dolorosos) del destino colectivo.

Pero mi desdicha ha sido siempre doble, porque mi debilidad, mi espíritu contemplativo, mi indecisión, mi abulia, me impidieron siempre alcanzar ese nuevo orden, ese nuevo cosmos que es la obra de arte; y he terminado siempre por caer desde los andamios de aquella anhelada construcción que me salvaría. Y al caer, maltrecho y doblemente entristecido, he acudido en busca de los simples seres humanos.

Así también en aquel momento: todo lo que construía eran torpes y fallidos intentos, y una y otra vez, a cada fracaso, como cada vez que me he sentido solo y confuso, en medio de mi soledad oía quedamente, allá en el fondo de mi espíritu, mezclado a confusos rumores de una madre fantasmal que apenas recordaba, el rumor de Ana María, la única aproximación a una madre carnal que conocí. Era como el eco de aquellas campanas de la catedral sumergida de la leyenda, que la tempestad y el viento sacuden. Y como siempre que mi vida oscurecía, aquel remoto tañido se empezaba a oír con mayor intensidad, como un llamado, como si dijera "no olvides que siempre estoy aquí, que siempre puedes acudir a mi lado". Y de pronto, uno de aquellos días, el llamado creció hasta ser irresistible. Y entonces salté de la cama, donde pasaba largas horas de cavilación inútil, y corrí con la repentina y ansiosa idea de que debía haber acudido antes, mucho antes, para recuperar lo que quedaba de aquella infancia, de aquel río, de aquellas lejanas tardes de la estancia, de Ana María. De Ana María.

Me equivocaba, pues no siempre nuestras ansiedades nos conducen a la verdad. Aquel reencuentro con Georgina fue más bien un desencuentro y el comienzo de una nueva desventura que en cierto modo ha perdurado hasta ahora y que seguramente proseguirá hasta mi muerte. Pero esta historia no es ya la que a usted le interesa.

Sí, claro: la vi en numerosas ocasiones, caminé con ella por esas calles, fue bondadosa conmigo. Pero ¿quién ha dicho que sólo pueden hacernos sufrir los malvados?

No sólo era callada sino que sus palabras eran reticentes, como si viviera bajo un perpetuo temor. No fueron sus palabras las que me explicaron lo que Georgina era en aquel momento de su vida ni los sufrimientos que padecía. Fueron sus pinturas. ¿Le dije que ella pintaba desde niña?

No vaya a creer que sus cuadros me dijeran cosas directas, pues en ellos no había ni siquiera figuras humanas, y mucho menos anécdota. Eran naturalezas muertas: una silla al lado de una ventana, un florero. Pero, qué milagro: uno dice "silla" o "ventana" o "reloj", palabras que designan meros objetos de ese frígido e indiferente mundo que nos rodea, y sin embargo de pronto transmitimos algo misterioso e indefinible, algo que es como una clave como un patético mensaje de una profunda región de nuestro ser. Decimos "silla" pero no queremos decir "silla", y nos entienden. O por lo menos nos entienden aquellos a quienes está secretamente destinado el mensaje, críptico, pasando indemne a través de las multitudes indiferentes y hostiles. Así que ese par de zuecos, esa vela, esa silla no quiere decir ni esos zuecos, ni esa vela macilenta, ni aquella silla de paja, sino Van Gogh, Vincent (sobre todo Vincent): su ansiedad, su angustia, su soledad; de modo que son más bien su autorretrato, la descripción de sus ansiedades más profundas y dolorosas. Sirviéndose de aquellos objetos externos e indiferentes, esos objetos de ese mundo rígido y frío que está fuera de nosotros, que acaso estaba antes de nosotros y que muy probablemente seguirá permaneciendo, indiferente y helado, cuando hayamos muerto, como si esos objetos no fueran más que temblorosos y transitorios puentes (como las palabras para el poeta) para salvar el abismo que siempre se abre entre uno y el universo; como si fueran símbolos de aquello profundo y recóndito que refleja; indiferentes y objetivos y grises para los que no son capaces de entender la clave pero cálidos y tensos y llenos de intención secreta para los que la conocen. Porque en realidad esos objetos pintados no son los objetos de aquel universo indiferente sino objetos creados por aquel ser solitario y desesperado, ansioso de comunicarse, que hace con los objetos lo mismo que el alma realiza con el cuerpo: impregnándolo de sus anhelos y sentimientos, manifestándose a través de las arrugas carnales, del brillo de sus ojos, de las sonrisas y de las comisuras de sus labios; como un espíritu que trata de manifestarse (desesperadamente) con el cuerpo ajeno, y a veces groseramente ajeno, de una histérica o de una médium profesional y fría.

Así yo también pude saber algo de lo que pasaba en la parte más oculta, y por mí más añorada, del alma de Georgina.

¿Para qué, Dios mío? ¿Para qué?

IV

Durante días rondó la casa, esperando que retiraran la vigilancia. Se limitaba a mirar desde lejos lo que quedaba de aquel cuarto en que había conocido el éxtasis y la desesperación: un esqueleto ennegrecido por las llamas al que intentaba acercarse la escalera de caracol como con un retorcido y patético gesto. Y cuando anochecía, sobre las paredes apenas iluminadas por el foco de la esquina se abrían los huecos de la puerta y de la ventana como cuencas de una calavera calcinada.

¿Qué buscaba, para qué quería entrar? No habría podido responder. Pero pacientemente esperó que aquella inútil vigilancia fuese retirada, y entonces, esa misma noche escaló la verja y entró. Con una linterna hizo el mismo recorrido que un milenio antes había hecho con ella por primera vez, en una noche de verano: bordeó el caserón y caminó hacia el Mirador. Todo aquel corredor, así como las dos piezas que estaban debajo del Mirador, y el depósito eran simples paredes negras y cenicientas.

La noche estaba fría y nublada, el silencio de la madrugada era profundo. Se oyó el eco lejano de una sirena de barco y luego nuevamente la nada. Durante un rato Martín permaneció inmóvil, pero agitado. Entonces (pero no podría ser sino el resultado de su imaginación tensa) oyó débil pero nítidamente la voz de Alejandra, que sólo dijo "Martín". El muchacho, destruido, apoyó su cuerpo sobre la pared y así se mantuvo durante muchísimo tiempo.

Por fin pudo vencer aquel abatimiento y se encaminó hacia la casa. Sentía necesidad de entrar, de ver una vez más aquella estancia del abuelo donde de alguna manera parecía cristalizado el espíritu de los Olmos, donde desde viejos retratos ojos premonitorios de los de Alejandra miraban para siempre.

El zaguán estaba cerrado con llave. Volvió atrás y observó que una de las puertas estaba clausurada con cadena y candado. Buscó entre los restos del incendio una barra adecuada y con ella hizo saltar una de las argollas a la que estaba unida la cadena: no fue difícil, la vieja madera estaba podrida. Entró por el pasillo aquel, y a la luz de la linterna todo resultaba más disparatado, más semejante a una casa de remate.

En la pieza del viejo todo se mantenía igual, excepto la silla de ruedas, que faltaba: el viejo quinqué, los retratos al óleo de señoras con peinetones y caballeros pintados por Pueyrredón, la consola, el espejo veneciano.

Buscó la miniatura de Trinidad Arias y volvió a contemplar el rostro de aquella mujer hermosa cuyos rasgos aindiados parecían el murmullo secreto de los rasgos de Alejandra, un murmullo apagado entre conversaciones de ingleses y conquistadores españoles.

Le pareció estar ingresando en un sueño, como en aquella noche en que con Alejandra entraron en la misma habitación; sueño ahora ahondado por el fuego y por la muerte. Desde las paredes parecían observarlo aquel caballero y aquella dama de peinetón. El alma de guerreros, de locos, de cabildantes y sacerdotes fue entrando invisiblemente en la estancia y pareció que contaban historias de conquistas y batallas.

Y sobre todo, el espíritu de Celedonio Olmos, abuelo del abuelo de Alejandra. Allí mismo, quizá en ese sillón, ha recordado durante los años de su vejez aquella última retirada, aquella final, que ningún sentido tiene para los hombres sensatos, después del desastre de Famaillá, deshechas las fuerzas de la Legión por el ejército de Oribe, divididas por la derrota y la traición, enturbiadas por la desesperanza.

Ahora marchan hacia Salta por senderos desconocidos, senderos que sólo ese baqueano conoce. Son apenas seiscientos derrotados. Aunque, él, Lavalle, cree todavía en algo, porque él siempre parece creer en algo, aunque sea, como piensa Iriarte, como murmuran los comandantes Ocampo y Hornos, en quimeras y fantasmas. ¿A quién va a enfrentar con estos desechos, eh? Y sin embargo, ahí va adelante, con su sombrero de paja y la escarapela celeste (que ya no es celeste ni nada) y su poncho celeste (que tampoco es ya celeste, que poco a poco ha ido acercándose al color de la tierra), imaginando vaya a saber qué locas tentativas. Aunque también es probable que esté tratando de no entregarse a la desesperanza y la muerte.

El alférez Celedonio Olmos está luchando sobre su caballo para retener sus dieciocho años, porque siente que su edad está al borde de un abismo y puede caer en cualquier momento en grandes profundidades, en edades inconmensurables. Todavía sobre su caballo, cansado, con su brazo herido, observa allí delante a su jefe y a su lado al coronel Pedernera, pensativo y hosco, y está luchando por defender esas torres, aquellas claras y altivas torres de su adolescencia, aquellas palabras refulgentes que con sus grandes mayúsculas señalan las fronteras del bien y del mal, aquellas guardias orgullosas del absoluto. Se defiende en esas torres todavía. Porque después de ochocientas leguas de derrotas y deslealtades, de traiciones y disputas, todo se ha vuelto turbio. Y perseguido por el enemigo, sangrante y desesperado, sable en mano, ha ido subiendo uno a uno los escalones de aquellas torres en otro tiempo resplandecientes y ahora ensuciadas por la sangre y la mentira, por la derrota y la dada. Y defendiendo cada escalón, mira a sus camaradas, pide silenciosa ayuda a quienes están librando combates parecidos: a Frías, a Lacasa quizá. Oye a Frías que dice a Billinghurst: "Nos abandonarán, estoy seguro", mirando a los comandantes de los escuadrones correntinos.

"Están listos a traicionarnos", piensan los del escuadrón porteño.

Sí. Hornos y Ocampo, que cabalgan juntos. Y los otros los observan y malician la traición o el abandono. Y cuando Hornos se separa de su compañero y se acerca al general todos tienen un mismo pensamiento. Lavalle ordena hacer alto, entonces, y aquellos hombres hablan. ¿Qué hablan, qué discuten? Y luego, mientras la marcha se reanuda, se propagan las palabras contradictorias y terribles: lo han emplazado, lo han querido persuadir, le han anunciado su separación. Y también cuentan que Lavalle dijo: "Si no hubiera más esperanzas ya no trataría de proseguir la lucha, pero los gobiernos de Salta y Jujuy nos ayudarán, nos proporciona-

rán hombres y pertrechos, nos haremos fuertes en la sierra; Oribe tendrá que distraer buena parte de su fuerza con nosotros, Lamadrid resistirá en Cuyo".

Y entonces, cuando alguien murmura "Lavalle está ahora completamente loco" el alférez Celedonio Olmos desenvaina el sable para defender aquella última parte de la torre y se lanza contra aquel hombre, pero es detenido por sus amigos, y el otro es acallado y vituperado, porque, sobre todo (dijeron), sobre todo, es necesario mantenerse unidos y evitar que el general vea u oiga nada. "Como (pensó Frías) si el general durmiera y hubiese que velar su sueño, ese sueño de quimeras. Como si el general fuera un niño loco pero puro y querido y ellos fuesen sus hermanos mayores, su padre y su madre, y velasen su sueño."

Y Frías y Lacasa y Olmos miran a su jefe, temerosos de que haya despertado, pero felizmente sigue soñando, cuidado por su sargento Sosa, el sargento invariable y eterno, inmune a todos los poderes de la tierra y del hombre, estoico y siempre callado.

Hasta que aquel sueño de las ayudas, de la resistencia, de los pertrechos, de los caballos y hombres es roto brutalmente en Salta: la gente ha huido, el pánico reina en sus calles, Oribe está a nueve leguas de la ciudad, y nada es posible.

"¿Lo ve, ahora, mi general?", le dice Hornos.

Y Ocampo le dice: "Nosotros, los restos de la división correntina, hemos decidido cruzar el Chaco y ofrecer nuestro brazo al general Paz".

Anochece en la ciudad caótica.

Lavalle ha bajado la cabeza y nada responde.

¿Qué, sigue soñando? Los comandantes Hornos y Ocampo se miran. Pero por fin Lavalle contesta:

—Nuestro deber es defender a nuestros amigos de estas provincias. Y si nuestros amigos se retiran hacia Bolivia, debemos ser los últimos en hacerlo; debemos cubrir sus espaldas. Debemos ser los últimos en dejar el territorio de la patria.

Los comandantes Hornos y Ocampo vuelven a mirarse y un solo y mismo pensamiento tienen: "Está loco". ¿Con qué fuerzas podría cubrir esa retirada, cómo?

Lavalle, con los ojos fijos en el horizonte, repite sin oír nada:

—Los últimos.

Los comandantes Hornos y Ocampo piensan: "Lo mueven el orgullo, su maldito orgullo y acaso el resentimiento hacia Paz". Dicen:

—Mi general, lo sentimos. Nuestros escuadrones se unirán a las fuerzas del general Paz.

Lavalle los mira, luego inclina su cabeza. Sus arrugas aumentan en cada instante, años de vida y de muerte se desploman sobre su alma. Cuando levanta su cabeza y vuelve a mirarlos, ya es un viejo:

—Está bien, comandante. Les deseo buena suerte. Ojalá el general Paz pueda proseguir esta lucha hasta el fin, esta lucha para la que, al parecer, ya no sirvo.

Los restos de la división de Hornos se alejan al galope, observados en silencio por los doscientos hombres que quedan al lado de su general. Sus corazones están encogidos y en sus mentes hay un único pensamiento: "Ahora todo está perdido". Sólo les queda esperar la muerte al lado del jefe. Y cuando Lavalle les dice: "Resistiremos, verán, haremos guerra de guerrillas en la sierra", ellos permanecen callados, mirando hacia el suelo. "Marcharemos hacia Jujuy, por el momento." Y aquellos hombres, que saben que ir hacia Jujuy es desatinado, que no ignoran que la única forma de salvar al menos sus vidas es tomar hacia Bolivia por senderos desconocidos, dispersarse, huir, responden: "Bien, mi general". Porque ¿quién ha de ser capaz de quitarle los últimos sueños al general niño?

Ahí van, ahora. No son ni doscientos esos hombres. Marchan por el camino real hacia la ciudad de Jujuy. ¡Por el camino real!

V

Del Castillo, le dijo. Alejandra, le dijo. ¿Qué, cómo? Eran palabras sueltas, incoherentes, pero por fin muerte, incendio, despertaron el asombro de aquel hombre. Y aunque sintió que hablar con él de Alejandra era como el intento de rescatar una piedra preciosa de una mezcla de barro y excrementos, se lo dijo. Bueno, está bien. Y cuando llegó Bordenave, lo miró con una mirada inquisitiva que demostraba desconcierto y temor: un Bordenave muy distinto al de la primera vez. No podía hablar. Tome —le aconsejó. Su garganta estaba reseca y se sentía tan débil. Quería hablarle sobre... Pero se quedó sin saber cómo continuar, mirando el vaso vacío. Tome. Pero de pronto pensó que aquello era inútil y torpe: ¿de qué podrían hablar? Con el alcohol su cabeza se volvía cada vez más confusa y el mundo más caótico. Alejandra —dijo otra persona—. Sí, todo se volvía un caos. También aquel individuo era distinto: le parecía verlo solícito, inclinado hacia él, casi cariñoso. Muchos años analizó aquel momento ambiguo y después, cuando volvió del sur, lo comentó con Bruno. Y Bruno pensó que al maltratarla a Alejandra, Bordenave se vengaba no sólo por él mismo sino también por Martín, como esos bandidos de Calabria que robaban a los ricos para dar a los pobres. Pero, un momento, todavía no era nada claro todo aquello. Porque, en primer lugar, ¿por qué él mismo se vengaba de Alejandra? ¿De qué agravios, de qué insultos o humillaciones? Alguna palabra de las que a través de aquella confusión Martín recordaba era bien significativa: habló de desprecio. Pero a Bruno más bien le pareció que era odio y resentimiento hacia ella; y nadie desprecia a quien odia, pues se desprecia a quien de alguna manera es inferior y se experimenta resentimiento hacia seres que son superiores. De modo que Bordenave la maltrató o maltrataba (era difícil determinar el tiempo exacto del verbo con tan pocos elementos de juicio) para satisfacer un oscuro rencor. Rencor o sentimiento muy típico de cierto argentino que ve a la mujer como a un enemigo y que jamás le perdona un desaire o una humillación; desaire o humillación muy fácil de imaginar, conociendo a las dos personas en juego, pues era casi seguro que Bordenave tenía la suficiente inteligencia o intuición para comprender la superioridad de Alejandra, y era lo suficientemente argentino para sentirse humillado por sentirse incapaz de lograr algo más que el dominio del cuerpo de ella, por sentirse supervisado, ironizado y menospreciado en el plano para él inaccesible del espíritu de Alejandra. Y por la idea, aun más exasperante, de que ella lo utilizaba como seguramente utilizaba a muchos otros, como un simple instrumento: instrumento al parecer de una retorcida venganza que nunca llegó a comprender. Motivos todos por los cuales se sentiría inclinado a considerar con simpatía a Martín, no sólo por no considerarlo rival, no sólo por fraternidad ante el enemigo común, sino porque al herir a un muchacho tan desvalido Alejandra se volvía un ser más vulnerable, hasta el punto de poder ser atacado por el propio Bordenave. Como si odiando a un rico por su fortuna, y comprendiendo que ese sentimiento es bajo y deshonroso, aprovechase alguna de sus fallas más groseras (por ejemplo, su mezquindad) para detestarlo sin ninguna clase de escrúpulos. Pero nada de esto pudo cavilar en ese momento, sino mucho tiempo después. Fue como si le extrajesen el corazón y se lo machacaran contra el suelo con una piedra; o como si se lo arrancaran con un cuchillo mellado y luego se lo desgarraran con las uñas. Los sentimientos confundidos, la sensación de total insignificancia, el mareo, la confirmación inmediata de que aquel hombre había sido amante de Alejandra, todo contribuía a impedirle hablar. Bordenave lo miraba perplejo. Pero ¿para qué, además? Ella está ahora muerta —comentó—. Martín mantenía su cabeza hacia abajo. Sí, ¿para qué ese querer saber, ese absurdo deseo de ir hasta el fin? Martín no lo sabía y, aunque lo hubiese intuido oscuramente, tampoco habría podido expresarlo en palabras. Pero algo lo empujaba insensatamente. Bordenave lo consideraba, parecía pesar algo, medir la dosis de una droga tremenda.

520

—Tome —le decía, dándole coñac—, usted se siente mal. Tome.

Y como si de pronto hubiese tenido una inspiración, se dijo: "sí, quiero emborracharme, quiero morirme", mientras oía que Bordenave le decía algo como "sí, en el otro piso, arriba, sabe", mirándolo con cuidado mientras Martín volvía a tomar. Todo empezó pronto a moverse, sentía náuseas, las piernas se le aflojaban. Su estómago, vacío desde la noche del incendio, parecía llenarse de algo hirviente y repugnante. Y mientras haciendo un gran esfuerzo subía a aquel lugar infame, como entre sueños, a través del ventanal, vio el río. Y con una sensación de lástima hacia sí mismo y de ridículo, pensó: "nuestro río". Se veía pequeño como un chiquilín y sentía pena, como si se tuviera delante. Y en la oscuridad pesada de aquel lugar no veía nada. Un intenso perfume aumentó sus ganas de vomitar entre todos aquellos almohadones en el suelo mientras Bordenave abría aquel placard que de pronto era un combinado y decía "muy débil", agregando algo sobre el secreto y comentando "bandoleros, imagínese luego, estos documentos", algo así como una trampa, y le pareció oír algo de negocios, el otro individuo era un sujeto de enorme importancia, que a él, a Bordenave, le interesaba mucho por el asunto de la fábrica de aluminio (y de paso, pensaba Bruno, quién sabe qué clase de venganza así armaba contra Alejandra, venganza tortuosa y masoquista, pero venganza al fin), y, como tenía que saberlo, ya que tanto se empeñaba, era bueno que lo supiera, ella sentía un grandísimo placer en acostarse por dinero, mientras ponía en funcionamiento aquel aparato, y él, Martín, sin siquiera poder pedirle a Bordenave que detuviera la máquina abominable, de modo que tuvo que oír palabras y gritos, y también gemidos, en una aterradora, tenebrosa e inmunda mezcla. Pero entonces una fuerza sobrehumana le permitió reaccionar y bajar corriendo como un perseguido, tropezando, cayendo, volviendo a levantarse y llegando por fin a la calle, donde el aire helado y la llovizna lo despertaron por fin de aquel hediondo infierno a una frígida muerte. Y empezó a ambular lentamente, como un cuerpo sin alma y sin piel, caminando sobre pedazos de vidrio y empujado por una multitud implacable.

No son ni siquiera doscientos hombres, y ni siquiera son soldados ya: son seres derrotados y sucios, y muchos de ellos ya tampoco saben por qué combaten y para qué. El alférez Celedonio Olmos, como todos ellos, cabalga ceñudo y silencioso, recordando a su padre, el capitán Olmos, y a su hermano, muertos en Quebracho Herrado.

Ochocientas leguas de derrotas. Ya no comprende nada, y las malignas palabras de Iriarte le vuelven constantemente: el general loco, el hombre que no sabe lo que quiere. ¿Y no había abandonado la Solana Sotomayor a Brizuela por Lavalle? Lo está viendo ahora a Brizuela: desgreñado, borracho rodeado de perros. ¡Que ningún enviado de Lavalle se acerque! Y ahora mismo ¿no marcha a su lado esa muchacha salteña? Ya nada entiende. Y todo era tan nítido dos años antes: la Libertad o la Muerte. Pero ahora...

El mundo se ha convertido en un caos. Y piensa en su madre, en su infancia. Pero vuelve a presentársele la figura del brigadier Brizuela: un mañero vociferante de trapo sucio. Los mastines lo rodean, rabiosos. Y luego vuelve a tratar de recordar aquella infancia.

Caminaba sin ver a su alrededor, mientras restos de pensamientos eran nuevamente fragmentados por violentas emociones, como edificios destruidos por un terremoto que son sacudidos por nuevos temblores.

Tomó un ómnibus y la sensación de que el mundo no tenía sentido se le presentó con mayor fuerza: un ómnibus que corría con tanta decisión y potencia hacia alguna parte que a él no le interesaba, un mecanismo tan preciso, técnicamente tan eficaz, llevándolo a él, que no tenía ningún objetivo ni creía ya en nada ni esperaba nada ni necesitaba ir a alguna parte; un caos transportado con horarios exactos, tarifas, cuerpos de inspectores, ordenanzas de tránsito. Y estúpidamente había tirado las inyecciones para el corazón y buscarlo ahora a Pablo para eso era como ir a un baile para encontrar a Dios o al Diablo. Pero el tren, el paso a nivel de la calle Dorrego, tal vez allí, un instante y se acabó, recordaba aquella vez el gentío, qué pasa, qué pasa, no se podía llegar hasta el centro del gentío, se oía qué horror, lo agarró descuidado, qué esperanza, qué está diciendo, se tiró adrede, se quiso matar y otro que gritaba aquí hay un zapato con un pie. O tal vez el agua, el puente de la Boca, pero el agua aceitosa allá abajo y acaso la posibilidad de dudar o arrepentirse en aquellos segundos de la caída, fragmentos de tiempo que pueden ser quién lo sabe existencias enteras, monstruosas y vastas como los segundos de una pesadilla. O encerrarse y abrir la llave del gas y tomar muchas píldoras como Juan Pedro, pero Nené dejó una rendija de la ventana, pobre Nené pensó con ironía cariñosa. Y su sonrisa en medio de la tragedia era como un solcito que fugazmente apareciera en un día tormentoso y frígido de grandes inundaciones y maremotos, mientras el guarda gritaba ¡terminal! y los últimos pasajeros bajaban qué, qué, dónde estaba, a ver sí, la avenida General Paz, eso es, una gran torre, de un zaguán salió un chiquilín corriendo y desde dentro una mujer, la madre seguramente, le gritaba te voy a dar bandido, y el chiquilín con su terror corrió hasta la esquina y allí dobló; tenía un pantaloncito marrón y un pullover colorado contra el cielo lluvioso y gris como una pequeña y transitoria belleza, por la misma vereda vio una muchacha de barrio con un impermeable amarillo y pensó va a hacer compras al almacén o facturas para tomar con mate, la madre o el padre jubilado le habría dicho linda tarde para matear con facturas, andá y comprá algo, o acaso uno de esos muchachos que ellas llaman simpatía, que estaría franco y habría ido a charlar con ella, o a lo mejor la mandaba el hermano que tenía un tallercito por ahí mismo porque ahora veía un pequeño garaje donde había un hombre joven que podía ser el hermano con overall azul manchado de grasa y una llave inglesa en la mano que le decía al aprendiz andá Perico y pedile el cargador, y el aprendiz salía a paso rápido, pero todo era como un sueño y para qué todo: cargadores, llaves inglesas y mecánicos, y sentía pena por el chiquilín aterrorizado porque, pensaba, todos estamos soñando y entonces para qué ese castigo del chico y para qué arreglar autos y tener simpatías y luego casarse y tener hijos que también sueñen que viven y tengan que sufrir, ir a la guerra o luchar o desesperanzarse por simples sueños. Caminaba a la deriva, como un bote sin tripulantes arrastrado por corrientes indecisas, y realizaba movimientos mecánicos como los enfermos que han perdido casi totalmente la voluntad y la conciencia y sin embargo se dejan mover por los enfermeros y obedecen las indicaciones con oscuros restos de aquella voluntad y de aquella conciencia aunque no saben para qué. El 493, pensó, voy hasta Chacarita y después tomo el subte hasta Florida, después camino hasta el hotel. Así que subió al 493 y mecánicamente pidió boleto y durante media hora siguió viendo fantasmas que soñaban cosas activísimas, en la estación Florida salió por la calle San Martín, caminó por Corrientes hasta Reconquista y desde allí se dirigió al hospedaje *Warszwa, Comodidades para Caballeros*, subió por las escaleras sucias y rotas hasta el cuarto piso, y se arrojó sobre el camastro como si durante siglos hubiese recorrido laberintos.

Pedernera mira a Lavalle, que marcha un poco adelante, con sus bombachas gauchas, su arremangada y rota camisa, un sombrero de paja. Está enfermo, flaco, caviloso: parece el harapiento fantasma de aquel Lavalle del Ejército de los Andes... ¡Cuántos años han pasado! Veinticinco años de combates, de glorias y de derrotas. Pero al menos en aquel tiempo sabían por lo que combatían: querían la libertad del continente, luchaban por la Patria Grande. Pero ahora... Ha corrido tanta sangre por los ríos de América, han visto tantos atardeceres desesperados, han oído tantos alaridos de combates entre hermanos. Ahí mismo, sin ir más lejos, viene Oribe: ¿no luchó junto con ellos en el Ejército de los Andes? ¿Y Dorrego?

Pedernera mira sombríamente hacia los cerros gigantes, con lentitud su mirada recorre el desolado valle, parece preguntar a la guerra cuál es el secreto del tiempo...

La oscuridad del crepúsculo se posesionaba sigilosamente de los rincones e iba haciendo desaparecer en la nada los colores y las cosas. El espejo del roperito, trivial y barato, fue asumiendo la misteriosa importancia que todos los espejos (baratos o no) asumen en la noche, como ante la muerte todos los hombres asumen la misma misteriosa profundidad, sean mendigos o monarcas.

524

Y sin embargo quería verla, todavía.

Encendió la luz del veladorcito y se sentó en el borde de su cama. Sacó la gastada foto de uno de los bolsillos interiores y, acercándose un poco más al velador, la contempló con cuidado, como si examinase un documento poco legible, de cuya correcta interpretación dependen acontecimientos de gran importancia. De los muchos rostros que (como todos los seres humanos) Alejandra tenía, aquél era el que más le pertenecía a Martín; o, por lo menos, el que más le había pertenecido: era la expresión profunda y un poco triste del que anhela algo que sabe, por anticipado, que es imposible; un rostro ansioso pero ya de antemano desesperanzado, como si la ansiedad (es decir, la esperanza) y la desesperanza pudieran manifestarse a la vez. Y, además, con aquella casi imperceptible pero sin embargo violenta expresión de desdén contra algo, quizá contra Dios o la humanidad entera o, más probablemente, contra ella misma. O contra todo junto. No sólo de desdén, sino de desprecio y hasta de asco. Y no obstante él había besado y acariciado aquella temible máscara en una época que ahora le parecía remotísima, aunque se hubiese prolongado hasta poco tiempo atrás; del mismo modo que apenas despertamos ya parecen estar a inconmensurable distancia las imprecisas imágenes que nos conmovieron en el sueño o que nos aterrorizaron en las pesadillas. Y ahora, muy pronto, aquel rostro desaparecería para siempre con la pieza, con Buenos Aires, con el universo entero, con su propia memoria. Como si todo no hubiese sido más que una gigantesca fantasmagoría levantada por un hechicero irónico, y malvado. Y mientras profundizaba en aquella imagen estática, en aquella especie de símbolo de la imposibilidad, en el caos de su cabeza parecía vislumbrar, aunque muy confusamente, la idea de que no se mataba por ella, por Alejandra, sino por algo más hondo y permanente que no alcanzaba a definir: como si Alejandra hubiese sido nada más que uno de esos falsos oasis que prolongan la desesperada travesía en un desierto y cuyo desvanecimiento puede impulsar a la muerte, siendo que la causa última de la desesperación (y por lo tanto de la muerte) no es el falso oasis sino el desierto, implacable e infinito.

Su cabeza era un torbellino, pero un torbellino lento y

pesado, no de aguas transparentes (aunque furiosas) sino de una pegajosa mezcla de residuos, de grasa y de cadáveres descompuestos junto a bellas fotografías desamparadas y restos de queridos objetos, como en las grandes inundaciones. Se veía en una siesta solitaria, caminando por la ribera del Riachuelo, "como un guachito" (le había oído decir una vez a un vecino), triste y solitario, cuando, después de la muerte de su abuela había puesto todo su cariño en el Bonito, que corría delante de él, que saltaba y perseguía algún gorrión, que ladraba alegremente. "Qué feliz es ser perro", había pensado entonces y se lo había dicho a don Bachicha, que lo había escuchado pensativo, fumando su pipa. Y de pronto, en medio de aquella confusión de ideas y sentimientos, también recordó un verso: no de Dante ni de Homero sino de un poeta tan callejero y tan humilde como el Bonito. "Dónde estaba Dios cuando te fuiste", se había preguntado aquel desdichado. Sí, dónde estaba Dios cuando su madre saltaba a la cuerda para matarlo. Y dónde estaba cuando al Bonito lo aplastó el camión de la Anglo: a Bonito, a un pobre e insignificante ser en el mundo, echando sangre por la boca, con toda la parte posterior de su cuerpito convertido en una inmunda pasta y con sus ojos mirándolo tristemente a él, en su espantosa agonía como haciéndole una pregunta muda y humilde; un ser que ninguna culpa tenía que pagar, ni suya ni de los demás, tan pequeño y tan pobre cosa como para merecer al menos la justicia de una muerte apacible, adormecido en su vejez, rememorando algún charco en verano, alguna larga caminata por el borde del Riachuelo en tiempos remotos y felices. Y dónde estaba Dios cuando Alejandra estaba con aquella inmundicia. Y también vio de pronto aquella escena del noticioso que nunca había podido olvidar, del noticioso que Álvarez guardaba en su casa y que lo pasaba siempre, con una especie de masoquismo; y volvía a ver, siempre, siempre, aquel chico de siete u ocho años, en el éxodo a través de los Pirineos, en medio de la nieve, entre docenas de miles de hombres y mujeres huyendo hacia Francia, solo y desvalido, corriendo a torpes saltitos con su única pierna y su muletita improvisada, en medio de la aterradora y huyente multitud anónima, como si la pesadilla de los bombardeos en Barcelona no terminase nunca y como si no hubiese dejado únicamente su pierna allá, en alguna noche infernal y anónima, sino que desde días que parecían siglos hubiera ido dejando trozos de su alma, arrastrados por la soledad y el miedo.

Y súbitamente fue sacudido por la idea.

Surgió de su alma exaltada como una descarga entre negros nubarrones de tormenta. Si el universo tenía alguna razón de ser, si la vida humana tenía algún sentido, si Dios existía, en fin, que se presentase allí, en su propio cuarto, en aquel sucio cuarto de hospedaje. ¿Por qué no? ¿Por qué hasta había de negarse a ese desafío? Si existía, Él era el fuerte, el poderoso. Y los fuertes, los poderosos pueden permitirse el lujo de alguna condescendencia. ¿Por qué no? ¿A quién haría bien, no presentándose? ¿Qué clase de orgullo podría así satisfacer? Hasta la madrugada, se dijo con una especie de placer rencoroso: el plazo definido y fijo lo hacía sentir de pronto dotado de un terrible poder y aumentaba su resentida satisfacción, como si se dijera ahora vamos a ver. Y si no se presentaba, se mataría.

Se levantó agitado, como renovado por una vitalidad repentina y monstruosa.

Empezó a caminar nerviosamente de un lado a otro, mordiéndose las uñas y pensando, pensando como en un avión que cayese a tierra dando vueltas vertiginosas y al que, merced a un esfuerzo sobrehumano, lograse enderezar precariamente. Y de pronto se quedó paralizado y en tensión por un indefinido pavor.

Además, si Dios se aparecía, ¿cómo lo haría? ¿Y qué sería? ¿Una presencia infinita y aterradora, una figura, un gran silencio, una voz, una especie de suave y tranquilizadora caricia? ¿Y si se aparecía y él era incapaz de advertirlo? Entonces se mataría inútil y equivocadamente.

El silencio en el cuarto era grande: apenas se oían los murmullos de la ciudad, allá abajo.

Pensó que cualquiera de esos murmullos podía ser significativo. Se sintió como si, perdido en medio de una agitada muchedumbre de millones de seres humanos, debiera reconocer el rostro de un desconocido que le trae un mensaje salvador y del que no sabe más que eso: que es el portador del mensaje que puede salvarlo.

527

Se sentó en el borde de la cama: tiritaba, su cara ardía. Pensó: No sé, no sé, que se presente de cualquier modo. De cualquier modo. Si existía y quería salvarlo, ya sabría cómo debería hacerlo para no pasar inadvertido. Este último pensamiento lo tranquilizó por un instante y se recostó. Pero en seguida la agitación recomenzó y pronto se hizo insoportable. Nuevamente empezó a recorrer su cuarto, cuando de pronto se encontró en la calle, caminando al azar, como un náufrago que perdidas todas sus fuerzas, echado en el fondo de su bote, deja que su bote sea arrastrado por la tempestad y los vientos huracanados.

Son ya quince horas de marcha hacia Jujuy. El general va enfermo, hace tres días que no duerme, agobiado y taciturno se deja llevar por su caballo, a la espera de las noticias que habrá de traer el ayudante Lacasa.

¡Las noticias del ayudante Lacasa!, piensan Pedernera y Danel y Artayeta y Mansilla y Echagüe y Billinghurst y Ramos Mejía. Pobre general, hay que velar su sueño, hay que impedir que despierte del todo.

Y ahí llega Lacasa, reventando caballos para decir lo que todos ellos saben.

Así que no se acercan, no quieren que el general advierta que ninguno de ellos se sorprende del informe. Y desde lejos, apartados, callados, con cariñosa ironía, con melancólico fatalismo, siguen aquel diálogo absurdo, aquel informe negro: todos los unitarios han huido hacia Bolivia.

Domingo Arenas, jefe militar de la plaza, obedece ya a los federales y espera a Lavalle para terminarlo. "Huyan hacia Bolivia por cualquier atajo", recomendó el doctor Bedoya, antes de dejar la ciudad. ¿Qué hará Lavalle? ¿Qué puede hacer nunca el general Lavalle? Todos ellos lo saben, es inútil: jamás dará la espalda al peligro. Y se disponen a seguirlo hacia aquel último y mortal acto de locura. Y entonces da la orden de marcha hacia Jujuy.

Pero es evidente: aquel jefe envejece por horas, siente que la muerte se aproxima, y, como si debiese hacer el recorrido natural pero acelerado, aquel hombre de cuarenta y cuatro años ya tiene algo en su manera de mirar, en una

528

pesada curva de las espaldas, en cierto cansancio final que anuncia la vejez y la muerte. Sus camaradas lo miran desde lejos.

Siguen con sus ojos aquella ruina querida.

Piensa Frías: "Cid de los ojos azules".

Piensa Acevedo: "Has peleado en ciento veinticinco combates por la libertad de este continente".

Piensa Pedernera: "Ahí marcha hacia la muerte el general Juan Galo de Lavalle, descendiente de Hernán Cortés y de Don Pelayo, el hombre a quien San Martín llamó el primer espada del Ejército Libertador, el hombre que llevando la mano a la empuñadura de su sable impuso silencio a Bolívar".

Piensa Lacasa: "En su escudo un brazo armado sostiene una espada, una espada que no se rinde. Los moros no lo abatieron, y después tampoco fue abatido por los españoles. Y tampoco ahora ha de rendirse. Es un hecho".

Y Damasita Boedo, la muchacha que cabalga a su lado y que ansiosamente trata de penetrar en el rostro de aquel hombre que ama, pero que siente en un mundo remoto piensa "General: querría que descansases en mí, que inclinases tu cansada cabeza en mi pecho, que durmieses acunado por mis brazos. El mundo nada podría contra ti, el mundo nada puede contra un niño que duerme en el regazo de su madre. Yo soy ahora tu madre, general. Mírame, dime que me quieres, dime que necesitas mi ayuda".

Pero el general Juan Galo de Lavalle marcha taciturno y reconcentrado en los pensamientos de un hombre que sabe que la muerte se aproxima. Es hora de hacer balances, de inventariar las desdichas, de pasar revista a los rostros del pasado. No es hora de juegos ni de mirar el simple mundo exterior. Ese mundo exterior ya casi no existe, pronto será un sueño soñado. Ahora avanzan en su mente los rostros verdaderos y permanentes, aquellos que han permanecido en el fondo más cerrado de su alma, guardados bajo siete llaves. Y su corazón se enfrenta entonces con aquella cara gastada y cubierta de arrugas, aquella cara que alguna vez fue un hermoso jardín y ahora está cubierto de malezas, casi seco, desprovisto de flores. Pero sin embargo vuelve a verlo y a reconocer aquella glorieta en que se encontraban cuando casi eran niños, todavía; cuando la desilusión, la desdicha y el tiempo no habían cumplido su obra de devastación; cuando en aquellos tiernos contactos de sus manos, aquellas miradas de sus ojos anunciaba los hijos que luego vinieron como una flor anuncia los fríos que vendrán: "Dolores", murmura, con una sonrisa que aparece en su cara muerta como una brasa ya casi apagada entre las cenizas que apartamos para tener un poco y último calorcito en una desolada montaña.

Y Damasita Boedo, que lo observa con angustiosa atención, que casi lo oye murmurar aquel nombre lejano y querido, mira ahora hacia adelante, sintiendo las lágrimas en sus ojos. Entonces llegan a los aledaños de Jujuy: ya se ven la cúpula y las torres de la Iglesia. Es la quinta de los Tapiales de Castañeda. Es ya de noche. Lavalle ordena a Pedernera acampar allí. Él, con una pequeña escolta, irá a Jujuy. Buscará una casa donde pasar la noche: está enfermo, se derrumba de cansancio y de fiebre.

Sus compañeros se miran: ¿qué se puede hacer? Todo es una locura, y tanto da morir en una forma como en otra.

Vagó sin rumbo, estuvo en cafetines del bajo que alguna vez había recorrido con Alejandra, y a medida que se emborrachaba el mundo fue perdiendo su forma y su solidez: sentía gritos y risas, luces penetrantes horadaban su cabeza, mujeres pintarrajeadas lo abrazaban, hasta que grandes masas de plomo rojo y algodonoso lo aplastaron hacia el suelo y ayudándose con su muletita improvisada avanzaba en medio de una inmensa llanura pantanosa, entre inmundicias y cadáveres, entre excrementos y cangrejales que podían tragarlo y devorarlo, tratando de pisar en firme, abriendo sus ojos desmesuradamente para poder moverse en aquella penumbra hacia aquel rostro enigmático, lejos, como a una legua de distancia, a ras del suelo, como una luna infernal que quisiera alumbrar aquel paisaje repugnante y agusanado, corriendo hacia allá con su muletita, hacia donde el rostro parecía esperarlo y de donde sin duda venía aquel llamado, corriendo y tropezando por la llanura, hasta que de pronto al levantarse lo vio ante sí, casi a su lado, repelente y trágico, como si de lejos hubiese sido engañado por alguna perversa magia y gritó y se incorporó violentamente en la cama. ¡Cálmese, niño! —le decía una mujer, sujetándolo de los brazos—, ¡cálmese ahora!

Pedernera, que duerme sobre su montura, se incorpora nerviosamente: cree haber oído disparos de tercerolas. Pero acaso son figuraciones suyas. En esa noche siniestra ha intentado dormir en vano. Visiones de sangre y muerte lo atormentan.

Se levanta, camina entre sus compañeros dormidos y se llega hasta el centinela. Sí, el centinela ha oído disparos, lejos, hacia la ciudad. Pedernera despierta a sus camaradas, él tiene una sombría intuición, piensa que deben ensillar y mantenerse alerta. Así se empieza a ejecutar cuando llegan dos tiradores de la escolta de Lavalle, al galope, gritando: "¡Han matado al general!"

Trataba de pensar, pero su cabeza estaba rellena de plomo líquido y basura. Ya pasa, niño, ya pasa —le decía—. Su cabeza le dolía como si gases a gran presión la forzasen como una caldera. Como a través de viejas y vastas enredaderas de telarañas espesas, advirtió que estaba en una pieza desconocida: frente a su cama entrevió a Carlitos Gardel, de frac, y otra foto, en colores también, de Evita y debajo un florero con flores. Sintió la mano de la mujer en su frente, como si le tomase la temperatura, como su abuela, infinitos años atrás. Empezó a oír el ruido de un calentador, la mujer se había separado de él y le daba presión, y el zumbido del calentador era cada vez más enérgico. También oyó un lloriqueo, de niño de pocos meses, ahí al costado, pero no tenía fuerzas para mirar. Nuevamente fue aplastado hacia el sueño. Por tercera vez se repitió. El mendigo avanzaba hacia él, murmurando palabras ininteligibles, ponía un hatillo en el suelo, lo desataba, lo abría y mostraba su contenido; un contenido que Martín se angustiaba por discernir. Sus palabras eran tan desesperadamente indescifrables como las de una carta que uno *sabe* que es decisiva para nuestro destino pero que el tiempo y la humedad han borroneado y la han vuelto ilegible.

En el zaguán bañado en sangre, yace el cuerpo del general.
Arrodillada a su lado, abrazada a él, llora Damasita Boedo. El
sargento Sosa mira aquello como un niño que ha perdido su
madre en un terremoto.

Todos corren, gritan. Nadie comprende nada: ¿dónde es-
tán los federales? ¿Por qué no han muerto a los demás? ¿Por
qué no han cortado la cabeza a Lavalle?

"No saben a quién han matado en la noche", dice Frías.
"Han tirado en la oscuridad." "Está claro", piensa
Pedernera. Hay que huir antes que lo comprendan. Da órde-
nes enérgicas y precisas, el cuerpo es envuelto en el poncho
y colocado sobre el tordillo del general, y al galope alcanzan
nuevamente los Tapiales de Castañeda, donde espera el resto
de la Legión.

Dice el coronel Pedernera: "Oribe ha jurado mostrar la
cabeza del general en la punta de una pica, en la plaza de la
Victoria. Eso nunca habrá de suceder, compañeros. En siete
días podemos alcanzar la frontera de Bolivia, y allá descan-
sarán los restos de nuestro jefe".

Divide entonces sus fuerzas, ordena a un grupo de tira-
dores defender la retirada de la retaguardia, y luego empren-
den la marcha final hacia el exilio.

Volvió a oír al nene que lloriqueaba. Bueno, bueno
—dijo la mujer, sin dejar de darle el té—. Luego, cuando
terminó, lo acomodó en la cama y entonces fue hacia el otro
lado, hacia el lado de donde venía el lloriqueo. Canturreó.
Martín hizo un esfuerzo y movió su cabeza hacia el costado:
estaba inclinada sobre algo, que después vio que era un
cajón. Vamos, vamos —decía—. Y canturreaba. Sobre el cajón que servía de cuna había un cromo: Cristo tenía el pecho
abierto como en una lámina Testut y mostraba su corazón
con un dedo, en colores. Más abajo había unas estampitas
de santos. Y cerca, en otro cajón, estaba el Primus, con una
pava encima. Bueno, bueno —repitió con voz cada vez más
apagada, y canturreaba un sonsonete, cada vez más imperceptiblemente. Después todo quedó en silencio, pero ella
esperó aún un minuto más, siempre agachada sobre el chico,
hasta cerciorarse de que dormía. Luego, tratando de no hacer ruido, se volvió hacia donde estaba Martín. Y se durmió

—le dijo, sonriendo—. Y después, inclinándose un poco sobre él y poniéndole la mano sobre la frente, le preguntó: ¿Está mejor? Su mano era callosa. Martín hizo un signo afirmativo. Durmió tres horas. Martín empezaba a tener más lucidez. La miró: los sufrimientos y el trabajo, la pobreza y la desgracia no habían podido borrar del rostro de aquella mujer una expresión dulce y maternal. Se descompuso. Entonces les dije que lo trajeran acá. Martín enrojeció e intentó incorporarse. Pero ella lo retuvo. Espere un momento, quién lo corre. Sonriendo tristemente, agregó: Habló muchas cosas, niño. ¿Qué cosas? —preguntó Martín, avergonzado—. Muchas pero no se entendía bien —contestó la mujer, con timidez, mirando y tocando su pollera con cuidado, como si estuviera examinando una rotura casi invisible. El tono de su voz era el de la suave amonestación que suele tener en algunas madres. Al levantar sus ojos vio que Martín la observaba con una expresión de dolorosa ironía. Quizá ella lo comprendió, porque dijo: Yo también..., no vaya a creer. Vaciló un momento. Pero al menos ahora tengo trabajo acá y puedo tener al nene conmigo. Hay mucho trabajo, eso sí. Pero tengo esta piecita y puedo tener al nene. Volvió a examinar la rotura invisible y alisar la pollera. Y luego... —dijo, sin levantar la vista— hay tantas cosas lindas en la vida. Levantó su mirada y nuevamente encontró la expresión de ironía en la cara de Martín. Y ella volvió a emplear aquel tono de amonestación, mezclada a la compasión y al temor. Sin ir más lejos, míreme a mí, vea todo lo que tengo. Martín miró a la mujer, a su pobreza y su soledad en aquel cuchitril infecto. Tengo al nene —prosiguió ella tenazmente—, tengo esa vitrola vieja con unos discos de Gardel; ¿no le parece hermoso *Madreselvas en flor*? ¿Y *Caminito*? Con aire soñador, comentó: Nada hay tan hermoso como la música, eso sí. Dirigió una mirada al retrato en colores del cantor: desde la eternidad, Gardel, deslumbrante con su frac, también parecía sonreírle. Luego, volviendo hacia Martín, prosiguió con su censo: Después están las flores, los pájaros, los perros, qué sé yo... Lástima que el gato del café me comió el canario. Era una gran compañía. *No nombra al marido* pensó Martín, *no tiene marido, o ha muerto o ha sido engañada por cualquiera*. Casi con entusiasmo, dijo: ¡Es tan lindo vivir! Mire, niño: yo tengo veinticinco años y ya me da pena porque un día tendré que morirme. Martín la miró: había creído que tenía cuarenta años. Cerró los ojos y quedó pensativo. La mujer creyó que volvía a sentirse mal porque se acercó y nuevamente le puso la mano en la frente. Martín volvió a sentir aquella mano cubierta de callos. Y Martín comprendió que, tranquilizada, aquella mano permanecía un segundo más, torpe pero tiernamente, en una pequeña caricia tímida. Abrió los ojos y dijo: Me parece que el té me ha hecho bien. La mujer pareció sentir una extraordinaria alegría. Martín se sentó en la cama: Me voy —dijo—. Se sentía muy débil y muy mareado. ¿Se siente bien? —preguntó ella, preocupada—. Perfectamente. ¿Cómo se llama usted? Hortensia Paz paraservirausté. Yo me llamo Martín. Martín del Castillo.

Se quitó un anillo que llevaba en el dedo meñique, regalo de su abuela. Le regalo este anillito. La muchacha se puso colorada y se negó. ¿No me dijo usted que en la vida hay alegrías? —preguntó Martín—. Si me acepta este recuerdo tendré una gran alegría. La única alegría que he tenido en el último tiempo. ¿No quiere que me ponga contento? Hortensia seguía vacilando. Entonces se lo puso en la mano y salió corriendo.

VI

Cuando llegó a su cuarto amanecía. Abrió la ventana. Por el este, el Kavanagh iba recortándose poco a poco sobre un cielo ceniciento.

¿Cómo había dicho Bruno una vez? La guerra podía ser absurda o equivocada, pero el pelotón al que uno pertenecía era algo absoluto.

Estaba D'Arcángelo, por ejemplo. Estaba la misma Hortensia.

Un perro, basta.

La noche es helada y la luna ilumina frígidamente la quebrada. Los ciento setenta y cinco hombres vivaquean, pendientes de los rumores del sur. El Río Grande serpentea como mercurio brillante, testigo indiferente de luchas, expediciones y matanzas. Ejércitos del Inca, caravanas de cautivos, columnas de conquistadores españoles que ya traían su sangre (piensa el alférez Celedonio Olmos) y que cuatrocientos años más tarde vivirán secretamente en la sangre de Alejandra (piensa Martín). Luego, caballerías patriotas rechazando los godos hacia el norte, después los godos volviendo a avanzar hacia el sur, y una vez más los patriotas rechazándolos. Con lanza y tercerola, a espada y cuchillo, mutilándose y degollándose con el furor de los hermanos. Luego noches de silencio mineral en que vuelve a sentirse el solo murmullo del Río Grande, imponiéndose lenta pero seguramente sobre los sangrientos ¡pero tan transitorios! combates entre los hombres. Hasta que nuevamente los alaridos de muerte vuelven a teñirse de rojo y poblaciones enteras huyen hacia abajo, haciendo tabla rasa, incendiando sus casas y destruyendo sus haciendas, para retornar más tarde, una vez más hacia la tierra eterna en que nacieron y sufrieron.

Ciento setenta y cinco hombres vivaquean, pues, en la noche mineral. Y una voz apagada, apenas rasgando una guitarra, canta:

> *Palomita blanca,*
> *vidalitá,*
> *que cruzas el valle,*
> *vé a decir a todos,*
> *vidalitá,*
> *que ha muerto Lavalle.*

Y cuando el nuevo día amanece reinician la marcha hacia el norte.

El alférez Celedonio Olmos cabalga ahora al lado del sargento Aparicio Sosa, que marcha callado y pensativo.

El alférez lo mira. Durante días se ha venido preguntando. Su alma se ha marchitado en los últimos meses como una flor delicada en un cataclismo planetario. Pero ha empezado a comprender, a medida que más absurda es esa última retirada.

Ciento setenta y cinco hombres galopando furiosamente durante siete días por un cadáver.

"Nunca Oribe tendrá la cabeza", le ha dicho el sargento Sosa. Así que en medio de la destrucción de aquellas torres el alférez adolescente empezaba a entrever otra; refulgente indestructible. Una sola. Pero por ella valía la pena vivir y morir.

Lentamente iba naciendo un nuevo día en la ciudad de Buenos Aires, un día como otro cualquiera de los innumerables que han nacido desde que el hombre es hombre.

Desde la ventana, Martín vio a un chico que corría con los diarios de la mañana, tal vez para calentarse, tal vez porque en ese trabajo hay que moverse. Un perro vagabundo, no muy diferente del Bonito, revolvía un tacho de basura. Una muchacha como Hortensia iba a su trabajo.

Pensó también en Bucich, en su Mack con acoplado.

Así que puso sus cosas en la bolsa marinera y bajó las escaleras rotosas.

VII

Lloviznaba, la noche era fría. Un viento desolado, en furiosas ráfagas, arrastraba los papeles de la calle y las hojas secas que iban dejando desnudas las ramas de los árboles.

Frente al galpón hacían los últimos preparativos. La lona, dijo Bucich, con su pucho apagado, sabés, puede llover fuerte. Ataban las riendas, apoyando una pierna sobre el camión, haciendo fuerza. Pasaban obreros, conversando, haciendo chistes, algunos en silencio y cabizbajos. Tirá de ahí, pibe, decía Bucich. Después entraron en el bar: hombres de mameluco azul y sacos de cuero, con botas y borceguíes conversaban ruidosamente, tomaban café y ginebra, comían enormes sandwiches, cruzaban recomendaciones, se hablaba de gente de la ruta: el Flaco, el Entrerriano, Gonzalito. Le daban enormes golpes en la espalda, sobre la campera de cuero, le decían Puchito viejo y peludo, y él sonreía, sin hablar. Y luego, después de terminar aquel salamín y el café negro, le dijo a Martín ahora le metemo, pibe, y saliendo, subió a la cabina y puso en marcha el motor, encendió las luces de posición y empezó su marcha hacia el puente Avellaneda, iniciando el viaje interminable hacia el sur, primero atravesando en la madrugada frígida y lluviosa aquellos barrios que tantos recuerdos traían a Martín; luego, después de cruzar el Riachuelo, los barrios industriales, y luego poco a poco, la ruta más abierta hacia el sudeste; hasta que después del cruce de caminos con La Plata, decididamente hacia el sur, en aquella ruta 3 que terminaba en la punta del mundo, allá, donde Martín imaginaba todo blanco y helado, aquella punta que se inclinaba hacia la Antártida, barrida por los vientos patagónicos, inhóspita pero limpia y pura. *Seno de la Última Esperanza, Bahía Inútil, Puerto Hambre, Isla Desolación,* nombres que había mirado a lo largo de años, desde su infancia allá en el altillo, en largas horas de tristeza y soledad; nombres que sugerían remotas y solitarias regiones del mundo, pero limpios, duros y purísimos; lugares que parecían no haber sido ensuciados aún por los hombres y sobre todo por las mujeres.

Martín le preguntó si conocía bien la Patagonia, Bucich dijo je, sonriendo con benévola ironía.

—Soy de la clase del 1, pibe. Y se puede decir que desde que dejé de gatiar empecé a andar por la Patagonia. ¿Sabé? Mi viejo era marinero y en el barco alguien le habló del sur, de las minas de oro. Y ahí nomás el viejo se embarcó en Buenos Aires en un carguero que iba a Puerto Madryn. Allá conoció a un inglés Esteve, que también andaba queriendo encontrar oro. Así que siguieron viaje pal sur. En lo que viniera: a caballo, en carreta, en canoa. Hasta que se quedó en Lago Viema, cerca del Fisroy. Ahí nací yo.

—¿Y su madre?

—La conoció allá, una chilena, Albina Rojas.

Martín lo miraba fascinado. Bucich sonreía pensativo para sí mismo, sin dejar de observar cuidadosamente la ruta, el toscano apagado. Le preguntó si hacía mucho frío.

—Asegún. En invierno llega a hacer hasta treinta bajo cero, sobre todo entre Lago Argentino y Río Gallegos, en la travesía. Pero en verano se pone lindo.

Después de un rato le habló de su infancia, de la caza de pumas y de guanacos, de zorros, de jabalíes. De las expediciones con su padre, en canoa.

—Mi viejo —añadió riéndose— nunca abandonó la idea del oro. Y aunque tabajaba con unas ovejas y era poblador, en cuanto podía volvía a las andadas. En el año 3 supo andar con un dinamarqués Masen y un alemán Oten por Tierra del Fuego. Fueron los primeros blancos en atravesar el Río Grande. Después volvieron al norte por Última Esperanza hasta llegar a los lagos. Siempre buscando oro.

—¿Y encontraron?

—Qué iban a encontrar. Puro cuento.

—¿Y cómo vivían?

—Y, de lo que cazaban y pescaban. Después, mi viejo entró a trabajar con Masen en la comisión de límites. Y estando cerca del Viema conoció a uno de los primeros pobladores de por allá, un inglés Yac Liveli, que le dijo vea don Bucich esto tiene mucho porvenir, créame, por qué no se queda por aquí en vez de andar buscando oro, acá, el oro son las ovejas, yo sé lo que le digo.

Y después se quedó callado.

En la noche silenciosa y helada se pueden oír los cascos de la caballería en retirada. Siempre hacia el norte.

—En el veintiuno yo trabajaba de peón en Santa Cruz, cuando la huelga grande. Hubo una gran matanza.

Volvió a quedarse pensativo, masticando el toscano apagado. A veces saludaba a algún camionero que venía en sentido inverso.

—Parece que lo conocen mucho —comentó Martín.

Bucich sonrió con orgullosa modestia.

—Pibe, hace más de diez años que ando en la ruta 3. La conozco más que a mis manos. Tres mil kilómetros desde Buenos Aires hasta el estrecho. Así es la vida, pibe.

Colosales cataclismos levantaron aquellas cordilleras del noroeste y desde doscientos cincuenta mil años vientos provenientes de la regiones que se encuentran más allá de las cumbres occidentales, hacia la frontera, cavaron y trabajaron misteriosas y formidables catedrales.

Y la Legión (los restos de la Legión) sigue su galope hacia el norte, perseguida por las fuerzas de Oribe. Sobre el tordillo de pelea, envuelto en su poncho, pudriéndose, hediendo, va el cuerpo hinchando del general.

El tiempo había ido cambiando, había dejado de lloviznar, soplaba un viento fuerte de adentro (decía Bucich) y el frío era cortante. Pero el cielo ahora estaba límpido. A medida que avanzaba hacia el sudoeste la pampa se abría más y más, el paisaje se volvía imponente y el aire parecía más honrado para Martín. Ahora se sentía útil también: tuvieron que cambiar una cubierta, cebaba mate, preparaba el fuego. Y así llegó la primera noche.

Quedan treinta y cinco leguas. Tres días de marcha a galope tendido, con el cadáver que hiede y destila los líquidos de la podredumbre, con unos tiradores a la retaguardia que cubren las espaldas, que quizá son poco a poco diezmados y lanceados o degollados. Desde Jujuy hasta Huacalera, veinticuatro leguas. Nada más que treinta y cinco leguas, se dicen a sí mismos. Nada más que cuatro o cinco días de marcha, si Dios los ayuda.

—Porque a mí, pibe, no me gusta comer en las fondas —dijo Bucich mientras acomodaba el camión en un desvío de tierra.

Las estrellas se refulgían en la noche dura y fría.

—Es mi sistema, pibe —explicó con orgullo, dando unos golpecitos con sus manazas sobre el Mack, como si fuera un caballo querido—. Al llegar la noche, paro. Salvo en verano, por la fresca. Pero siempre es peligroso: te cansas, te dormís y zas. Lo que le pasó al gordo Villanueva, el verano pasao, cerca del Azul. Y te soy sincero, no es por uno, es por los demás. Imagínate semejante camión. Se hacen torta, se hacen.

Martín empezó los preparativos para el fuego. Mientras el camionero extendía la carne sobre la parrilla, comentó:

—Un lindo asadito de tira, vas a ver. Mi sistema es comprar cuando recién carnean. Nada de frigorífico, pibe, tenélo siempre presente: le quitan la sangre. Si yo sería gobierno te juro por esta cruz que prohibía la carne congelada. Creéme, por eso andan tantas enfermedades hoy en día.

Pero ¿y sin los frigoríficos no se pudría la carne en las grandes ciudades? Bucich se quitó el cigarro, negó con el dedo y dijo:

—Mentiras, son todos negocios. Si la venderían en seguida no pasa nada, ¿entendés? Hay que comprarla apenas carnean. ¿Cómo se va a pudrir? ¿Me querés explicar?

Mientras acomodaba el asado de modo que el viento no lo quemara, agregó, como si hubiera seguido pensando en aquello:

—Te soy sincero, pibe: la gente de antes era más sana. No tendría tanto firulete como ahora, si se quiere, pero era más sana. ¿Sabés cuánto tiene mi viejo?

No, Martín no lo sabía. A la luz del fuego lo miraba a Bucich sonriendo, en cuclillas, con el toscano apagado, orgulloso de antemano.

—Ochenta y tres. Y te mentiría si te diría que ha visto un médico. ¿Querés creer?

Luego se sentaron en los cajoncitos, cerca del fuego, en silencio, esperando que la carne estuviera a punto. El cielo era purísimo, el frío intenso. Martín observa las llamas.

Pedernera ordena hacer alto y habla con sus camaradas: el cuerpo se hincha, el olor es insoportable. Habrá que descarnarlo para conservar los huesos y la cabeza. Nunca la tendrá Oribe.

Pero ¿quién quiere hacerlo? Y sobre todo, ¿quien podrá hacerlo?

El coronel Alejandro Danel lo hará.

Entonces descienden el cuerpo, lo depositan a orillas del arroyo, es necesario rajarle la ropa a cuchillo, tensa por la hinchazón. Luego Danel se arrodilla a su lado y desenvaina el cuchillo de monte. Durante unos instantes contempla el cadáver deforme de su jefe. También lo contemplan los hombres que forman un círculo taciturno. Y entonces Danel hinca el cuchillo en donde la podredumbre ya ha empezado su tarea. El arroyo Huacalera arrastra los pedazos de carne, aguas abajo, mientras los huesos van siendo amontonados sobre el poncho.

El alma de Lavalle advierte las lágrimas de Danel y reflexiona así: "Sufres por mí, pero deberías sufrir por ti y por los camaradas que quedan vivos. Yo no importo, ahora. Lo que en mí se corrompía, tú lo estás arrancando y las aguas de este río lo llevarán lejos, pronto ayudará a una planta a crecer, quizá con el tiempo se convierta en flor, en perfume. Ya ves que esto no debería entristecerte. Y, además, así sólo quedarán de mí los huesos, lo único que en nosotros se acerca a la piedra y a la eternidad. Y me conforta que guarden el corazón. ¡Tan lealmente me ha acompañado en la adversidad! Y también la cabeza, sí. Esa cabeza que aquellos doctores dicen que nada valía. Quizá lo dijeron porque me repugnaba aliarme con extranjeros o porque esa larga retirada les pareció absurda y sin objeto, porque no me decidí a atacar a Buenos Aires cuando teníamos sus cúpulas a la vista; esos intelectuales que no sabían que en aquellos días en que volví a ver los campos en que fusilé a Dorrego me atormentaba su recuerdo, y más ahora que veía que el pueblo de la campaña estaba con él y no con nosotros, cuando cantaba

> Cielo y cielo nublado
> por la muerte de Dorrego...

"Sí, camaradas, esos doctores que me hicieron cometer un crimen, porque yo era muy joven, entonces, y creí de veras que hacía un servicio a mi patria, y aunque me dolía terriblemente, porque yo amaba a Manuel, porque siempre le había tenido inclinación, firmé aquella sentencia que tanta sangre ha traído en estos once años. Y aquella muerte fue un cáncer que me devoró en el exilio y después en esta estúpida campaña. Tú, Danel, que estabas conmigo en aquel momento, sabes muy bien cuánto me costó hacerlo, cuánto admiraba yo el coraje y la inteligencia de Manuel. Y también lo sabe Acevedo, y muchos camaradas que aquí miran ahora mis restos. Y sabes también que fueron ellos, los hombres con cabeza, los que me indujeron a hacerlo, con cartas insidiosas, cartas que además querían que yo luego destruyese. Fueron ellos. No tú, Danel, ni tú, Acevedo, ni Lamadrid ni ninguno de los que no tenemos más que un brazo para empuñar el sable y un corazón para enfrentar la muerte".

(Los huesos ya han sido envueltos en el poncho que alguna vez fue celeste pero que hoy, como el espíritu de esos hombres, es poco más que un trapo sucio; un trapo que no se sabe bien qué representa; esos símbolos de los sentimientos y pasiones de los hombres —celeste, rojo— que terminan finalmente por volver al color inmortal de la tierra, ese color que es más y menos que el color de la suciedad, porque es el color de nuestra vejez y del destino final de todos los hombres, cualesquiera sean sus ideas. El corazón ya ha sido puesto en un tachito con aguardiente. Y los hombres aquellos han guardado en algunos de los harapientos bolsillos un pequeño recuerdo de aquel cuerpo: un huesito, un mechón de pelos.)

"Y tú, Aparicio Sosa, que nunca intentaste entender nada, porque simplemente te limitaste a serme fiel, a creer sin razones en lo que yo dijera o hiciese, tú, que me cuidaste desde que fui un cadete mocoso y arrogante; tú, el callado sargento Aparicio Sosa, el negro Sosa, el picado de viruelas Sosa, el que me salvó en Cancha Rayada, el que nada tiene fuera del amor a este pobre general derrotado, fuera de esta bárbara y desgraciada patria querría que pensaran en ti.

"Quiero decir..."

(Los fugitivos han colocado ahora el bulto con los huesos en la petaca de cuero del general, y la petaca sobre el tordillo de pelea. Pero vacilan con el tachito hasta que Danel lo entrega a Aparicio Sosa, el más desamparado por la muerte de su jefe.)

"Sí, compañeros, al sargento Sosa. Porque es como decir a esta tierra, esta tierra bárbara, regada con la sangre de tantos argentinos. Esta quebrada por la que veinticinco años atrás subió Belgrano con sus soldaditos improvisados, generalito improvisado, frágil como una niña, con la sola fuerza de su ánimo y de su terror, teniendo que enfrentar las fuerzas aguerridas de España por una patria que todavía no sabíamos claramente qué era, que todavía hoy no sabemos qué es, hasta dónde se extiende, a quién pertenece de verdad: si a Rosas, si a nosotros, si a todos juntos o a nadie. Sí, sargento Sosa: sos esta tierra, esta quebrada milenaria, esta soledad americana, esta desesperación anónima que nos atormenta en medio de este caos, en esta lucha entre hermanos."

(Pedernera da orden de montar. Ya se oyen peligrosamente cerca los disparos en la retaguardia, se ha perdido demasiado tiempo. Y dice a sus compañeros "Si tenemos suerte, en cuatro días alcanzamos la frontera". Eso es, treinta y cinco leguas que pueden cubrirse en cuatro días de desesperado galope. "Si Dios nos acompaña", agrega. Y los fugitivos desaparecen en medio del polvo, bajo el sol intenso de la quebrada, mientras detrás otros camaradas mueren por ellos.)

Comieron en silencio, sentados en los cajoncitos. Después de comer, Bucich preparó nuevamente el mate. Y mientras lo tomaban miraba el cielo estrellado, hasta que se animó a confesar lo que hacía un rato quería confesar:

—Te voy a ser sincero, pibe. Me habría gustado ser astrónomo. ¿Qué te extraña?

Pregunta que agregó de puro miedo a haber hecho el ridículo, porque nada en la cara de Martín podía inducirlo a creer eso.

Martín dijo que no. ¿Por qué habría de extrañarle?, dijo.

—Cada noche, cuando viajo, miro las estrellas y digo: ¿quién vivirá en esos mundos? El alemán Mainsa dice que viven millones de personas, que cada una es como la tierra.

Encendió el toscano, aspiró largamente el humo y se quedó meditando.

Después agregó:

—Mainsa. Me dijo también que los rusos tienen unos inventos bárbaros. De repente estamos aquí, tranquilos comiendo l'asao, mandan una especie de rayo y buenas noches. El rayo de la muerte.

Martín le alcanzó el mate y le preguntó quién era Mainsa.

—Mi cuñado. El esposo de mi hermana Violeta.

¿Y cómo sabía todas esas cosas?

Bucich chupó el mate, con calma, y luego explicó con orgullo:

—Hace quince años que es telegrafista en Bahía Blanca. Así que conoce a fondo todo esto de aparatos y rayos. Es alemán y basta.

Luego se callaron, hasta que Bucich se incorporó y dijo: "bueno, pibe, hay que dormir", buscó el porrón de ginebra, tomó un trago, miró el cielo y agregó:

—Menos mal que por acá no ha llovido. Mañana tendremos que hacer treinta kilómetros en camino e' tierra. Bah, miento: sesenta. Treinta y treinta.

Martín lo miró: ¿camino de tierra?

—Sí, tenemos que apartarnos un poco, tengo de ver un amigo en Estación de la Garma. Un ahijao mío está enfermo, está. Le llevo un autito.

Buscó en la cabina, sacó una caja, la abrió y le mostró

el regalo, sonriendo con orgullo. Le dio cuerda e intentó hacerlo andar en el suelo.

—Claro, en la tierra no anda bien. Pero en el piso de madera o de porlan anda fenómeno.

Lo guardó cuidadosamente, mientras Martín lo observaba asombrado.

Galopan furiosamente hacia la frontera, porque el coronel Pedernera ha dicho: "Esta misma noche debemos estar en tierra boliviana". Detrás se oyen los disparos de la retaguardia. Y aquellos hombres piensan cuántos camaradas y quienes de los que cubren aquella huida de siete días habrán sido alcanzados por la gente de Oribe.

Hasta que en medio de la noche atraviesan la frontera y pueden derrumbarse y por fin descansar y dormir en paz. Una paz sin embargo, tan desolada como la que reina en un mundo muerto, en un territorio arrasado por la calamidad, recorrido por silenciosos, lúgubres y hambrientos caranchos.

Y cuando a la mañana siguiente Pedernera da orden de montar y de reiniciar la marcha hacia Potosí, aquellos hombres montan a caballo pero permanecen largo tiempo mirando hacia el sur. Todos (también el coronel Pedernera), ciento setenta y cinco rostros, pensativos y taciturnos hombres y también una mujer, mirando hacia el sur, hacia la tierra que se conoce con el nombre de Provincias Unidas (¡Unidas!) del Sur, hacia la región del mundo en que esos hombres han nacido, y donde quedan sus hijos, sus hermanos, sus mujeres, sus madres. ¿Para siempre?

Todos miran hacia el sur. También el sargento Aparicio Sosa, con su tachito con aquel corazón apretado contra su pecho, mira hacia allá.

Y también el alférez Celedonio Olmos, que a la edad de diecisiete años se unió a la Legión, junto a su padre y a su hermano, ahora muertos en Quebracho Herrado, para combatir por ideas que se escriben con mayúsculas; palabras que luego van borroneándose y cuyas mayúsculas, antiguas y relucientes torres, se han ido desmoronando por la acción de los años y los hombres.

Hasta que el coronel Pedernera comprende que ya bas-

ta, y da la orden de marcha y todos tiran de sus riendas y hacen volver sus cabalgaduras hacia el norte.

Ya se alejan en medio del polvo, en la soledad mineral en aquella desolada región planetaria. Y pronto no se distinguirán, polvo entre el polvo.

Ya nada queda en la quebrada de aquella Legión, de aquellos míseros restos de la Legión: el eco de sus caballadas se ha apagado; la tierra que desprendieron en su furioso galope ha vuelto a su seno lenta pero inexorablemente; la carne de Lavalle ha sido arrastrada hacia el sur por las aguas de un río (¿para convertirse en árbol, en planta, en perfume?). Sólo permanecerá el recuerdo brumoso cada día más impreciso de aquella Legión fantasma. "En las noches de luna —cuenta un viejo indio— yo también los he visto. Se oyen primero las nazarenas y el relincho de un caballo. Luego aparece, es un caballo muy brioso lo monta el general, un blanco como la nieve (así ve el indio al caballo del general). Él lleva un gran sable de caballería y un morrión alto, de granadero". (¡Pobre indio, si el general era un rotoso paisano, con un chambergo de paja sucia y un poncho que ya había olvidado el color simbólico! ¡Si aquel desdichado no tenía ni uniforme de granadero ni morrión, ni nada! ¡Si era un miserable entre miserables!)

Pero es como un sueño: un momento más y en seguida desaparece en la sombra de la noche, cruzando el río hacia los cerros del poniente...

Bucich le mostró el lugar para dormir, en el acoplado, extendió las colchonetas, preparó el despertador, dijo "hay que meterle a las cinco", y luego se alejó unos pasos para orinar. Martín creyó que era su deber hacerlo cerca de su amigo.

El cielo era transparente y duro como un diamante negro. A la luz de las estrellas, la llanura se extendía hacia la inmensidad desconocida. El olor cálido y acre de la orina se mezclaba a los olores del campo. Bucich dijo:

—Qué grande es nuestro país, pibe...

Y entonces Martín, contemplando la silueta gigantesca del camionero contra aquel cielo estrellado; mientras orinaban juntos, sintió que una paz purísima entraba por primera vez en su alma atormentada.

Oteando el horizonte, mientras se abrochaba, Bucich agregó:

—Bueno, a dormir, pibe. A las cinco le metemos. Mañana atravesaremos el Colorado.

ÍNDICE

Composición de originales
Gea 21

Esta edición de 5.000 ejemplares
se terminó de imprimir el mes
de julio de 1999 en
Limpergraf, S. L. Barberà del Vallès (Barcelona)